重估中国当代文学价值

李朝全 著

闽派批评新锐丛书

南帆 刘小新 主编

海峡出版发行集团
海峡文艺出版社

图书在版编目(CIP)数据

重估中国当代文学价值/李朝全著. —福州:海峡文艺出版社,2019.4(2024.3 重印)
(闽派批评新锐丛书/南帆,刘小新主编)
ISBN 978-7-5550-1837-7

Ⅰ.①重… Ⅱ.①李… Ⅲ.①中国文学－当代文学－文学研究 Ⅳ.①I206.7

中国版本图书馆 CIP 数据核字(2019)第 053398 号

重估中国当代文学价值

李朝全 著

出 版 人	林　滨
责任编辑	余明建
出版发行	海峡文艺出版社
经　　销	福建新华发行(集团)有限责任公司
社　　址	福州市东水路 76 号 14 层
发 行 部	0591－87536797
印　　刷	三河市兴博印务有限公司
厂　　址	河北省廊坊市三河市杨庄镇大窝头村西
开　　本	787 毫米×1092 毫米　1/16
字　　数	370 千字
印　　张	22.75
版　　次	2019 年 4 月第 1 版
印　　次	2024 年 3 月第 2 次印刷
书　　号	ISBN 978-7-5550-1837-7
定　　价	99.00 元

如发现印装质量问题,请寄承印厂调换

文学批评正在关心什么

◎ 南帆

　　一段时间以来，文学批评的话题有所升温。这不是因为某种新的理论观念带动或者某种理论命题的纵深展开，相反，恰恰因为文学批评的乏善可陈。当代文化之中，文学批评的退却、边缘化乃至缺席引起了普遍的焦虑。人们纷纷开始谈论，这种文化症候意味了什么。目前为止，文学批评听到了各种冷嘲热讽，但是，考察这种文化症候的前因后果，人们不能不涉及更为广阔的背景。

　　中国文学批评史证明，文学批评是一个古老的存在，并且在漫长的历史演变之中不断地与各种文学观念相互呼应。如同许多人已经描述的那样，现代性为文学观念带来了巨大的转折，一种称之为"现代文学"的新型文学出现在地平线上。相近的时期，文学批评也出现了深刻的变异。诗、词与散文的研究曾经在中国古代文学批评之中占有很大分量，例如诗话或者词话。无论是"诗言志"、"诗缘情"还是"文以气为主"的传统，古代批评家时常乐于表述精微的内心体验，从"温柔敦厚"、"风骨"到"滋味"、"神韵"、"意境"均是这些表述引申出来的理论范畴。即使是感时伤世的忧国忧民之作，骚人墨客仍然擅长于处理为内心经验的事实。这与中国传统文化，尤其是儒家文化讲求内心的修为或者精神参悟是一致的。另一方面，古代批评家同时认为，言为心声，气盛言宜，语言的推敲是为了更为精致地展示独特的体验；不同的动词、音调、音节无不与某种内心波动息息相关。这是个人，也是社会，不论是"内圣外王"的观念还是"修身齐家治国平天下"的命题都表明了这一点。然而，当现代性形成了另一种性质迥异的社会之后，这些传统观念逐渐失效。民族国家的崛起是现代性的一个标记。现代政治、经济以及科技三驾马车愈来愈明显地主宰了民族国家，另一方面，坚船利炮愈来愈频繁地成为国家交往的基本语言。这种历史格局之中，文学又有什么意义？浅吟低唱也罢，恩怨情仇也罢，阅读之后的种种感叹、悲哀、喜悦或者愤慨也罢——如何解释这一切与现代政治、经济以及科技具有同等的价值？近代一些思想家开始从这种意义上理解文学，例如梁启超。五四新文化运动带来了一个划时代的文学阶段。与现代文学的转向相仿，文学批评也出现了相当彻底的转换。短短的二三十年之内，另一套概念术语开始全面地改造文学批评，例如时代、国民性、意识形态、人民性、党性、阶级、民族文化，如此等等。显而易见，与"神韵"、"意境"比较，这些新的概念术语更多地指向了社会历史。这种状况表明，文学批评更多地参与了社会历史的建构。

当然，对于文学批评来说，这些概念术语所表示的社会历史必须与文学作品的解读联系起来。通常，一部文学作品在公众的阅读之中显示出意义，文学批评是一种特殊的阅读，批评家的分析、阐释、引申从事的是意义再生产。现代文学批评的视野之中，文学作品提供的各种人生故事时常被放置于社会历史的坐标体系之中重新衡量，重新核定具有什么价值。一饮一啄、一颦一笑、一个人物的起伏沉浮、一种叙述方式的选择，这些表象背后各种历史意义的发掘成为众多解释关注的重点。譬如，"典型"这个范畴的出现就是对于历史意义的强调。从个别、特殊到普遍、一般即是阐述个人在某种历史境遇之中的作用。不论是贾宝玉、阿Q还是于连、安娜·卡列尼娜，这些文学人物被称为典型的时候，文学批评所要解释的就是，他们在历史潮流之中意味了什么。

相当长的时间里，社会历史的批评模式始终占据主流。许多人已经意识到，强势的社会历史模式形成了过于狭窄的视野，以至于文学之中另一些重要的问题遭到了无形的屏蔽。例如，强势的社会历史模式热衷于把所有的文学细节——从街道上的一盏路灯到主人公脸上的一条皱纹——纳入历史的框架给予分析，仿佛人生的一切经验无非派生于某些社会学概念，背诵这些概念的定义就是抓住了最重要的东西。这种文学批评往往忽视了一点：人生是一个相对自足的观念，文学所描述的许多人生经验不一定都能在社会历史的坐标之中显示。一个微笑的和蔼与否不一定和一个王朝的倾覆有关，正如嗜好哪一种牌子的香烟不一定和一场战争的结局有关。许多时候，这些细节的解释毋宁诉诸另一些视野，例如精神分析学。许多人还指出，强势的社会历史模式多半没有认识到语言形式的作用，文学作品实际上等同于粗糙的社会情报。不同的语言形式可能产生何种奇特的魔力？没有语言形式的专题研究，文学批评可能始终意识不到这一点。当然，社会历史模式的威信急剧下降的首要原因是，批评家的社会历史判断出现了重大误差。20世纪五六十年代，大量批评家依据一个虚幻的历史整体构思评判文学、打击文学。这种文学批评带来的危害至今阴影犹在。可以看到，历史并未按照当时的设计抵达预定的目的地，因此，当时文学批评所确认的一批典型人物——例如李双双、梁生宝、朱老忠等——现今都出现了问题。然而，尽管如此，多数人还是坚持认为，文学批评对于社会历史的关注始终不可或缺；尽管语言学批评模式或者心理学批评模式可圈可点，社会历史从未脱离视野。与那些平静的小国家生活不同，一个多世纪以来，中国的社会生活进入"三千年未有之大变局"，无数问题迫在眉睫，思索和解决这些问题几乎成为日常的功课。从启蒙、革命、改革到教育公平、"三农"问题、房价居高不下，社会历史似乎迟迟无法进入一个风平浪静的航程。可是，各方面的思想交锋在公共空间如火如荼的时候，文学批评不见了。许多人清楚地记得，20世纪80年代的时候文学批评还站在身边，似乎一直是思想领域的一个重要声音，现在的文学批评溜到哪去了？一旦文学批评撤出了前沿，整个社会立即感到了不适。

当然，人们经常还可以在各种大众传媒看到，文学作品的介绍和引荐层出不穷。这不是文学批评吗？的确，这也是文学批评——人们常常称之为"媒体批评"。当大众传媒成为商业环境的组成部分时，许多人抱怨说，"媒体批评"之中商业广告的成分太多了。商业广告没什么错误，然而，这并不是文学批评的职责。文学批评与商业广告的差别不仅体现为思想含量，更重要的是保持另一种价值判断的依据。强大的资本与成熟的市场不仅可以配备一个完善的销售体系，同时还可以配备一整套相关的价值标准。例如，现在的许多商品不一定是生活必需品，但是，商业广告会及时地暗示人们：如今的时尚是什么；缺乏时尚商品带来的最大问题是，再也听不懂别人在说些什么。目前文化市场的氛围表明，娱乐正在成为最强大的时尚。笑声的音量与销售量之间无疑构成了正比。大部分媒体批评都在灌输一种观念：销售量证明了价值。大众的关注程度必定显示出一个产品的重要程度，所以，市场持续展开的一项激烈竞赛就是抢夺大众的注意力。按照目前的排名，文学显然远远落后于足球、流行歌曲、八卦新闻以及一切时髦的玩意儿。当然，今天没有理由贬抑文化市场与商业广告的巨大成功，但是，文学批评的解读、阐述必须表明，另一种考虑问题的方式并未完全淹没，遭受放弃。资本、市场、利润可以特别青睐文学的娱乐意义，但是，销售量标志的商业成功不能直接等同于美学的成功。印数、票房或者点击率并不是入选文学史的首要原则；文学批评要做的是，显示乃至发掘娱乐之外的另一些文学意义。例如，文学隐含了哪些道德或者心理的能量？文学在什么时候改造或者撼动了社会与历史？当然，文学批评也可以研究，如此旺盛的娱乐渴求具有哪些意识形态背景？显然，谈论美学或者谈论历史的文学批评提供的是另一些远不相同的意义鉴定，显示出另一种视野。如果文学批评放弃这种视野而和颜悦色地混迹于商业广告，人们有权利认为批评家失职。

如果说，目前的资本、市场已经有力地介入了文学批评，那么，另一个影响文学批评的重大因素就是学院。可以看到，20世纪90年代以来，许多昔日的批评家转入学院，中规中矩地当起了教授。在学院机制和学术评价体系的共同作用之下，教授更多地热衷于制作四平八稳的研究论文，文学批评的锐气大幅度削弱。学院内部推崇的是"硬知识"，古典文学、语言学或者文学史的研究似乎更为靠近"硬知识"，介入争议多端的当代文学如同不务正业。我想指出的是，学院与文学批评的关系相对复杂。一些人因为回避熙熙攘攘的世俗尘嚣而躲入学院静地，沉浸于某种专门的特殊知识；相反，另一些人试图依靠学院更为充分地解释身边这个时代。他们已经意识到，持续展开的社会历史不是一张一览无余的平面；各种传统、文化脉络或者多重力量纠结在背后，前现代社会、现代社会以及后现代社会彼此交织，这一切形成了迷宫似的结构。这时，简单的口号或者表情激烈的表态显然解决不了问题，学院可以提供必要的知识积聚和开阔的理论视野。成功的学院训练并不是空降几个陌生的概念，也不是根据某种分析模式的理论程序做"应用题"；这种训练带来的是察觉问题的犀利和连续展开问题的能力。这时，文学批评可以在当代文学内部遭遇许多深刻的课题。一批故事、一种语言叙述形式或者一种美学风格的集中出现可能意味了社会文化的某种转移，一种文学潮流的起伏或者一份文学经典名单的增删可能表明了新的思想动向；城市与乡村的博弈不仅表现为粮食或者蔬菜的价格，表现为工地上的民工数量与春运时期的交通拥挤，还表现为文学之中乡土叙事的前景以及城市文学的兴盛；性别之间的对立不仅显示为薪酬的差别、高级岗位的竞争或者家务事的分配，还会演化一种文学观念，甚至一种表述形式。此外，从阶层、族群、生态环境到文化传统、家庭关系以及年轻一代的成长环境，这些故事不仅发生在社会上，不仅进入了社会学或者经济学的视野，而且以某种形式进入当代文学。或者说，作家正在以文学的独特形式探索这些故事，并且展示特殊的发现与想象。所以，这些课题保存了当代文化的尖锐和紧张感，介入许多人的生活。另一方面，学院训练的文学批评通常拥有一个强大的理论架构，力图对当代文学进行严谨缜密的学术处理。人们常常说，考察一部文学作品质量的依据常常是"怎么写"而不是"写什么"；相似的是，判断一种研究质量的依据是怎么研究，而不是研究了古典文学还是当代文学。对于文学批评来说，学院知识的指向是当下世界的分析，而不是巩固一种脱离社会的成见。

文学批评必须清晰地意识到，周围存在一个尚未完全定型的社会。批评家提交的各种观点多少有助于影响最后的定型——哪怕极为轻微的影响。至少到目前为止，历史仍在大幅度地调整。所谓的"中国模式"可能是一个有待于论证的提法，但是，"中国经验"这个概念无可争议。"中国经验"表明的是，无论是经济体制、社会管理还是生态资源或者传媒与公共空间，各个方面的发展都出现了游离传统理论谱系覆盖的情况而显现出新型的可能。现成的模式失效之后，不论是肯定、赞颂抑或分析、批判，整个社会需要特殊的思想爆发力开拓崭新的文化空间。这是所有的社会科学必须共同承担的创新职责，文学批评跻身于这个队列之中。文学批评的特征不是阐述各种大概念，而是通过文学作品的解读发现，各种大概念如何潜入日常生活，如何被加强、被改造或者被曲解，一方面可能转换为人物的心理动机或者言行举止，另一方面也可能转换为作家的遣词造句以及修辞叙述。文学批评就是在这种工作之中积极地与世界对话，表述对于世界的理解与期待；与此同时，批评家又因此认识了真正的作家，察觉一部又一部杰作，甚至发现这个时代的经典。当然，文学批评之所以愿意孜孜不倦地谈论这一切，当代文学存在的意义首先是批评家业已肯定的前提。

"闽派批评"曾经是批评家之中一个引人注目的群体，在改革开放中成长壮大。"闽派批评"的历史证明，由于批评家不懈的呐喊、辩驳、阐发和倡导，文化空间得以开拓，某种程度上，文学批评的贡献甚至超出了文学范畴。如果说，"闽派批评"的称谓曾经贮存了丰盛的文学记忆，那么，许多闽籍批评家即将开始面对另一个新的故事：这个称谓如何内在地织入文学的未来？

新生代批评家的加盟，即是这个故事的最新发展。唯有新生力量的持续涌现并且不断发出独特的声音，"闽派批评"才能真正重新出发，发扬光大。新生代批评家大多具有严谨的学术训练，理论视野开阔，他们代表了"闽派批评"的未来。编辑出版"闽派批评新锐丛书"，即是集中展示这些新生代批评家的实力与个性，注释"闽派批评"这个称谓的崭新内涵。

是为序。

（南帆，本名张帆，现任全国政协社会和法制委员会副主任、福建社会科学院院长、福建省文联主席、福建师范大学文学院博士生导师，出版学术著作和散文集多种，曾获鲁迅文学奖、福建省社会科学优秀成果奖多项。）

目　录

第二辑　文学现象思潮观察

第三辑　文体文本研究

重估中国当代文学价值

第四辑　文化热点批评

附　录

第一辑

当代文学整体观

重估中国当代文学创作成就

从 1949 年至今，当代文学已历 58 个春秋，几乎是现代文学的两倍时间；即使是"新时期文学"迄今也有 30 年，正好相当于现代文学整个历程。但是，目前不论是在国内文坛还是在国际文坛，不论是在普通读者受众当中还是在专门研究者、作家或汉学家、翻译家那里，中国当代文学包括新时期以来的"新三十年文学"都相当普遍地受到了不够客观、公正的对待，当代文学创作成就长期都被低估。

一、对当代文学的整体评价不高

当代文学在新中国十七年时期和 1970 年代末至 80 年代末，曾经相当辉煌，几乎占据了普通受众文化生活的大半天地，一首诗可能会有亿万人传诵，一篇作品可能会有千万人传阅，文学图书动辄印行几十、几百万册，文学轰动效应持续持久。在那样的时期，人们对文学的评价显然很高，也确实诞生了许多如今回首时堪称文学经典的作品：从新中国十七年时期的《创业史》《山乡巨变》《红岩》《红旗谱》《青春之歌》《保卫延安》《林海雪原》等，到二十世纪七八十年代的《黄河东流去》《芙蓉镇》《活动变人形》《浮躁》《古船》等，从朦胧诗到伤痕小说、反思小说、寻根文学、改革文学等，大量的作品人们都耳熟能详。那样一个文学黄金时期涌现了多少被广泛认同的文学名篇、名作和名家。

1990 年代以来，文学进入了所谓的"失去了轰动效应之后"时期。随着市场经济的不断发展和文化市场化的冲击，有些人认为，当前文化日渐荒漠化，文学则日渐边缘化，在电视、网络、手机等新兴传媒的夹击下，传统意义上的当代文学正在逐渐丧失读者、远离受众，那种凭借一篇作品就能在文坛内外一炮打红的"崛起时代"已经一去不复返，文学似乎正一步步"式微"走上了下坡路。针对具体的文体，有人断言报告文学"恐龙已死"，有人声称诗歌已变成了诗人的自嗨。更多的人则对当代文学满怀失望，断定当代文坛迄今没有诞生史诗巨著，没有里程碑式的作家作品，占据文学主流的主旋律作品基本上带着一副刻板的意识形态的面孔，所谓的严肃文学、纯文学曲高和寡，网络文学则基本上是些快餐文化、口水作品、文字垃圾等等。——在这样的情势下，有人断言"文学死了"，有人为 20 世纪中国文学写起了悼词；有人宣称文学"断裂""断层"，当代文学"无根"；有人认定当代文学已经进入"后崛起时代"——崛起式的巅峰期已经过去；不少人都认为当代文学成就根本无法同现代文学相媲美。

在国外，也有如顾彬这样的汉学家断言，中国当代文学由于作家队伍素质等原因注定出不了大师、出不了好作品，抛出了中国现代文学是五粮液、当代文学是二锅头之类的堂皇大论。这些汉学家的观点，既有出自于对中国当代文学的缺乏深入了解、歧视或偏见，与其对中国和中国人的误读、曲解有关；也有为了满足西方部分媒体和受众对中国刻意的妖魔化、他者化诉求的，为"文明冲突论""中国威胁论"等鼓噪。

中国当代文学究竟怎样？是否真的如此不堪和不足挂齿？真的如某些人所断言的那样已走向衰落和式微甚至已经死亡？

二、中国当代文学巨大的创作成就

一个有心的读者，深入一些去阅读和了解中国当代文学创作，譬如，就去读一读每年度有关专家、文学专业组织推荐的年度"中国文学排行榜"和选编的"年度文学作品选"以及那些有代表性的文学选刊所选载的作品，去读一读获得历届鲁迅文学奖、茅盾文学奖及其他全国性大奖或国际奖项的文学作品，或者哪怕只是读一读那些曾在西方获奖影片的文学原著或者受到西方翻译界好评的文学作品，都会不约而同地得出这样的结论：中国当代文学成就是巨大的、多方面的——创作题材广阔，主题多元，思想深刻，塑造的人物形象鲜明丰富，艺术精湛并富于创新，读者群体庞大，许多作品具备浓厚的人文关怀和理想主义倾向，拥有很高的艺术魅力和持久的影响力。

这里不讲新中国十七年时期文学作品在当年的辉煌和在近年的不断重印再版，单讲新时期以来的"新三十年文学"（1977—2007，或1978—2008）和"新世纪文学"（2000年以后）。若以小说为例，新三十年文学涌现了一大批潜心创作的作家，创作队伍壮大，作品数量可观，艺术质量上乘，产生了一批堪称世界一流的作家、作品。

1. 与世界文学主潮相比，当代中国作品表现主题的深度和广度毫不逊色，出现了一批表现人性、人心、人情，具备强烈的人文关怀乃至宗教情怀、终极关怀的作品；出现了一批具有史诗品格、史诗气象的行云流水大气磅礴的作品；许多作家开始形成自己鲜明的创作风格。

一些作家特别重视关注人的普遍生存。譬如，刘恒的一系列小说，《狗日的粮食》《伏羲伏羲》《贫嘴张大民的幸福生活》等分别从人的食、性、居等最基本的生理需要出发，探寻老百姓在物质与精神双重压抑下畸变、扭曲的生存状况。作者从人的自然存在状态与社会存在状态的交错冲突中来观照人的生存。他要表现的是关于生存、生命繁衍与发展最根本的、带有人类普遍性的主题。作品通过塑造一个个普通的中国农民和小市民，所要探询的也是关于人性、人欲、人情等全人类共同、共通的生命命题。莫言小说《红高粱家族》《丰乳肥臀》等则试图通过强烈的几乎被推至极致的审丑等表现方式，探讨人种的退化和人类的繁衍主题。在他看来，原始生命力才是中华民族最强悍、最具生机的力量，是中华民族的生命之根。他看到这种生命力在现代文明和正统文化的浸淫下渐渐丧失活力，他忧虑"种的退化"，于是像寻找野生稻种一样从自己的故乡去开掘先辈们原始野性的生命情采，试图通过塑造那些敢爱敢恨、敢作敢为、周身流淌着野性之血的农民形象，用气贯长虹的生命元气来荡涤城市和现代文明压抑下退化萎缩了的现代人生。

一些作家试图用文学来展现国家形象，表现带有浓重儒家意味的中华民族人性之美。例如，李锐小说通过吕梁山一群面目苍老、疲惫的农民微缩式地表现他对于中国形象的整体把握：成熟得太久了的秋天，疲惫、苍老、冰冷、尘垢满身。他认为，"人和人性是活生生的，是一个不断生成的过程"；文学应当拨开那些"外在于人而又高于人的看似神圣的屏蔽，而还给人们一个真实的人的处境"。他通过细微而丰富的情节和细节，从普通中国农民身上发现人情美，展露人性的光辉，力图表现出如诗如梦幻般的优美。这种美又是地道的中国韵味的美，是追求天人合一、天人化一、和谐融洽境界的美。而像余华《活着》、东西《没有语言的生活》、铁凝《哦，香雪》《永远有多远》、韩少功《爸爸爸》、阿城《棋王》、王安忆《小鲍庄》、汪曾祺《受戒》《大淖记事》这样通过典型人物及典型生存环境观照人的普遍生存处境、表现人性的中短篇小说在当代文学中亦可谓俯拾皆是。

贾平凹的许多作品如《浮躁》《废都》等则试图努力去把握和概括一个时代的社会普遍情绪或时代精神。而陈忠实《白鹿原》、张炜《古船》、路遥《平凡的世界》、张承志《心灵史》等一批长篇小说在某种意义上都可以被看作史诗作品。

许多当代作品艺术表现手法丰富多样，具备自觉的审美追求，赋予作品浓烈的理想主义、浪漫主义色彩，或者运用诗意叙事、散文化叙事，致力于创造跨越文体边界的杂交式文体。有些作家在创作上开始走向成熟，形成了自己独特的语言风格和艺术风格。例如，巴金《随想录》式的凝练晓畅令人回味不尽的倾诉，贾平凹的富有文言韵味的典雅语言，莫言激情汹涌、天马行空的叙事，苏童散发着醇厚历史意蕴的文字，冉平长篇小说《蒙古往事》朴素自然、类史笔法的语言，阿来《尘埃落定》令人迷醉的诗意语言，余华《活着》《许三观卖血记》简朴反复的故事讲述……

2. 中国当代文学大量作品被译介到国外，获得了许多重要的国际奖项，也受到了外国有识之士的中肯评价。

除了中国政府及民间组织的对外译介文学作品（如"熊猫丛书"）之外，外国也有一批翻译家、评论家、学者等对中国当代文学抱有浓厚兴趣，陆续翻译介绍了大量的作品。据笔者统计，仅国家图书馆收藏的英、法、德、意、西等欧洲语种的中国当代文学译作即在460种以上，中国有作品被译介成西方文字的当代作家在150位以上。而国家图书馆的外文藏书还相当不完整相当不全面。譬如，王蒙的作品已被翻译成20余种文字，但国家图书馆仅收藏不到10种文字的译本。又如，中国当代文学作品在法国的翻译出版，2002年为17

种，2003 年突增到 29 种，2004 年则在 40 种以上（不包括再版书），这三年总计在 86 种以上，而国家图书馆仅收藏 9 种。

仅以法国为例，就可以清楚地看到，外国对中国当代文学的译介正在呈现持续、快速增长的势头。据法国普罗旺斯大学杜特莱教授介绍[①]，1978 年以后，几个法国汉学家开始研究中国的新文学，1981 年出版了一部短篇小说集 Le Retour du Pere（《父亲的归来》）。1982 年法国文学杂志 Docks 发表了一本关于中国诗人与艺术家的特刊，收入芒克、北岛、马德生、王克平、阿城等的作品。1985 年，法国文学杂志 Europe（《欧洲》）有一期专门介绍中国新文学，收入了王蒙、谌容、宗璞的短篇小说以及顾城、北岛、舒婷等人的诗。1988 年，Alina 出版社推出了一本《1978—1988 年中国短篇小说集》，收入阿城、白桦、高行健、古华、韩少功、刘宾雁、刘心武、刘再复、陆文夫、莫言、谌容、王蒙、汪曾祺、张承志、张抗抗、张贤亮、张辛欣和宗璞的作品。在 1988 年前后法国翻译出版了阿城的"三王"（《棋王》《树王》《孩子王》）、陆文夫的《美食家》、张辛欣的几部小说、韩少功的《爸爸爸》、张贤亮的《男人的一半是女人》等。1994 年，法国最大的出版社 Gallimard（伽利芒）出版社推出了一本《中国当代短篇小说集》，收入林斤澜、叶蔚林、李锐、史铁生、马原、何立伟、刘恒、张炜、扎西达娃和格非等作家的 17 篇作品。Philippe Picquier（毕基耶）出版社出版了莫言的《透明的红萝卜》，Aube 出版社出版了苏童的小说《米》，Le Seuil 出版社出版了莫言的《十三步》和《酒国》，Stock 出版社出版了贾平凹的《废都》。最近几年，台湾文学也被陆续翻译成法文，如李昂的《杀夫》、张大春的短篇小说、黄凡的小说、白先勇的《台北人》《孽子》等作品。其中，白先勇的《孽子》、李昂的《杀夫》和苏童的《妻妾成群》、高行健的小说是前几年在法国颇受好评的作品。而纵观 2003—2004 年法国对中国当代文学的翻译，最为突出的特征当属一个"新"字。新作品如王蒙的《笑而不答》、叶兆言的《没有玻璃的花房》、徐星的《剩下的都属于你》、毕飞宇的《青衣》和《玉米》、刘震云的《官人》、刘醒龙的《挑担茶叶上北京》、阿来《遥远的温泉》、迟子建《香坊》、史铁生的《宿命》等；1990 年代后登上中国文坛的新生代乃至所谓 80 后作家的作品也受到了大力推介，

---

① 参见：杜特莱《中国当代文学在法国的接受与翻译的困难》，http://www.yhl.sdu.edu.cn，2004 年 6 月 23 日。

如刁斗的《解决》、邱华栋的《黑暗河流上的闪光》、郭小橹的《我心中的石头镇》以及生于80年代的田原的《斑马森林》和韩寒的《三重门》；一些非当下文坛创作主流的题材和样式的文学作品也得到了译介，譬如何家弘的侦探小说系列、黄蓓佳的儿童文学长篇《我要做个好孩子》、池莉的"新写实"力作《你是一条河》、格非的先锋实验作品《雨季的感觉》等。

从国家图书馆的藏书上看，中国20世纪小说的法语译本共164种，其中现代文学作品约30种，所占比例不足20％；作者当中，现代作家5位：鲁迅、沈从文、柔石、萧红、叶紫，跨现当代作家8位：巴金、丁玲、老舍、茅盾、张爱玲、钱锺书、孙犁、林语堂。其余70余位均为当代作家，包括阿城、白桦、北岛、毕飞宇、残雪、陈建功、程乃珊、池莉、迟子建、储福金、从维熙、邓友梅、刁斗、方方、冯骥才、高行健、格非、古华、郭小橹、郭雪波、韩少功、航鹰、浩然、何家弘、霍达、贾平凹、蒋子丹、林夕、刘恒、刘心武、刘醒龙、刘震云、陆文夫、陆星儿、莫言、木青、欧阳山、邱华栋、苏童、孙甘露、田原、铁凝、王蒙、王朔、王安忆、汪曾祺、徐星、杨绛、姚雪垠、叶兆言、益希丹增、余华、扎西达娃、张承志、张洁、张贤亮、张欣、张辛欣、张之路、周大新、周立波、朱文颖、朱晓平、宗璞等以及台湾的白先勇、陈映真、黄凡、李昂、王文兴、张大春，香港的古龙，旅英作家虹影等。从单个作家被翻译作品的版本数量上看，最多的是老舍，共19种，其次是苏童7种，巴金、莫言各6种，茅盾、余华、贾平凹、冯骥才等各4种。

在中国当代文学的英文译本方面，国家图书馆共收藏196种小说、诗歌、散文等作品。包括程乃珊《蓝屋》、苏童《我的帝王生涯》《大红灯笼高高挂》（即《妻妾成群》）、高行健《灵山》、徐小斌《敦煌遗梦》、郭雪波《沙狼》、金庸《雪山飞狐》、张抗抗《隐形伴侣》、陈源斌《秋菊的故事》（即《万家诉讼》）、柯岩《寻找回来的世界》、刘恒《黑的雪》、莫言《红高粱》、孙力/余小惠《都市风流》、王安忆《小鲍庄》、残雪《苍老的浮云》、李存葆《高山下的花环》、张贤亮《男人的一半是女人》《习惯死亡》、张承志《黑骏马》、张洁《沉重的翅膀》、郑义《老井》、谌容《人到中年》以及迟子建、林夕、宗璞、古华、贾平凹、余华、方方、戴厚英、柯云路、巴金、舒婷、北岛、杨牧、李瑛、茹志鹃、周而复、吴强、赵树理、杨沫、周立波、张天翼、汪曾祺、秦兆阳和柏杨、王文兴、林海音、白先勇、李昂、聂华苓、西西等60多位作家的作品。

在中国当代文学的德文译本方面，国家图书馆共收藏约 48 种小说等作品。包括巴金、老舍、茅盾、丁玲、沈从文、周立波、张天翼、叶圣陶和北岛、陈若曦、戴厚英、邓友梅、冯骥才、高晓声、蒋子龙、李国文、李锐、李心田、李季、鲁彦周、莫言、苏童、王蒙、杨沫、余华、张抗抗、张贤亮等 30 余位当代作家。其中，个人被译介图书数量较多的如茅盾 4 种，巴金、冯骥才、老舍各 3 种，邓友梅、鲁彦周、莫言、王蒙、张贤亮各 2 种。

日本最近 5 年翻译出版的中国当代文学作品主要有：彭见明《那山那人那狗》、李冯《另一个孙悟空》、余华《活着》、叶广芩《采桑子》、棉棉《糖》、韩寒《三重门》、九丹《乌鸦》、迟子建《伪满洲国》、莫言《檀香刑》《白狗秋千架》《红高粱》《师傅越来越幽默》《四十一炮》、池莉《生活秀》、铁凝《大浴女》、张平《凶犯》《十面埋伏》、虹影《饥饿的女儿》、春树《北京娃娃》等。

根据媒体报道，中国有些作家的译作在国外颇受欢迎。例如，苏童《我的帝王生涯》、莫言《红高粱》《丰乳肥臀》英译本在美国曾大受追捧，印数都在 1 万册以上；余华的《许三观卖血记》在韩国印行了 20 万册，新作《兄弟》的德译本在德国有 11 家出版社竞争出版权；在 2007 年北京国际图书博览会上，中国本土少儿畅销书杨红樱的"淘气包马小跳"系列一举"跳"出国门，国际著名出版商哈珀·柯林斯出版集团一次购入该系列中的 8 本，并将在 2008 年春季于英美上市；姜戎《狼图腾》2005 年以 100 万美元版税卖出了全球数十种文字版权，意大利语版本 2007 年初出版当即在意引起轰动；前几年池莉《生活秀》的法文译本据说卖到了几万册；彭见明的《那山那人那狗》在日本先后印行了多个版本，据称总销量在 10 万册以上……

一批中国作家作品在国际上深受肯定和好评，摘取了许多重要奖项。除了高行健有争议地获得 2000 年度诺贝尔文学奖之外，贾平凹获得过美国"美孚飞马文学奖"、法国"费米娜女评委奖"，张炜获得美国总统亚太顾问委员会"杰出成就奖"，余华获得意大利最高文学奖"格林扎纳卡佛文学奖"，巴金、冰心、张洁、王蒙、莫言、苏童、周勍等作家也获得过如日本福冈"亚洲文化奖"、意大利"蒙德罗国际文学奖"及"诺尼诺国际文学奖"、德国"尤利西斯国际报告文学奖"等。余华、莫言获得过法兰西艺术与文学骑士勋章等。而在高行健获奖之后，国内文坛普遍认为中国比他优秀的作家多的是，他的作品并非中国最优秀的，甚至还根本不能代表中国当代文学的创作成就。

国际上，也有许多汉学家、教授学者等相当看好中国当代文学。例如，诺贝尔文学奖评委马悦然非常喜欢李锐的作品，几乎把他的每部作品都译成了瑞典文；他还高度评价莫言等人的小说。美国汉学家葛浩文钟爱并长期致力于译介中国当代文学。法国著名汉学家弗朗索瓦·朱利安认为今天的中国文学已是"真正的文学"。法国翻译界近年来相当重视跟踪中国最新的文学作品，译介了大量在题材上具有强烈时代感或地域特色，在思想内涵上具有对人性本质的深刻剖析、凝聚着东方哲学精髓，在艺术手法上有所突破创新或具有鲜明个性特征的中国当代作家作品。许多热爱中国文化的外国留学生等也在潜心研究中国当代文学，撰写了一些有深度有影响的论文，翻译介绍了部分作品。

3. 根据中国当代文学作品改编的电影等艺术作品频频在国际上得奖，在给中国电影、导演、演员等带来巨大国际声誉的同时，也为当代文学赢得了荣光。

张艺谋、陈凯歌、姜文、李安、王家卫、贾樟柯等一大批中国导演拍摄的影片屡屡在国际上捧回重要奖杯。而他们的电影大多是根据当代小说改编的。如张艺谋拍摄的电影，《红高粱》根据莫言《红高粱家族》改编，《大红灯笼高高挂》根据苏童《妻妾成群》改编，《一个都不能少》根据施祥生《天上有个太阳》改编，《活着》根据余华同名小说改编，《秋菊打官司》根据陈源斌《万家诉讼》改编，《菊豆》根据刘恒《伏羲伏羲》改编，《我的父亲母亲》根据鲍十《纪念》改编……陈凯歌导演的《黄土地》根据柯蓝散文《深谷回声》改编；姜文导演的《阳光灿烂的日子》《鬼子来了》则分别根据王朔《动物凶猛》和尤凤伟的小说改编。这些改编成电影的原作及其作者有许多在国内并不是最具影响力、最被评论者和受众所看好的，但拍成电影后，却因其对中国社会现实、历史文化等的关注或对人性、人情的深刻表现而受到了国际评委的褒扬和外国观众的欢迎。

电影等其他形式的艺术几乎皆以文学为母本。电影等艺术作品能在国际上频获大奖，正好印证着其背后的文学母本具备了为世界受众所认可的潜质和卓越不凡的艺术成就，印证着中国当代文学完全可以立足于世界优秀文学之林。

4. 当代文学依旧拥有庞大的读者群，深受受众欢迎的优秀作品每年都在大量涌现。

小说方面，大陆每年出版的长篇小说在 1200 部左右，许多小说发行量都在 5 万册以上，更有如《狼图腾》，韩寒、郭敬明等一些 80 后作者的超级畅销作品，销量超过 100 万册。而在网络上发表或连载的长篇小说据不完全统计约有数万部数十亿字。知名网站上排名前 10 位的长篇小说总点击率几乎都在 200 万次以上，有的甚至可能突破 1000 万次。青春文学、小小说、手机小说等也广受拥趸。

诗歌在当下似乎处于沉寂期，但据有关方面不完全统计，全国单旧体诗词作者即在 10 万人以上，每年创作旧体诗词数量超过 100 万首。潜在的诗歌作者和爱好者可谓无法计数。

拥有数亿读者的童书方面，我们在看到《哈利·波特》在中国超级畅销的同时，也要看到类似杨红樱"马小跳系列"比这套引进版童书更畅销，拥有更多的读者。国内童书创作队伍日渐巩固扩大，创作与销售始终火旺。

报告文学方面，许多贴近现实生活、关注国计民生、表现人性人心的作品不断引起较大反响，印行、销售数量都相当可观，并不断有作品被改编成电影、电视剧等。

三、当代文学被低估的原因及出路与对策

国内评论界对当代文学的评价太低，原因在于：

1. 距离产生美，时间距离的远近会极大影响研究者的判断。在与近现代文学、古代文学相互对比中，一般人都容易将"历史文学"经典化——通过文学史、深入的研究、深远的传播历史而将其经典化甚至神圣化；时间距离较近的文学普通受众总是抱有更高的阅读期待因而更容易受到不时贬损苛求乃至吹毛求疵。现代文学史上许多当年看起来并不突出的作品现在都成了经典，许多一度湮没少闻的作家也被挖掘出来，有的还大红大紫起来。这些都证明，跨越一定的时间距离能让人把事实和史实看得更清楚，作品经典化需要一个历史过程。

2. 当下文学可谓群雄蜂起，佳作迭出，所有优秀作家作品都需要经历一个被读者逐渐认识、认同的过程，佳作也要经历一个较长时间的淘汰选择、沉淀、经典化和"历史化"（进入文学史）的过程。新三十年文学（1978—2008）

精品不断涌现，还有一个选择与保留的过程，许多优秀作品需要借助编辑选家、评论家、媒体等的大力肯定和推崇，需要通过被收入文学选本、教材，被研究评论和授予重要奖项等途径才可能被更广泛地认同。

3. 不少文学研究专家特别是部分现代文学研究者对当代文学存在一定的成见或偏见。他们对当代文学的认识和了解有的还停留在对新中国十七年时期文学的了解上，带有明显的概念化倾向；有的研究者则带有意识形态等方面的偏见，认为当代文学因受政治的强烈熏染而以主旋律为主调因此带有某些明显缺陷，从而在很大程度上贬低或低估了当代文学。

4. 当下文艺批评存在严重缺陷，批评标准的西方化、媚俗化、游戏化、事件化、浅表化等都在很大程度上影响了对于当代文学实际成就的客观、公正评价。

国外学者对中国当代文学的批评和否定大多源于一种只见皮毛、不看实质内里的错误判断。原因之一是他们对于中国当代文学资料的掌握与把握方面存在致命性缺陷。有的汉学家很少阅读中国当代文学原创作品或仅读过一些并不优秀的选本选刊、作品节选或者介绍之类的文字，基本上是只见树木不见森林，一叶障目一知半解；有的汉学家文学修养和艺术鉴赏力也存在明显不足。国外无论是藏书多么丰富的图书馆、大学，多么坚定执著的汉学家，其能看到或了解到的中国当代文学资料、信息等也都会有很大的局限性和片面性，而中国当代文学被译介到国外的作品毕竟也还只是沧海一粟，只占全部优秀作品的很小部分，资料匮乏或短缺必然造成外国学者缺乏对中国当代文学整体进行把握的必要条件。原因之二是文学是语言文学的艺术，汉语、汉字表达的无限丰富性、独特而优秀的艺术性是外国汉学家始终无法完全洞察和理解的。而中外不同文化心理、文化背景、艺术欣赏习惯等又必然带来阅读理解等方面存在着巨大的差异，导致外国文坛对中国当代文学长久的误读与误解乃至歪曲与偏见。

针对中国当代文学被严重低估的状况，对内方面，我们要多做文学宣传推广和普及的工作，多倡导健康、科学、有益、理性、客观、公正的文学批评、文学研究与评论，推荐和推选优秀的文学作品，加大发行推广力度，让更多的好作品走向更广大的读者，产生更好的社会效益。同时要随时、及时地对文学创作成就进行归纳总结，进行"历史性"的、"文学史化"的工作，对优秀作品给予恰当的评价，不断推出文学新经典等。

对外方面，特别要加大中国当代文学作品译介工作，坚定实施文学"走出去"战略和中国图书推广计划，将更多的当代文学精品借助译介工程等途径真正送入外国主流社会，走向外国普通受众。同时也要重视借用电影等形象媒介的影响力来向全世界宣传推广中国文学作品。还要充分利用国际图书博览会之类的平台来向外推介和输出中国文学等。

总之，对中国当代文学到了认真进行重新评估的时候了。可以肯定地说，当代文学不乏世界一流的作家，不乏可与世界文学精品比肩媲美的力作，不乏堪称里程碑式的经典作品。当代文学理应得到更高的评价，理应拥有更大的国际声誉和更强的世界影响力。

(2007 年 7—9 月)

新中国 60 年文学发展概况

在迎接新中国成立 60 周年之际，对我国文学发展的基本成就、主要特点和根本经验进行及时总结和概括，是非常必要的。60 年来，在党的文艺方针的正确指引下，我国社会主义文学紧扣时代脉搏，与人民同呼吸，与社会共进步，呈现出队伍大团结、创作大繁荣、事业大发展的局面。

新中国 60 年文学发展的基本成就

1. 党的文艺方针政策得到全面贯彻

从 1942 年毛泽东《在延安文艺座谈会上的讲话》发表，"二为"方向、"双百"方针的提出，到党的十一届三中全会确立了"解放思想、实事求是、团结一致向前看"的思想政治路线，直至党的十七大提出兴起社会主义文化建设新高潮。60 多年来我们党制订和提出了一系列重要的文艺方针政策。毛泽东、周恩来、邓小平、江泽民、胡锦涛等中央领导同志曾多次发表对社会主义文艺工作的重要论述和纲领性文献。这些经典文献和马克思、列宁主义都是我国文学事业发展的指导思想。

党的文艺方针政策，从根本上指明了我国文学前进的道路，奠定了文学发展比较宽松的政治环境和社会环境，为文学创作生动活泼局面的形成创造了良好的政治条件，使新中国文学获得了繁荣发展的强大动力。

60 年来，我国文学事业在中国共产党的领导下，在马克思主义文艺思想的指导下，贯彻党的文艺方针政策，坚持"为社会主义服务、为人民服务"的方向和"百花齐放、百家争鸣"的方针；弘扬主旋律，提倡多样化；认真继承和发扬我国文学的优秀传统，特别是五四以来新文学和延安文艺座谈会以来人民文艺的优秀传统；坚持把人民群众作为文学的创造主体、表现主体、欣赏主体和服务对象；倡导作家贴近实际、贴近生活、贴近群众，自觉投身时代伟大实践，充分调动广大作家的积极性、主动性、创造性；不断与时俱进、开拓创新，在新的历史条件下，题材、主题、形式与风格都发生了历史性的深刻变化。

2. 文学生产力获得前所未有的解放，文学生产和消费规模空前扩大

新中国的成立、社会主义制度的建立、改革开放和社会主义现代化建设极大地解放了文学生产力，促生和培育了一批又一批优秀作家和优秀作品。中国作家队伍日益壮大，老中青几代作家济济一堂，创作活力十分旺盛。中国作家协会会员已增加到目前的 8930 名；省级会员 5 万多名；我国 55 个少数民族都拥有了自己的书面文学作家，都拥有获得全国少数民族文学创作骏马奖的作家，都拥有加入中国作家协会的会员。少数民族母语创作受到普遍尊重和欢迎。

作家管理体制从原来延续四十多年的专业作家制度，到如今出现了多种形式，作家签约制、合同制、项目负责制等逐步推开，作家队伍活力增强。

改革开放以来，大批文学报刊恢复或创刊，文艺类出版社、文学网站等陆续建立。我国目前拥有为数众多的出版机构、报刊、网站等，为文学创作提供了良好的出版渠道和发表园地。全国公开发行的文艺类报刊超过 600 种，每年发表的文学作品数十万篇。各地文艺类出版社有 34 家。网络文学经过 10 余年的发展，目前全国有四五百家专业文学网站，每家网站都有稳定的作者群体，刊发上万部作品。刊载文学作品的综合性网站上千家，网络文学社区、文学板块或 BBS 上万个。

我国文学创作十分活跃，呈现出快速发展的态势。进入新世纪，大陆每年出版文学图书约 15000 种，其中新版图书约 11000 种，年总印数约 1.6 亿册。文学和艺术类图书年销售量约 4.5 亿册。

据统计，1949 至 1966 年全国出版发行的长篇小说不过 320 部，而 1977 至 1989 年便超过 2000 部，1996 年一年就超过 700 部，现在每年出版的长篇

小说近千部。其中不少优秀作品发行数万、数十万乃至数百万册。在网络上发表或连载的长篇小说数万部。目前，网络文学的读者数量已经超过了纸质书刊。1990年代，每年报刊发表新诗七八万首，新诗作者70万人。全国各种旧体诗词刊物（包括内部交流刊物）五六百家，旧体诗词作者200多万人。少儿文学拥有3亿多读者。每年出版少儿读物（其中一部分为少儿文学）约1万种，其中初版作品约6000种，总印数2亿册以上。少儿读物年销量约4亿册。少儿期刊近100种，年总印数2亿册以上。每年出版报告文学图书约300种，报刊上发表报告文学作品约1000篇。

3. 文学创作丰富多样

新中国60年来，我国文学创作在题材、体裁、风格等方面日益多样，作家创作的艺术手法更加丰富。大量的文学作品在弘扬社会主义核心价值体系，提升大众思想文化道德素质和审美水平，倡导时代精神和民族精神，鼓舞人民斗志，凝聚民族力量，引领社会风尚，培育社会主义"四有"新人等方面都发挥了重要作用。无论是反映社会生活的深度，还是艺术形式的创新，都不断有明显的进步，深受大众欢迎的优秀作品层出不穷。

多年来，我国连续举办文学作品评奖活动，一大批优秀文学作品获得了全国性的文学奖项。中国作家协会设有茅盾文学奖、鲁迅文学奖、全国优秀儿童文学奖、全国少数民族文学创作"骏马奖"等四大奖项。至2008年底，已有33部长篇小说获得茅盾文学奖；24部中篇小说、20篇短篇小说、35部散文杂文、23部诗歌、30部报告文学、19部理论评论、15部翻译作品获得鲁迅文学奖；156部（篇）作品获得全国优秀儿童文学奖，706人次667部（篇）作品获得全国少数民族文学创作"骏马奖"。此外，中国作协所属各专业委员会和机构还设立有庄重文文学奖、姚雪垠长篇历史小说奖、冯牧文学奖、徐迟报告文学奖、《人民文学》奖、《中国作家》奖、华文青年诗人奖等。

4. 文学为影视、动漫等艺术门类提供了丰富的创作母本

我国大量文学作品被改编成影视剧、广播剧、动漫等，吸引和影响着广泛的受众。改革开放以来，引起社会轰动的影视作品，至少有一半以上改编自文学作品。许多作家还直接参与影视等的创作。文学母本为其他艺术门类提供了深刻的题旨和丰富的想象，印证了文学在各种艺术形式中起着不可替代的基础作用。现在，我国每年拍摄完成的电视剧500多部14000多集，动漫200多

部，其中约 70％的电视剧和动漫改编自文学作品，三分之一的电视剧和动漫是由作家创作的。全国有 1700 多家电视台播出电视剧，电视人口覆盖率约为 96％，电视剧的平均收视率约 4％。

根据文学作品改编的电影等艺术作品频频在国际上得奖，从一个侧面显示了新中国 60 年文学的丰硕成果。

5. 文艺理论与评论获得了长足发展，成就突出

马克思主义文艺理论研究引向深入，马克思主义文艺理论中国化研究不断取得丰硕成果。同时，中国传统文艺理论的现代化转换取得扎实成效。改革开放以来，文学理论与文学批评阵地建设得到加强。文学研究方法也在借鉴中外文论和其他学科研究方法的基础上取得突破和创新。文学评论的主流能够坚持马克思主义指导地位，坚持科学健康说理，紧密结合文学创作的实践发展，追踪潮流走向，剖析作家作品，对作家创作、读者审美总体上产生了引导作用和积极影响。在高校、科研院所、作协文联等单位，涌现出一批高素质的理论评论人才。学术讨论和文学研讨活动广泛开展，理论评论气氛活跃。

6. 新中国 60 年文学作品大量被译介到国外

60 年来，我国文学作品陆续被译介到国外，获得了许多国际奖项。据笔者不完全统计，国家图书馆收藏的英、法、德、意、西、日等语种的新中国 60 年文学译作在 500 种以上，有作品被译介成外国文字的当代作家在 150 位以上。以法国为例，法国翻译出版的新中国文学作品 2002 年为 17 种，2003 年 29 种，2004 年 40 种以上（不包括再版书）。中国有一批作家作品相继在国际上获得重要的文学奖项。

新中国 60 年文学发展的主要特点

1. 坚持与时代同行，密切关注现实

与时代同行、与人民同心，关注现实、唱响时代主旋律是新中国 60 年文学最突出的特点。60 年来，关注现实生活成为文学创作的主潮。广大作家积极投身社会主义建设和改革开放伟大实践，与祖国和人民同命运，以强烈的社会担当意识，贴近时代，关注社会，反映现实，表现生活，特别重视文学的社会责任和历史使命。在重大时刻，作家不缺席，文学不失语。在传递时代呼

声、表达人民意愿方面，在表现建设和改革时代人的情感生活、弘扬民族精神方面，都显示出鲜明的现实主义精神品格。

2. 鲜明的人民性和以人为本精神

新中国 60 年文学，特别注重在人民创造历史的伟大实践中汲取创作源泉，把工农兵和人民群众作为文学描写的主要对象，表现他们的思想、情感、形象和生活；自觉遵循艺术规律，形象地反映人民群众的主体地位和现实生活，注重贴近群众生活，反映人民心声，注重以人民群众喜闻乐见的形式表现人民群众的生活，因此也深受大众欢迎。作家和人民建立起了血脉勾连的关系，大多数作家来之于人民，来之于工农兵，并生活在人民大众之中。

3. 注重文学作品的社会效益

广大作家普遍具备强烈的社会责任感和历史使命感。能够及时顺应人民群众审美情趣的变化，调整和改进自己的创作取向，大力弘扬主旋律。在纷繁复杂的文学思潮和各类文学主张面前，坚持正确的文学创作思想，认真考虑自己作品的社会影响。20 世纪 90 年代以来，伴随着市场经济的发展，作家作品、文学报刊出版社等直面市场，作家们增强了直面读者的自觉性，增强了作品的可读性，促进了文学的大众化，使创作与读者更紧密相连，与生活和时代更紧密相关。

4. 重视文学创新并在创新过程中不断调整

新中国 60 年的发展、人们思想观念的变化乃至电视、网络、手机等新兴传媒的深远影响，使文学载体、文体样式、主题内容等面临许多新情况新课题。题材内容创新、主题思想创新、艺术形式创新等日渐成为作家创作的自觉追求，文学观念和方法的更递与变革一直在进行之中。当下，博客、手机文学等新样式勃兴，悬疑、奇幻、新武侠等类型小说文体不断促生。影视和网络等极大地推动了文学传播，扩大了文学影响。

新中国 60 年的文学道路，是一条继承弘扬中华文化优秀传统和革命文学传统，吸收和借鉴海外先进文化养分，不断开拓视野，实现文学创新，开创中国特色社会主义文学的道路。由于各种错误思想的影响，新中国文学同社会主义事业一样曾经遭遇了重大曲折和挫折，改革开放以来，随着各种外来思潮的涌入，腐朽没落的艺术观也随之而至，加之某些人盲目的推崇、不加分析地吹嘘以及思想方法上的片面性，对我国文学的发展也产生了一些不良的影响。但

60 年文学发展的历程表明，在党的文艺方针的指引下，在时代发展趋势的推动下，在艺术的实践过程中，广大作家和文学工作者选择了正确的人生道路和艺术道路，为中国特色社会主义文学贡献了自己的力量，在社会主义先进文化建设和社会主义核心价值体系建设中都发挥了不可替代的重要作用。

新中国 60 年文学发展阶段和有代表性的文学现象

新中国 60 年文学发展大体可划分为四个阶段。

1. 1949—1965 年

新中国成立 17 年，全国文艺队伍实现大团结，意气风发，热情创作，在改造旧文艺的基础上，建设人民的新文艺，涌现出一大批脍炙人口的作品。具代表性的如政治抒情诗的兴盛，山药蛋派和荷花淀派的发展，革命历史题材长篇小说和历史剧的繁荣。

2. 1966—1976 年

严重挫折阶段。十年"文革"，社会主义文艺备受摧残。除了八个样板戏外，几乎一片空白。这期间，不少作家和文学爱好者私下进行文学创作，但只有在"文革"结束后才得以发表和出版。

3. 1977—1991 年

文学创作出现井喷式的热潮。这一时期，各种文学现象、文学思潮、创作流派此起彼伏，名家名作迭出。文学作品以自觉的担当意识，鲜明的创作个性，发出了思想解放的先声，吹响了时代前进的号角。文学创作的题材、体裁不断丰富，作家创作的艺术风格渐趋多样。文学思潮交锋，创作思想活跃。从伤痕文学、反思文学、改革文学、寻根文学到朦胧诗、意识流小说、探索性戏剧、先锋实验小说与诗歌、"中国潮"报告文学、新现实主义小说，文学创作的流派十分活跃。

4. 1992 年以降

这一时期广大作家置身于更为剧烈的市场经济转型期，置身于更为丰富的审美期待和更为开阔的艺术视野中。投身火热现实生活，讴歌时代精神，用生动的形象和艺术的语言描绘生机勃发的历史画卷，唱响时代主旋律，成为众多作家的艺术理想和追求。广大作家以敏锐的目光，独特的视角，前瞻的姿态，为充满活力的时代立言；展现中华民族崭新的精神面貌和美好的心灵世界，为铸造民族的魂魄立言；直面现实，揭示矛盾，正气浩然，激浊扬清，涌现了一大批关注现实生活、反映时代风貌、传递人民心声、为广大人民群众喜闻乐见的优秀作品。不少作品在注意思想格调和审美追求的同时，注意中国气派、中国作风、中国风格的熔铸，注重尊重大众审美习惯，因此赢得了很好的社会效益和经济效益。

新世纪以来。社会逐渐步入信息化、网络化时代，网络文学勃兴、手机短信文学出现，文学正在逐步实现新转型——写作队伍空前壮大，写作、发表自由及空间空前拓展，传播、互动空前便捷和深入。受此深刻影响，作家构成、文学形态、文学生产机制和传播方式等都产生了重大变化。青年作家群迅速涌现，成为文学界一道独特的风景。历史文化散文大受关注，类型小说勃兴——包括奇幻、悬疑、侦破、恐怖、新武侠、新言情、动物小说、打工文学、草根叙事、青春文学、80后写作、网络小说、博客、手机文学等，此起彼伏，好看文学概念盛行。

新中国 60 年文学发展的基本经验

1. 加强和改善党对文学工作的领导，坚定不移地贯彻党的文艺方针政策，是我国社会主义文学繁荣发展的根本保证。

60 年来，我们党逐步加强和改善了对文学工作的领导。不断注意正确处理好政治与文学的关系，坚持"二为"方向、"双百"方针，处理好主旋律与多样化的关系；坚持以正面倡导和引导为主的方针，处理好社会效益和经济效益的关系，积极扶持文学事业发展。党中央十分重视文学工作，关心作家队伍建设，为文学发展繁荣奠定了坚实的政治思想基础，提供了体制环境和创作条件。

2. 坚持贴近实际、贴近生活、贴近群众，是我国文学发展繁荣的基本途径。

生活永远是文艺创作的唯一源泉。鲜活、有生命力的作品无不来自于生活。贴近社会现实和群众生活的作品总是深受大众欢迎和喜爱。要倡导作家更主动地参与改革开放和社会主义现代化建设的第一线，面向现实生活写作，更多地描写和表现改革开放时代人民群众的现实生活。同时，不断探索新形势下作家深入实际、深入生活、深入群众的新途径、新方式。

3. 加强作家队伍建设，是繁荣发展社会主义文学事业的关键环节。

文学创作是一种独特的个性化的精神劳动，要遵循艺术规律、充分发挥作家的积极性、主动性和创造性。要努力创造和提供各种条件，广泛团结作家，帮助作家提高思想修养、艺术素养、文化学养，积极培养并壮大中青年作家队伍；要综合运用激励机制、扶持机制、工作机制等，促进优秀作品的创作。

4. 坚持与时俱进、开拓创新，是我国文学发展的主要推动力。

要及时捕捉时代对文学提出的新课题，敏捷地发现人民对文学的新期待，充分调动创作者的创造激情和热情，推动艺术探索，促进文学创作的思想创新和艺术创新。要主动适应和利用新媒体，适应大众阅读的新变化新特点。只有与时俱进、不断创新的文学，才能有效地满足人民群众丰富的精神文化需求。

5. 坚持科学健康说理的文学批评，是我国文学发展繁荣的重要条件。

文学评论和文学创作，犹如鸟之两翼，车之双轮，缺一不可。60 年来，文学批评在推荐优秀作家和优秀作品、分析文学形势与潮流、批评创作中的不良倾向、引导创作和读者阅读等方面，发挥了重要作用。要积极建立中国特色社会主义文艺评判体系，更好地发挥文学评论的作用，广泛开展文学理论的学术研究和文学作品研讨活动，把新的、优秀的作家作品推荐给广大读者。

6. 坚持处理好文学普及与提高的关系，是我国文学发展繁荣的重要原则。

要敏锐地了解人们在精神文化需求方面的新变化，处理好通俗文学与高雅文学的关系。既保持文学的思想性、严肃性和艺术性，又能满足人们多样性、多层次、多方面的精神文化需求。要敏锐地了解文化市场的新变化和规律，积极地面向市场，把握正确导向，正确处理文学走向市场与保持艺术品位的关系。

（2009 年）

时代的先声——回眸改革开放 40 年文学

文学是时代的先声和先导。改革开放文学的起点早于通常认为的改革开放的开端——党的十一届三中全会。早在 1977 年—1978 年，以刘心武的短篇小说《班主任》、徐迟的报告文学《哥德巴赫猜想》、卢新华的短篇小说《伤痕》等为标志的文学作品作为时代的先声与先导，开启了新时期文学的大闸。40 年来，文学始终坚持解放思想，传承发展，借鉴吸纳，与时代同向前行，与社会共进步，和国家同命运，和人民共呼吸，具有鲜明的人民性、时代性和创新性等特征，取得了多方面的杰出成就。

改革开放文学的基本品格

1. 思想解放

1978 年 5 月，全国开展了"实践是检验真理的唯一标准"的大讨论，极大地推动了全社会的思想解放。在 1979 年 10 月底召开的中国文学艺术工作者第四次代表大会上，邓小平发表了重要的《祝词》，对"文革"十年文艺战线的错误路线进行了纠正，提出，对文艺创作和文艺批评不要横加干涉，行政命令必须废止，写什么和怎样写只能由文艺家在艺术实践中去探索和解决。[①] 此后，历任中央领导的讲话，都结合新的时代条件，对文艺创作提出了新的要

---

① 参见《邓小平论文学艺术》，中国作家协会编，作家出版社，1998 年。第 186—187 页。

求。包括重申文艺要为人民服务、为社会主义服务的"二为"方向和"百花齐放，百家争鸣"的"双百"方针。提倡文艺要"贴近实际、贴近生活、贴近群众"的"三贴近"原则，要弘扬主旋律，提倡多样化。再到提出要坚持以人民为中心的创作导向，把"深入生活、扎根人民"作为文艺创作的唯一途径，把人民群众作为文艺创作的鉴赏主体、表现主体和服务对象。提出要坚定文化自信，走中国特色社会主义文艺道路，弘扬中华优秀传统文化，弘扬中华美学精神，坚持创造性转化和创新性发展。党的这一系列的针对文艺工作的理论主张和指导方针、原则，为我国文艺的繁荣发展创造了良好的土壤条件和思想基础，也塑造了改革开放40年中国文学追求思想解放，创新创造的基本品格。

在改革开放之前，党和政府强调文艺为政治服务，主要依靠政治运动和行政命令来推动文艺前行。改革开放后，转变为注重抓导向、抓引导，通过举办培训班研修班研讨会座谈会、评奖评选评论和扶持优秀作家作品创作项目、资助文学对外译介传播等途径，以物质和精神鼓励为主，纠正了文艺从属于政治，是一种阶级斗争工具的片面论调，重视艺术民主和学术民主，文艺创作上提倡百花齐放，文艺评论上提倡百家争鸣，提倡讲道理，说真话，激浊扬清，褒优贬劣。文艺战线上的拨乱反正、解放思想和实事求是路线的确立，重新赋予文学创作和评论以充分的自由，极大地解放了文学生产力，推动了文学的发展。毫无疑问，改革开放40年文学的第一大特点就是思想解放，各种文学思潮日趋活跃，不断交锋碰撞，文学观念不断更新，文学创新成为自觉追求，广大作家评论家努力展现鲜明个性，寻求艺术突破，造就了时代主旋律高昂响亮、艺术样式精彩纷呈，各民族文学共同繁荣，文学创作多样化、文学评论多元化共存的突出特点。

中国作家协会会员已从改革开放初期的 1347 名增加到目前的 11708 名；省级会员超过 9 万名；地市级作协会员近 16 万人；我国 55 个少数民族都拥有了自己的书面文学作家。作家管理体制出现多种形式，专业制作家积极改进，作家签约制、合同制、项目制逐步推开，作家队伍活力增强。隐性文学写作者总数在千万人以上。"文革"期间文学报刊几乎全部停刊，改革开放后，不少文学报刊陆续复刊或创刊，一些文学报刊不断扩版扩刊，全国各级各类文学报刊的总数在 3000 种左右，每年发表的文学作品数十万篇。与此同时，各地陆续恢复或创建文艺出版社，使文艺类出版社总数 30 多家，全国 580 多家出版社多半出版有文学作品，每年出版各种文学作品超过 20000 种。根据中国版本图书馆 CIP 数据中心向笔者提供的数据，2016 年全国出版的文学类图书多达 54502 种，其中小说 7072 种、诗歌 3623 种、散文 5328 种、报告文学（含纪实文学、传记）937 种、儿童文学 8242 种；2017 年出版文学类图书 56790 种，其中诗歌 5114 种、小说 9002 种、报告文学（含纪实、传记）1515 种、散文 6040 种、儿童文学 10004 种；2018 年 1—11 月出版诗歌 4295 种、小说 7148 种、报告文学（含纪实、传记）1232 种、散文 4712 种、儿童文学 9161 种。网络文学经过 20 年的发展，目前全国共有 500 多家专业文学网站（频道），各层次写作者超过 1300 万人，其中相对稳定的签约作者约 68 万人，日均更新量超过 2 亿字，一年推出约 10 万部原创网络小说。

2. 以人为本

改革开放 40 年文学中，人的重新觉醒、人的重新发现和人的再启蒙可以说是最重要的一个表现主题。文学必须回到人本身成为普遍的自觉意识。人在文学中的主体地位得到了重新确认和确立。文学必须以人为本，以人民为中心，把人作为文学的创造主体、表现主体、鉴赏主体和服务对象。在社会主义中国，人就是人民群众，社会主义文学因此必须以人民群众为自己的表现主体、欣赏主体和服务对象。40 年文学特别注重在人民创造历史的伟大实践中汲取创作源泉，接受艺术滋养，实现艺术创造，注重贴近群众生活，表现人民忧乐，反映人民心声，因此也深受人民大众欢迎，可谓是人民立场、人民性鲜明的文学。40 年文学同时特别强调创作者——作家评论家的创作主体地位，强调激发他们的创造热情与激情、能力与活力。尊重创作者，尊重艺术，尊重劳动，尊重创造。

1970 年代末至 80 年代末，在改革开放的初期，文学几乎占据了大众文化生活的一半天地，文学轰动效应持久。在那样一个文学黄金时期，从朦胧诗到伤痕小说、反思小说、知青文学、寻根文学、改革文学等，大量的作品人们都耳熟能详，产生了巨大而良好的社会效果。根据《"十七年"时期长篇小说出版研究》中援引自 1949—1966 年的《全国新书目》和《人民文学出版社六十年图书总目 1951—2011》中的数据，自 1949 中华人民共和国成立到 1966 年十七年期间共出版长篇小说 383 种，其中有 139 种是重版书（1949 年前出版的 59 种；"十七年"出版的 80 种）。该著作所指长篇小说是指 10 万字以上的单行本。① 到了 1990 年代以后，大陆每年出版的原创长篇小说在 400—1000 部左右。据中国版本图书馆 CIP 数据中心提供的数据，2017 年新版当代小说 7350 种；2018 年 1—11 月新版当代小说 5740 种。不少小说发行量在 5 万册以上，更有一些超级畅销作品如《平凡的世界》《白鹿原》《草房子》等，销量超过数百万册。网络文学用户超过 3.5 亿，国内 40 家主要文学网站提供的作品数量高达 1400 余万种，大批网络文学作品被改编成影视、动漫、游戏等，创造了巨额的利润。青春文学、类型小说、小小说、手机文学等也广受拥趸。诗歌方面，据不完全统计，每年报刊发表的诗歌有六七万首，思想和艺术质量高。全国单旧体诗词作者即超过 100 万人。每年在报刊上公开发表的报告文学作品在 2000 篇左右，出版的报告文学图书在 1000 部左右。四大国家级文学奖项中，茅盾文学奖设立于 1981 年，迄今已评选九届，共有 43 部作品获奖；鲁迅文学奖设立于 1997 年，迄今已评选七届，共有 264 篇（部）作品获奖；全国少数民族文学创作骏马奖设立于 1981 年，迄今已评选十一届，共有 748 篇（部）作品获奖；全国优秀儿童文学奖设立于 1986 年，迄今已评选十一届，共有 214 篇（部）作品获奖。所有这些文学作品都在丰富和满足人民群众精神文化需求、建设社会主义精神文明等方面发挥了不可替代的重要作用。

改革开放四十年文学最大的成就是让文学得到了回归，回到文学自身，回到了人性、人学的基点。譬如，史铁生的《命若琴弦》《务虚笔记》《我的丁一之旅》表现个体、自我的生命存在形态，哲理性强。张洁的《爱，是不能忘记的》《世界上最爱我的那个人去了》探究男女之爱、母女之爱，令人动容。而像汪曾祺《受戒》《大淖记事》、林斤澜《矮凳桥风情》、徐则臣《如果大雪封门》、石一枫《世间已无陈金芳》采用个性鲜明的风格，通过典型人物及典型生存环境，观照人的普遍生存处境、表现人性的中短篇小说，在改革开放 40 年文学中可谓俯拾皆是。李佩甫的《等等灵魂》《生命册》等探析生与死、得与失、快与慢，思考快速前行时代的人们的精神灵魂成长问题，体现出深远的忧思。陈彦的《主角》《装台》聚焦小人物的生存处境，烛照大历史的变迁。莫言、贾平凹、余华、苏童、刘震云、格非、刘恒等一大批优秀作家的创作，更是深切关注大时代背景下人的生存状态和命运。有人提出，新时期文学创作

① 张文红：《"十七年"时期长篇小说出版研究》，清华大学出版社，2016 年。

的基本母题和主题是反封建;① 还有人认为，40 年文学的主题是思想启蒙、文明与愚昧的冲突。② 在笔者看来，最近四十年文学的基本主题是社会和人的现代化，是中国人如何摆脱沉重的历史因袭，不断提升精神境界，实现自身的现代化并推动民族和国家走向现代化。

3. 现实主义的回归

改革开放 40 年文学高度重视现实题材，重视贴近时代，关注社会，直面民生，反映现实，表现生活，特别重视文学的社会责任和历史使命。广大作家坚持与时代同行，与人民同心，文学与现实血肉相连，关系密切，注意传承中华民族文以载道、文学参与生活改造社会的传统，恢复了现实主义的优良传统。作家大都具备强烈的社会担当意识，注重在创作中反映文明与愚昧的冲突，表现改革开放时代人的日常生活，表现人道主义，体现人文关怀和人文主义精神，发现与重塑民族灵魂，显示出鲜明的现实主义回归的特征。40 年来最优秀的作家，最优秀的作品几乎都是现实主义的作品。

譬如，张平的长篇小说新作《重新生活》是一部独特的反腐题材的作品，创作的角度非常新颖，选取的是一个被双规以后的市委书记，他给自己的家人特别是给自己的儿子和自己的姐姐一家带来的灾难性的遭遇，借以反映腐败的恶劣的社会影响。延门市市委书记魏宏刚被双规，这是小说的开篇揭开的场景，紧接着，他那像母亲一样的姐姐魏宏枝一家就受到了牵连，生活轨迹从此改变。小说严峻地提出，腐败公然成为一种文化，腐败是一个普遍性的社会问题，不仅仅是官场的腐败，也有学校教育的腐败，还有医疗上的腐败，比如医院的过度医疗，学校的这种高考工厂式的教育方式，还有像城市管理拆迁过程中的暴力拆迁，种种的腐败，种种的权钱交易……腐败已渗透到社会的每个肌理，令人触目惊心，急需引起疗治的注意。作家的笔锋非常尖锐，对这些社会现实存在的问题都给予了尖锐的批判和鞭笞，体现了鲜明的现实主义精神和品格。王安忆、迟子建、铁凝、阿来、周大新、王跃文、刘亮程、徐贵祥、柳建伟、阎连科等大量作家都出版有现实主义的精品力作。

在纪实文学领域，从徐迟、黄宗英、理由、张锲、陈祖芬、袁厚春等到何

---

① 参见曹文轩：《中国八十年代文学现象研究 》，北京大学出版社，1988 年。
② 参见季红真：《文明与愚昧的冲突》，浙江文艺出版社，1986 年。

建明、王宏甲、李鸣生、杨黎光、张胜友、黄传会、赵瑜、徐剑、杨晓升、白描、李春雷、李朝全等，都陆续创作出版了一大批关注现实，塑造出彩中国人、讲述精彩中国事的现实主义佳作，在全社会产生了积极的反响。

4. 注重作品的社会效益

改革开放以来，作家普遍增强了自律意识、责任意识、使命意识，注意面对读者写作，认真考虑自己作品的社会影响。作家能够及时顺应人民群众审美情趣的变化，调整和改进自己的创作取向，坚持弘扬时代主旋律，参与构建社会主义核心价值体系，将优秀的精神食粮奉献给人民。1990 年代以后，受市场经济深刻影响，作家作品、文学报刊出版社等直面市场以后，带来的利是提高了作家直面读者的自觉性，增强了作品的可读性，促进了文学的大众化、通俗化、影视化，使创作与读者紧密勾连，与生活和时代紧密勾连；弊是严肃文学、纯文学，新潮探索实验性文体和文本生存空间狭促，趋于艰难。

改革开放文学更加注重面向国内国外两方面的读者，拓展两个市场的资源。据笔者的不完全统计，改革开放 40 年文学的外文译本大约有 2000 种。对外译介作品中有一部分是由中国政府、出版社及民间组织的，还有不少得到了中国一些翻译工程的资助。

改革开放以来，外国有一批翻译家、汉学家、评论家等对中国文学产生浓厚兴趣，陆续翻译介绍了大量的作品。目前仅国家图书馆收藏的英、法、德、荷、意、西等欧洲语种和日语的改革开放 40 年文学外译图书超过 1000 种，中国有作品被译介成西方文字的当代作家超过 230 位。当然，国家图书馆的外文藏书还很不全面。

从翻译作品语种和数量上看，当代一批实力派中青年作家占据主体地位。其中，莫言小说的外文译本是最多的，超过 100 种。其主要的作品特别是长篇小说几乎都已有外文译本。他能摘得诺贝尔文学奖，应该说与瑞典汉学家陈安娜翻译出版了他的《生死疲劳》《红高粱》等作品的瑞典文版、美国汉学家葛浩文翻译了其十几部作品的英文本、法国汉学家杜特莱翻译了他多部小说的法文版关系很大。苏童、余华、王安忆、王蒙、北岛、多多等的外译作品品种亦较多。从翻译语种上看，改革开放文学已有作品外译语种分布，其中以日文、法文、英文、德文、荷兰文等居多，罗马尼亚文、瑞典文、意大利文、西班牙文、丹麦文和韩文等有相当数量。其他语种译本较少或几乎空缺。从译介作品的文体上看，最多的是小说，占到总数的三分之二以上。其中，长中短篇分布比较均匀。其他体裁除诗歌有相当数量外，外译作品数量都不多。如纪实（报告文学）、散文、戏剧等，一般只有几十部。从译作出版日期上考察，呈逐年迅速递增态势。如国图收藏外译本 1980 年代出版的有 147 部，1990 年代出版的有 230 部，2000 年以来超过 500 部。可见，1978 年以来，外国对中国文学的关注度和重视度在不断攀升。从译者上看，法国的陈安多（Chen-Andro）、弗朗索瓦·纳乌尔（Françoise Naour）、克劳德·佩恩（Claude Payen）、希尔维尔·让蒂尔（Sylvie Gentil）、诺埃尔与李丽昂·杜特莱（Noël et Liliane Dutrait）、安吉尔·皮诺、伊莎贝尔·哈布（Angel Pino et Isabelle Rabut）、安妮·居里安（Annie Curien）、Emmanuelle Péchenart、Geneviève Imbot-Bichet、Véronique Jaquet-Woillez，德文译者 Karin Hasselblatt，瑞典文译者 Göran Malmqvist，荷兰文译者 Rint Sybesma，英文的葛浩文（Howard Gold-blatt）、王德威（David Der-wei Wang），日文译者饭塚容、吉田富夫等，都翻译出版了多部中国当代文学作品。从出版商上看，法国阿尔菲利普·皮基耶（Arles Philippe Picquier）、南方文献（Actes sud）、巴黎奥利维尔门槛（Seuil）、中国蓝、巴黎黎明（Editions de l'Aube）、弗莱芒（Flammarion）等出版社，德国柏林人与世界（Volk und Welt），荷兰阿姆斯特丹 Meulenhoff，日本东京德间书店、东方书店，美国火奴鲁鲁夏威夷大学、纽约哥伦比亚大学等出版社，都出版了不少中国文学译作。

网络文学对外翻译增长迅猛，尤其是对周边国家的版权输出。目前，平均每天有超过一部的网络文学被译介到韩国、日本、泰国、越南、印度尼西亚等国家。专门翻译连载中国网络文学的"武侠世界"英文网站在欧美拥有数十万的读者。

一批中国作家作品在国际上深受肯定和好评，摘取了许多重要奖项。莫言 2012 年摘得诺贝尔文学奖，曹文轩 2016 年摘得国际安徒生奖，刘慈欣 2015 年摘得雨果奖。高行健有争议地获得 2000 年度诺贝尔文学奖，余华、莫言、刘震云、毕飞宇获得过法兰西艺术与文学骑士勋章，余华获得意大利最高文学奖格林扎纳卡佛文学奖、Bottari Lattes 文学奖，余华、迟子建获得澳大利亚悬念句子文学奖，贾平凹获得美国美孚飞马文学奖、法国费米娜女评委奖，张炜获得美国总统亚太顾问委员会杰出成就奖，刘震云获得埃及文化最高荣誉奖，毕飞宇获得英仕曼亚洲文学奖，吉狄马加获得南非姆基瓦人道主义奖、波兰雅尼茨基文学奖，巴金、冰心、张洁、王蒙、莫言、苏童、周勋、姜戎等作家也获得过如日本福冈亚洲文化奖、意大利蒙德罗国际文学奖及诺尼诺国际文学奖、德国尤利西斯国际报告文学奖、首届亚洲文学奖等。

莫言获得诺贝尔奖后，德国著名作家马丁·瓦尔泽认为"他是我们这个时代最重要的作家之一，与福克纳并肩"；莫言《丰乳肥臀》《酒国》等多部作品的法语译者、普罗旺斯大学中国语言与文学教授诺埃尔·杜特莱说："我相信诺贝尔奖评委会的成员们没有颁错这个奖项。莫言的作品让任何人都为之动容。"[1]

大批的文学作品被改编成电影、电视剧、网络剧等艺术形式。据原国家新闻出版广电总局统计，2014 年中国电影总产量为 758 部，到 2017 年时达到 970 部。制作完成并获得发行许可证的电视剧 2016 年共有 334 部、14912 集；2017 年共有 314 部、13470 集。而这些电影电视剧中，据估算有 30% 是根据文学作品改编的。网络文学作品迄今已出版纸质图书 6942 部，改编电影累计 1195 部，改编电视剧 1232 部，改编游戏 605 部，改编动漫 712 部。从这些数据可以看出，改革开放 40 年中国文学的影响力已经广泛拓展到其他艺术和传播领域，成为了人们精神文化生活的基础性内容。

5. 重视文学创新

改革开放 40 年来，在迎击西方大量涌入的文学思潮的同时，中国文学观念与方法的嬗变、更迭与变革一直在进行之中。文学观念创新、主题创新、思想创新、艺术创新成为普遍的自觉追求。而电视、网络、手机等新兴传媒的深远影响，使文学载体、文体样式、内容形式等实现了诸多创新或变革。文学对新媒体的适应，就评论领域而言，就出现了媒体批评、酷评坐大，大众批评和学院批评分野的局面。创作上，网络、博客、手机文学等新样式勃发，悬疑推理、玄幻奇幻、穿越历史、仙侠武侠等类型小说文体涌现。受影视双刃剑影响，利与害并存——影视极大地推动了文学传播，扩大了文学影响，提升了作家知名度；同时文学创作的影视化倾向，过于强调和突出情节推进节奏、矛盾冲突戏剧性场面、人物对话，削弱了人物性格表现、心理描写等文学性特征。

---

[1] 《中国当代文学走入世界》，《人民日报》2012 年 10 月 13 日 03 版。

改革开放 40 年文学许多作品艺术表现手法丰富多样，具备自觉的审美追求，赋予作品浓烈的理想主义和浪漫主义色彩，或者运用诗意叙事、散文化叙事，致力于创造跨越文体边界的杂交式文体。有些作家在创作上开始走向成熟，形成了自己独特的语言风格和艺术风格。例如，巴金《随想录》式的凝练晓畅令人回味不尽的倾诉，铁凝作品的温婉清新、意蕴隽永，贾平凹的富有文言韵味的典雅语言，莫言激情汹涌、天马行空的叙事，苏童散发着醇厚历史意蕴的文字，阿来《尘埃落定》令人迷醉的诗意语言，余华《活着》《许三观卖血记》简朴反复的故事讲述……

改革开放文学发展阶段

改革开放 40 年文学大致可以划分为三个阶段。

第一阶段：1978—1991 年

文学创作出现了井喷，出现了文学大爆炸的轰动效应期。文学基本上还是围绕着意识形态、围绕着时政运转。文学战线拨乱反正，落实政策，解放思想，实事求是，沿承了建国十七年文学文以载道、积极改造社会的传统，坚持并贯彻了"百花齐放，百家争鸣"方针，积极面向世界文学大潮并接受其深刻影响，各种文学现象、思潮、流派此起彼伏，名家名作迭出。文学强调凸显个性，表现出新的价值取向、人格魅力和时代气息。

具有代表性的作家作品如巴金《随想录》，李准《黄河东流去》，古华《芙蓉镇》，王蒙《活动变人形》，路遥《平凡的世界》，贾平凹《浮躁》，张炜《古船》，张承志《心灵史》，铁凝的《玫瑰门》，汪曾祺短篇小说，北岛、舒婷、顾城等人诗歌，徐迟的报告文学《哥德巴赫猜想》等。主要流派如：新问题小说（包括伤痕小说、反思小说、大墙文学）、朦胧诗、知青文学、寻根小说（含以邓友梅、陈建功等为代表的京味小说）、改革文学、先锋小说等。

第二阶段：1992—1999 年

文学失去轰动效应，受市场化、全球化和多媒体信息化深刻影响期。文学受到西方现代主义等文学、文化思潮的深刻影响，出现了去中心化、多元化特征；文学不再占据社会文化生活的中心地位。作家创作主体意识进一步增强，注重历史的和文化的视角，语言更加鲜活灵动。作家簇生现象突出："陕军东征""湘军崛起""中原作家群"等成为标志性事件。一些创作出现私语化倾向，对社会现实关注不足。文学缺乏对社会的自觉担当，缺乏精神力量，进入无法命名的无主潮时代。文学从以作者为中心进入到以读者为中心，创作者、出版者面向读者创作出版文学作品，适应或迎合市场需要的意识增强。与市场、资本、都市结合的欲望化写作、个人化写作（包括女性写作、身体写作、下半身写作）相当盛行。

代表性作家作品如：陈忠实《白鹿原》，阿来《尘埃落定》，王安忆《长恨歌》，莫言《丰乳肥臀》，贾平凹《废都》，余华、苏童等人小说，余秋雨《文化苦旅》等。主要流派如：新写实小说（原生态文学）、后现代小说、新乡土小说、历史文化大散文。

第三阶段：2000 年以降

新世纪我国逐渐步入信息化、电子化时代，网络文学勃兴、电子文学崛起，文学实现新转型，——写作队伍空前壮大，写作、发表自由及空间空前拓展，传播、互动空前便捷和深入。文学走向开放走向世界，进入了一个承认并包容差异的时代。文学创新受到空前鼓励和支持，创作者的价值观念、人文理想、审美意识等有进一步多元化、多样化的倾向。受文学电子化深刻影响，作家成分、文学形态、文学生产机制和传播方式等都产生了重大变革。跨文体、超文体"越境"写作盛行。文学语言的自觉、叙述的自觉大为加强。多数文学作品注意反映时代和社会生活，表现人民群众的主体地位。在马克思主义中国化理论成果的指引下，文学始终坚持社会主义先进文化前进方向，坚持"三贴近"和深入生活扎根人民，坚持张扬民族化特点，创作主旋律继续高昂，保持了比较健康的发展态势。同时，在新传媒条件下，以余秋雨、易中天、于丹等为代表的文化写作受到追捧。

代表性作家作品如：莫言的《生死疲劳》、刘慈欣的《三体》、格非的"江南三部曲"、陈彦的《主角》、韩寒《三重门》、郭敬明《幻城》、姜戎《狼图腾》等。主要流派如：类型小说勃兴，包括奇幻、悬疑、侦破、恐怖、新武侠、新言情、无厘头搞笑、动物小说、打工文学、底层叙事、青春文学、80后写作、网络小说、博客、手机文学、科幻文学等此起彼伏，以读者为导向的文学概念盛行。

改革开放文学的经验与启示

40 年文学发展的基本经验

1. 党的文艺方针政策的正确制定、贯彻、落实是文学发展繁荣的思想基础和重要保证。要正确坚持"二为"方向、"双百"方针、"两创"原则，大力弘扬主旋律，提倡多样化；要正确处理好政策原则性与灵动性的关系，坚持以正面倡导和引导为主的策略，提倡艺术民主学术民主，坚持宽容和包容的准则，允许并支持多元多样共存的文学生态的不断发展，对文学创作不横加干涉，扶持少数民族文学、青年文学发展。

2. 作家评论家比翼齐飞，是文学事业的人才资源，是文学发展的基础，加强和扩大创作队伍建设是文学繁荣的首务。要创造和提供各种条件，帮助作家提高艺术素养、文化学养、品德修养和生活滋养，开拓艺术创作的生活资源、艺术资源和精神资源，积极扶植中青年作家队伍；要综合运用激励机制、扶持机制、工作机制等，推动优秀作品的生产。

3. 创新是文学发展的主要推动力。要坚持创造性转化和创新性发展，充分调动创作者的创造激情和热情、能力与活力，推动艺术探索，促进文学创作的思想创新和艺术创新。新时代呼唤新文学，人民呼唤创新的文学。只有与时俱进、不断创新的文学，才能有效地满足人民群众多样、多变、多元的精神文化需求。

4. 要自觉处理好文学普及与提高的关系、文学大众化与艺术化的关系、通俗文学与严肃文学的关系。文学要积极面向读者，适应或驾驭市场，解决好文学市场化、商品化与保持艺术品位的矛盾。

5. 文学要不断更新观念，主动适应或利用新媒体和文学电子化，适应文学阅读纸质与电子并存、浅阅读、休闲式阅读、读者主动参与式阅读等大众阅读的新变化新特点，不断满足人民群众精神文化需要。

6. 文学创作的发展始终都要有有效的文学评论相伴随。改革开放以来，文学评论坚持马克思主义指导地位，坚持科学健康说理，紧密结合文学创作的实践发展，追踪潮流走向，剖析作家作品，对作家创作、读者审美总体上产生了引导作用和积极影响。我们要继续致力于建立中国特色社会主义文艺评判体系，更好、更高效地发挥评论的作用，倡导在场的、及物的、剜烂苹果式的批评，真正发挥文艺评论激浊扬清、褒优贬劣的功能，要区分商业化炒作与严肃学术活动之间的界线，纠正文艺评论的各种不良倾向。

7. 生活永远大于文学，鲜活、有温度、有筋骨、有生命力的作品大都来自于生活。贴近社会现实和群众生活的作品总是深受大众欢迎和喜爱。要倡导作家更主动地面向现实生活写作，深入群众生活，深入人民的心灵情感世界，更多地描写和表现改革开放时代人民群众的日常生活。

40 年文学发展的基本规律

1. "深入生活、扎根人民"是优秀作家成长和优秀作品诞生、文学发展的必由之路。改革开放伟大实践是文学最基本的母题，人民群众生活是文学创作唯一的源泉。作家要从时代实际、人民生活中找寻和汲取创作素材题材、内容主题、诗情画意、艺术语言。文学始终要与时代同步、与人民同心，与时俱进，开拓创新。

2. 以人为本以人民为中心是文学实现发展的根本要求和创作导向。表现和体现人民的主体地位，作为创作主体的作家积极性、能动性的充分调动与发挥，是文学发展的不竭动力。

3. 文学生态优化是文学发展的必要条件。百花齐放百家争鸣方针的贯彻落实，艺术民主思想解放氛围的营建和保持，包容并蓄的文化生态，都为作家创造了充足的创作自由，为文学发展创造了良好的环境土壤。

4. 中华民族传统文学和文化是文学创作基础性的精神资源和艺术资源，对传统资源必须去粗存精、去伪存真、古为今用。文学要注重传承传统，从民族文学、文化传统以及民间文化中汲取丰富营养，传承中华审美体系。

5. 必须坚持全球化背景下的本土写作，对外来文学、文化必须去糟粕存精髓，洋为中用，根据中国国情和文学创作的实际，借鉴吸收外国优秀文学、文化精华，用以推动中华民族文学的发展进步。

（2018 年 10—11 月）

论邓小平文艺思想中的以人为本精神

作为邓小平理论重要组成部分的邓小平文艺思想，是邓小平站在马克思主义的立场上，从我国新时期文艺发展的现实出发，对百废待兴的文艺建设所面临的一系列基本问题所做出的科学理论概括，是对新时期文艺发展规律的客观反映，是马克思主义文艺理论与中华民族新的历史发展阶段紧密结合的产物，是引导中国特色社会主义文艺持续繁荣发展的光辉旗帜。

邓小平文艺思想之所以成功地成为新时期中国特色的马克思主义文艺理论，最重要的是因为这一文艺思想自始至终贯彻着解放思想、实事求是、以人为本的精神。

一

在文艺创作主体上坚持"以人为本"，将其确立为文艺发展繁荣的关键。主要体现在：

第一，从思想上、精神上和人身上解放文艺工作者，重新赋予其充足的创作空间和创作自由。

"文革"十年，社会主义文艺事业受到了致命的摧残，文艺园地几成一片废墟。粉碎"四人帮"以后，邓小平同志首先推翻了林彪、"四人帮"等人鼓吹的"文艺黑线专政论"，号召尊重知识，尊重人才。1978 年 3 月，在全国科学大会上，他提出，为社会主义服务的脑力劳动者是劳动人民中的一部分。

"由此，党扭转了多年来对知识分子的'左'的政策，知识和知识分子重新受到重视。这使科学、教育、文艺等各个领域的知识分子受到极大鼓舞。一大批被长期禁锢的电影、戏剧及其他中外优秀文艺作品得到解放，文联、作协等群众团体重新恢复工作，各种文艺创作逐步活跃起来。"① 与此同时，他领导和支持关于实践是检验真理的唯一标准的大讨论，批判"两个凡是"的错误思想。1978 年 12 月 13 日，在为十一届三中全会做准备的中央工作会议上，邓小平提出"解放思想，实事求是，团结一致向前看"。所有这些，直接引发了一场新的思想解放或称思想启蒙运动。这次思想解放（启蒙）运动，就是要"彻底破除林彪、'四人帮'制造的现代迷信，坚决摆脱他们的所谓'句句是真理'这种宗教教义式的新蒙昧主义的束缚，把马列主义、毛泽东思想的普遍真理，同在中国实现社会主义现代化这个新的革命实践，紧密地结合起来。"② 文艺工作者在这场思想启蒙中既是教育者，也是受教育者；既是启蒙者，也是受启蒙者。经过这场思想启蒙，他们的身心告别了扭曲畸态，重新回到了自主常态，每一位文艺工作者在一种较为宽松的意识形态氛围中，都能以一种比较舒畅自如的姿态和心态，较为自由地进行创作。可见，邓小平提出的"解放思想，实事求是"从根本上解除了文艺工作者的精神枷锁和思想束缚，释放了其蕴蓄已久的巨大的创作能量。

1979 年 5 月中共中央撤销了《部队文艺工作座谈会纪要》，宣告了林彪、"四人帮"炮制的所谓"文艺黑线专政论"的彻底破产。在邓小平的积极主张、关心支持下，文艺界逐步落实党的知识分子政策，在"文革"中遭到诬陷迫害的文艺家、文艺作品——得到平反，过去受到人民欢迎的一大批文艺作品成为"重放的鲜花"，重新回到人民生活中；广大的文艺工作者从人身到思想和精神都重获自由，开始重振精神，心情舒畅，投入火热的生活和创作中去，从而涌现出了许多优秀的小说、诗歌、戏剧、电影、曲艺、报告文学以及音乐、舞蹈、摄影、美术等作品。在这样的历史条件下，1979 年 10 月，在党中央的关心支持下，中国文学艺术工作者第四次代表大会召开，邓小平在会上亲致祝

① 中共中央党史研究室著，胡绳主编：《中国共产党的七十年》，中共党史出版社，1991 年 8 月第 1 版，第 482 页。

② 周扬：《三次伟大的思想解放运动——在中国社会科学院召开的纪念"五四"运动六十周年学术讨论会上的报告》，《人民日报》1979 年 5 月 7 日。

词。祝词继承毛泽东《在延安文艺座谈会上的讲话》的精神，同时结合新的历史条件和文艺发展的现实，创造性地提出文艺不从属于"临时的、具体的、直接的政治任务""在文艺创作、文艺批评领域的行政命令必须废止"，号召各级党委要"着重帮助文艺工作者继续解放思想""从各个方面，包括物质条件方面，保证文艺工作者充分发挥自己的聪明才智"；提出，对文艺家"写什么，怎么写"不要横加干涉，要由其在艺术实践中去探索和逐步求得解决，等等。① 所有这些，都完全是从广大文艺工作者的切身利益、切肤感受、现实需要出发，从文艺的特征和发展规律出发的正确主张，处处体现着关心人、尊重人、以人为本的精神。也正因此，这篇祝词受到了广大文艺工作者热烈的欢迎，二十几年来成为指导我国社会主义文艺事业的纲领性文件，客观上对新时期以来文艺的发展繁荣起到了推动和指引方向的作用。

解放思想，实质上是解放人。解放人实质上就是解放生产力，因为人是生产力中最活跃的、起革命性作用的因素。反过来，解放生产力，最关键的、最重要的则是解放人。十一届三中全会以来，邓小平同志领导的全面改革，客观上也很好地解放了精神生产力和文艺生产力。在文艺领域，文艺工作者——"人"的解放与文艺生产力的解放是相辅相成、互促互进的。正是由于"人"的解放，创作主体重新寻回了自己的地位，寻回了自己的创作"自由"，迸发出了极大的创作、创造的激情和热情，由此带来了近二十几年来文艺"百花齐放，百家争鸣"欣欣向荣的局面。

第二，尊重知识，尊重人才，尊重文艺工作者的个人价值和尊严。

邓小平十分重视文艺人才及其培养，人才被视为社会发展和国家竞争力的核心要素，被视为发展精神和文艺生产力的决定性因素。早在解放前，他就呼吁"要造就大批的青年文化工作者，同时提高原有文化工作者的素养"②。粉碎"四人帮"后不久，他又大声疾呼要"尊重知识，尊重人才"，把重视知识和重视人才联系在一起；③ 接着又把珍视劳动与珍视人才并提，一再要求恢复

---

① 邓小平：《在中国文学艺术工作者第四次代表大会上的祝词》，《邓小平文选》第二卷，人民出版社，1994年10月第2版，第213页。

② 邓小平：《一二九师文化工作的方针任务及其努力方向》，《邓小平文选》第一卷，人民出版社，1994年10月第2版，第28页。

③ 邓小平：《尊重知识，尊重人才》，《邓小平文选》第二卷，人民出版社，1994年10月第2版，第41页。

重估中国当代文学价值

知识分子的名誉,^① 落实知识分子政策,为他们解决诸如改善生活待遇等切身问题。1979 年 10 月,在第四次"文代会"上的祝词中,他特别指出:"文艺工作者理应受到党和人民的信赖、爱护和尊敬。"1984 年 10 月,在中央顾问委员会第三次全体会议上,他明确提出:事情成败的关键就是能不能发现人才,能不能用人才。后来又不断强调:"中国的事情能不能办好……从一定意义上说,关键在人。"^② 在肯定"科技是第一生产力"的同时,邓小平事实上提出了"人才是第一资源"的观点。^③ 他不止一次地说过,人才问题"是个战略问题,是决定我们命运的问题"^④。正是因为邓小平同志对人才在经济社会发展中所占核心地位的清醒认识,所以他要求我们一定要"造就一种环境,使拔尖人才能够脱颖而出",^⑤"不仅要从思想上,而且要从工作制度上创造有利于杰出人才涌现和成长的必要条件","从各个方面,包括物质条件方面,保证文艺工作者充分发挥自己的聪明才智",使他们在艺术实践和艺术探索中不断成长。他认为,在我们这样一个人口众多的大国里,"杰出的文艺家实在太少了"^⑥,文艺队伍"现在不是大了,是小了。要培养人才,发现新作者,要使他们开眼界。"^⑦

在邓小平文艺思想中,文艺工作者个人的价值和尊严得到了足够的重视。在社会主义社会中,在个人和社会的关系上,人的价值包括两个方面,即:社会对个人的尊重和满足;个人对社会的责任和贡献。邓小平一再强调要尊重文艺工作者的劳动,提出,"要同一切轻视文化工作的倾向做斗争";指出,"不

---

① 邓小平:《关于科学和教育工作的几点意见》,《邓小平文选》第二卷,人民出版社,1994 年 10 月第 2 版,第 50—51 页。

② 邓小平:《在武昌、深圳、珠海、上海等地的谈话要点》,《邓小平文选》第三卷,人民出版社,1993 年 10 月第 1 版,第 380 页。

③ 秦宏灿:《邓小平人才人事理论的框架与特色》,《中国行政研究》1998 年第 11 期。

④ 邓小平:《老干部第一位的任务是选拔中青年干部》,《邓小平文选》第二卷,人民出版社,1994 年 10 月第 2 版,第 384 页。

⑤ 邓小平:《改革科技体制是为了解放生产力》,《邓小平文选》第三卷,人民出版社,1993 年 10 月第 1 版,第 107 页。

⑥ 邓小平:《在中国文学艺术工作者第四次代表大会上的祝词》,《邓小平文选》第二卷,人民出版社,1994 年 10 月第 2 版。

⑦ 邓小平著,中国作家协会编:《同文化部负责同志的谈话》,《邓小平论文学艺术》,作家出版社,1998 年 11 月第 1 版,第 111 页。

论是对于满足人民精神生活多方面的需要，对于培养社会主义新人，对于提高整个社会的思想、文化、道德水平，文艺工作都负有其他部门所不能代替的重要责任。"① 在邓小平文艺思想中，文艺工作者被赋予了崇高的、相当独立自主的地位和重大的使命与责任。他希望越来越多的文艺工作者成为名副其实的人类灵魂工程师。把作家艺术家称为"人类灵魂工程师"，早在1932年斯大林就曾提出过。② 邓小平结合中国新时期的新形势新条件，提出，文艺工作者作为灵魂工程师，"应当高举马克思主义的、社会主义的旗帜，用自己的文章、作品、教学、讲演、表演，教育和引导人民正确地对待历史，认识现实，坚信社会主义和党的领导，鼓舞人民奋发努力，积极向上，真正做到有理想、有道德、有文化、守纪律，为伟大壮丽的社会主义现代化建设事业而英勇奋斗。"③

第三，尊重文艺工作者的个性，鼓励发挥个人的创造精神，鼓励创新；提倡"百花齐放"，提倡创作多样化。

早在延安文艺座谈会之前的1941年5月，在《一二九师文化工作的方针任务及其努力方向》中，邓小平就提出："要经常鼓励文化工作者的工作热忱，大大发挥他们的积极性和创造性"。1979年10月在第四次"文代会"上，邓小平更深刻指出，"文艺这种复杂的精神劳动非常需要文艺家发挥个人的创造精神。写什么和怎么写，只能由文艺家在艺术实践中去探索和逐步求得解决。在这方面，不要横加干涉。"他引用列宁的话说，在文艺事业中，"绝对必须保证有个人创造性和个人爱好的广阔天地，有思想和幻想、形式和内容的广阔天地"。"文艺的路子要越走越宽，在正确的思想指导下，文艺题材和表现手法要日益丰富多彩，敢于创新。要防止和克服单调刻板、机械划一的公式化概念化倾向。"从这些话中可以看出邓小平对文艺工作者个性和个人创造精神的高度尊重和重视。正因为文艺创作是一种复杂的精神劳动，所以它特别需要调动和发挥文艺工作者的主观能动性，调动他们的积极性和创作热情、创作激情，充分发挥他们的创造精神和创新意识。正因为文艺工作者个体存在着民族、职

---

① 邓小平：《在中国文学艺术工作者第四次代表大会上的祝词》，《邓小平文选》第二卷，人民出版社，1994年10月第2版。

② 《斯大林全集》第十三卷，人民出版社，1956年版，第358页。

③ 邓小平：《党在组织战线和思想战线上的迫切任务》，《邓小平文选》第三卷，人民出版社，1993年10月第1版，第40页。

重估中国当代文学价值

业、年龄、生活经历、教育程度等等的不同，存在着个人性格、人生体验、审美爱好、审美情趣、创作风格等方面的差异，他们的创作必然存在着较大的个体差异，显示出鲜明的个性特征。邓小平文艺思想承认并鼓励这些个性的存在和发展，并从文艺接受者（人民群众）的角度论证了其存在的必要性和合理性。他认为，我国人口众多，不同生活环境、生活背景的人们，有多样的生活习俗、文化传统和艺术爱好，因此，不论是雄伟、严肃、哲理，还是细腻、诙谐和抒情，只要能够使人们得到教育和启发，得到娱乐和美的享受，都应当在我们的文艺园地里占有自己的位置。[①]

正是基于对文艺工作者及其创作的个性、差异性的认同与肯定，基于对人民群众文艺欣赏、文艺需求多样性的正确认识，邓小平反复强调了由毛泽东同志制定的，文艺创作要百花齐放、推陈出新、洋为中用、古为今用的社会主义文艺的发展方针。"在艺术创作上提倡不同形式和风格的自由发展，在艺术理论上提倡不同观点和学派的自由讨论。"实际上就是要求文艺在"二为"方向的前提下，弘扬主旋律，提倡多样化。这一思想是对文艺创作规律与接受规律的科学认识和深刻把握的突出表现，正确指出了在新的历史条件下中国文艺的发展道路，因此对于我们的文艺事业具有长远的和现实的指导意义。

同时我们必须注意，在邓小平看来，鼓励发挥文艺工作者个人的创造精神、创新意识，肯定其个性和价值，决不能不考虑作品的社会影响，不能不考虑人民的利益、国家的利益和党的利益；发挥文艺工作者的主观能动性，重视其个人体验和个性的抒发与表达，也决不能脱离人民生活，决不能割断与人民思想感情的相通，与时代精神的交汇。他认为，文艺工作者的艺术生命，"就在于他们同人民之间的血肉联系，忘记、忽略或是割断这种联系，艺术生命就会枯竭"；文艺工作者要"自觉地在人民的生活中汲取题材、主题、情节、语言、诗情和画意，用人民创造历史的奋发精神来哺育自己"。

尊重创作者的个性，提倡"百花齐放"的同时，也要注意对文艺创作的引导。这种引导又是在承认和尊重创作者个性的前提下进行的，不是"发号施令""横加干涉"，而是要帮助他们自觉学习马列主义、毛泽东思想，高举马克思主义的、社会主义的旗帜，坚持"为社会主义服务，为人民服务"的方向，

---

① 邓小平：《在中国文学艺术工作者第四次代表大会上的祝词》，《邓小平文选》第二卷，人民出版社，1994 年 10 月第 2 版，第 210—211 页。

引导他们自觉接受人民群众的教育和哺育。这种引导是贯彻执行党的文艺方针政策，做好服务工作，真正做到团结鼓劲、尊重信任、热情帮助。

二

邓小平文艺思想以人民为核心，正是对"以人为本"精神的贯彻和体现。

毛泽东同志说，"世间一切事物中，人是第一个可宝贵的。"邓小平同志说，社会主义事业成败"关键在人"；又说，"人的因素重要，不是指普通的人，而是指认识到人民自己的利益并为之而奋斗的有坚定信念的人。"① 这里所说的"人"都不是指抽象的人，而是不能脱离人们的物质生产活动和人们之间的社会关系的人，是社会的人，实践的人，现实的人。马克思指出："人的本质并不是单个人所固有的抽象物。在其现实性上，它是一切社会关系的总和。"② 马克思、恩格斯又说："只有在集体中，个人才能获得全面发展其才能的手段，也就是说，只有在集体中才可能有个人自由。"③ 马克思主义者从来不抽象地、孤立地看待"人"，而总是把"人"放到一定的社会关系、一定的生产关系和集体中进行考察和思考。具体到当下的中国，这个"人"的集体可以等同于"人民"，我们倡导"以人为本"时，实际上指的都不是孤立的人，抽象的人，单纯生理意义上的人，而指的是现实的人，实践的人，社会主义的人，也就是人民。

社会主义精神文明建设所关注的主体是人，而建设的根本目标则是培育"四有"新人。在邓小平文艺思想体系中，"人"——人民，始终是处于最核心的地位，是理论的出发点和立足点；人的需要和人的全面发展成了他关注的焦点。这，正是邓小平文艺思想中"以人为本"精神的实际贯彻和具体体现。

第一，社会主义文艺要反映"人们在各种社会关系中的本质"，也就是要刻画"人"，表现"人"。

---

① 邓小平：《用坚定的信念把人民团结起来》，《邓小平文选》第三卷，人民出版社，1993 年 10 月第 1 版，第 190 页。

② 马克思：《关于费尔巴哈的提纲》，《马克思恩格斯选集》第一卷，人民出版社，1972 年版，第 18 页。

③ 马克思、恩格斯：《德意志意识形态》，《马克思恩格斯全集》第三卷，人民出版社，1960 年版，第 84 页。

重估中国当代文学价值

邓小平说，"我们的社会主义文艺，要通过有血有肉、生动感人的艺术形象，真实地反映丰富的社会生活，反映人们在各种社会关系中的本质，表现时代前进的要求和历史发展的趋势。"而在马克思主义中的"人"就是"各种社会关系的总和"，所以，"反映人们在各种社会关系中的本质"，实际上就是要刻画人，表现人，揭示人的本质，体现他所生活于其中的那个社会的性质和他所从属的那个阶级和阶层的"人性"。

邓小平把自己定位为"中国人民的儿子"，在他眼中，中国人民"勤劳勇敢，坚韧不拔，有智慧，有理想，热爱祖国，热爱社会主义，顾大局，守纪律。几千年来，特别是五四运动以后的半个多世纪来，他们满怀信心，艰苦奋斗，排除一切阻力，一次又一次地写下了我国历史上光辉灿烂的篇章"。他要求，"文艺创作必须充分表现我们人民的优秀品质，赞美人民在革命和建设中、在同各种敌人和各种困难的斗争中所取得的伟大胜利。"① 他反对所谓的文艺的最高目的就是"表现自我"，以及宣传抽象的人性论、人道主义。② 他要求文艺工作者付出更大的努力，去"塑造四个现代化建设的创业者，表现他们那种有革命理想和科学态度、有高尚情操和创造能力、有宽阔眼界和求实精神的崭新面貌"。这也是社会主义文艺的重要任务和努力目标。

第二，人民是文艺工作者的母亲，是艺术的源泉，文艺要在人民的历史创造中进行自己的创造，要围绕社会主义的"人"——人民的生活来展开。

人民群众始终是社会生活、社会实践的主体。人民创造着历史，不仅创造着物质财富，也创造着精神财富。人民的社会生活蕴藏着丰富的文艺创作的原料和资源，这些原料和资源虽然是粗糙的、自然形态的，"但也是最生动、最丰富、最基本的东西；在这点上说，它们使一切文学艺术相形见绌"，没有这些粗糙却新鲜的原料，那"比普通的实际生活更高，更强烈，更有集中性，更典型，更理想，因此就更带普遍性"③ 的文艺作品便无从产生。人民的社会生活永远是一切文学艺术取之不尽、用之不竭的唯一源泉。

① 邓小平：《在全国文学艺术工作者第四次代表大会上的祝词》，《邓小平文选》第二卷，人民出版社，1994年10月第2版。

② 邓小平：《党在组织路线和思想战线上的迫切任务》，《邓小平文选》第三卷，人民出版社，1993年10月第1版，第43页。

③ 毛泽东：《在延安文艺座谈会上的讲话》，《毛泽东选集》第三卷，人民出版社，1991年版，第860，861页。

文艺是什么？文艺归根到底就是通过各种艺术形式对人民社会生活的形象化反映。邓小平说，人民需要艺术，艺术更需要人民。文艺工作者要"自觉地在人民的生活中汲取题材、主题、情节、语言、诗情和画意，用人民创造历史的奋发精神来哺育自己"，要"在人民的历史创造中进行艺术的创造，在人民的进步中造就艺术的进步"①。离开了人民的历史创造活动，文艺就会变成无本之木，无源之水。保持同人民生活的血肉联系，这是社会主义文艺兴旺发达的根本之路。新时期以来我国的文艺实践证明，文艺工作者只有以人民儿子的情感，贴近生活，贴近实际，贴近群众，面向民族历史和现实，面向时代，其创作才会有生气，才会充满活力，人民才会欢迎和满意。文艺工作者唯有带着强烈的使命感，走向纷繁壮阔的现实生活，深入了解人民，熟悉人民，向人民学习，并通过这一途径来深化理解时代精神和感应民族心灵，才有可能创作出为老百姓所喜闻乐见的精品力作。

第三，"人民需要艺术，艺术更需要人民"——邓小平文艺思想的灵魂和精髓在于文艺要为人民，把社会主义"人"（人民）的精神文化需求推崇到最高的位置，把人民的根本利益/社会效益作为考量文艺作品及艺术生产成就的最高准则。

邓小平说，我们的文艺属于人民。属于人民的社会主义文艺首先也必然地要为人民服务。这就要求"对人民负责的文艺工作者，要始终不渝地面向广大群众，在艺术上精益求精，力戒粗制滥造，认真严肃地考虑自己作品的社会效果。力求把最好的精神食粮贡献给人民"，提高人民的精神境界和社会主义觉悟，培养一代又一代有理想、有道德、有文化、守纪律的社会主义新人。换言之，文艺为人民，就是要"以科学的理论武装人，以正确的舆论引导人，以高尚的精神塑造人，以优秀的作品鼓舞人"；亦即，要努力满足人在教育、审美、娱乐、情感、心理等方面的需求，促进人的思想道德文化素质的全面发展。

要实现文艺为人民的目标，就要求我们的文艺工作者首先要树立正确的世界观，树立为人民服务的思想，其次要贴近群众，贴近实际，贴近生活，要深入群众生活，"与人民打成一片，同人民建立血肉不可分离的关系"，虚心向人民群众学习，从人民生活中汲取丰富的艺术内容和形式，"要将自己的作品就

① 江泽民：《在中国文联第六次全国代表大会、中国作协第五次全国代表大会上的讲话》。

教于大众，倾听大众的意见"。就要求我们的文艺工作者要借鉴和学习古今中外一切优秀的和进步的艺术成果，"认真钻研古今中外艺术技巧中一切好的东西，创造出具有民族风格和时代特色的完美的艺术形式"，也就是要"推陈出新，古为今用，洋为中用"，要让文艺作品为人民群众所喜爱，真正使人民"得到教育和启发，得到娱乐和美的享受"，"给他们以积极进取、奋发图强的精神"。

文艺要为人民，就必须解决好普及和深造（提高）的关系。这就要求我们的文艺工作要"深入群众底层"，"为大众所接受所把握"，要求文艺作品要具有"丰满的现实内容和生动的艺术性"，形式要"为群众所熟悉所喜闻乐见"，"真正做到大众化"，"把普及和深造结合起来"①。

文艺要为人民，就必须把人民的需要、人民的根本利益放在首要的位置。就是要把社会效益作为考量文艺作品成败得失的最高准则。要坚决反对和抵制低级庸俗的内容和形式，反对和抵制资本主义和一切剥削阶级腐朽思想的侵蚀，反对和抵制社会主义市场经济条件下在艺术生产中唯利是图、"一切向钱看"的倾向。

文艺要为人民，就决定了文艺"作品的思想成就和艺术成就，应当由人民来评定"。1979 年，邓小平指出，社会主义现代化建设就是我们目前最大的政治，这也是广大人民群众根本利益之所在，"对实现四个现代化是有利还是有害，应当成为衡量一切工作的最根本的是非标准。"1983 年，邓小平强调："各项工作（这里理所当然地包括文艺——笔者）都要有助于建设有中国特色的社会主义，都要以是否有助于人民的富裕幸福，是否有助于国家的兴旺发达，作为衡量做得对或不对的标准。"② 1992 年在南方视察时，邓小平语重心长地提出"三个有利于"的判断标准③。落实到文艺上，就是要求为人民的文艺必须有利于发展社会主义的精神/文化生产力，有利于增强社会主义国家的综合国力（文化竞争力/文化实力），有利于提高人民的精神文化生活水平。

---

① 邓小平：《一二九师文化工作的方针任务机器努力方向》，《邓小平文选》第一卷，人民出版社，1994 年 10 月第 2 版，第 26—28 页。

② 邓小平：《各项工作都要有助于建设有中国特色的社会主义》，《邓小平文选》第三卷，人民出版社，1993 年 10 月第 1 版，第 23 页。

③ 邓小平：《在武昌、深圳、珠海、上海等地的谈话要点》，《邓小平文选》第三卷，人民出版社，1993 年 10 月第 1 版，第 372 页。

邓小平理论在中国进入全面建设小康社会新时代的今天的发展，就是"三个代表"的重要思想。用"三个代表"重要思想统领文艺事业，就要求中国特色社会主义文艺必须代表先进精神/文化生产力的发展要求，代表先进文化的前进方向，代表最广大人民的根本利益。"三个代表"的落脚点和灵魂，也是中国共产党的建党宗旨，就是"全心全意为人民服务"，就是要"代表最广大人民的根本利益"。换言之，就是要"以人为本"。这也正是中国特色社会主义文艺的落脚点和灵魂，是邓小平文艺思想中处处贯彻和体现出的核心精神。

人是生产力中最活跃、最具革命性的因素，社会主义巨大的优越性，归根结底要通过更发达的生产力来体现。所以，社会主义的"人"是决定中国发展富强、中华民族伟大复兴的最关键的因素。基于此，党的十六届三中全会首次提出，"坚持以人为本，树立全面、协调、可持续的发展观，促进经济社会和人的全面发展"。文艺作为我国社会主义精神/文化生产力的重要组成，目前还远远不能满足人民群众日益快速增长的精神文化需求，其国际竞争力还很弱，因此就尤其要认真贯彻和实践"求真务实，以人为本"的精神，要紧紧抓住文艺创作主体和文艺接受者这两个关键，全面提升社会主义的"人"（人民）的思想道德文化素质，促进人的全面发展，繁荣中国特色社会主义文艺，为增强国力，推动民族复兴做出我们应有的贡献。

（注：本文修改过程中吸纳了雷达、吴秉杰先生的意见。2003 年曾以"中国作协创研部"名义发表，并获得纪念邓小平诞辰 100 周年理论征文奖。）

发挥文学提升国家软实力的作用

胡锦涛同志在党的十七大报告中指出，当今时代，文化越来越成为民族凝聚力和创造力的重要源泉、越来越成为综合国力竞争的重要因素。第一次在中国共产党全国代表大会上将文化提高到了国家软实力的高度。这充分体现了我们党根据国际国内形势变化和时代前进要求，审时度势与时俱进，进行理论创新的勇气和胆魄，也是文化在国家发展和国际竞争中地位与作用日益彰显的具体表现。

国家软实力主要体现在文化上。过去我们讲工业、农业、国防、科技现代化，都是强调国家硬实力。现在我们讲经济建设、政治建设、文化建设和社会建设现代化，特别突出和强调国家软实力建设。文化建设是与经济建设、政治建设、社会建设同等重要的，是我们要全面实现小康社会新的"四个现代化"的一大指标。

国家硬实力指的是国家的物质力量、物质生产力，包括经济、科技、国防、外交等方面的能力。国家软实力就是精神生产力、文化生产力，包括文化艺术、宗教、法律等一系列意识形态的和精神领域的力量与实力。

软实力是构成综合国力的重要因素，在国家发展中占据着极其重要的战略地位，在新"四化"建设中起着举足轻重、不可或缺、无法替代的作用。首先，软实力能够对硬实力产生支持力。以文化为主要代表的软实力可以为物质生产力营造良好的人文环境和文化生态，创造和谐协调的经济社会发展氛围，构建思想基础，凝聚民族力量，对国家硬实力起着重要的精神支撑和智力支持作用。其次，软实力也能对硬实力产生推动力。硬实力的基础是物质生产力，而人才是第一位的资源，人是生产力中最活跃最革命的因素，是推动生产力发展的活的动力，软实力的发展进步可以提高全体劳动者的科学文化素质，推动人的全面进步和协调、可持续发展，提供人文关怀和心灵抚慰，从而推动物质生产力也就是硬实力的发展。软实力在一定条件下还可以转化成硬实力。文化产业化，文化、信息、资讯等精神产品的交易、使用、输出等都可以直接创造物质财富，产生经济效益和物质利益。

文学是组成文化的一个主要内容。作为一切艺术样式的母本，为其他艺术样式提供母题的文学在提升国家软实力中具有重要地位和作用。首先，文学能为国家硬实力发展提供思想保证、精神支撑和智力支持。文学作为一种文化、精神产品，作为一种宣传产品，能够起到以科学的理论武装人，以正确的舆论引导人，以高尚的精神塑造人，以优秀的作品鼓舞人的作用。通过贯彻以人为本，对人的人文关怀和精神关怀，文学可以满足人们的精神需求，丰富人们的精神世界，增强人们的精神力量，促进人的全面发展。文学可以自觉参与构建中华民族共同的精神家园，提升每位劳动者的综合文化素质，提高全社会的文明程度，发挥凝聚人、团结人、鼓舞人、引导人、教育人、愉悦人的独特功能，发挥文学作为一种重要文化软实力的作用。

其次，文学的对外译介和传播可以帮助树立中华民族文化新形象，塑造中国国家新形象。国家形象是一个国家的无形资产，是国家软实力的体现。文学作品译介到国外、版权输出既可以带来一定的经济效益，更能产生国际影响力，有助于塑造中国的文化形象。文学作品还可以借助改编成影视剧、动漫等其他艺术样式而输出国外。文学主要是通过状摹、刻画、表现中国的人、物、事，立体式、全方位地、有血有肉地建构中国形象。"人"是独特的中国人，体现着中国人独特的生活方式、行为方式、思维方式、语言方式、接人待物方式。代表性的人物如孔子、唐太宗、毛泽东、孙中山、邓小平这样的伟人，文体科教等方面的名人如作家巴金、沈从文，影视界如章子怡、巩俐、张艺谋。这些都是真实的历史人物或现实人物。文学所表现的"人"还包括虚构的人物，也就是想象中的中国人。如鲁迅先生笔下的阿Q，成龙塑造的"中国超人"系列形象等。"物"是特有的中国事物、器物或物品，涉及中国人日常生活的方方面面，如汉字、书法、国画、中医、中药、民歌、戏曲、菜肴、食物、风俗、礼仪、四大发明、龙、春节、武术、皮影戏、筷子、灯笼、对联、人民币等，也包括如小脚、长辫之类的丑陋事物。"事"是在中国发生的事情、事件等：五千年文明史、灾难深重的近现代史、自强不息的新中国、恢弘壮阔的改革开放、新世纪的科学发展等。具体如，丝绸之路开辟、唐僧取经、元军西征、郑和下西洋、鸦片战争、红军长征、抗日战争、原子弹爆炸、载人航天、青藏铁路、"嫦娥"奔月、北京奥运会等。文学就是通过书写和反映中国的人、物、事来塑造中国形象，影响外国受众对于中国的印象、认识与看法等。

从历史上看，从先秦诸子散文、孔孟老庄到唐诗宋词元曲明清小说，璀璨绚丽的古典文学为中国国家形象的塑造产生了卓著的作用，中国古典文学相当大地影响了欧洲文艺复兴，影响了欧洲近现代文学。当代文学亦有大量作品被译介到国外，获得了众多重要的国际奖项，受到了外国有识之士的中肯评价。据笔者统计，仅国家图书馆收藏的英、法、德、意、西等欧洲语种的中国当代文学译作即在460种以上，中国有作品被译介成西方文字的当代作家在150位以上。根据中国当代文学作品改编的电影等艺术作品频频在国际上得奖，在影响外国人和国际社会对于中国的印象、认识、看法、感受等方面都产生了较大的作用，对塑造中国形象也有很大贡献。

中国的和平发展需要一个长期稳定、对我友善的国际环境，对中国的国家形象进行科学、理性、积极的自我定位显得尤为迫切和重要。中国形象的基本定位应该包括：历史悠久深厚的世界文明古国，讲礼、崇信、尚义的礼仪之邦，勇担责任的泱泱大国，不断寻求变革、团结进取、尊重人权、关怀民生、坦诚友善、平等和谐的发展中国家。在当今信息全球化的背景下，文化成为国家重要的软实力、文化竞争日趋激烈，我们的文学要从我国的实际出发，着眼于塑造和建构一个理想中的国家形象，大力倡导我们的文学将主要精力和创作激情放在描写正面积极的、充满人情味的、高尚优美的中国人和事，展现优雅人生，体现传统美德。即使是描写落后事物、揭示社会阴暗和丑陋的内容，也要分清主流与支流，充分表现中国人的人性美和美好心灵。要让外国受众从中国文学作品中认识和感受到一个充满活力和希望、以人为本、科学发展、和谐进步的国家。

有鉴于此，我们当下的要务是更加自觉地尊重并遵循艺术规律，更加主动地发挥文学在提升国家软实力中的重要作用。

文学是语言的艺术，追求语言的质地和诗情画意。这就要求我们的文学创作要运用优美的汉语、优雅的汉语表达，来塑造中国的人、物、事，展现中华民族的优秀文化。譬如，莫言小说运用汪洋恣肆、天马行空的语言，使用诸如"透明的红萝卜""红高粱""白狗秋千架""丰乳肥臀"这样鲜明或诗意的意象，来表达对中华民族最强悍、最具生机的源源不绝的原始生命力的歌颂与赞美。他的小说在赢得国内读者欢迎的同时，在国际上也大受赞赏，改编成电影亦多次在国际上获奖。

文学是想象的艺术。要尊重作家的创作主体地位，充分调动创作者的主观能动性，激发创作活力与热情，让作家的创作激情及才情充分迸发和涌流，借助形象思维和丰富斑斓的艺术想象，来表现中国人民的美好心灵和精神世界。

文学具有独特的民族性。越是民族的便越容易成为世界的，文学是民族性与世界性的统一。要树立起中国特色、中国作风、中国气派、中国风格的标杆，注意向民族文化、民间文化学习，向群众生活学习，努力去表现中华民族独特的价值观、世界观、人生观，表现民族特有的心理积淀和文化底蕴，锻造富于民族个性的文学。对民族风土人情、文化特色的描写与表现是近年来广受好评的部分长篇小说共同的审美特征。譬如，对蒙古文化的开掘有冉平的《蒙古往事》，对藏文化的挖掘前些年有阿来的《尘埃落定》、近年有范稳的《水乳大地》《悲悯大地》，对狼文化、草原文明的表现有姜戎的《狼图腾》，对狗文化、人与狗和谐关系的描写有杨志军的《藏獒》。其中，《狼图腾》国内销量已突破200万册，获得首届"曼氏亚洲文学奖"，并以110万美元预付金卖出了全球25种语言的版权，产生了巨大的社会影响。

文学发展具有鲜明的传承性。文学的传承性正是文明、文化具有传承性的具体体现。中国文学和中国士子/知识分子的传统是爱国忧民、感时忧世，是天下兴亡匹夫有责，是先天下之忧而忧后天下之乐而乐，是富贵不能淫贫贱不能移威武不能屈的高尚气节，是仁、义、礼、智、信的人格美德，是勇于担当、敢于做一时代的良知和全民族的良心……今天，中华文化孕育和滋养的中国作家越来越增强了文化的自信与自觉，越来越注重向文学传统学习，向历史学习，向传统经典借鉴，古为今用，吸收精华，从中汲取艺术创作主题和母题，延续中华民族的精神命脉，保持中华文化的独立品格，创造具有中国作

重估中国当代文学价值

风、中国气派的艺术形象，展示中国文化的无穷魅力。

同其他文化形式一样，文学发展具有交融性。中国文学要勇于面对并充分利用国内文化和国际文化两个资源，在与其他文化的相互激荡、碰撞、吸引与交汇中，文学要主动借鉴人类一切优秀文明成果，混合吸纳异质文明，获取新鲜的精神血液。对外国文学和文化要采取鲁迅先生提出的"拿来主义"，放出眼光，自己动手，扬弃升华，洋为中用。同时要警惕西方文化霸权主义的思想渗透以及西方腐朽没落思想的侵蚀，维护国家文化安全；还要大力推进中国文学走向世界，最大限度地扩大中国文学出口和在世界的传播。先锋派代表作家余华在谈到《活着》的创作时写道："我听到一首美国民歌《老黑奴》，歌中那位老黑奴经历了一生的苦难，家人都先他而去，而他依然友好地对待世界，没有一句抱怨的话。这首歌深深打动了我，我决定写下一篇这样的小说，就是这篇《活着》，写人对苦难的承受能力，对世界乐观的态度。"《活着》正是吸取了美国民歌《老黑奴》的主题和故事脉络，以感人肺腑却不动声色的故事讲述，向人们展示了活着本身的高尚、艰难与伟大，从而激发人们对于人类共同生存及生存处境的思考。可以说，改革开放以来的"新三十年文学"，一辈辈作家都比较深刻地接受了外国文学的浸润和滋养。

文学具有普适性。借助语言的艺术，通过描写和表现生死、美、人性、人心、爱情友情亲情人类共通的情感等永恒的主题，反映生命的本质、生命的痛苦与欢乐，人类的生存方式、生存状态与生存困境，展现美的艺术的魅力，表达理想主义、人文情怀、终极关怀，增强作品的吸引力和感召力，中国文学可以参与建构人类共同的精神家园，为世界读者所普遍接受。譬如，刘恒的小说注重从人的食、性、居等最基本的生理需要出发，来探寻人性，探寻百姓在物质与精神双重压抑下的生存状况。《狗日的粮食》是从吃的角度，从人与食物的必然联系来表现人在最低层次上生存的基本现实。《伏羲伏羲》从"性"的角度来探寻人另一种最基本的生存需求以及性需求与满足方式的扭曲、变态、原始性特征。《贫嘴张大民的幸福生活》则主要从"居"这个外在的基本需求入手，来观照人最基本的、原始纯粹的本能需要。

文学具有可观赏性，能够发挥认识、教育、审美、娱乐功能。文学是通过受众而发挥自己的社会作用的，是面向读者的艺术，要满足读者多层次多样化的需求。在文学上贯彻以人为本精神，很重要的一点就是要把人民群众作为创作的表现主体和接受主体，使文学源于人民、表现人民、服务人民。文学的发展也要依靠人民、为了人民、成果由人民共享。同时还要兼顾到国际读者，要着眼国内和国际两个阅读消费市场，积极满足两方面读者的阅读期待和阅读需求。大受诺贝尔文学奖评委马悦然推崇的作家李锐始终不遗余力地致力于对人性美的展示。他认为，"说到人和人性，我觉得它们不应当成为一种已有的、先验的、抽象的、理想的，当然就更不应当只成为西方的'专利'。西方人的痛苦是痛苦，东方人的痛苦也是痛苦"。他从吕梁山区普通农民身上开掘人性和人情美，展露人性的光辉，力图表现出如诗如梦幻般的优美。这种美是地道的中国意味的美，是一种追求天人合一、天人化一、和谐融洽境界的诗意美。作者试图表现的既是中国农民、中华民族的生存处境，也是作为人类组成之一部分的人的真实处境，这种表现业已上升到对人群关怀、对人类悲悯的高度。正因为此，他的作品在国外也找到了知音。

文学具有时代性，一时代有一时代的文学。这就要求文学创作必须与时俱进，不断探索创新，增强文学发展活力。这就要求文学要跟随时代步伐，在内容形式、体制机制、传播方式等方面推陈出新，解放和发展文学生产力。这也要求文学必须贴近实际，贴近群众，贴近生活，深入反映现实，表现全社会的共同理想、时代精神民族精神和基本道德规范，努力踏准时代前行的鼓点，弹奏出时代的最强音，成为引领时代思潮和精神走向的先锋。贾平凹对"改革文学"的最大贡献，在于他精炼而准确地把握并概括了改革时代的典型情绪和社会心态——"浮躁"。《废都》实际上延续了《浮躁》对于中国当下社会普遍情绪的思考，希冀表现此一时代——世纪末中国人的普遍心态或称时代心理、时代情绪。《废都》的立意在于尽量"客观展示当代无行文人的丑行恶德及种种社会怪现状，为当今浮躁的文界和堕落的文人树起了一面镜子"。《高老庄》《怀念狼》等提出了纯种汉人"种"退化的课题，对城市文明对人自身的扭曲、损害做进一步的读解，从乡村文明中寻索为城市弊害疗治的处方。《秦腔》以凝重的笔触讲述农民与土地的关系、新时期农民的生存状态，解读中国农村20年历史，是为将要成为绝唱的农村生活作的"挽歌"。《高兴》则关注农民进城以后的生存处境。这些作品都注重追踪时代新人新事，把握时代新精神。

文学还具有生态共生性。文学生态是多样丰富的，不能也不可能是单一的。作家个性、风格、生活文化积淀、审美情趣五彩缤纷，创作题材和主题无限丰富，读者需求多样多元多变，这些都要求文学发展需要"百花齐放"、"百家争鸣"。在弘扬主旋律的同时，大力提倡多样化，推动文学创作在题材、品种、风格、载体和传播手段等方面的极大丰富，促进文学百花园的全面繁荣。

文学是其他艺术的母本，具有艺术母本性。文学要积极并主动寻求新鲜的载体和表现形式，更加主动地利用网络、广播影视等新传媒和其他艺术样式的优势，将文学转化成其他的艺术形式，扩大文学传播和影响受众的能力，从而更好、更快、更显著地发挥文学的社会功能，发挥其在推动社会生产力特别是精神生产力发展中的作用。

总之，新世纪新阶段新形势要求文学更加自觉更加主动地发挥其提升国家软实力的作用。我们全体文学工作者肩上的任务很重，使命光荣，责任重大。十七大报告增强了我们做好文学工作、推动文学事业大发展大繁荣的自信心和自豪感。作为时代良知代表和人类灵魂工程师的文学工作者要自觉践行和表现社会主义核心价值体系，为时代鼓与呼，为人民歌与吟，为全面提升国家软实力、实现中华民族的伟大复兴贡献自己的聪明和才智。

（2007 年 12 月）

文学传播中国价值的世界性意义

古人云：文以载道，以文化人。这里的"文"指的主要便是文学。文学作为人类精神生产创造出来的一种文化产品，承载着人们精神生活、文化创造的精华内容，蕴含着深刻的"道"，可以化风成俗，引导教育启迪大众。

改革开放以来，特别是当中国的持续快速发展迈进新时代之后，中国成为了全世界关注的一大焦点和热点，中国文学也顺势应运地成为了世界关注的一个热点。中国文学在走向世界、走进外国市场和读者的同时，自然而然地被当作了中国精神和中国价值的有效载体，被当作了中国形象、中国声音的载体和代言者。

任何文学艺术都承载着一定的"道"，承载着特别的价值内涵。好莱坞大片传递的是美国式的精神、美国社会的主流价值观。日本动漫、韩国电视剧等所携带的同样是代表其本国主流价值导向的精神内涵。新世纪以来，中国文学越来越多地被译介到世界各地，党和政府也采取了许多有力举措推动中国文学"走出去"，大力加强文学对外译介和国际传播能力建设。在此过程中，认真探析和考量文学所承载的中国价值，研究这一价值的世界性意义，无疑十分重要，也尤为迫切。

一、文学必然包含价值观

价值观是人们的一种思想观念，指的是基于人的一定的思维感官之上而做出的认知、理解、判断或抉择，也就是人认定事物、辨定是非的一种思维或取向，从而体现出人、事、物一定的价值或作用。价值观对人们自身行为的定向和调节起着非常重要的作用，直接影响和决定一个人的理想、信念、生活目标和追求方向的性质。

文学这种精神产品，同时具有物质性和精神性属性，具有艺术性和思想性价值。其中的思想性价值，主要体现便是价值判断和取向，反映出特定的价值观。换言之，价值观是核，是精髓和灵魂，是基本内涵，文学则是载体。文学以文字的方式，反映人们的现实生活和思想情感，传达的都是对于自然、社会以及人类自身特定的认知、理解、判断或抉择，表达的都是一定的思想观念和价值理念。也正因此，文学能够给人们以思想启迪和价值引领，能在潜移默化耳濡目染之中改造或影响人们的思想观念。

中国文学主要以中国人、中国事为自己的创作对象，作者是拥有中国文化背景和中华民族集体心理积淀的作家。因此，中国文学必然包含着中国价值。中国价值的内涵丰富，当代中国主流的价值观即社会主义核心价值观。核心价值观是一个民族赖以维系的精神纽带，是一个国家共同的思想道德基础。社会主义核心价值观从国家、社会以及个人三个层面精炼地反映了国家和人民的价值诉求。"富强、民主、文明、和谐"是社会主义国家建设的根本目标；"自由、平等、公正、法治"是中国特色社会主义的基本价值取向；"爱国、敬业、诚信、友善"是公民恪守的基础道德规范。优秀作品要更多地传播当代中国价值观念、体现中华文化精神、反映中国人审美追求。中国当代文学的主流和主旋律大多自觉地浸润和包含着这些价值诉求，反映出中国人别具特色的思想观念和生活信条。

二、中国价值的品格和基本内涵

中国价值是中国精神的基础，体现着中国人的世界观、人生观、价值观，包括中国人对自然、对世界、对历史、对未来的看法。其来路主要是中国本土社会生活和文化，以及中国历史传承、风俗习惯和民族特性等等，体现着中华民族一脉相承的精神追求、精神特质、精神脉络。

中国价值扎根于中国优秀的文化传统，从五千多年博大精深的中华文明的厚土中不断汲取养分，是传统优秀文化精髓的结晶和升华。

从未中断的中华文明孕育出伟大的中国传统价值，包括追寻人自身生存的意义，追求合群和义利统一，知行合一，顺应自然天理，注重家国天下浑然一体。具体来说，包括了天人合一、内圣外王、修身养性，仁爱忠孝，崇尚道德、和而不同，以民为贵、民惟邦本、贵和少争、兼爱非攻、协和万邦、富国强兵、和合大同，道法自然、理通万物，天行有常、参赞化育，物各有宜、贵和有度，生生不息、开物成务等基本内涵。

中华民族在长期历史实践中培育和形成了独特的思想理念和道德规范，既有崇仁爱、重民本、守诚信、讲辩证、尚和合、求大同等思想，也有自强不息、敬业乐群、扶正扬善、扶危济困、见义勇为、孝老爱亲等传统美德。这些都是中国价值的显著品格特征。这些基本品格历久弥新，永不褪色。

习近平同志指出：中华文化延续着我们国家和民族的精神血脉，既需要薪火相传、代代守护，也需要与时俱进、推陈出新。要加强对中华优秀传统文化的挖掘和阐发，使中华民族最基本的文化基因同当代中国文化相适应、同现代社会相协调，把跨越时空、超越国界、富有永恒魅力、具有当代价值的文化精神弘扬起来，激活其内在的强大生命力，让中华文化同各国人民创造的多彩文化一道，为人类提供正确精神指引。

我们要在新的历史条件下很好地传承和弘扬中国价值，基本路径就是要坚持创造性转化和创新性发展，要古为今用，洋为中用，辩证取舍，推陈出新。中国价值是支撑中华文明延绵赓续五千多年的思想道德基础。中国价值之所以具有如此强大的生命力，一个很重要的原因就在于它具有很强的包容性。它既是国内多元民族文化和多种相异价值的有机融合，也勇于直面各种外来文化质素，广泛借鉴吸纳有益的外来价值元素，是将国内外诸多价值观念进行创造性的融会贯通之后涅槃重生创造出来的独特的价值。中国价值拥有强大生命力的另一个原因在于其具有鲜明的与时俱进的能力和特征，能够主动追随时代及历史的变革而进行大胆创新，革故鼎新，扬弃吸纳，开放包容，进取提升。由此可见，中国价值具有包容性、创新性、先进性，它为中国文学提供了强有力的精神和思想支撑。

三、文学要将中国价值内化于文本

习近平同志说："对文艺来讲，思想和价值观念是灵魂，一切表现形式都是表达一定思想和价值观念的载体。离开了一定思想和价值观念，再丰富多样的表现形式也是苍白无力的。文艺的性质决定了它必须以反映时代精神为神圣使命。社会主义核心价值观是当代中国精神的集中体现，是凝聚中国力量的思想道德基础。广大文艺工作者要把培育和弘扬社会主义核心价值观作为根本任务，坚定不移用中国人独特的思想、情感、审美去创作属于这个时代、又有鲜明中国风格的优秀作品。"

文学总是蕴含着一定的价值理念。文学对于价值的承载和表达具有得天独厚的优势。这就是，文学可以将价值如草蛇灰线般地内化于作品文本之中。优秀的作品传达价值理念和思想题旨总能做到大象无形大音希声。人们在阅读作品时，接触到的是感人的人物、情节和细节，是优美的环境氛围和诗意的情境，是艺术的渲染陶冶和思想的启迪感化。而中国价值、中国精神就形象地潜存于这些文本之内，内化为作品的灵魂和思想主题。人们在感受到温暖、光明、爱、正义等等时，在眼睛湿润、心潮澎湃之际，便自然而然地、润物无声地接受了精神价值的影响和教化。

文学向世界传递中国价值，主要通过中国故事、中国人物和中国文化元素来表现。这种表现，必须具有中国特色、中国气派、中国风格，必然打上鲜明的中国烙印，是独特的"这一个"。正因为是独特的"这一个"，所以中国文学在向外传播中国价值时必然具有很高的辨识度，它也因此容易成为中国的一张文化名片。

四、文学所承载的中国价值具有人类性、世界性意义

不同国家和人群，由于历史文化传统的不同，由于社会发展程度和水平的差别，也由于地理环境、社会制度、宗教信仰等各方面的差异，它们的价值观并不相同甚至存在着某种程度的对立性。但是，在这种种的差异性、特殊性之中必然存在着许多共性，存在着同一性。习近平同志指出，和平、发展、公

平、正义、民主、自由是全人类的共同价值。由此中国提出，要大力推进构建人类命运共同体、全球命运共同体。人同此心，心同此理。人类总是具有更多的共性和相似或相同的思想观念、价值追求，这便是人类价值或世界价值。中国价值是这些价值重要而有机的组成部分。

在世界普遍性价值方面，中国价值明显地具有先进性、前瞻性和代表性意义。和平、发展、公平、正义、民主、自由是中国长期追求并致力于为之奋斗和努力的国际社会建设的基本目标，也充分地包蕴和体现在中国价值之中。中国价值是我国构建人类命运共同体的出发点、立足点和基本遵循。中国追求世界大同、普遍发展繁荣的人类理想，追求为全世界共同繁荣增添动力，让发展成果由全球人民共享，各国之间平等和平共处，共存共荣。中国先进的价值理念代表着人类前进和努力的方向，拥有着广阔的前景和发展天地，能够为人类解决永续发展提供有效的中国方案、中国蓝本，容易成为人类广泛认可和接受采纳的共识。

对于人类价值和世界价值而言，中国价值还具有共通性、可推广性。这是因为，中国价值注重表现和传达的是人性、人情和人心中真善美的部分和雅正清和的一面，它代表了人类的共同愿景和理想。而中国文化和价值理念本身就具有先进的内容和蕴意，其强大生命力已经足以证明这一点。同时，它强大而持久的生命力也是其吸引外国读者的重要方面。此外，中国价值的自足性和独特性也体现出了其在世界价值体系建构中的特殊性价值和意义。总之，中国价值归根结底是中国精神、中国文化的影响力，是中国文化软实力的内核和根基。

五、中国价值与文学"走出去"

文学是讲故事的。而讲故事，是国际传播的最佳方式之一。文学通过讲故事，运用形象的方式去打动人，通过讲情感才能感染人，讲道理才能影响人。中国文学要将道理——中国价值寓于作品之中，使外国读者在阅读中国作品时潜移默化地受到中国价值的熏陶濡染和影响。

文可传道。文学传递中国价值、中国人的思想道德观念以及独特的思维方式等，有助于增进中国人民同世界各国各民族人民相互的理解与友谊，也是中国积极参与世界共同价值体系建设的重要举措。新世纪以来，特别是最近几年来，中国文学致力于主动"走出去"，中国不断加大文学对外译介扶持的力度和强度，正是看到了文学传递中国价值的独特优势与长处。为此，国家推动实施了包括中国当代作品翻译工程、中国图书对外推广计划、中国当代文学百部精品译介工程、中国少数民族文学翻译工程等在内的多项翻译计划；与数十个国家开展了双边文学互译工作，交换翻译出版对方多部文学作品；等等。所有这些举措，都旨在推动文学负载着独特的中国价值源源不断地"走出去""走进去"，走到外国千千万万读者的面前，走进各国各族人民的心里。

事实上，我们已经初步看到了文学"走出去"对于传递中国价值、传播中国精神的重要作用。数以千计优秀的乃至堪称经典的中国文学特别是当代文学作品陆续被翻译成各种语言文字，这些译作由于对中国现实社会生活和中国人生活状况、情感世界的生动展示和表现，很好地满足了外国读者的阅读期待，有些已在外国产生了相当热烈的反响，受到当地读者受众的欢迎和喜爱。数百部在中国有影响的网络文学作品被不断译介到东南亚和欧美等国，也因为蕴含着特殊的中国文化元素而颇受欢迎。中国坚定不移地实行改革开放政策，国家经济社会快速发展，综合国力和国际影响力不断提高，都极大地推动了中国文学"走出去"。与此同时，我们看到，随着中国文学走出去，中国作家也不断摘取一些重要的国际文学奖项。中国文学的世界影响力正在不断提升。这，又反过来有力地推动了外国对于中国文学的译介和推广，从而推动中国价值"走出去"。

（2018 年 2 月）

中国当代文学对外译介情况分析

一、中国当代文学对外译介现状

　　根据笔者统计，中国当代文学的外文译本大约有 2000 种。对外译介的作品当中有一部分是由中国政府及民间组织的，譬如，国家外文局外文出版社、中国文学杂志社等组织实施多年的"熊猫丛书"，陆续翻译出版了一大批当代文学作品。这些翻译大多是由中国的外语专业人士完成的。其中以中短篇小说为主，有些图书是多位作家的作品合集。这些译作以英、法语种为主，兼顾德、俄、西班牙、波兰、罗马尼亚等其他语种。印制的图书，主要通过中国驻外使、领馆等向外国人士进行赠阅，较少进入市场流通销售。根据外文局胡志辉先生整理的资料看，中译英方面，小说约有 750 多篇（部）、诗歌 400 首（部）以上、散文 50 多篇（部）。

　　改革开放以来，外国有一批翻译家、汉学家、评论家、学者等对中国当代文学——包括中国大陆、港澳台和海外华文作家以中文创作的文学作品——产生浓厚兴趣，陆续翻译介绍了大量的作品。目前仅国家图书馆收藏的英、法、德、荷、意、西等欧洲语种和日语的中国当代文学外译图书大约有 1000 种，中国有作品被译介成西方文字的当代作家在 230 位以上。当然，国家图书馆的外文藏书还很不全面。

　　从翻译作品语种和数量上看，中国大陆一批实力派中青年作家占据主体地位。其中，莫言小说的外文译本是最多的，有100多种。其主要的作品特别是长篇小说几乎都已有外文译本，包括其近年的新作如《蛙》《生死疲劳》《四十一炮》等。他此次获诺贝尔奖，应该说与瑞典汉学家陈安娜翻译出版了他的《生死疲劳》《红高粱》等作品的瑞典文版、美国汉学家葛浩文翻译了其十几部作品的英文本关系很大。苏童、余华、王安忆、王蒙、北岛、多多等的外译作品品种亦较多。

从翻译语种上看，中国当代文学已有作品外译语种分布。其中以日文、法文、英文、德文、荷兰文等居多，罗马尼亚文、瑞典文、意大利文、西班牙文、丹麦文和韩文等有相当数量。其他语种译本较少或几乎空缺。

从译介作品的文体上看，最多的是小说，占到总数的2/3以上。其中，长中短篇分布比较均匀。其他体裁除诗歌有相当数量外，外译作品数量都不多。如纪实（报告文学）、散文、戏剧等，一般只有十几、几十部。

从译作出版日期上考察，呈逐年迅速递增态势。如国图收藏外译本1980年代出版的有147部，1990年代出版的有230部，2000年以来超过400部。可见，1978年以来，外国对中国文学的关注度和重视度在不断攀升。

从译者上看，法国的陈安多（Chen-Andro）、弗朗索瓦·纳乌尔（Françoise Naour）、克劳德·佩恩（Claude Payen）、希尔维尔·让蒂尔（Sylvie Gentil）、诺埃尔与李丽昂·杜特莱（Noël et Liliane Dutrait）、安吉尔·皮诺、伊莎贝尔·哈布（Angel Pino et Isabelle Rabut）、安妮·居里安（Annie Curien）、Emmanuelle Péchenart、Geneviève Imbot-Bichet、Véronique Jaquet-Woillez，德文译者 Karin Hasselblatt，瑞典文译者 Göran Malmqvist，荷兰文译者 Rint Sybesma，英文的葛浩文（Howard Goldblatt）、王德威（David Der-wei Wang），日文译者饭塚容、吉田富夫等，都翻译出版了多部中国当代文学作品。

从出版商上看，法国阿尔菲利普·皮基耶（Arles Philippe Picquier）、南方文献（Actes sud）、巴黎奥利维尔门槛（Seuil）、中国蓝、巴黎黎明（Editions de l'Aube）、弗莱芒（Flammarion）等出版社，德国柏林人与世界（Volk und Welt），荷兰阿姆斯特丹 Meulenhoff，日本东京德间书店、东方书店，美国火奴鲁鲁夏威夷大学、纽约哥伦比亚大学等出版社，都出版了不少中国文学译作。

从翻译作品出版时间与国家的分布上看，1970 年代以前，翻译中国作品的国家多为与中国来往比较密切的国家，特别是当时东欧的社会主义国家匈牙利、波兰、罗马尼亚、捷克、乌克兰、阿尔巴尼亚、民主德国、南斯拉夫和日本等。这一时期翻译的作品多为反映中国社会变革生活和社会主义建设面貌的小说。1980 年代以后，西欧（特别是法、英、德）和美国、日本等对中国当代文学作品的译介幅度加大，作品题材涉及多方面。此期，中国最优秀的一些文学作品得到了译介，譬如在中国评论界广受好评的作品如长篇小说《白鹿原》《尘埃落定》《芙蓉镇》《活动变人形》《浮躁》《红高粱家族》《长恨歌》《孽子》以及中篇小说《棋王》《小鲍庄》《人到中年》《黑骏马》《美食家》《爸爸爸》《妻妾成群》《杀夫》，散文如《随想录》《干校六记》，诗歌如艾青、北岛、舒婷、顾城的诗，等等，都得到了翻译。其次，一批受到大众拥趸和喜爱的作品得到翻译，如《狼图腾》《幻城》《三重门》《文化苦旅》等，这些作品在中国的发行量均突破百万册。同时，也有一些在中国有争议的作家或作品被译介到外国，这可能受到了外国出版商的市场取向和外国受众好奇心理的影响。但是，我们亦应看到，所谓在中国有争议的作家或作品可能也是阶段性的历史产物。譬如，《废都》《丰乳肥臀》在刚出版时，因其"惊世骇俗"的性描写等在中国大众中备受非议。可是当时间流逝了 10 年后，这些作品已被普遍接受，并被认为是具有较高艺术价值的文学经典。

二、中国作协实施对外译介工程情况

2006 年，在金炳华同志的倡导下，中国作协开始实施"中国当代文学百部精品对外译介工程"。先后召开了对外译介专家论证会，优秀作品推荐评选等，制定了中国作协文学翻译资助办法和资助协议等，接受中国当代文学百部精品翻译资助申请。

"百部精品"入选作品主要为长篇小说。篇目来源主要有：1. 第一至第八届茅盾文学奖获奖的长篇小说 38 部；2. 历届茅盾文学奖终评入围作品（第八届起称为"提名作品"）中的部分优秀之作；3. 新中国成立以来影响较大的"经典作品"，如"三红一创""保山青林"（《红岩》《红日》《红旗谱》《创业史》《保卫延安》《山乡巨变》《青春之歌》《林海雪原》），等等；4. 年度文学

重估中国当代文学价值

排行榜上榜的长篇小说，以及获得全国各大文学奖项的优秀长篇。总的备选篇目计划在 500 部以上，由中国作协创作研究部组织长篇小说创作、研究和翻译等方面的专家学者进行认真评估、探讨，经过投票，选取前 100 部左右进入推介篇目。需要指出的是，我们计划推介作品的总数并不限于百部。这份备选作品篇目是开放式的、进行式的，每年都要根据新出版的优秀作品及时进行补充调整。今后我们的备选篇目还要逐步扩展到优秀的报告文学、散文、诗集、戏剧、儿童文学、网络文学等领域。

翻译者的选拔机制。我们一是借助国务院新闻办中国图书对外推广网、国家新闻出版总署英文版《中国新书》杂志（CHINA BOOK INTERNATIONAL）等集中推介这些精品；二是对迄今为止中国当代文学对外译介情况进行统计整理，掌握数以百计的外国译者、出版社的信息，通过与国外知名汉学家及出版商、国内外版权经纪中介机构等联系，定期向其寄赠样书或简介材料等，主动向其推介这些备选作品；三是利用各种国际图书博览会等平台，向外国出版商、译者等发放介绍材料及图书，吸引他们翻译；四是与国务院新闻办密切合作，充分借重"中国图书对外推广计划"，由推广计划办公室组织的专家评委会来审核翻译者和出版商的资格、能力，主动为译者和出版商提供翻译资助；五是与外国作家协会或文化机构交流，交换出版对方的文学作品；六是充分运用中外文学论坛，汉学家文学翻译国际研讨会，唐山、上海、庐山、天津滨海国际写作营，美国爱荷华写作计划等机会。2010 年 8 月我们召开了"汉学家文学翻译国际研讨会"，邀请来自英国、美国、德国、法国、俄罗斯、西班牙、意大利、荷兰、乌克兰、埃及、韩国、日本等国家的 30 多位专家、学者与会。2012 年 8 月召开"全球视角下的中国文学翻译国际研讨会"会议，邀请来自美国、英国、法国、德国、俄罗斯、意大利、西班牙、荷兰、日本、韩国、瑞典、捷克、埃及、乌克兰、匈牙利等 15 个国家的 28 位汉学家、翻译家与会，增进了与中国作家的交流互动，推动外国译者对中国作家作品的了解与熟悉，鼓励他们翻译；七是邀请外籍华人和国外孔子学院联络的外国译者来参与翻译；八是借助作家、国内译者个人的人脉，主动与外国出版商、汉学家联系，推介作品；九是在鲁迅文学院开设英语翻译培训班，集中培训了约 40 名中国作家。

主要通过以下途径走出去：一是积极参与"中国图书对外推广计划"。二是主动与各国交换出版对方作品。加入与多国的双边文化交流，与俄罗斯、英国、德国、美国、韩国、匈牙利、波兰、爱沙尼亚、保加利亚、古巴等进行了双边交换互译作品出版。三是利用国际图书博览会、国际文学论坛等平台。2009 年起，参与主办北京国际图书博览会，设立中国作家馆，开办文学论坛和汉学家对话等，向外国出版商、译者散发中国作家作品介绍材料等。举办各种双边或多边的中外文学论坛，组织中国庐山国际写作营、唐山国际写作营和天津滨海国际写作营，请进来一批外国知名作家、汉学家和翻译家，加强对话与交流。我们组织了数十个作家出访团"走出去"，增进中外作家的了解和友谊。如 2009 年组织中国作家百人团参加法兰克福国际书展，2011 年组织作家参加伦敦国际书展。四是主动向我们联系的一批外国汉学家、出版商推介作品。至今中国图书对外推广计划已签订资助协议的翻译作品超过百部，其中约有 30 部是经由中国作协直接推荐的，这些作品中包括了莫言《生死疲劳》《蛙》的外译本。还有如日本汉学家饭塚容先生策划、组织翻译出版了一套 10 卷《中国同时代小说》系列，包括苏童、王安忆、阿来、迟子建、方方、王小波、韩东、林白、李锐、刘庆邦等 10 位著名作家的重要作品，译作印制精美。有些作品在国外售出了多种语言的版权，有的译作印数达到一两万册，数次再版、重印。

对翻译的鼓励。我们在鲁迅文学奖中设立了文学翻译奖项，每届评选奖励 5 位优秀的中译外或外译中译者。今后将考虑对外国译者的褒奖。

作协对推动中国文学"走向世界"的部署。一是继续深化与国新办中国图书对外推广计划的沟通联系，帮助遴选译者和出版社，鼓励外国译者、出版社翻译出版中国当代文学丛书或系列，帮助争取列入"中国文化出版工程"，大幅度提高资助经费；二是继续举办各种中外文学双边、多边论坛，增进相互了解；三是加入中外文化年活动，争取将文学对外译介列入国家计划；四是办好《人民文学》英文版 PATHLIGHT，作家出版社《中国文学》杂志，主动推介中国作家作品；五是采取各种方式加强与外国汉学家的联系，鼓励他们翻译中国文学作品；六是加强对发展中国家、周边国家的推介，资助其翻译出版。对外译介是一个慢火工程，我们计划通过 10 年的努力，能够有 200 部左右真正能够代表中国当代文学成就的优秀长篇译介出去。

三、文学对外译介存在问题与建议

当代文学对外译介同对外国文学的译介二者严重不对称，在译介作品的数量、速度、影响和效果等方面均不对等。文学对外译介中存在明显缺陷和不足，如作品选择的偏颇和片面，译介成绩同当代文学的创作实绩不相称，翻译人才缺乏，翻译水平不够高，译著进入外国图书市场和主流社会的能力弱等。

文学对外译介的受众是不同于国内受众的外国读者。应借助各种途径先向外国译者和读者推介中国当代文学作品，反馈较好的作品再推荐给译者翻译，中国政府可以给予适当资助或扶持。在选择和推介对外译介作品时要坚持宽松的思想标准和高精的艺术标准，淡化政治意识。西方文学重哲学品位，重想象，重原创。我们选取的作品要注重表现人类美好心灵、人的尊严和精神、民族的美好情感，要充分尊重和满足外国读者的认知、阅读、审美、欣赏习惯和趣味，注意选择那些富于人性化和人文关怀、具有哲理性及历史时代性内容的作品。要充分发挥政府有关部门的作用，比如发挥驻外使领馆文化参赞、文化处的作用，通过他们帮助联系参与翻译工作的汉学家，通过中介机构、文化经纪人联系国外的版权代理商和合作出版机构等，向国外推介中国文学精品。

目前，国务院新闻办、新闻出版总署、中国作协等都有针对中国当代文学对外译介的资助项目。建议应该相互合作，形成合力。中国作协在联系作家、遴选优秀作品、增进中外作家译者交流等方面具有明显优势，我们愿意与其他部门协作，通过网络、纸质、外交部门等多种平台，发布中国作家介绍、作品内容和文学翻译资助计划、培训计划等资讯，吸引和培育越来越多的外国译者、经纪人、评论者、出版社关注和翻译中国作品。建议：在外文搜索引擎（如维基百科等）网站上大量补充中国作家作品的介绍、片段翻译；推动文学与影视等其他艺术样式的集体协作，捆绑式向外推介；设立国家文学翻译研究院，致力于培养、鼓励外国译者；健全文学翻译奖励机制，每年或每两年奖励一批为中国文学翻译做出贡献的各界人士，邀请其来华游览访问。

（2010 年）

文学"走出去"一定有门道

莫言是一位擅长讲述中国故事的作家。2012 年在领取诺贝尔文学奖时，他发表了《讲故事的人》的演讲，他对自己的定位就是一个讲故事的人。从事创作伊始，他便明确地将自己的创作定位于如福克纳所言地球上邮票大的地方——自己的家乡山东高密县东北乡。他小说笔下的人物和故事几乎都出自东北乡。1987 年张艺谋根据他的小说《红高粱》改编的同名电影荣获西柏林电影节金熊奖，震惊了西方世界。1988 年美国著名汉学家葛浩文来到中国，看中了莫言的长篇小说《天堂蒜薹之歌》，之后开始了对其一系列作品的翻译。至今莫言被译介到英语世界的多部小说，都由葛浩文翻译。而《天堂蒜薹之歌》正是根据莫言家乡当地的一桩真实事件创作的：当年大批蒜农听取了政府有关部门的指导意见，大规模种植蒜薹，结果丰收成灾，老百姓将蒜薹拉到县政府，扔到政府大院里，发生了群体性事件。瑞典译者陈安娜坦承，她接触莫言的《红高粱家族》纯属偶然，"我最早是在书店里看到了葛浩文的英文译本，因为觉得很有意思，就试试翻译"。她认为，莫言写作的方式独特，作品中有大量富于生活气息的语言，乡土气味很浓，且很幽默。她又接连翻译了莫言的《天堂蒜薹之歌》和《生死疲劳》。《生死疲劳》采用了佛经六世轮回的方式，让人物变成六种不同的动物，洞察一个村庄数十年的巨大变迁历史，故事都源自莫言家乡的人和事。陈安娜的翻译一方面使瑞典文学爱好者读到了莫言的代表性作品，另一方面也为诺贝尔文学奖评委会提供了评审莫言的优质材料。可以说，莫言"走出去"的成功，根本原因在于其创作鲜明的中国姿态、中国风格，讲述典型的中国故事，传递独特的中国声音。当然，翻译者和出版商的大力推动是莫言"走出去"成功的关键。莫言作品的出版商所做的海外推广比其他人更为给力。在他们的促成下，莫言走过美国和欧洲的许多地方，举办了不少读者见面会、作品朗诵会等活动，与众多普通读者接触。据笔者不完全统计，截止 2012 年 10 月之前，莫言作品的英法德俄瑞等外文译本在 120 种左右。2012 年，执着于讲述中国高密东北乡故事的作家莫言荣获诺贝尔文学奖，正如陈安娜所言，这是迟早的事情。

2016 年 4 月，曹文轩荣获儿童文学界影响最大的国际安徒生奖，这是中国作家获此殊荣之第一人。他在接受记者采访时说："我的背景是中国，这个经受了无数苦难与灾难的国家，一直源源不断地向我提供独特的写作资源。我的作品是独特的，只能发生在中国，但它涉及的主题寓意全人类。这应该是我获奖的最重要原因。"他又说："我的写作永远建立在三大基石之上：道义、审美、悲悯。这是我全部文字大厦的基石。"这是一位同样有着鲜明的创作根据地意识的作家。事实上，他所有的写作都是从自己的生命体验出发，从自己在苏北农村的童年、少年经历出发，执着于用诗意纯美的文字编织关于爱、善、苦难与成长的故事，构筑属于自己的文学世界，致力于为少年儿童的成长打下良好的精神底子。他那些植根于中国乡土与城市大地上、讲述中国孩子故事的小说，无论是《草房子》《根鸟》《青铜葵花》《丁丁当当系列》，还是《红瓦》《细米》《天瓢》《火印》等，都受到了国内读者的热捧与喜爱。《草房子》出版 18 年已 300 次印刷，总销量超过 1300 万册。2015 年他的新作《火印》一出版，3 个月内的销量即达 20 万册。曹文轩获奖的奥秘在于用中国的语言和人物，用诗意唯美的语言讲述能够为世界各国读者所理解的故事，表达全人类共通的人与人之间互相关爱、责任感、道义与悲悯等主题，不仅给孩子们带来快乐，也为其带来了审美的快感和愉悦。近年来，在政府有关部门的大力推动下，曹文轩的作品越来越多地被国外出版社购买版权。据统计，被译为英文、法文等文字和被外国出版社购买版权的曹文轩作品已达 30 余种，已出版和即将出版的外文版本有 40 余种。自 2008 年至今，《青铜葵花》实现了六国版权输出。最值得一提的是英文版，沃克尔公司将该书纳入其"世界的声音·全球最美小说系列"，并获得美国"笔会奖"。

2014 年起，中国教育图书进出口有限公司与国际知名的科幻奇幻出版机构托尔出版公司合作，陆续推出刘慈欣的科幻小说《三体》《黑暗森林》《死神永生》的英文版。这三部书先后于 2014 年、2015 年和 2016 年在美国出版发行。《三体》英文版自 2014 年 11 月中旬面向全球读者发售后，在不到 3 个月里引起了西方社会特别是科幻界的较大关注，在全球销量逾 2 万册，到 2016 年 6 月售出 11 万册。该书一度在亚马逊的"亚洲图书首日销量排行榜"上排名第一，并入围"2014 年度全美百佳图书榜"。《三体》英文版出版前后，《纽约时报》《华盛顿邮报》《出版商周刊》等进行了一系列报道。《华尔街日报》的报道说：《三体》不但引人入胜，而且充满奇想，并结合了一些人曾不得不面对的人类体验。美国科幻作家、空间科学家大卫·布林评价说："《三体》思考了我们这个时代的多个重大问题。刘慈欣站在了世界科幻作家的最前沿。对任何希望探索新视角的读者而言，刘宇昆流畅的翻译使《三体》成为必读之作。"2015 年 8 月 22 日，刘慈欣的《三体》获得被誉为"科幻界的诺贝尔奖"的雨果奖最佳长篇小说奖。《三体》系列"走出去"的成功，其背后是一群组织、个人的热情努力，其中《三体》和《死神永生》的译者刘宇昆、托尔出版社的策划编辑利兹·国林斯基起到了关键性作用。国林斯基认为，《三体》是一部伟大的作品，故事好，具备丰富的中国元素、中国文化等。由此可见，刘慈欣"走出去"的成功最根本的原因在于写出了中国特色的科幻故事，融入了大量的中国人物、中国文化，向世界传达的是中国的声音和中国的价值。《三体》的翻译和出版也得到了经典中国国际出版工程、丝路书香工程等"走出去"工程的资助，出版了英文、土耳其文、波兰文、德文等多个译本。

2004 年以来，我国出版传播宣传等部门和组织陆续实施了中国图书对外推广计划、中国当代文学百部精品译介工程、经典中国国际出版工程、中外图书互译计划、中国出版物国际营销渠道拓展工程、重点新闻出版企业海外发展扶持计划、边疆新闻出版业"走出去"扶持计划、图书版权输出普遍奖励计划、丝路书香工程、中国当代作品翻译工程等，构建了内容生产、翻译出版、发行推广和资本运营等全流程、全领域的"走出去"格局，打开了 190 多个国家和地区出版物市场。我国图书版权贸易逆差大幅缩小，版权输出和引进品种比例从 2010 年的 1∶2.9 提高到 2014 年的 1∶1.66。2014 年中国共输出版权10171 项，成为重要的国际版权输出国。

中国作家"走出去"的成功，除了政府的文化输出扶持政策，也得力于出

重估中国当代文学价值

版商和版权代理人的积极运作。早在 2011 年，五洲传播出版社通过笔者联系作家麦家，将其系列小说翻译成西班牙文，与西班牙、墨西哥等西语国家的出版商合作，联合推出了《解密》《暗算》的西语版。版权代理人谭光磊则成功地将《解密》推荐给英国企鹅出版社和 FSG 出版集团。各方的共同努力，使得麦家的小说甚至上了西班牙公交车的车身广告，在海外产生了很大影响。

　　文学是讲故事的，故事是全人类共通的语言，牵系着人类共同的情感体验和生命体验，具备开掘思想发现、丰富人们精神世界的价值。文学"走出去"，一定有办法，存在着草蛇灰线蛛丝马迹，总归是有迹可循并且可以按图索骥而取得成功的。文学"走出去"的这些办法、渠道和途径，归结到底，就是要选取具有鲜明中国色彩、中国元素的中国故事，借助经纪、翻译、出版、评介和政府扶持等多方合力，达到让好作品有一个好的翻译，再有一个好的营销平台及环境，让好的译作能够便捷精确地找到它的目标读者，从而在国际文坛和出版界产生反响。这其中，获取国际知名报刊和文学创作出版名家的推介、赢得国际文学大奖是"走出去"重要的推手。而出版商和译者、作者的携手宣传推广，亦是成功必不可少的条件。

（2017 年 6 月）

网络文学"走出去"价值探析

目前,晋江文学城网站每天就有一部网络文学作品被签下海外版权。该网站自 2011 年签订了第一份越南文版权合同以来,至今已向越南输出 200 多部作品的版权。2012 年,晋江文学城网络小说《仙侠奇缘之花千骨》泰文版权合同签订,2013 年该书在泰国一经上市便被抢购一空。2014 年在泰国书展上,泰国版"花千骨"成为吸引泰国青少年的主力书籍。晋江文学城已同 20 余家越南出版社、2 家泰国出版社、1 家日本合作方开展合作。通过晋江代理出版的中文图书,发行地已囊括中国大陆、台湾、香港以及越南、泰国、新加坡等地;日本、美国也表现出对晋江版书籍极大的兴趣。17K 小说网与泰国方面签署了酒徒的小说《家园》的泰文版权合同。2011—2014 年,越南的书越文化出版社陆续购买了创世中文网玉扇倾城的《海皇的宠妃》等 7 部作品的越文版版权。

许多在中国有影响的网络文学作品都陆续被译介到外国。韩国 Paran Media 出版社自 2012 年起,相继购买了桐华在晋江文学城上首发的《步步惊心》《大漠谣》和《云中歌》3 部作品的韩文版权,《步步惊心》韩文版在韩国相当畅销。至今桐华已有 7 部作品的海外版权输出到了韩国、日本、泰国、越南、印度尼西亚等多个国家。当年明月的代表作《明朝那些事儿》已被译为日、韩、英等多国文字出版发行。

网络文学在中国的兴盛,至今只有短短 16 年。但是,网络文学的版权输出情况却风景这边独好,取得了相当骄人的成绩,在中国当代文学对外译介中占有举足轻重的分量，是我国对外文化交流的新渠道，也是传播中国故事中国声音、弘扬中华文化、塑造中国国家形象的新途径。

网络文学对外译介途径更趋多样化

网络文学版权输出基本上是以中国大陆为圆心，向周边辐射，像声波一样呈弧状的传播路径。版权输出从台港澳的繁体字版权起步，扩展到越南文、泰文、韩文、日文、印尼文、英文。经过晋江文学城等网站的积极助推，有些网络文学作品开始逐渐引起欧美出版商的关注和兴趣。可以说，网络文学输出对象国和地区，首先是大的儒家文化圈，即那些文化传统乃至语言文字都与我国相似相近的国家和地区。

版权输出呈现出逐年递增的良好态势。根据对 17K、创世和晋江等多家文学网站的统计数据进行分析，可以看出，网络文学版权输出增长迅猛。这与网站主动的助推和宣介有关，也与海外特别是周边国家和地区读者对中国新鲜的文学、急剧的社会变革现实等都抱有浓厚的兴趣有关。正是中国最近几十年来迅速的发展引起了世界的瞩目，从而造就了中国的"新文学"——网络文学备受关注和欢迎。版权大量输出也与我国网络文学、文学网站发展较为完善、成熟有关。譬如，目前包括越南、日本等国家并没有自己单独的文学网站，因此他们更多的是从我国的文学网站进行引进或自发翻译。

与传统的纸质文学对外译介不同，网络文学对外译介途径更趋多样化、立体化和全方位化，具备及时便捷、全天候、多媒体、交流互动等诸多优势。网络文学除了被翻译成纸质图书出版外，许多外国出版商也购买了我国网络文学的电子版权，推出电子书。甚至，还有很多的越南读者直接参与了网上直译，如同"同声传译"一般，几乎是与中国国内网络文学的发表同时就开始了越南文的网上翻译和介绍。这是一种自发的、民间的翻译活动，它极大地扩展了读者的参与面，也使中国网络文学的外译变得更为便捷，同时也对优秀的网络文学作品起到了某种遴选及推介的作用。明月听风是晋江文学城的知名言情作家，其作品《寻郎》不仅深受国内读者欢迎，也受到越南书迷们的大力追捧。在该书越南文版尚未上市时，便有热心的越南书迷自发地在论坛上翻译该书的介绍及部分内容。

越南的很多"晋江迷"会在论坛上使用翻译器把没有引进的中文作品逐一进行翻译，供越南文读者阅读分享。越南的许多论坛还会因此给这些用户奖励积分。还有一些懂中文的越南网友，他们希望能够对晋江作品进行翻译，专门给晋江网发来微博进行申请。国外有些出版商看准了这一商机，除了和晋江文学城沟通出版、引进电子版权之外，还与晋江采用分成的模式建立晋江的海外站点。例如日本的SmartEbook公司，他们的版权渠道可将晋江的书拓展到墨西哥、印度、菲律宾、南非、澳大利亚、韩国等地。目前晋江方面正在同他们就这项版权输出业务进行洽谈。

目前已译介出去的网络文学作品主要是类型文学，尤其集中在宫斗、宅斗、仙侠、穿越、玄幻、历史等题材领域。

传播中国声音的新途径

网络文学的输出，为中国当代文学对外译介开辟了新的领域，也有助于改变我国版权外贸中长期存在的不对等不平衡的较大逆差问题，逐步改变了过去外译主要依靠古典文学名著和现当代文学名家名作的局面，使许多中国年轻人的作品、网络写手的作品也能走向世界，受到众多海外读者的欣赏和喜爱。版权输出作品的数量与日俱增，不仅带动了中国作品海外出版的发展，同时也带动了海外电子版权输出的洽谈。

网络文学外译也有助于扩大中华文化对外影响力。文学"走出去"是一种软实力，特别是一些优秀的网络作品"走出去"，已经具备了"民间外宣"和"大外宣"的意义，将有利于改变中国周边和外围对我国的舆论环境，有助于改善和提升我国在这些国家读者受众中的形象，传播中华文化，增进各国民间的理解和友谊。水滴石穿式长期坚持不懈的对外文学渗透和文化影响，可以使中国人的做事逻辑和处世哲学被越来越多的外国人所理解和接受。在全媒体和自媒体时代，中外文学文化交流要特别重视网络这一桥梁，将中国声音、中国故事传播到最广大的海外受众那里，塑造良好的中国形象。

在网络信息时代，中国文化向外传播要充分开掘网络媒介的传播功能。一篇中国网络文学作品只要有一百个外国网友读过，那么，我们的百万部网络作品就可以让影响效果变成一亿人次。换言之，以前是国家政府几个主渠道在对外宣传中国文化,现在变成了上百万中国人客观上在对外推介中国文学中国文化。而后者的优势则更为明显。由此可见,在推动和帮助网络文学"走出去"方面,国家应该给予有力扶持,要在版权外贸政策、文学对外推介、网络作者和文学网站对外交流等方面,从政策、资金、人才等方面,采取有力措施,创造便利条件,帮助和引导网站及作者将优秀的网络文学作品、有利于传播中国文化和中国价值观的作品推向海外。

网络文学对外译介是我国文学版权出口新的增长点,也是我国网络时代新文化新的生长点。当然,目前网络文学走出去仅仅处在起步阶段,还有众多潜在的领域亟待开掘,还有更多国家的市场有待开拓,前路漫漫未可限量。我们所要做的,一方面是创作出更多文质兼美、以内容取胜的优秀网络文学作品;另一方面,要借助各种途径和渠道将这些作品更广泛更深入地翻译推介到外国读者面前,最大限度地发挥其市场价值和文化价值。

(2014 年 8 月)

中国当代小说概述

自 1949 年新中国成立肇始的中国当代小说已经走过了 50 年的历程。当代小说可以划分为建国十七年（1949－1966）、"文革"十年（1966－1976）、新时期（1976－　　）三个阶段。

建国十七年小说（1949－1966）

抗日战争、解放战争相继结束，崭新的人民共和国在战争的废墟上重建，社会主义建设蒸蒸日上，翻身做了主人的人民欢欣鼓舞，干劲冲天……这样的现实环境决定了建国初期的小说主要着力于艺术地再现革命斗争历史和社会主义建设的现实生活。

革命斗争历史题材包括了二三十年代的革命斗争，三四十年代的抗日战争、四十年代的解放战争，以及伸延到五十年代的抗美援朝。长篇方面，反映解放战争的小说，有杜鹏程的《保卫延安》，描写西北战场沙家店等战役；吴强的《红日》，描写莱芜、孟良崮战役；曲波的《林海雪原》描写东北的一支抗敌小分队的传奇性抗匪斗争；罗广斌、杨益言的《红岩》，描写解放前夕重庆渣滓洞、白公馆我党艰苦卓绝的地下斗争。反映抗日战争的小说，有孙犁描绘滹沱河畔抗日图景《风云初记》，反映敌后斗争的知侠的《铁道游击队》、冯志的《敌后武工队》、冯德英的《苦菜花》、李英儒的《野火春风斗古城》等。反映二三十年代革命斗争的小说，主要有记述 30 年代厦门大劫狱事件的高云览的《小城春秋》，探索展现一代知识分子成长道路的杨沫的《青春之歌》，反映20年代香港罢工、广州起义等历史现实的欧阳山的《三家巷》，被誉为中国农民革命运动史诗的梁斌的《红旗谱》。反映抗美援朝斗争的小说，比较重要的有陆柱国的长篇《上甘岭》，杨朔的长篇《三千里江山》，路翎的描写志愿军情感世界后来受到批判的短篇《洼地上的"战役"》。

反映革命斗争题材的短篇小说方面，王愿坚的《七根火柴》《党费》等，通过速写及典型细节描写等形式，以小见大，鲜活地刻画出悲壮高大的英雄形象，峻青的《黎明的河边》，茹志鹃细腻地叙述一位通讯员和一个农村小媳妇感人故事的《百合花》，刘真的《长长的流水》等，都是其中的佼佼者。

反映社会主义建设的小说，以农村合作化为题材者居多。长篇方面，有赵树理的《三里湾》，周立波的《山乡巨变》和柳青的《创业史》。《山乡巨变》重在渲染鲜明的"乡土风俗画"，表现合作化对农村生活的影响；《创业史》则以史诗的气魄，塑造了两代农民（梁三老汉、梁生宝）不同的艺术形象。短篇方面，较重要的有李準的《不能走那条路》《李双双小传》，马烽的《我的第一个上级》《三年早知道》，王汶石的《新结识的伙伴》等，都能够成功地刻画出一些富于个性的人物形象。反映工业题材的长篇小说，有周而复描写对资产阶级工商业进行社会主义改造的《上海的早晨》，艾芜的《百炼成钢》、周立波的《铁水奔流》、草明的《乘风破浪》等，中篇小说如杜鹏程的《在和平的日子里》。

在建国初期的小说中，有一类重在表现人性、人情、爱情的小说，如萧也牧的《我们夫妇之间》、路翎的《洼地上的"战役"》、陆文夫的《小巷深处》、高缨的《达吉和她的父亲》、宗璞的《红豆》、丰村的《美丽》等短篇，发掘独特题材，注重语言、细节、心理描写，富有浓郁动人的人道主义和人情味，在艺术上有所创新和突破。《小巷深处》将笔触指向妓女改造及其新生活这个禁区，与陆文夫新时期创作的《小贩世家》《美食家》等描写小巷人物的作品被合称为"小巷小说"；《达吉和她的父亲》涉及民族关系、父女深情这一感人主题；《红豆》则踏进革命与爱情抉择的题材，这些小说后来都曾遭受不同程度的错误批判。

1956年，文艺要"百花齐放，百家争鸣"这一方针的提出，加上受到苏联"干预生活"文学思潮的影响，中国文坛出现了一股"积极参预生活"的创作潮流。一批年轻作家开始大胆地揭露现实生活中的矛盾和"阴暗面"，试图引起人们的警惕，出现了王蒙的《组织部来了个年轻人》，李国文的《改选》、李準的《灰色的帆篷》、白危的《被围困的农庄主席》等一批短篇小说，这些小说及其作者在随后到来的"反右"斗争中，受到了严厉的批判和不公正的处理。

在建国 17 年里，有两个从 40 年代即已萌芽的比较重要的作家群体值得特别关注，即以孙犁为代表的所谓"荷花淀派"河北作家群和以赵树理为代表的所谓"山药蛋派"山西作家群。"荷花淀派"主要人物有刘绍棠、从维熙等，代表作有刘绍棠《青枝绿叶》《大青骡子》，孙犁《山地回忆》，其创作特点是通过日常琐事透视时代风云，揭示农村生活的自然美和人情美，清新隽永，富于诗情画意。"山药蛋派"主要作家有马烽、西戎、束为、孙谦、胡正等，代表作有赵树理的《登记》《锻炼锻炼》《实干家潘永福》，马烽的《我的第一个上级》《三年早知道》《饲养员赵大叔》，束为的《赖大嫂》等，特点是采取传统话本手法，强调通俗易懂，为老百姓所喜闻乐见，靠个性化语言和细节来刻画人物。

建国 17 年，对工农兵作家的扶持，是文坛一大气象。其中较突出的是刚刚读完速成写字班就写出短篇小说《半夜鸡叫》的高玉宝。

综观建国 17 年小说，基本上已经形成了一支专业的创作队伍，并且塑造了一大批具有鲜明时代特点的人物形象，有些作家开始形成自己独特的创作风格。但从整体上看，本期小说大多带有明显的简单化、公式化、概念化倾向，过于强调"写中心"，塑造英雄人物，表现光明，从而削弱了小说的艺术力量。这种偏狭倾向发展到 60 年代初以后，便逐渐走向极端。这一时期小说创作的一个亮点便是历史题材方面的，如姚雪垠完成的长篇《李自成》（第一部）、陈翔鹤《陶渊明写挽歌》、黄秋耘《杜子美还家》等。

"文革"十年（1966—1976）

"文革"十年，文学进入冬眠期，绝大多数作家遭到批斗，划为"右派"，关进牛棚；作品被判为"毒草"，受到清洗。全国 8 亿人民，除了 8 个"样板戏"之外，几乎没有任何文学作品可供阅读、欣赏。

"文革"十年，"四人帮""文艺黑线专政论"盛行，出现了一批遵循"主题先行""三突出"（突出正面主要英雄人物）、"高大全"原则创作出来的作品，诸如《虹南作战史》《西沙儿女》以及在上海《朝霞》杂志上发表的《金钟长鸣》等。这一时期也有一些具有一定可取性的小说，如浩然的《金光大道》等，也都受到帮派文艺思想、样板戏的影响。

1976年蒋子龙发表《机电局长的一天》，张扬的长篇《第二次握手》以"手抄本"的形式在"地下"流行，开始显露出新的文学转机的萌芽。

新时期小说（1976—　　）

当代小说繁荣发展，取得最大成绩是在 1976 年 10 月粉碎"四人帮"之后，特别是 1978 年十一届三中全会以来的二十几年。

新时期小说比较重要的潮流或现象有伤痕小说、反思小说、改革小说、寻根小说、新潮小说、新写实小说、女性小说、新生代小说等等。

1977 年，刘心武发表短篇小说《班主任》，"文起十年之衰"，被认为是新时期文学的开山之作。《班主任》通过塑造谢惠敏、宋宝琦这两个中学生典型，突现"四人帮"对青年一代心灵的伤害，时隔六十年，继鲁迅之后再次发出"救救孩子"的沉痛呼喊，成为"伤痕小说"的发轫之作。"伤痕小说"这一名称源自上海复旦大学一名女大学生卢新华的处女作《伤痕》，该小说记述了一位与"叛徒"母亲决裂离家出走的女中学生，9 年以后，当她带着悔恨的心情赶回家时，母亲却已溘然长逝，留下了永远无法弥补的创痛与哀伤。"伤痕小说"的代表作还有张洁《从森林里来的孩子》、王蒙《最宝贵的》、冯骥才《高女人和她的矮丈夫》《铺花的歧路》，王亚平《神圣的使命》、从维熙描写监狱题材的"大墙文学"如《大墙下的红玉兰》、周克芹的长篇《许茂和她的女儿们》、竹林《生活的河》、何立伟的短篇《白色鸟》等。这些作品，对"文革"历史及其带给人民肉体与精神上的创伤进行了深刻地揭示，如泣如诉，感人至深。

随着"实践是检验真理的唯一标准"全民性大讨论的展开，全国出现了一场空前的思想解放运动。有些作家在揭示"文革"创伤的同时，开始透过生活表象，深入历史、现实、人的灵魂，进行挖掘探寻与省思，在"现实主义回归"的口号之后提出了"现实主义深化"的主张，从而在创作上涌现出"反思小说"的浪潮。反思小说的代表作有茹志鹃《剪辑错了的故事》、王蒙《蝴蝶》《布礼》、高晓声《李顺大造屋》、古华《芙蓉镇》、鲁彦周《天云山传奇》、张一弓《犯人李铜钟的故事》、李国文《月食》《冬天里的春天》、谌容《人到中年》、张贤亮《绿化树》《灵与肉》、李存葆《高山下的花环》等。

与"伤痕小说""反思小说"对小说表现主题的不断开掘同时，作家们追求小说表现技巧的多样化，出现了意识流手法、蒙太奇技巧、多元叙述方式的广泛应用。王蒙的《春之声》《夜的眼》对时序颠倒、时空跳跃的意识流手法的率先运用，曾使当年一度出现"王门立雪"的奇观；《剪辑错了的故事》等运用电影剪辑、蒙太奇技巧，将不同时空发生的情节巧妙地串连在一起，从而带给读者耳目一新的感受。

十一届三中全会之后，随着改革开放的起步与发展，部分作家转向关注"当下"现实，从而创作出了以蒋子龙的《乔厂长上任记》为代表的一批"改革小说"。包括张锲的长篇《改革者》、柯云路的《新星》、张洁的《沉重的翅膀》、张贤亮的《男人的风格》、李国文的《花园街五号》、张炜的《古船》、贾平凹的《浮躁》、中篇《鸡窝洼人家》《腊月·正月》、路遥的《平凡的世界》等。乔厂长乔光朴是蒋子龙塑造的"开拓者"群像典型代表，率先触及工业战线改革题材。长篇《古船》通过对几代农民生活情状的描写，对农民历史、面临社会变革、个体生命、文化精神等进行思考和发掘，使小说具有深厚的思想意蕴。《平凡的世界》则对普通个体在社会巨大变革时期的抗争、奋斗进行了平易而真实的描述，可被视为一段历史的真实写照。高晓声的"陈奂生系列小说"，特别是《陈奂生上城》，对农民劣根性进行深刻开掘，从而揭示出：改革的发展将触及农民的整个精神，要求农民在精神上获得真正的解放和新的飞跃。何士光的《乡场上》、陈源斌的《万家诉讼》则分别从一件小事中反映出农民自主自立意识的觉醒，从一个侧面透露出农村改革给农民物质上和精神上带来的巨大而深刻的影响。

历史反思思潮的不断推进，一些作家受拉美魔幻现实主义影响，开始了对传统文化的反思和对本民族灵魂、精神之根的探寻，在对现实与历史的关注之中注入现代意识，同时运用象征、暗示等现代派技巧，创作出了一大批富有文化意蕴的"寻根小说"。代表作有：阿城的《棋王》《遍地风流》、王安忆的

《小鲍庄》、韩少功的《爸爸爸》、汪曾祺的《受戒》《大淖纪事》、张承志的《黑骏马》《北方的河》《金牧场》等。《棋王》刻画了一个沉迷于弈棋的"棋呆子"王一生这一特立独行的人物，小说富有道家淡泊思想，文字精炼从容，极具魅力。《小鲍庄》透视一个偏僻村庄的众生相，突出"仁义"等超稳定的伦理观念，具有深厚的传统文化底蕴。张承志的长篇《心灵史》以诗、史、经结合的形式，通过对一个民族一种宗教信仰历史的回溯，深入探寻民族集体意识的深厚积淀，是一部十分独特的文本。陈忠实的长篇《白鹿原》叙述白、鹿两家的家族史，进而追索"一个民族的秘史"，以现代意识烛照儒家思想、儒家文化对于本民族的意义与价值。

邓友梅、陈建功、刘心武、王朔等，则更是从生活的北京这块地域出发，运用北京方言，描述北京历史、现实的风物、人情世故，具有鲜明的"京味"特征，被称为"京味小说"。如邓友梅《那五》、陈建功《辘轳把胡同9号》、刘心武《钟鼓楼》等。

反思文学对意识流、蒙太奇手法写作技巧的运用，从80年代中期起，逐渐发展出另一支脉，即在内容、主题方面强调具备"现代意识"，在小说形式方面注意吸收、应用现代主义的因素，在叙事方面采用多元、复调叙述。这就出现了所谓的先锋小说，或称实验小说、新潮小说。这些小说大多受到西方现代派文学的深刻影响，对意识形态采取回避、消解态度，强调叙述的游戏性、平面化，结构支离破碎，人物趋于符号化。包括刘索拉《你别无选择》、徐星《无主题变奏》、莫言《透明的红萝卜》《红高粱》、马原《冈底斯的诱惑》《西海的无帆船》、余华《十八岁出门远行》《鲜血梅花》以及苏童、残雪、格非、孙甘露的一些作品。韩少功的长篇《马桥词典》运用词条方式结构小说，形式新颖，开辟了实验小说的新空间。

"反思小说"现实主义写作传统在80年代中期表现为纪实文学的出现，如张辛欣、桑晔的《北京人》，较早采用口述实录的形式，记述众多中国百姓生活的情状。这一文学支脉在80年代后期发展成一股较大的潮流，出现了新写实小说。此类小说作者创作时抱着所谓的"零度情感"，多采用客观叙述，力图表现现实生活"毛茸茸的原生态"。包括刘震云的《一地鸡毛》《单位》《官场》，池莉《烦恼人生》《太阳出世》《你是一条河》《热也好冷也好活着就好》，方方《落日》《祖父在父亲心中》《风景》，刘恒《苍河白日梦》《贫嘴张大民的幸福生活》，叶兆言《关于厕所》《挽歌》等。王朔创作的"顽主"系列，如《千万别把我当人》《我是你爸爸》以及《动物凶猛》《一半是海水，一半是火焰》等，运用调侃戏谑手法，消解意义、神圣与崇高，成为通俗文学之一支。贾平凹创作的《废都》，展示某些知识分子都市生活状态，但因其对性描写的直露而受到批评和查禁。

90 年代中期，河北的"三驾马车"——何申、关仁山、谈歌的创作掀起现实主义小说的一个新高潮。其代表作有何申《年前年后》《信访办主任》、谈歌《大厂》、关仁山《大雪无乡》等，大多为"主旋律"作品。

女作家的创作在新时期成就非凡。铁凝、张洁、张抗抗、谌容、残雪、竹林、宗璞、茹志鹃等都对新时期文学做出了重要贡献。90 年代女性作家群体性别意识的自觉，女性主义话语和私人空间的建构，出现了一批被认为是典型的女性文学。铁凝开始突破早期小说《哦，香雪》《没有纽扣的红衬衫》追求艺术的纯净、完美的风格，开始重视揭示女性自身生存状态，写出了短篇《孕妇和牛》、长篇《玫瑰门》、中篇《蝴蝶发笑》《永远有多远》等一批作品。迟子建、陈染、林白、徐坤、毕淑敏等，都注意女性意识的凸显，或关注女性隐秘的个人化体验，如《私人生活》（陈染）、《一个人的战争》（林白），或对男权中心的传统与社会提出质疑，发起挑战，如《厨房》《狗日的足球》（徐坤），或对女性遭遇进行透视，如《女人之约》《红处方》（毕淑敏），或以优美的抒情对母亲·土地·人关系进行省思，如《日落碗窑》（迟子建）等。其中，陈染、林白等人的创作或被称为"私人化写作""个体体验小说"。这一支脉的写作进入 90 年代末出现了一群所谓的"美女作家"，她们注重描述个人的性、吸毒生活体验，或被称为是以身体写作的作家。棉棉的《糖》、卫慧的《上海宝贝》即因其对个人性体验颓废生活的过分渲染而受到查禁。这是女性小说创作中的一个消极倾向。

"新官场小说"（或被称为"政治小说"）在 1997 年前后开始涌现，并受到关注。如李佩甫《羊的门》、李唯《腐败分子潘长水》、王跃文《官场春秋》等。

90 年代中、后期，一批"60 年代出生的作家"陆续在文坛上崭露头角，这些作家被认为是站在社会边缘处写作，被称为"新生代"。代表人物有毕飞宇、鲁羊、何顿、邱华栋等。70 年代乃至 80 年代出生的作家也开始次第登上

重估中国当代文学价值

文坛，并有佳作问世，如丁天的《幼儿园》，郁秀的《花季·雨季》等。

综观新时期二十几年小说，新人辈出，佳作频仍，各种流脉、现象潮起浪涌，各领风骚二三年。由此可见，处于改革风云变幻时代中的当代小说，正在酝酿着纪念碑式的伟大作品的诞生。

（2000 年 7 月）

中国当代小说创作的误区

一、诺贝尔文学奖阴影下的中国小说

无论从作家、作品的数量，还是从文学在社会生活中所占地位、所起作用来看，中国都称得上是一个超级文学大国。随着经济的逐步强大，这个东方古国正在悄悄崛起，竭力跻身于世界强国之列；与这种经济和政治的崛起与渴求相适应，中国文学也在寻求拥有一个强国的地位。而由于诺贝尔文学奖 100 余年的历史所形成的巨大声望和权威以及它所授予的巨额奖金，寻求得到这一国际大奖的承认便演变成中国文学赢取强国地位的重要标志。而 2000 年之前百年诺贝尔文学奖中国作家的缺席，则极大地刺激了中国作家的自尊心和自信心。由此造成了部分中国现当代作家扭变的创作心态。

1. 牢固的诺贝尔文学奖情结

二十世纪八十年代初中期，拉美作家获得诺贝尔奖，拉美文学大爆炸极大地刺激了中国作家。"在这一时期，中和西、传统和现代之间的碰撞、融汇是最深层的，同时也十分表层化。有些作家急于'走向世界'，急于去拿到世界上的文学大奖，于是走上'恶性西化'之途①"。

受拉美魔幻现实主义影响，中国"寻根文学"勃兴。而随着中国电影在国

---

① 田中阳、赵树勤主编：《中国当代文学史》，湖南师范大学出版社，1998 年 7 月第 1 版，第 4—5 页。

际上频获巨奖，一方面刺激了一批中国作家调整自己的创作路子和取向，另一方面也为一些作家、作品走向世界打开了一条新通道，使一些年轻作家的作品很快就被译介到西方，并赢得了相当高的知名度。这期间有一个插曲是沈从文几乎就要获得诺贝尔文学奖。1985年马悦然被选为瑞典文学院院士，这位据说精通中文的汉学家早在他的青年时代就喜欢沈从文，这时他开始着手翻译沈从文的作品。1987年，他翻译的瑞典文版《边城》正式出版，紧接着，《沈从文作品集》又出版，这成了瑞典文学界的一大盛事。沈从文也立即被提名为诺贝尔文学奖候选人并名列前茅。到了1988年，据说，瑞典文学院已初步决定授予沈从文本年度的文学奖。孰料他却在这一年的5月10日去世。听到沈从文去世的消息，马悦然很着急，立即打电话询问中国驻瑞典使馆，而使馆竟称：我们不认识沈从文这个人。

八九十年代，巴金、王蒙、北岛、莫言、李敖等作家都曾获得过诺奖提名，有些作家对获提名淡然处之，但各种媒体却不肯错失良机，而总是大肆加以炒作；个别作家则对被提名沾沾自喜，进而自吹自擂，似乎中国若有作家获此大奖，第一人当非他莫属。对于诺贝尔文学奖的梦寐相求，导致了中国少数作家心态上的变异。当诺奖评委中唯一的汉学家马悦然访华时，有些作家便簇拥前后，刻意迎合，竭力向他推介自己的作品，并将马悦然有关中国文学的讲话"神化"，把他的评论奉为创作的圭臬，"唯马首是瞻"。有些作家在写作时刻意与瑞典姓马的传教士之类扯上边，格外留心马悦然有关的评论，对来自瑞典文学院或与诺贝尔文学奖有关的消息特别予以关注。为数不少的作家还不断地追捧效仿每年度获奖作家，由此出现了不少模仿福克纳、马尔克斯等人的作品。而每当一些诺贝尔文学奖获奖者来华访问，必会受到许多中国作家特别的关注。而每当诺奖新得主作品在中国出版，往往相当热销，也总是会演变成中国文坛年度大事之一。譬如2006年土耳其作家帕慕克获得诺奖后，他译介到中国已有数月的作品《我的名字叫红》突然火起来。前两年南非库切的《耻》、奥地利耶利内克的《钢琴教师》获奖后在中国也遭遇了同样的畅销。这种种现象的背后，深藏着的是众多中国作家牢固的诺贝尔文学奖情结和挥之不去的作品走向世界、赢得西方认同的深刻焦虑。

十几年来，马悦然似乎是在证实自己的话，一直不遗余力地译介中国作家的作品。比如，他又翻译了北岛的全部诗作，李锐的《厚土》《旧址》等。对于高行健这位客居法国的中国作家，他更是坚持不懈、不遗余力地予以推介。在《灵山》中文本尚未出版时，由他翻译的六七百页厚的瑞典文本就已经出版了。2000 年，高行健作为中国作家第一人获得诺贝尔文学奖殊荣，恐怕无法去除马悦然极力推重之功。

高行健获得 2000 年度诺贝尔文学奖，这是世界文坛的一件大事。高行健获奖立即引发了中国文坛一场热闹非凡的争论和议论。有些作家认为高行健根本算不上中国的一流作家，中国比他优秀的作家多得很；有人认为高行健不具备获奖实力，其之所以获奖一是占了加入法国籍的便宜，占了反中国政府创作姿态的便宜，作品客观上迎合了西方某些人的反华需要，二是占了用法文写作的便宜，其作品受到马悦然赏识并被译介成瑞典语，则是他一举登极的关键，云云。

2. 对于作品被译介的"误读"

毋庸置疑，对于作家而言，作品得到译介，既是对其作品价值的一种肯定，也可以扩大其影响，增加作家本人的国际声望。这是一件两全其美的事情。也正因此，有些作家竟片面追求自己的作品能被译介，认为一旦自己的作品得以翻译成外文并获出版，自己的创作就已获得国际性成功，并已"走向世界"了。这，其实是对作品被译介的一种严重"误读"。而有些作家为了作品能受到西方读者的青睐，更不惜挖苦、丑化中国及中国人，刻薄地表现中国假、恶、丑，愚昧落后的事物和事情或所谓的社会阴暗面，这样的创作取向则是非常有害的。

片面追求作品能被翻译，乃至于"为翻译而写作"，首先反映出创作者的文学自卑心理。而认为作品得到翻译便意味着"文学走向世界"，其实是文学落后者的一种典型自慰。一个自在、自为、自足的文学体系，是可以不借助于外界的证明，是可以忽视"他者"的眼光的；而文化落后者则需要竭力追求"走向世界"，取得国际认同，好像非如此则无法证明自身作品的价值。

再从翻译的效果上看，片面追求作品能被翻译往往收不到作者预期的效果。许多作品尽管被译成西文，并在西方印行，但发行量常常少得可怜，而且仅有的一些样书有一大半只是被大学图书馆收藏，或被置于书店的角落里落灰蒙尘，其在国外所拥有的读者寥寥无几，而在西方可能引起的"反响"更是杳不可闻。有些翻译作品落得如此下场，恐怕是创作者所始料未及的。而那些为迎合西方读者、为翻译而写作的作品，尽管有不少可能在西方一时取得成功，甚至造成轰动效应，但终因其思想性脆弱、艺术性粗糙，亦很少有能持续长久者，更遑论流传下去的。

总之，"为翻译而写作"，其实是商品时代一种典型的市场化短期行为。它对于作家的创作是不利的，对于文学的发展与繁荣也是有害的。当然，我并不反对把中国的优秀文学作品译介出去，恰恰相反，我认为那种反对译介外国作品和将中国文学翻译出去的做法，是一种狭隘的文化闭关自守主义，是在文化上的自我封闭，对于文化发展极端有害。我认为，在目前的翻译领域，我们对外国作品的翻译和西方对中国作品的翻译是不对等的。中国尚缺乏翻译、介绍中国作品到国外去的大师，在这方面的工作做得还远远不够。这在很大程度上也损害了中国文学所应该享有的国际声望和地位，对于中外文化交流则是一种很大的阻碍和束缚。

3. 对文学创作"民族性与世界性相统一"观点的误读

有一种流行的文艺观点：越是民族的，便越是世界的；越是世界的，便越是民族的。追求文学创作的民族化特征，保持其独特的民族色彩，以此加入世界文学之林，这对于丰富世界文学多样性无疑有着特别的意义。但如何把握文学的民族性特征，如何通过文学这一载体展现民族文化、民族传统和民族性格等，则是需要认真探讨的问题。

有些作家为了满足西方"窥视"、猎奇的需要，刻意表现民族文化、民族传统中糟粕性的内容，着意刻画丑陋、卑琐、愚昧的中国人，故意将中国的人和事"东方神秘化""妖魔化"，暗中契合西方中心主义者的"他者化"目光。这种写作态度就像街头上的猴戏，滑稽可笑，仅为博取观者快意一笑而已，故此可以命名为一种"扮猴心态"。这种"扮猴心态"引导下的写作，是消极、被动的，急功近利的。其实质是对中国文学"走向世界"的一种误读，是对"文学创作民族性与世界性相统一"观点的误读。

文学只有表现人类心灵共通的一些内容，才能跨越民族/国家/语言的藩篱，引起不同民族读者的强烈共鸣。这种人类心灵相通的内容，例如体现人性美、理想主义，表现人道主义，人本主义，人与自然、人与人、人自身内心世界保持和谐融洽等具有普世性/人类性的主题，如果借助于民族化的形式和内容（故事、情节、语言、情境等），则往往能够收到出乎意料的效果。而对于民族文化中落后的、愚昧的东西，则应能以理性、文明之光加以烛照，从中挖掘出全人类普遍的生存状况/生活处境的主题，才有可能引起不同族群读者的内心共鸣。

4. 漠视传统与崇外、媚西心态

有人认为，"五四"新文化运动是对中国文化传统的一次反叛，是数千年中国文化流脉的"断裂"。这种观点相当偏颇，也不客观。但是，20世纪的中国作家，特别是建国后成长起来的作家相当忽视古典文学和文化修养，乃至于漠视中国的传统文化，对传统采取虚无主义的态度，则是一个具有一定普遍性的问题。

数十年来，中国文学为了服务于一些特定的政治需要，对传统基本上采取一种批判的态度，把精华与糟粕一起抛弃，对古典文学中的精神流脉、精华质素未能很好地继承，对五四文化传统也未能较好地发扬光大，致使当代文学陷入一种"无根"境地。近年来，已经有人大声呼吁：要重视弘扬国学，要开掘民族丰富的文化资源，重新审视并古为今用。这些对于中国当代文学接续源头活水、保持自身的民族特点并在世界文坛占据独特一席，对于保证中国文学持续的繁荣与发展无疑是极其重要的。在漠视民族文学传统的同时，不少作家眼光向外，从外国文学主潮中去寻找模仿、借鉴的对象，甚至出现唯外国文学是从的不良现象。

新时期以来的中国文学，对外国文学可以说是全方位、几无条件地敞开的。在很长一段时间里，从外国译介过来的作品常常能引发中国文坛一阵躁动。中国的翻译事业勃兴一时，中国成为世界上翻译、介绍他国文学最多也最努力的国家之一，一些小国家、小语种的文学作品也被陆续译介过来，上海译文出版社的《外国文艺》杂志在相当长时间内竟成了中国作家人所必读的刊物。翻译作品极大地影响了中国作家的创作，在一定程度上参与推动了中国文学的进展。新时期伊始，先是"意识流"小说大行其道，王蒙因在这方面具有首倡之功并成就卓著，致使不少青年作家纷纷投奔其门下，学习其创作手法，一时间乃至于出现了"王门立雪"之奇观。接着是对"现代派"的讨论。高行健一本薄薄的《现代小说技巧初探》的小册子几至于被某些青年作家奉为经典。许多作家参与到现代派写作技巧的探索，从而掀起了一股实验小说、新潮小说的潮流。1982年马尔克斯以《百年孤独》荣获诺贝尔文学奖，拉美文学大爆炸极大地震动了中国作家的视听，一时之间，《百年孤独》的叙述方式横行于中国小说之中，马尔克斯、博尔赫斯等拉美作家被某些中国作家竞相当作了效法师祖。而八十年代中国出现的所谓后现代作品，则无一例外都带有学习西方、效仿欧美文学的明显痕迹。

漠视传统与"崇外""媚西"心态如同一枚硬币的两面。一个抛弃自身民族文化底蕴、丧失了文学之根的作家，往往只能依靠从西方和外国那里趸来的可怜的一点知识来支撑自己的创作。这样的创作刚出现时可能会显得面目新异，引人关注，但却必然无法长久赢得中国读者的欢迎。二十几年来，中国文坛舍本逐末对西方文学潮流盲目的追波逐流已经到了需要慎重反思的时候了。

二、市场指挥棒下的小说创作

1. 追求市场卖点和看点

小说要在传统媒介上发表和出版，主要依赖杂志和出版社。杂志，特别是出版社近年来转制为企业以后，基本上都要求按照市场规律来运作，借助市场杠杆来进行出版调控。于是，只要是有消费群体、有市场的作品，就能比较容易地得到出版。于是，大量迎合读者低端趣味的快餐文学、通俗文学不断涌现，宣扬暴力、情色、吸毒等新、奇、特社会内容的作品，讲述神秘、怪异现象、各种精灵古怪的玄幻、恐怖、悬疑作品方兴未艾，揭示官经、官场学、厚黑学，描写黑社会、邪恶势力的江湖小说，暴露商战、职场等社会黑幕的小说甚嚣尘上，所谓的新市民小说、新言情小说、新武侠小说等大行其道，由西方策动并率先风靡的"重述神话"蔚然成风，戏谑调侃、游戏文学、痞子文学渐成时尚。

据说，全国一年出版1000部左右的长篇小说。似乎是很丰收了。但是，一个默认的出版潜规则是，只要作者有钱，有的出版社就可以帮他出版。某些出版社完全丧失了操守底线和职业道德底线，不惮于为社会提供文字垃圾。

在这样的市场环境下，不少小说似乎也丧失了自己的操守，无品性、品位之可言。从创作主题、内容到表现形式、手法，无所不可用其极，甚至唯恐不达其极。在这样媚俗心态引导下的创作，势必会出现庸俗化、低俗化乃至恶俗化的不良倾向。

2. 被影视牵着鼻子的小说

因为影视创作的高报酬，不少作家已然开始为影视而小说，先影视后小说。不少作家放弃了寒窗煎熬，不屑于几年乃至几十年去磨一剑，而直接转向名利双收而且名利丰厚的快捷的影视创作。目前全国每年数百部电影、2万集以上的电视剧市场也需要大量创作者的参与，由此也吸引了不少的知名作家投入其怀抱。不少为影视创作的小说因此成了急就章，丧失了自己的个性，不注重追求语言文字的审美质地，完全沦为影视大国的附庸。

3. 网络对小说创作的冲击

网络为小说发表提供了自由、便捷、宽阔的平台，但也可能带来非文学、伪文学、平面文学的泛滥。不少披着文学外衣的文字、缺乏鲜活生命的苍白文章充斥网络，铺天盖地。据说，网络上流传着不少于5万部70亿字的长篇小说，但这些文字中，有多少是真正能够进入小说范畴的？又有多少是具备审美、教育、认识、娱乐价值的作品？其中的文字垃圾究竟占多大比重，都值得研究和深思。而博客、网络小说、手机小说等新兴传媒下的创作，作者很容易为追求迅捷赢取巨大的名和利而变得浮躁、轻薄、媚俗，乃至不惮低俗、恶俗和恶搞，根本不讲究文学的品格或品位，创造了大量很难被称为文学的娱乐文化快餐或垃圾。这些都是值得我们高度警惕的。

这几年，我一直在思考中国当代小说存在的问题、误区、缺陷，或者缺什么的问题。在2005年初召开的"中国抗战文学研讨会"上我提出，中国当代小说最缺的是思想，最缺乏对精神价值、精神品位的追求。同时，我还想补充一点看法，我认为中国小说还缺乏汪洋恣肆的想象力，缺超越现实和日常生活从整体上把握时代和社会的能力。

（2007年1—2月改）

试论少数民族题材资源的价值

2000 年以来，少数民族题材资源备受热捧，文学创作出现了一股转向边地，转向少数民族生存方式、历史、心史、文化，开挖新鲜故事、新鲜经验、新鲜创作题材资源、情感精神资源的热潮。究其原因有三：一是汉族作者创作资源过度开发，接近枯竭，江郎才尽，或者对当下现实缺乏把握的勇气与能力，于是选择转向民族、民间文化以及历史题材。这涉及的其实便是小说"写什么"的根本问题。二是边地、少数民族题材资源的巨大诱惑、丰厚而优质的内蕴，具有异样魅力、异样的认识价值和审美价值。少数民族题材具备更多的题材优势。作为文化之一分支，少数民族文化在全球化时代强调多元多样文化共存、共同发展这样的背景下具有独特的价值。三是"礼失求诸野"，从这些保存得比较纯粹、地道的文化、文明中存在并可发掘出人类最宝贵的、最本真的一些品质与精神。这就好比是中原大地的农民一窝蜂涌到青藏去挖虫草、发菜、甘草，这些药材价格高，相较于踏实种地农民的投入产出比要高很多。虫草等药材本身营养高，有滋补作用，但滥采乱挖就会破坏生态。而精神领域的此类热捧会不会存在类似的困扰，值得深思。

其实，这种文学"西部大发现"式的"边地淘金潮"早在 1980 年代已现端倪，比如先锋小说的创作，马原《冈底斯的诱惑》《拉萨河女神》《西海的无帆船》《上下都很平坦》等对西藏、拉萨的发现与描写。可以说，边地题材热、少数民族题材热是贯穿整个新时期文学历程的现象。少数民族题材的开掘，对少数民族精神图谱的深入描写，大大开拓了文学的版图，改变了文学的格局。

类　型

少数民族题材的开发利用可以分为两大类：

第一类，本土写作：少数民族作家笔下的本民族独特的生存方式、生活状况，瑰异的文化和文明。

比较有代表性的如回族作家张承志（曾在内蒙古插队，以内蒙古为第二故乡）《黑骏马》《金牧场》《心灵史》对内蒙古大草原蒙古族生活和宁夏回族心史的书写。姜戎《狼图腾》对草原文明的表现。回族作家霍达《穆斯林的葬礼》对回族生活及文化的叙事。川西藏族作家阿来《尘埃落定》《空山》《格萨尔王》，对藏族地区、藏族历史的描述。西藏藏族作家扎西达娃《西藏：皮绳扣上的魂》较早对西藏异样生存状况的叙述，尼玛潘多《紫青稞》对当代藏族生活的描写。满族作家叶广芩《采桑子》《黄连厚朴》等对满族文化的开掘。彝族诗人吉狄马加《一个彝人的请求》等对本民族生活的热情歌唱。内蒙古鄂温克族作家乌热尔图《七叉犄角的公鹿》对鄂温克族生活的叙事，艾克拜尔·米吉提《努尔曼老汉和他的狗》对哈萨克族生活的讲述，等等。这些书写呈现的是本民族的独特的生存方式、生活状况，瑰异的文化和文明。

第二类，越界书写：异族作家的介入——异族作家笔下的少数民族题材创作：民族风情与边地色彩。

影响较大的如冉平《蒙古往事》对蒙古历史的重新书写。范稳《悲悯大地》《水乳大地》《大地雅歌》《雪山下的朝圣》（纪实）对青藏大地或者藏族生存方式的叙述。宁肯《天·藏》，安妮宝贝《莲花》，杨志军《藏獒》，何马《藏地密码》……也都是对青藏地区生活或者藏族文化、历史等的描写。红柯《美丽奴羊》《西去的骑手》《乌尔禾》《生命树》，张者《老风口》，刘亮程《凿空》《一个人的村庄》，李娟《阿尔泰的夏牧场》则是汉族作家对新疆少数民族生活或文化、历史的生动叙事。东北则有迟子建《额尔古纳河右岸》对大兴安岭地区鄂伦春族百年沧桑的史诗式表现。这些书写特别重视表现民族风情与边地色彩。

题材利用的几个层面和层次

1. 写少数民族历史。如《额尔古纳河右岸》《蒙古往事》《格萨尔王》几乎可谓是关于一个民族的史诗。

2. 写现实生存。更多地采用非虚构纪实手法。如《雪山下的朝圣》对藏族围绕梅里雪山转山朝圣过程的叙写，《阿尔泰的夏牧场》对边地民族游牧生活的描述。

3. 写文化。如《穆斯林的葬礼》对回族文化的挖掘，是其获得成功的要素。

4. 写精神生存。《心灵史》备受推崇的是其对人的信仰和精神存在的极度尊重、景仰与赞美。

特　色

少数民族题材是民族的、异样的、"异域"的，对于以汉族为主体的东部阅读者而言，具备"他者""异者"的审美价值，有"被看"的价值。

少数民族题材具有文化的无比厚重、丰富与新鲜，是一种比汉族这种杂糅混合体文化更为纯粹的文化，物质文明相对落后的少数民族的生存方式常被作为生命力的象征、精神生存的代表。少数民族题材犹如野生稻。汉族作家对其的追逐从某种意义上说像寻找野生稻种，用以改良汉族文学、文化生态的意味。

民族性与世界性

少数民族题材天然地具备普遍性价值和意义。对少数民族题材的挖掘与书写是一个健全的完整的优良的文明生态系统的需要，也是世界文明多元化建构的必然呼唤与内在要求。这类题材的作品似乎更具普遍性价值，更易于融入世界，为异国异域的人们所欣赏与接受。因此常常被认为更具备世界性特征，更容易走向世界。

事实上，新时期以来，少数民族题材的文学价值已经凸显。譬如在历届茅盾文学奖评选中此类题材作品不断有卓越表现。摘取茅盾奖的有《穆斯林的葬礼》《尘埃落定》《额尔古纳河右岸》。被茅盾奖错过的有《心灵史》。还有一大批有实力冲奖的入围作品。这些事实说明：在评论界存在着一种评判标准的转向，即采取与作家相似的眼光，对少数民族及边地题材创作格外的青睐与推重。这实质上也是基于认同或承认"越是民族的，越是世界的"这样一个评判标准。

误区与不足

对边地少数民族生活、文化、历史、宗教等的陌生、隔膜会造成误读或曲解、错解。在茅盾文学奖评奖时，民族题材作品通常都要征求国家民委等部门民族研究专家的意见。鄂温克族文化、历史研究专家朝克曾经对《额尔古纳河右岸》的部分描写提出疑议。他认为，鄂温克族的萨满是不会以牺牲自己一个个的亲人来拯救别人，小说的这种设置和叙事是不符合鄂温克族宗教和文化实际的。

对边地少数民族的描写容易理想化。在作家笔下它们往往被假定为一片理想国，被推至美的、善的、好的、真的代表或至高境界象征，对其缺乏必要的充分的审视、反思和批判意识。

在世界性、全球化视野下，少数民族题材容易受到歪曲和扭变。少数民族题材作品经常一味地展示原始、蛮野和蒙昧，被作为"异端""异己"和"他者"的存在。书写者往往采取西方中心的视角，在描写时主观上存在着刻意满足外国人阅读期待的心理，进行自我他者化、东方神秘化和妖魔化。有一部极端的作品甚至详尽地描写中国广西当代史上出现过的"吃人"现象。结果这部作品因为过于渲染血腥暴力，甚至受到了西方读者的质疑和抵制，因为它的描写几已达到反人类的程度。

真正的希望

少数民族题材资源需要本土的本民族的开掘者。民族文学开掘的真正的潜力存在于本土的本民族写作者身上。文学呼唤这样的少数民族文化代言人。

民族作家背后站着一个历史悠远文化深厚的伟大的民族。他们浸淫其中几十年，民族文化已经融入血脉和心灵。民族文化、历史、宗教、习俗既是他们的一种教育背景，又是其现实生存的组成部分，是其生命与灵魂的一部分。他们的书写必然更接近自己民族的生存实际。这方面的文学创作已经崭露头角初显峥嵘。例如，次仁罗布《阿米日嘎》《放生羊》《长生天》对藏族信仰、生存、文化的描写，鲁若迪基《没有比泪水更干净的水》对普米族、纳西族生活的歌唱。我们可以期待在 10 年之内再次涌现像《尘埃落定》这样具有世界性影响和声誉的经典，可以期待真正堪当少数民族文化代言人的文学名家、大师的诞生。

试论全球化背景下中国民族文学的处境

——从黎族文学的现状说开去

一

黎族文学指的是黎族作家创作的文学。因为黎族是海南特有民族，因此，黎族文学主要存在于海南一地，其中尤以陵水县的黎族作家成就较为突出。据笔者眼界所及，陵水的黎族作家如黄明海，出版有长篇小说《色相无相》《你爱过吗》等；诗人郑文秀，出版有《水鸟的天空》等两部诗集；80后的作家李其文，发表有短篇小说《游在河里的啤酒瓶》《没有什么比一场雨来得突然》等；作家万才胜，发表有散文随笔等。黎族文学传统悠久，最早的作品都是口头文学，如关于创世神话、民间传说、歌谣等。黎族文学的书面作品则起步时间较晚，因为黎族有自己的语言却没有自己的文字，黎族作家写作往往借助汉语作为载体；在最近30多年的时间里才得到了较大的发展，涌现出了如龙敏、亚根、王海、黄照良、高照清、董元培、黄学魁、符玉珍、王文华、黄仁轲、唐鸿南、郑朝能等一批作家。这些作家年长的已过花甲，主体是中青年作家，其中不乏80后的年轻作者。

纵观黎族文学创作，大致存在这样一些特点：

1. 作家队伍阵容可观，规模较大，年龄结构较为合理，创作生态良好。客观上说，黎族文学创作成就还比较有限，有全国性影响的作家和作品还不多，作品的读者数量也有限。但是，在海南岛内岛外，却始终存在着一支坚持创作的作者队伍，这是相当难能可贵的。文学是文化的重要组成部分，黎族文学作为黎族文化的一部分，能够不断坚持并发展，是传续黎族文化，弘扬民族文化传统的重要力量。黎族作家不仅是黎族文化的创造者，而且也是黎族文化的名片和代言者，肩负着一个民族精神文明建设的重任。如果没有这支队伍的存在，没有黎族文学，那么黎族文化将会黯然失色，大受其损。黎族文学创作氛围很好，各地宣传部和作协等，都相当支持黎族作家的创作。中国作协和海南作协都在重点作品扶持等方面对黎族作家创作给予有力支持。多数作家能够静心沉气，潜心创作，不为名利所累，不被市场左右，创作只是出于兴趣爱好和生命的需要。

2. 黎族文学善于将黎族生活、黎族文化和黎族人的心理进行文学化、审美化。作为黎族出身的作家，血管里流淌着黎族文化的血液，从他们的心里流淌出来的文字，反映到笔下，自然带有黎族文化的积淀和元素。这是黎族作家在创作题材及内容资源方面的优势，也体现出黎族作家民族身份的自觉。不少作家则干脆直接宣称"我是一个黎人"，民族意识和民族自豪感凸显。著名黎族作家龙敏说，黎族没有自己的文字，在创作长篇小说时，他一直坚持用民族语言构思，再用海南汉语（海南地方话）写出初稿，最后定稿时再改用汉语普通话，亦即根据普通话的语法和词句规则进行修订。他认为，这样写出的作品，多少还保留了一些自己的东西，黎族特有的内容和文化韵味。黎族作家亚根提出，作家要强化民族意识，自觉充当文化的守望者，要通过自己的创作与本民族的文化母体建立关联，用富有民族文化品质的作品与其他民族文学进行平等对话。民族身份的指认，归根结底要依凭文化，只有守住文化才能守住民族身份。守住黎族文化并将其贯注到作品中才能有真正的黎族文学。正是因为有了这么多黎族作家这种自觉的坚守，才有了今日黎族文学的兴盛。

3. 鲜明的时代性。黎族不是一个保守的固步自封的民族，黎族文化也有很强的包容性和吸纳能力。在时代变革大潮面前，黎族作家大多主动投入时代，关注在当下中国黎族人的生存生活状况及其精神面貌，他们描写的是一种活着的民族生活体验、民族文化经验，具有包容性、吸纳性和与时俱进的品格。与有些作家重视黎族传统历史题材创作同时，有的作家则更多地描写当代黎族生活及情感。

二

全球化正在成为我们当下生活的现实。快速发展的科技，尤其是交通物流和数字信息技术，让地球上的人们实际空间的距离和精神文化、信息交流的距离越来越缩短，彼此越来越接近。在地球上的每一个角落，几乎都能接受到来自任何地方的物质产品、精神文化产品；每一个人的生活处境越来越趋同和相似。这是一个所谓的后现代社会。后工业时代加上全媒体、信息技术的迅猛发展，个性和差异正在被抹平，现代性的价值建构也在不断地被消解，语言的鸿沟、民族国家的界线、个性的分别都在逐渐被填平和弥合，生活和文化的同质化、雷同化越来越明显。在全球化背景下，文化融合的速度加快。但是这种文化的交会、碰撞与融合带有很大的盲区，如果不加引导和管理，很可能出现强势文化一统天下的局面。因此，作为处于弱势地位的民族文化，不仅需要保持必要的警惕和清醒，防止被强势文化所兼并、吞没或消灭，又要保持开放包容的姿态，欢迎并接纳八面来风，主动接受外来文化的影响和滋养，在保持自身个性、魂魄与特色的前提下，从对外来文化的借鉴吸纳中来丰富自己，壮大自己。

在我看来，全球化有可能成为一大骗局或者一大陷阱和黑洞。它有可能会吞没弱小的文化、缺乏生机与活力的僵固的文化。因此对其应保持足够的警醒。文化是民族身份认同的基础，中国多民族文化既要主动参与全球文化建设、国家文化建设，又要保持自己的独特性、差异性和丰富性。我们要致力于文化的相互交融与共同增长，建设多元化、多样化的世界文化新秩序，而不是要放任一些文化肆意侵略或消灭另外一些文化。要保护和发展少数者的文化，让其以自身的特质及个性，来增加世界文化的多样性和总量。中国的民族文学作为民族文化的重要组成，也要保持这种理性的姿态：开放和吸纳。

在全球化背景下，中国多民族文学面临许多现实课题与挑战，需要处理好多方面的关系。

1. 民族生活与公共社会生活。

民族文学既要面对自身民族内部的生活，也要直面被日益同质化的公共的时代的社会生活。民族生活更多的是一种原生态的鲜活生动的存在，相对于其他民族特别是汉族主流的生活方式，具有独特而明显的差异性，有一种异质感和陌生化的效果。民族生活，可以包括这个民族的宗教信仰、礼仪习俗、语言文字，也包括其独特的生存状态和生活方式、异样的思维方式和情感等。譬如，黎族的黎语、黎锦服饰、树皮衣、黎族医药、民歌、乐器、自然祖先和图腾崇拜、丧葬婚嫁等习俗，都是独特的黎族生活内容。这些事物和内涵是可以使这个民族区别于其他族类的标识和符码。而公共社会生活，则是在一个更大范围的社会或者一个国家、一个地区整个人群共同的生存方式和文化生活。譬如，在当下，中国社会共同处在一个急剧转型期，城镇化不断加速，乡村越来越成为一个遥远的过去了的梦幻般的存在。对嬗变期世道人心的关注，对都市与乡村的书写，成为了作家们公共的创作选择。民族作家要顺应时代潮流，描绘公共生活，同时要不忘根本和本来，从本民族的生活和历史中汲取营养，创造出殊异的文学作品。

2. 历史与现实。

2015年是寻根文学三十年。1985年寻根文学的兴起，主要源于对汉文化之根的追寻与回归。文学创作不能忘记自己的历史和传统文化。同样地，民族文学也要正确处理历史性与当代性的关系，既要礼敬传统，从民族传统历史和文化中吸收养分，也要与时俱进，面对当代现实生活，不断变革创新。传统和现实，历史和当代是作家立身立足的两个基地。传统不能丢弃，而要不断吸纳、表现和弘扬光大，要在传承历史和传统的基础上，从当代生活中接受新的影响，探索新的文学观念，新的表现内容和方式。在一个变革的大时代，各个民族都要遇到许多相似的问题和处境，都会产生某些共同的创作的主题，譬如失去与获得、发展与坚守的生存主题，譬如永远的乡愁、怀乡和怀旧情怀，这些与现代化和当代性相伴随而来的文学母题，也是民族文学经常要处理的创作主题。与此同时，那些古老的、独特的、渐行渐远的、原始的、神秘的、本色的东西，那些从民族历史伸延而来的内容，则是民族文学独有的重要的创作对象。它包括了民族的物质文化和非物质文化，涉及民族文化与文明的全部，涉及民族生产方式、生存状况、宗教信仰、神话传说、衣食住行等各方面。

3. 民族文化与国家文化、世界文化。

民族文化是国家文化乃至世界文化的一部分、一个有机组成。割弃了民族文化就没有完整的、真正意义上的国家文化和世界文化。民族文学要正确处理好三者的关系，通过更多地描写富于民族文化特色的内容，来丰富和充实国家文学和世界文学。在这个问题上，我们一方面强调民族作家要爱国，有国家和中华民族的观念，有国家认同和中华文化认同意识，要自觉将本民族置于中华民族大家庭范围内看待创作和各种问题，将民族文化归为中华文化有机组成；另一方面，我们要充分尊重民族作家个性化的劳动创造，尊重守住民族文化，坚持自己个性，才能有真正的民族文学。纯粹意义上的民族文学，应该是民族作家创作的关于民族题材和内容的文学作品。民族作家创作的其他题材的作品是民族文学的延伸、生发和新变。越是民族的东西，越是富于个性的东西，越有可能构成国家的、世界的文化不可或缺的一个部分。反之，国家性、世界性的内容和精神品质也要借助民族性的内容及主题等得以承载与表现。脱离了民族性的载体，国家文学和世界文学的实现就会落空。

4. 身份与写作。

水管里流出来的是水，血管里流出来的是血。民族作家的创作当然应该纳入民族文学的范畴。民族文学的概念主要依据作者的民族身份来区分。隶属于一个特殊民族的作家，必然带有这个民族历史的、文化的遗传基因或密码，体现在其语言、思维方式、情感和心理积淀，也体现在其言行方式、生存状态和写作方式等各个方面。民族基因的影响可能是无形的、潜在的。因此，广义的民族文学包括了民族作家创作的全部作品。其他民族的作家也可以创作异族生活题材的作品，但这种创作只能被称为民族题材作品而不能归入民族文学。

5. 母语与汉语。

一个作家在日常生活中所操持的语言应该视为其母语。因为这种习用的语言影响着创作主体的思维方式和情感方式，也势必影响到作家的创作。有些民族有自己的语言却没有文字，有些民族作家不懂民族语言和文字，这势必会影响到作家创作的民族特色。有些少数民族作家采用汉语思考并使用汉字写作，其作品就有可能更多地趋同于汉族作家的。而像龙敏这样坚持用黎语酝酿、打腹稿的作家，其作品会更多地带有黎族的文化元素及特色。从总体上看，民族文学大都面临着一个题材优势与文字表达弱势的瓶颈问题。民族文学创作题材丰厚，是一座富矿，但与其相应的民族文字可能受众少、操作难而被不少民族作家所忽视或舍弃。我们应该鼓励母语创作。

6. 民间、口头文学与书写文学。

在民族文学长期以来所形成的传统中，民间文学和口头文学都比较发达。书写文学基本上等同于作家文学，大都是新发展起来的民族文学样式，历史都不太长。对于书写文学而言，比它历史久远得多、内容丰富多样的民间文学和口头文学是其源源不断的创作素材资源、思想资源和情感资源，可以从中吸取许多有益的内容和滋养。更为令人欣喜的是，大量的口头文学和民间文学通过口口相传的方式或者唱诗、民族戏曲等形式，至今鲜活地存在于民族群体之中，在民族文化生活中扮演着重要的角色。作家决不可轻视或无视这些最具民族特色的文学作品，要深入挖掘这份财富。同时，作家文学也要努力走向民间，走向口头，让更多的民族受众特别是不懂书面文字的受众能够欣赏书写文学。

7. 民族性与地域性。

同一个民族，分布在不同的地区和省市，也会形成各自不同的文化特征。因此，在高度重视民族文学的民族共性的同时，也要关注民族文学的地域性特征。要将民族共性和地域性特殊性结合起来，要通过富于地域特色的风土人情、习俗礼仪等充分展现民族文学的风采。在民族文学中体现出多样性、丰富性和复杂性的特点，从而充实和拓展民族文学的创作及发展空间。譬如，陵水的黎族，除了同海南其他地方黎族拥有相同的方面之外，还有许多鲜明的独特性。这里位于热带与亚热带的分界线，疍家文化、客家文化和海洋文化都发展成熟，是一个多元文化混杂交错之地，呈现出丰富多样的色彩。特别是其中的疍家文化，更是独具风采，颇具文学开采的价值。

8. 传统写作与新媒体写作。

全球化时代是一个新媒体极其发达的时代，资讯、信息传播速度惊人。文学创作方面，网络文学异军突起，占据了文学市场的半壁江山。传统的纸质写作受到了新的挑战。民族文学亦不例外。客观上说，民族文学传统纸质作品的受众本来就比较有限，有的民族人口少，作家作品也少，影响力相当局限。在互联网和全媒体时代，民族文学传统写作空间更是受到挤压，更多的写作可能是出于一种兴趣爱好、精神诉求及精神寄托，较难从写作中获得利益。在这样的情形下，一方面，民族作家尤其要耐得住寂寞和清贫，坚持自己的文学理想和信念，坚持写自己的东西；另一方面，作家也要注意向新媒体作者学习，主动介入网络写作，积极运用新媒体传播和推广自己的作品，扩大作品的社会受众及影响。没有读者的写作是未完成的写作，也不能算作真正意义上的写作。纸质作家要不被全球化、新传媒所淹没，就必须自觉面对，敢于应对新的挑战。

世界文化新秩序应该是多样化的、差异性共存的文化集合体。在全球化背景下，民族文学的存在具有强大的合法性基础。它不仅是必要的、不可或缺的，而且是世界文学和中国文学重要的成员。缺乏了个性鲜明的民族文学，全球化的世界文学和中国文学都将化为泡影，成为一个虚幻的影像。在全球化进程加速推进的过程中，民族文学自身要不断坚持文化自信和文化自强，增强文化创造力，发展壮大自己，富于生气地主动参与全球文学和文化的生产创造，并以自己的这种创造丰富与提升全球文学和文化的内涵及水平。

（2014 年 12 月）

重估中国当代文学价值

重估澳门新文学

——从李宇梁、鲁茂、周桐的几部小说看澳门文学创作

对于澳门文学，内地文学界向来估价不足，不少人认为澳门是文学的沙漠，内地大学的文学教育通常会有"台湾文学"和"香港文学"，但是鲜有研究"澳门文学"的。在中华文学史谱系之类的专著中，关于澳门文学的介绍也大多寥寥数语。

事实上，在二十世纪八十年代之前，澳门缺乏成熟的文学发表园地，而在日侵时期澳门借未被占据之机发展起来的"避难文学"和 1949—1985 年间主要在香港等澳门之外地区发表作品的"离岸文学"，亦因文学环境的粗糙不完备、作家成长的条件不足，基本未能产生影响较大的作品。1983 年《澳门日报》"镜海"文学周刊的创办，1987 年澳门笔会的成立，为澳门本土文学的发展准备了创作人员和园地条件，此后 1989 年《澳门现代诗刊》和《澳门笔汇》两本文学刊物的创刊出版，都为澳门新文学的发展创造了很好的条件。如今澳门笔会的活跃会员有 70 多人，加入中国作协的有 11 人，这对于一个人口只有 60 余万人的城市而言已相当了不起。

通过澳门基金会等单位新近汇集出版的《澳门文学丛书》（作家出版社 2014 年 8 月出版，第一批共 22 册。此前在 1999 年 11 月曾由中国文联出版社出版《澳门文学丛书》五卷 20 册），我们欣喜地看到澳门新文学已经取得了显著成绩。澳门新文学自身的艺术成就，其在中国当代文学中的地位和作用，理应得到重新的评估和肯定。

本文试分析澳门作家李宇梁、鲁茂和周桐的几部代表性作品，借此管窥澳

门新文学的价值和意义。

二十世纪七十年代就登上文坛的李宇梁是澳门戏剧界的名家，他编导的舞台剧影响颇广。从戏剧转向小说创作后，亦已取得相当骄人的成绩。收入《狼狈行动》作品集共有七个中短篇小说，中篇小说《上帝之眼》2008 年曾获"澳门中篇小说征稿"入选作品。这两部书，大致可以代表李宇梁小说创作的基本风貌。

作者身为澳门人，对于澳门社会现实有着较多的接触和了解。他的写作基本上从澳门人的日常生活中取材，涉及人物有各色各样的普通人，如娱乐场叠码侍应生、赌徒、理发匠、公车司机、保姆佣人、酒店领班、小学教师、舞台剧编导、失业者、外劳妹等。他的笔触更多地指向普通人的生活和情感，关心的是他们的喜怒哀乐和生存状态。普通人的现实生存环境亦杂糅在小说叙事之中，譬如对澳门娱乐场、赛马业的兴盛，只升不降的房价，拥堵混乱的交通，黑社会的活动，廉政公署的行动，等等。作家无疑是入世的，关注现实的，他的作品更多的带有人间烟火味。

李宇梁小说善变，其选材比较宽泛，并不拘泥。他的小说既不回避娱乐场赌博题材，如《上帝之眼》、短篇小说《失物二十四小时》主角都是在娱乐场从事沓码工作的侍应生，涉及了豪赌、赌博成瘾的现象和赛马博彩各种侥幸心理。他对人物躁动内心和无限膨胀欲望的揭示，可谓淋漓尽致。《狼狈行动》讲述的是一个荒诞的绑架事件：一群无房无车无股票的"三无人员"试图绑架地产巨贾贾仁以索取巨额赎金，为的是他们心目中的"公平索回房屋差价""还富于民"，亦即实现自己住有其屋的梦想。他们声称自己不同于冷血的绑匪，只是为了争取自己居住和生活的权力，争取基本的人权——这些观念，糅合了中国传统的劫富济贫、"均贫富"的理想和西方现代文明的平等、人权等思想，这也体现出澳门这块独特地方独特的文化积淀与表现。五个办事犹豫、始终摇摆不定的"无产者"守株待兔似的，等到了贾仁为躲避杀手而自己逃到他们本来用于绑架的七人车上，误打误撞假戏成真。在他们要把贾仁带到租来的房子索取赎金时，又遇到了大塞车、停车找不到车位、邻居的质问、房屋是胡须男向中介偷偷借用几天、银行圣诞休业等各种问题的困扰。这时，廉政公署在找寻缉捕有行贿嫌疑的贾仁；为了先于廉署杀死贾仁免得自己受其行贿案牵连，同犯雇佣的杀手也在四处找他。就在五个绑架者犹豫不决时，杀手追杀上门。于是，原本可能成为一出悲剧和犯罪剧的故事来了一百八十度陡转，杀手和案犯贾仁同时落网，"绑架者"受到警署表彰，成为了"好市民"。舞台剧编导韦杰失去的恋人原本随男友到了加拿大，面对空屋幡然醒悟自己需要的是一个家而不是一套房，于是重新回到韦杰身边；"超人"余仁超因肌肉萎缩瘫痪的孩子终于有钱治病了；待找人待婚的"胡须男"朱炳与"外劳妹"薛玲擦出了爱情火花……正如作者所言，良民与罪犯咫尺之遥，天堂与地狱一念之差。都市生活是狼狈的，即便是死后，连骨灰坛的灵位也被热炒而价格飞升。在都市里，几乎每个人都要受到物价的重压、生活的压迫，每个人都活得很沉重、很狼狈。作为编导，韦杰成功地"导演"了一次从犯罪剧到英雄剧的转换，让参与绑架的人都变成了英雄。小说作者显然也是一位高超的戏剧导演，他在人性恶即将爆发的当口及时刹车，来了个一百八十度大拐弯，让原本即将结束的悲剧变成了喜剧，令读者忍俊不禁。然而，作者的高明并不止于揭示与表现，逗人以乐，他更愿意给人们指出一条希望的路途、乐观向善的和向上的台阶。看得出来，他更愿意相信生活虽然万般艰难，但是，好好活着总会有希望有未来，他以自己的小说所要传导的正是这样一种正面的价值观念：摒弃罪恶，走向光明；做一个卑微的好人，赢取一份卑微的却是有尊严的人生。在他的笔下，原本不被人关注的一群小人物最终站到了舞台聚光灯下，成为了英雄和模范，因为他们战胜了欲望和躁动，找回了原来纯正本色的自我。

作家要表现人们可能的生活，要把人们的生活搬上舞台转移到文字里面。如果说《狼狈行动》表现的是人在欲望面前的挣扎并最终获胜的话；那么，《上帝之眼》则是人被欲望所淹没、所埋葬。娱乐场就像是一个巨大的欲望场，具有强大的磁力和吸引力，在这里，侍应生许情儿通过作弊，骗取赌场 80 多万元，最终锒铛入狱；内地来的廖总豪赌，创造了一夜连赢十三把成功翻身的传奇；Mathew 借助好友玥淋神奇的预感，赢够了房产首付款。然而就在这时，因为港珠澳大桥修建及马英九赢得选举的新闻带来房价飙升，业主要求"反价"加价 15%，不甘心多付出这笔钱的 Mathew 又去赌博，结果输得精光。为了改变命运，他开始冒险偷赌场的筹码，结果被负责监控的恒笙撞见，于是他激情杀人，用铁锤击死对方。这个故事是一个悲剧，源自人的欲望。但是，这同时也是一个社会和时代的悲剧。试想，如果没有高房价的威逼，Mathew 也不会铤而走险。而各色赌徒在赌场上的嘴脸与表现，都在作者的笔下得到了栩栩如生的表现。

短篇小说《灭谛》由作者同名的舞台剧本改编而来，表现的是人性中的爱与悔。一个母亲因为女儿在成绩上欺骗了她就将她赶下车，并且不慎碾死了女儿，最终这个母亲因为精神分裂自杀身亡。正是因为对女儿爱得深沉所以责之愈切，而由于自己的过失害死了女儿又使得母亲痛不欲生，犹如困在铁笼里一般，肉体与精神分裂的她展开了一场痛彻心扉的对话。这场对话犹如撕开自己隐秘的内心世界，将这位母亲性格里的缺陷如自私、不顾及他人处境等真实地揭示出来，暗示了悲剧发生的内在原因。同样由舞台剧改编的《天琴传说》表现的则是爱与永恒的主题。这是一个复调叙事的故事：在古希腊神话里，迷醉于弹琴的奥菲尔在妻子不幸身亡后，他请求阎王让他的妻子复生，阎王答应了，但因为他忍受不了妻子一路上伤心哭泣而忘情地回头，想要拥抱复生的妻子时，琴突然断弦，爱情戛然而止。这使得奥菲尔的爱情变成了永世的星座传说。主人公 Ken 和 Florrie1962 年在去香港的轮船上邂逅相识，历经曲折最终相爱厮守，然而 Ken 却是如此的自私，处处以自我为中心。2009 年妻子好不容易赢得参加国际室内乐决赛资格，他却要求她放弃并随自己离开加拿大回香港。就在两人同游安大略湖时，因为水龙卷一人身亡。通过向死神借回几天时间，两人得以重聚。在这段时间里，Ken 的父母、妹妹都被 Florrie 请来家里，合家团圆，尽享天伦之乐。终于，Ken 认识到了自己的内心是多么的自私，开始谅解甚至理解了父母和因为体臭而一再被男友抛弃的貌似"滥情"的妹妹，甚至开始支持妻子去参加纽约室内乐决赛。他第一次渴望听妻子弹琴。然而就在此时，借来的时间已到，妻子的琴弦突然断裂。Ken 恍然醒悟原来那个死掉的人正是自己，妻子让自己复活，重温亲情爱情，克服自私本性，这一切来得太晚，也来得正是时候。爱情是脆弱的，琴弦一断，爱情便成传说；爱情又是永恒传续的，只要内心真正在乎一个人，关心体谅和呵护他，爱情便会永生。这篇优美而感伤、带有悲剧意味的小说，对爱情主题做了一次生动形象的诠释，这是一篇令人过目难忘的作品。这篇小说的素材显然与作者本人的经历相关，作者曾赴加拿大生活多年，并曾在乐团任职。因为这种熟识，所以这篇作品更显真实、自然和感人。

《失物二十四小时》是一个偶然发生的故事，母亲为了能够更多地照顾儿子，冒充成佣人玲姐每天为儿子收拾家务。这一天，她出于好奇无意中拿走了儿子的一袋筹码，而这筹码乃是李总委托他保管的。丢了巨额筹码的儿子四处寻找，最终在对严重后果的巨大恐惧中投海自杀。这是一个悲剧，其根源在于金钱财富对人的压迫。作者似乎想要告诉读者，或许生活中一个小小的偶然的意外，一个不经意的差错，就有可能葬送一个人的生命。母亲无疑是深爱自己孩子的，也渴望着与孩子的团聚，然而这种爱过了头，或许就会变成一种伤害。她无意中拿走的物品竟改变了儿子的命运。或许可以说，这也是一个关于爱和如何去爱的故事。《缉凶》同样写到了一桩车祸，与《灭谛》相似，肇事者是父亲自己，妻子和丈夫通过悬红，终于找到了拥有车祸现场照片的爆料人。当他们看到照片时，悲剧发生了：凶手与受害者父亲是同一个人！这是一种巧合，似乎是命中注定，然而这种巧合似乎也在暗示读者：有时爱也会转化成伤害；伤害的施加者有时恰恰就是最爱的人。这是一种人生的无奈，亦是一种造化的作弄。

死亡是李宇梁小说中经常涉及的主题。或许在他看来，死亡更能彰显故事的悲剧性，更易造成悲剧化的效果。《天琴传说》《灭谛》《缉凶》《失物二十四小时》都写到了死亡，且以此为推动故事前行的主要情节。《天堂之眼》《狼狈行动》也写到了死亡。《公交车杀人事件》和《不忠》都写到了杀人。前者是一个偶然发生的杀人事件：公交车严重超载，一位一手抱着孩子的母亲因为前面乘客的长发刺激了自己的鼻孔打了一个大喷嚏，惊吓了公交车司机，于是司机误踩油门将车开上了站台，压死了等车的人。后者则是一个婚外情的故事：理发匠因为发现妻子出轨，利用她的手机将其情人骗到理发店，借为其理发之机，割开他的喉结。就在此时，那个男人的手机响了，手机画面显示他的妻子正是三年前与理发匠通奸的妇女。这是一个双重不忠和出轨的故事，也是一个因果报应的故事。在《缉凶》和《灭谛》《上帝之眼》里，我们似乎也读到了这种宿命式的故事。很多事情的发生，似乎是命中注定的，又似乎有着某种隐晦的神秘的因果关联。《上帝之眼》中，玥淋拥有超异的灵应，似乎能预见未来之事，而且她的预感往往被证实。这种神秘的本领似乎就是"上帝之眼"。而现实生活中亦真实存在着这种"上帝之眼"，那就是无所不在的监控器、摄像头。每个人自以为自己的行为多么隐蔽但都逃脱不了这双"上帝之眼"。表面上看，这篇小说揉进了魔幻神异元素，而实质上它又是完全写实的。

除了爱情和死亡主题之外，魔幻元素无疑是李宇梁着力使用的一大写作技巧。在《天琴传说》中，人死而复生，可以向死神借回几天时间，重新回到过去，这既是对广义相对论和虫洞等物理理论的一种准科学运用，也是作者的一种自由想象。这是对中国古代小说中如《聊斋志异》《搜神记》等打通阴阳人鬼世界的一种借鉴，是为了更好地表达作者的思想：爱并且珍惜，爱必须摒弃自私。在《上帝之眼》中，作者也让猝死的恒笙继续活在玥淋、向阳等好友的世界里。这种魔幻的写法，亦是对拉美魔幻现实主义手法的借鉴，增添了作品的想象性虚构色彩，带给读者新鲜奇特的感受。

应该说，李宇梁小说已经取得了不错的成绩，他是澳门文学界一位重要的剧作家和小说家。与此同时，我也注意到，他的小说或许带有太多戏剧特别是舞台剧的成分，譬如大量的对话，许多省略人物姓名只以第一人称或第三人称的讲述，时空、情景、背景的随意切换，跳跃的场景和叙述，有些刻意营造的戏剧性冲突或结局，等等。打破戏剧与小说的边界，将戏剧元素引进小说，这是值得肯定的一种创作技巧。然而，戏剧和小说是两种不同文体，从戏剧到小说要有一个深度的内在转换，李宇梁在这方面进行了很多有意义的努力和实践，但仍旧存在着舞台剧的明显痕迹。

其次，作家关注现实，但是题材领域相对而言还比较狭窄，主题大多涉及爱情及死亡。对于广阔的社会生活场景似乎表现得还不够，对于澳门人生活的一些重要场所如娱乐场、赛马场等的描写现场感似乎还不够鲜明。这是否与作者离开澳门多年又重返的经历有关？其实，拥有这种阅历的作家可以比澳门本土作家站到更高的高度，能由第三只眼睛看澳门，或许能更多更深入地发现澳门生活真实和社会问题。在这方面，作家还可以更深地潜入生活，有更加深入的挖掘和反思，思考澳门之过去与现状，切近澳门人之人生，讲述今天的澳门故事。

李宇梁的作品可读性强。但这些小说似乎存在着某种同质化倾向。每篇作品的主题、人物、表现手法比较接近。作者在创作艺术上还有广阔的开拓空间。在创作技巧、人物刻画、环境描写、心理描写等方面，可以有更多作为。当然，这些突破还有待于作家更多地走进生活，接触百姓民生，同时学习借鉴他人优秀创作，拓展自己写作的宽度和厚度。

1932 年出生的作家鲁茂成就是多方面的，他的散文被认为是澳门文学的代表。他通常还被认为是澳门小说的拓荒者，和女作家周桐都是澳门长篇连载小说的代表性作家。鲁茂的作品大多采取一种现实主义的手法，注重表现澳门的世相众生与社会矛盾，其主题大多是积极向上和向善的，是要引领读者走向希望和光明的。

长篇小说《白狼》被认为是鲁茂的一部代表作，在澳门小说史上具有重要意义。作品塑造了一个典型人物白狼（原名黄白朗），这是一个非常特殊的角色：葡萄牙人的私生子，沦入黑社会后为非作歹，罪恶多端，后因黑帮陷害，被捕入狱。在监狱里他开始觉悟，决心改过自新。这个人物是从现实生活中成长起来的，带有澳门生活各种鲜明的烙印：殖民地的历史，黑社会的势力，官场的腐败，问题少年……可以说，白狼是澳门土地上生长起来的人物。作者通过这部作品似乎要提醒人们关注严峻的社会问题：因为贫富悬殊，一些家庭拮据的孩子有可能抵抗不住生活的压力和诱惑而掉进社会的陷阱，沦为人民的公敌。从这个角度上看，这可以看作是一篇社会问题小说或者反思小说。而作家赋予作品一个悔过自新的结局，则是运用文学的手法实现对堕落人物的一种精神拯救，也是为了给读者指明一条光明和希望的路途，亦即用作者常年从事教育工作所追求的目标——感化教育，去帮助青年人向真向善向美，不沉沦于污浊的社会风气。可见，鲁茂的小说特别重视作品的社会影响，愿意更多地传递正面的能量和精神。这是一种可贵的进步的价值理念与追求。

1949 年出生于澳门的周桐是典型的澳门本土成长的作家。她的教育和工作经历均在澳门，曾在报纸上连载过多部长篇小说。与鲁茂相似，她的小说致力于传递一种乐观的、向上的主旨，笔下人物个性鲜明，故事曲折，小说通俗好读。她在短篇小说、长篇小说方面都取得了不错的成就。她的长篇小说着重描写婚恋和科幻题材，注重通俗性和可读性。

长篇小说《香农星传奇》1999 年 7 月由澳门日报出版社出版，这是一部科幻题材作品，代表着女作家周桐开创了一个新的创作领域。故事主线是一个外星人光临地球，到维记洋行当了一名职员，并同地球女孩香秾产生了一段朦朦胧胧的美好情愫。这个名叫庞雅伦的外星来客具有超人的工作能力和洞察力，有超常的绘画才华，且能准确预报天气，对各处地理都相当熟悉，还从不吃饭。他结识了女孩同事香秾，两人一起关心和讨论生态环保，都认同万物皆值珍惜，万物应美好共存的理念。他们在一起相互欣赏，心灵相通。通过心灵的交流，香秾爱上了这名男子，同时发现了那个惊人的秘密：原来庞雅伦来自那个与地球孪生的、资源枯竭了的星球。作家通过庞雅伦的视角，呈现了地球的现在与未来两种截然不同的处境：如今的地球是"奶蜜之地"，如此美好，值得万分珍惜；而那个被破坏了的资源枯竭的星球，是如此的荒瘠可悲，它或许就是一个被地球人不知爱惜急功近利地开发破坏后的地球，是地球的末日。从这个角度上讲，这部科幻小说的一大主题是生态保护，是呼吁大家对我们生存的美好星球倍加爱惜与呵护。在外星人庞雅伦看来，地球就是他所生活的资源枯竭的星球所要努力追寻的理想家园"香农星"。两颗孪生星球的命运，实际上都是在昭示着地球的可能遭遇，是在警示人们爱护地球，珍惜万物，万物共存才最美好。作家的巧妙之处在于，她善于运用一个美丽动人的爱情故事和带奇幻色彩的"超人"故事，一个引人阅读的科幻传奇，装进了一个严肃的反思主题。

鲁茂、周桐、李宇梁的小说各有侧重，各具特色，似乎可以代表澳门小说创作的三个向度，也是澳门新文学成就的三个映影。从对他们的简单评析中可以看出，澳门文学始终在不断地生发、生长、延伸和拓进，澳门文学确是五彩缤纷的。对于澳门新文学的成就和价值，应该进行重新评估和肯定。

（2014 年 11 月—12 月）

最好的诗歌

什么是好诗？什么才是最好的诗歌？这两个问题关涉的其实都是同一个问题，即好诗的标准是什么。

在我看来，在当前诗坛无序错杂的情势下，不必急于评选好诗，而首要的是，应该重申诗歌标准，即认真区分"诗"与"非诗"。新文学自 1917 年肇始，迄今已近百年。新诗一直走在一条"诗"与"非诗"此消彼长、不断相争的路途上。诗歌的散文化、口语化直至前些年甚嚣尘上的"口水诗"，其实都是一种"非诗化"。作为一种独特的文学样式，诗歌需要借鉴吸收散文、小说、戏剧等文体的艺术特质和优长，同时更应注意保持自身纯正的艺术品质与质地。诗歌是韵文，是有节奏、有韵律并富有感情色彩的一种语言艺术形式。它按照一定的音节、韵律的要求，表现社会生活和人的精神世界。因此，诗歌必须符合韵文文体的要求，具备韵律、节奏、音调、声情、意境、情思、韵味等基本的诗歌元素。换言之，诗歌应具备"情""思""美"三要素。古人云：诗言志，歌咏言。诗歌是以音乐般节奏和韵律传达人的心志、情感和思想的。

谈到好诗，应该是在诗歌的所有要素或主要元素如韵律、韵味和意境、情思上呼应一时代之读者心灵情感与心理诉求，能够产生共鸣。好诗应贴近一时代读者之生活与心灵实际，顺应时代思潮和情感潮流。好诗在形式上应具备较高的审美质素。闻一多提出的音乐美、绘画美、建筑美的"三美"要求，卞之琳倡导的音顿、音尺等诗艺主张，亦可以用来权衡和评判好诗。当然，称为好诗，在艺术上应有所创新或创造，在想象力、情韵、语言、结构、音调、节律等方面要有所突破。

仅就我有限的阅读视野而言，我以为，新时期以来最好的诗作应该包括：食指《相信未来》——代表一代人的心声，传达艰难困厄中人们坚强的意志和追求，创作于 1968 年，但正式发表和产生影响应在新时期以后；海子《面朝大海，春暖花开》——传达一种乐观积极的思绪，能引发读者强烈心灵共鸣；北岛《回答》、顾城《一代人》——朦胧诗杰出代表，表现一代人的命运、心路历程和时代呼声，开启了对社会、人生、历史的反思；余光中《乡愁》——表现人类共通的"怀乡病"，有恒久艺术魅力，堪为台湾现代诗歌代表；舒婷《致橡树》（或《祖国啊，我亲爱的祖国》）——爱情诗和温婉诗派代表，表达一代人心声；于坚《零档案》（或《作品 52 号》《尚义街 6 号》），韩东《有关大雁塔》——注重日常叙事的"第三代诗人"代表，在平淡的书写中表现一代人的生活、命运；王久辛《狂雪》——表现南京大屠杀历史，令人震撼；佚名（或认为作者为苏善生）《孩子快抓紧妈妈的手——献给地震中死去的孩子们》——"地震诗潮"代表作，抚慰受难中人们的灵魂，影响广泛而巨大；等等。当代文学被翻译到外国的诗作有毛泽东、北岛、艾青、何其芳、于坚、海子、顾城、舒婷、王久辛、牛汉、穆旦、李瑛、杨牧（台湾）等人作品。可供我们评判好诗之借鉴。我认为，毛泽东诗词可列入当代最好的诗作之林。

选出好诗以后，就有一个更紧要的问题出来了。那就是如何使好诗得到广泛传播？我认为，传播好诗与发现好诗同等重要，尤其是在当下诗歌状况并不尽如人意的情势下。传播好诗，以下这些推广途径是可取的，也是切实可行的：

加强推介，通过各种形式来宣传好诗：推选好诗，编辑年度诗歌精选、《好诗选粹》等各种诗歌读本、选本，增加面向社会公众的好诗介绍和导读、评论，大量举办诗歌朗诵会、配乐诗朗诵；

借重新兴传媒，利用好网络（包括微博）、手机短信等平台，即时传送好诗；

发挥诗歌公开发行报刊和民间刊物的作用，联络大批诗作者和爱诗者，利用人脉网络传播；

重视民谣、童谣创作与推广，培育潜在的爱诗者，加大在校园和学生中诗歌的传播力度。

（2010 年）

第二辑
文学现象思潮观察

我们不能遗忘

——令人遗憾的"曲波现象"

提起曲波，年轻人可能未必熟悉。但要提起《林海雪原》《智取威虎山》，或者提起杨子荣、座山雕等等，恐怕没有不知道的。而曲波，正是这些作品、这些文学人物的原创者。

一、《林海雪原》累计印数至少在二三百万册之间，而作者得到的稿酬却只能以百千元计。

曲波，1923 年出生，今年 79 岁。山东黄县人。1955 年开始从事业余文学创作，1957 年出版第一部长篇小说《林海雪原》。1959 年至 1962 年又先后写出两部长篇小说《山呼海啸》《桥隆飙》，于 1977 年至 1979 年得以出版。另著有长篇小说《戎萼碑》等。他的创作深受中国古典小说的影响，情节曲折离奇，故事性强，擅长塑造传奇式的英雄人物形象；语言明白晓畅，刚健有力，具有评书的韵味；风格雄放，富有艺术感染力。

《林海雪原》出版后，大受读者欢迎和文学评论界赞誉。在短短时间内，该书一版再版，一印再印。据笔者粗略统计可知：1957 年 9 月至 1964 年 1 月，《林海雪原》累计印数已在 156 万册以上。而此后 1978 年 1 月、1978 年 5 月、1981 年 11 月等由人民文学出版社数次再版或再印的《林海雪原》，未标明印数。据曲波夫人刘波回忆："前几年出版《中国大百科全书》时，曾到我们家问曲波的书印数，我带他到人民文学出版社编辑部去询问，编辑让我到他们出版社编目室去问，编目室的同志回答：'50 年代我们有数，现在不知道印了多少册。'"

的的确确，恐怕没有人能说得清《林海雪原》究竟一共印了多少册，拥有版权的出版社说不清楚，享有著作权的作者也说不清楚。

在 1977 年至 1984 年间，全国各地出版社更是未经作者本人授权，亦未向拥有专有出版权的人民文学出版社租用纸型，竞相出版曲波著作《林海雪原》及《桥隆飙》，印数在数万册至数十万册之间不等。

刘波回忆说："1984 年 10 月，人民文学出版社编辑部的编辑孟新禄同志来我们家。曲波提出：'孟新禄同志，我的书，各地有新出版的，为什么一本样书也不给作者，一分钱的稿费也没有给，是否你们有什么新规定？'孟新禄说：'版权在我们出版社，他们不租纸型是无权出的。我想外省市不会不经我们出版社自行出版。'我们说我们买过新出版的《林海雪原》，是辽宁出版社出版的，他说他回去调查一下。1984 年 11 月 28 日，孟新禄同志来电话，是我接的电话。曲波出差了。他让我记下来，调查的结果是：《桥隆飙》出版了49.3 万册。《林海雪原》总共印数有 100 万多册。只有湖北省印的《山呼海啸》，印数多少不知道，寄来了一部样书。其中只有天津百花出版社给了 800元稿费。其余以上有印数的（出版社），一没有寄一本样书，二没有付一分钱的稿费。"

书一版再版，一印再印，可是在 20 世纪 70 年代末至 80 年代初，《著作权法》尚未正式颁布之前，书的作者竟连一本样书也得不到，遑论获取稿酬了！而出版社也就在读者大量需求的推动下，大多不向作者征求版权，便自行出版、印刷作者的书；事后既不付酬，也不寄奉样书。作者曲波和他的夫人既没有办法去查，也没有办法过问，只是一直想知道为什么是这样的？而在"文革"之前反"三名""三高"，动员作家捐稿费，曲波把稿费全部给了作家协会。一部印行了百万册乃至数百万册，影响巨大而深远的小说，谁也不会想到：它的作者统共只拿到了数百元的稿酬！

据刘波介绍，作为一个业余作者，曲波除完成职务的工作外，一切假日和业余时间都用来写作，身体从"文革"中受折磨起就有病。这些年更是年老体衰连年多病，至今他已多次心力衰竭，都被抢救过来了。他还患有糖尿病及其综合征，肾功能丧失，胸部、消化系统都有水肿，恶心、厌食，遵照医嘱采取肾透析；心脑血管都有病，目前靠药物维持，随时都可能有生命危险。

这几年，曲波和他的夫人都是靠有限的养老金生活。刘波也已 79 岁了。

重估中国当代文学价值

他们目前身边没有子女照顾，每次生病都是请护工护理。去年头 10 个月，曲波先后就住了 4 次医院，每次都是打 120 急救电话急送住院的，几经报病危，一直都是请每天 60 元的特护护理。夫妻俩还多次同时住院，就都得请护工，而要支付每位护工每天 60 元的护理费，对于他们无疑是很沉重的负担。如今，缠绵病榻生命垂危的曲波，身体状况好转一些意识清醒时，仍念念不忘想知道这些事的究竟，谁都知道老人的心愿并不是为了钱，而是要求一个最起码的按劳付酬的作家权益。

二、在物质上，曲波他们创造了数百上千万元的经济效益；而在精神上，他们的作品几乎塑造了整整一代人的精神图谱，构成了二三十年间中国人民最重要的精神食粮。

为什么像曲波那样的老一辈文艺家未能从自己的劳动中获取应有的回报？究其原因，除了老一辈文艺家们有着极可贵的奉献精神，只问付出，不求索取与回报，对精神创作也应按劳取酬的观念十分淡漠之外，《著作权法》未正式颁布前，文艺家的合法权益未能得到有效且有力的保护更是主要原因。1991年 6 月才开始正式施行的《中华人民共和国著作权法》第五十四条规定：本法施行前发生的侵权或者违约行为，依照侵权或者违约行为发生时的有关规定和政策处理。按照这一条款，像 20 世纪 70 年代末 80 年代初大量翻印曲波著作的侵权行为，几乎没有强制性的法律或法规可予制裁。笔者能够查到的资料，只有 1980 年颁发的《关于书籍稿酬的暂行规定》和 1984 年颁发的《书籍稿酬试行规定》，而这些规定对于侵权行为并无明确的处罚条款。上溯至五六十年代，精神劳动的报酬规定更是粗略。拿作家创作来说，只有部分出版社自己制定"约稿合同"之类，对作家出版作品如何付酬有一些极其粗糙的规定。因此，在这样的法制环境下，文艺家的劳动基本未能获取与之相应的报酬。但是从出版社得到的回答，也颇多他们的苦衷和微词。在未正式全面推行市场经济、商品经济政策之前，中国的出版、演播及其他使用精神产品的单位几乎都是为政府"打工"，为国家聚财。比如，即使作家的小说发行上百万册，盈利数十万元（当时的计量标准），利润也几乎全部是上缴国库。举例来说，若以当前的书价平均水平 15 元至 25 元/单本定价计，这些书的码洋无疑在数百万元至上亿元之间，市场总盈利则在成百上千万元间。而这些利润，绝大部分是不可能落入出版单位"小金库"甚至责任编辑腰包里的，而是无一例外地上缴国库上缴国家。既然利税归公，那么换言之，曲波他们的一本小说即可为国家创造成百上千万元的价值。比如查阅有关资料不难发现，《红岩》的累计发行数是700多万册，按单本定价18.20元（2000年的标准）计，总码洋为12740万元，若按目前出版社发行图书一般市场总盈利在50％以上计，《红岩》一书共可创造6000多万元的市场价值，作者亦可得到1000万元左右的版税，这是当下任何一部畅销书都无法望其项背的天文数字。

梁斌著的《红旗谱》，总印数已近190万册，定价27.70元，总码洋应为5000多万元，市场总盈利2500多万元。

李英儒著的《野火春风斗古城》，总印数已逾61万册，定价14.45元，总码洋880多万元，市场总盈利440多万元。

吴强著的《红日》，总印数已近162万册，定价15.00元，总码洋2400多万元，市场总盈利1200多万元。

而曲波著的《林海雪原》，总印数即便以200万册计，单本定价约20元，总码洋亦过4000万元，市场总盈利逾2000万元；若再加上他创作的《桥隆飙》《山呼海啸》等著作，他为国家所创造的价值还要大得多，而他可以拿到的版税也应有几百万元。

如果把这些老作家与当前的畅销书作家来做个比较，他们所做出的贡献和"牺牲"实在是非常巨大的。如果按照目前市场经济的运作规律，这些老作家单单依靠出版稿酬，一个个都会成为百万富翁、千万富翁，如果再加上其作品被改编成脍炙人口的电影、话剧、戏曲等所应获取的报酬，这些老作家有的恐怕都当得上亿万富翁了。

像曲波那样，在二十世纪五六十年代运用自己的作品感召人们、鼓舞人们的艺术家们，留下来的已经不多了，尚健在的老人们大多都不富有，过着相当朴素的生活，然而他们成了被人们正在"遗忘"的、曾经做出杰出成就的老人。

而到了今天，这些作品仍在被再版再印，改编、改写，提供给现在的中国读者一份珍贵的精神食粮。譬如，《林海雪原》1995年曾被收入"共和国长篇小说经典丛书"，由花山文艺出版社再版；1996年其缩写本被辑入"中外军事文学名著缩写·中国卷"，由解放军文艺出版社出版；1995年被选入"中华爱国主义文学名著文库（缩写插图本）第一辑"，由北京燕山出版社出版；1996

年被改编成《林海雪原精彩故事》，由河北少年儿童出版社出版；1997 年改编成《雪地奇兵：〈林海雪原〉导读》，由四川教育出版社出版；等等。

三、推动科技进步、物质生产力大发展的知识分子得到了表彰、奖励，促进精神生产力进步、创造巨额民族精神财富的文艺家，人们也不该遗忘他们。

编写中国当代文学艺术史、当代文化史，或是研究中国精神文明史、文化发展史，从事文艺批评、文化评论，谁都无法忽略《红岩》《红旗谱》《红日》《保卫延安》《林海雪原》《创业史》《山乡巨变》等一大批曾带给读者极大精神动力的小说及其创作者，谁也无法忽视《红色娘子军》《白毛女》《茶馆》这样的电影和戏剧，谁也不能绕过《歌唱祖国》《让我们荡起双桨》这样的优秀歌曲。正是这些代表先进文化前进方向的文艺作品奠定了中国当代文艺、文化史的轮廓框架，组成了文化史的重要章节。这些优秀的文艺产品，构筑了中华民族的灵魂、精神进步史的重要一环，是民族精神火炬代代相传链条上的重要一节。

创造巨大物质财富，推动国家科技进步、生产力发展的知识分子有许多受到了很高的赞誉。这些都是应该的。但是对于精神生产、精神创造，人们应予以更充分的重视。对于为国家精神生产力发展做出过重大贡献的同志，人民应该向其表达敬意，予以相应的、与其贡献相称的表彰、奖励，对那些尚健在的老一辈文艺家应予以更多的关心和扶助，使其得以安度晚年；而其中那些贡献突出的同志，还可以授予其应得的崇高荣誉，让历史和人民记住他们，让他们的精神食粮继续滋养、哺育正在和即将成长的中华民族的下一代。

人们，不该遗忘他们。

（原载《中国文化报》2002 年 1 月 30 日）

"新抗战文学"刍议
——近期抗战题材创作观察

与备受诟病的抗日神剧、抗日雷剧形成鲜明对比和反差的是，抗战题材的文学书写呈现出完全不同的面貌及格局。集中阅读近期的抗战题材文学作品，可以得出这样一个基本的判断：现在我国抗战题材的文学创作已经进入到一个深化的阶段，和以往的同类作品相比，出现了一些明显的新变化，这些变化似乎都在预示着一种不同于以往抗战题材创作观念、视野和审美风范的"新抗战文学"正在崛起。

刷新了的历史观

与以往的创作不同，今天的抗战题材书写正在运用更为辩证的和唯物主义的历史观矫正我们对待抗日战争及世界反法西斯战争的历史，竭力恢复历史的本来面目。

二十世纪八十年代之前我们的历史教科书对抗日战争的叙述，是与世界反法西斯战争割裂开来，独立叙说；对抗日战争时期国民党正面战场的描述，基本上是节节败退、全线溃败。在第二次世界大战东方主战场的视野里，突出共产党领导的抗日武装，强调共产党领导的人民武装在抗战中发挥了主导性、决定性作用，但却有意忽略或无视乃至扭曲了国民党军队所发挥的作用。这种历史观显然受到了当时特定政治环境的影响。这种不无偏颇的历史观直接影响到了作家看待抗日战争历史的态度和观念。抗战胜利后以至建国后的一系列抗战题材作品，遵循的基本上是这样一种历史观，都是正面描写中国共产党领导的抗日武装斗争。

到了二十世纪九十年代至新世纪之初，在思想解放的时代大潮中，部分作家的历史观念又开始矫枉过正，认为国民党正面战场在抗日战争中发挥了主导核心作用，在对抗战的描写中，片面突出对国民党正面战场的描写。譬如《国殇》等。这些文学书写在历史观方面可能存在着一定程度的偏颇。

目前，作家的抗战历史观再次得到了刷新和校正。抗日战争是世界反法西斯战争不可或缺的重要组成部分，是中华民族全民族的全面抗战，是人民之战、正义之战、和平之战，这一论断得到了广泛的认同。当下的文学作品大多既强调国民党正面战场的重要作用，同时更不忘共产党在抗战中发挥的中流砥柱作用。既不贬低国民党正面战场的作用，更不忽视或轻视中国共产党领导的敌后抗战对大半日军和伪军的牵制制约作用，认为抗战胜利是国民党正面战场与共产党敌后根据地武装力量联合作战，加之国际正义力量支持共同作用所取得的必然结果。譬如王树增的《抗日战争》、徐锦庚的《台儿庄涅槃》等，都是在这种刷新了的抗战历史观指导下的文学书写。

无限逼近历史真实

抗战是过去式，是完成了的历史。对于抗战的书写，虽然永远无法重返历史现场无法还原历史原貌，但是却可以无限地逼近和接近历史真实。今天的抗战题材创作，更加真实，更加深入。真实性品格日益得以彰显。

随着大量历史档案资料的公开和披露，国外相关资料不断地被翻译出版，随着作家采访范围和力度的扩大，大量抢救历史的口述实录、访谈录、回忆录等的整理出版，都使作家的写作有了更多的第一手资料依据，特别是在纪实文学创作上尤其明显。

包括何建明的《南京大屠杀全纪实》和《抗日战争》《台儿庄涅槃》在内近期出现的一系列的抗战题材报告文学作品，都有一个共同的品格，就是努力还原历史的本真。一是采取了一种更客观的，唯物的、辩证的历史观来看待国民党抗战，来看待 14 年抗战历史。这是一个突破，也是抗战题材文学创作开始走向深化的一个突出表现：力图通过严谨考证校正历史。以前有一些历史的书写可能是错误的，原先对于抗战历史的有些判断今天看来是错误的。例如关于台儿庄血战，以前我们做得更多的是在遮蔽淡化这段壮烈历史，渐渐地，我们开始还原国民党军队在正面战场发挥的作用，更多地强调其作为抗战的一支主力的判断。到了《台儿庄涅槃》这本书，作者已不再简单片面地强调国民党在血战中发挥的主力作用，同时也突出了共产党在台儿庄血战全过程并不是袖手旁观的，也积极参与了决策、谋划，如写到周恩来在决战前专门会见李宗仁为之出谋划策等等，这些以前被遮蔽掉的历史重新被揭示出来。这体现了作者严谨的辩证唯物主义的态度。《南京大屠杀全纪实》则依据大量的档案资料，揭露在全面抗战初期蒋介石消极抗战、国民党军队指挥错乱仓皇溃逃的真实情景，指明了南京沦陷和大屠杀发生的真实原因，包括日军的凶残野蛮，国民党前后自相矛盾的决策，汉奸的引路、内应等。

　　在《台儿庄涅槃》里，作者有很多翔实的考证和勘误。如对国民党一二二师王铭章师长最终是自杀殉国，还是同日本侵略者同归于尽，作者进行了严谨的考证，如实写出了两种不同判断的依据。对于日本板垣师团第十一联队队长野裕一郎，长期以来的结论是该人死于临沂会战，但是，作者根据拍摄徐州会战节目组赴日拍摄素材时了解到的情况，野裕一郎并非死在临沂，而是死于太平洋战争。关于张自忠与庞炳勋的个人恩怨问题，到底有没有恩怨？是不是张冠李戴？作者直接引用李宗仁等当事人的回忆录等第一手资料来还原历史真实。……我们无法回到历史现场，但是我们可以无限地逼近历史真实。报告文学追求真实性品格，致力于艺术地还原历史真实。在还原历史方面徐锦庚做了很多努力，包括对史料的披露，特别是台儿庄血战之后，国际社会、国际舆论界的反映。他引用英国路透社、美国《华盛顿报》、苏联《真理报》等的相关报道，很有意义，赋予了作品以国际性视野，即从第三只眼睛来评价台儿庄大战的意义。这是一个新颖而更有说服力的角度。

　　还原历史真实，就要遵从历史本身和实质。如徐锦庚写到山东老百姓劳军，不光是在解放战争的时候倾全家所有犒劳支援解放军，在抗日战争时则倾情犒劳支援国民党军队，谁为老百姓抗战，为老百姓的利益去抗争，那么老百姓就会投向他们。这是完全忠实于历史真实的写作态度。

　　历史题材报告文学还有一个重要的方面就是如何实现历史真实与艺术真实的统一，就是如何艺术地反映历史，这是报告文学作家特别应该着重解决的课

重估中国当代文学价值

题。《台儿庄涅槃》在涉及抗战这段历史的时候，有一些很突出的特点。如采用了先抑后扬的写法，先渲染第五战区司令李宗仁指挥的国民党军是一支杂牌军，对抗的却是日本的王牌部队。抗战还未开始，便发生了国民党山东省长韩复榘闻风逃跑事件，蒋介石通过杀一儆百来激励士气。作者又特别写到李宗仁的两员大将张自忠和庞炳勋之间的过节，结果两人又被李安排去并肩作战。——这些情节都是借助先抑后扬手法来反衬渲染国民党军队最终团结起来打了胜仗。这就是一种文学的写法。包括对于人物群像的刻画，像张自忠、庞炳勋二人，个性殊异，在台儿庄血战时可以说都是英雄，但是这两个人最终却走向了迥异的归途，一个以身殉国成为千古英烈，一个却投敌当了汉奸。通过描述人物的命运写活了人物形象。这部报告文学还特别注重描写战争中间的小人物，如枣庄新中华饭店的小老板郁德义，作者通过在抗战中郁德义收听收音机的几个细节串联起来，描写他在国难中间的遭遇。叶圣陶写《潘先生在难中》，这部报告文学写郁德义这样一个小人物在难中，这个小人物的命运和遭遇也能很好地折射抗战的惨烈与壮烈。这是艺术的表现手法。在如何艺术地描写历史方面，应该说徐锦庚做得比较到位。

国际化的开阔视野

抗战题材创作，越来越注意将中国人民的抗日战争放在世界反法西斯战争的大局及全景中来描述与考量，特别注重国际视野和第三方佐证材料。有很多文学作品将国外对中国战场的评论、评价，作为创作上的一种参考，这当然要归功于大量历史档案的解密和外国作品的翻译出版。

在《南京大屠杀全纪实》（《人民文学》2014 年第 12 期以《南京大屠杀》为题发表，江苏凤凰教育出版社 2014 年 12 月出版）这部皇皇六七十万字的著作中，作者何建明试图理性地还原历史真实。在面对民族和国家史无前例的劫难面前，在无以抑制的大悲恸面前，作家选择了冷静和理智书写与反思。他就像一名正直的法官，既重视受害方中国方面发现的各种实物证据、遗迹遗存和遗物，重视当年南京大屠杀在场者和亲历者包括中国军人和民众的口述实录及回忆等证据、证人和证言，也重视从施害方——日本侵占南京军人的自述、日记和追忆，日本国内披露的各种档案资料及史料记载等，还运用了第三方见证者的回忆、记述——如德国人拉贝的日记、拉贝等动议在南京设立国际安全区的相关史料、美国传教士魏特琳女士的日记等，采取了一种类似于法庭审理时原被告对立双方相互对证、质证、辩论，第三方证人提供宣誓证词、举证、印证等方式，真实复原历史，努力重返历史现场，让读者有一种真切的现场感，仿若亲眼目睹 1937 年 12 月 13 日前后日军在南京所犯下的烧杀奸淫各种滔天罪行。这种法庭审理案件式的写作，具有很高的可信度和说服力，是历史题材报告文学保真求实的重要方式和途径。那些犯下人类大恶的日本人，有些已幡然醒悟，忏悔认罪，并且写下了自己当年所犯的罪孽，祈求得到解脱和救赎。这些当事人的供述或认罪书尽管仍有隐瞒，但都是战争罪犯们自供并认服的事实。然而，更多的没有经历过那场大屠杀的日本人，或者出于为祖宗讳罪隐恶的目的，或者出于遏制中国等种种不可告人的险恶用心，刻意虚化历史，抹杀历史，妄图将杀戮了三十余万中国人的南京大屠杀从教科书中删除，从当下日本人的记忆中删除。这种阴谋决不能得逞。日本人决不可忘记侵略和伤害中国的历史。作为被害方的中国人更不能忘却这段血雨腥风的历史。何建明的书写，除了如实记录下历史的惨烈和悲怆，呈现日本侵略者这群战争疯子、杀人魔鬼和奸淫恶棍的残暴酷虐与灭绝人性，更是为了唤醒中华民族这一段用血肉换来的沉重的集体记忆。历史，决不能忘却。以史为鉴才能赢得未来，记住伤口才能免遭再次的伤害。反对侵略、维护和平需要强大我们自己。如果中国不进步不强大，中华民族被欺辱被伤害的历史就不可能终结。因此，这是一部提醒国人勿忘历史、警醒中华民族发愤自强的厚重之作。

文本趋向细分化

当下兴盛的"新抗战文学"，文本细分现象突出。抗战书写越来越细化，越来越专注、专业。既有大视野的全景式的描述，比如王树增近期陆续出版的皇皇近一百八十万言的《抗日战争》三卷本，在世界反法西斯战争的大背景下，从全民族抗战的视角出发，以重大战役战斗为叙事纵轴，以重大历史事件及相关人物为经纬，全景式地记述八年全面抗战中的主要战役战斗。也有以单一事件或以人物为主，展开深入详尽的叙事和描写的文本。在小说创作方面，如常芳的《第五战区》、网络作家却却的《战长沙》分别专注于描写李宗仁指挥的第五战区的作战情况和长沙会战背景下百姓的遭遇。在长篇纪实作品方面，余戈的《1944：松山会战》和《1944：腾冲之围》聚焦中国远征军的几次重大战役，资料搜集相当翔实完整，尤其重视美国、英国等同盟国新披露或翻译过来的历史文献。蒋巍等的《血色国魂》则以抗日战争期间我国阵亡的将领作为作品主角，是一部建立在纸上的纪念碑。作品独辟蹊径，从殉国将领的角度，重返抗战历史现场，重温国难民殇，重述残酷战争，警示国人不要忘了灾难深重的过去，不要忘了民族英雄，更加珍视来之不易的和平，更加发愤图强，让世界上和平的力量不断强大，让人间远离战争，永保太平，这是一部来得正是时候的战争与和平备忘录。

丁晓平的《另一半二战史：1945·大国博弈》视角独特，聚焦二战中几次最重要的国际会议，特别是在波茨坦会议前后国际力量——主要是美英苏三个大国之间的角力与较量，揭开的是另一半鲜为人知的二战历史——亦即，二战过程中的外交战。大国之间围绕着利益再分配、利益的角逐与平衡、维护战后和平、重建战后秩序等展开了一场没有硝烟的战役。作品以慕尼黑会议、开罗会议、雅尔塔会员和波茨坦会议这几次会议的召开为叙事线索，以几大巨头——罗斯福、杜鲁门、斯大林、丘吉尔等为核心和中心人物，线索清晰，结构鲜明。运用丰富翔实的材料表现这几大巨头的鲜明个性，如斯大林的国家至上主义、强硬、倔强；丘吉尔的顽强、自我，罗斯福的八面玲珑，善于斡旋，都得到了很好的表现。作者尤其善于抓住戏剧性的情节，来凸显人物的命运转折，善于抓住事件的关键转机，来表现历史转折变迁的紧要关头。譬如，在大国外交谈判和反法西斯战争进行到关键时刻，1945 年 1 月乘船回到美国不久的罗斯福却因病去世，杜鲁门上台，美国面临着政治交替和国家政策的调整局面，同盟国阵线将何去何从必然成为悬念。而就在波茨坦会议接近尾声之际，丘吉尔却在英国首相大选中失败，英国同样面临着国家政策调整的可能危机。而正在美英督促苏联发起对日作战之际，美国试爆原子弹成功，掌握了制胜武器，试图以此为筹码要挟斯大林。然而斯大林却不为所动，不动声色，原来苏联的原子弹也正在加速研制并接近成功。——这些生动情节都大大增强了作品的内在张力及可读性。

张雅文的《与魔鬼博弈——留给未来的思考》则重在塑造鲜活的人物。人物刻画尤为用力，形象大多栩栩如生。丹麦小伙子辛德贝格具有爱冒险、爱闯荡、爱打抱不平的性格。作者通过他在淞沪会战期间应聘为英国的战地记者史蒂芬斯当司机，穿行于枪林炮雨之中，并且亲眼目睹记者的牺牲等情节，表现了他大胆、冒险、爱闯荡的性格。又通过叙述他在南京大屠杀之后，与德国人昆德一起，帮助江南水泥厂建起难民营，保护了数万难民，表现出他爱打抱不平、热心救人的品质。"盖世太保枪口下的中国女人"钱秀玲是一位勇担大义、知恩图报的伟大女性。在比利时村民和百姓需要帮助时，她挺身而出，义无反顾，通过私人关系找到了比利时地区纳粹最高行政长官法肯豪森将军，请求他的帮助。而当德国战败，法肯豪森沦为阶下囚后，她不仅多次前往探望、安慰；更是多方奔走，积极呼吁，甚至动员多名获救证人作证，并亲临法庭，为法肯豪森辩护，希望减轻对他的刑罚。这些举动都是感恩报恩的表现，都是一个真正的朋友真诚而积极的作为，令人肃然起敬。法肯豪森则是一位良心未泯、富于正义感的人。他参加过八国联军入侵中国，而在中国人民抗日战争早期，他又应邀来到中国担任高级军事顾问，全身心投入为中国政府出谋划策，恪尽职守。即便在德国与日本结盟以后，他和自己的军事顾问团成员们也都信守承诺，绝不泄露中国军事机密。"二战"期间，身为德国纳粹派驻比利时的军政总督，他身不由己，但他却总是尽己所能去同情和帮助比利时等国的反战人士和无辜百姓，尽量帮助他们逃离死亡的危险。还有像拉贝的敢作敢当、大义凛然的性格，绿川英子的忠贞爱情、坚持正义的品格，也都通过作者生花妙笔得到了形象的展示和表现。

报告文学感染人的力量来自艺术性，包括生动感人的故事情节。《与魔鬼博弈》最能打动人的也是那些独特而鲜为人知的情节与细节。譬如，钱秀玲与法肯豪森的关系，二者之间超越国界和种族，甚至超越战争与国家利益之上的真挚友情，两人在战争和患难之中依旧保持着的相互信任、相互关心和温暖的关系，尤其令人动容。钱秀玲冒着比利时全国舆论普遍的反对甚至谴责的风头，仍旧坚信自己的选择是对的，坚定地为朋友法肯豪森奔走呼告，在报纸上撰文，亲临监狱看望，寻找当年被解救的幸存者……所有这一切举动，都纯粹出自其个人的良心和善良的本性。这份真挚友情感天动地，最终也打动了主审法官和比利时人民。法肯豪森入狱后，当年被他解救存活下来的一位比利时反战女英雄西西拉温特勇敢地追求他，坚定地为他守候，最终等来了这份弥足珍贵的爱情。在法肯豪森灰暗的晚年，在他八十岁寿辰时，却意外地收到了中国台湾当局送来的花篮与蛋糕、勋章与奖金，中国人民没有忘记这位曾经帮助过我们的将军。——这些情节既无比美好，亦感人至深。而日本女性绿川英子则是在同她的中国丈夫刘砥方结合多年、生育两个孩子之后才获知对方早有妻室，自己无意间竟充当了第三者。这份坚贞而又不无尴尬和屈辱的爱情，最终以绿川英子因引产而英年早逝结局，令人唏嘘不已。辛德贝格冒着生命危险，历尽曲折，从中国战区挟带出了揭露日寇暴行的记录电影资料片，并在日内瓦国际大会上播放，引起全世界的震惊。这样的情节很能见出这个人物爱打抱不平、富于正义感的个性。

青年军旅作家王龙的《刺刀书写的谎言——侵华战争中的日本"笔部队"真相》同样专注于对战争人物的刻画，以九个曾经狂热地参与战争宣传的日本作家作为叙事对象和主角，揭开了日本鲜为人知的"笔部队"内幕。在人物的性格方面，作者特别突出描写了其两面性，每个参战作家都不是一种单向度的性格，而是一个矛盾的复合体。石川达三有过巴西移民的痛苦经历，参战后他写下了小说《活着的士兵》，本着忠于真实和良知的记者式的如实描写，其本意是要替日本军国主义进行战争宣传及动员，但是该书对于日军残暴行径的描写，却阴差阳错地使之成为了一部著名的反战作品。为了"戴罪立功"，石川达三走向参战，助纣为虐，不断地粉饰和美化侵略战争，为自己"赎罪"。从这些反复的情节中可以看出这个人物人格的分裂变异及性格的两重性。而对女作家林芙美子的描写，作者则从她个人的命运入手，写她童年贫困的生活，成年以后曲折的爱情经历，一直写到她为战争呐喊，跟随丈夫参加侵华战争，并作为日本作家第一人随军进入攻占后的武汉，成为所谓的"陆军班头号功臣"。她因此而一度声名显赫，不可一世，但战争失败又使她跌入人生的低谷，陷入失落困惑虚无的状态。作者令人信服地写出了这个个性复杂作家的曲折命运。《刺刀书写的谎言》另一个突出的特点是，作者采用了清醒的理性叙事，特别注重对事件和人物的评判剖析，堪称是用笔在对日本参战作家进行一次灵魂的解剖，试图写出这些作家丑陋邪恶的心灵史。火野苇平是一个更加险恶的日本"军队作家"，他的《士兵三部曲》实质上是在为日本军国主义进行粉饰、宣传的，但他却采用了一种人道主义的外表，给作品披上了一层分外迷人的外衣。这是一种非常有迷惑性的伪装。正如作者王龙所言，这部小说对军国主义者的描写，一面是杀人如麻，一面又在不断地抒情、唏嘘、感伤，悲天悯人。这也正折射出日本民族矛盾复杂的性格。火野苇平无疑是一名"高明"的战争文学的粉刷匠，其目的在于淡化或抹杀战争的罪恶性质，死不悔醒地为战争辩护。还有如藤田实彦的《战车战记》对于战场颠倒黑白的描写，编造"日中亲善"和"鱼水情谊"的谎言；牛岛川子从共产党员到变成日本殖民理想的吹鼓手，到晚年的忏悔和参与倡导日中不再战的和平行动；大力宣扬"大东亚战争肯定论"的"灵魂变色龙"林房雄；从反战、叛逆者到为魔鬼辩护的与谢野晶子；纵情享受、消极合作、为日本战败而感伤的川端康成……在王龙笔下，每个"笔部队"成员的真实面目逐一得以呈现，带给我们深沉的反思：在日本军事侵略的幕后，还有一支可恶的文化的部队，需要我们高度警醒。

更关注战争和人

文学是人学。战争文学应该更多地关注战争中人的命运与遭际，尤其是小人物或者普通人的命运。近期出现了很多抗战题材作品，都以普通人、普通老兵作为主线。像范稳的长篇小说《吾血吾土》、何顿的长篇小说《来生再见》，都是关注小人物在战争中的人生遭际。

《吾血吾土》入围了不久前揭晓的第九届茅盾文学奖提名作品。这部小说围绕着一个老兵赵广陵名字和身份的不断演变过程来表现人物的坎坷命运及人生。作者采用了这个小人物在不同的历史时期不断地自我交代"历史问题"的方式，用类似档案解密或相声"抖包袱"的形式，逐步还原这位抗战老兵的一生。抗战时期他曾是西南联大闻一多的得意门生，随后在目睹民族大难的刺激下弃笔从戎，参加了中国远征军入缅作战。抗战胜利后，他参加了国共内战，因为作战消极而入狱，出狱后组织迎春花剧艺社。解放后因为编剧才华而被引进到云南省文联任职。在随后的反右斗争中他被免职，先后当过修鞋匠和木匠，以后又被以原国民党军官身份入狱，沦为罪犯。后来遇到特赦出狱。到了晚年，面对日本侵略者老兵的挑衅，赵广陵开始了第二次的"抗战"，为抗战老兵守灵，驳斥日本军国主义的无耻论调，鞭笞孙子辈"新汉奸"的可耻行径……他重又恢复了一名战士的精神面貌或身份。这部以小人物为主角的小说，叙事结构别出心裁，聚焦人物在战争中的表现，塑造了一个鲜活的老兵形象，具有很强的艺术感染力。

赵广陵在战争中被毁了容，丑陋的面貌伴随了他不幸的一生。受到第九届茅盾文学奖评委广泛好评的何顿的小说《来生再见》同样以一位长相丑陋的抗战老兵黄山猫（黄抗日）为主角，通过"文革"中黄抗日被关起来写交代材料，将自己的人生经历一五一十地写了出来。这样的构思和结构同《吾血吾土》不约而同，具有异曲同工之妙。黄山猫长着一张猩猩脸，20岁时顶替哥哥应征加入国民党军，营长给他改了个"黄抗日"的名字。黄抗日参加了长沙的三次会战。在随后的常德会战中被日军俘获，被迫为日军搬运炮弹。后又被收复失城的国军解救。在半年后的衡阳保卫战中，时任国军排长的黄抗日向日军投降，被编入日伪军，反过来攻打游击队等抗日武装。数月后他被湘南游击队俘虏，于是又投身游击队。五年后又被国民党地方武装逮捕，游击队打了回来，释放了黄抗日。这个小人物从20岁从军至31岁放下枪杆子的人生经历里，打了十一年仗，参加过近百次不同性质的战役或战斗，直到解放后，这个不愿意打仗且害怕战争的人才彻底告别战争。作者着意渲染和描绘主人公胆小、怕事、狡黠和明哲保身的个性特点，给读者留下了深刻印象。而这位抗战老兵的人生遭遇，在带给我们唏嘘感慨的同时，也引发了我们对于战争的深入思考。战争与人性势不两立，战争就是反人性的、消弭和灭绝人性的倒退之举、罪恶之举。

《战长沙》采用了家族叙事的形式，仅仅截取1937年至1946年这一时段，描述这段时间里长沙胡氏家族罹遭的翻天覆地的剧变。胡氏是个大家族，男女老幼四代同堂，济济几十口人。从"铁"字辈的族长胡大爷、胡铁树、胡十奶奶，到"长"字辈的长宁、长泰、长庚，到"湘"字辈的湘君、湘湘、湘满、湘水、湘宁，到"念"字辈的薛平安、毛毛、胡念亲等。这个家族生活宽裕，自给自足，一直过着歌舞升平、田园牧歌式的生活。但是，长沙会战这一历史事件，日本侵华战争将战火烧到了他们的身边，摧毁了这个原本其乐融融的家族。家族内部人丁纷纷战死或死于战乱，从年轻一代死起，薛君山、湘宁、湘泉、湘水、湘江、湘满、刘明翰、刘秀秀……到湘君幼儿薛平安、腹中子，再到湘君、胡刘氏、胡长宁、胡十奶奶……这个大家族的成员几乎死光了，由此揭示了战争的极端残酷与惨无人道，以及带给中国和中国普通百姓深重的灾难。这部小说通过侧面来描写抗战，特别是注重写普通人在战争重压下的觉醒、转变、抗争和就义，有独特之处。如"土匪恶霸"式的军官薛君山，少爷公子哥、纸上谈兵的参谋顾清明，被宠坏的男孩小满，书呆子胡长宁等等，都在大敌当前时奋起抗争，或英勇战死，或不屈服于淫威，都彰显出了一种凛然的民族气概。胡大爷最终也组织胡氏家族起来自卫，奋勇抵抗。由此，小说很好地反映出了在外来侵略的重压之下，以拥有"湘军"剽悍传统的湖南人为代表的中华民族同仇敌忾、众志成城、不屈不挠、英勇抗争的精神。

程雪莉的《寻找平山团》是一部注重塑造人物群像的、重温和"重写"抗战历史的纪实作品。它通过讲述从河北平山县走出来的、由成千上万名战士组成的抗日"平山团"的独特故事，截取八路军及其抗战历史的一个切片或样本，来烛照全部抗战历史，题材独特而新颖。同样是表现"寻找"的主题，但是《寻找平山团》与赵瑜《寻找巴金的黛莉》、江宛柳的《我在寻找那颗星》不同。如果说《寻找巴金的黛莉》《我在寻找那颗星》注重寻找的是一个个体，一种情感；那么《寻找平山团》所寻找的则是一个群体、一支庞大而壮观的队伍，一种精神底色和品格质地。它们所要寻找的都是一种正在逐渐隐入历史深处的东西——史实、人物、故事、情怀……这种带有考古发掘式的历史打捞无疑具有发现的意义，可以填补某些历史空白或盲区。

《寻找平山团》寻找的是一群人，力图还原他们共同的人生选择和命运遭际。在外敌入侵民族存亡之际，八路军一发布征兵告示，一个月零三天小小平山县即有1700多名子弟报名参军。这群人从平山县距离西柏坡只有5千米的洪子店村出发，一路远行，一路创造丰功伟绩。这种寻找也是对一种鲜活历史的寻找。寻找那样一群人，那样一个人民的政党和那样一支人民的军队，那样一种党和群众、党的军队和人民群众鱼水情深的关系。老百姓为了保护八路军、共产党员，什么都可以豁出去、都能舍弃掉。一粒粮充军粮，一尺布做军服，一个儿子当八路，送上前线打鬼子……——这其间，就有英雄母亲戎冠秀这样的典型。作者历时五年寻找的更是一种精神，一种爱国报国，为了祖国兴盛而不懈付出、努力奋斗抗争的英勇精神。这是追求民族解放、独立、自由和强大的精神。既包含有平山人民在大敌当前那种奋起抗击同仇敌忾的气概与风采伟大的抗战精神，也有平山团在延安加入359旅开发建设延安的"南泥湾精神"，还有南征北返，北上新疆，数十年屯垦戍边的兵团儿女精神，同时也糅合了燕赵大地千年历史所孕育出的慷慨悲歌的侠义之风和民族血性。因此，《寻找平山团》实质上是在寻找一种伟大的民族精神，亦即我们民族国家发展前行不竭动力的中国精神。那么，寻找平山团，也可以说是寻找中国故事，寻找中国梦。作品描写的一群人共同的梦想与追求，光荣与辉煌，是 1937 年抗日战争全面爆发后先后从平山县走出来的 12065 名优秀儿女用鲜血和头颅、青春和性命书写的历史。他们的去向，他们走到多远，落脚何处，都是作者关心的问题。作者循着他们战斗的足迹、斗争的历程一路寻找，八路军 120 师、115 师、晋察冀 5 团、文艺团都留下了平山团的印记。这种坚毅的寻找体现了作者深切的人文情怀。

《寻找平山团》更是在寻找一种"美丽的悲伤"，呈现一种文学之美。那些美丽花朵一样的生命曾经绽放，而后凋零，他们留下了炫目的光亮，如虹贯日如彗星划过长空。70 多年的历史沧桑，却令他们的名字逐渐淹没、淡去。作者感受到了一种沉重的悲伤和惋惜，执着地去发掘他们，去表现他们，将那些美丽生命的毁灭展示给人看，让读者感动，引读者共鸣。好的作品在文本美学意义上应该是思想精深、艺术精湛、制作精良的统一；而从接受美学的角度看，好作品应该能够让人审美愉悦、眼睛湿润、思想震撼、心灵共鸣。——即美之愉悦、思之震动、情之共鸣。这部作品就具有这样的品质。南古月村村长齐彭延的机智"调包"——为了应对保安队的搜查，将被他们搜获的打土豪分浮财得来的财物成功调包，让敌人找不到游击队的蛛丝马迹，读来大快人心。在部队里，平山团的点名方式最奇特，是用村名点名的："东黄泥、西黄泥、南庄、北庄、朱豪、夹峪、唐家沟、朱家沟……"平山团因杀敌英勇而被聂荣臻誉为"子弟兵"，数百名平山人倒下了，又有更多的人站出来，踊跃报名参军。一个叫作王家川的英雄牺牲后第九天，就有一个青年风尘仆仆地赶到平山团政治部，要求以"王家川"的名字报名参战，"不仅俺叫王家川，俺与敌人打仗牺牲了，家里还有一个 16 岁的弟弟，他也还叫王家川，俺村还有上百青年，他们都叫王家川……王家川是牺牲不完的！"——这是何等的豪迈和壮烈啊！能不令人思想震撼眼睛湿润吗?! 还有像白求恩大夫奋不顾身救人做手术并亲自为平山子弟兵献血的故事，小女孩被日本兵挑破肚子抱着流出来的肠子哀求奶奶把肚子"缝上"的场面……无不感人泪下，引起读者深切的情感共鸣。《寻找平山团》还特别注意对时代气息的营造。作者引用了当年的征兵布告、书信、电报，大量的抗战诗歌、歌谣等，都在努力地将读者引回那个历史现场，引到那个烽火连天的战争岁月。所有这些，都使这部作品卓尔不群，给人留下了难忘印象。

反思更为深入

抗战题材的文学创作，特别注意站在今天的角度回望历史，研究剖析抗日战争。作家的反思精神和自省意识更突出，作品的理性思考越来越深刻。

在《与魔鬼博弈》全书最后一章，作者张雅文在重述那些与战争魔鬼勇敢博弈的人们的故事之后，饱蘸着泪花与悲痛，痛定思痛，发出了自己深切的追问与反思。这是一份"留给未来的思考"，既是留给历史的证言，也是留给人类的忧思录和启示录。作者追诘历史的罪恶，为什么德国能够勇敢地正视纳粹历史，不断地向世界忏悔，日本却在不断抹杀军国主义的罪恶，不断参拜供奉有二战甲级战犯的靖国神社？同为战争罪人，为何却有着如此的天壤之别？作者的思考是沉重的、深刻的，也是富于警示意义的，对于今天的中国人、亚洲人，以及一切热爱和平的人们都是重要而及时的警醒。"我们永远不能忘记！""对敌人的仁慈，就是对人民的犯罪！""忘记历史就意味着背叛，否认罪责就意味着重犯！"——这些发聋振聩的话语，正是本书高远的立意所在。"切记，不要奢望他人的自省，更不要奢望他人的仁慈，要永远铭记，生存之法则：弱肉强食！强大是生存的最好保护！"——这是一位出生于抗战胜利前夕的长者的殷殷瞩望，这是一位勇于担当的报告文学作家的恳切提醒。

长篇报告文学《根据地》的副标题是"共产党人不能忘却的记忆"，指明了作者的创作初衷，就是要提醒我们不要忘了历史忘了过去、忘了中国共产党这一路是如何走过来的，不要忘本、忘了根据地的历史贡献、忘了中国革命的成功是老百姓用小车推出来的，更别忘了共产党是如何得天下、如何走上执政党地位的。那就是：要严守纪律，坚决反腐，对老百姓秋毫无犯，不与民争利，不和民争食，为官清廉，一心为民。因此，《根据地》一书不仅可以帮助读者很好地走进历史现场，了解党史真实，更重要的是可以让今天的领导干部特别是共产党员和军人们更好地认识和了解过去的共产党员和军人的本色。这就是：立党为公、执政为民，勤俭廉洁、克己奉公。在革命战争、抗日战争和解放战争时期，老百姓一粒粮充军粮，一尺布做军衣，一个儿子送去当红军八路军。我们的党和军队为何会如此深受群众的拥戴与支持，其根本原因就在于同群众结下了血浓于水的手足深情。根据地历史不能忘却，尤其不能忘却和丢

重估中国当代文学价值

弃的是根据地所积累与沉淀下来的这些宝贵经验和制胜法宝。

呈现罪恶是为了抗拒罪恶，还原伤口是为了反对伤害，回到历史现场是为了不让战争和侵略重演，让和平永驻。何建明无疑是一位优秀的报告文学作家。除了如法官一样保持充分的清醒与冷静，心中始终秉持一把公平正义的准尺外，更如思想家哲学家一样，对历史往事和人类浩劫进行深入的反思。作者的这种反思直接指向当下中国社会，具有振聋发聩的现实意义。《南京大屠杀全纪实》在如实讲述了南京沦陷前后国民党政府的消极抗战和守军仓皇撤退的情形，以及日军的精心谋划与侵略野心，作者反思了造成南京大屠杀大悲剧各方面的原因。在这部作品的最后，作者更是尖锐地提出《十问国人》，站在历史与现实的交织点上，从中引出一个个沉重的思索：中国人为什么汉奸多？我们的民族是否丧失了血性？我们为何总是容易好了伤疤忘了痛？内耗为什么总比抵御外力强？我们的军队成吗？新一代年轻人应该牢记些什么？还能相信某些日本人他们的假言假语吗？假如侵略者的屠刀再次举起，我们准备好了吗？……这些追问与反思，都是从南京大屠杀惨案中引申出来，都是基于历史史实基础上进行的追索与探诘，这是一种可贵的历史的沉思。这些反思已然深入到了对国民性特别是劣根性的批判层面。《十问国人》是这本书读者反响最强烈的一部分，网上和微博转载超过 600 多万人次。作者的思考引起了广大读者极大的共鸣，读者的观点与作者的思考相互呼应。大家认为，我们今天作为一个大国，在发展强大后能不能对自己民族的懦弱、奴性等劣根性进行深刻反思，这一点特别重要。作为一部报告文学，尤其是在处理一个敏感的历史题材上，要让作品更有力量，主要须借助思想光芒的烛照。《十问国人》的诘问尖锐而及时，切中了我们民族性格的软肋，这也充分体现了报告文学的战斗性和批判性。

如果说，只有被书写下来的历史才成其为历史，那么，只有经过不断咀嚼、沉淀反思的历史才真正具有价值。何建明的这部长篇纪实其重要价值不仅体现在为读者提供了诸多的新史料，并从对这些卷帙浩繁的资料的开掘梳理中做出了自己的新发现，同时更体现在基于这些新资料新发现所做出的深刻反思。这些思考是我们今天和将来都需要的。因此，《南京大屠杀全纪实》是一部带着历史理性光芒的有价值的报告文学。这样的作品理应不断传承下去，警示今人与后人，既为历史和未来立此存照，更是对南京大屠杀侵略者的严厉审判，是为数十万死难同胞树起的一座纸上的纪念碑。这是一次写在纸上的历史审判与反思。南京大屠杀的血早已干涸并褪色得无影踪，然而，大屠杀的往事却远未被全面书写出来。《南京大屠杀全纪实》以全景式的方式，用审案式的新颖结构，在这方面进行了富有意义的开掘。而更多的历史资源还在等待着文学的进一步开采和书写。记住历史，不忘过去，不仅仅是历史学家的工作，也是作为人民良心的作家的神圣职责。在纪念抗战胜利七十周年之际，我们有许许多多的作家拿起笔来，书写我们民族曾经的苦难与辉煌。

《台儿庄涅槃》亦具有鲜明的现实指向性。与《十问国人》提出中国为什么汉奸多相似，徐锦庚写到樊建川修建抗战博物馆，筹划建立一个专门的汉奸馆，反思为什么在抗战中有 600 万中国人在为日本人跑腿卖命。这是一个非常值得反省的历史课题，也是一个峻切的现实课题。这种反省对于今天是非常有意义的。

《另一半二战史：1945·大国博弈》也进行了深入的纸上反思。作者丁晓平提出：原子弹既是武器的政治，也是政治的武器——原子弹绝不仅仅是军事武器，更是政治斗争和外交谈判的重要筹码，它也是一种强悍的政治。作者尖锐地反问："日本无条件投降了吗?"——这声发问，确能起到震人视听的效果。今日反观战争及战后东亚格局，我们不能不对当年关于日本无条件投降的历史表达发出这样的疑问。这，更是对我们中国人的警醒："家有恶邻"，不能不时刻担心和防范！作者又郑重提出："中国，被胜利忽略的盟国"；"'冷战'：不是战争没有发生，而是战争的样式发生了改变"……如此这般深入的思考，都具有鲜明的现实指向性，是今日中国所必需的一种清醒。对于第二次世界大战历史，作者也做出了鲜明的判断：除了一部军事战争史之外，还存在着一部外交战史；除了抗击德意轴心国联盟的欧洲主战场外，还存在着东方中国抗日战争的主战场。中国抗日战争既是二战的起点，也是二战的终点。这些观点和看法，都是在刷新后的历史观指导下的文学判断，是"新抗战文学"的重要特征。

回顾近期有影响的一批抗战文学作品，我们确实可以得出这样的结论：一种区别于以往的抗战文学书写正在形成和发展之中。它标志着抗战题材创作进入了一个新的阶段。新抗战文学的品格正日渐鲜明和凸显。从理论上对其进行细致分析研究已是文学评论亟须正视的一个课题。

（2015 年 8—10 月）

民族精神的史诗与史诗性表达

——长征题材报告文学创作研究

长征是"一次惊心动魄的远征",是中华民族历史上浓墨重彩的一部篇章,也是人类历史上影响深远的一道精神轨迹。长征创造了英文中的一个新词LONG MARCH。中国的远程系列火箭也以"长征"命名。在形容一项艰巨繁重的任务时,我们用"二万五千里长征"来表达;而为了强调一项事业起步艰难、任重道远时,我们用"万里长征迈出了第一步"来形容。

长征是一项前所未有的人类壮举,更是一种不可取代的、永难磨灭的人类精神记忆。经过 80 年的岁月淘洗,长征已经沉淀为中华民族集体意识的重要组成部分,铸就民族精神和国家品格的一项重要内容。80 年来,文学在对长征的书写和表达方面居功甚伟,贡献尤为卓著。

一、为何和为谁书写长征

今天的年青一代对于历史特别是革命历史存在着某种虚无主义倾向。对于不少青少年而言,长征是什么几乎心中无数。因此,纪念红军长征,深入研究长征以及长征题材的文艺创作,探究长征这笔丰厚的精神遗产,具有非同一般的现实意义。长征就像习近平总书记 2016 年在"七一"讲话中提到的,这是"中国共产党和中国人民用鲜血、汗水、泪水写就的,充满着苦难和辉煌、曲折和胜利、付出和收获,这是中华民族发展史上不能忘却、不容否定的壮丽篇章,也是中国人民和中华民族继往开来、奋勇前进的现实基础。""文化自信,是更基础、更广泛、更深厚的自信。在 5000 多年文明发展中孕育的中华优秀传统文化，在党和人民伟大斗争中孕育的革命文化和社会主义先进文化，积淀着中华民族最深层的精神追求，代表着中华民族独特的精神标识。"长征最宝贵的就是创造了长征精神，长征精神是我们党在领导中国革命历程中积淀下来的，并已成为中华民族深沉深厚的文化自信的精神基础。

今天探讨文学的长征书写或者文艺的长征表达，首先要思考为什么书写或表达长征，正是因为长征是中国革命历史的重要组成，长征精神是中华民族精神的重要组成，是中华民族历史和民族精神的一部史诗。革命战争年代我们有红船精神、井冈山精神、长征精神、抗战精神、延安精神，这些精神都是民族精神的重要标志，今天我们要探讨中华民族的精神必定离不开这些具体的精神。更重要的是，长征精神具有世界普适性意义及价值。美国记者埃德加·斯诺 20 世纪 30 年代写过《红星照耀中国》，80 年代美国记者索尔兹伯里也写下《长征：前所未闻的故事》，就是因为长征具有世界性价值，连外国的记者也会一再书写这个主题。长征不仅仅是一场战争，更重要的是人类的一次壮举，是一群人为了理想信念，为了全民族解放的崇高追求，为了北上抗日、打倒国民党的反动派而进行的一次长途跋涉。这群人身上展现出了革命英雄主义和革命浪漫主义。他们的平均年龄不到 30 岁，因此这也是一次青春的长征、一次奋斗的长征。这群人身上所闪烁的青春光芒和奋斗精神，所呈现出来的坚持不懈、百折不挠、顽强抗争的斗志，不仅仅是中华民族的宝贵财富，也是全人类的宝贵财富。中国共产党从建立开始的初心是什么，第一是全心全意为人民的精神，第二是奋斗精神，不忘初心，继续前进，所谓的初心就包含了这些。

解决了为什么写长征的问题，接下来便是如何书写长征？今天长征的书写是由今人所写，也应为今人而写。我们面对的是历史，但要让历史和现实相遇，赋予历史题材的书写以现实价值和意义，要使之具有现实针对性，能警示今天、昭示未来。

二、长征题材报告文学创作的三个阶段

对长征的文学书写几乎与长征这一历史事件同时起步，至今已逾 80 载。

除了"文革"及其前后近 20 年间几乎没有关于长征这一历史题材的报告文学创作外，其他时间都有长征题材的报告文学作品发表或出版。根据创作题材与内容、主题与风格，大致可以将长征题材的文学书写划分为三个阶段。

1. 长征时期及建国初期：在场书写与及时记录

陈云 1935 年 8 月撰写的《随军西行见闻录》是最早的长征回忆录和纪实作品，被认为是"第一位向世界口述红军长征的人"。1936 年开始向参加长征的红军将士征集长征回忆录等文稿编辑而成的《红军长征记》可谓是关于长征最直接、最鲜活的第一手资料。这部作品集于 1937 年 2 月编辑完成，1942 年正式出版，收入董必武等人撰写的百余篇纪实。埃德加·斯诺 1936 年在陕北采访毛泽东等中国共产党的领袖人物，创作出版的《红星照耀中国》是关于长征访谈录的一部重要作品。

亲历者对长征的回忆叙事构成了长征文学书写的第一个高潮。在长征结束后和建国前出版了一大批红军长征故事、日记、回忆录等作品。例如 1947 年由冀南书店出版的、陆定一等人撰著的《长征的日记》，晋察冀边区西北印刷局出版的、阿大等著的《中国红军长征的故事》，1948 年东北书店出版的《长征故事》，1949 年华东新华书店出版的《红军长征故事》、5 月由上海文学出版社出版的《二万五千里长征：中国人民解放军突围史实》等。

最早的长征书写基本上可被视为一种在场书写和现场书写。这些作品的创作时间距离事件发生最近，当事人的这些追忆、追述和访谈等回忆性记述更为准确、真实，可信度高，保留了关于长征历史本身最珍贵的原始文字资料。

建国后，长征题材创作发表的代表性作品有陆定一的纪实《老山界》《金色的鱼钩》、陈昌奉的回忆录《跟随毛主席长征》、杨得志的《强渡大渡河》、杨成武的《飞夺泸定桥》等。这些作品都是关于长征的及时记录和艺术表现，在当时产生了巨大影响，有不少短篇作品还被收入中小学语文教科书，至今仍为人们所喜闻乐见，深受读者听众的欢迎和喜爱。

2. 二十世纪八九十年代：长征题材创作走向深入和创新

在沉寂了近 20 年之后，80 年代中后期开始，长征题材报告文学涌现出一批优秀之作。如王朝柱的《毛泽东周恩来与长征》等。1985 年美国记者哈里森·索尔兹伯里出版的《长征——前所未闻的故事》也是这一时期出版的有世界性影响的纪实作品。

此期的长征书写在题材领域和表现手法、历史思考视角和力度上表现出了深入与创新。《长征——前所未闻的故事》就采用了全球化、人类性的视角来观照长征这一人类的壮举，较早赋予了长征这一中国历史事件以世界性的意义与价值。

3. 2000 年以来的创作：重视人物刻画和探察历史细节，追求史诗性格局

新世纪以来，长征题材报告文学呈现出崭新格局，与以前重视事件描写和对领袖人物的塑造不同，此期创作更重视人物刻画特别是红军战士等普通人物的刻画，重视细节，关注历史角落以及被遗忘之人与事，挖掘更为深入、细致。同时，注重全景式、史诗式格局的营构，书写更为宏阔和全面。对长征的思考也更为深刻并且有创新性的突破，将其提升到人类发展史上影响世界历史进程的一桩大事件的高度，突出一群人为了坚定的理想信念进行长旅、奋战与抗争的普适性主题。

代表性作品如董汉河 2001 年出版的纪实《西路军女战士蒙难记》，打捞西路军历史，书写"后长征"故事。长征结束后，1936 年冬 1937 年春西路军在河西走廊惨遭失败，其中的 1300 名女战士受尽摧残和蹂躏，以后又长期蒙受不白之冤。2014 年，女作家张春燕的《向东找太阳——寻访西路军最后的女战士》对健在的女战士进行抢救性采访，留存了珍贵的西路军"历史影像"。王树增的长篇纪实《长征》在长征胜利七十周年前夕出版，获得鲁迅文学奖等重要奖项，影响甚大。吴东峰和朱继红则从细节入手，用人物、决策、谋略、地里、鼓动、表率、纪律、觉悟、互动、交战、艰险、牺牲等主题词串联起长征历史，写出长篇纪实《长征——细节决定历史》。江西赣南作家卜谷与众不同，关注红军长征远行后留下的遗产，创作了《红军留下的女人们》《为毛泽覃守灵的红军妹》等一批纪实作品。2016 年是长征胜利八十周年，涌现出了一批从新颖的角度重述长征的新作。丁晓平的《世界是这样知道长征的：长征叙述史》细致梳理了关于长征的最早的一批记录、报道和文学书写，在查询大量文献和深入考证的基础上，做出自己的分析判断，既具有文学史志价值，又具有学术研究价值。纪红建的《马桑树儿搭灯台：湘西北红色传奇》则着重以红二方面军长征出发地湖南桑植的革命往事为描写对象，表现红军长征精神和老区人民的革命精神。

三、长征题材报告文学创作的成就与特点

1. 注重对历史的文学叙事

长征的文学书写是一种对历史的文学叙事，是对一段历史或史实进行文学描述，是由作家完成的工作，注重文学性。由历史学家完成的历史书写讲究的是"不讳恶、不隐善"的春秋笔法。非虚构作家追求的则是相对客观的纪实，"至少在事件、人物和历史流程上不能有丝毫的虚构"（王树增语）。所有历史都是当下史，都是"活的历史"。非虚构作家的创作，以其敏锐的感知和独到的发现，通过形象的方式，实现了历史的复活，使历史成为一种新鲜的体验走进了读者的视野。

历史学家更关心"事"，更注重记事，寻找和搜集的是历史事件、史实史料、实物证据等，彰显的是历史进程中集体的意志、领袖的作用，基本遮蔽了普通个人的表现与表演，遮蔽了个人的理想、信念和精神。文学则是"人学"，作家更注重写人，更关心个人、普通人和个体生命，更关注人物的性格心理与命运遭际。王树增为了创作《长征》，花费近 6 年时间收集研读史料，采访上百位老红军，并数度重走长征路，"在寻找那些为了这个理想（创造一个崭新中国）而献身的普通战士的往事上尽了极大努力"。他要竭力表现和彰显的，更多的是关于个体生命，是关于普通人不屈的理想、不灭的信念和顽强的抗争。这恐怕也是作者在全书开头首先推出普通红军战士并在书中运用大量笔墨来描写、刻画和表现普通战士的主要原因。

对长征的文学叙事，也记述事件和史实，但更注重对生动情节的描述，重视对事件中人物心理活动的描摹，注意对历史环境、社会环境、自然环境等的渲染。这些都是历史叙事所匮乏的。

情节和细节是文学作品的血肉。对历史的文学叙事，特别讲究挖掘和披露众多栩栩如生的细节。在作家眼里，历史大概就是由无数的细节组成的。细节决定成败，细节决定命运，细节同样可能决定历史。王树增说，他在写作《长征》时，"感到最困难的是所有可见史料对历史事件细节记述的匮乏"，因此，为了获取真实的细节，他经过了艰苦的考证、收集和鉴别的过程。譬如，这部作品写到，在长征伊始，红军第六军团长萧克作战时所依据的地图是从中学课

本上撕下来的；英国传教士薄复礼跟随红军度过了一生中最难忘的一年半时光，在被释放时，萧克主持了一个小小的欢送会，红军特地为他准备了一只鸡品尝。类似这样的细节，都非常文学地表现了红军处境的极度艰难以及对帮助过自己的人的"令人惊异的热情"。丰富的、形象的细节赋予了这部作品较强的艺术性和可读性。吴东峰、朱继红的《长征——细节决定历史》更是用细节来结构全书，更容易吸引读者的关注和阅读兴趣。

对历史的文学叙事，更注重提炼和开掘精神层面的深刻内涵，弘扬历史境遇中人的高尚精神。王树增在《长征》这部作品中，始终将长征这项旷世壮举放在人类历史的长河中来考察，竭力提炼的是长征这一伟大行动所蕴含和映射出的那一群人的不灭信念、坚定追求和永恒理想，从而使长征精神具有了"泛人类精神"的意味。在作家们看来，长征精神是人类的一种公共精神资源，它可以不断地被用来构筑和支撑人类的精神大厦。从这个方面来说，长征永远是一个说不尽的话题，永远是一个写不完的革命历史题材；长征已经入选过去1000年影响人类历史进程的百件大事之一，长征精神还将继续对中国乃至全人类产生深远的影响。

《向东找太阳》作者张春燕把她能够采访到的西路军女战士——几乎都是百岁老人的命运遭际逐一采写下来，凸显生命中须有坚贞不渝的信念支撑，要坚守理想和信仰这一主题。当年的这群女战士尽管大多被俘虏，受尽各种凌辱、伤害和非人性的待遇，付出了巨大的牺牲。她们一生的经历坎坷而沧桑，但是她们都有一种坚定的信仰，坚信自己的理想追求和人生抉择是正确的、有价值的。因此，这部作品在引导读者重温历史的同时，实质上是在重申信仰之美、崇高之美。这群女战士经历了血战，经历了无尽的屈辱与损害，但却依旧顽强乐观地活了下来，始终都在默默无闻地为国家劳动，建设，奉献，不求回报不图荣誉。从这些沉默的普通人身上发现崇高的精神，正是这部作品的主题。正如作者在书里写到的，这些女战士的历史，虽然已过去了70多年，但是她们的历史今天会与我们重逢，给我们带来很多现实的启示。这部作品的出版，对于西路军诸多历史问题的迷雾是一种可贵的澄清和纠正。而女战士们的理想信念及悲壮人生对于今天的年轻人亦富于启迪。那位强悍的女战士刘汉润在给学生讲红军女战士打仗的时候说，你们这些蜜罐里长大的牛奶糖，居安要思危呀，如果发生战争，我这个90多岁的老太太还有胆魄和勇气上战场杀敌人，保家卫国！这位老太太的话一针见血，对青年一代无啻当头棒喝。因此，这样的长征书写是具有现实意义的。

2. 风格千姿百态

长征题材的报告文学特点是非虚构和写实，篇幅上则囊括了长、中、短篇。非虚构创作，注重以真实性作为自己的创作底线及生命线，具有很强的说服力和可信度，因此更受读者的拥趸和欢迎。

长征题材报告文学创作进行了多样化、多向度和多维度的开掘。有的在场即时记录，如老一辈革命家和众多红军战士的日记及回忆录；有的则借助采访访谈和搜索历史文献记录等，力图重返历史现场，真实还原历史。有的作品正面描写长征历程、长征人物和故事，有的则关注那些以往被历史讲述所遗忘的人和事，譬如西路军西征历史、西路军女战士的遭遇、红军长征走后留下的人和故事等"长征遗产"。有的作品重视大的事件和情节，注重对宏大场面、壮阔场景的再现与描写，有的则专注于对细节的刻画与表现。在价值取向上，有的作品注重凸显长征精神，凸显革命英雄主义、理想主义和浪漫主义的主调，有的则在人类发展长河的坐标上深入思考长征这一重大历史事件的意义与价值，还有的则对历史本身提出质疑，对战争与人性的关系做出新的思考和探索。

卜谷的创作对象和题材基本上是"红军所留下的"——红军长征走了，但红色苏区还在，老红军、红军遗属和红军精神、红色革命传统还在。他所要做的全部事情就是全力去开掘这一座座的文学富矿，尤其注重从普通人的视角切入、从常人关注不足或关注不到的内容及人物入手，开辟出独属于自己的一片广阔的创作天地。于是乎，"少共国际师""红妹子""扩红""肃反""红军留下的女人""最老的红军""毛泽覃死亡事件调查"等等，相当独特甚至是独家的题材一一跳入卜谷的创作视域。他的作品因此打上了鲜明的个人烙印及创作取向，即从本土红色资源中开拓，讲述不一样的革命故事。

《为毛泽覃守灵的红军妹》主人公是一位百岁女红军。这位原名张爱兰、后被毛泽东的弟弟毛泽覃改名为张桂清的红军妹，曾经担任过红军首长项英的家庭保姆，与毛泽覃及其夫人贺怡、项英夫人张亮等都有过近距离的密切交往。她的一生几乎经历了中国现当代历史的全过程，在红军时期、解放后、"文革"中、改革开放时期，都有不凡的经历或遭遇。在白军的三颗子弹下死里逃生，身怀六七个月的身孕被敌人绑在树上生生勒出婴儿却依旧母子平安大难不死，她一生五次嫁人五次守寡，多次被怀疑是出卖毛泽覃的叛徒最终得到平反和优抚待遇。这样一位浑身都是传奇的女性无疑本身就是一个很好的文学人物。再加上，她孤身一人为毛泽覃守灵77年，最终挖开坟冢却是一座空墓，更使她的经历蒙上了一层感人悲壮的色彩。张桂清是苏区红色革命的见证者，是历史的活化石。这部作品还特别重视地域文化特色。因为故事的发生地属于客家聚居区，人物多为客家人，因此作者特别注意更多地运用或描写客家习俗、信仰等方面的内容，从而增添了作品的文化意蕴及内涵。譬如，张桂清出嫁时哭嫁等仪式和内容，作品中穿插引用的一些客家山歌和情歌，客家人对于"神仙"、风水的信仰或讲究。尤其是描述白军对怀孕六七个月张桂清的摧残的情节：白军在打出的三颗子弹都是臭弹后，开始相信张桂清是"神仙"，于是试图用"半仙"——村里的神树来与之一竞高下，镇一镇女人身上所谓的"凶煞气"，将孕妇捆绑在树上，勒出婴儿。这样血腥惨烈的场面，惨无人道、灭绝人性的举动，在被揉进客家特殊的文化内容之后，显得既恐怖又真实，非常震撼人。

《为毛泽覃守灵的红军妹》故事主线之一是"毛泽覃死亡事件调查"。在这个从中央到地方乡镇历时几十年的调查过程中，张桂清的命运随之起伏，并长期被当作"叛徒"或疑似叛徒。故事的推进亦围绕此展开。因此，这部作品其实是一部悲剧。张桂清的人生是一部悲剧。她用一生去守候自己敬爱的红军首领、"姐夫"毛泽覃的灵冢，最终却被证实那只是一堆红土、一座空坟。她参加过红军，打过游击，因革命工作多次出生入死，但在解放后因种种原因，她却多次沦入"叛徒"的地位，并曾一度被陪斩，差点死在调查组的枪口之下。张桂清的命运多舛，100多年的岁月流水般从这位老人的指缝间溜走，然而，她却依旧坚强地活着。她的存在，让我们相信正义，相信世间确有一种超越时空的力量的存在，那就是信念，执著信念，守望信念。作家卜谷用自己的笔为我们刻画了一个平凡如尘芥却精神高尚的人物。

纪红建的《马桑树儿搭灯台：湘西北红色传奇》是一部描写湖南桑植革命往事有感染力的长篇纪实。桑植作为1935年11月红二方面军万里长征的出发地，无疑是中国革命历史版图上一个重要的地点。它不仅是贺龙的家乡，而且还是湘鄂边、湘鄂川黔革命根据地的核心地带。在这片红色热土上，老百姓对

重估中国当代文学价值

红军有着非常深厚的感情，为红军和革命事业做出过巨大牺牲。桑植有 5 万多人参加红军，两万多人献出了生命，这块红色热土在中国革命历史上的地位不言而喻。这本新作给人印象最深的首先是贯穿全书、挥之不去、余音缭绕、悲壮低沉回旋的桑植民歌。这些民歌包括《马桑树儿搭灯台》《马桑花儿朵朵开》《红军打从门前过》《不打胜仗不回家》等，不仅带有当年的革命色彩，更带有鲜明的地域特色。众多民歌都给读者留下了深刻印象。作品写出了桑植人民的革命精神和桑植为革命做出的巨大奉献与牺牲，表现了红军与百姓之间的鱼水情深和老百姓对红军对共产党遍地赤诚的精神。

纵观 80 年来长征题材的报告文学创作，大多具有悲壮、沉雄、崇高的美学品格。当然，随着时间的推移，关于长征的书写日益显得凝重、沉雄，反思意味亦越来越强烈，许多作品更注重凸显长征以及长征人物身上所焕现出来的理想信念之美、崇高高尚之美。长征是一个史无前例的人类壮举，它铸就了伟大的长征精神。长征精神已然构成了中华民族精神的一块坚实基石。

四、不足与缺陷

长征是史诗性历史事件。但是，对长征题材的报告文学书写迄今尚未诞生与之相匹配的史诗性巨著，长征题材创作存在着明显不足和缺憾。

1. 写实有余想象不足

长征是一个常写常新的题材。它既是一个革命历史题材、一种珍贵的红色资源，也是人类历史的一笔共同的财富。对于非虚构写作而言，这是一座开掘不尽的创作富矿。事实上，80 年来，关于长征的非虚构纪实、回忆录等作品层出不穷，丰富充实并完善了长征历史，产生了较大的艺术感染力，也涌现出了诸如《长征》《西路军女战士蒙难记》《红星照耀中国》这样的精品佳作。但是，非虚构的长征创作存在着艺术想象力贫乏的缺陷。对长征的艺术描写，要运用更为细腻、丰富生动的想象，写出更加壮美的人性、人情和人心，塑造出更为典型动人的人物形象，提炼出更为深刻、直指人心的主题。要将长征放在中华民族精神底色和民族国家集体心理积淀的高度来艺术地观照这一历史事件。在写作上要充分发挥文学的想象，创造出更为鲜明有力的艺术形象特别是典型人物。

2. 守成有余创新不足

长征的文学创作较多地拘囿于已有的历史观、历史认识和看法，固步于非虚构的天地。在艺术创新方面特别是采用新视角、挖掘新题材、进行新观照方面存在不足。要用新颖的角度和视阈来照亮历史。长征不仅仅是一群人被动的"逃命"逃亡，他们更是为了北上抗日救亡图存的崇高理想，为了正义必胜的信念和信仰。这场红军战略大转移，既是被迫的长征，又是主动的出击和寻找新机。要了解中国革命、中国共产党及其所领导的军队，就必须了解长征这场壮烈的远征。而从国民党军队和蒋介石的视角，其显然是出于一石二鸟的目的，既试图剿灭削弱共产党红军，又趁机将中央军打入西南地区，辖制削弱西南地方军阀的实力，加强对全中国的控制。

长征题材的报告文学创作还可以在表现载体、样式等方面进行创新。譬如借重纪录片、视频、DV、动漫、影视大片等来实现长征的文学表达。

3. 历史有余现实不足

对历史的文学书写应该指向当下。今天的长征题材创作"由今人写"，更应"为今人写"。要用今天的视角、今天的眼光和今天的载体、方式来审视长征、思考长征、表现长征，要考虑长征题材的作品对于今天人们的认知价值、启示价值和励志价值。

近年来，对于红色历史与革命往事，无论是文学创作领域还是社会各界，客观上都存在着一种虚无主义和肆意戏说、歪曲的倾向。许多人不阅读也不了解革命历史。红军、长征、井冈山、瑞金、延安，乃至抗日战争、建党、建国等重大革命历史，都渐行渐远，正在远离今天的年轻人。这是一种历史虚无主义倾向，也是一种错误的历史观。决不能让革命往事，让红色历史，让红军和长征变成一种传说，这就特别需要我们有历史担当和使命意识的作家拿起笔来，严肃对待历史，严谨书写革命往事，带给读者具有感染力和影响力的文学读本。

长征精神最重要的是理想信念，是信仰的力量和精神的魅力，是一群青春蓬勃的年轻人为了自己崇高的理想而不懈奋斗、上下求索的过程。这样的主题对于今天的人们特别是青少年无疑具有重要的思想和精神滋养作用。报告文学创作理应在这些方面承担起自己的社会职责与时代使命。

（2017 年 1 月）

生态文学：来路、类型及价值探析

生态文学勃兴令人瞩目

2017 年 8 月以来，塞罕坝突然成为社会公众和许多作家关注的一个焦点，出现了一批反映塞罕坝林场建设卓越成就、表现生态文明主题的报告文学。李青松的短篇报告文学《塞罕坝时间》在创作完成后不到 48 小时即由《人民日报》于 8 月 11 日刊发，日前又被《新华文摘》转载，引起较大反响。在此前后，8 月 4 日新华网发表了郭香玉的《塞罕坝，京城绿色屏障的前世今生》，9 月 20 日《人民日报》又发表了蒋巍的《塞罕坝的意义》，10 月 20 日《中国艺术报》发表了张秀超的《塞罕坝，这样走来》。北方聚光塞罕坝，南方聚焦安吉县。何建明创作的《那山，那水》在《人民文学》第 9 期首发，随即由红旗出版社推出单行本。在很短时间内加印三次，发行量超过 12 万册。该书通过描写习近平同志于 2005 年首次提出"绿水青山就是金山银山"论断的地点安吉县余村在这一科学思想指导下十几年来发生的巨大变化，表现了新科学发展理念对于中国乡村变革发展的极端重要性，这是一部献给生态文明、美丽乡村和美丽中国建设的深情礼赞。这一批作品的新鲜出炉，使生态文学成为本年度文坛的一大热点。

生态文学的勃兴，是当前文学创作领域不容小视的重要现象。近些年来，涌现出了许多有影响的生态文学作品，摘取了一些重要的文学奖项，产生了广泛的社会影响。肖亦农的报告文学《毛乌素绿色传奇》先后获得全国"五个一工程"奖和鲁迅文学奖。李青松的《一种精神》《乌梁素海》《薇甘菊——外来物种入侵中国》、叶多多的《一个人的滇池保卫战》、哲夫的《水土中国》等获得了徐迟报告文学奖、《中国作家》报告文学奖、《北京文学》奖（优秀作品）等奖励。《中国绿色时报》自 2009 年起连续举办了九届"十大生态美文评选"，每年从报纸上刊发的数百篇作品中评选出十篇生态美文予以奖励，其中不乏像梁衡、蒋巍、王宗仁、陈祖芬、陈世旭、徐刚这样的名家，在林业系统和文学界产生了积极反响。据中国林业生态作家协会主席李青松介绍，目前该协会拥有会员 300 余人，其中中国作协会员 30 余人、省级作协会员 150 余人，创作活跃，成果丰硕。

生态文学的来路与繁盛原因

生态文学的兴盛是中国现实发展的呼唤与内在需要。从"再造一个秀美山川"到美丽中国、绿色中国建设，从倡导人与自然和谐共处的科学发展观到创新、协调、绿色、开放、共享的新发展理念，统筹推进经济建设、政治建设、文化建设、社会建设、生态文明建设五位一体总体布局，国家治理体系和治理理念的转变，彻底改变了落后的发展观念，提升了生态文明的地位，从而极大地激发了生态文学的生机与活力。尤其是在党的十八大之后，党中央对于绿水青山就是金山银山理论的坚定践行，从根本上扭转了人们的思想观念，增强了生态意识，生态、环境保护和生态文明建设被提高到了前所未有的高度，受到了空前的重视，并正在逐步凝聚成全社会的共识。时代的发展进步催使并造就了生态主题成为文学创作的重要主题，生态文学风华正茂，绿意盎然。

文学是现实生活的反映，尤其是报告文学，更是时代最忠实的追随者与记录者。在反映和体现全新的发展理念和时代变迁方面，生态报告文学一马当先一枝独秀，取得了骄人的成绩。与此同时，其他体裁和样式的生态文学作品也出现了繁荣局面，产生了一批优秀之作。

当下生态文学的繁盛绝非偶然，而是有着深刻的历史渊源和深厚的文学文化积淀基础。我国古代的山水诗、田园诗以及后来的游记、风景散文等文学作品，便堪称最早的生态文学。而自古便有的天人合一、天行健、人与自然和谐与共、美即和谐、各美其美、美美与共等深刻的哲学思想，更是沉淀在每一个中国人心理深处的文化基因。可以说，中国历来重视生态和环境，重视自然与和谐。中和、协和、平和，是中国哲学的基本要义，也是生态文学的根本主题。

文学是人学，是距离人类自身最近的学科。而生态是人赖以生存的环境，包容并包含了人类。人与生态须臾不可分割。生态是人类的生存之需、生活之要、生命之本，生态文学其实也是人学，是最贴近人自身的一种文学样式。生态与文学可以完美地统一于人，作用和服务于人。人们关心和喜爱生态文学，其实就是在关心和关注人的生存，关注人本身。因此，生态文学的意义与价值可谓不言而喻。

生态文学的丰富内涵及其类型特点

从广义上说，凡是以自然生态和生态文明作为描写表现对象的文学作品均可归入生态文学。李青松认为：生态问题催生了生态文学；生态文学是以自觉的生态意识反映人与自然关系的文学，强调人对自然的尊重，强调人的责任和担当。这是从考察改革开放特别是二十世纪八十年代以来兴起的生态文学而得出的结论。在这一时期，率先出现的一批堪称生态文学代表性的作品如徐刚的《伐木者，醒来！》《倾听大地》《沉沦的国土》《江河并非万古流》《中国风沙线》《中国：另一种危机》《绿色宣言》等，关注中国的森林滥伐，风沙肆虐、国土污染等生态环境问题，以鲜明的问题意识和批判精神赢得文坛瞩目，从而为生态文学名分的确立与崛起奠定了基础。但是，如果从更长远的文学历史坐标上看，生态文学的孕育与发生，显然是源于人与自然的密切关系和天人合一的哲学思想。

从当下可以读到的文本上看，生态文学最重要的主题无疑是人与生态或自然环境和人的关系，是保护环境建设生态以更好地服务于人类自身的最高利益。其核心依旧是人，是以人为中心，以人的根本利益、最高利益为旨归。作为一种人学，生态文学同样注重表现人类的活动与生态之间的相互作用相互影响。生态制约着人类，人类改变着生态。在这个矛盾运动过程中，存在着最高的自然法则、生态法则以及人类利益法则，即人类的一切活动需要且必须遵从与遵循自然规律。违反这一铁律，人类便会受到自然生态的惩罚，遵循了这一规律，人与生态便能和谐共处共同发展，生态就能为人类造福。生态文学创作的出发点和落脚点不是生态本身，而依旧是人自身。

从题材内容上看，生态文学可以区分为植物文学（包括森林文学）、动物文学（包括动物小说）、大自然文学、生态文明建设或环境文学（包括生态问题报告文学）、水文学（包括水资源文学、水利文学）等。生态文学的体裁样式则囊括了小说、诗赋、散文、报告文学和儿童文学等。植物文学，如贾祖璋的名篇《南州六月荔枝丹》《花儿为什么这样红》、杨朔的《荔枝蜜》《茶花赋》这样的美文，也包括了一些关于植物的介绍说明文，一些以乡土植物、野菜、庄稼作物等为主题的散文。梁衡近些年来踏寻采写的"中华人文古树系列"散文，包括《周总理手植腊梅赋》《一棵怀抱炸弹的老樟树》《天人合一铁锅槐》《死去活来七里槐》《中华版图柏》《左公柳：西北天际的一抹绿云》《这一片幸存的原始林》《带伤的重阳木》等作品，聚焦人文意蕴深厚的古木名树，生动传神，趣味盎然，独具一格。

动物文学中影响最大的是动物小说，如乌热尔图的《七叉犄角的公鹿》、杨志军的《藏獒》、姜戎的《狼图腾》等、沈石溪、格日勒其木格·黑鹤的儿童动物小说。也包括诸如方敏的纪实文学《熊猫史诗》，韩开春的科普作品《虫虫》，胡冬林的森林动物题材作品如散文《狐狸的微笑》等。大自然文学的代表作家是刘先平。他的《走进帕米尔高原》《美丽的西沙群岛》《云海探奇》《千鸟谷追踪》《山野寻趣》《黑叶猴王国探险记》等大自然题材的探险纪实和探险小说等，大多具有科普的性质及价值，有些作品亦可归入动物文学。

水文学是近年来出现的创作新现象。一批以水资源及其开发利用和保护为主题的纪实产生了较大反响。譬如哲夫的《水土中国》，秦岭的《在水一方》（《水之殇》），裔兆宏的《美丽中国样本》，陈启文的《命脉——中国水利调查》《大河上下——黄河的命运》等。水是生命之源，这些以水为题材的作品也是生态文学的重要组成。

生态文学中所占比重和产生社会影响更大的可能是关于生态文明建设和生态问题的纪实作品。何建明表现绿水青山就是金山银山主题的《那山，那水》，肖亦农的《毛乌素绿色传奇》等是反映生态建设主题的代表性作品。生态问题报告文学分量很重，更易引人警醒启人深思。譬如李林樱的《生存与毁灭：长江上游及三江源地区生态环境考察纪实》《啊，黄河：万里生态灾难大调查》，哲夫的"江河三部曲"《长江生态报告》《黄河生态报告》《淮河生态报告》，包括叶多多的《一个人的滇池保卫战》、蒋巍的《渴》、陈廷一的《2013雾霾挑战中国》《国土之殇：重磅出击中国生态文明敏感话题》，以至于更早的陈桂棣的《淮河的警告》、徐刚的《伐木者，醒来!》《报告中国，我们将失去长江》等作品。

正向反映与反面警示

生态文学作品在反映人对自然生态的开发、改造、利用和影响方面，可以区分为正向反映与反面警示两大类型。这些作品的创作都遵循了一个基本的生态文明的伦理和逻辑，即：人类从属于生态，是自然生态整体的一部分，人与自然应该且必须和谐相处。换言之，自然生态可以为人类所用为人类服务，但是人类的开发利用决不能超越生态的承载量或总负荷，不能打破生态的平衡稳定。这是大地伦理，是自然生态逻辑。有一部分生态文学反映的正是人类如何科学保护、合理开发利用生态，建构绿水青山、美美与共、天人合一式的生态文明。这是作者正面赞颂、讴歌或弘扬的典型与精神。譬如，那些描写美丽中国、绿色中国建设，积极践行生态文明、绿色发展理念的纪实。如何建明的《那山，那水》，一合的《中国葫芦峪》，吉成、木丁的《云南美：关于云南生态环境的报告》。这些正向反映的作品除了讴歌我国生态建设辉煌成就、为绿色中国、美丽中国、生态文明鼓与呼之外，更重要的是弘扬人物身上所彰显的宝贵精神。譬如，李青松的《一种精神》讲述一位原本腰缠千万的富翁乔建业一根筋式地投身种树事业，种树不止，最终改变了一个地区的生态面貌，表现的正是主人公身上的执著、坚韧、顽强和造福社会的精神。肖亦农的《毛乌素绿色传奇》通过毛乌素沙漠几十年间从沙漠变为绿洲的人间传奇，凸显了以宝日勒岱、殷玉珍等为代表的治沙英雄身上那种绝不向苦难低头、立志改变命运改变生存家园的勤劳、智慧、勇敢、奋斗的民族精神。

那些重在揭示生态问题及困境的纪实作品，显然具有反面警示的作用。作家通过深入采访，描写和揭露一些个人、企业和单位为了一己之私，肆意滥采滥伐，破坏生态的恶劣行径，或者人类囿于艰苦的生存环境而对自然过度索取，从而造成各种自然灾害与灾难。这些问题报告，注重揭示触目惊心的生态问题、生态困境，引人深思，发人深省，客观上起到了鞭笞不法和丑恶行为，发出保护环境保护生态的尖锐呼吁的作用。譬如哲夫的江河三部曲和徐刚的一系列作品、李青松的《告别伐木时代》、陈启文的《命脉》，都在发出尖锐的呼喊：要更好地爱护我们国家的大江大河，要停止砍伐保护森林，反对污染环境和过度开采。《一个人的滇池保卫战》通过描写张正祥一个人十几年间同污染滇池的企业及个人不屈不挠的斗争，一方面赞美了这位感动中国人物的崇高行为和高尚精神，另一方面批判了各种破坏生态的恶行。

生态文学的价值和提升空间

以生态及其开发建设为主题的生态文学，其价值必然超越文学。它在推动自然环境保护建设、促进人对自然的情义、改善人与自然的关系，营造美丽乡村绿色中国、践行新发展理念、实现中华民族伟大复兴的中国梦等方面都可以发挥自己独特的积极作用。文学作用于人，影响并改变着人的情感、观念和行为方式。生态文学在倡扬先进科学发展观，赞美绿水青山绿色和谐生态伦理，在弘扬中国精神等方面，都可以对读者产生正面的潜移默化的影响。因此，优秀的生态文学是一种有现实指向性和长远意义的行动文学。

今天，生态文学创作的视野与面向正在逐步地打开、拓展。生态文明理念日益成为全社会的共识。植物、动物、水、土地、大气、自然生态、环境等全方位地进入生态文学创作领域。生态意识、正面与反面，全面与立体，局部与总体，植物与动物，生物与人类，都成为了生态文学切入的各种视角、角度和方面。与此同时，国家经济社会发展也对生态文学提出了更高的要求。绿色中国、美丽中国、健康中国、富强民主文明和谐美丽的现代化国家的发展战略，创新、协调、绿色、开放、共享的新发展理念，人民群众日益增长的美好生活需要同不充分不平衡的发展之间的矛盾这一社会主要矛盾……势必都将影响并改变着生态文学的观念创新、取材、选题、立意、视角和面貌。生态建设无穷期，生态文学亦永不会有枯竭完结之时。只要保持着与生态紧密的关联，与人类生存环境条件不断改进完善密切的关系，生态文学就一定能源源不断地接得地气，获得蓬勃生机与活力。

（2017 年）

生态美文：天地之间一篇大文章

　　《中国绿色时报》主办的十大生态美文征文比赛已经举行了三届，评选出了一批优秀的报告文学、散文和诗词作品，产生了良好的社会反响。我认为这是一件很有意义的事情，对于倡导生态文明，推动生态文学创作势必会起到有益的助推作用。

　　生态就是世间万物各种动植物生命的生存存在状态。生命的存在都有趋美求和谐的本性。和谐与美是自然生态的基本特征。中国传统文学和文化历来追求"人我两忘、天人合一"的至上境界，也即是追求人与自然和谐融洽。这正是生态文明的最高境界。和谐即美，文明是美。天地之间，自然万物本身就是一篇大美无言的好文章。陆游不是说"文章本天成妙手偶得之"吗？生态美文本来就是自然生态以自己和谐完美的存在方式呈现给人们的一篇篇天成美文，作者只是眼观、耳闻、身感、心领，运心用情去体会感悟，而后如瓜熟蒂落水到渠成一般看似率性随心而发，自然而成美文。因此，真正优秀的生态美文应该可与天地同参，与生命对话，美美与共，浑融和谐。

　　生态美文的写作是一个呈现、再现与表现生态之美的过程，目的是将自然之美真实生动地反映出来，将作者体悟到的美传达出来，以感染读者陶冶性情。

　　生态美文本身应是优美的。美文之美，表现在景色、风景之美，它所描写的是江湖山川、花草树木、飞禽走兽、生态万物的本真之美，以及生命自身的神奇、瑰丽和美妙。美文之美还体现在和谐之美。这种和谐既有动植物自身内在的和谐与完美，亦有万物之间的和谐融洽，更体现在人与自然万物之间的和谐浑融。譬如，张守仁先生那篇被收入语文教科书的美文《林中速写》，描写了热带雨林中万千植物的相互缠绕纠结又彼此依存、和谐共生的完美整体，呈现了一种自然之大美，给人留下深刻印象。李青松《从吴起开始》《喜鹊叫喳喳》《兴隆之本》等系列生态美文描述的正是近年来人们高度重视生态文明建设，努力构建一个人与自然和谐相处的和谐社会，产生了很大社会反响。尤其是《喜鹊叫喳喳》一文，反映了山东东阿近年来植树造林的显著成绩，为该县赢得了名副其实的"喜鹊之乡"、吉祥之乡的美名，而东阿对于良好生态的追求标准也成为了全国各地竞相学习效仿的标杆。

人与自然和谐，人对生态应该是一种善待、一种珍惜，而决不是一味的贪得无厌的索取、毁损与破坏。应该是建立在保护基础上的开发利用，是一种养护、培育、爱惜和互利的关系。而更多的，则是自然生态对于人类从身体到心灵无言而无尽的滋养、馈赠与回报。生态美文可以彰显出人文的品格内涵。如舒志刚《孔子与生态文化系列》之所以打动我，就在于作品生动记述了一代宗师孔子的文化情怀和生态胸襟，体现了古人天人合一的深邃哲思。

生态美文美在发现。自然生态浩瀚宽广，是无尽的文学矿藏及宝藏，需要作家放出眼光去寻找和发现。譬如，梁衡在云南内地发现热海，发现一片独特的奇妙天地，写下了那篇获得评委们普遍好评的美文《冬季到云南去看海》。

生态美文还美在语言文字的斑斓多姿与叙事的行云流水、云卷云舒。美文的特质正在于文字和叙事的优美动人，字里行间营造出美的意境、美的氛围，带给读者美的感受、愉悦和熏陶。由此可见，生态美文天地宽广，前景无限。

（2013 年 8 月）

民族灾难面前文学必有作为

——地震文学研究

2008 年 5 月 12 日，在四川、甘肃、陕西等地发生的汶川大地震，是中华民族的一场大灾难，也是中国人民遇到的一次极为严峻凶险的考验。在这场灾难和考验面前，我们的作家和诗人，这支拿笔的队伍，像过去人民遭灾、国家有难时一样，不缺席，不失语，几乎都在第一时间英勇出征，勇敢地出现在地震发生的现场，在第一时间举笔创作。首先活跃起来的是诗歌，诗传单，诗词，诗集，在网络上，在纸质媒体上，在广播电视上，在震区百姓和全国人民的口耳之间，广泛流传，鼓舞人民坚定顽强不屈不挠的斗志，激发人们众志成城战胜灾难的决心。紧接着，报告文学和散文作品一篇篇地推出，发表，震撼人心，催人泪下。随后，小说亦不甘落后，一批生动感人的作品纷纷涌现。作家是人类灵魂工程师，文学是距离人心最近、距离人最近的学科，在汶川大地震过程中，作家们勇敢地担负起了时代和民族书记员的责任，文学及时并充分地发挥了自己独特的作用。今天，在地震过去一周年的时候，我们可以没有愧疚地说，在这场国家和民族的大灾难中，我们的作家、诗人们是好样的，我们的文学是光荣的。

在汶川大地震发生后，四川的、甘肃的、陕西的，震区和非震区的，全国各地不计其数的作家、诗人，源源不断地投入到抗震救灾前线，深入各处震区采访采风创作。各地文联和作协纷纷组织和鼓励作家奔赴震区，做了大量的工作和努力，取得了许多创作成果。作家们在大难降临时选择与受难的人民在一起，同甘苦，共悲喜，齐担当，分享民族和国家的艰难时刻，及时并不断地发出文学的声音。

中国作家协会也在震区形势容许的情况下，于第一时间组织作家赶往震区采访。自 5 月 19 日起，我们先后派出了以高洪波、陈崎嵘、蒋巍和陈建功为团长的四支作家小分队，分赴四川、陕西和甘肃震区采访。这些采访团，集中了一大批年富力强的、近年来创作活跃的报告文学作家、诗人和小说家，譬如何建明、黄亚洲、李鸣生、徐剑、李春雷、徐坤、朱晓军、春树、衣向东，等等。在他们的采访过程中，经历了一次次余震威胁和地震次生灾害的严峻考验，我们到甘肃来的作家采访团有一辆吉普车被震落的石头砸坏了，差点砸到我们的作家。但是，作家们没有一个打退堂鼓的，大家都奋勇直前，迅速到达震区，迅速投入采访，迅速创作发表了一批产生了良好社会影响的作品。到目前为止，已陆续出版各种诗集 10 部左右，出版报告文学作品数十部，发表散文、小说多篇。其中，有些作家的作品还举行了专门的研讨会，产生了较大的社会反响。

人民养育了我们的作家，在人民遭难时，我们的作家挺身而出，竭力去回报我们的人民。这些作家，有的评论家称他们是英雄，是真正的战士，拿笔的战士，是恰如其分、名副其实的。在地震中，震区各处都活跃着作家的身影，作家们的表现，的确是可圈可点的。他们本身的地震经历，也可谓是一桩桩英雄壮举。应该向那些在地震中采访创作的作家们表达崇高的敬意！是他们为我们的文学赢得了属于自己的光荣与梦想。

恩格斯曾经说过，没有哪一次巨大的历史灾难，不是以历史的进步为补偿的。大地震的大灾难必将在中华民族更为辉煌伟大的进步中得到报偿。大地震震垮了我们的校舍、房屋，扼杀了 8 万多鲜活的生命，摧毁了我们震区同胞赖以生存的家园乃至一切，但是，大地震震不垮我们民族伟大的精神，摧不毁我们争取美好生活的梦想与追求，摧不毁我们人民坚强不屈的意志。有人说，大地震震出了伟大的民族精神，震出了一个伟大的民族，震出了一个伟大的国家。这些话不无一定的道理。中华民族的历史，是一部与苦难、血泪相伴随的历史，但是，几千年来，我们的民族始终生生不息，我们的国家始终屹立东方，就是因为我们拥有一种强大的文化传统，有着割不断的文化传承。文化是民族的灵魂，是民族的血脉。而文学，无疑是文化的奇葩，是中华文化中一支重要的精锐部队。在汶川大地震中，我们的作家、诗人活跃在震区各地，纷纷奋笔疾书。

地震余震期间和震后的文学创作，呈现出多层面、多题材、多体裁、多视角、多风格五彩缤纷的生动格局。作家们为人民写作、为民族写作的意识鲜明而强烈，他们竞相掏出自己火热滚烫的情感，用作品去触摸人民的脉搏和灵魂，煅铸民族精神和时代精神的大厦，弘扬我们时代和我们国家的核心价值体系。许多作品创造了丰富多样的表达方式和新鲜的文学经验、艺术审美经验，所有这些都值得深入研讨。

单就我的视野所及，报告文学方面，何建明聚焦地震中的生与死，凸显生命的尊严和价值，创作了《生命第一》；李鸣生以一个四川人的个性化视角，以一位废墟上的记录者和沉思者的身份，关注地震对人心和震区人民精神的摧残，彰显人性的光彩，推出了《震中在人心》；赵瑜、李杜从山西人全力支援四川震区的行动入手，记录下了《晋人援蜀记》；李西闽以个人被埋在废墟下76小时的生死体验，创作了《幸存者》；新华社记者朱玉书写"汶川大地震，那些刻骨铭心的生命记忆"，推出了《天堂上的云朵》；小说家关仁山推出《感天动地——从唐山到汶川》；孙晶岩则关注地震中80后、90后年轻一代的英雄壮举，写下了《震不垮的川娃子》；陈歆耕《废墟上的觉醒》以救灾中的志愿者为主角，突出公民意识和社会责任；衣向东《震区警察的记忆》以一位小说家的独特视角，将普通而平凡的震区警察作为自己的采写对象；甘肃作家陈玉福出版了长篇纪实《1号交警》，四川作家戴善奎采写创作了报告文学《蜀中巨震》，女作家李林樱创作了《5月·国殇·成都人》。还有，李西岳写下《大国崛起》，苗长水、裘山山，一大批军队作家创作的报告文学合集或专著。这一大批报告文学作品都力求忠实地记录灾难，记录英雄的人民和鲜活感人的事迹，反思灾难，带给读者强烈的心灵震撼和灵魂洗礼，产生了无法替代的积极的社会影响。

诗歌在地震文学中成就特别突出。许多诗歌如《孩子快抓紧妈妈的手》《生死不离》《我的背后有一个强大的祖国》等诗歌在网络和震区流传甚广，感人至深，及时地发挥了文学鼓舞斗志、抚慰灵魂的作用。《中国：震撼5月》、商泽军《国殇：诗记汶川》、黄亚洲《中国如此震动》等一批诗集，都在震后最快的时间内创作出版，产生了很好的社会影响。

小说方面，秦岭中篇《透明的废墟》、乔叶短篇《家常话》、张品成中篇《洗心》、80后作者丝丝的长篇《来生我们一起走》等一批汶川地震题材的小说陆续推出，产生良好反响。

汶川大地震激发了文学创作的一次高潮，形成了当代文学史上一个悲怆而壮丽的文学景观，提供了无限丰富的文学文本，创作了诸多新鲜的艺术审美经验。这些作家作品，这些文学现象，都非常值得深入地探讨，总结成就和经验，分析得失和存在的问题、不足等。这种适时性的跟踪研究很有现实意义，对今后相关题材的创作定将产生积极的影响。

（2009 年）

见证诗歌的力量

——"地震诗歌现象"引发的思考

1990 年代以来，诗歌不再大红大热，读者日见减少。有人甚至认为，写诗的比读诗的都多。诗歌似乎正在逐渐丧失自己的能量，患上了肌无力的病症。但我认为，借用鲁迅先生的话来形容——地火在地下运行，奔突；熔岩一旦喷发，将烧尽一切野草，以及乔木——似乎才是对诗歌状况最恰当的一种描述。诗歌从未丧失自己的能量，从未丧失自己的影响，诗歌是一种有力量的文学样式。近两年，由汶川和玉树地震而引爆的"地震诗歌现象"，就充分彰显了诗歌的伟力。

"5·12"汶川地震发生后，最先行动的人当中有一群人就叫诗人。他们没有挖掘机没有铁锹甚至没能到达灾难现场，但他们用笔开始书写，描述灾难的惨烈，抒发内心的焦灼悲恸，传达心灵的震颤。有的诗在第一时间贴到网上，遍网流传；有的诗制成了传单，沿途散发。这些发自肺腑的诗篇打动了无数的读者。尤其是像《孩子，快抓紧妈妈的手》《生死不离》等一批不知名作者的诗作，更是大受欢迎，广为传布。

"4·14"玉树地震发生后，诗人们再次集结冲锋，创作发表了一大批优秀诗篇，可以吉狄马加主编的《废墟上的花朵》为代表。这些从灾难中涌现出的作品让我们真切地感受到了诗歌的力量。

诗歌的优长首先在于能以简练朴实的方式迅速记录灾难，反映抗震救灾过程中高扬生命至上的巨纛、生命与时间赛跑和众志成城共度时艰的壮丽画卷，记录生动感人的人和事，揭示百姓的血与泪、伤与痛。才登这样描述《倾斜的天堂》："哦，我的同胞/我的背水 挤奶 天真烂漫的卓玛们/我的善良 憨厚 历尽沧桑的老人们/我的英俊彪悍的康巴汉子/我的勤奋攻关的莘莘学子/我的香火 佛灯 草原和一遍遍打磨心宇的诵经声/顷刻被倾斜的日出砸伤/珊瑚和腰刀叹息着坠入深渊"。曹多珠则以直白的方式写下《才仁旦周，你让我感动》："一个瘦小的身影/奔忙在地震后的结古镇上/一个十岁的男孩/出现在一个又一个临时帐篷/我们看见他在给受伤的老奶奶喂水/我们看见他在对担架上的小妹妹叮咛"，运用简单、纪实的手法，生动地刻画了一名抗震救灾小英雄的形象。黄亚洲《玉树，盼你重新开花》写道："我的藏族同胞，我亲爱的/兄弟姐妹，我亲爱的喇嘛/我看见，今夜，你们终于睡上了军用帐篷/士兵们运来了国家！"井石则用"花儿"的叙事形式，讲述《地震震不倒康巴汉》。叶延滨《献给玉树的女儿和儿子》叙写："一个与死神面对面的藏族小女孩/听到了太阳敲响的叮当声/那是母亲和祖国一起在呼喊她啊/让藏族小女孩知道这是她又一个生日/她想吹自己的这个生日蛋糕上的小蜡烛/她说出自己的这个生日最想说的话/'叔叔，我打扰你们了……'"——这就是玉树一个不屈的女儿，一个谦恭而有尊严的生命！而，"黄福荣，一位来自香港的义工/为了返回晃动的危房寻找/没有脱险的三位老师和三个孩子/他倒在了玉树的大地上/永远地成为了玉树的儿子！"诗人赞美黄福荣"你就这样安详地走进了玉树的历史"，"有一朵雪莲/是你，玉树之子站在高高的山上"。

　　诗歌又是情感的浓缩容器，是感情的控制阀，一旦开闸，诗人的浓烈情感将倾泻而出瓢泼而下。地震诗歌的一大特点在于有节制的心情表达、抒发，倾说、倾诉和倾吐。阿朝阳在《玉树，我心之痛》中写道："玉树碎了"，"你人间无尽的泪水，常令我心灵含悲"。拉吉卓玛则不停地追问《玉树，我能为你做些什么》，诗人慨叹自己只能"不停地安慰""不停地祈祷""不停地祝福"。多杰群增含泪描绘《玉树，废墟上的春天》："这是一个残忍的春天/痉挛的大地/撕裂了所有人的心"，接着抒发丧失家园的悲恸："先前，我像小鸟一样栖在你的枝头/如今，我绕树三匝却发现无枝可依"；"我在地图上使劲摁住玉树/试图让它停止抖动 不再失血/却发现自己竟然如此弱小/甚至无力摁住疼痛的心 奔涌的泪"，长歌当哭之后，诗人从泪光中高昂起头，坚信"梦碎了，梦想还在/花谢了，春天还在"！在受限制的字句诗行中，诗人将自己的情感进行高度的浓缩提炼，注入自己深重的关切、感同身受的同情。在他们的诗作里，表现的是一种亲人受难一般血浓于水的手足同胞情义，表现的不只是一群人的受难，而是一个民族、一个国家的受难，哭泣与悲伤。刘士忠《玉树：四月十四日》反复设想，今天"我"是幸存者、伤者、死者、拯救者、哀悼者、捐献者、建设者……中的一个，他要用自己的诗句去止血填伤，慰藉灵魂，"今天，我写下朴素的诗句/为自己，也为这块高原上的土地/因为我是她人民中的一个/也是她羊群中的一个"。洪烛坚信《今天，玉树最高》："玉树是这样一棵树：和天空一样高""我也想变成一片白云，长在这棵树上"；"我也想变成长在玉树的一片叶子"。这些从内心深处涌流出来的诗句因为情真意切、蕴藉深沉，表达出了受难中的人们悲恸欲绝却又无以倾诉的心理，因此能够带给他们以及他们的亲人和广大的读者以心灵的安抚和灵魂的慰藉。

　　诗歌除了可以记录灾难、抚慰心灵之外，还能给灾难中的人们带去阳光。诗人们并不一味沉湎于悲伤和痛苦之中，而总是能及时地昂起不屈的头，眺望未来。他们用诗来传达生命不息生活不止的信念，鼓舞人心激励大众，向前看，去直面现实，相信未来，相信明天会更好。他们同时开始省思灾难所带来的、所改变的一切——关于人们的生活、心情、情感和心灵世界。灾难留下的除了久久难以愈合的伤口外，更有对生命的百倍的珍视、尊重与敬畏，还有对美好生活无限的憧憬和不懈的追求。这样的诗歌因此格外富于感染力与感召力。彭学明《哭玉树》尽情地抒发："我哭啊/哭我多灾多难的国家/我哭啊/哭我满目疮痍的玉树/哭那些永远闭上的每一双眼睛/哭那些再也接不上的每一块骨头/哭玉树上飘落的每一片叶子/哭大地上缺膊断腿的偏旁部首"；他深沉地呼唤："我多灾多难的祖国啊/什么时候/才不会冰灾雪灾洪灾旱灾/什么时候/才不会地震海啸沙尘暴泥石流/我们要怎样地爱你啊祖国/祖国的大地/怎样才不会做这样的胃镜和胸透"；他执著地坚信："我的泪水会与全民族的泪水走到一起/水滴石穿的力量/摧枯拉朽的铁蹄/一定会把一切灾难踏破 捻碎"！谢庆英《栽满玉树》用行行诗句栽下秀美的玉树、坚强的玉树、伟岸的玉树、不朽的玉树、幸运的玉树、多情的玉树，相信"栽满玉树/枝永不干，干永不枯/叶永不烂，根永不腐/看，那玉树成林/叶间的鲜花就是希望/枝头的硕果定是蓝图"。马非用《我的诗》思考诗歌在灾难面前的作为和作用，在诗人看来，尽管诗歌不能像搜救犬、挖掘机、矿泉水、帐篷和方便面那样对于灾区有用，但灾难过去后，诗歌便开始"显现意义"，显示价值。这是诗人的文学理想，也反映出了诗歌独特的功用。

从大受欢迎和赞赏的地震诗歌可以看到，诗歌是有力量的。这种力量有两大源头和原因。一是诗人内心的热情、激情与深情。在写作时作者的态度是严肃认真虔诚的，怀揣着诗人的责任与使命，蓄盈着对生活和生命无限的热爱，对人民、民族和国家无限的热爱，坚持与时代同行，与人民同心，努力去找寻和发现生活中一切值得为之倾心的美的事物、美的东西、令人心灵颤动灵魂震撼的东西。诗人的情感是真切的、深沉的。这种由衷的抒发因此能动人和感人。诗歌的力量还来自于艺术的表达。作为一种讲究并追求审美力度、深度和厚度的文体，诗歌需要遵循艺术创作的特点和规律，要努力追求节奏、韵律的歌咏性和音乐性，还须讲究文字的锤炼、画面的整洁优美和结构形式的美感，更要追求大众化的抒发表达，要让读者读得懂进得去，能读、好读、喜读、爱读。这样，诗歌才能真正地感染人、打动人乃至震撼人，才能真正发挥自己的力量。

（2010 年）

文学作品"系列化"的是与非

文学作品"系列化"不单纯是一个创作现象，更是一个出版现象。作家创作出版一个作品系列，这些作品之间存在着内在的关联性，大多以一个或几个人物作为贯穿全系列作品的主角或线索。作品系列化不是儿童文学专有的现象。影视文学方面，长篇电视连续剧为了吸引观众眼球、获取利润最大化，像抻面条一样越抻越长。这种状况并不鲜见。在长篇小说领域，特别是网络小说领域，更是如此。一部长篇小说成功了，接着编撰出版其续集，二卷、三卷、四卷……，似乎可以无限地接龙下去。网络小说，更新、连载半年乃至数年，篇幅数百万乃至上千万字，亦不足为奇。在长篇小说范畴，系列化可以造就一种类型化创作，譬如悬疑小说、盗墓小说、穿越小说……有些作家便以擅写某种类型小说而作为自己的名号、牌子或标签。

作品系列化不是中国儿童文学特有的现象。外国儿童文学中也有许多成功的例子。国际上畅销的一些作品，如英国女作家 J. K. 罗琳创作的魔幻小说"哈利·波特系列"共有 7 集，奥地利作家托马斯·布热齐纳创作的《冒险小虎队》系列有 6 套 83 册之多，德国作家乌尔苏娜·韦尔芙尔的《彩乌鸦系列》有 20 本……。这些作品都已被译介引进到中国，在市场上都非常畅销，客观上刺激了中国儿童文学作家创作推出本土的系列化作品。儿童文学系列化也不是近年来才有的现象。早在 1980 年代，郑渊洁的"皮皮鲁和鲁西西"童话即横空出世，深受小读者喜爱，大概可算是最早的系列化儿童文学作品。

系列化可能是作家成名、成功的一条捷径。它可以被用作尚未成功作家自我经营和出版社包装炒作、市场推广的一种策略。借助一个成系列作品的集束式推出，一位作家及其作品更容易受到经销商、媒体及读者的关注。如果再配以全方位的立体式的宣传推广，如又与影视、游戏、玩具等捆绑推出，像《喜羊羊与大灰狼》《熊出没》《植物大战僵尸》等，其市场的成功是可以预期的。作者名利双收，出版社赚钱，何乐而不为？1940年代，无名氏撰写出版殉情小说《北极风情画》《塔里的女人》，轰动一时，从通俗文学入手，迅速蹿红，博取名声。这是当年作家成名的一条终南捷径。如今的系列化策略大致相当于此。

系列化是塑造作家个人品牌的重要手段。系列化作品实质上就是一部多卷本甚至是长篇连续剧式的作品。这些作品通过不断强化主角及其故事等而熟为人知。其主角往往深受少儿读者认同、欢迎与喜爱，乃至由该主角和该作品衍生出来的系列文化产品，如连环画、漫画书、动漫、影视、游戏、玩具等，也都大受小读者们的拥趸。作家通过系列作品成功的推介和营销，在创立童书自有品牌的同时，也为自己树立了一张张名片式的招牌。譬如，我们提到郑渊洁就会想到皮皮鲁和鲁西西，提到杨红樱，就会想到她的"淘气包马小跳系列"；反之亦然，我们提到儿童文学系列作品或者人物，就想到作者。如提到男生贾里、女生贾梅就会想到秦文君。这些优秀的作品已然成为作家的代表作和著名品牌。

系列化是作家和出版社在利益最大化前提下的共谋。系列化出版，可以为作家赚得更丰厚的版税，赢得更广的声誉，也可为出版社用较少的单位图书平均投入，获取更为客观的利润。单本出版的作品投入的人力、物力、财力平均值更高，市场风险更大。因此，作为企业经营主体的出版社在选择童书时，更愿意选择名家作品，更愿意选择系列作品。这可谓是周瑜打黄盖，两厢情愿，"两全其美"，作家和出版社两大欢喜。

系列化可能是双刃剑。系列化需要作家具备把握宏大架构、大体量长篇作品的艺术能力，需要作家一以贯之的质量追求及把控。如果作者把握大体量作品的艺术能力不足，"系列化"便存在着沦为流水线作业，自我复制和简单重复的风险。已故作家贾大山说过："人也有字号，不能倒了字号。"他认为，好文章都有一个构思、打磨的过程，写文学作品就像工厂生产产品，生产出坏产品会砸了自己的牌子。对于作家这个文学作品生产者而言，坚持自己的艺术理

重估中国当代文学价值

想、艺术品位和追求十分必要。如果一味为迎合市场博得市场红利而系列化，那么，这些肤浅、浮躁的作品势必会侵害消费者——少儿读者的权益，最终伤害到的则必然是作家自身以及出版社的声誉。因此，优秀的作家和出版社，绝不会苟且满足于纯粹为了获取市场效益而出版作品系列，而是放眼长远，讲究作品的思想及艺术品位，精益求精，将真正的精品佳作奉献给读者。

系列化只是揭开了童书市场问题之一角。新世纪以来，外国童书无节制低门槛地被引进、"抢滩"中国，中国与外国童书版权贸易逆差严重；本土儿童文学原创力不足，跟风模仿之作过多，如出现众多的"淘气包"作品；自我复制，低水平重复生产，难以超越前辈作家的创作，如所谓的"当代童话到郑渊洁为止"的说法，批评的正是童话创作整体水平不高，进步甚微；一些儿童文学"少儿不宜"，如描写暴恐、血腥、情色等违法内容或情节；少数出版社利欲熏心，唯利是图，放弃出版底线与人文立场及操守，等等。这些都是儿童文学创作出版中客观存在着的亟须直面与解决的问题。

对系列化作品的引导要讲究策略，并且需要各方共同发力。首先是管住源头。文艺作品不能做市场的奴隶，作家不能唯市场的风向标是瞻，不能自甘沦落为赚钱机器和文化商人。一个优秀作家，真正能立得住的是自己的作品。系列化本身并无对错，重要的是作家要坚定地秉持一贯的艺术理想和信念，坚持创作质量，不苟且，不放任，耐住寂寞，力创精品。作为一名为少儿写作的作家，更要明确自己肩负的特殊责任与使命：不要满足于"娱人"，更要"育人"、寓教于乐。要用高尚的作品，思想性、艺术性精湛的作品去陶冶小读者，锻塑其人格与品质。其次是严抓"出口"。出版社亦应明确自身的社会责任和担当，不让粗制滥造、低劣产品出笼。三是把好关口。新闻出版文化宣传部门要加强监督检查，综合运用市场、政策等手段，主动引导出版社的出版行为，从而积极影响作家的创作取向。

（2015 年 7 月）

评价网络文学的几点思路

中国网络文学发展至今 16 年，到了该厘清基本概念、创作原理、创作底线，确定评价标准、准则，建立总体评价体系的时候了。

不少研究者将网络文学与所谓的传统文学或精英文学或主流文学或纯文学、严肃文学对立，相提并论，将之作为划分网络文学边界的准绳。这些观点和做法都不尽准确，因为它们都未能很好地把握网络文学的基本属性或根本特征。对所谓的传统文学、精英文学和主流文学的理解亦存在着偏颇之处。当下有一种较为大家认同的观点是，网络文学属于通俗文学。事实上，传统文学不仅有文人文学、雅文学的传统，也有民间文学、俗文学的传统，网络文学是从俗文学和大众民间文学发展而来的，将网络文学与传统文学完全对立显然是不科学的。而简单地将网络文学归结为非精英文学、非主流文学也是不可取的。网络文学的创作者也可能是知识分子中的精英，他们的创作也可能具备经典性特征。而粗暴地将深受大众欢迎和喜爱的网络文学排除出所谓的主流文学，更是一种有害无益的做法。纯文学和严肃文学这样的概念同样显得牵强，反映出我们的理论研究者思想资源的苍白和在文学命名上的无所作为。

由此可见，准确定义网络文学，给予其一个基本的定位，显得重要而迫切。

一、网络文学整体观

网络文学是什么？

有人提出，只有在网络上连载的作品才能称为网络文学。这样的概念厘定就把在网络上发表的大量诗歌、散文、中短篇小说等排除在外。而纸媒文学同样可以在网络上连载。还有人说，网络文学就是类型文学或者就是网络长篇小说。这些定义都不能完整囊括网络文学。众所周知，网络文学是随着互联网这种新的传播介质的出现而逐渐兴盛起来的，因此，网络文学实际上标志着与以往的纸媒文学或纸质文学的根本分野。对于网络文学，笔者更倾向于采用这样一种概括，即：首先在网络上发表的文学作品。这种概括清晰地划出了网络文学的边界，确立了其基本的属性或特征，将其与纸媒文学区分了开来。同时，这个定位又具有很强的灵活性和包容性，可以囊括各种体裁、样式、形态和品种的网络文学。

对于网络文学，评论界和社会各界存在着两种截然对立的不同的看法，一种是"好得很"，一种是"糟得很"。前者将网络文学奉为文学正宗和创新形态，认为网络文学是未来的文学，未来文学就是网络文学，大有让网络文学取代纸媒文学、一统文学天下的野心。他们宣称，与人类进入数字化生存、信息时代相伴随，文学已经进入了网络时间，进入了网络时代。后者则贬低网络文学，将其视为网络垃圾、文字垃圾，还有委婉一些的说法，认为网络文学只是网络文字而已。无论是"取代说"还是"垃圾说"，都难脱意气之嫌。文学界亟须为网络文学辩护，为网络文学正名，将被美化或者丑化扭曲的网络文学还其本来之妍媸面目。

从整体上把握网络文学，为之准确定位和正名，自然要涉及到这样几个基本问题：

首先，评论者要怀有一种"零度情感"，对网络文学抱有一种冷静、客观、公正、中立的立场，既不能完全陷入"痴迷"于网络文学，又不能彻底疏离乃至远离网络文学。理想的评论者应该是网络文学的在场者、参与者、感受者与评判者。

其次，评论者与网络文学作者要建立一种平等的对手关系。"捧"和"棒"都失之偏颇。"捧"则过于注重批评者与写作者之间相互依存、相辅相成的合作伙伴关系；"棒"则失之于强化二者的对立紧张关系。捧和棒过度势必导致"捧杀"或"棒杀"，都是不可取的。理想的评论者与作者应该既是对手，又是伙伴。评论者要具备较高的鉴赏能力、评估能力，也要有相当的创作才能。

与此同时，确立网络文学的标杆性作家和作品，将优秀的网络文学作品进行历史化、经典化，也是一个需要提上日程的事情。网络文学进入当代文学史是一件迟早的事，评论者和研究者要有一种超前的眼光，敢于对网络文学进行细致遴选，去粗存精，去劣存优，着手编撰扎实可信的中国网络文学史。在这方面，举行网络文学的各种评选、评奖工作亦是当务之急。评奖既是一个树立创作导向的举措，也是一种将优秀作品历史化、经典化的步骤或环节。

二、夜幕下的世界：重视网络文学创作主体

评价网络文学，必须要关注和走进其创作主体——网络写手，必须关注创作的环境、空间和传播的途径——网络。在我们绝大多数人都睡着了的时候，夜世界里还有很多夜行动物一样只在夜间出来活动的人群。这个夜世界及其活动的人群是我们通常人生活的昼世界所不甚了解乃至完全陌生的。网络文学即有点类似于夜世界。网内与网外绝对是两个世界，两种生存。不触网、不"自投罗网"的人很难完整准确地理解网络文学，正像不炒股的人很难成为优秀的股评家一样。

网络写手是人群中的隐士或潜居者，生活在一种"非正常状态"的世界里，脚踩着现实与虚拟两个世界。他们是"零点搬运工"。研究网络文学，必须研究写手，要关注和了解这个群体的生存状况，走进创作主体的世界，才能更好地理解其为什么写作、写什么、怎么写，也才有可能深入洞察其创作的误区、偏颇与缺陷。

三、读者选择与选择读者

读者是网络文学创作的参与者和完成者。研究网络文学必然要研究读者这个不可或缺的创作主体和接受主体。

在市场经济条件下，整个文学生态都要面对读者选择与选择读者的尖锐课题。文学前所未有地无可奈何地要直面市场和读者选择的严峻考验。而依靠资本繁盛的网络文学，在资本逐利本性的驱使下，必然要更多地考虑读者选择和选择读者。网络写手为市场写作的倾向十分突出。写作者在创作时必然要充分

考虑自己的想象读者和隐含读者，揣摩、权衡他们的阅读期待、阅读心理，有意乃至刻意去适应和迎合读者之需，投其所好，讨好读者，极尽各种能耐，撩拨、引诱其阅读的兴趣和热情。

研究网络文学，需要研究读者的阅读选择机制。读者选择什么，如何选择，为何选择，对这些问题的研究，势必有助于对网络文学文本本身的研究。读者的择弃标准既能带给网络写手以启发，也可以为我们评价网络文学提供一个镜鉴。

四、网络与文学的同质共谋性

网络是一个虚拟的世界，网络生存是一种虚拟的生存。文学则是一个由想象构筑起来的艺术空间，小说则是虚构的人物、虚构的生活和故事。网络和文学都具有虚幻、虚拟、想象和无形的特性。这种同质共谋性使得网络文学更似空中楼阁般缥缈难以把握。

网络文学是网络与文学的结合体，因此，评价网络文学，首先要运用文学的标准、小说的标准。文学的艺术性追求、思想性、审美观赏性，语言的特点与叙事的风格，表现人性的深度与人文色彩，这些评价标准当然适用于网络文学。作为文学的一种实现形式和完成形式，网络文学并不例外。

同时，评价网络文学还有其特殊性标准，这是由网络文学的网络属性和特质决定的。由于是借助网络这一平台进行即时创作、传播和阅读的，网络文学因此具有便捷性、互动性、流传性等特征，传播力和转化力都很强。诚如有关专家所言，网络文学创作需要遵循满足读者阅读快感原则，符合"多巴胺原理"，角色可代入性等，这些规则或原理，便是评价网络文学的特殊标准。

当然，要建构起完整的网络文学评价体系，绝非一时一文之功。本文只是为这种建构努力提供一些可行的思路或者线索。理论体系的建设更需要从文学文本分析出发，结合对文学文化生态等的研究来进行。

（2014 年 10 月）

女性化的中国都市文学

中国现代都市的发展历史可以上溯到 1840 年鸦片战争后上海开埠，可以说是在半殖民地半封建社会的背景下发展起来的，带有旧时代影响的深刻烙印。中国的都市大体可区分为三类。一是以上海、香港、北京为代表的老牌都市，一是以重庆、武汉、西安为代表的自 1930—1940 年代崛起的旧都市，一是以深圳为代表的改革开放时期成长起来的新都市。

中国都市文学自二十世纪二三十年代发轫。张资平、柯灵等描绘大上海的辉煌与糜烂，书写都市生活中的男欢女爱，可谓最早的都市文学创作。三四十年代，以穆时英、刘呐鸥、施蛰存为代表的"新感觉派"表现浮华表象背后大都市的物欲横流、道德沦丧和信仰危机，以及张爱玲对乱世中都市男女情爱的描写，使这一时期成为中国现代都市文学发展的一个高峰。

1980 年代中后期以来，都市文学重新振兴，出现了以王朔小说、"新写实小说"、贾平凹《废都》等为代表的一大批都市文学作品。综观最近二十年都市文学的发展状况，其从二十世纪三四十年代现代都市文学因袭而来的女性化特征，其与中国都市具有相同的先天性发育不良等缺陷昭然若揭。

第一，从木子美、春树、"美女作家""妓女作家"到"私人化写作""张爱玲热""她世纪"。

从以《遗情书》"自叙"性爱经历的木子美到叙述"残酷青春"的春树，大量描写性和情色内容的"美女作家"卫慧、棉棉，自称不惮"妓女"之名的九丹，甚嚣尘上的"下半身"写作群体，个人化"私写作"的陈染、林白，以及当红的都市女作家，如池莉、张欣、王安忆、虹影、《中国式离婚》作者王海鸰等，以至于近 10 余年持续的"张爱玲热"，"女性文学""她世纪"等性别文学概念的提出，一切都昭示着女性作为都市写作主体的日益强大和对都市文学中心话语权的掌控。在中国，在都市，女性作家更易出名，更易形成气候；女性写作更勇敢、更深入指向性与情色世界。在都市文坛上创作都市文学的作家中，女作家始终更活跃，更吸引读者眼球，存在着明显的"阴盛阳衰"的迹象。

第二，女人和性被作为一种存在，一种创作对象主体和阅读消费对象主体进入都市文学。

性描写，情色描写，越来越多，越来越大胆地进入都市文学创作。大有无性不成小说之态势。食色性也。吃饭性爱，是日常生活，在文学中可以描写这些"家常便饭"，但目前的现实是，大多数流行的都市文学作品都在写这些内容，这就令人大倒胃口，匪夷所思！

在当代文学史上，《废都》第一次如此深入细致地进行大量的性描写，都市知识分子的性生存叙事成为小说的主体。陈染的小说对都市女性私密的性心理进行了逼真的细腻描述。到了卫慧、棉棉等"美女作家"这里，性描写已如洪水般泛滥，在都市物质化生存空间中肆意地玩弄性意识、性心理，描写都市男女颓废地消费自己的生命，解构了作品可能蕴含的一切的意义与价值。她们的小说，盛行为读者提供巨大的感官刺激：奢华的物质场景，火爆的性爱场面，毒品、酒吧、网络、妓女、体绘、行为艺术等一切流行元素汇聚一体。精神失落了，人性消弭了，她们笔下的都市人一个个都成了没有灵魂的"空心人"。

第三，都市巨大的包容性使其成为一个女性化生存空间，都市生存更多地表现出物质化、金钱化、欲望化和人的异化。

中国都市不是在自身的经济社会土壤上发展起来的，从一开始就是包容吸纳型的，对外来的一切，特别是娱乐消遣可资消费的东西几乎照单全收，少批判、拒斥和摒弃，少坚持和执着，始终缺乏自己应有的选择原则、信念或信仰。

与中国都市的特征相似，都市文学也表现出一种包容吸纳的姿态，几乎都把都市欲望生存作为自己的创作母题和主题。不管是其中的言情类作品，"官场小说"，个人化写作，"青春文学"，在作品中充溢和泛滥的基本上是赤裸裸的情欲、性欲、物欲和权欲。

第四，都市文学风格阴柔纤弱，男性气质匮缺。

即使是男性作家的都市文学创作，比如《废都》、新写实主义、新市民小说、新体验小说，也大都缺阳刚和男性气质，阴柔纤弱，表现出显明的女性化的风格特征。整体上看，都市文学重抒写情感和表面的、感官的世界，多感性，多良莠不分包容一切，少理性的批判，少大哲理、大精神、大气象、大气度和大悲悯；多再现和呈现，少表现与揭示；多轻松、娱乐与虚泛，多如"美女作家"、80后作品的灰色与颓废，少酷烈、痛苦、大悲大喜大气的生存，少深沉与厚重；多小市民世俗生活的描写，多欲望化的"私人"表述，少宏阔的、大史诗的格局，少对时代的大把握、大概括。

第五，"芙蓉姐姐"式的娱乐消闲文学。

继木子美之后，"芙蓉姐姐"，这个姿色寻常却极端自恋、喜欢作秀的28岁女子成为2005年网络上最风光的人物。她的"玉照"，所谓的性感照片、劲舞视频、自述文章等在网络上刮起一股狂风，横扫成千上万的大小网站，取得了千万次以上的相关点击率，并且每天据说都有5000人趴在网上等着她的玉照新鲜出炉。通过百度进行搜索，包含有"芙蓉姐姐"字眼的网页数竟有316万之多，几乎赶上了包含"鲁迅"字眼的342万个网页，大大超过了大陆任何一位健在作家的相关网页数。

我把"芙蓉姐姐"看作一个文学、文化现象。这个现象象征着都市文学/文化市场的显著特点：消费性，娱乐为王，物欲横流，市民式阅读窥私心态，性指涉和渲染情色世界。我们当下不少的都市文学创作，迫于生存的压力或为了哗众取宠的目的，也如"芙蓉姐姐"一样，在有意无意地主动迎合这种世俗的市民精神文化需求，充当为世俗/庸俗文化推波助澜的帮凶，几乎沦为市民消闲文学。

总之，中国当下都市生活/生存的女性化特征决定了都市文学在创作精神资源、男性气质等方面可能是与生俱来的匮缺或丧失。都市文学女性化特征过盛，男性化特点薄弱，基本上是一种疲软无风骨的文学写作。这反映出作家自身受欲望化、阴柔化都市生活日积月累的熏染和在精神产品市场化浪潮冲击下而日渐丧失了对精神、思想、信仰的坚持与固守，也反映出作家对现代都市生存概括、把握能力的低下。

（2013年7月）

新科技·新媒体·新文学之我见

最近十几年来，全球在宇航航天、生命科学、基因遗传、能源科学、信息科学等领域的日新月异突飞猛进的发展着实令人赞叹。尤其是以数字技术和网络技术为代表的信息科技的高速发展，将人类的 21 世纪全面带进了数字生存和网络生存的新时代。人们的生活方式、工作方式，尤其是精神生存方式和文化消费方式，发生了根本性的变革。

新科技造就了新媒体。新媒体是在新的技术支撑体系下出现的媒体形态，如数字杂志、数字报纸、数字广播、手机短信、移动电视、网络、桌面视窗、数字电视、数字电影、触摸媒体等。相对于报刊、户外、广播、电视四大传统意义上的媒体，新媒体通常被形象地称为"第五媒体"。数字电视、移动电视、手机媒体、IPTV、博客、播客等都可以列入新媒体行列。这种在计算机信息处理技术基础之上出现和影响的全新的媒体形态，消解了传统媒体（电视、广播、报纸、通信）之间的边界，消解了国家与国家之间、社群之间、产业之间边界，消解了信息发送者与接收者之间的边界，成为了主导人们日常精神文化生活的一大媒体。手机、网络、各种移动终端几乎成为了我们每个人日常生活的重要组成部分。

新媒体很好地适应并契合了人们休闲娱乐时间碎片化的需求；满足随时随地互动性表达、娱乐与信息需要，互联网迎合了大众传播诉求的个性表达与交流；人们使用新媒体的目的性与选择的主动性更强；媒体使用与内容选择更具个性化，导致市场细分更加充分。

新媒体对文学这种精神文化生产和创造的影响极大。可以说，新媒体给文学带来了新平台、新机遇、新挑战，是一种危机挑战中所伴随的机会与机遇、新机与生机。

众所周知，我们通常把由五四新文化运动所发轫与推动的白话文文学的变革、发展称为"新文学"。我国的新文学已经走过了近百年的历程。我们今天提出的"新文学"的概念，既有对五四新文学百年历史的一种遥远的呼应，更代表了我们对于由新科技助力、新媒体催生的各种新样式、新门类、新表达、新传播手段下文学新形态的一种基本判断。我们认为，在新时代条件下，文学的确出现了鲜明的变革，带来了崭新的面貌。这种变革与新貌足以被命名为一种新的文学。

根据我粗浅的认识，我们今日所谓之新文学，体现在这么几个方面。

一是催生了大量的文学新样式和新门类，如网络小说、博客、微博、手机文学、短信文学等等。其中尤以网络文学影响最大、最深远。其中，方兴未艾的微博更是不断地在催生新的文学样式，如"微小说""微童话"，等等。

二是革新了传统的文学观念，改变了传统文学的格局。文学书写与出版开始从纸质走向数字和网络。而网络写作的即时性、互动性、大众参与性等新特征更是带给文学创作某些质的嬗变。文学的创作、发表、传播、阅读、消费等模式都得到了根本性的革新。数字出版、网络阅读逐渐在新文学阵营和青少年中跃居主流之一。随着传统纸质文学、纸质出版物在人们日常生活中地位和影响的逐渐削弱，我们不能不认真关注数字出版和网络出版，不能不关注文学的新生面、新变革。今天当我们在谈论文学、研究文学时，所面对的对象主体和读者主体都已经发生了很大的变化。这是文学的新课题，也是文化和社会发展的新课题。

三是文学的内容、形式与表现手段的新变化。表现人们的数化生存、网络生存成为文学的新内容，而借助网络、数字出版、交流互动形式等来创作作品，则为文学带来了形式、结构、叙述、语言等各方面的新变。各种数字化产品、手机、数字电视、移动终端、网络等等，则成为了文学表达和传播的新载体、新手段。

四是文学的艺术新业态的涌现。新型形态的文学开始各领风骚若干年。其中固然会有一些创作的新花样、新名词，但也会有许多经得起时间检验的新品种、新样态沉淀和留存下来。

如果说五四新文化运动带给了我国文学语言文字以及观念、形态上的变革，从而造就了绵延百年的新文学的话，那么，以数字化和网络生存为代表的新科技与新传媒今日所带给文学的影响和变革，几乎不亚于五四新文化运动，我们的文学正在面临一次脱胎换骨式的蝉蜕嬗变过程。我们相信，一种新的文学或许就将从传统文学中破茧而出、涅槃重生。

如今，语言、形式的革新，传媒形式手段的变革，已经并还在继续为我们带来文学的新风与新貌。也许我们可以下这样一个论断，新科技、新媒体即将或正在创造出一个新文学。统而言之：

其一，最直接的改变了文学的写作、发表、传播、阅读和消费方式。

其二，为文学注入了新题材、新主题，赋予了文学以交流互动性、即时性、海量信息与共享性、多媒体与超文本性、个性化与社群化等新属性，促生了新的文学样式与门类，改变了文学格局。

其三，改变了文学语言和形式。如网络语言带给了文学语言以新的生机与活力。

其四，冲击了文学的传统观念，促使我们重新定义文学的概念及内涵。

其五，改变了读者阅读与消费模式，文学要主动适应，努力去提升读者的素质，满足读者多样化、多元化、多层次的文学需求。

新文学有着新的外表与风貌。但是作为文学，同样具有共性的艺术的品质与质地。文学在求新求变的同时，切切不可忽视或轻视其自身所应具备的艺术品质、思想品质。文学依旧需要强调担当与社会责任，依旧需要重视表达理想主义主题，带给人们光、热和希望，赋予作品以普遍性的、长久性的价值与意义，特别是文学的审美及美学价值。

（2012 年 5 月）

青年报告文学作者状况堪忧

今年，中国作家协会将要召开第七次全国青年作家创作会议，为了充分了解和掌握当前青年作家状况，年初开始，便着手进行相关调研。根据工作的安排，日前，笔者对全国从事报告文学创作的青年作者情况进行了初步摸底调研。从调研反映出来的情况可以看到：当前报告文学作者青黄不接，青年作者创作状况窘困，亟须引起关注。

本次调研主要通过电话及电子邮件和会议座谈等途径。调研的对象，要求作者年龄须在 45 岁以下（1968 年以后出生），主要从事或者兼事报告文学（含纪实文学、传记文学）创作，近五年来发表有产生一定影响的报告文学作品。

一、报告文学青年作者概况

通过比较细致、深入的调研，共了解到 1968 年以后出生的报告文学作者 29 名。

这些作者出生年份在 1968—1988 年之间，年龄：25—45 岁。以 1970 年代出生的为主，共有 19 位，约占总数的 66％。1960 年代末出生的有 3 位，约占总数的 10％。1980 年代出生的有 7 位，约占总数的 24％，比例较小，且均未创作出产生较大影响的作品。

作者中专门或主要从事报告文学创作的人数很少，大约有 6 位，如李春雷、丁晓平、马娜、纪红建、铁流、赵雁、卢戎，占 1/5。其余作者大多同时从事散文、诗歌、小说或文学评论创作。

1/3 以上的作者在新闻单位供职，任记者或编辑，业余兼事报告文学创作，如江胜信、傅逸尘、汤宏、于忠宁、王国平、陈芳、李琭璐、付饶、周舒艺等。还有一些作者在作协、文联及高校等处任职。另有两三位自由撰稿人，如丁燕、洛艺嘉。

多数作者文学创作基础较弱，对报告文学文体特性了解不够，基本上凭借自己的采访或经历来创作，亟须接受比较系统的文学教育培训。

二、调研反映出来的问题

1. 青年作者匮缺，后继乏人。

当下报告文学存在的最大问题是年轻作者匮缺。青年作者队伍青黄不接，已经成为报告文学创作发展的主要瓶颈。早在 2003 年，作者青黄不接已成为报告文学面临的大问题。在当年底中国报告文学学会举行的年会上，笔者就发出了应该大力重视扶持报告文学青年作者的呼吁。

2012 年 6 月召开的中国报告文学学会第三次代表大会，出席的 89 名会员代表中最年轻的也是 1970 年代出生的，而且只有寥寥几位。当下创作比较活跃的报告文学作家中，最年轻的大概要数李春雷了，而他是 1968 年出生的。新当选的会长何建明在致辞中尖锐地指出，报告文学作者后继乏人是当下最严重的问题。

2. 青年作者创作中存在较多明显缺陷。

当前报告文学创作出现了某些严重的偏差，在市场经济和全球经济的左右下，出现了不少商业性报告。有些报告显然已沦为非文学的广告或有偿新闻，显然已偏离了报告文学作为文学样式的本质。在这方面，青年报告文学作者所受到的功利性诱惑更为突出，尤其值得警惕。一些作者存在着"谁给钱就写谁""谁给的报酬高、条件优厚就为谁去写"的创作取向。

2010 年兴盛起来的"非虚构潮"，是对报告文学创作的一次反拨和推动。它一方面矫正了报告文学创作的功利性选择的偏移及误区，试图为报告文学创作重新正名和赋予意义及价值，另一方面则引发了人们重新审视报告文学这种视真实性为生命线的、拒斥虚构杜撰编造的写作样式独特而重要的价值。我们已经注意到，梁鸿、李娟、丁燕等青年作者已经在非虚构创作方面取得了比较突出的成绩，为报告文学注入了新元素、新血液。梁鸿《中国在梁庄》和《梁庄在中国》直击当下农村实情，震人视听，对于帮助读者了解"三农"现状大有裨益。李娟《冬牧场》《夏牧场》等为我们揭开了北疆一隅哈萨克游牧民族独特而奇异的生存。诗人丁燕的《她在东莞》描述了一个外来者在改革开放前沿城市的生活。小说家贾平凹、孙惠芬、慕容雪村，散文家刘亮程，诗人郑小琼也都写出了反响不错的非虚构作品《定西笔记》《生死十日谈》《中国，少了一味药》和《飞机配件门市部》《女工记》。

当下报告文学创作中存在着相当普遍的"要约写作"。因为报告文学创作需要实地采访，这就必然要求作者投入较多的财力、物力和人力。而约请写作可为作者提供采访过程中的诸多便利，甚至保证作品的出版，付予作者丰厚的报酬。要约写作是应邀而作，大多为"命题作文"或"任务作品"。在市场经济条件下，要约写作本身无可厚非，但是，作者特别是青年报告文学作者，在采访和写作时务必保持头脑清醒，要做到坚持主体独立性，努力按照自己的思路去独立采访、独立选材、独立思考和独立创作。作者要对自己创作出来的作品负责，要尽量避免约请者的干扰和影响。要约写作的"命题作文"多为歌颂、表扬类的"颂体报告"，作者的创作尤应注意避免片面性和刻意迎合。在这方面，写作者独立的思考并在创作中贯彻自己的创作思想尤为重要。实践证明，即便是要约写作，注入了深刻思考同样也可以写出优秀之作。如何建明、厉华的《忠诚与背叛——告诉你一个真实的红岩》是应重庆出版集团等单位约请创作的，但是因其紧紧扣住当下社会信仰流失的严峻课题，出版后大受读者追捧，销量轻松突破了 20 万册。

受采访费用及时间、精力支出的限制，不少报告文学作者采取了偷懒的写作方式。在创作过程中，有些作者只是到现场蜻蜓点水、走马观花看一看，而主要通过网络搜索资料来创作报告文学，其现场感、鲜活度明显匮乏。写报告文学，犹如作史立传，不能不慎重谨慎，如临深渊如履薄冰。它是要为历史留存档案，为时代立此存照，为人群作此画像。现场感、在场感是一篇优秀的报告文学必备的因素。青年报告文学作者从创作伊始，即应坚定地秉持独立采访、深入采访的原则，一定要亲临现场，亲自对被创作对象进行尽可能多的和细致的采访，尽可能地搜集相关素材及资料，使自己的创作建立在坚实的客观事实基础之上。

少数青年报告文学作者创作态度不够严谨，容易招致侵权官司或其他违纪违法后果。创作者或者因为缺乏严谨认真的采访、核验素材，或者由于写作时的随意性想象、虚构，容易导致一些侵权后果，给作者本人带来不利影响。这在描写那些负面事件及人物的"社会问题报告"类作品中，问题特别突出。在这方面，已经有过不少前车之鉴，值得青年作者警惕。

近年来，报告文学作品的社会影响力有所削弱，其中一个重要原因就在于作品文学性的减弱或匮乏。尤其是一些从事报告文学创作时间不长的青年作者，由于缺乏系统的文学训练或教育，不注重创作技巧及手法，不少作品缺乏生动感人的情节细节和人物，也未能展开深入有力的思考或反思，作品的可读性和感染力较差。有些作品甚至沦为流水账、记事本或庆功簿，发行量、阅读量均不高。与此同时，有些作者未能准确理解报告文学这种文体的特性，在创作中采用过度想象或者虚构杜撰手法，导致作品的描写失真失实，甚至带来不良后果。

三、对策与建议

在培育报告文学新人方面。报告文学界的老作家可以发挥"传帮带"的作用，以师傅带徒弟"一带一"的方式培育新作者。报告文学的选题、采访、构思、结构、创作等都有着特殊的要求，需要经验丰富的前辈作家带徒弟式地手把手地教会新的作者。近年来，一些成就较高的作家同较为年轻、尚无知名度的作者进行合作，共同创作报告文学作品，已经培养出了一些文笔不错的文学新人。

中国作协应该加大对青年报告文学作家的扶持力度。报告文学在全国"五个一工程"奖等重大奖项中占据很重分量，社会影响巨大。我们呼吁，鲁迅文学院尽快举办一两期专门的报告文学作家高级研讨班，为全国各地培训一批报告文学作者，提高现有作者的文学素养和写作能力。全国文学创作重点作品扶持工程、少数民族文学创作扶持工程、少数民族文学翻译工程、定点深入生活工程等，都要不断加大对青年报告文学作者的扶持力度，改进扶持方式。要为青年报告文学作者在选题选择、采访采风、深入生活、发表作品、宣传推广等方面提供尽可能多的便利。强烈建议新闻出版广电部门授予并切实保护报告文学作家合法的新闻采访权。

组织创作对报告文学作者的成长以及对报告文学创作的繁荣都是有利的。各级宣传部门、作家协会，各地文学报刊社等可以利用重大节庆纪念活动、关系国计民生的重大社会事件等机会，组织青年作家深入实地采访，创作相关主题的报告文学作品。在这方面，2003 年抗击非典、2008 年抗击冰冻灾害、汶川特大地震，2010 年玉树大地震，组织作家重走长征路、走进红色岁月等活动中，中国作协的组织创作都结出了丰硕的成果。要给更多的青年作者创造和提供机会，让他们能够亲临建设生产第一线，感应时代脉搏，谱写文学新篇。

主动采取各种方式，积极鼓励更多的小说家、诗人、散文家、评论家等加入创作报告文学的行列。《人民文学》杂志自 2010 年起高举"非虚构创作"的大纛，召集凝聚了一批作者，走向大地，深入民间，创作非虚构纪实作品，如贾平凹、孙惠芬、慕容雪村、梁鸿、李娟、刘亮程、王小妮、萧相国、郑小琼等一批作者都有佳作问世，备受瞩目。我们也呼吁更多的新闻媒体记者、编辑等拿起笔来，在新闻结束之处深入开掘，写出有深度的报告文学。在这方面，如小说家陈启文近年来接连发力，常有佳作问世。新华社资深记者朱玉等亦陆续有一些备受赞赏的优秀之作发表。此皆为成功范例。

我们深信，通过作协等有关部门的大力倡导、扶持和激励，报告文学青年作者的队伍一定会不断发展壮大，报告文学创作必将迎来新的繁荣。

（2012 年）

作家的"中年变法"现象

　　日前在山西召开了哲夫报告文学创作研讨会，哲夫颇具代表性的创作历程成为关注焦点。1980 年代至 1997 年，哲夫一直以系列长篇小说扬名文坛。1997 年，他随宁夏电视台去东北大兴安岭拍摄电视剧，亲眼目睹森林惨遭破坏的现实，毅然决然决定转向"更有力量"的报告文学创作。这一年，他 42 岁。从此，他的足迹踏遍大江南北祖国东西，关注生态与人，关注人的生存环境、生态状况，重在叙事、揭示问题和反思探索，接连推出了《黄河追踪》《中国档案》《长江生态报告》《黄河生态报告》《淮河生态报告》《世纪之痒——中国生态报告》等一大批具有鲜明问题意识、产生较大反响的报告文学力作，奠定了他作为生态文学最重要作家之一的地位。如果说，1997 年前的哲夫是一位书斋里的作家的话，那么，从这一年开始，他开始走出书房，深入田野、大地和民间。这次"出走"从整体上改变了他的创作风貌和品格，也给中国报告文学尤其是生态文学带来了新气象、新景观。

　　观察多位作家的创作历程，我们都可以看到类似的创作转向。这样的"人到中年"以后的创作转向可以称为作家们的"中年变法"。或许是自哲夫肇始，此后有不少作家也实行了类似的"中年变法"。譬如，朱晓军，一名在大学里教写作的教授，2006 年以一篇《天使在作战》为其赢得鲁迅文学奖之后，迅速转向报告文学大道，接连创作了《一个医生的救赎》《高官的良心》《让百姓做主》等一系列有影响的作品。以长篇小说《河床》闻名的小说家陈启文，自2008 年初亲历南方那场罕见的冰雪灾害，从此改变了自己的创作路数，脚踏大地，实地行走，采访思索，《南方冰雪报告》《共和国粮食报告》《命脉——中国水利调查》接连出手，一发而不可收。还有如写《皇粮钟》的小说家秦岭，日前出版长篇报告文学《在水一方——中国农村饮水安全工程纪实》，女作家薛媛媛写出《中国橡胶的红色记忆》，评论家梁鸿深入故乡梁庄内部，接连出版《梁庄在中国》《出梁庄记》。还有如，孙惠芬走进家乡，探究自杀者给个人及家庭所带来的无法言喻的重创，写下了长篇力作《生死十日谈》，贾平凹偶然的一次"出走"，收获了长篇纪实《定西笔记》，等等，似乎都可谓是"中年变法"的突出代表。

由此，我们或许可以说，哲夫开创了一种新的可能，就是小说家或者其他体裁作家转向报告文学创作的可能，而且这是一种成功的转向，不仅为自身的创作开辟了新路、新局，积累了丰富的素材、情感和思想、语言资源，也为我国报告文学创作带来了新生机、新风貌，有力地激活或提升了报告文学创作的视野、格局和境界。

我们期待着越来越多的小说家、诗人、散文家、评论家、记者，走向田野，深入民间，采写出更多有分量有影响力的报告文学新作。

(2013 年 9 月)

重估中国当代文学价值

2016 年中国文学关键词：担当

2016 年，儿童文学作家曹文轩获得国际安徒生奖，成为中国作家荣膺此殊荣第一人。女作家郝景芳继刘慈欣之后，以科幻小说《北京折叠》获得雨果奖最佳中短篇小说奖。这标志着中国文学越来越受到国际文坛的关注，影响力不断扩大。我国文学创作在长篇小说、纪实文学、诗歌、散文、儿童文学和网络文学各方面都取得了显著成绩。诗歌持续回暖，长篇小说、网络文学更多地聚焦现实题材。只有正能量的写作才能走得更远成为网文作家的普遍共识。网络文学改变了普通读者的阅读习惯和阅读方式，数字阅读受众在 3 亿人以上，超过了纸媒作品的读者。不少网络文学作品的全 IP 开发取得骄人成绩。常书欣的《余罪》、缪娟的《翻译官》等改编成电视剧、网剧等之后产生了热烈的社会反响。

习近平总书记在中国文联十大、中国作协九大开幕式上的讲话中强调，文艺工作者要做到胸中有大义、心里有人民、肩头有责任、笔下有乾坤。这就要求广大作家艺术家要有强烈的时代担当、历史担当、文化担当和社会担当。2016 年的中国文学创作，最突出的一个特点就是具备鲜明的担当品格和担当精神。

时代担当：温暖现实主义倾向

当下文学创作中出现了非常好的一种创作倾向——温暖现实主义，无论是小说还是纪实，作家们注重描写温情、暖心故事，反映守望互助、抱团取暖、人性关爱等主题。曹文轩的长篇小说《蜻蜓眼》故事从二十世纪三十年代开始，以儿童阿梅的视角，讲述一个中法结合的家庭三代人在上海、马赛、宜宾三座城市间三四十年的生活遭遇，揭示在历史的风雨激荡中，亲人之间的相互帮扶的动人情景。将战争的惨烈、社会的动荡与家庭生活的温馨相互映衬，钢琴、雨伞、手提箱、杏花等意象的贯穿，使小说呈现出一种浪漫的、唯美的质地。何建明的长篇报告文学《爆炸现场》采用观照现实的手法，对8·12天津滨海新区大爆炸进行全面考量，力图超越灾难，超越生死，思考何为生何为死、如何生如何死，表现与彰显在爆炸中丧生或失踪的115名公安消防人员身上最珍贵的品质与精神。那就是，人活着，总有比生死更重要和沉甸甸的责任与担当，有肩负的神圣使命和人间大义。这些战士之所以成为英雄，正是因为他们是为了使命与责任而前仆后继，赴汤蹈火，他们在熊熊火海中绽放的是人的光芒、人性的光辉！天津港大爆炸是一场大悲剧，在何建明的笔下，既写出了悲剧的惨重惨烈，也写出了悲剧中英雄们生命的壮美与伟大。

塑造英雄、赞美英雄是文学创作的永恒主题。今年是建党95周年，塑造优秀共产党员的英雄形象成为许多作家的共同选择。铁流、纪红建的长篇报告文学《见证——中国乡村红色群落传奇》通过记述山东莒县一批解放前入党的农村老党员的感人事迹，表现了信仰之美、崇高之美，铭记历史，重申信仰，重申共产党员本色与本分，激励全党全国人民勿忘初心、继续前进。蒋巍的长篇报告文学《这里没有地平线》以对亿万老乡牵肠挂肚的关爱，描述了贵州毕节市海雀村这个"苦甲天下"的村庄与贫困决战，脱贫致富的艰辛历程，刻画在这个伟大进程中的领头人、已故支部书记文朝荣的动人形象。文朝荣是位始终保持共产党员本色、带领村民们致富奔小康的时代楷模，他的心里装着整个村子，唯独没有自己，他的事迹很平凡，但他却是千千万万基层党支书的典型代表。李晓重的长篇小说《驻站》讲述了民警常胜被"发派"到铁路沿线一个偏远的小站狼窝铺去当驻站警察后在那里扎下根，为老百姓实实在在做好事：打击铁路盗窃、抓捕网上通缉犯和拐卖人口贩子、帮助台胞找到亲人、劝解村子之间解除冤仇……这些现实小故事特别暖心感人，生动地塑造了一位平凡而伟大的我们这个时代的草根英雄。

书写中国梦是文学创作的时代主题，本年度的中国梦抒写不断向深处开

重估中国当代文学价值

掘。董宏猷的长篇小说《一百个孩子的中国梦》专注于描绘儿童丰富多彩的梦想世界，抒写他们筑梦、追梦和圆梦的过程。每一篇故事都是从现实写起，尔后进入梦境，再回到现实，把中华传统文化诸多元素和作家个人的生命体验都糅入作品，富于童趣和韵味。许晨的长篇报告文学《第四极——中国"蛟龙号"挑战深海》记述了载人深潜事业的风雨传奇，表现了科技创新中国梦的一曲华章，塑造了一批参与深潜工程的科学家、普通技术人员的感人形象，彰显了他们身上所焕发出来的严谨求实、团结协作、拼搏奉献、勇攀高峰的时代精神。

关注国计民生和人间冷暖是文学的可贵品质。留守妇孺、老人，水土环境保护，法治中国建设等都是当前社会的焦点问题。贾平凹的小长篇《极花》以一种类似冬虫夏草的特殊植物为喻，通过讲述主人公极花逃脱与返回的经历，反映被拐妇女令人心酸感喟的异样人生。彭晓玲的长篇报告文学《空巢——乡村留守老人生活现状启示录》探访了全国 8 个省 13 个县（市）70 余个空巢老人，借助对其生存状况的描写，提出了一个峻切而尖锐的社会问题：谁来养老？谁来抚慰那些苍老而孤独的心灵？呼唤爱、孝道和人间真情，也呼唤更快更好地建立社会养老机制、救助机制和安慰机制。生态建设和环境保护是纪实文学创作长期关注的焦点。陈启文的长篇报告文学《大河上下——黄河的命运》，在刻画水文水利工作者和生态建设者感人群像的同时，试图揭示历经沧桑却依旧顽强不屈的黄河的生存，在一条大河与一个民族、一群人类的命运共同体的建构中，探究人类生存发展的真谛。哲夫的《水土中国》则倾情关注水土保持的重大课题，艾平的纪实《一个记者的九年长征》娓娓讲述新华社记者汤计 9 年来为被蒙冤错杀的呼格吉勒图奔走呼号纠正错案的故事，韩生学的报告《中国人口安全调查——"全面二孩"周年回眸》考察全面二孩政策给中国人口再生产带来的实际影响，思考中国可持续发展所必需的人口保障、人口安全问题。

历史担当：书写和表现真实的历史

作家笔下的文学世界是已消失的历史与现实的一种重现与再现。对历史的书写不能凭借无端的想象，更不能使历史虚无化。虽然作家无法重返历史现场，也无法完全还原历史真实，但有责任写出真实的历史，揭示出历史中最有价值的东西。这，也可以被视为作家的历史担当。

近年来，对于红色历史与革命往事，存在着一种虚无化和肆意戏说、歪曲的倾向。红军、长征、井冈山、瑞金、延安，乃至抗日战争、建党、建国等重大革命历史，对于今天的年轻人都渐行渐远。决不能让革命往事和红色历史变成一种传说，这就特别需要我们的作家拿起笔来，严肃对待历史，严谨书写革命往事，带给读者具有感染力和影响力的文学读本。今年是长征胜利80周年，涌现出了一批从新颖的角度重述长征的新作。丁晓平的《世界是这样知道长征的：长征叙述史》细致梳理了关于长征最早的一批记录、报道和文学书写，在查询大量文献和深入考证的基础上，做出自己的分析判断。纪红建的长篇报告文学《马桑树儿搭灯台——湘西北红色传奇》描写湖南桑植革命往事：1935年11月红二方面军万里长征从这里出发；5万多人参加了红军，两万多人献出了生命。作品通过对80年前发生在桑植土地上的众多红色故事的记述与还原，表现了红军和百姓之间的鱼水情深以及老百姓对红军和共产党遍地赤诚的精神。

对历史的担当也体现在拒绝遗忘历史上。两位青年作家的新作令人惊喜。葛亮的长篇《北鸢》描写民国时期两个家族的命运，张悦然的《茧》讲述两个80后父辈之间的恩怨，烛照几代人的心灵现实，都体现出了对历史的一种勇敢的书写探索与再现重现。陈霁的非虚构作品《白马部落》描写一个正在隐入历史深处的藏族群体，反映文明进步与民族文化传承之间的复杂关系。

文化担当：自觉传承博大精深的中华文化

中华文化是中华民族的精神标志和灵魂血脉，也是文学创作的土壤根基和取之不竭的源泉。格非继续他对江南家乡的回望与书写，长篇小说《望春风》运用典雅的汉语，咏叹乡村传统文化，描绘中国社会精神前行的轨迹。在对回不去的家乡的告别中，表现传统的人情之美与普通人的高贵品质。王安忆的长篇小说《匿名》像是一个寓言，表现一个只剩下语言文字能力的人艰难求生、重新进化、重返文明的过程。陈启文的中篇纪实《马家窑调查》细致踏勘马家窑文化前世今生，对民族历史文化的发现开掘、保护传承提出了独到的思考。

中华文化有别于西方文化，这是一种注重家庭、集体而非个人至上的文化。中国文学也更多地描写家庭温暖与亲人之间的舐犊情深。肖复兴的长篇小说《红脸儿》以儿童的视角，讲述解放初期老北京的往事，在浓郁的北京语言及文化的氛围中，铺陈展开几户人家两代人的情感纠葛，凸显家庭亲情和街坊邻里之间的守望互助。范小青的长篇小说《桂香街》聚焦社区基层工作，讲述普通百姓的故事，表现平民生活的本色。叶兆言的中篇小说《去雅典的鞋子》围绕着吕红英、居丽娜母女二人的人生及情感经历展开，在家庭生活中探寻亲情与孤独之间的关系。

社会担当：文学的阅读与共享

"文学照亮生活"全民公益大讲堂是中国作协 2016 年实施的一项作家深入生活、扎根人民、面向基层、服务公众的活动，旨在让文学走进最基层，让全国的文学名家、大家与基层的作者、爱好者面对面地交流，真正发挥文学为社会服务的功能。5 月 12 日，铁凝在文学之乡宁夏西吉县以"文学照亮生活，生活照亮文学"为题，为当地基层文学工作者首次开讲，社会反响热烈。6月，李敬泽在甘肃陇东革命老区为基层作家进行第二讲，吸引千余名听众。7月，王树增在海南三沙"哨兵大学堂"为基层官兵开讲第三课，与守岛官兵交流。通过全民公益大讲堂，实现文学的社会共享，引领全民文学阅读和创作。在各种微信公众号、朋友圈、网络等新兴媒体上，由在全国有影响力的文学报刊社等组织的读书会、读诗会、读友会、读者俱乐部等，有力地推动了优秀文学作品的推荐、阅读与传播。实现充分的公众分享，发挥文学作品的社会效益，这些都是文学的社会担当的具体体现。

（2017 年）

聚焦现实和时代，彰显民族与地域特色

——近年来少数民族文学创作的现实面向

8月2日，第十一届（2012—2015年）全国少数民族文学创作"骏马奖"评选结果揭晓，新疆维吾尔族作家阿拉提·阿斯木的长篇小说《时间悄悄的嘴脸》等24部作品和青海藏族翻译家久美多杰等3位译者获奖。这些获奖作品基本上可以代表近年来我国少数民族文学创作的概貌，反映出多民族文学创作繁荣发展的良好态势。

纵观近年来的少数民族文学创作，可以看到一个显著的变化或特点，就是大批作家自觉面向当下，关注时代，聚焦现实，更多地描写反映时代巨变带给人们生活生存状态以及心灵世界和精神面貌的巨大冲击与激荡，描绘出了民族社会生活的生动图景。主要体现为以下几种现实面向：

1. 表现社会变革，描绘实现中国梦艰巨而伟大的征程

长篇小说可以反映一个时期文学创作的成就。湖北土家族作家李传锋的《白虎寨》讲述了在2008年世界性的金融危机爆发后，一批外出打工青年纷纷返回家乡，艰苦奋斗，砥砺前行，带领乡亲共同发家致富的感人故事。白虎寨因为敲绑崖这一天险的阻隔，几乎变成了与世隔绝的世界，贫穷，愚昧，落后。以老村支书覃建国为代表的一批共产党人和村干部竭尽一生，希望修通道路改变乡亲们的命运，最终抱憾而终。他的女儿幺妹子接过村支书的重任，率领乡亲克服重重困难，在党的扶贫政策和新农村建设战略的推动下，积极转变观念，更新创业方式，通过多方筹措资金，最终修通了通往外部世界的道路，将一个闭塞的村子推向了对外开放，卷进了市场经济的大潮。村民们开始在山

地上深度耕耘，运用经营新理念、农业新科技等进行全面开发，同时对魔芋等土特产品进行深加工。年轻的乡村带头人采取多种渠道、多种方式千方百计增加农民收入，带领乡亲共同甩掉贫困的帽子。在改变白虎寨贫穷面貌的同时，村民们的思想素质和精神境界也不断地得到刷新与提升。可以说，这是一部直面当下社会现实，反映偏僻落后地区正在发生的时代巨变、山乡巨变的生动景象的优秀之作。

报告文学是距离现实生活最近的一种文学体裁，其优长在于能迅捷反映现实，与时代同行，书写人民的梦想与追求，反映人民的心声。近年来，一批少数民族作家特别关注现实，贴近社会，注重用纪实的手法描绘伟大的时代实践。中国梦主题创作成绩突出。我国要在2020年全面建成小康社会，为此，必须帮助5000多万的贫困人口尽快脱贫致富。2013年，习近平总书记在视察湖南花垣县排碧乡十八洞村时提出"精准扶贫"的理念。湖南苗族作家龙宁英的《逐梦——湘西扶贫纪事》将笔触对准十八洞村，生动描述湘西花垣县、凤凰县、古丈县、保靖县等地人民几代人坚持不懈地与贫困抗争的历史进程，特别聚焦最近几年湖南省和湘西地区实施扶贫攻坚战以来所取得的可喜成就，凸显了社会主义制度的优越性。其中，那些扶贫工作队队员代表的无私付出，山村里那些原先找不到媳妇的"光棍"们生活的变迁，尤其生动感人。作者作为一名湘西的女儿，将自己对家乡及父老乡亲的热爱倾注到作品之中，深入分析了家乡贫困的历史、文化的、自然的和社会的各方面的根源，表现了扶贫工作的辉煌成就，全书情感饱满，弘扬了艰苦奋斗、改革创新的时代精神。贵州彝族作家戴时昌的《让石头开花的追梦人》描写黔西南兴义市万峰成林的"石头村"冷洞村如何战胜2010年百年罕见的西南大旱，采用打隧道、滴灌法，全面转变种植模式，改种金银花、花椒等，依靠科技，在石头窝窝里种出绿意盎然、种出财富的过程，讲述了一个村庄的脱贫致富史，表现了依靠自己、自力更生、埋头苦干、艰苦创业、一心一意谋发展的"贵州精神"。

在国家有难之际，少数民族作家总是坚定地与祖国和人民站在一起，为人民鼓与呼。云南白族女作家杨莉的《断裂带上的断裂》是关于2014年8月3日鲁甸地震及时而鲜活的记录，生动记述了解放军官兵和社会各界英勇顽强抗震救灾的经过，弘扬了伟大的抗震精神。作者笔下所赞美的人物，既有国家总理、部队官兵，也有组织开展自救的村官、村民和志愿者等。青海藏族作家古岳的《玉树生死书》描写了2010年玉树地震灾后重建及各方援建的情况，向外界及时报道了玉树涅槃重生的巨大变化。

2. 状摹个体生存状态，表现人的尊严，思考时代与个人的关系

以汉语和维吾尔语双语创作的作家阿拉提·阿斯木的《时间悄悄的嘴脸》是一部具有很高文本识别度的优秀作品。作者运用维吾尔族特有的语言表达方式，包括大量形象生动的比喻、象征和通感等修辞手法，采用一种汉维交织融合的陌生化的文字，描绘一个个个体在时间长河之中不断变化的嘴脸，揭示人物的内心世界，表现人的尊严、人与人之间的和解与融洽、人的物质生存与精神生存的关系等宏大的时代命题，具有很强的哲理性与思辨性，是近年来我国文学创作的一个重要收获。小说讲述了一名新疆的玉王艾莎麻利因为与玉石商人哈里争抢十四块价值连城的羊脂玉而展开了一场你死我活的争斗。伤人之后的艾莎被迫到上海做了整容手术，换了一副嘴脸和声音。当他带着这副新嘴脸返回新疆，亲友们、合作伙伴们一一显露出了自己的本来面目。这些人中，既有艾莎母亲的善良和深情，有妻子的坚贞与执着，有朋友的仗义，也有妹夫等人的贪婪无耻。在故事的最后，仇恨得到了疏解，人们相互谅宥和解，人心恢复了安宁与淡定。这部描写现实的作品很好地反映出了当下社会每个个体有尊严、有信仰、有个性的生存状态。

广西壮族女作家陶丽群的中短篇小说集《母亲的岛》将焦点放在农村、土地和乡亲们的生存上，更多地关心庄稼与稼穑。其中，《母亲的岛》讲述了一位被拐卖到大山深处的女性，如何在生儿育女多年之后，依靠自己重新返回河北的故乡，重新赢得尊严的感人故事。作者以女性细腻的笔法，刻画了一位个性鲜明的自我救赎与超越的母亲形象。作品带有比较鲜明的南方地域特色。宁夏回族青年女作家马金莲的中篇小说《长河》以日常叙事的方式，描写了故乡宁夏西海固地区回族人家的"生死场"，凸显了特殊的民族礼仪和文化习俗等，文字散淡朴实，却富于表现力。云南纳西族女作家和晓梅的中短篇小说集《呼喊到达的距离》，试图运用现实主义与现代性相结合的手法，反映在游走在城乡之间的纳西族乡亲的爱情与生活状态，将民族文化与女性视角进行了很好的对接。

在民族文字创作方面，少数民族作家亦普遍注重直面当下，关注现实，描写时代变革。青海藏族作家德本加的藏文中篇小说集《无雪冬日》由《无雪冬

重估中国当代文学价值

日》《人"加巴"、狗"加巴"》《岁月犹如树之纹》《牧童》等四部作品组成。作者采用现实主义手法，立足自己所熟悉的藏族社会生活，以细腻、隐忍、灵动的笔触，表现底层民众的生存境遇，思索社会和民族的未来发展。以充满关怀与同情的目光，状摹一个个小人物苦辣酸甜的人生，书写他们的艰辛和欢乐，他们的遭遇和向往，描绘出一幅幅青藏高原山村小镇的生活画卷。新疆哈萨克族作家努瑞拉·合孜汗的哈萨克文中短篇小说集《幸福的气息》，善于将作者的亲历与发现转换成文学表达，深切关注社会转型、时代变迁、文化交流不断趋向多样化的今天，边远牧区普通人的生产生活及心路历程，挖掘充满诗意的游牧生活背后的艰辛和人们的顽强抗争，表现责任、道义与担当等主题。作品生活气息浓郁，语言的地域特色及民族精神文化意蕴突出。

3. 塑造时代新人，弘扬中国精神

人物刻画是文学创作的一个根本任务。《白虎寨》中，以幺妹子、春花、秋月等一批年轻女性为代表的一代新人个性突出，堪称引领新农村建设的新型农民。《时间悄悄的嘴脸》中的艾莎麻利、王仁医生、居来提公鸡、雅库夫走狗、艾海提老鼠，《母亲的岛》中的母亲，等等，这些人物都个个形象鲜明，富于尊严和道德。

在少数民族文学创作中，人物传记占有重要地位。近年来涌现出了一批生动可读、感人至深的优秀作品。江西满族作家卜谷的《为毛泽覃守灵的红军妹》刻画了一位百岁最老女红军张桂清的生动形象。这位平凡如草芥却精神崇高的老人一生历经曲折，受尽磨难，但始终执著信念，顽强生存，用 77 年的时光守护着毛泽覃的衣冠冢。西藏白族作家杨年华的《国旗阿妈啦》记述一位生活在国境线上的藏族老大妈数十年如一日，坚持每天在自己的院子里升起国旗的故事，弘扬爱国主义精神。吉林延边朝鲜族作家李惠善的朝鲜文传记《郑律成评传》，河南苗族作家侯钰鑫的《大师的背影》、回族作家黄旭东的《劳丁大传》都是关于一些艺术大师的传记，各有特点，各具价值。

回望近年来的少数民族文学创作，其一大支点是现实，其基本主题之一在于表现社会变迁为个体赢得了尊严，反映历史巨变，弘扬中国精神，其基本特点在于彰显文学优长与民族特色、地域特色。少数民族文学创作具备了良好的现实面向，具有鲜明的现实指向性，能够引起读者的情感共鸣。

（2016 年）

第三辑

文体文本研究

小说与非虚构的混融及其文体创新意义

　　袁隆平心里怦然一动，这话落在他心坎上了，一辈子再也没有忘记这句话，……水稻，良种！这两个关键词，加在一起，在袁隆平的脑子里一下变得从未有过的清晰了，他感觉自己茫然的眼神终于对准焦距了。

　　——这是摘自陈启文的报告文学新作《袁隆平的世界》里的一段心理描写。心理描写通常被视为小说的重要表现手法。类似的想象虚构式的小说笔法在报告文学创作中的运用可谓俯拾皆是。特别是 2010 年非虚构创作兴起形成潮流之后，小说对包括报告文学、散文在内的非虚构创作的逆袭已然成为一种普遍现象。

　　小说通常被认为是一种虚构文本。小说对非虚构的逆袭，最主要的表现就是虚构手法在非虚构文本中的运用。在李修文的散文集新作《山河袈裟》中，出现了类似当年王旭峰的报告文学《让我们敲希望的钟啊》的亡灵叙事。——由亡灵担当叙事者，这无疑是小说的虚构笔法。

　　事实上，小说与纪实、虚构与非虚构的交织混用，是一个由来已久的传统。

纪传、史志与小说相互混融

　　在中国文学传统中，历久最悠长的是歌咏和纪传两大流脉。从劳动号子衍生出来的歌咏与诗词歌赋绵延上万年。从结绳记事、绳陶甲骨，青铜铭文直至后来的史册典章，基本上传承的便是纪传、纪实的文脉。而纪传叙事作品自诞生伊始，便混杂了许多虚构想象的内容。人类早期的叙事作品多为神话。后来出现的历史典籍纪事亦不排斥想象。在被普遍视为中国报告文学及纪实文学雏形的《史记》中，就有不少凭借想象揣测臆度而写成的内容。譬如，在《鸿门宴》中："樊哙侧其盾以撞，卫士仆地，哙遂入，披帷西向立，瞋目视项王，头发上指，目眦尽裂。"这段关于樊哙言行神情的描写无疑是想象的，甚至是虚构杜撰的，极尽夸张之能事。在史著中，这种笔法常被称为文学手法，其实质便是小说笔法。

神话传说更是人类的想象、虚构与真实和历史混搅在一起的叙事。关于女娲造人、有巢氏筑巢、燧人氏钻燧取火、神农尝百草、尧舜禹禅让等等，都是虚实交融亦真亦幻似真似假，难辨真伪。据此可以推断出，中国文学或史著的早期创作中，纪实中大多有虚构的萌芽、小说的成分。这大致是不虚之论。

反之，小说也受到纪实的深刻影响。四大古典小说，均由真实历史和纪实演绎而来。《三国演义》是《三国志》的小说版，《西游记》是玄奘天竺取经的神话版，《水浒传》是宋江起义的英雄传奇，《红楼梦》则有着作者自叙传的影子。在我国古代文学中，一些小说类作品亦常被冠以"××传""××记"（《红楼梦》亦名《石头记》）这样的纪实性名称，纪传和纪实对小说文体的介入与影响，是显而易见的。

报告文学包容可然性或然性描写

到了现代文学时期，报告文学这一新兴文体初生乃至走向成熟期的一些作品，对于该文体的限制性特征还都是比较模糊或含糊的。报告文学作品中也有许多可然性、或然性的想象甚至是虚构内容。譬如，夏衍的《包身工》中，就有这样的描写：

"拿摩温"为着要在主子面前显出他的威风，和对东洋婆表示他管督的严厉，打得比平常格外着力。东洋婆望了一会，也许是她不欢喜这种不"文明"的殴打，也许是她要介绍一种更"合理"的惩戒方法，走近身来，揪住小福子的耳朵，将她扯到救火用的自来水龙头前面，叫她向着墙壁立着；"拿摩温"

跟着过来，很懂东洋婆的意思似的，拿起一个丢在地上的皮带盘心子，不怀好意地叫她顶在头上。东洋婆会心地笑了："这个小姑娘坏得很，懒惰!"

上文中对人物心理和神态的描写，都是属于想象性或虚构性内容。这些描写都是由可能发生或或许会发生、有可能如此或或许会如此的内容，亦即可然性、或然性的内容。它们未必是真实历史或事件本身的物理性还原与再现，而是一种文学化的、艺术性的重写、重塑和表现。这样的描写在报告文学之类的非虚构作品中，是合乎情理和事理的存在，不违反艺术真实与事件真实的统一，因此是可以被接受的。

即便是到了当代，被称为新时期报告文学奠基之作的徐迟的《哥德巴赫猜想》，同样有一些准虚构或类虚构的想象性描写。譬如：

> 他（指陈景润）默然收下了。他噙着泪送李书记到大楼门口。李书记扬手走了，赶上了周大姐他们的行列。陈景润望着李书记的背影，凝望着周大姐一行人的背影模糊地消失在中关村路林荫道旁的切面铺子后面了。突然间，他激动万分。他回上楼，见人就讲，并且没有人他也讲。"从来所领导没有把我当作病号对待，这是头一次；从来没有人带了东西来看望我的病，这是头一次。"他举起了塑料袋，端详它，说，"这是水果，我吃到了水果，这是头一次。"

如此细腻的描述，似乎只有小说中才会出现。但是在报告文学中读到这样的段落，读者亦不会感觉诧异，反而觉得真实可信。这是因为，作者描写了可然性与或然性的内容，引起了读者强烈的心理和情感共鸣，宁愿或情愿相信这些描写都是真实无欺的。毫无疑问，这些内容均属于艺术真实、想象真实与事件真实、历史真实和判断真实相统一的内容。

《寻找巴金的黛莉》其主体内容是一个悬念迭生的故事。这种故事性便决定了这部报告文学必然具有鲜明的小说性。而作者赵瑜采用的也是小说层层剥笋、逐步揭开谜底的笔法。2006 年冬天，作者从古董商手中获得巴金写于 1936 年寄给山西黛莉的七封信。收信人"黛莉"是谁？她与青年巴金有无恋情？她后来的命运如何？如今究竟是还活着或已去世？作者为了揭开 60 年前的这一个个秘密，驱车万里，苦苦追访，寻求答案。这个寻找过程处处布满玄机，富于悬念。通过寻找，作者揭开了一段又一段尘封的记忆，打开了少女黛莉曲折坎坷的人生画卷，一部不是小说却酷似小说故事的报告文学浑然天成地写就。

由此可见，小说的故事脉络与结构，小说的叙事手法和技巧等，都可以对包括报告文学在内的非虚构创作进行全方位的渗透，造就一些类似小说或像小说的非虚构作品。

虚构与非虚构犬牙交错

2010 年以来方兴未艾的非虚构创作潮涌现出了不少优秀之作。今天回头剖析这些作品，我们就会发现一个奇特的却是真实的现象：许多引起轰动和广泛好评的作品都杂糅了虚构与非虚构的手法。譬如，梁鸿的《中国在梁庄》《出梁庄记》所写到的地点梁庄都是虚的，似乎可与作者的家乡相对应，写到的人物及其故事亦可从其家乡的人事寻找对应，但作者却并不严格遵循真人真事的写法，而是杂糅了多个人物的故事、命运遭际等于一个人物身上，是将多人多个故事多种命运曲折映射到一人之上。换言之，作者采用了完全如鲁迅塑造小说人物的手法："人物的模特儿也一样，没有专用过一个人，往往嘴在浙江，脸在北京，衣服在山西，是一个拼凑起来的角色。"这样艺术化地刻画和描写的人物及其故事在现实生活中找不到一一对应关系，也无法得到印证或验证。其实，用这种方式创作出来的所谓非虚构作品，并非标准的非虚构，实质上是一种虚构或准虚构作品。在随后的作品《神圣家族》中，梁鸿将自己的这种杂糅了虚构与非虚构的技巧更向前走了一步，并且坦率地将其归入小说范畴。其日前出版的小说新著《梁光正的光》故事同样发生在并非实有的"梁庄"，并以作者已故父亲富有典型意义的一生为原型；表现出对近四十年中国社会发展变革现实的关切和介入精神。这是以非虚构的纪实"逆袭"小说，使文本呈现出亦真亦幻、亦虚亦实的效果。事实上，《中国在梁庄》在《人民文学》杂志以《梁庄》为名发表之前，作者对自己的这部实验性文本的文体和门类归属并不明晰亦不确定，是编辑主张将其命名为非虚构而已。而即便是编者自身，对于非虚构究为何物，亦无清晰判断或定位，只权且当作一种文学的"乾坤袋"来使用。

重估中国当代文学价值

孙惠芬的《生死十日谈》采取了与《梁庄》相同的创作手法，将农村农民的自杀现象进行了典型化、集中化，将几个人的命运和故事打碎重新组合安排到一个人物身上。作者采用了田野调查式的创作线索，具有很强的带入感。读者在阅读作品时很容易相信作者笔下的描述全部为真。因此这是一种高境界的仿真、拟真或逼真，有着很强的可信度即艺术真实。但是，孙惠芬并不回避自己作品中带有虚构的内容或色彩，事实上，她自己愿意将这部作品定位为长篇小说。尤为有趣的是，在近期推出的长篇小说《寻找张展》中，孙惠芬又采取了类纪实或准写实的手法，通过寻找儿子的好友张展，层层推演演绎，塑造了一个当代青年的独特形象。

不仅在被定义为非虚构创作的纪实领域情形是如此，在散文领域，同样一直存在着准不准许虚构的纷争。不少作者和研究者趋向于接受允许和接纳虚构内容或虚构成分的散文作品。因此，在近年来的许多散文中，我们都可以读到虚构的却逼真的内容。也有更多的散文所写的内容令人感觉真假难辨。这种含糊、模糊或混融状态，或许也是散文创作的一个发展方向。正如周晓枫近期在自己的一篇创作谈中提出的，她的散文创作一直都在"试错"，都在"冒犯"各种已有的"散文律法"和"警戒线"。通过这种大胆的试错和"犯忌"、尝试与实验，她为自己的散文创作打开了一个新生面。

小说与非虚构相互逆袭的意义与影响

小说对非虚构的逆袭，与非虚构对小说的逆袭互为表里、浑然一体。在当下的许多作品中，时常分不清其究竟为小说或非虚构，甚至分不清是虚构还是非虚构内容所占比例大。因此，这就给传统的文学创作观念提出了新的课题或挑战。有人认为，非虚构是一种高度融合的写作样态，它已经漫溢出了传统所称的报告文学或纪实的范畴。也有人提出，文体序列并非一成不变亦非古已有之，文学发展到今天，很有可能催生和出现新的文学体裁及样式。

毋庸置疑，当下许多非虚构作品，很难被简单地归入报告文学乃至广义的大报告文学范畴，也无法简单地将其纳入小说领域。所谓的非虚构作品或许是一种杂交的、杂糅的文学样式或类别、创作手法或技巧。非虚构似乎已经漫溢和淹没、摧毁并重建了纪实创作。它在一定程度上解放了文学生产力，打开了文学观念的新视阈。换言之，它有可能正在引发文学创作上的一次思想解放，引导作家重新思考以往的文学定势、成见或各种固有的、看似为金科铁律的"律法"、定理和限制，从而找到文学创作新的可能性、新的生长点。

小说（虚构）与非虚构的相互渗透与交合，可能带来创作手法上的一次刷新。就像当年拉美文学大爆炸带给中国作家的震撼一样，这种新的交融有可能启示中国作家，文学写作其实并无任何包括文体在内的桎梏或藩篱，写作是一种放飞想象和思想，可以自由驰骋聪明才智的事业，所谓"思接千载心游八方"，所谓"文无定法文以载道"，到了今天，或许正在拓展并生成着新的事物、内容及形态。

事实上，我们也已经看到，当今的文学生态，无论是文学思想观念，内容主题，形式样态，手法技巧，载体途径……多元多样新的可能性正在逐渐打开。文学创作，将以何种形态与身姿华丽亮相或转身，更是令人充满期许。脑瘫农民余秀华的诗作，打工者范雨素的自叙纪实，网络文学中的穿越架空、玄幻仙侠等各种类型小说……一切新的现象都在提示我们：文学不是一成不变的，今天的文学正在遭遇千古难逢的微时代、万人万物互联时代、数字信息时代、智慧生存智能人类时代，它不会永远是小说、诗歌、散文框化的老面孔，它可以是虚构非虚构混融的四不像样式，可以是文学历史学社会科学杂交的作品，可以是神话传说寓言童话混融的形态。文学将走向何方？文学的将来还会好吗？这些都将取决于时代的变革和人们精神文化生活的需要。时代和需求的发展，必定会催生出对于今天的我们而言完全陌生的全新的异样的文学。人类的想象力和创造力永不枯竭，文学也就完全具备这样丰富多样的新的可能性。

（2017 年）

非虚构散文论

散文这一种文体，很难有准确而严格的定义，其内涵与外延具有很大的伸缩性、灵活性。换言之，散文的边界并不规整拘囿，而是有着很大弹性的。

三种散文

从散文的外延及边界来区分，这种文体可以有三种定义，也就是存在着三种散文。

第一种散文的概念，是一个最宽泛、最大范畴的散文，亦即与韵文相对应的文体——非诗非合辙押韵的文学作品，皆为散文。这也正是中国传统意义上的"文"或"文章"的概念。我们有个约定俗成的说法叫"诗文传统"，常常"诗文"并称。古代的"作文"、科举考试的答卷文章，均属此类，即与"诗"相对的"文"。古典文学的初始源头应该是两种。一是从原始社会人们的劳动号子、口头吟唱发展而来的诗歌，一是从古人结绳记事，在陶片瓦罐、龟甲兽骨上刻字记事发展而来的"文"或"文章"。前者更多地诉诸语言、口头歌咏，后者更多地诉诸文字表达、书面记录。这种最广义的散文，在中国古代是与诗歌历史几乎一样悠久的一种本土文体，是中国最古老的一种文体，具有深厚的历史与传统的因袭承递。

从根源上看，中国的散文其实就是最早的文字记录、上古记事。这个源头往下流传，形成了最初的陶文、甲骨文卜筮记事、青铜铭文记事，以至后来的

《竹书纪年》《春秋》《国策》等史传记载和先秦诸子百家。这种宽泛的散文的概念，包含了除诗歌之外的其他各种文学作品，如史传、唐宋话本、变文、明清小说、小品，直至现代文学中出现的小说、报告文学、杂文、随笔等各种文体。对于这种宽泛的"文"或"文章"，并无定法或定规，其在创作时亦不论虚构非虚构，在行文上不务求整饬规矩、无需押韵。它是一种自由文体。这种散文，可以采用各种表现或表达形式，如日记、报告、书信、游记等，不拘一格。它的内容更可以包罗万象，挥洒自如。

第二种散文，即我们今日所谓之"大散文"、广义散文的概念。它包含了狭义的散文、报告文学、随笔、杂文等。或者说，除去诗歌、小说、戏剧之外的文学作品皆可归入散文一族。因此，这种散文包括书信、日记、游记、档案、回忆录、口述、访谈、调查报告、通讯特写等各种具有艺术性、真实性的作品。它与读者之间的阅读伦理基础应该是真实；或者，读者愿意认可并接受作品所写所表乃是真实可信的。报告文学作为由海外输入却被完全中国化了的中国特色文体，其基本功能在于记事、写人、书史、反思，基本上可以归入广义的叙事散文之范畴，因此也是散文的一个分支或部类。而近年来方兴未艾的非虚构创作，亦符合散文的基本特征及属性，大体上可被散文所包纳。

第三种散文，则是一种狭义的散文，也就是被我们通常所规约接受的散文的概念。譬如，我们在文学评奖中所规定的散文即为此种散文。这种散文就是现代意义上的散文，一般包括叙事散文、抒情散文和哲理散文。在文体上说，它包含了随笔、杂文、小品文，但不包括报告文学。这种散文通常具有形神统一、作者主体性意识鲜明、介入式的主观化叙事及表达、真实性等特征。在我看来，散文须求真、拟真、逼真，要让读者认同为真实，一般不接受虚构、编造和杜撰。

五种真实

真实性是散文的一种基本属性。真实，也是散文的力量之所在。散文之所以能感染读者很好地影响读者，一个相当重要的原因是读者相信作者所写的内容是真实可信的而不是编造杜撰虚构的。我不否认，虚构的内容和作品也可以具备很强的感染力和影响力，但是，那样的作品——虚构出来的人物及其故事，命运及其心灵叙事，应该被归入小说范畴。说得更直白些，小说这种文体的作品同样有感染力，但小说与散文的根本区别正在于虚构与非虚构。举例来说，中国的四大古典小说都有真人真事的影子和底子，都是从历史上真实的人和事件中引申演义而成的故事。罗贯中的《三国演义》是对三国历史的人为演义和艺术化加工，对于历史上那些人物作者倾注了个人的好恶等感情，对人物的所作所为、言行举止、事件的环境氛围等都进行了大胆的创造。《水浒传》是对北宋末年宋江起义的艺术化讲述及描写。北宋宣和元年（1119），宋江等三十六人聚众梁山泊（今山东省梁山县），举旗造反。随后四处攻略，波及河北、山东，先后攻略十余州军。宣和三年（1121）二月，宋江等进攻海州（今江苏连云港）时，被海州知州张叔夜袭败，宋江等投降。此事件为宋人话本所演义，元人施耐庵据此创作《水浒传》，流传至今。而对《红楼梦》的索隐、考据式研究，似乎都能在作者曹雪芹及其他历史人物身上找到对应或相似的故事。吴承恩的《西游记》取材自唐朝高僧玄奘西去印度取经的故事，更是家喻户晓的事实。这些作品通过对事实和历史的艺术加工，最终演变成了一种虚构文本，亦即小说。

当然，关于散文的真实性，我们还需要做更细致深入的分析。我认为，客观上存在着五种真实，或者说，真实有五种表现形式或呈现方式。

第一种真实是事实真实（或事件真实）。一个事情或事件的发生，有其自然的过程。它是客观存在的一段历史、一个时间片段。譬如 2008 年的汶川特大地震，死亡和失踪人数超过 8 万，是中华人民共和国成立以来破坏力最大的地震，也是唐山大地震后伤亡最严重的一次地震。这个事情本身，就是事实。事实本身所具备的真实性，是一种原初的，未被书写、记录、描述或剪裁的史实。这种真实只存在于具体的时空中，是一种本质真实、绝对真实。它是一条流过去的河、一段已发生的历史。我们人类可以试图无限接近或还原这个真实但却永远无法达致。

第二种真实是历史真实，就是经由时间的沉淀之后对历史对事实的一种记录、记载或叙述。所有已经发生、已经过去的事情都是历史。对于这些"历史"事件、事情的记录、叙写，必然需要借助语言和文字，也就必然地要经过人的思维的剪裁过滤。历史记录者基本上需要发挥个人的主观性，运用想象等形象化思维，对"历史"竭力进行复原，努力写下真实准确的历史。而在记录和书写时，作者还会多多少少地加入个人的主观情感和倾向性，于是便会出现官修正史、外史、野史、稗史等区别。在史书、文献中所表现出来的事件真实性，就是历史真实。譬如《史记》《汉书》《三国志》《资治通鉴》等。这是一种记录真实或叙述真实。可以说，历史真实只可能且永远只能无限接近事实真实或本质真实。运用语言文字或其他载体形式如音频、视频等所记录下来的历史，都是历史叙事、历史真实，即便是在今日，我们可以采用摄像头、高端的3D技术等实现更加完整准确的记录，但这种记录或叙述必然要受到介质本身有限性的局限，受到记录角度、方式、剪裁等各种因素的影响。我们永远无法进入同一条河流，这便决定了我们永远无法百分百准确地反映事实真实。尤其是人类文明早期的记录，更是掺杂了大量的神话和传说，这些神话和传说都是将真实的现实与人类的各种想象、虚构乃至虚幻的联想交织在一起的。因此，这一类的历史真实实质上存在着大量的虚构充分，可信度并不太高。而即便是记录离作者最近时期的历史——如司马迁记述秦汉历史——也必然会受到作者的价值观、历史观、主观倾向性的影响，难免掺杂进个人的一些主观因素，因此尽管其可靠性和可信度较高，但也多少会存在一些不足或缺陷。中国历史上的传统都是由后一朝代主持撰写前朝历史往事，朝代取代者是胜利者和历史话语的主导者，必然要按照于己有利的叙事方式来叙史记事，凡是于己不利的事都会尽可能地避讳或隐去，因此这些历史记录所体现出的历史真实也必然是有限的或受限的真实。

第三种真实是判断真实，就是经过逻辑推理、价值评判，确认为真实的内容。这是一种可以证明的真实。与其相对的便是可以被证伪的虚假。因此，这是一种科学意义上的真实，接近本质真实、客观真实。

第四种真实是想象真实，就是作者运用想象构筑起来的内容或世界，它既让人清楚地知道这是作者的主观想象和心理映像，但却能感觉可信、真实。因此，想象真实其实就是一种主观真实、心灵真实。它呈现的是心灵的真实世界，是心灵叙事。譬如，何其芳《画梦录》中收录的一系列独语散文，那是作者的心灵独白，作者的主观想象和自言自语。他想象着"有一所落寞的古老的屋子，画壁漫漶，阶石上铺着白藓，像期待着最后的脚步"——这便是他神往的一种境界。鲁迅在散文集《野草》中所描述的诸多场景和人物，往往是作者主观情绪化心理的投射，是一种心理真实。《影的告别》以影子的口吻，讲述他与世界的格格不入，"彷徨于无地"的情状，他愿意独自被黑暗所沉没，而放他人都到光明的地方去。——这个影子的形象，实际上投射了鲁迅的人格理想和抱负——"自己背着因袭的重担，肩住了黑暗的闸门，放他们到宽阔光明的地方去；此后幸福的度日，合理的做人"。《这样的战士》描述了一位面对无物之阵举起投枪的战士，这显然也是作家人格化的对应物和形象。换言之，这样的战士正是作家的一种自喻、自况或自比，他是作家想象出来的真实形象或自我。宗璞在《紫藤萝瀑布》中写道，这一树闪光的、盛开的藤萝，"花朵儿一串挨着一串，一朵接着一朵，彼此推着挤着，好不活泼热闹！'我在开花！'它们在笑。'我在开花！'他们嚷嚷"；"我只是伫立凝望，觉得这一条紫藤萝瀑布不止在我眼前，也在我心上缓缓流过"……这些段落几乎都是作家的主观意识和主观想象，但却是由真实的紫藤萝花架所引发的，令人感觉真实可信，如睹实物，感同身受。而在张守仁的《林中速写》中，热带雨林中的各种树木花草在他眼里都变成了一个个可触可感可知的对象，万种植物和动物和谐共生，相互依存，共同绘就了一幅优美绝伦的画面。作者感觉"在这里，每一瞬间，都在发生亿万次的新陈代谢。腐烂与新生、繁荣与枯萎，都在这生命的大舞台上演替。这里有最美妙的天籁，这里有最丰富的色彩，这里有最生动的形象。而当暴风袭来，林海枝舞叶涌，俯仰起伏，万千树干就是万千根摇曳的琴弦，弹奏出惊心动魄的交响乐；云雾涌来，一切淹没在白茫茫的浪涛之下，变成一片摇摆晃动的海底森林；但当热带雨倾泻过后，太阳重又照耀，亿万叶片上的水珠，闪烁出亿万颗晶亮的星星，炫人眼目"，因此"只有用一种不分段、头绪有点混乱的文字，才能充分表达出杂乱成一个板块的整体感受"。这些描写正是作者主观想象的真实。由此可见，想象真实指的是作品中建构的世界、生活内容及空间基本上是从现实出发想象的产物，是作者的心灵映照或映像，但它们同样是真实的。

第五种真实是艺术真实，就是借助语言文字建构起来的真实。这是一种审美真实、接受真实。作者所写的内容，在读者读来，感觉或认为是真实、可信的，同时读者在这种接受认识的前提下，受到作品内容的感染或感动。因此，这是一种诉诸读者阅读感受的影响力真实。它由作者通过语言文字的方式来建造，需要在读者的阅读中检验和完成。譬如朱自清感动了几代中国人的《背影》，追忆的是当年"父亲"坚持亲自到火车站送作者上车，爬下月台穿过铁道去给他买桔子的情景，父亲因为肥胖，在爬上月台时特别吃力，让作者感动落泪。读者在阅读时，跟随着作者的描述，仿佛回到了当时的现场，仿佛亲眼目睹了父亲的执著和认真，也跟随着感受到了父亲的一颗慈爱之心，从而唤醒或激发了相似的记忆或想象，在心理上产生了强烈的共鸣，高度认同作家的所叙所述，达到了一种审美接受同频共振的效果。——这是一位父亲的背影，用全部心思关爱呵护子女的父亲，他的背影令人不忍直视。也许岁月不居人生易老，但那些崇高的、与生俱来的爱却能穿越时空，时时敲打读者的心扉。《背影》之所以感人，正是因为它道出了普天之下每一位子女共同的心声：感恩父亲，祝福父亲！龙应台的《目送》则是以一位母亲的视角，注视着孩子一个脚步一个脚步的前行与成长，她目送着幼小的孩子第一次上学，"看着他瘦小的背影消失在门里"；孩子十六岁时她到机场去送他赴美，眼看着他的背影在排队的人群中一寸一寸地向前挪，一直在期待着他的回头一瞥，但他却没有。孩子一次次不断地远去，只把背影留给了母亲，这使作者意识到父女母子的缘分"就是今生今世不断地在目送他的背影渐行渐远……而且，他用背影告诉你：不必追"。然而同时，她又发现了另一种背影和目送，那就是父亲的背影和对父亲的送别。父亲终于病倒，生活无法自理，坐在轮椅上的父亲头低垂至胸口，排泄物淋满了大腿，而作者还要赶往机场回到台北上班，她只能目送着护士推着他的轮椅消失在自动玻璃门后。而最终，她面对的是父亲的棺材，目送他被送进了火化炉，"深深、深深地凝望，希望记得这最后一次的目送"。这些目送的场景足以勾起读者相似的想象与回忆，从而产生情感的共鸣，我们目睹的是自己最亲最爱的人一次次的背影远去，在他们身后总有我们深情凝望与注视的目光。从这些目光中我们不仅看见了自己，也看见了自己的亲人，更看见了人伦至情与人间至爱。史铁生的《秋天的怀念》是一篇怀念母亲之作。在儿子双腿瘫痪以致情绪无常之后，已然病入膏肓的母亲还在苦支苦熬，只为多陪伴安慰儿子一些些。为了给儿子散散心，母亲一再提议去北海公园看花，就在即将成行之际，她却突然发病并就此溘然长逝，只留给儿女轻轻的执著的劝勉"好好活着"。作者在秋天和妹妹终于去北海看了菊花，也终于理解了母亲的良苦用心。这是天下儿女共同的心痛，共同的领悟，对于父母慈爱之心深切的体悟与感恩。因此，这些短文之所以能引发读者的情感共振，正是由于其对历史真实与艺术真实的完美结合和表达。

散文所具有的真实性应该是一种艺术真实，它能够让读者认同、认可并接受作者所写的内容是真实可信的，不是凭空虚构、杜撰编造的。如果作者直接告知读者自己所写的都是虚构的故事，那么读者是不会认同这是一篇散文。当然，艺术真实可以包括想象真实和历史真实。它既可以是历史性的叙事与记录，也可以是主观性的叙事或表达。从这个层面上看，着重表现历史真实的散文似乎可被称为叙事散文，而想象真实、思想真实的散文大致上可以归为抒情或哲理性散文。散文所具备的艺术真实应该首先不违背事实真实、判断真实的原则，但绝不是对事实真实的亦步亦趋或对判断真实的简单转述。它是历史真实、想象真实和判断真实的统一。散文的真实不能简单地适用证伪标尺，因为作者的心灵真实、思想和想象真实是无法被证实或证伪的。

一种想象

有人认为，文学是虚构的艺术。我不认同这样的论断。文学是语言的艺术，是想象的艺术，是更多地借助于形象思维的产物，不能简单地等同于虚构的艺术或被全部装进虚构艺术这个筐子。因为，散文和报告文学都是追求艺术真实的文体，通常都不允许或读者也不会接受虚构。

在这里，我们有必要重申，文学是运用语言文字、发挥想象、表现现实或心灵生活的艺术。有人说，文学都是骗人的，如果从文学都是想象的产物这一角度来看，这一说法并无大错。文学，包括散文、报告文学，都需要发挥作者的主观想象力。想象力高下是文学作品优劣的重要决定因素。在此，我们有必要认真区分想象与虚构这两个概念。虚构基本上可谓是无中生有，而想象则大多为有中生有。虚构的内容可以由现实生活、社会事件、历史往事去生发、推演、演义，也可以毫无所本毫无所依天马行空自由驰骋。前者更近写实，如《三国演义》，后者更近魔幻虚幻玄幻，如《西游记》。散文不是虚构的艺术，但允许并且需要丰富的想象。这些想象皆基于真实，皆合乎想象真实和艺术真实相统一的准则，它在读者眼里都是真实可信的，因此都具有感染力。认为散文要求具备真实性就否认了其可以且需要想象，这是一种片面的形而上的观点；而认为散文是想象的艺术因此便可以随意虚构编造，这是一种破坏散文文体个性乃至摧毁散文合法性基石的观点，它最终会给散文带来实质性的伤害。

在这里有必要区分一下小说化散文和散文化小说这两个概念。冰心的作品《小橘灯》有时被归入散文，有时又被归入小说，因为读者在阅读这篇作品时的感受也是模棱两可的，认为无论是把这篇作品视为散文或小说，其艺术的感染力都是相近的。换言之，读者已然不在乎这篇作品的文体属性。事实上，有许多作品对于读者的阅读审美接受而言，其究竟是否具备真实性，究竟是否真人真事或是作者虚构杜撰的人和事，其区别意义并不大。与此同时，我们也看到，有些小说采用了散文化的手法或文笔，譬如沈从文、孙犁和汪曾祺的许多小说同他们的散文风格相似，形散而神不散，文字行云流水一气呵成，行文简洁明快，注重氛围的渲染及环境的描写等等，如《边城》《荷花淀》《羊舍一夕》《受戒》等等，即便当作散文来读，也是趣味盎然值得回味的。这大概就是散文化小说。而像李修文散文集《山河袈裟》里的许多篇章，则采用悬念伏笔设置、情节曲折、人物个性鲜明的小说手法，譬如他描写自己深陷困境同一群修船民工同困一处时的相濡以沫彼此搀扶的动人情景；他刻画的一只备受主人关爱的猴子在主人不幸去世后，自觉担负起"养家糊口"的职责……这些情节都带有传奇色彩，似乎都有小说化的痕迹。毋庸讳言，在许多情形下，一篇作品或一个情节细节是否虚构，存在着众说纷纭众口难一的情形，即便是依凭读者的阅读审美接受来评判，也很难做出泾渭分明的明确判断。这些模糊的混沌地带，大概证明了散文与小说的边界有时并不明晰。

《一个人的村庄》中作者刘亮程"虚构"了一个在村里游荡的闲人，他不问耕耘稼穑，只关心人们忽略的两件大事——日出和日落。这个闲人以及这个闲人的行为似乎完全是作者主观臆造出来的。但是，他所代表的正是作者的一个主观意象、一个理想人物。这个人物是心灵的产物、心灵的映像，它符合想象真实和艺术真实的原则，读者在阅读时也接受其为真实可信的，也相信村子里可以存在着这样一个"闲人"。庄子的寓言，有许多极其丰富曼妙无边的想象，如鲲鹏万里、庄周梦蝶等等，都可谓是作者主观臆造出来的想象真实，其作用于读者后便表现为艺术真实。这些内容不能简单地被贴上虚构的标签。10多年前，一位不知名的作者树儿发表了一篇感人泪下的作品《娘啊，我的疯子娘》，影响甚广，后被改编成电影。我们在阅读作品时，心理上都默认了这样的前提：作者所写的都是真实的、亲历亲感的，因此我们被感动得一塌糊涂。据说，格致承认自己的一些"散文"作品是虚构的。有些评论家对此不以为意，有些则因此对格致散文的评价大打折扣。我认为，读者在阅读格致作品和《娘啊，我的疯子娘》时，受到了真实的感染产生了真切的共鸣或其他感受。这种影响力是基于艺术真实的基础。如果读者得知自己所读到的内容都是虚假的、虚构的，那么，他们的共鸣或其他感受便受到了一次破坏性的威胁或损害。换言之，名为散文而作者最终却承认其为虚构，这实际上是对这些作品的一次颠覆或解构，也是对读者阅读接受的一次颠覆。散文倘若丧失了真实性，其力量必将大受折损。正如《娘啊，我的疯子娘》改编成电影后感染力大不如原作一样，观众很少会将故事电影认同为真实认可为真人真事，而以真实见长的纪录片、纪实片却可以带给读者更深切更强烈的感动和感染力。我曾经询问过《娘啊，我的疯子娘》的作者，他说自己并无这样一位疯娘，但他有一位疯了的舅妈。他的写作有一些想象加工，但基本事实是有的。应该说，如果我们将这部作品视为散文，评价无疑会很高，当年我和诸多选家都在散文选本中收录了这篇作品即是明证。但是，如果我们将其定位为小说，那么，对其的评价则无疑要打对折。

今天，在文体边界不断被打破、穿越的时候，我们有必要重申散文文体的尊严，这就是真实性原则。散文的真实性是在事实真实和历史真实的基础上，结合了判断真实和想象真实的一种艺术真实。艺术真实的本质和实现的重要手段在于想象。散文需要合乎艺术真实原则的想象。散文应该遵循艺术真实的准绳，应该带给读者真实的感同身受和心理共鸣。真实性是散文的力量所在，也是散文的力量之源。

（2013 年 7 月作　2018 年 5—6 月改）

传记文学的价值及问题探析

  传记一直是文学创作的一个热点，体现在"三多"：一是作者多，二是作品多，三是读者多，获奖的机会也多。传记兴盛，是当前非虚构创作中的一个热门话题。近年来，传记文学的数量和质量都有很大提高，拥有稳定的读者群，在历次鲁迅文学奖和全国"五个一工程奖"评奖中均有突出表现。有一部传记叫《方大曾：消失与重现》，是写抗战时期中国的一名战地记者方大曾的传记，2016 年在中国作协举办的第十一届全国少数民族文学创作骏马奖中便荣幸地获奖。其作者冯雪松是电视台的一名编导，并非知名作家。但是，这部作品的独特价值使其在参评作品中显示出了自身特殊的价值和分量。此前，张雅文的自传《生命的呐喊》、李洁非的《胡风案中人与事》曾获得第五届鲁迅文学奖。从广义上看，新时期中国报告文学的奠基之作、徐迟的《哥德巴赫猜想》，还有获得诺贝尔奖的英国首相丘吉尔的《"二战"回忆录》，都可以分别看作是数学家陈景润和丘吉尔本人的传记。传记文学在评奖方面一向有着非常突出的表现，在市场上更是如此。在创作出版方面，传记都是深受作者和读者欢迎与喜爱的一种文体。每年出版的各类传记数量都在千部以上，许多带有历史揭秘性质和名家名人传记都相当畅销。

  传记在中国拥有悠久的传统。中国文学的两大传统与传承脉络是诗歌和纪传（叙事纪实）。传记的传统就是来自纪传的传统，这是从《史记》中类似帝王本纪、孔子世家、诸侯列传这样一些纪传作品传承而来的传统，迄今至少已有两千多年的历史。

传记的繁荣与文学创作观念的变化密切相关。以前人们的普遍观点是：生者不立志，活人不立传，还健在的人是不能立传的，也不能被写入方志等书籍。现在，这些规则和观念都已被打破。每年创作出版的方志和传记作品中，有许多都是关于生者的，包括众多的英模、先锋、典型、名家、名人等具有社会感召力的现实人物。

传记的类型

当下传记文学的类型及形态丰富多样。类型之一是为别人立传，叫"树碑立传"。我们常说人生有三大成就：立功、立德、立言，当下的传记创作大多是围绕着人生的这三大成就展开的。如何建明为江苏华西村老党委书记吴仁宝生前所写的传记《我们可以称他为伟人》《吴仁宝的精彩人生》，主要讲述的就是主人公事业和修行等方面的成就。这部传记为吴仁宝本人增添了巨大的无形资产。这一点连传主本人都高度认同。何建明写的"低代价经济增长理论"的倡导者梁言顺的短篇报告文学《永远的红树林》，也可以看作是一篇优秀的传记。

类型之二是为自己立传，就是所谓的自传或自叙、自述等。如《胡适自传》《从文自传》《丁玲自传》，贾平凹的《我是农民》，张雅文的自传《生命的呐喊》。这些传记都是很优秀的作品。

类型之三是为城市立传。譬如聂还贵写的《有一座古都叫大同》、何建明的《我的天堂》《国色重庆》等，都是为都市立传。《我的天堂》描写的是作者家乡苏州市改革开放三十多年的发展历程，实际上是一座城市的一个历史片段。

类型之四是为一个企业、一个行业、一项工程立传或作史。比如黄传会写中国海军历史的海军三部曲，还有如梅洁写南水北调的《大江北去》、赵瑜写宜万铁路的《火车头震荡》，都是关于一项工程的历史纪实。

传记文学的第五种类型是评传。这可谓是传记文学的一种变体，就是带有夹叙夹议、评论、评价和评判性的传记。像一些作家、艺术家的评传，像文能描写深圳著名纪录片导演李亚威的《用生命记录生命——李亚威和她的影像世界》，就是一部评传。还有很多传记是以回忆录的形式出现的，有一些则是作者亲历或者调查报告、口述实录式的传记，像冯雪松的《方大曾：消失与重现》，是作者通过追寻踏访方大曾的足迹、寻找传主的过程中不断采集积累资料撰写而成的。此外，还有一些"微传记"，篇幅很短，一千字以内的小传记，主要在网络上传播，影响甚广。像黄传会的《三分钟读懂中国海军》，通过记述海军的几个片段故事，让读者简略地浏览和了解中国海军发展历史，大致即可归入微传记之列。

传记的价值

作为一种个人化的历史写作，传记具有多重价值。

首先是认识价值。传记是一种历史写作，记述的都是人物身上已经发生的历史。而因为这个人物在一个国家、一个民族经济社会发展、物质文明和精神文明建设进程中具有独特的意义和价值，因此传记往往具有历史认识价值，可以增加读者历史知识，增进读者对真实历史的认识与了解和对历史真相的把握。譬如，我们阅读《毛泽东传》《邓小平传》这样一些领袖或者党和国家领导人的传记，实际上也是在读一个国家的历史、一个政党的历史。他们的人生命运、生命历程是与国史、党史紧密联系在一起的。除了历史认识价值外，传记还可以帮助读者更好地认识人生、认识社会、认识人本身等。他人的传记就是一面镜子，可以照见我们自己，帮助我们发现自己，发现自己身上的不足和潜力。传记文学创作可以划分为三个层次。第一个层次是讲述、描写和回忆，如实记录人物生存活动的历史过程，可谓"历史的人"。二是反思和剖析，对人物内心和精神世界毫不留情地进行解剖，展示给读者一个血肉丰满的"完整的人"。三是悲悯与超越，对往事皆能以一种大悲悯情怀烛照，超越人世间的是非恩怨情仇，进入到关于人生、人性、社会、时代和历史形而上的、理性的哲学式思考。优秀的传记往往都达到了第二个或第三个层次，具有哲理性价值，对读者提高思想认识、建构自己的世界观、人生观等皆有裨助。

传记的第二个方面的价值是励志。优秀的个人传记都能带给读者激励和鼓舞。"自信人生两百年，会当水击三千里。"传记主人公的艰难曲折的人生旅程，能够带给处于相似境遇中的读者以激励，带给没有相似处境的读者以感染、感动和升华，从而更加珍惜自己的生活，更加热爱生活、热爱生命。梵高的《渴望生活》、艾芙·居里的《居里夫人传》和海伦·凯勒的《假如给我三天光明》等，都能给残疾人、处于逆境中的人们以激励和鼓舞。张雅文的自传《生命的呐喊》写的是自己的人生历程、心灵历程，是一个女性的成长史、一个人的奋斗史。从35岁开始，她把人生押在了文学上，只许成功不许失败。她以小学学历，完全依靠自学和在写作中学习，从描写佳木斯的绿川英子开始，到玩命俄罗斯，到独闯车臣，到采访韩国总统的中国御医，到只身飞赴比利时，采访"中国的辛德勒"钱秀玲——从德国纳粹枪口底下虎口救人的中国女性，到刻画将作者从死亡线上拉回来的刘晓程。的的确确，是她塑造了笔下的人物，让他们鲜活和性格飞扬，但这个采访写作过程、那些人物的品格又反过来锻造和升华了作者的品格，促进了她自身人格的健全和完善。这是一种神奇的双赢。读此书，令人数次感动落泪，为苦难人生，为苦难中美好而伟大的人性和不屈不挠、不甘平庸个性的张扬，为一个善良执著女性的挣扎奋斗，也为艰难中家人的相互厮守、一往情深的痴情和爱情，为同事朋友间那种难得的真情和温情。年轻人读这样的传记，能给自己的人生指明一条真实的善而美好的道路；中年人读这样的传记；可以检讨自己品行修养方面的得失，更好地走好今后的路；而步入人生后程的人读这样的传记，也会多些共鸣，寻回心灵的宁静与和谐。

其三，传记具有教育价值。像一些腐败分子的传记，是具备反腐倡廉的教育价值的，对于共产党员保持先进性、纯洁性都有教育借鉴价值。别人人生经历中的失误、走过的弯路歧路，读者可以引为警戒，避免重蹈覆辙。那些历史上的反面人物、负面人物的传记，也可以起到类似这样的警示教育作用。而关于英雄模范人物的传记，他们的人生高度同样可以成为读者追求的目标或精神的标杆，具有很高的教育价值。尤其是对于青少年、未成年读者，优秀传记的教育价值特别显著，在教育引领他们如何成人、成才，如何在品行道德各方面全面提升自己、提高自身的精神文化素质都有很好的作用。在中小学的思想品德政治素质教育中，也大量地引进了英模等先进人物的人生故事——传记的一个片段，作为生动有力、潜移默化的教育素材和内容。譬如雷锋、邱少云、赖宁等英雄的故事。作家李兰妮关于自己人生的一些片段的记录，特别是讲述其罹患上忧郁症之后的经历《旷野无人——一个抑郁症患者的精神档案》具有超出文学文本的价值，可以帮助人们在身心护理和忧郁症治疗方面提供有益的借鉴参考。

其四，传记具有史志和文献价值。每个人都是历史的一个组成细胞。特别是那些有一定历史地位和历史影响的人物，他们的人生经历就是整个社会、时代和历史的一个有机组成。读者对历史纪实和人物传记的兴趣浓厚，既有出于了解历史、汲取知识的需要，也有洞悉内幕隐情等"窥视""探秘"期待。例如，丁晓平的《中共中央第一支笔》是一部关于胡乔木的传记，披露了很多重大史实，史学价值高。与传主有关联的历史事件，可以通过其传记读到一些端倪。而用小人物串联起大历史，折射一个时代大的历史事件，也是传记可以实现的一种价值。江西满族作家卜谷的《为毛泽覃守灵的红军妹》刻画了一位百岁最老女红军张桂清的生动形象。这位平凡如草芥却精神崇高的老人一生历经曲折，受尽磨难，但始终执著信念，顽强生存，用 77 年的时光守护着毛泽覃的衣冠冢。这位原名张爱兰、后被毛泽东的弟弟毛泽覃改名为张桂清的红军妹，曾经担任过红军首长项英的家庭保姆，与毛泽覃及其夫人贺怡、项英夫人张亮等都有过近距离的密切交往。她的一生几乎经历了中国现当代历史的全过程，在红军时期、解放后、"文革"中、改革开放时期，都有不凡的经历或遭遇。所以，这样一部传记实际上不仅折射出在赣南苏区时期的一段革命历史，也折射出我们党和国家数十年间的历史运行痕迹。冯雪松的《方大曾：消失与重现》用影像与文字结合的方式，寻找一位在抗战初期失踪的战地记者。方大曾是第一位深入前线，报道卢沟桥事变的中国摄影记者。作者通过记述方大曾的经历，反映的是中国全面抗战初期许多生动真实的历史影像，其独特价值和意义不言而喻。而像李洁非所写的《胡风案中人与事》则通过讲述当年受到所谓的"胡风反革命集团案"牵连的七个"籍籍无名"的"小人物"的命运遭际，折射的也正是一段颠倒黑白的非常时期的历史真实。

其五，传记具有指导人生的哲学价值。其实，在我们每个人的精神和心灵成长过程中，对我们产生最大影响的有很多都是优秀的传记或者类似人物传记的作品。像《渴望生活》《假如给我三天光明》。包括像罗曼·罗兰的《约翰·克里斯多夫》，路遥的《平凡的世界》这样专注于描写人物命运的长篇小说。一个人最终的成功，决不是偶然的，也不是轻易取得的，而往往是其全部人格力量、道德能力尤其是优异的人生哲学的报偿。实质上，优秀的传记往往也体现着主角的人生哲学，体现了他的世界观、人生观和价值观，因此，它们可以成为读者精神成长过程的一种人生指南或指导。

传记面临的问题

当前，我国传记文学正面临着许多问题和需要突破的方面。

第一个明显的问题是虚构化和小说化。目前，传记文学创作存在着过度想象和凭空想象亦即虚构的问题。有些传记作品，明确标注为传记小说。这种杂交文体或跨界写作的作品当然可以有，就像电视剧可以编造或杜撰历史人物的故事和命运一样。严格来说，这些作品亦正如历史演义一样，是地道的小说，而不应被归入非虚构类文体传记文学内。如果传记作品中带有明显的虚构内容，它就从根本上损害了传记的真实性品格，损害了传记作为一种非虚构文本的纯正价值及可信度。在我看来，传记的生命线和底线就在于其真实性，在于其体现了历史真实和艺术真实的有机统一。传记是严肃的创作，不可以戏说，也不可以戏作。当然，历史无法重返，无法百分之百地还原与再现，但是，我们可以通过文字叙述，无限地逼近历史真实，揭示历史真相，还原真实的人物及其生平故事。在这里，我们需要认真区别的是虚构与想象之间的关系。虚构是凭空想象、过度想象，而通常的传记作品中都存在着一定的想象成分。这些想象都应在合理的、适度的范围之内。这个"度"亦正是合理的艺术想象与虚构之间的边界。传记不可能也无法百分之百地排斥想象。

第二个方面的问题是雷同化、同质化、模式化非常严重。在当下的传记创作领域，涌现了大量的英模人物、楷模模范、时代精英、名家名人的传记。这些时代英雄或精英的人生几乎是近似的、雷同的：童年少年时期遭受万般苦难，经过个人的发愤图强，贵人相助或好人相帮，逐步走向了成功。这是一个时代成功人物几乎一致的模式。第二种模式是传主人生的成功与成就几乎都是全方位的，世间一切好事美事都被其一网网尽：婚姻爱情美满，家庭和睦，事业成功，个人品行高尚，各方面都是圆满无缺憾的。第三种模式是，这些传记人物几乎均为"十项全能冠军"型：立功、立德、立言，各个方面都很成功。第四种模式是传主基本没有缺点，属于完美型人物。主人公没有缺点、不足和遗憾。这些都是我们当下大量传记文学作品存在的共同的缺点和问题。同质化、模式化的传记，很难带给读者心灵的震撼。能够带给读者感动和震动的传记一定是一个独特的、个性鲜明、经历曲折、不完美的人物。

有鉴于传记创作存在的各种问题，我认为，传记文学的突破，可以在四个方面进行努力。

一是在选材上。传记文学的创作对象、取材范围可以多向拓展，深度开掘。比如，可以为那些籍籍无名、默默无闻的小人物、普通人、草根人物立传。有位报告文学作家陈庆港写了一本书《十四家》，选取甘肃等西部地区十四个穷困家庭，作为自己观照的对象，讲述这些家庭在十几年时间里生活的变迁，向我们生动而真实地展现了这些贫困家庭和西部贫困人口不屈服于自己的贫困命运，以及为了摆脱自己的贫困命运而做出的种种不懈努力和在极其恶劣的生存环境中他们所表现出来的生命的坚韧和顽强。虽然作品描写的都是非常普通的草根家庭，但却因真实可信而给读者留下了深刻印象。像叶多多写《一个人的滇池保卫战》，讲述一位感动中国人物、居住在滇池边上的一位普通农民张正祥三十多年来同破坏滇池生态的工厂企业等社会各方面的力量进行顽强的抗争，最终弄得自己妻离子散家破人亡穷愁身残的悲壮故事，带给人深刻的感动与震撼。类似这样寻常小人物的传记，草根故事，都并不缺乏艺术感染力。

二是在主题开掘上。传记题材领域十分广泛，传记的主题也可以别出心裁，可以涉及人生、生存、命运、时代和历史的诸多方面，可以赋予一部传记以政治学、经济学、社会学、历史学、人类学、心理学等各方面的价值。陈希米的《让"死"活下去》是一部看似诘屈难读的作品，文字充满玄理和奥秘，讲述与抒情具有深沉的理性自省，看得出作者在爱人史铁生远去之后寂寥孤独却又丰沛充盈的内心。"让'死'活下去"，就是要让死不再成为阴阳阻隔、人天两界的分水岭，就是要跨越生死，搭建起生者与亡者进行心灵对话的桥梁。陈希米这种决绝式的坚忍与努力，令人感佩。这个纪实文本因此而具有独特的价值。邵燕祥的《一个戴灰帽子的人》是一部回忆录性质的纪实，作者追述自己 1960 至 1965 年间的一段生活、工作经历。在这个时期，他虽然沾了特赦战犯的光，被摘掉"右派分子"那顶沉重地压在头顶上的"黑帽子"，但特有的政治烙印迫使他不得不继续"夹着尾巴做人"。全书如实还原作者当时的心情、心态、心境：头上扣着的帽子变成了灰色后特殊的生存状态与精神状态，作者一言以蔽之曰"苟活"。这部传记较好地体现了作者在回望历史时的反思意识及精神，出版后受到广泛好评。

重估中国当代文学价值

三是在叙事的技巧方面进行创新创造。方敏的《熊猫史诗》采用第一人称叙事，以"我"与熊猫对话的形式，描写人与熊猫的对峙、交流，讲述熊猫数以百万年的发展演变历史，具有创新性价值。王旭烽的《让我们敲希望的钟啊》则直接以生者与亡灵对话、诉说的形式来虚拟真实、还原真实。这种叙事方式应该说是一种大胆的尝试和创造。蒋巍的《牛玉儒定律》运用第二人称，讲述牛玉儒生前的感人事迹，也有与众不同之处。周国忠的《弟弟最后的日子》也是一部与亡灵对话书，这是一部叫人心情沉重的书。主题是直面死亡的生存与思索。当弟弟被确诊为肝癌晚期，进入生命倒计时或者死亡倒计时之后，一家人戮力同心，共同去挽救弟弟的生命。那是一次无望的宿命式的拯救，其中既有弟弟自我的救赎，通过坚"信"、忏悔、诉说等来达致内心的安宁祥和，也有哥哥、嫂子、妻子和母亲、女儿通过亲情的纽带，借助传统伦理道德、传统文化的力量对弟弟不舍弃不放弃的挽救。"人生之大数莫过于生死"，一家人面对死亡即将来临时所表现出的那种淡定从容、同舟共济，尤其令人动容。这部作品突出的特色是哲思色彩，能够引发读者深入的思考，思考"人的生命该如何使用"。正如作者所言，世界是一座桥，每个人应如何从这座桥上走过？如何度此一生？即将死亡的时候又如何去保持内心的宁静？从而引发读者一道去探寻生命，探寻生与死的关系。

　　四是可以在人物的人格与精神的提炼升华方面进行创新、突破。比如，同样是写沈飞集团原总经理、我国航母舰载机歼-15总指挥罗阳事迹或传记的作品，黄传会的《国家的儿子》受到了较多的关注，并且获得了全国"五个一工程"奖。其中一个重要的原因就在于作者不是简单地描写一位先进人物、时代楷模，而是充分挖掘其思想动机，挖掘其人生观、价值观、权力观和地位观。罗阳认为，东北老工业特别是像沈飞这样的老工业，都是共和国的长子，而他自己，则自我定位为国家的人、国家的儿子，因此他要把自己的全部都奉献给国家，为了国家的发展鞠躬尽瘁、死而后已。对人物人格精神进行如此深度的开掘，便使得这部作品脱颖而出。而关于以身殉职的北川副县长兰辉的作品也有不少，其中以王国平的短篇传略《一枚铺路的石子》比较突出，受到关注，并获得了徐迟报告文学大奖，因为他将兰辉这位生前并无轰轰烈烈壮举的英模定位为平凡的铺路石，就是一个普通人、寻常人，是千千万万铺路石子之一，但是正是这样的人，铸就了中国发展前行的康庄大道。这样的主题提炼就把主人公的精神完全凸显了出来。可见，写好正面人物，写好歌颂体传记，最重要的一点可能是要萃取提炼出人物的精神品质来。

传记的题材广泛，读者众多，市场广阔，前景无限。这是一种具有很强生长性和旺盛生机活力的文体。在非虚构类创作中，传记所占的分量将日益突出。随着作者队伍的不断扩大，创作方面的不断创新突破，传记文学繁荣昌盛的局面应该是可以预期的。

（2016 年）

文学精品首先须是文字精品

在一次座谈会上，中国人民大学文学院教授孙郁先生谈到，他在给北京二中和人大附中的学生上课时，经常以汪曾祺和孙犁的作品做范文，因为这两位作家的语言很好，特别适合作为中小学生学习现代汉语的范本。当前，我们的汉语表达面临着很大问题，作家的语言相对丰富，应该对我们的母语做出贡献。汪曾祺和孙犁没有写过长篇小说，但他们的成就绝对不容置疑。因为他们能够提升我们的文学品质和文化品位，这也是我们当代作家的时代责任。作家应该肩负起提升母语——也就是汉语能力的重任。要通过母语水平的提升来提升作品的含金量，让后人读到这些作品依然能为之感动。

此观点于我心有戚戚焉。文学是语言文字的艺术。文学精品首先应该是文字精品，必须在民族语言文字的运用方面提供创新性的内容或技巧，应当为丰富发展民族语言文字的表达力和表现力，提升读者的语言文化素质进而提高民族的文化素养发挥重要作用。

纵观中国百年新文学史，白话文的发展进步，现代汉语的规范化表达，是借助鲁迅、郭沫若、茅盾、巴金、老舍、曹禺等现代文学大师的作品来奠定确立的。每一位文学大师几乎都是语言艺术大师，都在汉语的运用和丰富发展方面贡献良多。我们今天所使用的现代汉语，基本上是由这些文学大师创造的现代文学经典所首创的，并以之为代表和规范。

在当代文学史上，以汪曾祺、孙犁、林斤澜等为代表的文学大师在语言文字的运用方面特别讲究且富于特点。他们自身有着深厚的民族优秀传统文学文化的素养，对文言文、古代文学文化典籍有着深入的研习和深刻的理解。这种基础性的学习与淬炼使他们的汉语表达拥有了厚实的根基和依凭。汪曾祺、孙犁、林斤澜作品的文字优美、精炼、雅致，富于情感和艺术表现力，特别适合作为现代汉语教学的范本，也适合作为文学写作的摹本。事实上，当代文学有一批文学大家，基本上都是文字大家，都是文字运用方面的优秀代表。如贾平凹半文半白意味隽永的文字，苏童散发着浓厚历史气息的文字，阿来《尘埃落定》诗意馥郁的文字，邓友梅、陈建功等京味十足的文字……都不仅颇具个性，也有力地丰富和提高了汉语的表现力。

文字富于个性的成熟运用，这既是一种文学创作技巧，也是作家创作风格的显著标志。文如其人，人如其文。文学作品的风格根于人格，而体现在语言上。个人语言特色与特点的逐步凸显反映着作家创作风格的形成和成熟。优秀文学作品应该是创造性地运用文字、发挥文字魅力的佼佼者。文字之于文学，犹如梁椽砖瓦之于建筑。有什么样的材料，怎样巧妙地运用和砌筑这些材料，决定着建筑的风格特点。

当下文学创作之所以有数量缺质量，有"高原"缺"高峰"，其一大原因即在于对文字的运用上缺乏自觉和节制，失之放任自流，缺乏推敲锤炼，缺乏对文字本身所具有的绘画美、建筑美、音乐美的充分调动与发挥。近年来，有些原本名不见经传的作家闪耀登场，备受瞩目，如不久前获得茅盾文学奖的金宇澄的《繁花》，70后女作家张好好的《布尔津光谱》等，广受赞誉。其中一个十分重要的原因即在于对文字的创新性运用，在语言表达方面带给读者耳目一新的感受。金宇澄说："艺术需要个性，小说需要有鲜明的文本识别度"。他的《繁花》正是由于对上海方言和中国传统叙事方式、话本元素等创造性的运用，对上海市民生活浮世绘般的描述，赋予了作品以鲜明而强烈的文本识别度，使之在浩如烟海的图书中脱颖而出，受到众多读者的追捧与拥趸。可见，语言和文字的运用正是文本识别度的重要指标之一。

鉴于以上原因，我们热切地呼唤文字精品，呼吁作为语言文字工匠或大师的作家高度重视对文学文字的推敲锤炼，为发展优雅现代汉语，提升汉语表现力，推动汉语现代化而自觉承担起自己不可推卸的责任。

（2015 年）

重估中国当代文学价值

214

他们凭什么获鲁迅文学奖？

——第四届鲁迅文学奖获奖小说述评

随着 2007 年 10 月 28 日颁奖典礼在鲁迅故里浙江绍兴的举行，第四届鲁迅文学奖（2004—2006 年度）可谓是尘埃落定。现在回头来审视获奖的 5 部中篇和 5 个短篇小说，对其进行文本细读分析研究，从中了解专业评论家、编辑等对优秀小说的取舍标准，管窥近年来小说创作一些带有普遍性、规律性的东西，或许可以帮助读者更好地阅读理解作品，对作家们今后的小说创作也会产生一定的启发作用。

一、中篇小说

1.《心爱的树》（蒋韵）

这是一篇看似老套而并无太多新意的故事：大先生娶了小他 20 岁的妻子梅巧，条件是资助她上完师范。梅巧与大先生的学生、借住在他们家的席方平恋爱，抛子弃家而去。唯一吃过母亲奶长大的长女凌香舍不得母亲离去，信了母亲永远不会丢下她的诺言，常常在家院中的槐树下等候母亲归来。梅巧与席方平投奔武汉的朋友，适遇抗日战争又辗转漂泊到了重庆近郊。席患上了肺痨，这对苦难夫妻相濡以沫，终于熬过了艰辛岁月。大先生续娶了村妇大萍。凌香历尽艰辛找到了母亲，见到穷苦不堪的母亲后就原谅了她。解放后，遇上饥荒，大先生通过大女儿每月来探望的时机让她给梅巧捎去珍贵的食物、香烟，济助他们度过了最难熬的日子。大先生得了前列腺癌，临终前特意去省城在火车站见了梅巧最后一面。34年的岁月改变了人太多太多，而大先生的情感依旧。两人一起回忆起故家院中的老树，却是早已被锯掉了。梅巧说"大恩不言谢"，一切滋味尽在无言中。

作者蒋韵自称是在用老实到接近笨拙的方式讲述一个老故事，一种老去的古典的情感，一种天长地久生生不息的牵挂，塑造一个剑气箫心的君子。讲了一个君子的故事，依旧打动了今天的读者。——近年来，小说缺乏精彩好看的故事，很难感动读者打动读者。《心爱的树》讲述的其实是一个"和解"的故事：大先生与背叛自己的前妻和解，女儿凌香与母亲和解，女人梅巧与男人和解；每个人物最终都同过去和解，同生活和解，也同自己和解。矛盾冲突被消弭在最终的和谐的融融氛围中。这样一个看似老套的故事，却因大先生几十年不变的浓得化不开的从爱情上升到恒久的亲情，女儿像守着一棵亲情树一样守着家中的大槐树，——这是本届部分获奖作品的一个共同点，如《一个人张灯结彩》中小于在理发店小屋前点上的一串灯笼，像著名小说《黄手绢》中飘扬的手绢一样动人——因为这样浓烈酣畅的亲情而感人和动人。小说另一个成功之处在于大先生这个"君子"形象的塑造：他身上凝聚着的是一种坚贞——传统和习惯上被用在女性身上的品格，一种洁身自好的操守，一种高贵、儒雅、旷达的禀赋：不移不易不改不退的真情，对生活和人生遭际淡定从容宠辱不惊。在小说中他是一个沉默寡言的存在，一种坚定的力量与依靠，一个父的形象、士的形象。浓烈清醇的情的表达又与美、与诗意紧密关联。美的情怀、情感和情愫，美的生存方式总是充满诗意的。"亲情树"的意象，一个小女孩在树下的痴情守候，一位君子和一个容颜已改女子对一棵树共同的刻骨铭心的怀念等，都是充满诗意的画面和意象。

2. 《一个人张灯结彩》（田耳）

这篇作品表面上看像一篇侦探小说，围绕着一桩抢劫杀人案剥笋般层层深入探寻真凶：老警察老黄因为理发认识了理发师哑巴小于——一个性欲很强的不幸女子（近年来小说中时常出现个性鲜明的哑巴形象，如东西《没有语言的生活》等），通过同事小崔又结识了小于的哥哥、养家的于心亮。住在理发店对面的钢渣和皮绊（皮文海）依靠捡破烂和偷窃为生。钢渣埋头住在出租屋里不出门，一心要造出个炸弹来抢银行。钢渣和小于好上了，如胶似漆。钢渣和皮绊头一次抢出租车，竟阴差阳错地抢了于心亮的车，钢渣因怕被于事后认出而干脆将其杀害，弃尸野外，将车沉入村野鱼塘。老黄暗中摸排线索，围绕着一顶帽子不懈追索，山重水复，一直未能破案。痴情的小于被犯案后的钢渣蒙蔽，钢渣出逃。老黄找懂手语的朋友帮忙撬开了哑巴不会说话的缺口，用电脑绘出了钢渣的肖像，四处追捕。在全市大行动中老黄突然发现并抓住了皮文海。失去生活依靠、饥饿的钢渣铤而走险，拿着炸弹劫持人质。最终老黄迅速出手制服了钢渣。大年三十，是钢渣答应哑巴回去看她的日子。这一天，哑巴一个人在店里张灯结彩等候，站在屋外的老黄打不定主意要不要走进那间房子。

这篇看似侦探小说的作品，交织着好人与坏人的斗争和缠绞：公安局刘副局长与娱乐城勾连，奸淫小姐却道貌岸然；钢渣和皮绊是社会的畸零人和边缘人，是渣滓和无赖。但坏人同样有真情，钢渣与小于的爱情也是真诚的。小说对欲望强烈的"骚女人"、社会渣滓的人性化刻画与表现体现了作者鲜明的人文关怀和悲悯情怀。特别是哑巴小于这个形象是新颖而鲜活的：有个性，不虚伪，欲望强烈，对美好生活充满热爱与向往。老黄是不得志的好警察，是社会的中坚，他的老练沉着坚韧都颇见个性。一群小人物的艰辛生存，以于心亮一家为代表的普通人生存境遇也具有典型性。

作者自己说，这是一篇关于孤独的小说，孤独是一种常态，一种永在，与生俱来，如蛆附骨。"一个人"不仅仅是小于，而是在场的每个人。"张灯结彩"则是超越孤独的渴望。像麦田守望者看护着青年人寻求靠近的冲动的老黄、三个青年人——小于、于心亮和钢渣都试图摆脱孤独寻求彼此慰藉，这种努力都将导致灾难性后果。

我个人认为，这篇作品题目好，寓意深，故事曲折引人入胜。但一些情节落入俗套，如悬挂起的红灯笼、池塘沉车等都是似曾相识的情节。主线索是一个破案故事，写到了一个人的守候，具有民族特色，但我并不觉得它能充分表现人的孤独这一主题。

3. 《喊山》（葛水平）

这是一篇闪耀着人性光芒的乡土叙事作品。太行大峡谷，梁上梁下的人家通过喊山来联络。三十几岁未娶的开玉荬粉浆铺的韩冲与发兴家的琴花相好。琴花的目的，只为从韩冲那里时不时地得到一些小便宜，顺带也满足了自己的生理需要。杀人潜逃的外来户腊宏借住在韩冲家，韩冲给他地种，不料却被韩冲下的逮獾的套子炸着死掉了。村里决定私了炸人事件，让韩出 2 万元了结，但哑巴女人红霞却宁愿让韩冲养着他们娘儿仨也不要钱。韩冲因借钱不成与琴花翻了脸，反而对哑巴一家更好了，教哑巴养蚕替她收割粮食。原来，红霞是从小被人拐卖给腊宏做妻子，腊宏之前已经打死过一个老婆，又采用痛打的手段将无意中得知这一真相的红霞变成了哑巴。韩冲从此管起了哑巴一家人的吃穿，要"拼我一生的努力养活你母女仨！"没想到，警察找上门来，本为追查腊宏杀妻的案子，却牵扯出韩冲炸死人的案子，把韩冲带走了。韩冲对来探望他的参说："回去安顿哑巴，就说我要她说话！"哑巴于是开始教孩子叫"爷爷"。

——又是一个哑巴，但这个哑巴是被人为地逼成了哑巴。这个施虐过程本身是一个非人的、不人道无人性的过程。腊宏因此就变成了邪恶的化身。韩冲则代表阳光、生命、救赎与希望。他是土壤，是泥土，是父亲、男性、阳刚的化身，滋养人性与人情，他憧憬并需要爱和温情，同时给予别人这些。在韩冲身上，我们看到了有着简单想法或理想的纯粹的人，看到了人的尊严与美丽。在村子里，有正义和道德，更注重人情与人性，人的生存很单纯。但在村子之外，法与外面的社会却要以强力来干预村子里这样单纯的人性。美是要受伤害的，终究是缺损的、不完满的，这就是生活中淡淡的悲哀或悲剧。韩冲对哑巴一家的同情、还债、真情朴实如土，令人震动。似乎也只有在这样的乡野，还能找到人如此纯粹的品质，不掺任何杂质。朴野的乡村赋予了小说更多的诗意。独特的山村独特的生活习俗、生活方式又使作品具备了鲜明的地域特色和民族韵味。

作者自己说，创作的价值还需要朴实的思想为支持。实际上，这篇小说写的正是一群有着朴实想法的乡人村民：简单，实在，真实，顺应自然，合乎人性。从这篇小说也能看到同为山西作家李锐"厚土"系列作品中类似人物和主题的影子。

4. 《世界上所有的夜晚》（迟子建）

这是一个关于孤独的故事。对于一个孤独的人来说，最难过的大约就是夜晚了，所有的夜晚都很难过，都不知道该如何去面对，如何去度过。"我"的丈夫魔术师死于一场意外。沉湎在痛失钟爱丈夫的悲伤情绪里，"我"本想去三山湖旅行，结果却遇上山体滑坡，在乌塘下车，住在周二嫂家。由此结识了蒋百嫂——丈夫在下煤矿后突然"失踪"从此每到停电的夜晚便号啕大哭的女人。蒋百嫂经常喝醉，喝醉了就往家里带男人。"我"在搜集"鬼"故事的过程中，了解到一些外地女子贪图煤矿工人的高收入、高死亡率于是来"嫁死"，等着丈夫死去后领取赔偿金和保险金；结识了小镇上喜欢唱悲歌的陈绍纯先生，他在一次挂画时被意外地砸死了。在一个停电后的夜晚"我"终于走进了蒋百嫂家，在她酒醉之后偷偷打开了她家锁着的房间，发现了冰柜里冻着的她死去已久的丈夫。——为了将矿难人数控制在 10 人之内免于上报受处分，蒋百被隐瞒起来，他的尸体也就永远不能入土。蒋家藏着这么大一个秘密，它是当官者头顶上的一颗定时炸弹，因此他们都怕蒋百嫂，而她竟就这样独自承受如此的恐怖和不幸！

两个女人，都死去了丈夫，都害怕夜晚惧怕孤独。她们都在寻找人间温暖，寻找自我救赎："我"在搜集鬼故事，寻找与死去的人沟通的途径；蒋百嫂在找别的男人，不停地换男人，害怕回家，害怕停电冰柜里的尸体会变味，于是日夜点着檀香。死是容易的，魔术师很偶然就死了，陈绍纯很容易就死了，那些矿工天天头顶着死神下矿……而活着却是艰难的，活着的人是孤独的。作者将自己的丧夫之痛借助两个具体的人物表达得淋漓尽致。作品中人物的相关性似乎都不强，但都一样地面对孤独，面对惨淡的人生。世界上所有的夜晚都摆在面前挡在前方，都在等待着孤独的人独自去面对独自去度过。这，何尝不是人类的一种普遍境地呢？这才是真正写出了人的孤独感。

作者认为："它（这篇小说）写了我所经历的生活变故的真实感受，其中的许多细节都是真实的……我从自身的伤痛上，看到了那些比我还要伤痛的人，当电视上频繁展现出矿难的场景时，我的心一阵阵地抽搐着。看着那些被丈夫遗弃了的一张张年轻的脸，我在想造成这一切的根源究竟是什么？是谁让女人在夜晚时不再拥有爱人间的温暖，而是撕心裂肺的对亲人的哭喊？"作者十多年前曾去过一座类似"乌塘"的煤矿，做了近一周的采访，忘不了煤矿那永远灰蒙蒙的天，矿工黧黑的脸，没人敢穿白衬衫，下雨天要打黑伞。她"想给自己的伤痛找一个排遣的出口"，而伤痛其实是永远不会被遗忘的，就像蒋百嫂永远无法排解那冰柜里的尸体这样真实的梦魇一样。这就是人生的悲哀和生活的悲剧。

据说，当年出版商重金征集，找到皮皮写长篇小说《比如女人》，看中的正是她刚离婚不久。由这样的女性去写爱情可能会更痛切。事实证明这是有一定道理的。迟子建的这篇作品主观色彩很重，但她确实已经避免流于自我哀怜的"葬花词"，而把个人的痛切体验上升到了关怀女性的普遍处境，关注人的孤独生存状态的境界。这种提升给作品带来了凝重感和力量，带来了哲学式思考和理性追索的光芒。

5.《师兄的透镜》（晓航）

这篇小说更像一个推理故事："我"和师兄朴一凡都是"星空瞭望"小组的科学家，小组所有的人都等着天才的师兄思想迸发做出新发现。大家瓜分了由师兄主要完成的重要发现而获取的大笔奖金。师兄乘机利用了同事们的信用签名，借走了宾馆天价的水墨画《空山雨后》，携画潜逃国外。科学家们和宾馆经理想方设法与他联系，想取回画或让师兄指点路径以便做出新发现来拍卖冲抵画值。"我"被师兄指引着一步步接近谜底：照顾他妹妹从她那里得到师兄给的海螺，回母校参加校庆时发现海螺的秘密源自于师兄当年的一次爬窗偷窥半裸女人。帮助揭开海螺谜底的女校友给了"我"朴的电子邮箱，"我"从师兄妹妹那里得到他的日记，得知了他的诸多往事，费心应聘找到了当年的那个女人冯薇却被告知她不是所要找的人。师兄始终没回来，只寄回了一幅假水墨画，已经疲惫不堪的每个人都把这画认作真的。在展出时一位老者拿了放大镜看，质疑画的真实性。"我"到国外找师兄，在他屋里等候时，遇到一中年人要来买那幅真正的《空山雨后》，也拿着放大镜在看。"我"突然彻悟，发现放大镜——透镜比平面镜对于宇宙第一缕星光的发现更有用，于是做出了重大发现。

作者自称是名业余写作者，把文学多多少少放在治疗的位置上；这是一部"另类的非现实主义气质的作品"，"作品中洋溢的自由主义的气息以及执著的探求真理的精神"，"文学的任务应该是这样：创造一个迥异于庸常经验的崭新的世界"。

应该说，作者讲故事的能力很强，情节一波三折，峰回路转，环环相扣。语言比较幽默风趣。小说确实别开生面，具有某种实验或先锋的意味。但有些情节很牵强，戏剧性和戏拟成分太明显。夸张手法的运用有些过头，如把师兄的主宰作用几乎捧上了天，似乎他就是上帝那只看不见的手，让人感觉虚构成分浓而不可信。这或许可以说是一部带有幻想色彩的科学小说，想象力丰富，

重估中国当代文学价值

情节比较好玩、有趣，但并不是一篇出色的优秀小说。

二、短篇小说

1.《城乡简史》(范小青)

这是一篇试图穿越城乡界线、使二者和解和谐的小说。自清记了几十年的生活账本，在捐书时不慎将最新的一本记账本夹带捐掉了。账本被分发到了甘肃一个小学生王小才手里，他的父亲王才认为吃亏了，便去找校长、乡教育办，乡教育办给了他一本没用的书。王才从账本中发现了"香薰精油"这种奇怪的东西，一直在苦苦探究，最终干脆锁上家门，按照账本上记录的城市举家搬到了城里，依靠收旧货过上了城里生活。自清去甘肃寻找自己的账本，却发现王才已举家进城，竟然就安顿在自己的邻居家里。王才的生活充满了兴奋和欢乐：捡到了破电风扇，第一次亲眼看到了香薰精油。

一本记账本串起了城市和乡村两个家、几个人。奇特的记账本是城市文明的象征，是乡村农民的精神指路灯。城乡就这样轻易地被打破界线、贯穿和交融。城里既生活着蒋自清，也生活着王才和他的妻儿，这就是今天的城市，今天的生活。城乡分割并非坚不可摧，也需要被摧毁。

创作的缘起是作者自己就有几十年的记账习惯，账本上留下了许多趣事。由此触发了作家的灵感，打开了一篇小说的门锁，启动了一次心灵的历程。叙事有着田园诗般的明快色彩。小说结局是喜剧性的、皆大欢喜的，表达了作者对农民进城一种生存状况的想象与描述，显示出乐观、积极的姿态，包含着美好的但也失之过于明快的想法。

2.《吉祥如意》(郭文斌)

端午节到了，16岁的姐姐五月和弟弟六月被母亲支派上山去割艾叶。就这么简单的一件事作者竟能把它铺排成一篇小说，地方风味、民间风韵、民族特色十足。正像"白水青菜"这样素雅的菜肴，作者却能做到色香味形俱备、俱佳。端午节做供品、门上插柳枝，用花馍馍、甜醅子、梨、大枣等祭拜天地神灵，祈求吉祥如意："这儿吉祥/那儿吉祥/处处都吉祥"。赶集买香，男人杵香料，女人做香包……娘给孩子们的胳膊腕上绑了花绳，口袋里插了柳枝，只有童男童女可以上山去割艾。一路上，六月抢香包嗅的动作活泼可爱，而遮天蔽地的雾始终像薄纱轻帐一样，伸手即可拉开似的。快成年的五月和白云被人们善意地调笑。太阳蛋蛋是天的儿子，露水蛋蛋是地的女儿，薄雾轻罩，新生朝阳照耀下的露珠是那么的美，童男童女是那样的自豪和美好，那样的完美。

在小说中，人与自然浑融，人与人谐协，生活如此美好，一切都是那么和谐、吉祥和美丽。这就是中国西北乡村大地端午节的早晨。这恍惚是世外桃源、人间仙境。美的文字，美的氛围，美的人和事物，处处流淌着浓郁的诗意，传递出浓烈的民族气息、民间风情和传统文化的魅力。

没有故事，淡化情节，只有一种感受一种感觉充溢全文。在 2003 年非典的北京那样一个特殊的时间和地点，作者想把生活的美好尽情地写下来，把这种感受努力地传递给读者。让我们爱生活，爱自己，爱生命，爱人世间美好的一切和一切的美好。这样的情绪、这样的感受它打动了编辑，也打动了评委，我想。小说中两个童小无猜、稚气未脱的姐弟平添了许多的童趣与欢乐，如果将这篇小说看作儿童文学作品，似乎也是恰当的。

授奖评语说：作者以优美隽永的笔调描述乡村的优美隽永，净化着我们日益浮躁不安的心灵。信然。

3.《白水青菜》(潘向黎)

一个知识女性被不懂珍惜的丈夫遗弃后独立自强的故事。一向的好妻子，每天守着一罐费心做出的白水青菜汤，加入了各色调味、各种作料，更是加入了自己对丈夫深深的思念、浓浓的爱、密密的守候而做出的好汤，丈夫享用了多年，习以为常。身在福中太久了，人就会麻木和淡忘他人的付出、心血与爱意。终于，丈夫有了外遇。但更年轻的女人有新鲜的诱惑，却没有持久的吸引力，嘟嘟气势汹汹地找上门来，本想横刀夺爱，却遇到一个强劲的对手，她做不出也不想去做那样的好汤好饭菜。丈夫回家了，妻子却要从此走出家门去，在烹饪学校教课，她端给丈夫一罐真正的白水青菜汤，他很惊讶，几乎难以下咽。

现代文学探讨"娜拉出走以后怎么办？"当历史的时光转到了今天的年轮，我们不再探讨娜拉出走，而是不出走的娜拉，留在家中觉悟了的娜拉，她会怎么办，她将如何的自救自强，还自己以尊严和自由，给自己找到出路或出口。她不再需要男人这座靠山而站立因为这座山本来就是不可靠的。小说写到爱和爱的被伤害，面对被伤害了的爱，女人该如何找回自己。女人看似生活中的弱者和沉默者，但却拥有更持久的力量和耐力。

故事本来极易落入俗套，情节亦不会有太多新意，但因为有了这个女性而蓬荜生辉、流光溢彩。叙事语言冲淡，不炫技巧。

授奖评语称：作者以女性特有的视角，从日常生活细节入手，于从容不迫中对当代都市特殊阶层的生活方式和精神状况做了准确的描画与深刻的反思。

4.《将军的部队》（李浩）

小说以"我"（将军生前勤务员）的讲述，追忆将军晚年的往事：住在干休所的离休的将军常常像在眺望过去（如今"我"也像他一样眺望），他制作了两箱子的木牌，牌子上写着一些官兵的名字，这就是将军曾经带领过的部队，曾给他留下终生印象的手下，亲如手足的将士。如今将军老了，老了的将军只能以摸弄木牌、与想象中的部队对话的方式重温往事，复原历史。那些将士，无论职位高低，无论出色与否，将军都一直惦记着他们，怀念着他们。这是对往昔岁月的抚摩与追怀，也是对消逝生命的眺望与回首。他心疼他的部队，深爱着他们。在将军去世时"我"把他们烧给了他，让他带着上路。

一个奇特的将军，一段奇特的故事。其实并没有什么情节或戏剧性冲突场面。故事很简单很平淡：一个人沉湎在往事之中，这是一个过去的将军，他曾经带过一支部队，可能发生了金戈铁马、烽火硝烟等许多惊心动魄、永难忘怀的事情。硝烟散尽之后，将军的部分部队变成了他箱子里的木牌子，年老的将军依靠每日的打量而使他们复活，也复活将军自己体内的血液、记忆和情感……将军确实已老，但老了的将军依旧是将军，他保持着一名将军的风度、气魄和尊严。小说以第一人称叙事，饱含深情、沉沉的追述色彩，将读者拉回到激情燃烧的历史岁月。作品体现了真正的人文关怀和人间情怀，充满了人性的光辉。

作者曾有过从军经历，认为奖的三分之一是授予日渐式微的先锋文学的。他欣赏这些看法："小说应当是对我们被矫饰的生活的警告"（林语堂），"作家应当是人类的神经末梢"（李静），"小说，是对埋在土里的阳光的挖掘"（刘建东）。这篇小说塑造了一个不见于其他作品中的奇特的将军，几无正面的描写或刻画，而是尽情地采用烘托渲染的手法来表现，那位沉湎在往昔岁月、深情凝视着自己想象中的部队的将军形象，将军的剪影给人留下了深刻印象。

5.《明惠的圣诞》（邵丽）

这是一个乡下女孩进城的故事。一向矜持的肖明惠本来是桃子的崇拜对象。但明惠落榜了，桃子从城里回到村庄，开始让明惠产生了羡慕。明惠也进城了，直接找到饭店经理要求做按摩女。做了按摩女、改名叫圆圆的明惠很平淡地开始接客挣钱。和男人吃饭上床，后来干脆自己租了房子接客。她的理想是在城里买房，把儿子生在城里，真正做个城里人。后来，她结识了李羊群，两人彼此都有了好感，每周六李都来找圆圆喝茶、倾诉。大风雪的圣诞夜，李羊群带着圆圆进酒吧喝酒，被打动了的圆圆从此住进了李家，金屋藏娇，再没出来。又到圣诞，圆圆要李带她出去，正好碰上李的朋友。圆圆在这样的人群中手足无措。李却沉浸在与朋友对往事的回忆里，忘了自己本是陪她出来玩的，头都没扭就挥了挥手说，那好吧圆圆，你先回吧。第二天，直到晚间过了十一点李才回家，却发现圆圆穿着大红的衣裙，已服安眠药自杀。

　　一个乡下人进城，而城市永远对她关着门。她始终进不了城，后来即便进了城却依旧进入不了城里人的生活。她是按摩女，但她一样有着做人的尊严和对做人尊严的渴望。她同样渴望爱与被爱，被人尊重和善待。但她最终发现这一切均无可能，生活宣告了她的失败。她想善待生活，却采取了错误的方式，结果生活欺骗了她，愚弄了她。她原无意亦不曾想游戏人生，无奈人生却游戏了她。她选择了死亡。渴望在城里尊严而体面地活着的乡村女子，最终似乎别无选择。

　　有人认为这是一个妓女的故事，一个按摩女的人生，似乎是多么的不洁、不屑、不齿。然而，这样的女子她对于尊严地活着的追求、她的人生愿望不同样值得我们同情和悲怜吗？一个落榜生，无依无靠，人地两生，如何走进城市生活，她的遭遇难道不能唤起我们的同情吗？她改变生活、追求更美好生活的渴望难道不能让我们同情吗？难道，我们的社会、我们的时代对她的被侮辱与被损害就没有丝毫的责任吗？难道她的死也激不起我们一点点的悲悯和反思吗？

　　这样的女子，她仍旧是我们的姐妹。这个有污点的人也有值得人尊重的地方。她的死亡正是一种有尊严的生存选择。这篇小说并不像某些作品那样渲染性爱场面，写得很脏，作者的叙述是克制的、适度的，塑造的人物是鲜活的、有个性的。授奖评语说："用具有控制力的语言叙述乡村女孩在城市中间的故事，以道德批判的深度揭示渴望尊严的人性内涵"，这种评价是中肯的。

　　当然，故事有落俗套之处，同样题材的作品很多——按摩女、风尘女子的不幸遭遇、妓女从良想要重新做人与此类似的故事不少；叙事也有明显的编造痕迹，显然作者在对按摩女的生活世界、精神世界的了解与把握上还存在欠缺。

作者自称，文学的神圣在于它始终使我们的精神挣脱沉重的肉体，以独立和自由的姿态，存活在另一个可以抵达永恒的世界里。而不管作家遭受多大的磨难，他始终追求的是光明和对人和人类内心的观照。人生是一个灵与肉痛苦挣扎的过程，通过文学这个媒体，应该使我们互相之间变得更加宽容，关爱，和谐。其实，这篇作品不也正是在呼唤我们对明惠这样的底层人群多些宽容与关爱吗？

三、获奖小说的共性

综观本届鲁迅文学奖获奖小说，可以发现作家的创作选择和评委的评价标准等方面存在着以下这些普遍性特征：

1. 浓重的乡土家园情结

乡土家园意识是深深浸润到创作者心灵世界的根深蒂固的一个情结。乡土文学历来都是中国现代文学创作的一个主流，迄今为止中国最优秀的小说几乎都是乡土文学作品。从题材上考察，10篇获奖小说中，大多与乡村生活、乡村体验、乡村情感有关。《喊山》《吉祥如意》是直接以乡村为背景并以乡野人物作为故事主角，描写的就是乡土风情、乡村故事。《城乡简史》《明惠的圣诞》都写乡下人进城，一个是喜剧性的结局，一个是悲剧性的结局。这也是近年来作家纷纷注重乡下人进城主题、注意表现城市打工群体生存、大量从事民工文学创作的一个真实反映。进城务工农民已逐渐成为小说创作的重要角色、重要资源，不论是在长篇小说，还是在中短篇小说中，几乎都是相似的。当然，我们也要看到，获奖作品的题材还是比较丰富多样的，《心爱的树》刻画一个知识分子的形象，《白水青菜》关注城市知识女性，《师兄的透镜》描写一位科学家；《将军的部队》则塑造一名真正的军人。《一个人张灯结彩》主角是一些所谓的城市边缘人、一群小人物，《世界上所有的夜晚》写的是矿工家属的生存状态和苦难，似乎可以被归入"底层叙事"之列。这也是近年来文学创作的一个热点。

2. 向故事讲述回归

在不少创作者和读者看来，小说的第一要务就是讲述一个好故事：好看、精彩、生动、感人的故事。讲故事被认为是小说作者最基本的艺术能力。在经过炫弄技巧、游戏语言的喧哗与骚动之后，文坛似乎开始走向某种形式上的沉静，小说也开始向故事讲述回归。《心爱的树》《一个人张灯结彩》《师兄的透镜》《明惠的圣诞》等都有一个完整的故事，情节相当曲折、引人入胜。应该说，小说向故事讲述的回归，是一种充分顾及读者阅读期待的选择，小说只有拥有了一个好的故事，一个生动有趣感人动人的故事，才有可能重新把读者拉回到文学阅读中来。在当今网络文学界，悬疑小说、新武侠小说、侦探推理小说、奇幻文学等大行其道，正是因为其大都讲述了一个精彩有趣的故事。而好的故事也就具备了被改编成影视等更容易被受众所接受的新传媒形式艺术作品的可能，就有可能产生某种程度的社会轰动效应。近年来大受欢迎的一些影视剧无不与其精彩的故事讲述相关联。

3. 对纯粹型人物的塑造

近年来，评论家对电影《天下无贼》中傻根这样的人物似乎有着异乎寻常的喜爱和好评，作家们也不断地在作品中推出类似的纯粹型人物：有时是电影《阿甘正传》中阿甘这样一个傻子式的人，有时是被称为"有灵魂的人"或"对生活有自己的想法的人""有主见的人""有个性的人"。最好，这个人物能够较多地保留"人之初"的本根、本真和本性，一根筋式的不撞南墙不回头撞了南墙也不回头的性格，最好他对生活和社会都有着很纯粹很单纯的想法、看法或哲学。这样的人物容易被评论家指认为个性鲜明、新颖、鲜活而真实，是浮躁时代的一个异数、一片绿洲、一个洁净的存在，是埋藏在淤泥中的金子，是一片喧嚣中美妙的音乐，是可以拯救我们魂灵的奇异的人。这样独特的人物常常会受到评论家们的普遍叫好和看好。毋庸置疑，这些纯粹型人物大多是一些拥有独立个性、意志与品质的人物，他们身上往往凝聚着人性的光辉，体现着某种自由精神和人的尊严，实际上也寄寓着作家的一种理想主义倾向。本届获奖小说，塑造有不少此类人物。《心爱的树》中的"大先生"被作者当作古今"君子"的代表，主要借助他对一个女人不改的痴情和真情来表现，运用间接描写的方式来表现他对情感的专一、持久和坚贞；同时也写到了他不为富贵折腰等高贵品质。大先生对情感的纯粹执著相当动人。《一个人张灯结彩》和

《喊山》都写到了一个哑巴。真哑巴小于似乎主要遵从自己肉体与心灵本能欲望的召唤，傻傻地相信一个人，为一个人而痴情守候。即使他是一个杀人犯，她也要为他点燃一串灯笼，张灯结彩。假哑巴红霞则一根筋式地认定韩冲是个好人，一心一意就要他养活自己娘儿仨，信任他依赖他。《明惠的圣诞》塑造的明惠这个乡村女子也可贵地拥有自己独立的追求，渴望尊严、自由，但采取的方式却是一种对男人的依附与攀缘，因此注定只能是一种毁灭式的悲剧结局。这些纯粹型人物确实让小说增彩不少，使他们能在众多的文学作品中脱颖而出。

4. 注重表现人性人情的光辉，展现人性美，体现人文精神

关于人如何有尊严地活着这一主题的表现，是本届部分获奖小说的共同点。这些人，更多的是受伤害被侮辱的人，是所谓的社会底层民众。小说大多凝结着作家深刻的同情与悲悯，反映出人本主义、人道主义或人文主义的思想内涵。《白水青菜》中被丈夫损害了感情的城市知识女性，邵丽笔下改名为圆圆的按摩女明惠，都想追求体面而有尊严的生存。前者更多自立与自强于是获得了成功，而后者则走向了毁灭。李浩塑造的将军是一名各色的人物，见真性情的军人。而像《心爱的树》《一个人张灯结彩》《喊山》则很好地展示纯粹的不掺杂质的人情之美：亲情、爱情、友情、温情……纯净的情感只能属于人类，人类的真挚情感总是闪烁着人性的光芒，熠熠生辉光彩照人。

5. 展示诗意生存与美丽人生

《心爱的树》中大先生的痴情真情，一棵心爱的树的守候，《一个人张灯结彩》中一个傻女子的痴情，一个人的执著等待等都是一幅幅诗意盎然的美的画卷。而《吉祥如意》中轻雾笼罩的西北乡村土地，一对小儿女的追逐逗笑，也是充满诗意的场景。文学作为语言的艺术，必须要展现美，必须要表达人富于诗意的人生。它要超越生活，高于生活，要在平淡无奇的生活中挖掘诗意发现诗意，要传达出理想主义的美的感受、思想、情绪等等。文学的巅峰大概就是诗了，小说对于诗性化的追求是值得肯定的，也是必要的。评论家在评价小说时，浓郁的诗意、诗化特征总是被视为优秀小说所可能具备的一种品质或特性。评委在评奖时自然也不会舍弃这样的标准。

6. 追求民族风格，注意对民族民间文化的传承

在中华民族文化的历史长河中继承创新，是近年来作家们共同努力的一个目标。一方面，是从民族民间文化中汲取营养，汲取诗情画意，学习语言，塑造人物；一方面，是从民族文学、文化传统中借鉴和吸收故事母题、创作主题、人物模型、创作灵感、语言艺术等，从传统文化中寻找艺术的力量、归依和附丽，寻找中华民族共同的、共有的、共享的精神家园，努力运用优雅的汉语来进行表达。郭文斌的《吉祥如意》被公认为富于独特的民族韵味，有较深厚的民族文化内涵与底蕴，所营造的诗意浓郁的氛围及情境也是中国传统文学所常见的意境。这篇几乎没有情节的短篇因此而被专家们所普遍看好。

7. 在小说创作上探索性的追求也大受专家肯定

这些创新性既有形式方面的，也有内容方面的，包括创作题材和主题等方面的新探索。如《吉祥如意》弱化故事，充盈其中的主要是一种浓烈的民间节日气氛和对生活的美富于诗意的传达；《将军的部队》以"我"追忆逝水年华式的叙述，牵引出将军往年的动人故事，基本没有什么情节更无戏剧性的冲突之类，习惯上所谓的故事发生、发展、高潮、结局的分割与界限在这篇作品中都很模糊，真正给人留下深刻印象的可能也就是一个过去的将军的背影，栩栩如生，跃然纸上。《师兄的透镜》则是一种比较新颖的小说类型，像科学推理，又带有某种奇幻色彩，有曲折生动的情节，在审美追求方面带给人耳目一新的感觉。这些具备鲜明新意或探索先锋色彩较浓的小说竟然也受到了专家的肯定，可见，评论界对小说的看法确实已经进步，文学奖的评判标准似乎也已不再局限于现实主义题材作品，不再局限于以写实主义的手法反映现实表现情感，而开始接纳丰富多样的表现形式、纷繁杂陈的内容主题，从而为小说的发展开拓了广阔的空间。

（2008 年）

（注：文中引文参见《北京文学·中篇小说月报》2007 年第 12 期。）

鲁迅精神与鲁迅文学奖

——以第五届鲁迅文学奖报告文学获奖作品为例

当年《围城》火的时候，有位英国女士想去拜访钱锺书先生。钱先生告诉她：“假如你吃了个鸡蛋觉得不错，何必认识那下蛋的母鸡呢。”第五届鲁迅文学奖评选结果公布以后，在网络上和社会上引发了热议。但这些热议大多只关注获奖者身份而不去关注获奖作品，不去看也不去读获奖作品。这是一种舍本逐末的盲目的跟风和炒作。

鲁迅文学奖评的是作品，而不是作者。作家青史留名的、历史上真正能留下来的也是作品。因此，我们应该回到作品，关注获奖作品。当然，作家靠作品说话，靠人品立世。文如其人，人如其文。我们在阅读和关注作品时也要关注作者，但我们应该更多地关注作者的人品、文品、思想和为人，而不应仅仅注意他的身份、社会地位甚至只是他的官职。作为 20 世纪中国影响最大的文学家，鲁迅先生一生淡泊名利、鄙视功名，他在历史上存留下来并将传之久远的乃是他的杰出作品、先进思想和伟大人格，是他的文品人品和精神魅力。

鲁迅是“五四”新文化运动的旗手，杰出的文学家、思想家和革命家。鲁迅精神的核心是致力于推动民族、国家和社会的进步。在他生活的那个年代，他采取的主体姿态是一位高举匕首和投枪、对抗“无物之阵”的勇敢的战士；他的方式是弃医从文，以文疗民，以文新民，以文救国。他的创作重在刻画民族劣根性，揭出病痛以引起疗救的注意，改造国民性，最终让中华民族和中国人彻底摆脱 100 年来的“精神奴役伤”，获得精神的强大、独立和自由。他一生致力于“树人”，致力于使国民从精神上站起来。鲁迅没有私敌，他终生最大的敌人是愚昧、落后、腐朽、黑暗的旧势力。对这些敌人，他始终采取永不妥协的激烈的批判态度和战斗姿态。鲁迅精神包括"鲁迅风"即这种决不妥协的鲁迅风骨，包含百姓情怀和人间情怀，永远站在底层百姓的一边，厉声疾呼，传达民众心声。鲁迅精神也包含鲁迅思想的前瞻性和深邃性，即时刻站在时代前列，影响并引领着他所生活的时代进步的思想潮流。鲁迅精神还包括求真、认真、讲真话的精神。在《无声的中国》中，他提出："只有真的声音，才能感动中国的人和世界的人；必须有了真的声音，才能和世界的人同在世界上生活。"

以鲁迅先生名字命名的鲁迅文学奖，是我国具有最高荣誉的文学奖项之一，表彰的是能够代表近几年文学创作成就的优秀作品。1995年中国作家协会在设立这项文学奖时，一方面固然带有纪念为中国文学、文化和解放事业等做出卓越贡献的鲁迅先生的意味，更重要的则是要借重鲁迅这面中国文学界的旗帜，通过评奖这种方式，在当今时代继承和发扬以鲁迅先生先进思想、崇高人格和高尚文品为主要内容的鲁迅精神。1981年根据茅盾先生遗嘱设立的茅盾文学奖评选的是近几年的优秀长篇小说，除长篇小说之外的其他文体和门类悉数纳入鲁迅文学奖。这是因为鲁迅先生一生的创作，涵盖了中篇小说、短篇小说、散文杂文、诗歌（包括新旧体诗）、报告文学（他著有纪传类作品）、文学理论评论和文学翻译，在这些门类上他都有杰作和传世之作。鲁迅文学奖包括这七大文体和门类无疑是合适的、恰当的。15年来，鲁迅文学奖的评选已进行了5届，它的评选完全符合并始终遵循和倡导鲁迅精神。根据《鲁迅文学奖评奖条例》，鲁迅文学奖鼓励创作"贴近实际，贴近生活，贴近群众"，"体现民族精神和时代精神"，"坚持思想性与艺术性统一的原则"；鼓励作品倡导一切有利于推动社会发展进步和增进人民福祉的思想和精神，鼓励作品"反映人民群众主体地位和现实生活"，传达人民心声，代表先进文化方向，重视作品的人文精神、民族情愫、国家情怀以及面向世界和未来的胸襟，注重作品的民族风格、艺术品位及价值，关注作品的群众性和社会影响力，重视读者的阅读和参与。所有这些贯彻到评奖指导思想和评奖标准中的要求和倡导，都与鲁迅精神相适应、相呼应。鲁迅精神是鲁迅文学奖潜在的内核和灵魂。鲁迅文学奖评选的主旨之一就是要在当今现实生活和文学创作中，传续鲁迅思想，光大鲁迅精神。

仅以第五届鲁迅文学奖报告文学获奖作品为例，它们无疑比较充分地继承和体现了鲁迅精神。从作家创作姿态和作品主题上看，如获奖作品《震中在人心》的作者李鸣生坚守秉持良心的写作，提出："良心是作家的饭碗"；他对汶川大地震这场国难采取的是"记录＋反思""现实＋追问"的方式，除了真实书写灾难场景、救灾现场之外，还用审视和评判的眼光对巨灾进行考问和反省，启人深思，发人深省。李洁非获奖作品《胡风案中人与事》对荒唐年代使知识分子精神发生扭曲、裂变进行洞察烛照，褒扬知识分子对于精神独立性与主体性相当艰难却是极其可贵的坚守与呵护。

从报告文学的评选、评价标准上看，也很好地体现和贯彻了鲁迅精神。

——评委会高度重视现实题材，重视现实主义创作，尤其是那些揭示和反映我们民族、国家和我们这个时代创伤与疼痛的作品。获奖作品中，《震中在人心》和关仁山《感天动地——从唐山到汶川》都是描写 2008 年汶川大地震的，书写大震带给我们国家的大悲大恸，揭示的是群体之伤、民族之殇。两部作品两个角度。一部是正面描写汶川地震场景的，一个是将唐山地震与汶川地震做对比，反映今昔异同和社会进步。《胡风案中人与事》虽然挖掘的是历史题材，但揭示的却是反右时期和"文革"中国民所遭受的巨大创痛，表现的是个体之痛、个体所受到的"精神奴役伤"，折射的却是一个时代的弊病与沉疴，有着鲜明的现实意义。

——评委会特别关注描写和表现普通人命运的作品。张雅文获奖作品《生命的呐喊》是一个个体生命的演奏，具有个人自叙传色彩，书写的是个人的坎坷历程和命运，但却与她所生活的时代和社会紧密相连相通。《胡风案中人与事》着重记述了七位普通知识分子的不幸遭际。《震中在人心》等描写的也大多是一些小人物、寻常人。

——评奖注重作品的艺术品位和文学价值，重视艺术创新。获奖作品大多思想性较高，艺术性较强。其一是强调亲历感、现场感和在场感。如《震中在人心》现场冲击力和震撼力强烈；81 岁老作家彭荆风获奖作品《解放大西南》，《生命的呐喊》都是作者的亲历或与作者经历相关。其二是人物个性鲜明，立得住。如《胡风案中人与事》篇幅虽短，但每个人物性格都很鲜明，形象生动。《生命的呐喊》主人公（作者）感人至深，《解放大西南》也塑造了旧军阀卢汉等一些生动传神的人物。其三是情节、细节丰富、生动，如《震中在人心》有大量催人泪下的"故事"和细节描写。其四是作者主观情感的强烈注入。《震中在人心》和《生命的呐喊》作者都取创作主体浸入式、介入式写作，作者的悲愤痛恨或苦乐哀欣皆溢于言表。其五是艺术创新和语言特色。如《震中在人心》采用摄影和文字双记录的方式，创立"摄影报告文学"的新样式；在文字表现部分，匠心独运，着重从死者与生者的关系层面切入，把地震后的幸存者和死难者作为自己关照和表现的主体，重点描写生者——包括军人等救援者对待死难者的态度，映射出地震给予人心的巨大震撼这一场内心强震，批判社会弊病，剖析人物灵魂，张扬人性力量。《胡风案中人与事》语言沉潜简古，于拙朴中犹见功力。

——评奖强调报告文学文体的包容性，采纳了"大报告文学"的概念和范畴，收容了包括传记文学在内，其他一切具备新信息、新发现、新思想和新表达等新闻性特征的非虚构文学作品，使得类似《生命的呐喊》这样的人物传记和《胡风案中人与事》这样的评传、评论等跨文体作品都进入了报告文学评奖视野。

——评奖相当重视作品的社会影响和读者反映，评委会希望获奖作品能经得起时间和读者的检验，在文学史上能留得下来。例如《生命的呐喊》多次再版、加印，读者反映强烈，被认为是一部优秀的励志作品，社会效果好。

获奖作品的战斗性、批判性最能彰显鲁迅遗风，亦最能体现鲁迅精神。第四届鲁迅文学奖获得报告文学第一名的朱晓军《天使在作战》大胆揭腐反腐，痛贬社会弊端，一针见血，大快人心。《震中在人心》对地震中暴露出来的学校建筑质量问题、灾民心理救助等社会问题进行了揭示，在悲愤的诘质中体现了尖锐的批判性和反思性；《胡风案中人与事》用时代创伤与疼痛昭示历史真相，以鉴未来，都很好地发扬了鲁迅精神，显示了报告文学作为一种非虚构文体参与现实的战斗性和强大力量。

当然，获奖的五部作品都存在着某些不足或缺憾。个别作品有过度想象或虚构之嫌，如大量描写历史人物的心理活动、对话而无相应的注释或引文说明，似为历史小说之作法，令人有编造、杜撰之感。有的作品现场感明显不足，创作素材大多来自网络媒介或各种文献记述等二手资料，个别作品似乎只是从史料到文学的艺术再加工。有些作品的生动性、形象性和艺术感染力需要增强，读者影响力有待提高。有些作品还存在着知识性差错，有较多的病句和错别字，编校质量亟待改进。

本届报告文学评奖存在着遗珠之憾。获奖作品之外，还有更多的、有可能流存下去的优秀作品，或因为作者曾经获过奖或因为获奖篇数限制等，最终遗憾地落选。短篇精制方面，李春雷《木棉花开》生动塑造了一位不该被遗忘的改革先行者任仲夷的形象；李青松《一种精神》刻画了一个不惜倾家荡产、一心植树造绿的农民。中篇佳作方面，赵瑜《寻找巴金的黛莉》表现了作家巴金丰富生动的情感世界，通过探寻一位少女的命运反映了一个地区、一个时代的历史变迁；借鉴小说笔法，精心结构，锤炼语言，堪称作者报告文学艺术臻于炉火纯青之作。朱玉《天堂上的云朵——汶川大地震那些刻骨铭心的记忆》撷取巨灾中感人至深的一幅幅大悲大痛的画面和场景，以鲜明的在场感、现场感带给读者强烈的心灵震撼。党益民《守望天山》描写了一位感恩思报的小人物陈俊贵，主题鲜明，社会意义强，情节丰富，形象生动，感人至深。长篇报告方面，王树增《解放战争》堪称篇幅最长的报告文学，是一部史志价值极高的重要作品。吕雷、赵洪《国运——南方记事》场面壮阔恢宏，人物形象众多，文字洗练传神，是一部为改革开放书史立传的大作。张培忠的《文妖与先知》是关于历史争议人物张竞生的评传，内容翔实、全面、深入，有诸多的新发现。陈启文《共和国粮食报告》关注粮食安全和新中国粮食史，着眼深远，意义重大。阮梅《世纪之痛——中国农村留守儿童调查》注视 2000 多万农村留守孩子，情节丰富，思考深入，关注民生和底层，揭示社会疼痛与沉疴，有鲜明的现实意义和历史价值。应该说，这些作品与获奖者相比，毫不逊色，都具有较好的思想性和较高的艺术性，是应该被文学史记住的优秀作品。由此可见，2007—2009 年报告文学成就巨大而可喜。报告文学发展前景广阔，值得期待。

（2010 年）

描画千疮百孔的
生活和矛盾纠结的内心
——以两部长篇小说新作为例

　　长篇小说的要素，包括了故事、人物和结构。作者的任务就是采用一种巧妙的充满悬念的结构，曲折有致地叙述生动有趣的故事，刻画个性鲜明的人物。长篇小说这一文体的特性体现在叙事规模宏大、时间跨度长、视野开阔、场景繁多。与之相对应的是小说结构庞杂，线索多条，人物众多，情节千头万绪，故事盘根错节。小说的要义是，故事须能自圆其说，人物要逼真。换句话说，就是叙事要令读者信以为真，相信是生活中可以而且可能发生的事情、可能存在的人物，亦即小说本身可以成立。

　　现实主义长篇小说注重描绘和表现现实生活，力图把握住现实生活的本质及基本特点，真实地描画人们的生活、情感和心灵世界。我们的国家正处于重要的转型期。这个时代，这个社会，正在发生着历史性的变革。我们的生活亦是如此。每个人，无论他从事何种职业，无论他身处哪个角落，都不能不受到这个时代和社会巨大转型及变革的裹挟与冲击。历史和时间终将证明，变革和转型在我们这一代人身上留下了深刻的烙印，留下了"千疮百孔""遍体鳞伤"的印记。作为时代书记员和历史见证者的作家，他所要做的就是去"看到"这一切，记录这一切，描画属于这个转型时期人们"千疮百孔"的生活和矛盾纠结、"遍体鳞伤"的情感及心灵世界。我在阅读宗利华长篇小说新作《越跑越追》时感受最深的便是这一点：作者清楚地看到了自己笔下每个人物因受到种种碰撞冲击而崩裂破碎受伤的生活和情感、心灵世界；看到了他们身上的伤口与痛苦，矛盾与挣扎，然后试图用故事讲述的方式呈现予读者。

《越跑越追》故事的开头便是一个富于象征意味的场景：在火车站，打流队长鹿遥对人群中的一个小偷穷追不舍，越跑越追。小说叙事的主线也正是一个警察追捕逃窜犯的故事：一个叫董超的人因怀疑妻子梁文莉有婚外情"失手"杀死了她，随后又在逃亡过程中，杀死了一名无辜的女司机，又因"三陪女"小玲欺负了自己的情人马晓雅而残忍地将其杀害；刑警鹿遥根据公安部门通缉令发现了董超的踪迹，一路穷追不舍，历经曲折终将罪犯抓获。小说因此有了两条叙事线索。一是罪犯逃亡的经过，他遇到了三陪女马晓雅，然后与之发生了一段真实的爱情，由此牵扯出了董超的第三次杀人及杀人后逃到马的家乡深山老林里藏匿起来。一条是警察鹿遥的线索，他一地鸡毛的生活，与妻子的冷战，妻子出轨，家庭出现危机；他和同事何涛之间的矛盾纠结，同助手祁连山之间默契的合作，与老同学陶昕柔之间的旧情复发及情感纠葛，跟报社记者李佑的"冤家"解仇，在经历"官场"的一番波折之后重新担任刑警大队长，一路缉凶，决不放弃。故事的结局是：罪犯趁警察不备纵身跳崖自尽，下意识伸手去拉罪犯一把的鹿遥也被牵带落崖壮烈牺牲。这样的结局当然是一个悲剧，是人物（主人公鹿遥）性格的悲剧，也是人物命运（作为一心护卫正义和法律的好警察）的悲剧，同时也可以说是时代的悲剧。大时代正在剧烈的变革中，每个人身上都千疮百孔、遍体鳞伤。好人（警察）身上如此，坏蛋（罪犯）身上亦是如此。

在作者宗利华笔下，生活带给人物的伤害首先是物质、利益层面的。作为刑警，鹿遥在生活中遇到的实际问题与普通人一样，工作，家庭，升迁沉浮，因为无意间娶了副检察长的女儿，仕途顺利，当上了刑警大队长。岳父因受贿而被捕免职；鹿遥随即被何涛以"警察打人"的名目陷害，新上任的公安局长降了鹿遥的职，让何涛取而代之。受到排挤的鹿遥成为打流队长，整天与扒手小偷打交道。何涛索贿受贿问题暴露并因此下台，鹿遥官复原职。小说塑造人物，注重将其放在复杂的社会关系及人际关系中来描画；而通过描画这些人物关系和这些关系所带来的利益冲突、消解与融合，又很好地反映了社会生活的面貌。各色人物围绕着现实生活中物质的、利益的争夺与分割，展开了种种或明或暗的较量。最终并没有胜利者，只剩下失败者，每个人几乎都受到了利益驱动和物质欲望的伤害。何涛如此，鹿遥岳父鹿大鹏如此，鹿遥本身亦是如此。在与鹿遥的官职竞争角逐中，何涛使坏让记者李佑接连刊发鹿遥打小偷的负面新闻，鹿遥因此被降职。鹿遥本属正常的升迁却因为有岳父这一背景而有意无意地被披上了裙带关系的阴影，遭到了人们的另眼相看。他与妻子情感不和也与自身物质处境的窘困有关。再来看看罪犯董超。他的暴戾性格的生成同自己的家庭遭遇及家庭环境有关，特别是同其母亲顾秀英的"言传身教"有关。而顾秀英这样一个悍妇的性格同样与物质窘困及环境的压迫有关。父亲和祖父遭受迫害的经历也带给少年董超深刻的影响。可以说，生活在当下中国的人，无人能够逃脱经济和物质层面的挤压乃至压迫，无人能够逃过利益和欲望的追逐与"摧残"。这是一个特定历史阶段的"时代病"。

生活带给人物的伤害更多的体现在情感和心灵层面上。那是一种身体内部的"暗伤"。这样的伤口外人未必能看得出来，但当事者却须默默地去承受、去调适。处理家庭危机、情感挫折与纠葛的不同抉择，有可能造就两种不同的人生命运，这，便是小说《越跑越追》为我们真切地展示的一面。董超和鹿遥同样遇到了妻子"出轨"婚外情的危机。鹿遥遭遇的情感重创是真实的，因为他在自己的家里亲眼看到妻子同昔日艺术学院同学王坊偷欢。他和妻子有共同的女儿、幼小的鹿鹿，这增添了二者离分的难度。此时，昔日同学——类似梦中情人陶昕柔的出现，更使鹿遥的情感世界失去了平衡。三者之间有不可调和矛盾，有戏剧性冲突场面，但最终鹿遥选择了妥协和回归，选择了"回家"。他试图独自舔舐自己心灵深处的伤口，承认妻子的过失并将要谅宥她；他保持了自身在情感方面的白璧无瑕，不无遗憾地割断了与陶昕柔的情感纠缠。作者似乎要将鹿遥塑造成这样一个"硬汉"：刚中带柔，坚定和原则中带有妥协与放弃。这是一个现实中的人，一个让人感觉真实的警察。这个最终以死完成人生涅槃的好警察，也可以说是我们这个时代的英雄。和平时期的英雄未必人生处处都散发着逼人的光辉，而恰恰可能就是这样一地鸡毛的平凡生活，就是这样一个在寻常庸冗生活中偶尔迸发出耀眼光芒的人。这是作者为我们塑造的"新英雄"形象。

在处理家庭危机方面，董超做出了完全不同的抉择。他遭遇的情感伤害是假想的、虚幻的，但他显然毫无应付情感问题的能力——尽管他也曾经想要冷静地面对妻子的"出轨"。他武断地认定妻子与以前的"情人"旧情复燃——其实她只是同他一起吃了顿饭而已——迅即与妻子发生了激烈的没有回旋余地的冲突。他"失手"却是真实地杀死了妻子。而后，他的命运便被彻底改变了。他走上了一个杀人犯的不归之路，并最终受到了法律的制裁，落得个自杀身亡的结局。

除了鹿遥、董超之外，其他人物大多也受到了情感的或心灵的伤害。陶昕柔，因为自己的幼稚误入了严作家的"魔掌"，找不到真爱，内心充满了痛苦。与鹿遥重逢，情火复萌，但鹿遥已是有妇之夫，这种不伦之情注定不会有美好的结果。最终陶遁入空门，鹿坠崖身亡。村女马晓雅，因为懵懂，遭遇了小酒店老板的黑手，早早地被蹂躏，在与邻店厨师"恋爱"而再遭愚弄之后彻底地自暴自弃，走上了卖身的歧路。好容易遇到了生活中的真爱，却发现对方竟是一个杀人犯。这样的情感也注定不会有好的结局。再看董超的妻子梁文莉，嫖娼被抓的记者李佑，三陪女小玲，鹿大鹏的妻子，画家王坊，音乐教师，孩子鹿鹿……几乎每个人都或多或少地受到了心灵的创伤。这种伤害，固然有人物自身性格方面的原因，但更多的还是一种生活的伤害，社会的伤害。因此这种伤害是具有共性意义的，或者说是具有普遍意义的。生活在转型期、大变革时代的人，没法逃避也无从躲避剧烈变动中的生活所可能带给自己的伤害。事实上，几乎每个人身上都会有这样的创伤、这样的伤口。作者宗利华通过描画鹿遥和董超一正一反两个主要人物所受到的"伤"与"痛"，揭示的正是我们千疮百孔的生活和遍体鳞伤的心灵。从某种意义上可以说作品真实地反映了中国社会生活的一些方面。

当然，宗利华在呈现和展示人物创伤时并非简单地、一味地凸显伤口本身，他还用较多的笔墨来揭示人物情感和性格的丰富性与复杂性。譬如鹿遥，他的情感世界并非一潭死水不起波澜。他有自己的欲望，有自己的困惑，有自己的惆怅和激烈的内心冲突。他痛恨妻子的背叛，但又无法割舍对女儿的挚爱，于是陷入了情感与心灵的漩涡。他在其中苦苦挣扎，并最终找到了自我救赎之路。董超，是家庭悲剧的牺牲者，同时又是家庭悲剧的制造者。他使用家庭暴力迫害妻子梁文莉，使她时时生活在无爱、痛苦和恐惧之中。他杀了妻子，成了坏人，但他的身上并未泯灭人性之光。他的内心深处也一直渴望真爱，追求真爱。在同马晓雅的恋爱中他几乎找到了情感的归宿，尽管这种结合可能只是一种"恶之花"。

我还特别注意到作者塑造了祁连山这个人物。这是一个单纯朴实真诚的人，一个类似于傻子的人。他得到了秦岭云的真爱。他几乎从未受到生活的伤害。但生活中真切的伤与痛——包括鹿遥的死，也深刻地教育了他，使他长大成人。作者通过塑造这个人物似乎是要告诉我们：只有真诚率真地活着的人，做回真实自己的人，才有可能逃避被生活"遍体鳞伤"的命运。

长篇小说体量大，应该更有能力关注和表现当代社会人们无尽纠结、矛盾和复杂的内心。刘广雄《英雄梦》便是这样一部致力于描画人物矛盾纠结情感和心灵世界的作品。

《英雄梦》讲述的是一个发生在边境地区的走私贩毒与缉毒破案的故事。故事主线是一个大学刚毕业初涉人世的女孩袁满，她因为懵懂无知而被骗上贼船并一直被蒙在鼓里，坚信自己是当上了一名参与缉毒"特别行动小组"的秘密警察，无意中参与了贩毒团伙护送毒品、抢毒品、走私和贩卖毒品一系列的猖狂犯罪活动，卷入了与真警察对抗较量等错综复杂的事件中。这样的故事主线——主人公一直被假象所蒙蔽，注定了情节的紧张与内在巨大张力，的确能够激起读者不断往下阅读的浓厚兴趣。袁满作为一名一毕业就面临失业危险的大学生，她对工作是渴求的，她的社会经验简单或几近于无，她的性格单纯，加上内心深处的英雄情结与虚荣心，这些便决定了她会对骗子——冒充秘密警察的犯罪团伙头目、风度翩翩的曲江充满信任、爱慕和崇拜。于是，她随后的全身心投入所谓的秘密警察的一系列工作，便是顺理成章之事。小说对袁满在不明真相情况下不断"沉沦"的描述因此是可信的。作为"秘密警察"，她被要求严格保密，乃至不慎在父亲面前泄露"身份"时，犯罪团伙竭尽全力弥补圆谎等等接踵而至的情节推进，从情理上说都是可以成立的。读者跟随着作者的笔触和叙事，似乎到达了现场，心情焦灼却只能眼睁睁地看着一个好女孩一步步地走向堕落，沦为毒贩、匪徒和罪犯。这样的情节演绎带给读者的是无尽的痛惜、叹息、悲悯与同情。从这个层面上看，《英雄梦》首先是一个悲剧故事。它通过描写女大学生袁满的不幸遭遇和命运，将有价值的东西、美的东西毁灭给人看，昭示了一种无奈的宿命感或人生的无助感。——袁满的经历和结局似乎与主人公性格、心态并无太大关联，更多的则似乎是一种被安排了的命运，一种"命定"。由此，作品带给了读者一种矛盾纠结的阅读感受，指示给读者一种善恶难辨、是非杂糅的结局。这，也许正是作者的高明之处。文学关注的是人的内心和灵魂的事情，不是社会政治经济学，并不给出现实问题及人生迷惑的答案，而是要带给人心灵的冲击和审美的触动。

《英雄梦》的情节多头交织，看得出作者具备很强的编织虚构故事能力。

重估中国当代文学价值

长篇小说赋予了作者反映现实、描绘生活的可能空间，尤其是揭示人物矛盾纠结的心理与精神世界。刘广雄的长篇创作，注重从生活中汲取故事和人物原型，但却更能拥有想象和创造的自由。因此，很显然地，这部小说有着作者生活经验的影子，是反映社会现实的；但其丰富庞杂的情节，则既有作者从国内外影视作品中汲取而得的内容，也有作者凭空想象杜撰出来的。这其中最吸引人的，无疑是以曲江为首的这支伪装成所谓最高公安部门直接指挥的缉毒特别行动小组的行动，带有保密性、神秘性和传奇色彩，对读者无疑是一个完全陌生的领域。而随着故事的进程，作者自己解开"秘密"抖搂"包袱"——其实这只是一个疯狂的贩毒团伙假借"秘密警察"之名，欺瞒袁满，引诱她一起参与他们的犯罪活动。由此，读者恍然大悟，原来先前所描写的护毒、抢毒、"钓大鱼式"贩毒实际上都是贩毒团伙之间的"黑吃黑"、较量与火拼冠冕堂皇的幌子而已。于是，读者的阅读在此受到了一次颠覆，先前的对于袁满及其所加入团队的判断都是善的、正义的，而今却要矫正为恶的、有罪的。而对于同读者一样被无知牵着走的袁满这个女主角，却很难以善恶好坏来评判。这，便是作者刻意要留给读者的一大难题和矛盾纠结。

小说的主要线索是犯罪团伙走私贩毒的过程。与之相对应的是真警察的追捕缉毒、侦探破案情节，郭春海带领的一个专案组由蛛丝马迹入手，层层剥笋，步步追踪，智慧推理，直至最终水落石出，真相大白，一举抓获全部罪犯。这个侦破故事也是山重水复、激动人心的。同时，小说还安排了男女主角之间的爱情纠葛，设置了一个准"三角爱情"的故事。袁满和"行动小组"头子曲江之间由彼此的好感、温存到"因工作需要"而刻意压抑情欲，直至最终袁满在了解真相后仍自愿向曲江交出自己的身体。两人之间存在着真正的爱情。尽管人物从事犯罪活动都是罪犯，但他们对情感的真挚与投入，更能带给读者一种矛盾纠结而复杂的阅读感受。袁满与老宋之间的感情则尤具波折和戏剧性。袁满因为在所谓的"考验""考试"时，踢伤了老宋的睾丸，一直困惑地担心他"做不了那事"，对老宋心怀歉疚与同情。老宋对这位年轻女性的同情无疑是心领的、感激的，但他严格地掌握着分寸尺度，知道袁满是曲江的人，绝不越雷池一步。直至老宋受伤，袁满在护理他与其独处时，蓦然发现老宋性功能正常，心结终于解开，自愿献身时，老宋只是让她用手帮助解决性欲，维持了对自己爱慕对象的珍惜和二人关系的纯洁。由此可以看出，宋、袁之间的情感是真诚的、单纯的，也可以说是美好的。曲江因为目睹二人的裸身拥卧而对袁满的贞洁和感情产生怀疑。老宋冒死前来告知袁满真相并试图帮助她远走天涯，最终被曲江杀死。老宋出于爱情和感恩而不惜牺牲自己的举动应该说是崇高的，作者的描写也是可信的。但老宋的结局同样令读者心情纠结而复杂。这三个人物之间的爱情纠缠揭示了人物情感的无限复杂和多面性。作者通过表现不泯的人性，写活了反面形象。

文学是对现实生活的艺术反映。小说情节的错综复杂，正是源自现实生活本身的丰富性，是对当下社会充满矛盾、纠结的复杂多样的现实生活和人们心灵的真实反映。袁满因求职难而误入匪窝。曲江作为社会底层草根一族，幻想着一步登天发财致富，于是不惜以身试法，铤而走险走上犯罪道路。他善于揣摩人的内心，利用袁满这位大学刚毕业女生幼稚无知、崇拜英雄和虚荣的心理，钓鱼上钩，引诱她走进贩毒团伙。从这个角度看，曲江堪称高明的骗子，骗术高超。而为了掩盖真相、维持骗局，曲江又是费尽心机，使用了授衔、奖励、为袁满父亲买房、假扮情人、引见上司等各种伎俩。每当袁满发现疑点产生疑问时，他都要遍寻借口和手段来搪塞掩饰，并张弛有度地利用袁满对自己的好感及爱情，从而将其牢牢地掌控于自己的手心。袁满对曲江，由爱慕到眷恋，到爱，以至于不可自拔，甚至当老宋揭开谜底曲江坦诚真相之后，她仍旧向曲投怀送抱。作者的这种描写是可信的，正好表现出人物内心情感的矛盾纠结和复杂，也很好地表现了人性矛盾的两面性，深化了作品主题。

袁满、曲江、老宋都是个性鲜明的人物。刘广雄着重表现的是对女主角身份的追问与纠结上。袁满对错位的显身份（"秘密警察"）是认同的，而对自己真实的隐身份（贩毒犯）却始终都是迷惑的、排拒的。她在一种无知的状态下甚至还自以为是"为正义而战"的信念支持下从事了犯罪活动，那么，她究竟是警是匪？她在"崇高事业之名"下斗志昂扬地进行抢夺、杀人，究竟该作何价值判断？人物遇到的困惑也正是作品要留给读者的思索。二元对立的价值判断在此似乎失效。小说结局的这种纠结，也正是小说所要反映的生活的矛盾纠结。我们所生存的现实世界，我们的内心情感以至灵魂，也都是如此纠结复杂的。从这个意义上说，《英雄梦》这部现实题材的小说写出了人们日常生活和心灵世界的矛盾纠结复杂，很好地体现了现实主义长篇小说的特性，也印证了长篇小说描画千疮百孔的生活及灵魂的可能。

（2011 年）

《明心宝鉴》：流行了 600 多年的修身书

中国译介到西方的第一本书

中国最早翻译介绍到西方的书籍，不是孔子的《论语》，老子的《道德经》，《易经》，不是四书五经这些经典，也不是中国最早的文学作品《诗经》《离骚》，而是这本如今已在中国失传的《明心宝鉴》！

十六世纪前后，西方天主教教士陆续东来，为劝人信道入教，他们开始通过大量研读中国经籍来了解中国文化和沟通中西思想。1592 年前（一说是 1590年）天主教教士高母羡（Fray Juan Cobo，1546—1592）在菲律宾，将明朝初年开始刊行的通俗读物《明心宝鉴》译成西班牙文。高母羡原本是将《明心宝鉴》作为自己研读汉语及了解中国文化的启蒙读物。在学习过程中他将其译成了西班牙文。

高母羡的译本，是一个手抄的、双语作品。正面是高母羡翻译的西班牙文，背面是中文。译本中提到了本书的辑录者 Lipo-Pun Huan（范立本）。书名分别被音译和意译为 "Beng Sim Po Cam" 和 "Espejo rico del claro corazón"，扉页上印着一位一手拿书一手拿树枝的老者形象。

高母羡手抄本于 1595 年被带回西班牙献给王子斐利三世，此抄本现收藏于马德里西班牙国立图书馆。2005 年马德里大学出版了该书的校勘本（Espejo rico del claro corazón, Madrid：Letrúmero，2005）。校勘本封面选择了一幅风景图，内页左边是西班牙文及注释，右边是中文（含校勘文字）。

在高母羡之后，另一位同为多明我会（Domingo）的西班牙籍的天主教传教士那瓦雷得（Fernander Navarrete，1618—1689）也于 1676 年左右翻译了《明心宝鉴》并附加评注，作为第四章内容收录在其著作《中国历史、政治及宗教风俗概观》（Tratados históricos, políticos, éticos y religiosos de la monarchia de China）中。

直到 1662 年，科斯达（P. Ignatio a Costa Lusitano）和殷铎泽（Intorcetta）才出版了《论语》拉丁文合译本。这已是高母羡翻译《明心宝鉴》之后 70 年的事了。

一串黄金宝链

17 世纪，那瓦雷得在其著作中提到，《明心宝鉴》是他读到的第一本中国书，根据一位中国教友介绍，这本书很像西方的拉丁文书《金宝链》，意即，《明心宝鉴》中一段段珍贵格言，如同一串串黄金宝链。由此可见《明心宝鉴》一书在清朝初年的中国人心目中的地位。

诚然，《明心宝鉴》视野开阔，兼容并包，内容网罗百家，杂糅儒、释、道三教学说，荟萃了明代之前中国先圣前贤有关个人品德修养、修身养性、安身立命的论述精华，主旨是劝善劝学，引导人心。该书依内容分为上下二卷共二十篇，分别是：继善、天理、顺命、孝行、正己、安分、存心、戒性、劝学、训子、省心、立教、治政、治家、安义、遵礼、存信、言语、交友、妇行，几乎涉及和囊括了一个人生存于世一生中所要面对和经历的方方面面，有关接人待物、立身处世的方方面面，有关言谈举止、心性品行、齐家治国的方方面面。因此可以说，这实际上也是一部通俗版的人生哲学，一部人生教科书，一部修身励志经典。

《明心宝鉴》通篇大量运用对偶、对仗、排比等句式，几乎段段都是格言、警句，可圈可点。语句文采绚烂，朗朗上口，特别适合诵读，适合作为儿童少年研习国学之入门。又因其内容宏富、深厚，在给读者丰饶知识的同时，也能带给人深刻的思想启迪。

盛行于东亚、东南亚各国 600 多年

根据国内可以查找到的资料，《明心宝鉴》大约成书于元末明初，辑录者或整理者是范立本。国家图书馆普通古籍阅览室收藏有 1368 年刊印的《校正删补明心宝鉴》，其善本室则藏有 1553 年刊印的《重刊明心宝鉴》（二卷）和 1621 年刊刻的标明"范立本集"《新刻音释明心宝鉴正文》（二卷），普通古籍室还收藏有《新镌校正明心宝鉴正文》，扉页上题"官板正字明心宝鉴"，"桥村庄三圣堂行"。国家图书馆同时收藏有明万历皇帝《御制重辑明心宝鉴》二卷（根据美国哈佛大学燕京图书馆藏中文善本影印），成书于 1585 年。

此外，台湾大学图书馆藏有 1957 年由越南孔学会编《明心宝鉴》及 1601 年（明万历辛丑本）刊印的范立本集《新镌提头音释官板大字明心宝鉴正文二卷》（根据哈佛大学图书馆藏本影印）。台湾还收藏有明初刊黑口本线装《新刊大字明心宝鉴二卷》和由越南西贡市信德书社印行的 MINH-TAM BUU-GIAM 翻译过来的《明心宝鉴》（杨孟徽译）。根据哈佛大学收藏《御制重辑明心宝鉴》一书《提要》称：《四库全书总目》未收（《御制重辑明心宝鉴》）。《续修四库全书总目提要》（稿本）、《中国古籍善本书目》未著录此本，后者有《重刊明心宝鉴》二卷（明嘉靖三十二年（1553）曹玄刻本）、《新刻音释明心宝鉴正文》二卷（明末刻本），二种皆藏北京图书馆。又日本《新修成篑堂文库善本书目》有《新刻官板音释明心宝鉴正文》二卷（明中期刻本）。美国哈佛大学哈佛燕京图书馆又有《新镌提头音释官板大字明心宝鉴正文》二卷（明万历二十九年（1601）书林郑继华刻本）。

另有一说，认为《明心宝鉴》最早是由朝鲜高丽王朝忠烈王时代（约相当于元朝中期）的文臣秋适（1245—1317）所撰。秋适之祖秋磕，曾位及南宋门下侍中，于宋高宗（高丽仁宗）时东赴朝鲜，定居于咸兴，是为秋氏之始祖。秋适自幼精于文章书法，博通百家，官及民部尚书艺文馆大提学。忠烈王三十一年任国学教授时，为使文字启蒙之幼儿有一学习古典之门书，在各种经书和诸子百家、诗赋中，取其易懂又具深意的二百六十言，分成十九篇，编成《明心宝鉴》。此书成为日后数百年间初学者之道义教本。目前在韩国大邱市郊花园面所在地之秋氏祠堂的仁兴院中，尚保存着《明心宝鉴》木刻版一百六十余

枚。秋适之孙秋濡，于朱元璋初建明朝之际，即恭悠王十二年前往中国协助朱元璋，成为开国功臣，并将其祖父所作之《明心宝鉴》传至中国。

根据现在刊印的朝鲜文（韩文）版《明心宝鉴》来看，秋适初撰《明心宝鉴》一说似有可取处。此书明初传入中国，范立本可能重新进行了编辑整理，从而形成了一个由二十篇六七百段文字组成的新版《明心宝鉴》。经范立本整理后，《明心宝鉴》条理、结构更明晰，内容网罗了儒、释、道各家学说，从而成为一部修身养性、安身立命的宝典，从明初起即极为盛行，多次重刊、重印，万历皇帝还让人重辑修订一遍，并且亲自为《明心宝鉴》作序和跋，称赞该书深入浅出，言近旨远，"贤圣格言，往往而在。其于诫世训俗，不为无补"，可"以古照心"，因此是一本"照镜子"最好的修为书。由此可见，此书至少在有明一代都是最流行的通俗读物，也是最受欢迎的劝善书、修身书、启蒙书。这种流行到了清朝以后才逐渐衰落。

但在朝鲜，包括后来的韩国，700年来《明心宝鉴》一直盛行不衰，刊印了多种版本。

经过范立本整理后的《明心宝鉴》不只于中国盛行，而且迅速向东亚、东南亚中国周边各国传播，长期广泛流传于日本、越南、菲律宾等地。譬如，当年高母羡就是在菲律宾拿范立本撰辑的《明心宝鉴》作为自己学习汉语和中国文化的入门、启蒙读本的。

而在越南，2000多年中，汉字一直占据正统地位。学习的几乎都是汉文书籍。幼童始学《一千字》《三千字》《初学问津》《幼学五言》等，接着学《明心宝鉴》《明道家训》《三字经》《孝经》《忠经》以及四书五经等。从小就习熟这些图书，接受潜移默化的道德熏染。

"大长今"一生的启蒙读物

《明心宝鉴》是大长今最早的发蒙读本。长今在与各地官衙的医女们一起接受医女训练的时候，除了要学习医术，还要学习经典。她们的经典课开篇即学《明心宝鉴》。剧中提到了此书的开头几句："天听寂无音，苍苍何处寻？非高亦非远，都只在人心。"

正是因为长今从小就接受了这种导人向善、心存人道的"人心"教育，从而塑就了她满怀诚意、感恩、知足、惜福的良好心态。因此无论是当御膳厨房的宫女、尚宫、最高尚宫，还是当医女、御医女时，她始终诚心正意，不说假话，不做恶事，一切顺由本心去说去做，尽心尽力，不畏凶险，不屈不挠，从而成就了自己的伟大，被封为"大长今"。

李英爱因饰演大长今一角而风靡中国，"名满天下"。在拍《大长今》时，有位学者送给她一本《明心宝鉴》韩译本，她视以为宝，认为通过阅读《明心宝鉴》《菜根谭》这些书，"可以净化心灵"。

一部教人做人的书

《明心宝鉴》实质上是一本教人如何做人的书。"明心"即"明心见性"。这本是佛教禅宗的主要修持方法，意谓"心"是可以转变的（转迷为悟），但"性"是永远不变的，因此只要悟了自心本性（即佛性），就能成佛。南宋陆九渊和明王守仁等袭用"明心见性"一词，认为心、性、理都是一个东西，一切存在于"心"中，只要通过内省（明心）的工夫，就可能认识真理（见性）。所以，"明心"就是内省，就是对人本身、人内心、心性品行的修炼、砥砺和反省。《明心宝鉴》就是一部内省宝书，一面修行宝镜。

从主题上看，《明心宝鉴》主要是关于忠、信、礼、义、廉、耻、孝、悌这八方面传统美德教育的。它确立了人生于世、人与人交往所应遵循的这八个方面的道德规范、行为规范。它要引导人诚心、正意、向善。它要教育人：做人，首先要正己，安分，继善；其次，言谈举止、待人待物都要有诚意，在有涯人生要时时、处处都懂得感恩、知足、惜福，对人、物、事，对社会，乃至对苦难困厄都满怀感激之情、满足之心、珍惜之意。做人难，难做人，若依此，做人则不难。

《明心宝鉴》区别于其他教人做人的书籍的显著特点在于：它的文字、譬喻简洁易懂，道理深入浅出，简单实在。

书是有生命的

《明心宝鉴》是一部"长寿"的书。在有明一代它的影响登峰造极，这种影响辐射到周边诸国，乃至于刚学汉语的西班牙人都拿它当启蒙教材。至少在清初，此书的影响尚在。民国时期还有刊印本，坊间亦常见流传。国家图书馆收藏的善本之一即征集自郑振铎先生所藏，书上还有他的笔迹。但不知何故，这书后来竟慢慢湮没，乃至于在中国完全失传！

"礼失求诸野"。令人诧异不已的是，《明心宝鉴》的各种版本700年来始终在韩、日、越等国流传不断。这是一本活着的书。它移植各地，竟都有着同样惊人而顽强的生命力。

2006年初，经由北京大学西班牙文系赵振江先生推荐，我欣喜地得知有这样一部书，于是耗费近这一年光阴，查索国内各种善本古籍。因为国家图书馆的善本书不准影印，我只好用铅笔逐字逐句地誊抄一遍，再一一句读标点，校订整理，注释翻译，由华艺出版社于2007年1月首次推出这部书。

有趣的是，这本书在被翻译成西班牙文400多年后，2013年4月，北京大学教授赵振江又在原译本基础上完善和修改，推出了《明心宝鉴》西班牙文新译本，并在西班牙马德里举行了首发式。高母羡首次翻译的《明心宝鉴》被认为是"中西两国文化交流史上的重要'物证'"，高母羡则被誉为是"中西文化交流的先锋"。

2014年初播出的韩剧《来自星星的你》，剧中第8集有这样的场景：千颂伊来到都敏俊巨大的书房，看到庞大藏书时，让都敏俊推荐几本书看。被都敏俊放在第一本的是古文的《明心宝鉴》，千颂伊称作是"外星文"。千颂伊还告诉都敏俊李辉京向自己求婚了，都敏俊带着醋意说道："为什么要那样？不能把男婚女嫁当作金钱交易。《明心宝鉴》里这么说的。"

随着《来自星星的你》热播，《明心宝鉴》再次走进公众的视野，华艺出版社也在第一时间加印图书。作为一本流行了600多年的修身书，希望它能受到更多读者的喜爱。

（2007年）

（《明心宝鉴》，（明）范立本辑，李朝全点校译注，华艺出版社2007年出版。）

一个年轻人在荒街上沉思

——卞之琳诗歌智性特征描述

在《雕虫纪历·自序》中，卞之琳曾自谓"感情动物"，称其诗都是借助情感思想淘洗、提炼、结晶、升华出产的"小玩艺儿"。"抒情诗创造出的虚幻历史，是一种充满生命力思想的事件，是一次情感的风暴，一次情绪的紧张感受。[①] 诗歌，正是因其承载着思想、情感和情绪（"真正的主观的历史"），而被赋予了生命力，成为了一种有机的存在。

作为一种生命有机体，诗是生长着的。那些被个体、群体在生命过程中普遍地一再地体验到的思想、情感、情绪，穿越数百万年的时空，依旧能在阳光下翩翩飞舞，在这种意义上，伟大的诗歌便获得了永恒。卞之琳珍爱着自己的诗，他在人生之旅中选择诗歌作为自己生命的附着点和生存的依据。他把自己的诗称为"圆宝盒"，"装的是几颗珍珠"，"掩有全世界的色相"，读者们与其让青春被空虚蚕食，不如跟着他的船、他的诗顺流。诗人倾注大半生涯于其中的圆宝盒，因此成为诗人自己生命力的展示、证实与完成的客观对应物。

真正伟大的作家对于人类总是抱着无边的同情与怜悯，怀了不可言说的温爱与关切。这一种大慈悲正是释迦牟尼、耶稣式的人类关怀。作为诗人，卞之琳始终以独特而曲折的方式，对作为群体与个体存在的人自身表示关切。其1930—1932 年的作品"较多寄情于同归没落的社会下层平凡人、小人物"，"开始用进了过去所谓'不入诗'的事物，例如小茶馆、闲人手里捏磨的一对

[①] 苏珊·朗格著，刘大荃等译：《情感与形式》，中国社会科学出版社，1986 年版。

核桃、冰糖葫芦、酸梅汤、扁担之类"，"常用冷淡盖深挚或者玩笑出辛酸"。
1933—1937 年，"人家越是要用炮火欺压过来，我越是想转过人家后边去看看"，结果"切身体会到军国主义国家的警察、特务的可憎可笑，法西斯重压下普通老百姓的可怜可亲"，"一方面忧思中有时候增强了悲观的深度，一方面惆怅中有时候出现了开朗以至喜悦的苗头"。① 可见，诗人对人的关怀，并未达到无边的悲悯与同情，诗人不是拯救人类出现实苦海的基督法佛，他只是那位在荒街上沉思的年轻人，那个"独醒者"，"多思者"。②

如果说，鲁迅是借助情感、生命力的爆发，以狂风暴雨呐喊战斗的方式逼近民族、个体、生命自身的存在与发展，因而显示出阳刚、直露、明晰、热的火的特征；卞之琳则凭据情感、思想的投射，以和风细雨的方式接近民族、个体、生命自身的存在与发展，因而呈现出阴柔、含蓄、朦胧、冷的水的特点。他们的这种区别，只是一个作家，一个思想的智者在直面人类的整个现实生存时所采取的姿态、接近可能性的不同，而且这种区别并非绝对，二者之间亦无高下、深浅之分。与思想家鲁迅的思考相似，卞之琳对于人自身现实生存的沉思，大致可区分为三个层面：群体的、个体的、生命本体的。这三个层面之间存在着相互依存、依次递进的关系。

1. 对现代社会、民族群体生命存在形式的沉思：不完整的"荒原"意识

一个群体麻木、昏睡不醒的民族是一个正在走向衰败的民族，是一个没有希望不见光明的民族。大革命失败后沉闷、死寂的中国现实使卞之琳深味荒凉。在诗人眼中，整个社会是一条荒街，一座沉醉在梦中的古镇，一堆垃圾。春天的到来也唤不醒这一片荒原："北京城：垃圾堆上放风筝'！""黄毛风搅弄大香炉／一炉千年的陈灰／飞，飞，飞，飞，飞"，"黄黄的压在头顶上像大坟"，"漫天的土"要把人活活掩埋成古尸化石……③诗人通过这种貌似荒诞的审丑描写给人以触目惊心的强烈震惊：这一片现实的荒原几乎是无望得救的，它的丑陋已达到了扼杀一切可能的生机。主宰荒原的是凝固的死灭的时间与前定的宿命。"古镇"上的人们在算命的锣声与更夫的梆子声中沉入了梦乡，一旦有"小子"的哭声——唯一的一点生机发生，立即就遭到了群体的遏制，而扼杀

① 卞之琳：《雕虫纪历·自序》，人民文学出版社，1984 年版。
② 《几个人》《旧元夜遐思》《白螺壳》。
③ 《春城》。

重估中国当代文学价值

生机的手段正是那瞎子信口支付的宿命。鲁迅打破"铁屋子"的困惑在《古镇的梦》中也展示出来了。现实是荒街，荒街上的国民是一律地麻木不仁、百无聊赖："吃了一口灰像满不在乎"的，自在地望着天上白鸽的，痴看着自己长影子的，捧着饭碗叹气的，半夜里听别人梦话的，白发上戴朵红花的——陆离驳杂的生存形式全都是漠不相干的、旁若无人、平静悠闲如死水一般的存在。[①] 这样的生命里泛不起一圈涟漪，整个社会泛不起一圈涟漪，也一潭死水似的毫无感觉，毫无生机。诗人在许多诗里为我们状写刻画了类似的民族众生相：不知如何花掉生命的"一个闲人"，为自己撞丧钟的"一个和尚"，年复一年卖"酸梅汤"的老头，"做做梦""看看墙"打发时间的人……芸芸众生或者浑浑噩噩，浪费青春，挥霍生命，或者为生存所羁，忙碌奔波，无暇他顾——都是些不知不觉、寄生在死亡边缘的灵魂。无知觉的灵魂组织成了死寂的丛林，这样的丛林虽存犹亡，中国社会正如那一片绝望的荒原。这是诗人对严酷现实的痛切、冷峻的认识。

卞之琳的这种"荒原"意识较之艾略特，在意义上是不完整的。30 年代的中国毕竟不同于一战后一片废墟的欧洲。尽管在许多诗里，卞之琳描绘了荒诞沉闷的现实，但他在描写这种荒凉之后，能进一步揭示社会静如死水、群体麻木历史的、现实的根源。尤其重要的是，诗人表现荒原现实用意在于"改造现实"。[②] 诗里呈现的荒原不是大战争毁灭性劫难之后的苍白荒凉，而是两千多年专制积癣沉疴，近百年殖民疮痍创伤。病态不是不可救药的死灭，现实并非完全无望。可以这样说，面对荒原（"荒街"），诗人，这位沉思着的年轻人是清醒的，因清醒而悲哀而痛苦，但从未因此而绝望。那些像墓碑般直立着的无言的黄衣兵，不正是诗人眼里沉默中的民族孕育着的别一种可能爆发的生命力吗？"一只手至少有一个机会/推进一个刺人的小轮齿"。"一只（手）牵一只（手），就没有尽头"，一个一个劳苦者的联合，其伟力最终能够创造整个世界，改写整部历史。[③]

诗人对群体生存的沉思，还着眼于群体之间关系的考察。个体的生命构成生命群体，群体生命组成生态系统。生态系统的稳定平衡要依靠各群体单位之

---

① 《几个人》。

② 卞之琳：《雕虫纪历·自序》人民文学出版社，1984 年版。

③ 《西长安街》《一切劳苦者》。

间和谐的而非敌对的、互补的而非互斥的生命联系来保证。"叫人家没有地方安居的/活该自己也没有地方睡！/海那边有房子，海这边有房子/你请我坐坐，我请你歇歇/串门儿玩玩大家都欢喜/为什么要人家鸡飞狗跳墙"。[1] 国家间的关系同群体与群体之间、个人与个人之间的关系一样；战则伤，和则睦。群体共存的前提是各群体单位采取相互接受、相互联系的生命姿态。企图逼迫欺压、威胁破坏其他群体生存的群体，其自身存在的依据也必将受到损害甚至剥夺。诗人在这里素朴地表达了一种和平共处的国际关系、民族关系的基本原则。

2. 个体生存的反思：爱情、理想、价值

当诗人逼近个体存在着的生命时，他是从生命的历程，生命的路途中几个关键性的转折点（爱情、理想的抉择，人生价值的取向）来进行省思的。生命的历程譬如流水，不断地流淌、逝去。"路过居"前，"路过的很多""它一定看过/几代人走过了"。路过居是生命历史（个体与群体）的见证，路过居是世界这个大舞台的代码，各种形态的生命在这里舒展活力实现自我，然而一个个都走过去了。人在路过居的世上，不正是路过的人吗？来去匆匆，生命短暂，光阴不驻，往日不可追。在生命之路上，我们总是不断地得到些什么，遗失些什么，旅程却一步一步不停地走下去；在流逝的生命中，我们不断地自省、检视已往的光阴，收获的多是空白，如那张"皱折的白纸"；白昼一日的挣扎努力，到傍晚回首时发现只是一场幻梦，一生的奋斗到死亡反思时也不过一场幻梦，深切感受到的，也是真正拥有的只是时间之流，生命之流。[2]

个体生命自诞生以来，就是自由的、独立的。在成长过程中，各自由、独立的生命之间将发生种种可能的联系。爱的选择（不限于男女性爱）便是其中最根本的也是最重要的联系。对爱情有人珍惜、执着，亦有人视之如粪土弃之如敝履。有人对爱情的憧憬、热情凝固成了鱼化石长久的存在：鱼石浑然，就是精致的爱情化身、爱情化石。美丽的是不会被消灭的，完美的爱情结合沉淀下永恒的美丽。诗人同时揭示了另一种对于爱情的追求：不惜"抛下露养的青身"，"光明下得了梦死地"。小蠓虫为了对灯火浮华的热爱，以自己的生命作为牺牲，奉献于爱情的圣殿前；拜倒于海伦的美丽，古希腊的英雄们冒着生命

---

① 《实行空室清野的农民》。
② 《路过居》《路》《记录》。

的危险去寻求金羊毛而后又为她进行了一场持续多年的特洛伊战争。[①] 这类对于爱情的忠诚、执着可谓撕肝裂肺式，具有悲壮崇高的终极意义，但是，因为所追求的爱情只是浮华，只是虚幻的对象，故而生命的牺牲也就是无谓的、空洞的，英雄们的尸骸正像满阶的落红，作为爱情追求的一种符号能指，是没有任何所指内容的。

在个体成长过程中，生命的另一种重要抉择便是生命的本质意义、价值取向。在沉思者卞之琳的眼里，人生只是一个过程，处在不断的运动之中，不要追问生存的终极目的和价值，生存的本质就在于将"家驮在身上像一只蜗牛"，如那位倦行人一样；或者乘驼去沉睡大漠，听黄昏里寂寞铃声，随地酣眠，如品甘酿，不管能否见到绿洲，成就理想，此生亦已足酬，即使"一阵飓风抱沙石来偷偷/把我们埋了也干脆"；或者如那枚白螺壳，那座小楼，听任风吹过絮穿过春燕飞过银鱼织过，实现自我最后走向阑珊，待檐滴穿石、绳锯井栏时间磨透以后，仅遗下唯一的生命标志——那挂在蔷薇刺上的宿泪，拥有未来与希望的小鸡雏、小碧梧。[②] 与这种挣扎式的抉择相对立的另外一种生存抉择，即不知不觉麻木死寂的方式，则是诗人所否定的消极的一种选择。

3. 生命本体的沉思：生存的悲哀、生命的悲哀

生命的起源是伴随着猿人自身的挣扎、改变，发现并利用异我的环境来实现的。人类因学会养火、用火，于是脱离了动物界。诗人赞美人间的第一盏灯，赞美勇于冒险创新，敢于进步的人们。"与太阳同起同睡的"永远只能生存在黑暗中，永远不能改变环境改善自身，因而也就永远不能进化、发展。

人成了万物之灵，人是一切的主体，只有人的存在、人的渗透，一切才可能是完美的。桥上可以看到图画般美丽、音乐般动听的风景，然而真正会欣赏风景的人则站在楼上看你，你便是一幅更加美丽的风景，因为没有人的风景是静止的、不生动的。明月装饰着的窗子，恬静柔和，你（有人）装饰的梦却更加温馨更加颤人心弦。没有人的存在，没有生命的参与，一切都会变成空洞的符码，毫无意义，毫无价值。在另外一些诗里，诗人以曲折的方式也表现了类似的思想："冷风里的群鸦"独立、不屈、自在地翱翔，将形象刻写在苍茫天

---

① 《鱼化石》《灯虫》。

② 《道旁》《远行》《白螺壳》。

涯上，孤零零的夜风，"踉跄踩着虫声/哭到了天边"，裹蓄一日抑郁的雪之精灵，沉淀时清明晶莹，展开后"清泪盈盈"。群鸦、夜风、雪都是生命的符号象征，生命的标志。诗人以此对生命的主体性进行高度的张扬，赋予了厚实的内涵。

生命具有高度的主动性、进取性，但生命本身的降生则是无奈的、不可选择的。就像小孩随地捡起小石头投向山谷一样，生命的出世也是被一种无主名的力量不爱不憎地投向尘世的，这力量可能是父母，上帝，撒旦，可能是冥冥中的命运，无法把握的"前定"。《投》展示出了人类自身对于生命起源的困惑，这一困惑也是人类对于生命本体的永远困惑。

生命的降生是别无选择的，生命的路也是无常的：一种极偶然的因素即可置人死地，消灭善与美，摧毁爱与理想。刚才还将美丽身影印画在大海尽头的白帆此刻已粉碎成了破船片，生命如斯，旋生旋灭，运动不已，似乎只是无悲无喜的无奈。命运谁也无法预言，无法把握。昨日还高踞菩萨座上，受人烟火、瞻仰，今天却卧床清冷家中，空叹"我哪儿去好呢？"人生似流水，运转不息，为信誓旦旦的爱人所弃、埋没秋街败叶里的少女小影尚有清道夫扫见，使人记起一段悲怆的故事，而人界茫茫，又有多少未被发现的命运呢？生命去留匆匆，恋情、婚姻、追求孰不逝去？一切皆变动无常，哪是个体群体之人主宰得了？想那古代羌女的情书竟让西洋浪人捡起，真是几千年的情结啊！而当年古羌女情书沦落流沙时又有谁知谁怜？为此忧愁者是入世者，而叫好者（如诗人自己）则是智慧者，他洞察了人生的真谛，乃发现生命不过是上帝手中的把戏。①

生命本体自开始时便注定是寂寞的、孤独的、悲哀的。沉默是生存的一种重要方式，人与人之间难见沟通的可能，因而更多的时间，生命是处于无语的寂寞之中的。人竟同蝼蚁一般，活着时不如蝈蝈有墓草作伴，死去后亦无人知晓无人埋葬，生的哀是深重的。悲哀的旋律自古演奏至今。生命自少至长皆为一种成长、衰老的忧伤、恐惧所笼罩，这正是悲哀最深刻的原因——"这悲哀的感情像流水"，积成了层叠的水成岩。人生是悲哀的，还因为生存的全部意义不过是装饰他人，点缀世界："装饰的意义在失却自己"，人的主体存在终于

① 《奈何》《寄流水》。

沦为了客体、对象，被他人看和欣赏。

寂寞孤独的生命本体、灵魂自身又是漂泊不定，永远无根的。在这"路过居"式的世界上，人人都是路过的人，相对永恒的世界已经亲眼目睹了一代一代的人走过了。人生注定是要像宿命或上帝安排好了的蜗牛，将家驮在身上，"弓个背，弓个手杖，弓了腿"，蠕动在这世上。在背着上帝永远的诅咒行进的过程中，人自身又会感受到一种来自生命深处本质动机的灵魂拷问，对前路产生困惑，对这种浮萍过客般生存方式产生困惑，于是不禁要自我怀疑："我要干什么？""我上哪儿去？"于是就有了寻求归宿的要求。然而生命是无根的，开始清醒的灵魂明明身在自己的圈子里，却偏要到"外层而且脱出了轨道"的地方去寻觅自我，结果，自我迷失了，寻找到的只是"一段灰心"——生命是流浪的，它原无所傍、无归宿啊！①

4. 运动哲学与"相对"论哲学："悟"的不彻底

从生命哲学的含义上对生命存在进行省思，只是荒街上的年轻诗人卞之琳智性思索的第一级层面，由此层面楔入，这位思想的智者又为我们揭开了生存所包含的变动（"易"）与"相对"论之哲学层面。"生生之谓易"，鱼非能长久，鱼成化石的时候，鱼非鱼，石非石；女人非能长久，男女结合产生爱情时，女人已非往日之女人，"往日之我已非今日之我"，我们只能拥有"雪泥鸿爪"，拥有纪念。

万事万物皆处于流动、变易的状态中，没有永恒不变的东西。海誓山盟的爱情可以抛诸流水，弃之垃圾；理想、人生亦莫不如此。"你们都远了"，留下的只有一代代人悲哀积下的层叠的水成岩，无知无觉的鱼化石。运动，唯有运动才是生命存在的根本依据。运动伴随着生命，无始无终，脱离了运动的生命是不可能存在的。

诗人自己说，《断章》是要表达一种"相对"的观念。生命的主体性地位是相对的，装饰与被装饰，完成与被完成是相对的。② 事物的存在都是相对的。爱情、理想、人生、生命、时空都是在而且只有在相对世界中存在。1915年爱因斯坦发现相对论，艾略特在《四个四重奏》中深刻地表达了对时间相对性的认识。古典文学修养深厚的卞之琳，对老庄"相对"论辩证思想是熟悉

---

① 《归》。

② 《妆台》。

的。在这样的时代的、历史的文化氛围熏陶下，诗人用诗来表达对生命的"相对"论哲学层面上的思考，也就决非偶然的了。

卞之琳这位思想的丰富者，对于智慧永远倾心，他以智者的姿态，意欲努力摆脱具体事物的羁绊，抵达对世界存在最本质最洞彻的认识与把握，亦即达到"悟"境，进入"道""知"，或说是"理智之美"。从理性批判这一层面上说，诗人确实逼近了"理智之美"，但是，思想者终究不是道学家、佛学家，卞之琳始终未能像废名那样以禅入诗，明心见性，未能去除俗世之累，"出脱空华"。诗人的沉思是根源于现实的，从现实中发现哲学，发掘理性的光辉，而不是玄想空悟，更不是大彻大悟，一了百了。

这，或许正是诗人可贵的地方。

（1993 年）

《哥德巴赫猜想》的意义

2014 年在徐迟一百周年纪念会上我发表了一篇文章《一本书的滋养》，谈到徐迟的《哥德巴赫猜想》对我一生的影响。我认为今天从事报告文学创作和研究的人能有饭吃，都应该感谢徐迟，应该向徐迟致敬。因为正是有了四十年前徐迟的《哥德巴赫猜想》等一系列作品，包括黄宗英的《大雁情》、理由的《扬眉剑出鞘》、陈祖芬的《祖国高于一切》、鲁光的《中国姑娘》、柯岩的《船长》、赵瑜的《强国梦》等一批优秀作品的涌现，才让报告文学"由附庸蔚为大国"（张光年语），成为了一种堪与诗歌、小说、散文、戏剧比肩并立的重要文体。

在当代文学史上，《哥德巴赫猜想》具有里程碑式的意义。首先是开启了新时期报告文学创作的闸门。1978 年 1 月徐迟在《人民文学》上发表以数学家陈景润为主人公的《哥德巴赫猜想》，引起了轰动效应，成为新时期报告文学的"报春燕"。《哥德巴赫猜想》描写的是命运长期被扭曲的普通知识分子。其诗化的叙述语言、生动感人的情节设置以及对知识分子的重新肯定等，勇敢地突破了"文革"十年强加于文艺的种种条框，从而使这部作品在当代报告文学史上具有了划时代标志性的意义和价值。报告文学这个闸门一旦打开便不可收拾，一泻千里，爆发出巨大的能量，从此以后，许多记者，小说、诗歌和散文作者等纷纷加入报告文学创作，报告文学如春花怒放，出现了一大批眩人眼目、引起社会轰动的作家和作品。报告文学作品的数量和质量、社会效果等，都是中国文学史上前所未见的，从而造就了报告文学别样的艺术特质，让报告文学这一文体的自足性和自立性逐步形成、逐步完善，确立了自己不可动摇的文学地位。以前报告文学在中国的文学序列里实际上是不存在的或不独立自主的。譬如，在二十世纪五六十年代，它通常被称为特写或文艺通讯，如《谁是最可爱的人》《我们会见了彭德怀司令员》《县委书记的榜样——焦裕禄》《红桃是怎么开的?》《为了六十一个阶级弟兄》《南京路上好八连》等等，皆是如此。它们的作者，包括魏巍、穆青等，其实都不是文学作者，而是新闻记者。而从徐迟等人的作品开始，报告文学才真正变成了专业作者的写作，成为了一种独立的文学体裁和样式。

其次，《哥德巴赫猜想》拓展了新时期文学的基本主题、基本母体和题材领域。我们常说新时期文学的最大主题是文明和愚昧的冲突，是反封建的主题。《哥德巴赫猜想》所开辟的科技题材、所塑造的科学家的典型，拓展了新时期文学的宽度和厚度，为科技题材创作和知识分子形象的刻画打开了新天地。

第三点，《哥德巴赫猜想》奠定了新时期报告文学的基本品质和底色、基调，甚至可以说是奠定了中国报告文学的基本规范。我们今天谈论报告文学，都应该回到《哥德巴赫猜想》这部经典作品上来。它对报告文学的规范意义体现在：一、直面现实，不回避矛盾，不回避问题，与时代同频共振。二、始终追求报告性、新闻性和艺术性、文学性的完美统一或完美融合。比如，有的研究者提出报告文学不能有想象性的描写，如果我们回头仔细阅读《哥德巴赫猜想》就会发现，其实报告文学需要而且存在着大量想象性的描写。而且，正是因为有了这种文学的想象和铺展，才让报告文学具有了更高的艺术品质。这是对报告文学规范的意义。

第四点，以徐迟之名的意义，亦即徐迟作为一个人、一名作家、报告文学的一面旗帜的意义。今天，徐迟报告文学奖已连续举办了六届，表彰了一批优秀的作者和作品，大量作者特别是基层的作者，都是在徐迟这面旗帜下走到一起来的。在徐迟的家乡浙江湖州市南浔镇，据说中国报告文学馆今年要在那里开馆，集中收藏和展示当代优秀的报告文学作家作品。我认为这些都是徐迟作为一名报告文学大家自身的意义或精神传承价值。

除了文学史上的意义之外，《哥德巴赫猜想》在中国当代的思想史、文化史和科技史上都产生了巨大影响，推动了全社会的思想解放运动，宣告了科学春天的到来，甚至直接影响了党中央关于"科技是生产力"直至后来"科技是第一生产力"这一科学理念的提出。同时，《哥德巴赫猜想》也有力地改变了广大知识分子的命运，可以说，大批知识分子的平反，包括为之正名，以至于提出尊重知识尊重知识分子，都跟这部作品有关。在纪录片《历史转折中的邓小平》中我们就能看到这种关联的证明。

最后是《哥德巴赫猜想》对新时代科技题材创作的启示。第一个启示是，必须强调报告文学的可读性、生动性、诗性，《哥德巴赫猜想》有时被当作一篇诗作，其中有很美的诗句般的描述。报告文学要重视人物的刻画，重视故事的讲述。这是最基本的创作启示。第二个启示是，要将抽象、玄奥的科技术语和概念形象化。我们今天描写神舟上天、蛟龙下海、高铁、粒子对撞机、机器人、超算、量子通讯等尖端科技题材，都应该向《哥德巴赫猜想》学习，学习其如何把深奥的东西形象化，做到深入浅出，富于感染力。第三个启示是，要紧扣社会现实，记录和表现这个时代，反映老百姓的心声。第四个启示是，报告文学要坚持短、平、快、实、新、美的特点。我们说报告文学是轻骑兵，倡导短写、写短、写精，《哥德巴赫猜想》才一万八千多字，现在这样短篇幅的作品越来越少，这是应该引起警惕的问题。第五个启示是，科技题材创作的难度和广阔空间，现在还有很多创作的空白需要我们不断去扩展，为科学文艺、报告文学注入源源不断的泉流。

（本文是作者 2018 年 1 月在"纪念《哥德巴赫猜想》发表四十周年暨新时代科技题材创作座谈会"上的发言。）

贾大山的现实主义创作精神

—— 以善意和诚意描写人民反映社会生活

应该说，对贾大山及其创作的重新发现和高度重视，是与习近平同志在 1998 年发表的《忆大山》这篇纪念文章分不开的。《忆大山》是习近平同志在贾大山去世一年后撰写的，刊发于 1998 年第 7 期的《当代人》杂志。2014 年 1 月 13 日在《光明日报》上重新发表，产生了巨大的社会反响。在 2014 年 10 月 15 日举行的文艺工作座谈会上，习近平总书记再次深情地提到了贾大山，对其人其文给予了高度评价。

我们今天探讨贾大山的创作精神，不能不回到习总书记的这篇回忆文章和文艺工作座谈会讲话上来。对于贾大山及其创作，习总书记做了准确而到位的概括，归纳起来，大致包括以下四个方面。

一是贾大山具有深厚的家国情怀和爱国主义精神。家国情怀就是作家对于祖国和人民怀有的一种真切而深厚的感情，包括爱国、爱民之情和追求国家富强、民族兴盛、人民幸福的理想，体现出对国家和民族高度的认同感、归属感、尊严感、荣誉感、责任感及使命感。这是中国作家传承延续了数千年的一种高尚的人格，是中华民族的优良传统。习总书记说："大山是一位非党民主人士，但他从来也没有把自己的命运与党和国家、人民的命运割裂开。在我们党的政策出现某些失误和偏差，国家和人民遇到困难和灾害的时候；在党内腐败现象滋生蔓延、发生局部动乱的时候，他的忧国忧民情绪就表现得更为强烈和独特。他利用与基层民众水乳交融的关系，充分调动各种历史和文化知识，以诙谐幽默的语调，合情入理的分析，乐观豁达的情绪，去劝说人们、影响人们，主动地做一些疏导和化解矛盾的工作。"

二是牢记作家的良知和责任。习总书记称赞贾大山光明磊落、襟怀坦荡、真挚热情、善良正直、率真善良、恩怨分明、才华横溢、析理透彻，"更没忘记一名作家的良知和责任，用小说这种文学形式，尽情地歌颂真、善、美，无情地揭露和鞭挞假、恶、丑，让人们在潜移默化中去感悟人生，增强明辨是非、善恶、美丑的能力，更让人们看到光明和希望，对生活充满信心，对党和国家的前途充满信心。"一位真诚的、正直的作家，不仅要歌颂真、善、美，也要鞭挞假、恶、丑，但是揭露和鞭挞并非最终目的，而为了让人们明辨是非、善恶、美丑，看到光明和希望，这才是创作的宗旨和目标。

三是洞察社会人生的能力。习总书记认为贾大山拥有超常的记忆、广博的知识、幽默的谈吐、机敏的反应："作为一名作家，大山有着洞察社会人生的深邃目光和独特视角。""对人们反映强烈的一些社会问题，他往往有自己精辟独到、合情合理的意见和建议。"因此，在与其作为知己相处的同时，他还更多地把贾大山这里作为及时了解社情民意的窗口和渠道，把他作为自己行政与为人的参谋和榜样。

四是真诚的人民情怀与人民情感。习总书记在文艺工作座谈会讲话中指出："文艺要热爱人民。有没有感情，对谁有感情，决定着文艺创作的命运。如果不爱人民，那就谈不上为人民创作。"他高度肯定贾大山是一位热爱人民的作家，给自己印象最深的就是他的忧国忧民情怀，"处江湖之远则忧其君"。自觉与人民同呼吸、共命运、心连心，欢乐着人民的欢乐，忧患着人民的忧患，做人民的孺子牛。习总书记更进一步指出：热爱人民不是一句口号，要有深刻的理性认识和具体的实践行动。对人民，要爱得真挚、爱得彻底、爱得持久，就要深深懂得人民是历史创造者的道理，深入群众、深入生活，诚心诚意做人民的小学生。要带着心，动真情。解决好"为了谁、依靠谁、我是谁"这个问题，拆除"心"的围墙，不仅要"身入"，更要"心入""情入"。

我们今天重新发现贾大山，最重要的是要发掘他的创作精神，发掘其创作精神对于今天的作家和文学创作的启示意义。我认为，贾大山的创作精神归结到一点，就是为人民写作的实践和精神，也就是现实主义创作精神。现实主义，不仅仅指向关注现实，关注社会人生，描写现实题材，也不仅表明这是一种写实的创作手法，更重要的是，作家应当如贾大山一样，总是满怀善意和诚意地对待笔下的人物、对待自己的创作对象——人民主体，总是以真诚善良的目光注视着社会和生活，在自己的作品中传达出善意。特别是，对待社会和生活中的那些问题与不足、阴暗面以及人性中虚伪、丑恶、鄙陋的一面，总是报以苦涩的微笑与沉思，总是给予善意的真诚的提醒。

在一系列小说中，贾大山都采用了反讽、讽刺、批评乃至批判的手法。例如《取经》中的王庄的村支书王清智向李庄的村支书李黑牛取经，结果取回治沙经验的经正是自己原先发明创造的。善于总结的王支书在思想观念上总是慢人一拍，因此落在人后。《容膝》中四宝斋店主人卖"容膝"拓片，既不卖给胖老头，也不卖给眼镜，而要卖给一位卖绿萝卜的老甘，因为胖老头有贪心，眼镜又有怨心，只有老甘能够保持一颗寻常心。小说借老甘之口阐述了人生在世，虽然不能无所求，但是决不能有贪怨之心的哲理。在《钱掌柜》中，贾大山塑造了一位可亲可敬的长者形象。钱掌柜对"我"非常喜爱，对整过他的李书记却并不心怀怨恨，而是从李书记不搞特殊化这一点上看出他"人不错"，因此在李书记去世时还扔了两块饼干到大街上以示祭奠。《王掌柜》中的主角王掌柜显然是一位美食家，对于吃食特别讲究地道与正宗，追求优秀传统的传续。而为了延续这些好东西、好传统，他甚至最终决定重操旧业，种植并振兴好看、好吃又好熟的"南仓大白菜"。作家对这个人物既喜欢又有所调侃和批评，譬如这位半辈子种菜卖菜的农民认为卖烟卷卖瓜子的都可以称为掌柜，自己的买卖比他们的还大，于是人们便投其所好叫他"王掌柜"。——这些都显示出作家幽默诙谐的叙事风格。在《西街三怪》中，《药罐子》中的于先生不吃西药，而且恨屋及乌，连带"西"字的东西都不用，于是别人便戏弄他：西瓜、西红柿、西葫芦都带"西"字，吃不吃？令其自相矛盾。人们好容易劝说他服用康泰克胶囊，但当他得知一粒胶囊竟要六毛钱，"顶三个烧饼"，他又很不以为然。服过之后，自称感觉"确实好多了"，还连声感叹："不错不错，科学就是厉害！""妈的，到底是中美史克！"——然而，作者笔锋一转，出人意料地揭穿了谜底：原来，那粒康泰克胶囊滚到地下去了，根本就没吃到他肚子里！——作者用辛辣的笔触鲜活地刻画了一位迂腐固执却又富于个性的人物形象。《火锅子》中的杜老，"有一种心病，口说知足常乐，心想高人一等"。为了医治这种心病，家人就专给他吃各种剩菜，号称"火锅子"，于是杜老就又洋洋自得起来。这是一种类似阿Q一样的精神胜利法，堪称阿Q的孑遗！

《老路》刻画的队里的指导员老路是一个很有个性的人。"五好社员"主动要拉电闸电死垂危的老牛，老路骂他"没人心"；反而命令富农分子路大嘴去拉，然后再把电死老牛的罪过归结于坏家伙路大嘴。当路大嘴辩解时，又恨恨地踢她一脚。老路这个人身上交织着善与恶，带有冷酷和残暴的不足。《干姐》则塑造了一位善良的女性，她总是以"炸弹"似的语气跟人说话，却因为"我"会拉二胡竟主动要求给"我"当姐，在"我"生病时悉心照料，给"我"留下了终生难忘的回忆。《俊姑娘》讲述了一个叫玲玲的俊姑娘的故事，因为长得美，人们对她总是另眼相看，要求反而更高更严，入团的好事没有她，工分只给她评六分半！就连她穿白鞋、走路爱扭身、爱唱"多米索"、平时爱写信都变成了毛病。而当她在劳动中被倒塌的墙压到有可能瘸腿之后，人们马上评她做"五好社员"。这个故事揭示了人性中复杂的内容：羡慕嫉妒恨；只有当美好的事物破碎了之后人们似乎才能找回心理的平衡。《花生》讲述了一个令人唏嘘不已的故事，一向严格自律的队长在得知自己媳妇偷了队上一把花生种子炒给闺女吃，竟一巴掌打得闺女被一粒花生米给噎死了。小说描写了队长的精明能干，对待他人都能通人情，如允许给下乡知青炒花生吃，为了让大家下地不偷吃花生种子，先买了油条管大伙儿吃饱。小说的结尾，队长以一种自虐式的叫喊为自己忏悔与赎罪，然而死者长已矣！只有那个不断在"我"梦里出现的女孩子在提示人们：这是一个时代的悲剧、生活的悲剧。在这个故事中，队长并没有做错，但却生生断送了一条生命！在《村戏》中，擅长打板鼓的元合一心钻到钱眼里，忙于挣钱，无心参与村戏表演，原本爱慕他的女孩小娟最终看清了他的真实面目，转而邀请双喜赶鸭子上架打板鼓。小娟的选择代表了作者的价值取向：人应该有更高的精神追求，不能沦为金钱及私利的奴隶。

在这些作品中，贾大山鞭挞的是时代的缺憾和问题，批判的是人性中的弱点与不足，但是他的鞭挞与批判始终都是带着善意和诚意的微笑，是一种不失温情的真诚的提醒与提示，目的皆在于让人们看到自身的不足，引起注意并加以克服，为的是完善人自身，完善我们的人生和生活，让人们看到光明和希望，看到美好的未来和幸福的生活就在前方。因此，这是一种真诚而温暖的现实主义小说。

贾大山对创作，总是精益求精，基本上只写短篇小说，没有长篇创作，总是"用盖楼房的材料盖平房",而不是做的相反。这种板凳坐得十年冷的精神，就是一种工匠精神，就是力戒浮躁、去除粗制滥造的自觉的艺术追求。铁凝在回忆贾大山往事时写到，大山写好了小说经常压在褥子底下，高兴了就隔着褥子想想，想好了抽出来再改。他就是如此慎重对待自己笔下的文字，把作品越改越短，越改越精。

在贾大山的创作中，很好地体现了对中国优秀传统文学和文化"文以载道"，文艺应经世致用、资治资政、有益于世道人心的传承与弘扬。他的小说，总是致力于劝善惩恶，发挥教化功能。而且，他的创作紧紧贴着地气，贴近人民生活，因此往往能够成为了解社风民风、社情民意的有益窗口。

贾大山的创作精神还表现在他的人品与文品兼修齐美。风格即人，文如其人，人如其文。在贾大山身上，实现了作品风格与人格魅力的统一。他在小说《林掌柜》中，借主人公林掌柜之口，提醒"我"父亲决不可卖被人恶意掺进了水的酒，因为"人也有字号"，不能倒了自己的字号。可见，人在世上立足，立身处世，是要用一生来经营个人的字号和招牌的，要珍惜自身的名誉和名声。贾大山正是如此要求自己的，不轻易地写东西，更不随意地将写好的东西拿去发表。对自己用心血和生命创造的作品，无比地珍视。这种人品文品兼修齐美的品格正是一切优秀文艺家所具备的崇德尚艺、德才兼备、德艺双馨的品格，是广大文艺工作者应当努力追求和效仿的目标。

（2017 年）

叶兆言笔下的消失与重现

小说是对世界包括自然、社会和人类生活的反映与表现，是一种对现实生活的重新塑造与建构。可以说，作家笔下的小说世界就是已经消失的历史与现实的一种重现与再现。小说所营造的世界可以时间和空间划分。既可以在一定的空间和地域范围内建构一个横向的、立体化的世界，也可以在一段时间长度内建构一个人的生活、情感及心灵世界，纵向书写人物命运、生平经历、心路历程，致力于对人物外世界与内世界、外宇宙与内宇宙的刻画、描写与表现。当然，也可以是这两种横纵世界的交汇与混成。小说家叶兆言，从八十年代开始创作以来，一直专注于营造属于自己的小说世界。他像一名埋头干活的工匠，从来不曾停歇自己的这种创造与建设。小说的世界包含了男人世界与女人世界，包含了外部世界与内心世界。叶兆言似乎更感兴趣于对女性世界和内心世界的开掘与重建。他的小说往往从现实真实出发，甚至结合了自己所亲历的部分现实，让自己进入小说叙事，融合了具体的历史情境进行艺术的加工，试图还原历史真实与历史真相，试图抵达人物内心隐秘和历史隐秘，将正在逐步隐入历史的人与事重新复活，真实再现。他所建构的小说世界基本上是一个现实与历史、真实与虚构交织在一起的世界。

从无限的现实出发

小说源于生活，叶兆言的小说有着鲜明的现实生活的影子。在一些小说中也出现了第一人称叙事，而且"我"所叙写的关于自己及他人的事情似乎都有作者真实的影子。《驰向黑夜的女人》是他最近出版的一部长篇小说。这部小说最初在《收获》2014年第一期发表时名《很久以来》。作者自解："想写很久的小说。当然也和最初的结构有关，原来的第二章是第一章，因此，书名就是开头的第一句，'很久以来'就是这么来的，有点像给古诗取名字，打头是什么就是什么。后来做了调整，大约是觉得，这样读者可能更容易进入我要写的故事中去。"在同年4月由江苏文艺出版社出版单行本时，作者借用了诗人多多的一句诗改了小说的名。他说："'很久以来'这书名也可用于我所有的小说，写作是积累，是时间和精神的双重沉淀。"

在这部小说的《后记》里，叶兆言解释了创作的初衷和缘起。小说女主角竺欣慰源自真实的人物——原江苏歌剧团副团长李香芝。这名演员是叶兆言父母的熟人，同他们一样1949年前参军，当过文工团员，随后入党。李香芝的故事始终都是一个谜。我们看到的关于她的简介是这样的：

李香芝（1930—1971），山东阳信人，1947年17岁时参军入伍，1950年加入中国共产党，1952年参加抗美援朝，1955年归国后转业到地方工作，任职于北京市劳动人民文化宫；1958年秋，李香芝随在空军当飞行员的丈夫姚秀琪，调到南方的杭州，任杭州话剧团演员，后任副团长；此后她相继担任南京歌舞团副团长，江苏省歌舞团合唱队副队长。在清查"五·一六"运动中，被诬为"恶毒攻击无产阶级司令部"而被批斗关押，后于林彪叛逃前11天（即1971年9月2日）未经任何审判程序，便被仓促拉到江苏省京剧团礼堂参加了一个公判大会，即被绑赴刑场，惨遭杀害，时年仅41岁。

李香芝的被枪毙当时给叶兆言的父母带来巨大的恐慌。父母的反应以及当时社会上关于李香芝的传言——说她造谣污蔑，竟然说毛主席化装成特工人员千里迢迢跑来南京跟她睡觉——都给作者留下了终生难忘的印象。因此，正如其所言，这是他想写很久的小说。他的写作基点是从历史真实出发，从真人真事入手，展开想象，丰盈建构成一个亦真亦幻的艺术世界。在这部小说中，作者"虚拟"地写到了自己与竺欣慰的女儿小芊有交集，甚至有过一些浪漫的美好的交往。小说中出现的吕武这个人物，曾在美国留过学，曾和小芊恋爱同居过。这个人物似乎也有现实生活中的对应。这部小说的第二章《北京，2008年的大雪》原本被作为小说的开篇，这一章似乎是一种写实的实录，记述了作者在 2006 年和 2008 年两次应邀到北京，分别与德国和捷克的作家诗人进行交流。而吕武正是他第二次赴会的邀请者。作者还讲述了自己在创作这部小说时的心情：他感觉那些往事，那些精彩的场景和独一无二的细节，犹如漫天飞舞的乌鸦，它们都曾是活生生的存在，是生命风干的标本与化石。他汲取了父亲写作的经验之谈，"排除任何干扰，不顾一切地用心去写"。在他看来，所谓的灵感是骗人的鬼话，只有货真价实地写了，才能思如泉涌。《驰向黑夜的女人》正是这样的一次写作历程。正是李香芝这位作者熟悉的"陌生人"独特而奇异的经历激发了他长久的创作热情：出身于有钱人家，一生追求进步，跟党走，听毛主席的话，最后在"文革"中却莫名其妙地被枪毙。

现实是一个庞然大物，是一个巨大的存在。经年累月的沉淀，现实生活演变成了沉重厚实的历史资料。作家的写作实际上是在打捞历史往事。叶兆言的小说被认为更多地描写南京，描写秦淮河畔，描写民国和"文革"，描写妓女及其他女性。他何尝不是在打捞一座千年古都新旧杂陈的历史。只是，他所打捞的是自己感兴趣的、比较了解和熟悉的历史往事而已。

在 2015 年 1 月由人民文学出版社出版的中篇小说《白天不懂夜的黑》中，作者也把自己带进了小说，甚至是小说的一个线索性人物。而"我"的经历，"我"自 1980 年代以来在文学圈中的各种遭遇与感触，似乎都能在作者身上找到对应或映像。换言之，小说中写到的人物——无论是"我"的辅导老师、作家林放，还是他的三次婚姻等等，给人感觉都能找到现实人物及其故事的影子。这也是一部具有很强代入感的小说。作家的叙写，似乎就是自己身边某位作家的人生及情感历程。作家似乎只是对现实进行了艺术的想象与加工后，重新整合、捏塑，然后还原重现了这个人物的经历。小说的虚构真实是一种艺术真实，同样带给人强烈的感染力。

倾心描绘女性命运的旖旎花园

相较于男人世界，叶兆言似乎更熟悉也更喜欢描绘女人世界。女性和爱情似乎是他乐此不疲、倾情关注的对象。在他的笔下，几乎没有完美的女性，只有真实的女人和他们真实的故事：残缺的不完美但真实可信、贴近生活。

在 2016 年 5 月由人民文学出版社出版的叶兆言最近的一部中篇小说《去

雅典的鞋子》中，他仍旧将女性作为作品主角。小说围绕着吕红英、居丽娜母女二人的人生及情感经历展开，以丽娜对自己身世不遗余力的追诘作为线索。作者自称，他所要表达的是一种无边的孤独，存在的孤独感。因为在丽娜的童年时期，父亲在外地当兵长期缺位，只有探亲时才回家，总是出人意外地出现在家庭里。家里的常务成员只有母女二人。丽娜还被送给姑姑长期抚养，而社会上关于其母亲吕红英又有种种生活作风方面的闲言碎语，加之母亲自杀后她看到母亲笔记中对于其他男性的暧昧的崇拜，使丽娜认定自己的父母之间存在着问题，他们的性生活、婚姻关系存在着裂缝，她甚至任性而固执地认为，自己不是父亲居焕真的亲生女儿，而是智仁勇的私生子。为此，她不断地诘问父亲，追索自己的亲生父亲，甚至于不惜一切代价要弄到智仁勇的血液、毛发以便于进行二者亲子关系的 DNA 检测。这是一个始终生活在孤僻与孤独中的女性。母亲因抑郁症自杀，母亲的忧郁性格似乎也传染给了她。父亲与母亲曾经闹到讨论离婚的地步，父亲后来续娶了继母龚亚琴，这些又让她怀疑父亲当年对母亲不忠，有过出轨的行径。丽娜的一生都在纠缠一个问题：当年要么父亲在外面有人，要么母亲有人，要么二者都有。她对父母始终是不信任的，导致她对恋人黄小葵也不信任。而黄小葵曾与她的闺蜜杨莉新同居，更坚定了她关于男人不贞的判断。因此，或许这可以被看作是一部表现生存荒谬哲学的小说。人生而孤独，并将永远孤独。人与人之间，哪怕是在父子母女、爱人配偶之间，也永远无法真正沟通相通，而总是存在裂缝与隔阂。作品通过丽娜的追问，探究的是一个永恒的主题：人与人之间的沟通、相知、相互理解是否可能？丽娜是一个像她父亲所言一根筋、不省事、固执的人，她生活在自己的臆想世界里，对外部世界、对他人充满了怀疑和不信任。这种不信任又与其自身的经历息息相关。可以说，正是她的人生塑造了她的性格，而她的性格又影响或决定了她的命运。小说在黄小葵的及时回归中看似圆满地结局：居焕真被医学科学地确认为丽娜的父亲，继母责怪她胡闹，一场闹剧看似就将收场，然而，丽娜仍旧没有放下对于身世的追问。这，或许是一种本根之问、源头之索，是一种原罪式的桎梏。就像作者引用欧阳江河的诗句作为小说的题目一样，一双鞋子究竟要走出多远，才能长出适合它的双脚？一个人究竟要追诘多久，才能弄清自己的身世？而倘使连自己的身世都弄不清，那么，对于"我是谁""我从哪里来，我将到哪里去"这些最根本的生存命题都将不甚了了，也将无从谈起。

如果说《去雅典的鞋子》关注的是女性的孤独的话，那么，《驰向黑夜的女人》关注的则是女性之间的姐妹情谊。小说围绕着竺欣慰和冷春兰这两位女性的命运展开。竺欣慰是当然的主角，冷春兰则是她姊妹一样的配角。竺欣慰一生向往崇高，追求进步，早早地入了党，当上了干部，但却在一场史无前例的"文化革命"中，因为一些在神经错乱状态下说的话语而被莫名其妙地枪毙。这是一个出生于显赫家庭的女子，父亲当过汪精卫伪政权时期的汉奸高官，母亲"叛逃"出国，她一生学习昆曲，并因此先后与卞家少爷明德、肉联厂职工间迭结合，并与明德生下一女小芋。春兰则长期洁身自守，然而最终却逃不过"屠夫"间迭的黑手而被强奸。被强奸后的冷春兰为了个人名声选择了保持沉默，并在欣慰被判刑后半推半就地嫁给了间迭。小说描写了这两位女性之间从相知到暗生嫉妒等罅隙，乃至相互背叛，在"文革"那样一种特殊的情境下，春兰走上了揭发好友的歧途。她俩本是一体的、合一的，但在外部环境的作用下，这个姐妹共合体开始分解、破碎。如果说，欣慰和春兰是一个人，或者代表着一个人人性的两个方面的话，那么，"文革"就是摧毁这个人统一性的事件，使原本完整的和谐的合一的人性开始碎裂、分解，灰飞烟灭。看似是两个女人之间的姐妹情谊瞬间瓦解，实质上则是一个人人格、人性的破碎，使人不再成为完整的、自足的人。人性中恶的一面由此而被激发出来。小说的最后，春兰竭力想使小芋理解她的母亲并接受她，实际上也是她自身在进行的一种自我救赎的努力。春兰通过忏悔，通过促使小芋理解母亲而让自己重新整合个性、整合自己已被击碎的心灵。那被枪毙的欣慰无疑就是另一个自己，就是自己的另一面。《驰向黑夜的女人》所塑造的事实上就是隐入黑暗、陷入黑洞中的女性，揭开的是女性幽微的、难以言喻的内心隐秘。

小芋看似是一个头脑简单的女孩。在"文革"中，简单粗暴地与母亲划清了界线，参与批斗母亲。在被送到舅舅家寄养的十几年里，受尽了委屈。这些独特的生活经历使其不相信母亲，甚至不相信生活。她选择了离去，为逃离逃往美国而嫁人，在性的和谐、家庭的和谐中似乎找到了内心的安宁，最终她皈依了基督教，投入临终关怀的护理工作中。对于母亲竺欣慰，她从未真正理解过，也从未接纳过。与吕红英同居丽娜这对母女一样，她和母亲之间同样存在着根深蒂固的隔绝，两人都是孤独的星球。小芋在性上的放得开和开放，或许正是对这种母女隔绝孤独无助的一种自我补偿和自慰。

与前两部作品不同,《白天不懂夜的黑》表面上看似乎是以男性为主角,以作家林放从"飞黄腾达"到"穷困潦倒"的一生为主线,但是实质上,林放的故事只是小说的一条线索,通过他串联起了三位女性的故事。这些女性才是小说的真正主角。林放第一任法律意义上的妻子张跃是一个忠贞于爱情的女性,因为丈夫的移情别恋使她痛不欲生,甚至"胡搅蛮缠"。这似乎是作者眼中的一位理想女性。林放的第二任妻子李明霞是一个患有偏执狂症的女性,追求纯粹、占有,要求丈夫只属于自己,不断地追问丈夫是否同前妻上过床做过爱,最终让林放无法忍耐。两人选择了离婚,而离婚后的李明霞更是走进了追问、迷茫的绝境,拉上幼子跳楼自杀。这又是一个一根筋式的、不省事、偏执而任性的女性。林放的第三任妻子绢子则完全不同于前两者。这是一位坚忍的女性,尽管未必有绘画的天赋和才华,却始终相信自己,一次次的挫折打击都不曾使她放弃或低头,而是一次又一次地从头开始。她不只在绘画这项人生事业上是如此,在爱情上亦是如此的百折不挠,她一次次地被男孩抛弃,被"蹂躏""伤害"和"抛弃",但她却从未自暴自弃过。林放不自觉地被她吸引,与之结合,并且甘愿为其捐肾。这是怎样的一个女性?! 竟然对一个"放荡"男子拥有如此的吸引力! 或者,我们也可以认为,张跃、李明霞和绢子实质上也是一个女性的分体,是一个女性性格的三个侧面、人性的三个方面。一个代表坚贞执著,一个代表任性率意忌妒,一个代表受伤害与忍耐接受。因此,如果说,享尽快意人生的男性林放代表的是白天的话,那么,这三位女性所代表的则是深沉的黑夜,是更为漫长、沉重、持久、有力的黑夜。白天不懂夜的黑,男人不懂女人的旖旎世界,不懂女人的情和爱。"黑夜"这个意象在叶兆言的小说中一再地出现,却有着不尽相同的含义。

爱情与诗意

爱情是叶兆言许多小说探究的一个主题,也是一个写之不尽的小说主题。在他早期的代表作、中篇小说《追月楼》中,他写到了丁老先生和他的三房六姜,写到了性和性关系。从小就到丁老爷家服侍的小文最后被收为小姜。她与老爷之间似乎只有相互的依附而无爱情可言。小说中的女性,更多地变成了一种生育的工具。

《去雅典的鞋子》中，吕红英与丈夫之间的爱情是扭曲的、畸形的。因为性爱不能完全满足，情爱便有明显残缺。现实的情爱无法得以实现，她便转向柏拉图式的精神之恋，疯狂地追求和迷恋自己崇敬的男子智仁勇。在居丽娜与黄小葵之间，二者也在分分合合之间寻找契合点，彼此探寻爱情的真谛。

在《驰向黑夜的女人》中，竺欣慰与李军之间的爱情同样是一种精神之恋、精神爱情。两人可谓是真正的蓝颜知己，心灵相通但从未越界。而欣慰与间迭之间，似乎更多的是一种依存而缺乏爱情，正是因为缺乏真正爱情，欣慰才会疯狂地甚至是夸张地与其进行"床上运动"，故意弄出很大的声响，以引人耳目，特别是引起好友春兰——另一个潜伏着的自己的关注。这种虚伪的做作，事实上彰显出她与丈夫之间爱情的稀薄，掩饰了她在情感方面的空虚。小说最后春兰看似自愿实则有些无奈地与"强奸犯"间迭结合，表面上看是一种自嘲式的解脱，实则是一种自欺欺人自辱其身。她和间迭之间不是从爱情出发，也不是止于爱情，也不可能有真正的爱情，同样只是人作为动物般的生存哲学的一种需要。

在《白天不懂夜的黑》中，张跃、李明霞和绢子，乃至于林放都是爱情至上主义者。人物生活在物质的世界里，但却都在追寻和渴望爱情。张跃虽被抛弃，但她对爱情的信心却是最坚决的。李明霞对待爱情是一种过执的、抢占式的诉求。绢子的爱情是一种别样的接受式的。无论哪种爱情，彼此之间并无高下。小说所要进行的工作，就是真实地讲述人物的爱情故事、揭示人物的情感生活。

叶兆言特别看重小说的题目。《驰向黑夜的女人》和《去雅典的鞋子》分别选用了两位诗人的诗句为题，同时借鉴或吸纳了诗歌原作所表现的主题。这些诗句的引用以及作品中丰富的意象，都赋予其小说别样的诗意，令人久久品味，余味隽永而绵长。这种诗意同时又是与哲理性的探索相结合。他的多部小说似乎都在探寻一种生存的哲学、人生的哲学，探寻人如何更为优雅而诗意地生存。

叶兆言的小说是从历史与现实真实中生发出来的，是从其个人生命体验出发的一种探寻。历史和现实拥有无限的丰富性与可能性。这就决定了叶兆言小说必然拥有多种的样式、形态及可能。读解他的小说，需要从真实切入，并回到真实。他的小说是一种艺术地还原与再现那些已然远去的人和事，历史和故事。他已经出版了约 150 本书。这些等身的著作代表着他生命的厚度与高度。这位安静沉潜的写作者，已经给读者奉献了许多的惊喜，我们依旧期待着他有更多的新的惊喜提供给人们。

（2016 年 10 月—11 月）

地名：历史和文化的全息码

——为《仙游地名揽胜》而作

我出生在福建省仙游县度尾镇潭边村溪坅组，从小就对家乡的地名很感兴趣。在莆仙方言里，"度尾"与"路尾"同音，"溪坅"与"溪边""溪沿""溪畔"同义。我一直猜测，家乡的地名一定同道路之末和木兰溪之畔相关联。因为度尾确实处在仙游往永春县的平原道路之末段，再向北去便是九曲十八盘的山路，险峻难行如蜀道云天。而莆仙大地的母亲河木兰溪就从我家门前流过。及至近日读了仙游县方志办编纂、陈志斌主编的《仙游地名揽胜》之后，我的猜测才得到了确凿的证明。根据这部趣味丛生的书，我知道了"度尾"这个地名最初的由来还是"渡末"即渡口之末的意思，后来又兼融进了"路尾"的意思，在仙游话里三者都是同音词。

捧读《仙游地名揽胜》，倍感亲切，同时又觉津津有味。编者一一剖析仙游地名的历史渊源、文化内涵及地域特色，追述历史掌故，引经据典，谈古论今，堪称一部地名杂谈或集成。中国的每一个地名都有属于自己的一段历史，有自己深厚的由来，往往凝结着民族的、文化的、地域的、历史的、宗教的、习俗的、人事的内容，是历史人物、事件、事物等的生动记忆，堪谓文化活化石、文化遗存或记忆。如果说，研究中国的地名，可以窥见中国的历史，窥见中国的文化，这决不是子虚夸饰之论。因为地名，确实是民族文化的全息符码。《仙游地名揽胜》一书实际上是对仙游各处地名的解读与解析，是一部既具可读性又有一定的史志和学术价值的雅俗共赏的书，对于帮助读者了解仙游文化、历史、风习等皆有裨益。

根据编者的考据，仙游地名大多与莆仙方言关系密切，是莆仙本地文化的一种具体形象的载体。有的地名源自地理方位、朝向、地形特征、山川河流、田厝房屋及其他地理信息，譬如度尾、园庄、砺山、埔尾（草埔尾）。有的地名来自姓氏或者颜色，如赖店、金井。

　　有些地名富含历史信息，包藏着一个个鲜活真实的历史典故、历史事件和人物。比如龙华镇的磨头街与"没头将军"的故事，"十八战""九战尾"与戚继光抗击倭寇的掌故。——仙游曾饱受倭寇侵扰之害，仙游有许多地名都生动记录着当年倭寇对中国的入侵劫掠以及我军民戮力同心英勇抗倭的故事。乃至在春节时仙游一直保留有"做大岁"过大年的独特习俗，亦与倭寇相关：相传在明朝嘉靖年间，倭寇侵略，大年三十这日打到仙游县，乡人们都逃到山里躲藏，等到次日倭寇退走，大家返家来，看到到处都是被敌人烧毁的房屋和杀死的亲人，悲恸欲绝，根本无心过年。由于大年初一这天是"大日子"，不宜发丧，等到第二天初二才发丧，家家户户号哭震天，所以这天又称"探亡日"。从此，每到大年初二，仙游人都忌讳别人到自家串门；除邻居外，也忌讳到别人家去串门。由于大年三十没能在家过年，所以正月初五这天要重新"做大岁"，就是重过除夕夜。前事不忘后事之师，我们中华民族只有不断强大自己才能免遭外敌鱼肉之祸。

　　有些地名同历史人物相关。如榜头镇，即是因为当地有人科举考中榜眼，"名列皇榜前头，荣耀一时，时里人称榜头"。仙游有许多地名冠以"仙"字。还有不少地名与宗教有关，如"枫亭镇"一名：汉武帝时，江西何氏九兄弟路过此地，正值遍野枫叶红艳。九兄弟被大自然美景所吸引，便在此结枫为亭，故称"枫亭"。仙游四大名景之一的菜溪，乃因修炼高僧在山野溪涧淘洗野菜有菜叶随流而下得名。而何氏九仙在九鲤湖冶炼仙丹得道成仙的故事更是闻名遐迩，连同九鲤湖这一闽中盛景，一同被徐霞客写进他的游记中。正如同地名所昭显的那样，我的家乡仙游的确是一处风光旖旎、景色怡人，令古代神仙今日驴友悠游玩赏、流连忘返的好地方。而这片土地上诸多文化意蕴深厚的地名亦景如其名，美轮美奂，值得前往游览。

　　仙游有的地名还与本地风俗、礼仪有关。有的则与生产、生活和当地物产、动植物等密切相关。如苦竹村，即因盛产苦竹得名。仙塘社区即因此处乃原先仙游糖厂所在地得名。赖店则由当年赖氏由洪赖县徙此开店而来。编者探究地名来历，为读者娓娓道来，让我们了解了生我养我之故乡各处名称之由来，让我们每个仙游人知晓自己的历史和文化源头，也更增添了对家乡的热爱与思念。而对于到仙游来参观游览、投资经商的客人，也可以帮助其更好地走进这片史称"海滨邹鲁""文献名邦"的仙游古邑多姿多彩的过去和今天，文化与生活。

为了增添阅读的情趣，编者还辑录了一些仙游地名对联和全国部分名胜景区的对联。尤其是其中的地名串对，尤为别具一格。这些景区对联，多具文史价值，不乏处世为人箴言，因此有劝善施教教化之功。这些艺术价值甚高的对联实际上亦是一首首优美生动的诗歌，具有传诵性、欣赏性和趣味性。

《仙游地名揽胜》编者通过考证、编纂，实际上也对仙游地名的历史沿革等进行了一番梳理及考订，有正本清源之效。如对"游洋镇""郊尾镇"等地名变迁的考订。编者的编纂类似方志，有历史和文献价值，可以很好地传承地名文化，留传后世。修志，通常被认为具有存史、史鉴、资政、教化、服务之功能，本书亦可作为仙游本地地理、文化教育之读本，可以帮助莘莘学子了解本土历史，更加爱乡爱国，爱这片生养自己的土地。

作为一个以写作为生的人，我常常告诫自己，平生须做有益之事，要写有用之文。《仙游地名揽胜》的编者经过辛苦的资料搜集、整理、考订、撰文，做了大量繁杂的工作，的确是编辑了一本有益之书。在此，我谨以一名仙游游子的身份，向他们的努力表示感谢！

（2012 年初冬）

铭记和传承仙游的人文流脉

——读《仙籍历史名人》

　　全国用"仙"字作为市县名称的并不多，大概只有浙江的仙居县、湖北的仙桃市，还有就是我的家乡——福建仙游县。一般人听到"仙游"这个名称，通常都会联想到那是"神仙云游地"或"神仙悠游忘返之所在"，想必是风景优美、山清水秀、宛如世外桃源。

　　在仙游，关于何氏九仙的传说可谓妇孺皆知。传说西汉武帝时，安徽庐江（今属合肥市）有何氏九兄弟，当其得知父亲要追随淮南王刘安谋反，为了不犯叛逆之罪，九兄弟便偷偷逃走，翻山越岭跋涉千里来到了东海之滨的闽地。秋季枫叶染红之时，他们就在海滨采集枫树枝在山坡上筑亭过夜，这便是今天仙游县的枫亭镇。不久后，他们又爬上一处山岗。这里有一平如镜的湖面、巨大的花岗岩石、茂盛的森林。他们便在这里定居下来。当时，瘟疫遍地流行，九兄弟从山上采集草药修炼仙丹为民疗治，治好了村民们的病患。百姓口口相传，直呼他们是神仙。到了那年中秋夜，湖中突然飞腾起九条锦鲤，九兄弟便一人骑上一条鲤鱼，升天而去。从此，这处湖泊便被唤作"九鲤湖"。明朝徐霞客南下游玩时曾慕名专程前来，历尽艰难到此一游，并在《徐霞客游记》中留下了《游九鲤湖日记》一文。那升天飞去的九兄弟从此便被尊为"何氏九仙"，世代祭奉。

　　史书记载：唐朝武则天圣历二年（699），析莆田县地西半部设清源县，这是仙游设县之始，迄今已有 1300 多年历史。唐玄宗天宝元年（742），泉州易名清源郡，时任泉州别驾赵颐正以"县名同郡非便，奏请改之"，因境内有何氏九兄弟在九鲤湖羽化登仙的民间传说，遂改称"仙游县"，隶属清源郡。正所谓"人因地而成仙，地因仙而成名"。仙游县城亦得名鲤城。

我在仙游出生，生于兹长于兹，心心念念亦在于兹。仙游是我血脉里的家乡，故乡人文熏陶了我，奠定了我个人的人文追求和品格的底色。仙游的确没有辜负"神仙悠游地"之美名，一年四季气候暖和，蓝天骄阳，青山碧水，鸟语花香，物产丰盛。到处是清流小溪，绿野欣荣，空气清新怡人，水汽氤氲蒸腾，仿若一块晶莹剔透的碧玉翡翠，遗落在闽东的丘陵山海之间。母亲河木兰溪从我的出生地度尾镇北面的仙游山上发源，一脉清水流贯全境，形成了众山环抱中两块珍贵的平原：西乡平原和东乡平原。

仙游人历来深信自己世代居住生活的这块土地是一块被仙人赐福之地，钟灵毓秀，人杰地灵。仙游素有"文献名邦""海滨邹鲁"之美誉。历史上曾诞生过 7 名宰相（宰辅）、5 名状元、13 名尚书、28 名侍郎、722 名进士，出现过"科甲冠八闽"的盛况。自唐朝置县以来，仙游一直可谓是人文鼎盛，人才辈出，文脉厚蕴，源远流长。《仙谿历史名人》一书的编者立志高远，用心良苦，花费大量心血，查勘史籍文献，多方搜访整理，编纂了这样一本很有意义的乡土谱志。因为仙游最早的一部志书即名《仙谿志》，编者乃取古名代指仙游。

这部历史名人谱志的编写，严格遵循了真实不虚的原则。这是一种对历史、对后人负责的态度。谱志、纪传之所以兴盛，素来备受读者欢迎，根本原因即在于其真实准确可信。无论是忠烈贤能之士，还是奸邪顽佞之臣，均不回避掩饰，如实照录，以昭后人。其中不仅有凡我仙谿人氏无不耳熟能详的蔡襄、蔡京、蔡卞、郑纪这样的彪炳中华史册的人物，也有那些并不太知名的清官、良士和深受百姓敬仰的、德才兼备的慈善人士、民间义勇、文化艺术名流等，还有那些客居仙游的清官良吏等。

本书的出版，堪称史无前人，第一次全面梳理了仙游历史上党政军、工农兵学商、儒释道、官宦士子三教九流各路"神仙""贤人""能人"，将仙游历史上有过较大声誉或影响的人物 220 名尽数收入。因此，这是仙游历史人文的一部小百科，具有词典、史传之品格。

《仙谿历史名人》编写体例科学、规范，选人入志作传不唯官职地位，而统一以时间为序，参照传统省志、县志等收入人物的体例形式，尽量将 1949

年之前的历史名人一网打尽。而为了便于读者阅读、了解，编者将全部文言文史志全都翻译成了平白易懂的白话。对读者未必熟悉的古代官职、地名等添加了必要的注释或附录说明，亦有助于读者理解接受。编者对历史人物的描述以记事为主，力求生动可读，这也给本书增添了文学的色彩。

仙游自古便有"地瘠种松柏，家贫子读书"，"道德人生，耕读传家"的优秀传统。编纂历史名人谱志，实际上就是为仙游重视耕读和人文的传统添砖加瓦。所有历史都是当代史，历史都指向当下，指向现实社会及人生。阅读桑梓前贤的纪传，有利于激发读者特别是仙游学子追思、学习、效仿的热情。前人们做出的丰功伟绩，后人们或许只能望其项背。然而，"高山仰止，景行行止。虽不能至，然心向往之"。这种向往之心、比附之心，就是一种可贵的动力，它可以帮助后来者们不骄不躁，不夜郎自大，亦不自暴自弃妄自菲薄，脚踏实地，孜孜以求，去传承故乡的人文流脉，去光大"海滨邹鲁"的历史传统，使仙游的文化魂魄代代相传，绵延流长。

诚如是，本书编者的初心便得以实现矣！

（2015 年初夏）

第四辑
文化热点批评

重申信仰

近些年来，人们几乎不怎么讲信仰了，似乎也无所谓信仰什么不信仰什么了。这是一个严重的社会问题，折射出了当今时代的某种精神危机或心灵困境。

在当下，芸芸众生为生存所驱使，为生计奔波，充电、求职、工作、升迁、购房买车、结婚生子、抚育子女、赡养老人，整日忙忙碌碌，无暇他顾。他们考虑最多的是怎样才能活下去，怎样才能活得更好一点。待到生活安稳有了保障之后，为利益所驱动，他们考虑更多的是怎样去获取更多利益占有更多物质，怎样去享受生活。旅行，聚会，上网，娱乐，游戏……可以用来消遣和打发时间的方式太多，诱惑也太多，尽可以填满生活的罅隙。尤甚者，更是一味地追求物欲和个人各种欲望的满足，根本不屑他顾。于是乎，比富竞奢者有之，铺张挥霍者有之，及时行乐享乐至上者有之，吸毒嫖娼者有之，网络短信成瘾者有之，拜金拜物者有之。有的人，甚至毫无顾忌恣意作为，置法律纲纪道德伦理于度外。

站在大街上，你随便拦住一个人问他：你为什么活着？活着有什么意义有什么价值？我估计，有的人大概要怀疑你是不是疯了竟问出如此疯狂的问题；更多的人可能只会茫然地摇头，告诉你：我不知道，或者：不好说，说不好。我估算，在人群中，超过一半的人不清楚甚至也不想去弄清自己为什么活着，自己活着有什么意义或价值。活着呗，好死不如赖活，活着就是了，管它那么多，还问为什么干嘛。

在现实中，许多人终日庸庸碌碌，生活空虚。这样的人，即使拥有很高的智商，也难免于罹患生活虚无主义的毛病。从新闻报道中，我们常常能够得到一些大学生、"海归""海待"发疯、杀人、自杀等方面的负面信息，他们往往都是精神抑郁心灵空虚生存虚无主义病征的患者。这是具有相当普遍性的一种精神病态、一个社会病象，亟须引起警惕关注并探寻应对之道。

这是一个属于物质的时代。物质侵占了精神大量的空间。在物质丰盈之后，精神便相对被削弱，相对贫血、穷困和匮乏。道德滑坡、人文沦陷、精神欠债已经成为相当严重的社会问题。

有位前贤说过，人是1，财富和物质是1后面不断添加上去的一个个0；经过人的努力，财富可以十倍百倍千倍地增加，就像在那个1后面添加上去一个又一个的0。只有人立住了，成倍增加的财富才有意义；如果人倒下了，财富和物质只能是一堆无用的0，毫无意义。人要立住，不是靠物质，而要靠精神，靠人格、信仰、理想和追求，靠强悍人文素质和精神力量的支撑。换言之，再丰沃的物质，丧失了理想、信念、信仰等精神的支撑，将毫无疑问地变成一堆粪土。物质能够带来的、物质能够改变的，永远不能取代超越物质的精神的追求、精神的愉悦和满足。物质欲望的满足是人生理层次的满足，是低层次的初始阶段的满足。如果没有精神之光的照耀与提升，我不知道这种纯粹的生理性欲望与动物的有何差别。

在一个物质丰饶、纷纷追求物欲满足的时代，人们不耻谈欲望、欲念和欲求。欲望是工作、做事、奋斗、创业、发展的一种动力，是推动社会和历史进步的一种动力。无欲则易陷入无为。但是，欲望是一种野性十足的推动力。欲如兽，有充沛活力与生机，但需要辖制。欲望要有度，要进行适当约束和制约，要御欲而不要御于欲，万万不可纵欲。而用以辖欲、御欲的东西，便是信念、信条、信仰、梦想、理想、抱负等精神层面的追求。社会和国家除了要用法律纲纪等规范制约人的欲念和欲求之外，还要用共同的价值体系、价值标准、理想信仰等来激励人要求人，让每个人知晓并遵循某种先进的科学的生活理念、生存信仰与追求，让人在庸常的生活中能有超越物质层面的精神之光的烛照、引领及提升。

因此，我们需要重申信仰。重申信仰就是重申人不能沉湎于物质，而应有超越物质的精神的追求、超越日常生活的形而上的诉求。信仰就是一个人寄居于世追求什么、执著什么，是人穷其终生所秉持的生存理想、梦想、信念和信条；就是什么是自己应该做的，什么是自己不可为的；就是活着为什么，生存的终极意义和价值。这是人立身行事的根本、依托和旨归，是人安放灵魂、精神和心灵的地方，是人在庸常生活之外为自己找寻到的一个超越表象的、形而上的、带有本质意义的、永恒的精神家园。有了这样一座丰美的心灵花园，生活就不会是空虚的、虚幻的、虚无的，就不会是无根的、飘萍似的。

那么，确立什么样的信仰？怎样的信仰能够支持着我们度此一生呢？

近年来，我的许多有知识有文化的朋友，纷纷走进教堂信教信上帝，有时还鼓动其他人信教。在一些公共场合，也能听到人念诵主，口口"阿门""上帝保佑"。在基督教那里，有些知识分子——有人说全国得有一亿人信教，其中很大比例者是高知，不知确否？——找到了内心的安宁，性情变得更宽容更平和了，对善事也更热衷了。有的人烧香拜佛，在佛祖菩萨那里找回了内心的平静。有的人沉醉于已经日渐远去的乡土家园，在逝去的故乡那里找到了自己的根和精神家园。有的人从儒家或者道家的教诲中发现了安身立命的内容。而更多的有远大抱负的知识分子仍旧以天下为己任，以实现社会公平正义和谐繁荣为努力目标，为了让更多的人更好更幸福地活着而奋斗不已。

无论是何种信仰，都能提供给人内心的愉悦和安慰，都能让人心存敬畏和忏悔。因为，有信仰的人都明白，在日常的物质的生活之外，还有一个至高的终极的裁判在注视着他，在审视着他，"头顶三尺有神明"，每个人的一生都有一本无形的功过簿。这种敬畏与忏悔之心告诫人能做什么，不能做什么，应该怎样行事不应怎样做事。信仰使人获得了基本的精神约束。有位朋友提出，基督教中的上帝，佛教中的佛祖释迦牟尼，伊斯兰教中的真主安拉，道教中老子所谓的"道"，黑格尔所说的"绝对精神"，马克思主义者所说的"客观规律"，其实质都是一种本质的形而上的东西，这种东西存在于我们的意识之外且不以我们的意志为转移，是我们还无法完全把握更无法改变的客观存在。这种客观存在的东西高高在上，冥冥之中主宰一切。按照她的说法，世间所有的信仰可谓殊途同归。

我们应该承认，有比我们人类主观意志更为强大的本质规律存在，它是生活、世界和宇宙的主宰，我们只能努力去发现、掌握、遵循和运用这些规律。在我看来，这些本质的规律的东西，似乎就应该成为我们生存的信条和信仰。

我们信仰它、追循它，就有一个明确的努力方向和目标，就能够在物质层面的生存上有所超越。有了信仰，就会有向往有敬畏，也会有忏悔和自我检讨、自我救赎。有了信仰，有限的生才能超越死亡的边界，生活才不会迷惘。

（2010 年）

鲁迅＝NOTHING 及其他

1936 年 10 月 19 日，鲁迅先生在上海去世；10 月 24 日，长期与之"兄弟
阋于墙"的周作人随即写下《关于鲁迅》一文，以此纪念自己的兄长。这倒正
应了鲁迅先生的一句诗："度尽劫波兄弟在"！

在该文中，周作人写道：鲁迅本名周樟寿，生于清光绪辛巳（一八八一）
年八月初三日。……又定字曰豫山，后以读音与"雨伞"相近，请于祖父改为
豫才。戊戌（一八九八）年春间往南京考学堂，始改名树人，字如故，义亦可
相通也。留学东京时，刘申叔为河南同乡办杂志曰《河南》，孙竹丹来为拉稿，
豫才为写几篇论文，署名一曰迅行，一曰令飞，至民七在《新青年》上发表
《狂人日记》，于迅字上冠鲁姓，遂成今名……周作人是鲁迅胞弟，此文又是作
于鲁迅殇后数日，他的话当较可信。依照他的说法，"鲁迅"这一笔名乃源于
鲁迅最初为《河南》杂志撰文时的署名"迅行"和在其前冠以鲁姓。鲁迅的母
亲叫鲁瑞，采用母族姓氏，似为顺理成章之事。而其最初署名"迅行"，依笔
者推断，大约在绍兴的方言中，"树人"与"迅行"谐音之故吧。

据此看来，"鲁迅"这个笔名的来源，当属不争之事。然笔者有幸读到韩
春旭、鲁景超二君撰写的《庄重文先生传略》一文，却找到了另外一种解说。

庄重文（1912－1993）系香港著名爱国人士，徒手起家，创立了拥有亿万
资产的庄士集团，在国内设有"庄重文文学奖"及福建省"庄采芳奖学金"。

庄重文大约是香港唯一一位有幸面晤鲁迅先生并亲聆其教诲的实业家。
《庄重文先生传略》这样记载当时的情形：

1926 年秋季，庄重文虚岁 15，考入了集美水产航海学校。这一年九月，鲁迅南下赴厦门大学就任国文系教授兼国文研究院教授。在繁忙的教学活动之余，鲁迅本着为文学青年打杂的精神，屡次在厦门大学、集美学村、平民学校、中山中学发表演讲；号召青年要做改革中国的"好事之徒"，要甘做"傻子"，而不要去学专务利己的所谓"聪明人"；要把知识当作革命的武器，向着一切旧习惯、旧思想、一切吃人的旧制度，猛烈开火。

有一天早上（大约是 1926 年底或 1927 年 1 月的某一天——笔者注。据倪墨炎查鲁迅日记，鲁迅到集美只去过一次，那是 1926 年 11 月 27 日，日记记有："晨蒋希曾及玉堂来，同乘小汽船往集美学校，午后讲演三十分，与玉堂仍坐汽船归。"），庄重文和几位同学一道，驾驶着一艘小火轮到厦大去接鲁迅先生过集美为同学们做讲演。在小火轮上，庄重文感觉鲁迅先生相当热情又平易近人，因为同行的几位同学中他的年纪最小，个子又长得矮，依仗着这些"优势"，他便胸无顾忌地问鲁迅：

"鲁迅先生，您本姓周，名树人，为什么起了'鲁迅'这样一个笔名？"

鲁迅望着眼前这位天真无邪的小个子学生，"呵呵"笑了，回答道："'鲁迅'就是英文 NOTHING，NOTHING 就是'一无所有''没有什么''什么都不是'的意思。"

《庄重文先生传略》是韩春旭、鲁景超在庄先生生前对他进行的口头直接采访的实录，其中所引的鲁迅先生的话，数十年来一直萦回于庄先生的耳畔，其真实性应当无可置疑。

那么，鲁迅先生自己关于"鲁迅"这一笔名的解释应该正是他采用它的本意；换言之，鲁迅使用这一笔名，用意正在于强调自己以及自己的创作"没有什么""什么都不是"。在《野草·题辞》中，他这样写道：地火在地下运行，奔突，熔岩一旦喷出，将烧尽一切野草，以及乔木……但我坦然，欣然。我将大笑，我将歌唱。……我希望这野草的死亡与朽腐，火速到来。要不然，我先就未曾生存，这实在比死亡与朽腐更其不幸。——"过去的生命已经死亡"，而生命的泥委弃在地面上，不生乔木，只生野草。就连这野草，鲁迅先生都希望其火速地死亡与朽腐，他希望文字，连同生命，一切的一切全都化成乌有，他渴望着一个全新的充满生机与活力的世界在此基础上构筑、矗起。他的这一大有大无的思想，正是指向未来光明与希望，指向青春少年之中国的。

鲁迅先生在去世前数日立下的遗嘱中这样写道：一，……二，赶快收殓、埋掉，拉倒；三，不要做任何关于纪念的事情；四，忘记我，管自己的生活。……人之将死，其言也真。即使在辞别人世的前夕，对于自己的身后，鲁迅先生也是看得极其平淡和从容，体现着他始终一贯的将自己视为 NOTHING，"一无所有""什么都不是"的人生哲学。由此可见，在鲁迅先生的言语文字当中，乃至在他的笔名中，无处不寄寓着一种大有大无的思想。这，正是他"丰富的痛苦"的一种外在表现。

鲁迅先生的这一思想，后来竟影响了庄重文先生的一生。这在当年他俩偶尔相见时，恐怕是谁也不会料到的。就是与鲁迅先生的这一面之缘，竟使庄重文从此对文学发生了浓厚的兴趣。六十年之后，已逾古稀的他，毅然捐资，在中华文学基金会下设立"庄重文文学奖"，用于奖掖国内卓有成就的青年作家。我在阅读有关庄重文先生的传略时，读到了他的人生信条：人是 1，财富是 1 后面的 0；人这个 1 立起来了，他的财富可以由十而百而千而万而亿，就像在 1 之后添上了一个一个的 0。一旦这个 1 倒下了，那么他所有的财富也就变成了一堆的 0。

——这，不正是鲁迅先生的 NOTHING，"一无所有""什么都不是"思想的另一种译本吗?!

想当年，当庄重文先生饥寒交迫，晕倒在新加坡的街头时，他没有倒下；当外国的富商巨贾对他这个矮个子不屑一顾时，他自信地昂起了头；几十年之后，当他腰缠万贯时，他拿出巨额的款项设立"庄重文文学奖"和"庄采芳奖学金"，支持祖国的文学、教育事业，为社会公益事业做出了大量的无私的奉献。他教育自己的子孙：财富取之于社会，就应当用之于社会。于是，他这个个子低矮的人，他这个 1，从生到死，自始至终，都高贵地屹立着，屹立着。

难道说这不是受到鲁迅先生的影响？难道可以说这与鲁迅先生毫无关系？

这是谁也阻挡不住的精神的嫁接，精神的传承，精神的克隆！

1988 年，家境尚属贫寒的我有幸获得了首次颁发的福建省"庄采芳奖学金"。400 元，这在当年不算是一个小数目，它几乎相当于我在北大一个学期的全部开支。如果说，经济支持还算不上巨大，那么，对于我，一个从泥土中走来的子弟，在精神上获得的激励恐怕是无法测算的。

数年之后，我自己也投身于一项社会公益事业之中。也许是冥冥之中的某种缘分，在这个公益团体中，我还有幸参与由庄重文先生设立的"庄重文文学奖"评选颁发的日常工作。

七十三年前，鲁迅先生的一句话影响了一个十五岁少年的一生；六十年后，这位少年已届晚暮之秋，而他的一项资助竟决定了另一个十八岁青年的人生航向。

（1997 年）

附记：2009 年 9 月，在离开负责评颁"庄重文文学奖"的中华文学基金会后整整 7 年，我主要因为在文学评论方面的成绩而有幸获得这一奖项，令我倍加缅怀和感念庄重文先生。

重估中国当代文学价值

文化的渐失

故乡的春节

北京城里，这过年的味是越来越淡了。春节期间，除了逛庙会、看春节联欢晚会、与亲友聚会之外，似乎已经没有别的"节目"和乐子了。拜年也就是打个电话、发个伊妹儿寥寥数语，再也没有了从前的热闹中透着亲热的劲儿。

在我的故乡福建，每逢春节，总是极其盛大而不寻常的：到了腊月二十三，各家各户就纷纷快乐地忙乱起来，先是打制各式各样的年糕、米糕，接着"送灶王爷"上天言好事；家家户户大扫除，贴红对联，悬红灯笼，买各种各样的年货：割十几斤几十斤肉，称几斤海鲜，备各式调料……年味渐渐地渲染得浓烈起来。

喝过腊八粥，各地的亲人忙着往家赶，为的是团圆在一起，大年三十共进"年夜饭"。

这是家乡人心目中一年间最重要的一餐，从吃过午饭后就开始筹备。一般家庭人口都不少，祖孙几代齐欢聚，少则六七口人，多则十几、二十几口人，大都要备出五六道甚至十数道美食来。太阳落山了，一大家子团团围坐在八仙桌旁，二三人共坐一条板凳，亲密无间地坐在一起，透出一家人本真的亲热劲。吃过这最美味的一餐后，小孩忙着架起柴堆，点燃"年火"，然后是一串串地燃放震天动地的鞭炮、五彩缤纷的焰火。然后要将年火用一束预先扎好的草把引进自家的灶膛里，举火把的人一边跑着，一边带领合家老少齐声高呼："今年日子红火啦！""发大财啦！""平安啦！"到处都是类似的人欢马叫。鞭炮声连绵不断，人们的欢乐亦未有止歇。

接下来是大人给孩子压岁钱。把钱包在红纸里，一人一份。连家中储水的大瓮也要给压岁钱——几枚镍币洗净了投在水瓮里。孩子们总会惦记着过了正月十五从水瓮中把它们捞出。

这些水瓮的压岁钱最终变成了一粒粒糖球，融化在孩子们的嘴里。

除夕守岁的习俗是要坚持的。孩子们大多耐不住瞌睡趴在了大人的膝盖上，而大人们则要看守着灶膛里的火种，用厚厚的木块让它彻夜不熄。各户门前都点着红红的灯笼，为除夕赶路回家的行人指引方向。

大年初一早晨起来吃长寿面，互相祝福。全体出动去"游春"，大家四处走动，拜年，聚会，逛街，闹腾。到处是人，穿着新衣裳，欢天喜地的人。这天不允许动刀子，怕一年都不得安宁，菜刀、水果刀也不准动。因此吃的菜都是要提前一天切好。这一天也不准扫地，怕把自家的"财宝"给扫跑了。最忌不吉语，怕给一年都带来不幸和灾祸。最好整个春节期间（正月里）都不要讲"死""坏""糟""倒霉"之类的贬义词。

正月初二忌登门造访；初三则四处给逢整十岁的长辈祝寿。最独特的要说初五了。初五在我们老家被称作"大年"，要跟大年三十一样隆重地度过。一样备年夜饭，一样大放鞭炮，点红灯笼，引年火，守岁。这是因为明朝年间，有一年倭寇入侵，正好在大年三十攻下了兴化城，正在过年的莆仙百姓纷纷逃入山中藏匿。正月初五戚继光来援，倭寇被迫逃跑而去，老百姓从山上下来，宰羊杀猪，又欢欢喜喜地重过一次年。这种过大年的风俗一直沿袭至今。

文化的渐失

这些年，搬到北京城里居住，老家过年的习俗一点点地淡漠了下去，年味也渐渐地淡下去，以至于春节和年的感觉都渐渐地消失了。对于我来说，故乡的许多风俗慢慢地只变成了脑中的一些残存的记忆断片，现在想得起来的肯定不及实际的十分之一。而在故乡，随着经济发展、社会变化，年味也在变淡，习俗也在逐渐流失，许多老式的讲究、做法渐渐地没人遵循了，成为了长辈记忆中的一隅。

从社会生活的层面或者从物质的层面看，一个民族的历史其实是一种民俗史。这个民族生存、活动的种种方式、礼仪等都构成了其自身的民俗。民俗则是文化的重要内涵。过年的种种习俗与其他民俗一样，其实都是民族文化，构成了民族自身的文化记忆、文化资源和文化传统。这些民俗的逐渐淡漠乃至流失正是民族文化的渐失。

文化的渐失是一个逐渐的、缓慢的实现过程。住进城里的人，慢慢淡忘了过年的滋味、过年的风俗，是一种文化的渐失；乡下人对于过年种种礼俗不再过于追求讲究，也是文化的一种渐失。我的妻子是梅州客家人，从她的父辈开始便住进城里，不住围龙屋，不唱客家山歌。对于他们，客家文化在其身上已流失多半。我大学时有位苗族同学，从未着苗服，不讲苗语，甚至说不出苗族都有哪些独特的民俗，自身民族的文化在他身上已渐失至完全消失了。

文化的渐失是一种不容忽视的文化传承现象。在由此前族人创造的文化流传沿袭下去时，如同河流在流淌过程中会有渗漏损耗一样，文化传承也遇上了渐失的现象。河水渗漏过分河水会断流；文化渐失过甚，文化也会割断、消亡。保护文化不流失是个紧要的任务。它是延续民族文化香火之必需，是维系和保障民族命脉之必需，也是创造和促进民族先进文化之必需。

文化越是民族的便越是世界的，越是民族的便越是人类的。人类文化正是由众多不同民族各自独特的文化组成的。一个民族如果丧失了自身的文化，也就丧失了自身的民族性，丧失了本民族存在的根基。而文化的渐失则会对保持民族文化构成极严重的威胁。

今年过年有一大奇观便是唐装盛行。这与 2001 年度 APEC 会议各国首脑着唐装合影有关。商场里，唐装挂满了几十个柜台，而穿着各色唐装的男女更是招摇路上，时髦一时。中国人从唐装中发现了民族服饰文化的个性，重新发现了本民族流失的一些文化。人们逐渐意识到，除了西方舶来的西服革履、婚纱礼服之外，华夏民族传统的服饰也很适合自己，既个性，又美，又文化意蕴深厚，如历久的陈酿，香醇温厚。由此可见保护与光大民族文化的现实意义与价值之一斑。

如何保护文化

　　1997 年笔者在深圳"世界之窗"看到一些少数民族的歌舞表演，很受启发。在"世界之窗"内，56 个民族各据一角，以向游人展示或演示本民族生活、劳动、居住、娱乐歌舞等方面的文化内容来招徕"生意"。这在客观上保存了民族文化的一些"火种"。当然这些文化的内容还比较狭促，远不能完整反映一个民族其文化之全部。由此我设想，无论文明怎么进步，经济多么市场化，国家是可以划定特定的文化保护区，来保护一些独特的文化，或音像"世界之窗"那样，尝试在一定的范围内，复原/复制/重建民族文化，亦即恢复某一民族的种种民俗。哪个国家哪个政府都要舍得拿出钱来投资文化保护与文化重建，在保护民族文化免遭风化侵蚀之扰方面，政府应该舍得大投入。

　　现代社会先进的科技手段为长久性乃至永久性记录某些文化内容提供了极大的便利。文字、声光电、摄影、书画、录像、光碟、数码等都可用于实录各种民族习俗，亦即保存民族文化。有位吕铁力女士，近年来深入壮、鄂伦春等少数民族居住区，对民族生育史进行了一些口述实录式的访谈，记下了许多少数民族特有的民俗、文化内容，继承了费孝通先生对"乡土中国"所做的解剖麻雀式的调研，无疑为如何保存民族文化开创了一条很好的路子。中国古代有摇铎采风的士子，有游走四方的艺人，《格萨尔王传》这样的史诗便是借助行走艺人口口相传下来的。现在的文艺工作者倘能深入社会，也是能够取得像民间民族音乐家王洛宾一样丰厚的回报的。

　　保护民族文化不致渐失，应与弘扬光大、利用民族文化相结合，而且只有这样，才能从根本上防范文化的渐失。利用民族文化，除了要根据时代与社会变迁情形对其进行改造、提炼、创新之外，还要使其顺应市场经济环境，要赋予其新的使用价值。陈腐、凝滞的文化是没有出路的，只会走进古董堆、历史陈列馆；民族文化要与时俱进，顺随时代需要、响应人民召唤而进行改进、创新、发展与变化，唯有这样，民族文化才可能保持其先进性，才可能在获取巨大社会效益的同时，取得相当的市场经济效益，从而促进文化得到更好的保护和发扬光大。

（原载《中国文化报》2002 年 2 月 20 日）

民工应该成为城市生活的主体

　　日前在深圳召开的一个研讨会上，听到了这样一种论调：民工/打工者是城市边缘人，写民工题材的作品、打工文学不能归入都市文学范畴。

　　这种论调让我感到悲哀和可耻。可是就在当下，把民工视为城市另类、城市零余者的观点却相当普遍，而且，他们也在事实上被打入城市另册，基本不享有城市居民的各种权利。换言之，他们进入了城市，但没有进入城市生活，没有取得合法的城市身份。

　　根据深圳市公安局最新公布的数字，目前拥有深圳户籍的人口为 171 万，而在深圳的流动人口（打工者，主体是民工）却有 864 万。在北京，常住人口大约 1200 万，流动人口保守估计也有近 400 万。

　　占城市人口四分之一至五分之四的打工者/民工竟然不是城市生活的主体，没有合法的城市身份。这，于情于理于法都不能说是正常的事情。

　　那么，在城市社会，民工/打工者为什么会如此普遍地被视为"边缘人"呢？原因很简单，首先，因为长期的城乡对立和城乡分割，城里人对外来者（主要是进城的乡下人）的偏见、歧视积弊日深。不是有相当流行的说法吗：上海人看外来者都是乡巴佬，广东人看外来者都是打工仔……其次，进城乡下人始终未能得到"正名"。人口的广泛流动，只是近二三十年的事情。在此之前，农村人口要"背井离乡"，离开土地，唯一的原因是外出逃荒或升学参军等。改革开放以来，搞活经济首先是把人搞活了，农村人口持续大量涌向城市，在城里居住下来。开始时，他们被叫作"盲流"——盲目流动的人，通常都要被遣返原籍。"盲流"的恶名一直沿用了 10 年左右，这更是为城里人"唯我独尊""唯我正宗"的自我城市身份指认和对外来农民工的歧视积淀了深厚的心理基础。这种因从一开始就对进城务工农民的普遍歧视和压制，直接导致了他们无法取得自身应有的城市地位与身份。进城农民，常常聚居在城市最脏最破最偏的角落，就业生活、医疗卫生、子女教育等诸多问题均无保障。只是在近 10 年来，城市管理者和进城农民自身都意识到了问题的严重性，才开始着手逐步解决进城农民最基本的生活需求及与其相关的社会问题（其中包括性需求、精神文化需求、民工子女的入学）。可以说，在此前，他们的生活需求总是被压制到最低限，他们总被视为城市的不安定不和谐因素。纵使这样，目前已采取的措施，与农民工的实际需要仍相去甚远。其根本原因，固然有受城市容积力制约的因素，但最重要的还是在于农民工未能取得自己应有的城市身份。名不正言不顺，行亦不顺。

按说，农民进了城，长期居住在城市，他事实上已经是城市居民；进城农民当了清洁工，建筑工，或是做了保安，保姆，餐厅服务员……他就顺理成章理所应当被归入产业工人或服务业工人。可是不！他还得是农民，还得是乡下人，充其量被四不像地命名为"民工""农民工""打工者"云云。——城市总是压制他们，拒斥他们，挤压他们的生活生存空间。

这种严重的偏见和歧视直接导致进城农民与城里人关系的紧张和进城农民生活处境的恶化。相应地，也带来了城市管理等方面一系列的社会问题。

历史地考察城市的发展，深圳是移民城市，北京是移民城市，上海也是移民城市。今天的"城里人"其实也都是外来者、进城农民，或者他的父辈是进城农民。中国是农业大国，中国城市与农村、农业、农民有着千丝万缕的联系。中国的城市是城里人的城市，也是打工者、进城务工农民的城市。

占中国人口多数的农民是我们的衣食父母。在城市中，他们同样扮演着无法取代的角色，起着举足轻重的作用。在知识、文化、精神资源占有与使用上居于优势地位的城里人，特别是城市知识分子，将进城务工农民他者化乃至妖魔化是一种深层文化心理上的歧视与偏见，亟须根本扭变。

进城农民，不是"盲流"，是流动人口；因其未必短期居留城市，因此亦不能被称为"暂住人口"。进城农民，因其已脱离土地和农村、农业社会，因此已不再是农民，而应依其所从事的新职业称谓之。是清洁工、建筑工、服务员、保安、保姆的，即可归入工人；是白领、民营企业主的则可称其白领、民营企业主。

我们的新时代，已不再关心更不强调出身。故此，我们不会因为自己曾经当了 20 年的学生而把自己始终称作学生，不会因为某人曾经当了十几年的兵就一直把他称作"当兵的"，也不再重提什么学生、军人出身。同理，我们不能把进城当了工人的乡下人仍旧称作"乡下人"、农民，不必也不应再称其"民工"或"农民工"，也不去关心他的农民出身。农民进城务工，他们本来就应该被纳入城市生活主体、城市主人的范畴，理应取得城市居民的身份、权利和义务。尽管目前由于户籍管理、社会保障等客观原因，他们还未能完全行使城市居民的各项权力，未能充分享受城市居民的各种福利。

总而言之，进城务工农民也是城市劳动者，他的城市身份就是他所从事的职业，如工人、商人、企业主。要逐步把城市居民所享有的一切一视同仁地全都交还给这个庞大的群体，要使他们真正当上城市的主人而不是附庸。有识之士已经意识到这个尖锐的社会问题，提出："进城务工农民在城里干的是最苦、最累、最险、最脏的活，可工资却最低。无论从政治上讲，从道义上讲，还是从经济发展上讲，从社会进步上讲，从维护和谐稳定上讲，我们对农民工都要真情关心，真心接纳，真诚服务。这是历史发展阶段中必然会碰到的问题，谁先认识、谁抓得紧、谁看得重，谁就主动。"（重庆市长王鸿举语）

倘若城市能真正关心、接纳、服务进城务工者，则城市现存的诸多社会问题均可迎刃而解，城市管理水平也将有极大的飞跃，城市将更加和谐，更具朝气与活力。

（2005 年 7 月于北京红螺园）

百度一下文学及其他

百度（www.baidu.com），自称全球最大的中文搜索引擎。因此，通过百度进行一些资料、信息的检索、查询无疑十分便利，亦具一定之参考、参照价值。而借助搜索到的信息进行一番比较分析，也耐人寻味。就先百度一下文学吧。百度的结果，古往今来中文作家网络排名第一的是金庸，分列第二、三位的则是郭敬明、韩寒！

试看通过百度搜索到的包含有各位文字作者名字的网页数量：金庸704万，郭敬明564万，韩寒358万，"芙蓉姐姐"324万，鲁迅305万，木子美132万，三毛127万，李白106万，余秋雨96.6万，杜甫75.2万，苏东坡48.4万，曹雪芹48.1万，王朔46.5万，钱锺书41.4万，海岩39.8万，贾平凹38万，"美女作家"34.4万，林语堂34万，周作人19.1万，张洁17.1万，史铁生11.8万，陈忠实10.5万，张承志8.13万，姜戎（《狼图腾》作者）5.63万……这份数据并未排除与这些文字作者同姓名的其他人，也未包括包含有这些作者的别名、别称等的网页数。尽管如此，由于这些作者与他人重名的几率很小，他们的别名、别称使用概率亦很低，所以以上数据可以大致反映出他们在互联网上的"声望"或影响力，也基本可以看作是他们在网络上的排名。因为中国互联网70％以上的用户是青少年，这个排名也可以视为这些作家在青少年中影响力和"知名度"的排名顺序。

研究这样一份排名，我们不能不看到，通俗文学、世俗文学在当下读者当中巨大的影响力，譬如金庸，"芙蓉姐姐"，木子美；也不难看到，所谓的"青春文学"所占据的巨额市场，诸如郭敬明，韩寒；同时更要充分看到，严肃作家、纯文学，特别是经典作家作品在读者当中始终占据最重要的一种地位，比如鲁迅、李白、杜甫、苏东坡、曹雪芹。而就作品而言，百度的结果是这样的：《红楼梦》229万，《围城》162万，《狼图腾》31.7万。根据上述两项搜索结果，我们就很容易解释为什么金庸作品能卖到千万册，郭敬明、韩寒的小说能卖出百万册，而郭的又比韩的畅销，也能解释余秋雨、王朔、海岩、贾平凹的书能卖到20万册以上却很难赶上郭敬明、韩寒的市场份额（100万册以上），因为当下买书读的人也大多是青少年。同样我们也能发现，《围城》每年仍在以几万、十几万的数量畅销的原因。

在文学的门类上，百度的网页数量是这样的：小说2530万，诗歌1190万，随笔803万，散文724万，戏剧691万，儿童文学144万，报告文学38.6万……这就印证了1990年代以来散文随笔比较畅销受欢迎的事实，同时也让我们看到了诗歌潜在的巨大生机和报告文学的发展困境。

再来看看娱乐界。2003年，冯小刚的《我把青春献给你》据出版者称卖出了30多万册，而次年推出的葛优传记《都赶上了》却只有五六万的销量。尽管这里面有冯小刚文字风趣诙谐，而葛优不是其传记主要作者这样的客观原因，但如此的销量反差还是令人惊讶。那么，请看一下百度含有明星姓名的网页的数量：梁朝伟323万，章子怡290万，张国荣263万，张艺谋225万，张曼玉182万，邓丽君182万，周迅178万，赵本山163万，陆毅145万，冯小刚136万，巩俐134万，徐静蕾86.7万，姜文67万，陈凯歌64.5万，葛优61.9万，陈道明46.9万，徐帆25.7万，唐国强21.9万……从这组数字不难看出，冯小刚作为自觉走商业化电影道路的"喜剧导演"大腕的感召力和他深入人心之一斑。而在电视媒体方面，"超级女声"的人气指数看来是最高的，在今年"超女"总决选前达到345万页，总决选后很快攻破400万大关（9月8日更是冲到了742万页!）。要知道，"新闻联播"的百度网页数是92.3万，"焦点访谈"是58.7万。这就难怪"超女"的那些赞助商和参与者会个个赚得钵满盆满，兀自偷乐不已。在电视台品牌方面，央视似乎是不可撼动地雄踞榜首。百度网页数，中央电视台552万，CCTV682万。而凤凰卫视是189万，湖南卫视是171万。由此亦可见，中央电视台尚未有与其台名品牌号召力相当的栏目，而"超女"栏目的影响力则已超过其主办电视台湖南卫视，俨然成为中国内地电视栏目第一品牌。

说到品牌，再来看一组百度网页数字：海尔 417 万，可口可乐 163 万，百事可乐 62.4 万，娃哈哈 54.6 万……可见，海尔大概称得上中国实业界的第一品牌。非常有意思的情况出现在百度和另一大中文搜索引擎 GOOGLE 之间。百度的结果，二者的网页数量都是 1180 万，如此，则二者在网络上的影响力难分伯仲，百度又为何敢于自称为全球最大中文引擎呢?!

在国内高校影响力方面，通过百度来进行网上排名，名列首位的是清华大学，617 万个网页，"清华" 1190 万；次席是北京大学，540 万，"北大" 831 万。紧随其后，排在前列的有中国人民大学 235 万，浙江大学 206 万，武汉大学 173 万，南京大学 167 万，厦门大学 140 万，四川大学 135 万……这样的排名也能大致反映出这些高校在国人心目中的地位。在城市排名方面，上海、北京、深圳占据前三甲，百度网页数分别为 2260 万，2190 万和 1680 万。省份方面，广东省以 1540 万页独占鳌头。

再来看另外一些百度的结果。"娱乐" 恐怕是网页上出现频率最高的词汇之一，达到 2460 万。搜索网页数量超过 1000 万个的还有以下主题："网站" 3310 万，"发展" 1740 万，"健康" 1640 万，"改革" 1290 万，"保健" 1240 万，"战争" 1200 万，"能源" 1180 万，"恐怖" 1180 万，"和平" 1150 万，"革命" 1140 万，"细节" 1120 万……由此可知我们这个时代所尊崇推重关注的事物。毋庸置疑，娱乐、休闲、健康是现时代人们最关心的话题，网络、发展、改革、战争、和平等也与人们的生存息息相关，意义最重大。令人深思的是，在网络上，"战争" "战胜" 了 "和平"，这具有黑色幽默的反讽，是否意味着我们所处的是一个以竞争求生存的压力社会，是一个以弱肉强食为特征的紧张时代? 或者干脆就是一个强权政治的时代?

还有这样一组对立的百度网页数字：爱 1980 万，恨 1130 万——世间终究还是爱比恨多；生 1460 万，死 1230 万，病 1260 万——活着终究比死去要好，然而活着的人大多有 "病"，活得都不容易，不轻松；男 1290 万，女 1430 万——女人终究比男人重要，分量更重；离婚 835 万，结婚 1170 万——虽然不少的人逃出婚姻 "围城"，却有更多的选择进入 "围城"……

迄今为止，百度到的网页数量最高的字眼有 "中国" "网" "的"，结果均为 1 亿。这是否是能够百度的最大网页数，就不得而知了。

仅从以上这些百度搜索，我们已足以总结出"百度的意义"：

其一，百度可作为舆论监测的一个主要来源，对于评判舆论的动向、动态或状况都可提供相当有用的内容、信息和测衡标准。

其二，百度可作为各类评比、评奖、评选、评论、评判、评价、选择的重要依据。在"超女"总决选结果出来之前，借助百度，李宇春、周笔畅、张靓颖三人的差距早已昭然。

其三，百度可作为某种产品、品牌，某件事物、事情在公众（特别是青少年）中影响力、知名度和重要性的一个评价标准。

其四，百度可作为考察品牌商业价值，人或其他实体的社会声誉、无形资产的一个有用的衡量尺度。

其五，百度可为广告投放商选择在何种时机在哪些媒体如何投放广告提供一大判断根据。

其六，百度可以帮助测算某项商品（例如图书）的市场行情，百度甚至可以帮助你替自己的儿子起一个从未被他人用过的名字……

看来，百度的用处还真是不少而且不小。这还需要我们不断去发掘和发现。

附记：上文作于 2005 年 8 月 22 日，上述数据，均为当日的百度结果。百度的结果会随着时间的推移而变化。其中，有些事物或主题百度的结果一直保持很低幅度的变化，有些则变化甚剧。譬如"超级女声"的百度网页数，总决选之前是 300 多万，决选后很快突破 400 万，9 月 8 日更是冲到了 742 万页！而今天（11 月 30 日）则回落到 670 万。跟踪百度网页数量的变化，可以考察一件事物或主题受社会关注度的变化趋势，从而判断其生机与发展潜力等。

此外，笔者注意到，福布斯 2005 中国名人榜在公布排名时，专门列出名人们的网页搜索数量及网络排名，我认为这正是对我上文所提出观点的一次具体运用。

（2005 年 11 月 30 日）

殷夫的三条生命

——为殷夫百年诞辰而作

1910 年 6 月 11 日，诗人殷夫出生于浙江象山。1931 年 2 月 7 日夜，殷夫被国民党秘密杀害。去世时尚不足 21 周岁。一个生命的钟摆停在了 20 岁的轨道里，一颗心停在了深夜里。这是一位革命者，一名诗人。他以血与火一样的青春，书写了现代文学史上壮丽的一节篇章。

我们每个人都只有一条命，但是通过自己的努力，一个人可以将自己的生命延长传续，乃至扩展成三条生命。

人的第一条生命是生理的、身体的。每个人都可以尽力去保持身心健康延长自己的寿命。人还可以通过繁衍后代等使自己的血脉延续。在这一层面上，殷夫是短命的，英年牺牲。他留给这个世界的永远是 21 岁的青春面容。而在那短暂的 21 年里，他以火一样的热情投身革命，一往无前地用青春和生命去追求真理和光明、诗歌和文学、未来和希望。他的生活如火如荼，挚诚炽烈，经历崎岖曲折，四进监狱，不屈不挠地抗争，锐不可当地呐喊向前，冲锋陷阵，时刻准备着为阶级献身，为真理和革命牺牲，并最终死在了征程上。诗人的一生绚丽灿烂，慷慨激昂，壮怀激烈，生命密度和质量都很高。鲁迅先生说："使一个人的有限的生命，更加有效，也即等于延长了人的生命。"

人的第二条生命是社会的生命。殷夫用自己的生命诠释了一个大写的"我"，一个大写的"人"字。他将自己全身心地交给了阶级、革命和社会，在20 年代末 30 年代初的左翼和无产阶级文学运动、革命和战斗生活中留下了印记、声名和影响，为革命文学建立了卓越功勋。绿原有一首诗《诗人》似乎是专为他而作的：

> 有奴隶诗人
>
> 他唱苦难的秘密
>
> 他用歌叹息
>
> 他的诗是荆棘
>
> 不能插在花瓶里

> 有战士诗人
>
> 他唱真理的胜利
>
> 他用歌射击
>
> 他的诗是血液
>
> 不能倒在酒杯里

殷夫就是这样一位战士诗人、奴隶诗人！鲁迅先生当年曾敏锐地看到了殷夫诗作的价值，指出，殷夫的诗"是东方的微光，是林中的响箭，是冬末的萌芽，是进军的第一步，是对于前驱者的爱的大纛，也是对于摧残者的憎的丰碑。……这诗属于别一世界"。

殷夫诗歌的成就主要体现在政治抒情诗、红色鼓动诗方面。但与当时盛行的比较空洞苍白的呐喊与战叫不同，殷夫的诗有着深刻的个体生命体验、个人情感和思想在内，有着坚实的现实内容和背景，有着生动鲜明的形象，因此具有更高的艺术价值。

当许多无产阶级作家热衷于描写"革命＋恋爱"的故事时，殷夫的"情诗"却这样写道："我的姑娘哟，你是我孤独生途中的亲人……明晨是我的丧钟狂鸣，青春散殒。我不能爱你，我的姑娘"。

在纪念"五卅"惨案的诗《血字》中，殷夫形象地勾画那震惊中外的一幕：

> 血液写成的大字，
>
> 斜斜地躺在南京路，

这个难忘的日子——

润饰着一年一度

接着，他发出了召唤：

"五卅"哟！

立起来，在南京路走！

把你血的光芒射到天的尽头，

把你刚强的姿态投映到黄浦江口，

把你的洪钟般的预言震动宇宙！

……

"五"要成为报复的枷子，

"卅"要成为囚禁仇敌的铁栅，

"五"要分成镰刀和铁锤，

"卅"要成为断铐和炮弹！

诗句铿锵有力，恢宏雄劲，情感饱满。

在《别了，哥哥》中，他毅然决然地同自己的哥哥所代表的旧家庭和统治阶级告别，这也是与自己的过去告别，正式走上革命道途。殷夫鲜明地提出，自己"只望向真理的王国进礼"，要与劳工大众心灵起共鸣，"想做个普罗米修士偷给人间以光明"，他知道前途"满站着危崖荆棘"和黑死白骨、冰雹风雪，但他依然将勇往直前，直到与自己哥哥"隶属着的阶级交了战火"！

他坚决地把个人融入群体之中，始终自觉地行走在战斗的抗争的大众行列中，并为此信心百倍，倍感自豪和英勇。如："我融入一个声音的洪流/我们是伟大的一个心灵/满街都是工人，同志，我们"（《1929年5月1日》）。"我们的意志如烟囱般高挺/我们的团结如皮带般坚韧/我们转动着地球/我们抚育着人类的命运！""我们是谁？/我们是十二万五千万的工人农民！"（《我们》）

他的诗豪迈激越，富于鼓动性。如：

让死的死去吧！

他们的血并不白流，

……

他们光荣地死去了，

我们不能向他们把泪流。

——《让死的死去吧》

怕什么，铁车坦克炮，

我们伟大的队伍是万里长城！

怕什么，杀头，枪毙，坐牢，

我们青年的热血永难流尽！

——《五一歌》

　　一个人，一旦将自己的生命融入了群体的事业之中，他个人的有限生命也便得到了延长。殷夫就是将自己自觉融入工农大众，融入无产阶级和共产党人的事业之中，并且为这一共同的事业勇往直前，奋不顾身。他短暂的一生写战斗诗篇，教导学生参与抗争，编革命文学刊物，参加实际的游行……在群体之中，他的生活永远充实而丰盈，情绪充沛而高涨。作为"左联五烈士"之一，他青春凋零陨落了，但他的群体生命、社会生命却始终延续。他的优秀诗歌亦在代代传诵，激动着读者，鼓舞着人们。鲁迅先生早已预见及此。他在指出殷夫的诗属于别一世界之后，说："那一世界里有许许多多人，白莽（即殷夫）也是他们的亡友。单是这一点，我想，就足够保证这本集子（指殷夫诗集《孩儿塔》）的存在了"。——殷夫的诗是属于无产阶级劳苦大众的，殷夫正是他们的朋友，而未来的世界无疑是劳苦大众的，因此殷夫的诗集不会消亡，殷夫的生命虽亡犹存！

　　还是鲁迅先生的话："死者倘不埋在活人心中，那就真真死掉了。"换言之，死者若能埋在活者心中，他就不会死！我们今天纪念殷夫，就证明了他还活在我们心中！

　　人的第三条生命便是精神的和灵魂的生命。殷夫是铁骨铮铮的英雄。他和其他烈士一起，用鲜血震撼和激励了包括鲁迅在内的一批有识之士。有鲁迅为"左联五烈士"所作悼文《为了忘却的纪念》和为殷夫诗集《孩儿塔》所作的序言为证。在悼文中先生悲愤地写道："忍看朋辈成新鬼，怒向刀丛觅小诗"。

同时他坚信"将来总会有记起他们，再说他们的时候"。——先生多么有先见之明啊！

就像殷夫翻译的裴多菲诗作"生命诚宝贵，爱情价更高；若为自由故，二者皆可抛!"所言，他以自己的生命诠释了一个追求自由的不羁的灵魂。他的精神和灵魂将熔铸成金，愈磨愈光亮。一个人，一旦将自己的生命凝聚进了民族文化激流，参与了民族血脉与灵魂的锻塑，他就将是永生的、不朽的！殷夫精神是一种革命的战斗的进取的精神，是一种大爱大憎、勇猛抗争的精神。殷夫精神正在得到有力的传承与光大。这些皆是殷夫不死的明证。

（2013 年）

（本文借鉴了何杰先生的生命观。特此致谢！）

赖宁这个精神符号过时了吗？

24 年前，一个 14 岁的少年因为奋不顾身地参与扑救山火英勇牺牲而被共青团中央和国家教委授予了"少年英雄"的称号。1990 年代，他成为了全国各民族青少年学习的榜样，成为了那个时代舍生取义、见义勇为的一个熠熠闪光的精神符号。他的事迹进入了小学《思想品德》教科书。

他，就是赖宁，生前系四川省石棉中学初二学生。关于他的壮举，通常都是这样介绍的：1988 年 3 月 13 日，为了扑灭突发山火，挽救山村，保护电视地面卫星接收站的安全，他主动加入了扑火队伍，在烈火中奋战四五个小时后遇难。随着对他的生平事迹采访的深入，人们发现，赖宁曾三次救火而不留姓名，他对祖国、对家乡、对人民、对生活无比热爱。在初一时有道考试题"当个人利益与集体利益发生矛盾时，我们应该怎样做？"赖宁的回答是：我们应该以集体利益为重，把集体利益放在首位，个人利益放在次位，必要时要舍得牺牲个人利益去维护集体利益，关键时刻甚至要勇于献出自己的生命去维护集体利益。次年他竟然用自己的生命印证了自己的这一回答。赖宁有着远大志向，立志要做李四光那样的科学家；他坚持几年为家乡探险寻宝，利用节假日采集矿石标本，进行无线电实验。他求知若渴的进行学习，好追根寻底，有积极探求的进取精神，是个全面发展的好学生。

然而，救火毕竟不是一个生命娇嫩脆弱的孩子所应承担的社会责任，在生命与财物面前，人们更重视生命价值的至高无上。因此，即便是在 1989 年，团中央和国家教委号召全国各族青少年向赖宁学习时，也没有特意强调他以弱小的生命去对抗无情的大火这样的见义勇为舍生取义英勇牺牲，而是倡导"学习他胸怀大志，从小做起；学习他热爱科学，勇于实践；学习他积极进取，全面发展；学习他热爱祖国，临危不惧"的精神品格。

进入 21 世纪，人们的生命观更加强化，以人为本、生命至上的理念深入人心。而随着未成年人保护法的出台，全社会更加关注未成年人的基本权益。这样的时代环境下，再去提倡学习赖宁似乎变成了尴尬为难之事。因为学习赖宁，必然要提到学习他的见义勇为，为了集体财产牺牲个人一切。然而，这样的倡导，放到一位未成年人身上显然很不合适。于是，学习赖宁的声音逐渐减弱淡化，赖宁的塑像、事迹也从少年儿童的世界里渐行渐远。

现在，是到了对学习赖宁活动进行小结的时候了。从媒体的报道上看，赖宁原本就是一个有血有肉的真切可感的人。这位 14 岁的少年调皮又爱作怪，譬如他敢把手伸进坟地裸露的棺材里去乱抓，结果抓到了骷髅头；他是一起玩的孩子们的"头儿"，很多事情都是由他发起的，探险队，找水晶等等。当一个朋友被一家人欺负了，他还会带头去偷那家人的葡萄。和赖宁一起救过火的周伟说，他觉得关于赖宁的报道过于集中和拔高，让他感觉不像自己的同学了。和大家一起朝夕相处的人，突然间成了英雄，同学们都觉得很不适应。在《赖宁的世界》的作者孙云晓眼里，赖宁有些出格，不是一个正统的样板英雄。他这样写道："创作这部作品是为了实现我的一个梦：淋漓尽致地表现一个中国男孩子的世界，一个充满雄性气息的世界，一个具有高气质、高追求的世界。"

有人断言，赖宁迟早要退出历史的舞台。这话的潜台词便是，赖宁这个榜样已经过时，这个精神符号已经丧失了现实意义。果真如此吗?！我们需要追问的正是这个问题。作为特定历史时期推出的一个先进典型，他的身上无疑带有那个时代背景所赋予的种种局限。这样的精神符号是否早晚都要过时？我认为，简单地下结论为时过早，而且显然是错误的。

谁也不能否认，今天的中国社会已经进步到了高度尊重生命权并将其置于至高无上的地位。今天我们绝对不允许也一定不会鼓励一个未成年孩子为了救火或救人而献出自己的生命，因为他们自身都还是需要获得保护的弱者，他们没有责任更没有义务以自己稚嫩的生命去承担与其自身不相称的社会义务。因此，毋庸置疑地，如果是在今天，我们绝不赞同也不鼓励赖宁这样的孩子去救火。事实上，即便是在 1988 年，当赖宁主动上山救火时，政府工作人员也曾试图将他带离现场，没曾想他又返回救火现场并最终发生了惨痛的悲剧。

　　与此同时，我们也不能否认，在赖宁这样一个幼小孩子身上闪现出来的崇高精神品质，那种见义勇为，临危不惧的精神，在任何时候都会打动我们并令我们潸然泪下。尤其是当一条弱小的生命在对抗强大的对象时所呈现出来的悲壮、壮烈与壮美，更是惊心动魄，足以震撼我们的心灵。因此，今天当我们重温赖宁重温这位少年的英勇行为时，我们依旧称他是英雄，是我们芸芸众生中诞生的杰出者。赖宁变成了这种强悍精神力量的一个载体，如果我们忽视或隐去他的少年——未成年人身份，我们依然会被他感动。可见，我们看重的是赖宁身上所体现出来的利众精神，我们绝不倡导少年儿童用牺牲生命作代价去见义勇为，但我们也要鼓励孩子们从小培养起见义勇为的高尚品德，鼓励他们在力所能及的范围内见义勇为。特别是在我们今天这样一个道德面临滑坡危机的年代，在类似小悦悦事件接二连三地在我们身旁发生这样的时代，倡导包括见义勇为、舍生取义之内的民族精神，尤显必要和重要。弘扬社会正气呼唤正义与良知，践行社会主义核心价值体系同样热切呼唤见义勇为。见义勇为是中华民族的优秀传统。一个遗忘民族文化根基、抛弃传统美德的国家势必将面临精神血脉断流的危险。所以，我们今天讲向赖宁学习，是一种扬弃，一种螺旋式上升的倡导，其实质是为了更好地传承中华民族传统美德和精神。这是一种具有普适性的永恒的价值追求。从这个层面上看，赖宁这个精神符号永不过时，任何时候都有其存在和弘扬的巨大价值。

　　2008 年，在汶川特大地震中，我们又看到了一大批的少年英雄。他们在灾难面前，在生死的考验面前，英勇无畏地去拯救同学和老师，其中如宋雪、邹雯樱等还献出了自己鲜花般年轻的生命。我们在无比痛惜的同时，也为他们这种临危不惧见义勇为的高尚品格和精神所震撼和感动。他们还是那么小的孩子，竟然就能毫不犹豫地做出这样的抉择。他们的牺牲，同样可以净化和升华我们每一个人的心灵。当然，我们的学校、我们的社会有义务和责任教育我们的孩子要在确保自身生命安全的前提下去见义勇为。而当他们就这样牺牲就这样远行，我们又感到了无比的心痛。这是怎样的一种悲剧，怎样强烈地冲击和荡涤我们被世俗尘埃蒙蔽的心灵啊！

　　精神是不朽的。精神的力量更强大，精神的魅力更持久。赖宁已经死去，赖宁的精神却将长存。精神的符号承载并传续着民族的血脉和文化的命脉，他们的价值须随着时间的推移不断地被开掘，弘扬和光大。一个没有英雄的民族是可悲的，而不懂得珍惜英雄甚至蔑视践踏英雄的民族更是没有希望的。我们的历史上，我们的过去，诞生了那么多时代英雄，王进喜，欧阳海，雷锋，时传祥，张秉贵，林巧稚，中国女排，张海迪，张华，史光柱，孔繁森……，他们都是具体时代产生和推出的英雄，或许他们的身上也都带有着这样那样的局限或不足，然而，他们却都曾感动过我们，成为了一个时代全民学习效仿的榜样，参与构筑了我们一代又一代青少年的精神底色和根基。我们今天的时代，英雄不是太多而是太少，英雄没有继续受到应有的尊崇和推重，而常常是受到消解、戏谑和解构。嘲笑英雄，淡忘英雄，实质上就是在嘲笑崇高，远离高尚。这是我们这个时代道德滑坡、人们精神处境面临危机的重要原因。

我们亟须重新建构我们的英雄，架通我们的精神命脉，建造我们时代的精神大厦。这是我们正在直面的艰巨任务。那么，就让我们从重新认识和评价赖宁，学习赖宁精神开始吧。

（2012 年）

文学史的五重价值

——由《中国军旅文学 50 年》想到的

朱向前主编《中国军旅文学 50 年》，是一部为 50 年军旅文学作史厚重的大书，是迄今为止我读到的有关军旅文学发展史最全面、最深入也可能是最权威的一部论著。它的首创或创新意义很明显：一是体例结构上，打破了以往文学史撰写上单一的以时间为序，分阶段讲述各种文体的发展状况，而以体裁、文体来分章架构，每种文体均一气写下来，全面梳理其 50 年的发展脉络及流变；二是文体上更加完整，除了一般文学史囊括的长中短篇小说、诗歌、散文、报告文学外，还为理论批评、戏剧、电影、电视剧开辟专章，展开论述。三是内容和行文上有很大创新，把一些不常被以往文学史或人们关注到的作家作品在这部史著中予以了关照和重新"打捞"。我认为这是文学史家极其重要的一项工作，——发现那些容易被人们忽略或错过的优秀作家作品，把他们正式纳入到历史中来。这是需要独具匠心的史家眼光和巨大的勇气的。

我认为，《中国军旅文学 50 年》是一部有典型性、有代表性意义的文学史。作为文学史，它起码具备以下五方面的价值。

其一是史志、史录价值。从广义的角度看，过去即历史，所有历史都是活的历史，都是当代史。历史的书写要求忠于历史事实本身，力求准确、严格地复原和记录历史原貌。它为人们提供的首先是一份历史文献。同时，它要求作者对历史真相进行开掘，对史实、史料进行梳理、甄别、取舍。这部专著为我们提供了一个比较成功的范例。

其二是史化价值。前年我提出应该重估当代文学创作成就，重估改革开放

"新三十年文学"成就，认为有必要也亟须对当代优秀作品，特别是近三十年的精品力作及时进行历史化和经典化。而文学史的撰著与出版，正是将文学历史化、经典化的一个环节和一种重要方式。

其三是史论、史述价值。就像《史记》每篇史传后的"太史公曰"。史论指的是作者在讲述历史过程中所做出的价值判断、意义阐发、规律总结等。这些往往都是作者个人的、独到的发见。文学史的创新价值通常也是通过史论即对作家作品、文学现象、文学思潮等的阐释评价等而体现出来的。

其四是史鉴价值。即总结经验教训，概括艺术规律，提供借鉴。历史著作可以"资治""资政"，文学史则可以"资创"，对于作家，它可以帮助其改进创作取向，提高创作水平。

其五是史用价值。文学史既然是对文学发展历程一定阶段的归纳总结，对文学创作和发展规律的萃取提炼，它凝结着研究者在广泛阅读、深入思索之后的思想精华，它对于普通读者的文学阅读，阅读选择和阅读取向等都有引导作用，对阅读风尚有着引领作用。20 年前，当我刚开始接触文学的时候，基本上就是按照游国恩《中国文学史》，唐弢《中国现代文学史》、钱理群等人《中国现代文学三十年》，张钟、佘树森等人《中国当代文学概观》，按图索骥，找寻其中论及的作品一一阅读。文学史除了可以引导读者的阅读趣味，还可以作为工具书等。它的实用价值是多方面的。

总之，我认为，这部专著作为一部优秀的文学史，它的成就很大，值得借鉴学习。当然，如果还要从书中找些"不足"，那么我认为，作为一部 50 多万字的皇皇巨著，《中国军旅文学 50 年》似乎还可以辟出一节来，记述军旅作家的儿童文学创作和非军旅作家的军旅题材儿童文学创作，譬如徐光耀《小兵张嘎》，《鸡毛信》，等等。还有，军旅文学的阅读接受问题。军旅文学很重要的、很大的一个读者群是军队、部队官兵，似乎有必要针对这个特殊的读者群做些研究，可以对军旅文学在部队中的影响和作用做些阐述。

（2013 年）

文学批评的关键是标准

一段时间以来，人们对文学批评颇有不满，批评之声不绝于耳。文学批评的确出现了一些不容忽视的问题，主要表现在：文学批评与文学创作发展的总体态势不适应、不协调，常常滞后于文学创作，对文学创作的新动态、新特点、新问题，对文学领域的新现象、新思潮缺乏深层次的关注、梳理和引导；文学批评的针对性、实效性和说服力、感染力不够强，科学说理、富于真知灼见和创新精神的文学批评不够多；文学批评的担当意识和社会责任感不够强，存在着评判标准失范、炒作宣传失当乃至是非界线混淆等问题，在价值取向方面有时也存在不同程度的误导，影响了文学批评的科学性、公正性和权威性；文学批评的思想建设、标准建设、队伍建设、阵地建设、机制建设等方面缺乏创新；文学批评发表园地萎缩，人才匮乏，缺少批评大家等。

文学批评存在的这些问题，归纳起来，大致有五种值得重视的倾向。一是批评的退化和矮化，有些文学批评已然变味、变质，一味吹捧，为批评对象"抬轿子"，被指责为"红包批评""有偿批评"；有的文学批评对批评对象抱仰视或蔑视态度，取无条件的赞赏或贬抑姿态，片面进行肯定或否定，缺少剖析和提升。二是批评的转向，特别是"学院批评"，更多地转向对文学发展历程、文学史或一个文学发展段落或若干文学群体、集群、现象等进行归纳、总结、盘点与扫描，侧重于文学史的研究与立论。三是批评的著作化，动辄长篇大论、鸿篇巨制，把研究对象做成一门学问，写出大部头，并自诩以"厚重""全面""深刻"。四是批评的错位和缺位，缺乏对当下、当前文学创作及其存在问题进行及时梳理和剖析，无法对当下文学思潮进行及时引导；许多文学批评读者定位不清，批评文章作家不看，读者不读，了无问津。五是批评的钝化，许多批评者理论资源贫乏，鉴赏能力不足，批评文章毫无锋芒；有的批评者注重借用西方文论，生搬硬套，缺少创新和新意；不少批评文章面目僵硬，缺乏文采，很难以情动人、以理服人。

纵观以上这些倾向，其存在的共同不足都是对文学批评纯正品质的忽视或淡漠，都是对评判标准的无视或匮缺。作为与文学创作相辅相成的一种文学门类，文学批评应该有自己相对的独立性和自主性，应该葆有自己独特的、纯正的品质，也就是通常所言的客观、公正、持中、说理、科学的批评，理性的批评。

纯正的文学批评，首先要求批评者态度要端正，对于评论对象不应取仰视或俯视，而应是平视和正视。文学批评与文学创作的关系应该是平起平坐的，既要看到并尊重作家的创造性劳动，也要尊重批评者的创造性劳动；既要重视创作的价值和作用，也要重视批评的价值和作用，切不可厚此薄彼或重此轻彼。

纯正的文学批评要注重学理性的评析和理性的提升。文学批评要系统运用古今中外各种可取的文学理论工具和评判手段，对文学文本与作者、创作现象与思潮、文学发展动态与脉络等，从思想性、艺术性、知识性、趣味性等各个方面进行综合的分析和评判。在这个过程中，批评者必须摒弃主观成见，避免先入为主，务须从文本和作者的实际出发，广采众长，充分进行理论准备，综合运用各种批评工具、方法和手段，以求批评有的放矢，切中肯綮。

纯正的学理性批评的关键在于建立评判标准。有无自己的批评标准，能否秉持评判标准，是文学批评者水平高低的重要标杆。对文学创作的批评，基本的评价标准应该包括六个方面：思想品位高下，艺术优劣，知识丰瘠，趣味厚薄，创新大小和读者多少。我国历来看重文学的教化功能，有着悠久的"文以载道"的传统，注重文学作品的人文关怀和人本情怀，强调对人的生存和人的尊严的尊重与珍视。我们今天尤其应该倡扬文学在思想道德建设、社会核心价值体系建设和民族文化建设中的地位与作用，重视文学的思想意义和文化价值。因此，思想情趣和品位的高下应该成为文学批评的首要标准。

对文学作品艺术优劣的评判，实质就是运用审美的标准，进行美学层面的评价。文学作品能否带给阅读者以美的愉悦与感受，以及这种美的熏染程度之深浅，直接影响到作品的感染力及作用力。对艺术作品的评判，我国传统上有神品、妙品、能品或者上、中、下品"三品"之说，便是从接受者对作品的品评鉴赏效果而言。我国传统的文学评判讲究意境、韵味、曲致、情趣等注重主体主观感受的标准。西方的审美标准则更多地采用节奏、旋律、结构、形式、技巧等偏重于量化分析的标准。对于文学作品的美学评判应该兼采中西之长，既要进行审美的普遍性价值判断，也要进行民族风格、民族作风、民族气派方面成就的评价。

对文学作品知识性的分析，其实是对其作认识功能和教育功能强弱的研判。好的作品可以从中汲取到有用的、有益的知识，可以帮助人们更好地认识自己，认识生活和世界。

趣味性也是评价文学作品的重要标尺。是否有趣、趣味高下、趣味厚薄，与审美优劣一样，极大地影响到读者的阅读与欣赏，影响到作品的感染力和社会影响力。

一时代有一时代的文学，文学作品有无创新是其能否适应新时代新读者需要的一个重要因素。文学创新，不仅表现在内容、形式、方式、技巧等文本内在要素的创新，也体现在文学样式，传播样式、媒介、途径等方面的创新。优秀的文学需要与时俱进，努力去满足当下人们的阅读审美期待。

优秀的文学应该拥有较多的读者，应该产生较好的、较大的社会影响。这其实是在衡量文学作品的社会价值，也是衡量其是否成功的重要标志。我们既要反对那种片面迎合读者低级趣味和感官刺激的低俗、庸俗、媚俗的"三俗"创作，也要反对那种疏远读者、忽视观众的所谓的"曲高和寡"的文学。文学批评应该在鼓励文学创新的同时，倡导文学面向群众，面向时代和面向生活，倡扬作品做到情、理、义、趣四者的完美统一，让文学主动接受群众的检阅与鉴赏，发挥其应该发挥的作用。

文学批评的标准应该是通过对众多作家作品的比较、分析，从探寻差异性出发，经由综合、归纳和演绎而得来。对文学创作的评判，是一个全面的、系统的过程，要从美学、哲学、历史学、心理学、社会学、人类文化学等多个角度、多个层面来进行分析和研判，避免偏颇与片面；要从文本、作者和时代生活实际出发，实事求是，以理服人。

纯正的文学批评特别要注重艺术性和可读性。从广义上说，文学批评本身亦是文学创作的组成部分，理应以文学作品的标准来要求。文学批评同样需要讲求锤炼文字，注重文采，同样需要具备思想性、知识性、艺术性和趣味性，同样需要重视感染力和影响力，重视阅读与接受。这就要求我们的文学批评要学习和吸纳文学创作以及媒体批评、网络批评、微博批评等种种批评新样式的优长，真正实现生动形象、富于情趣、饶益身心的批评，使批评能够起到引导创作、指导阅读鉴赏的作用，实现批评的认识教育功能和社会效益。

为此，我们必须加强文学批评作者的思想建设，夯实批评的思想基础。这就需要积极推进马克思主义文学理论研究和建设，推动理论探索与创新，丰富和发展马克思主义文学理论，建立起面向我国文学创作、作者和人民群众的，适应我国文学实际的中国特色马克思主义文学理论体系。

必须主动倡导为我们这个时代所需要的社会核心价值体系，将其作为文学批评最根本的思想准绳和价值取向。在文学批评的内容方面，要秉持评判文学创作优劣高下的思想性、艺术性和可读性标准，倡导健康、有益、进步的文学，张扬时代主旋律，提倡文学创作内容主题、形式手段、艺术技巧等方面的多样化与探索创新，倡扬真善美，鞭挞假恶丑。同时要注重文学创作的艺术水准、审美品位和文化底蕴，强调文学的民族性、时代性、世界性。在继承中外文学批评传统的基础上，建构起本民族特有的文学审美体系和审美评判标准。

在文学批评的方式方法上，要尊重文学特点，遵循艺术规律，坚持实事求是、正面引导，倡导科学、公正、说理的批评，倡导从作品的内容、主题、样式出发，从作者的生平、主体心态、创作风格出发，从文学现象、文学思潮、文学动态的实际出发，从读者受众阅读心理和欣赏需要出发，采取事实与史实结合、思想与内容结合的立足真实的研究方法，坚持原则性，尊重差异性，提倡不同观点和学派自由争论，鼓励理论探索与创新。文学批评还要坚持面向作者和读者受众，自觉改进文风，要使文学批评有的放矢，言之有物，生动流畅，为群众所喜闻乐见。

（2011 年）

辨优劣·鉴精粗·存经典
——文艺批评的价值

回到批评的初心和常识

全媒体时代，文艺创作的观念、形式和载体发生了变革，但是文艺批评的价值并未改变，仍旧是推优贬劣、去粗存精、鉴定经典、史化作品。

文艺批评要回到常识，回到原点，回到初心，回到根本。文艺批评直面作家艺术家和读者两大受众，而其面对的核心应该是作品文本，是从文本出发的批评。"批评"的内在含义包括了批阅、批注、批驳、批判、点评、评说、评论，既有评判论述之义，也有反驳贬斥之义，褒优贬劣，激浊扬清。文艺批评的关键在于建立一个科学、客观、公正的批评标准体系，用一把可靠的尺子或准绳去权衡作品。批评的核心环节和要务在于筛选出好作品。无论是文艺评论，还是各种评选与评奖，其根本旨归皆在于遴选出优秀作品。文艺批评的基本准则在于"说真话、讲道理"，有一说一，有二说二；有好说好，有坏说坏。

批评是一种选择。选择的结果一是推介给读者观众，引导阅读欣赏风尚，提升受众文艺素质。一是面向作家，引领创作思潮与趋向。一是对优秀作品进行经典化、历史化，使之进入文艺史、艺术史、文化史。文艺批评的力量包括其本身所具备的思想穿透力和艺术感染力，也包括对文艺创作的反作用力和推动力，还包括对读者阅读鉴赏的引导力和影响力。真正的文艺批评者由于其对文艺创作规律的准确把握，对思想哲学、艺术审美层面的深入开掘，对目标读者的极大关注，对艺术特色的执著追求，因此往往能站在更高的位置，取更为开阔的视野，抱更为宽宏的胸怀，对自己的批评对象进行审视、研究、剖析和评判，犹如一位医术高明的医师，手握解剖刀或手术刀，对自己的解剖对象或患者进行认真准确科学的剖析或手术治疗，不仅能揭示病理病变，指明疾患，更能疗疾治病，使患者躯体更为健康、更趋完美。这样的文艺批评对被批评者和广大受众都是有益有用有利的，对文艺创作的发展则是不可或缺的。

体验式品尝与挑剔式辨析

回到文艺批评的初心和常识，建设批评标准体系，需要重申有效的、及物中的批评。

首先须高度强调批评的主体性。批评是一种独立的文艺创作和文艺实践，批评者是文艺生产者的组成力量，他可以而且应该独立于文艺创作及文艺原创者而存在，是文艺创造的重要主体。文艺批评与文艺创作是相辅相成、互补互促的关系，而决不是依存与被依存、主体与客体的关系。由此，须更加明确文艺批评的职责与担当。文艺批评的重要性、独特性需要重申，其无可取代的地位和作用需要得到尊重和重视。

其次，须注重批评者能力的提高。优秀的文艺批评者首先必须是高明的文艺鉴赏者。批评者作为文艺批评的创作主体，需要掌握批评的工具、手段和技巧，需要具备艺术审美力、鉴赏力和比较评判力。这就要求批评者自身要有充足的文艺美学和思想理论准备，需要具备较高的艺术素养和文化素养，建构起自己的艺术评价体系，掌握丰富的艺术判断经验，能够在众多文艺作品的比较权衡中做出准确的估价和评判。

三是，须大力张扬及物的、中的的批评。文艺批评要确立自己的读者对象，区分不同的受众，批评者心中要想着自己的阅读接受者即潜在的读者，力图使自己的批评能触及批评对象的核心或要害，站高望远，切中肯綮。这方面，批评者的艺术经验或创作实践经验显得不仅有必要而且重要。文艺史上那些入木三分的批评，其作者大多自身也是重要的文艺创作者。而批评者深厚的哲学、思想、历史、文化等方面的修炼与能力也是必要的。

四是，须充分肯定批评文本的独立性与自足性。文艺批评具备自己独特的思想魅力和艺术品格，是一种有独特价值和意义的艺术创造。从广义上看，文艺批评也是一种文艺创作，它必然需要遵循文艺创作的基本规律，具备文艺创作的基本特征。文艺批评同样需要发挥批评者的想象力及创造力，具备鲜明的个性化的语言风格，讲究叙事技巧，文风活泼、生动、可读而不能刻板僵化、面目可憎。文艺批评同样具备教育、审美和娱乐功能，要带给人思想的深刻启迪和艺术的审美愉悦。要鼓励多种多样、千姿百态的批评形式和风格、流派，以满足不同受众多方面、多层次、多样化的精神文化消费需求。

五是，须构筑良好的文艺氛围和批评生态。亦即要发扬艺术民主和学术民主，落实"百花齐放""百家争鸣"方针。既要确立批评的标准、边界、底线和红线——如批评应该止于思想艺术范畴而不应展开人身攻击，更要保障批评者的权利，保护批评者的积极性和创造力。同时也要保护被批评者的权利，允许其进行反批评，培养被批评者面对批评的平和心态，敬重批评者，乐于接受善意的批评，推动创作和批评、批评和读者、批评和作者形成多向或双向互动，从而造就一种宽松、包容、民主、平等、对话的良性的批评生态。

六是，须借鉴吸纳古今中外优秀批评的经验。要向思想大师、批评大家学习，学习他们直面现实和批评对象的勇气与胆魄，学习他们高深的艺术造诣和思想水平，学习他们客观严谨、求实说理的批评态度，学习他们博览群书海纳百川的胸襟和勇于创造敢于创造的激情热情。

有鉴于此，我特别推重全身浸入式的、体验感受式的文本阅读评析。首先要沉浸其中，融入文本。其次又要跳出其外，给文本找刺找毛病。批评是一把尖刀和利器，要发挥其"剜烂苹果"的功能，挑问题，指不足。沿着阅读——研究——评判——分析的步骤和过程，对文本进行细读、辨析和解读，达致一种有价值的批评，一种独立自主的、及物的、有指向的批评，真正发挥文艺批评的力量。

（2017 年 4 月）

文艺批评的力量

文艺批评常与文艺创作相提并论，被比成车之两轮、鸟之双翼、人之双腿，它的地位和作用无疑极其重要且不可替代。从文学史上看，许多有力量的文艺批评都曾对文学创作的发展和文学思潮的嬗变产生过巨大的推动作用。譬如，茅盾对早期无产阶级小说创作中"革命＋恋爱"故事模式的深刻剖析，总结成就，指明不足，为革命文学的发展提供有益经验和借鉴。在朦胧诗萌动之际，直面大量的批评反对之声，谢冕先生果断亮出自己的态度，在《光明日报》上发表 2000 多字的评论《在新的崛起面前》，为诗坛"古怪的"新生事物大声辩护，由此奠定了朦胧诗在诗歌发展史上的地位，亦就此确立了此后三十多年谢先生新诗批评家头把交椅的位置。

文艺批评的力量包括其本身所具备的思想穿透力和艺术感染力，也包括对文艺创作的反作用力和推动力，还包括对读者阅读鉴赏的引导力和影响力。真正的文艺批评者由于其对文艺创作规律的准确把握，对思想哲学、艺术审美层面的深入开掘，对目标读者的极大关注，对艺术特色的执著追求，因此往往能站在更高的位置，取更为开阔的视野，抱更为宽宏的胸怀，对自己的批评对象进行审视、研究、剖析和评判，犹如一位医术高明的医师，手握解剖刀或手术刀，对自己的解剖对象或患者进行认真准确科学的剖析或手术治疗，不仅能揭示病理病变，指明疾患，更能疗疾治病，使患者躯体更为健康、更趋完美。这样的文艺批评对被批评者和广大受众都是有益有用有利的，对文艺创作的发展则是不可或缺的。

进入新世纪以来，文艺创作被认为业已形成大发展大繁荣的喜人局面。而在这一派繁荣发展之中，人们看到，文艺批评的成就并不明显，是一片暗淡无光的区域。

近些年来，人们对文艺批评越来越不满意，普遍觉得，越来越听不到真正的有分量的批评的声音。不只在文艺界内部，也在文艺界外部，在宣传思想文化领域，在社会各界和广大读者中间都有这样的呼声：本应与创作齐头并进的文艺批评这一轮、这一翼、这一腿步伐太慢，拖了创作前行进步的后腿，使创作的繁荣发展瘸了一条腿。去年以来许多报刊接连发文对文艺批评展开批评，从各个层面深入探讨文艺批评存在的问题，探求改进批评的方式方法，为"病了"的文艺批评开出各式各样的处方。

在我看来，文艺批评失陷的症结在于批评声音的微弱和批评力量的匮缺。文艺批评显现出软、弱、散、空的缺陷。大量的文艺批评缺乏正面批评、直面批评的自觉，丧失批评的品质，不具备批评的基本要素。许多文艺批评不能很好地瞄准批评对象，不能准确完整深刻地把握批评对象，思想空洞，内容主题涣散，失去了强劲的批评力度。换言之，这些文艺批评缺乏自足性和独立性，经常沦为文艺创作的附庸或衍生品。

许多所谓的批评文章事实上处在一种可发可不发、可读可不读乃至于可写可不写、可有可无的尴尬境地。这类文章即便公开发表了，登上了堂皇的文艺类学术期刊之版面，可以产生社会影响力。但是，那些期刊发行量大多只有区区数千册，其读者也只有被批评者、少数文艺创作者和一些专业文艺编辑、研究者等，受众面相当狭窄。而即便是这个有限的读者群体，其对于期刊、报纸的阅读也是相当浮皮潦草的，不少批评文章仅被一扫而过或匆匆一瞥。因此，我认为多数文艺批评缺乏生命力，社会影响力相当有限乃至趋近于无。这种社会影响力极其有限的文艺批评，它的力量无疑十分微弱甚至可谓是无。

更为可悲的是，文艺批评界对出现的问题重视和警醒得还很不足。有些人还要为自己软、散、空的批评找寻种种借口进行辩护。比如，自以为是地认为，文艺批评是一种专业的学术活动，受众必然少，社会影响面必然受限。这些问题的出现反映出文艺批评和文艺批评者的自我定位和自我评价存在偏移或偏失。

文艺批评的危机及其在文艺创作整体中的失陷和地位的沦落已是不争的现

实。穷究这种状况产生的原因，主要的还是存在于批评者即批评主体身上。

批评准备不足和艺术能力低下，是造成文艺批评缺乏力量的根本原因。我们很多的文艺批评者思想理论准备不足，文艺创作能力贫乏，或者个人品德欠佳，审美趣味不高，他们所撰写的文艺批评先天地便带有缺陷。工欲善其事，必先利其器。文艺批评要切中肯綮、令人信服、文采斐然、生动好读，首先要求批评者具备比较高深的文艺素养、理论学养、品德修养和思想品位。文艺批评是一项创造性的劳动，是生动体现批评者个人人格道德修养、审美品位和艺术情趣的文艺作品。

其次是批评的勇气、胆识和自觉、担当不足。如果说能力不足必然带来不会批、批不好的后果，那么，缺乏胆识和勇气则会导致不敢批的后果。批评者要自信，要坚信自己的艺术判断，把自己的判断建立在科学准绳、科学思想指导之下，建立在严格的文本分析、逻辑推理和客观的评判基础之上。当然，更重要的是，批评者秉持的批评原则或标准须要被普遍公认或接受。这样做出的批评才可能让被批评者认同和吸纳。

再次是批评者常常"目中无人"，读者定位不清，由此带来了批评的盲目性。文艺批评的目标读者首先应是文艺创作者，主体应是广大的受众。在此有必要明确批评的根本目的：一是指导创作，引导创作潮流；二是引领读者的阅读与欣赏，提升读者的艺术接受程度和深度，更好地开掘文艺作品的艺术力和影响力。我们目前的文艺批评有不少是自说自话，基本不关注读者，不考虑和研究读者的阅读感受，因而其接受与传播、感染力和影响力都相当局限。

四是批评的靶的不准。不能对准批评对象的核心，抓住其要害，不能刺刀见红一针见血，常常是言不由衷、言不及物、言不达意和无的放矢、放空炮。很多批评失之偏激或偏颇。像 2005 年李建军与贾平凹的"口水战"。李建军贬斥《秦腔》"是一部似是而非、不伦不类的怪物"，指出"恋污癖与性景恋是贾平凹的小说作品中的常见病相"。贾平凹回应称，"鲁迅先生言犹在耳，我提醒自己不要当'空头文学家'，也用这句话来提醒我的学生——那些将来也要变成博士的人，不要变成又一个戴着博士帽的空头文学家甚或废物"；"用猪尿泡打人是不疼的，但可以有臊气"，"溅上某个人的唾沫后，要赶紧去打一针狂犬疫苗"云云。这样的口水战显然已冲破文艺批评的范畴，涉及到对人身和人格的攻击，无疑是缺乏理性的。

此外，大量的文艺批评文采贫乏。言而无文，行之不远。批评文章优秀的文学性，个性化的语言和叙事、表达风格，可以吸引更多读者，可以弥补文章思想观点或评价判断方面的缺陷的。没有文采的批评难以吸引阅读，其感染力和影响力必然十分有限。这，是当前众多文艺批评普遍存在的弱项。

直面文艺批评的失陷，我们需要重申批评的力量，需要重申有效的批评。

怎样才能增强批评的有效性，强大批评的力量呢？以下这些准则或经验无疑需要记取或借鉴。

须高度强调批评的主体性。批评是一种独立的文艺创作和文艺实践，批评者是文艺生产者的一支组成力量，他可以而且应该独立于文艺创作及文艺原创者而存在，是文艺创造的重要主体。文艺批评与文艺创作是相辅相成、互补互促的关系，而决不是一种依存与被依存、主体与客体的关系。由此，须更加明确文艺批评的职责与担当。文艺批评的重要性、独特性需要重申，其无可取代的地位和作用需要得到尊重和重视。

须注重批评者能力的提高。批评者作为文艺批评的创作主体，需要掌握批评的工具、手段和技巧，需要具备艺术审美力、鉴赏力和比较评判力。这就要求批评者自身要有充足的文艺美学和思想理论准备，需要具备较高的艺术素养和文化素养，建构起自己的艺术评价体系，掌握丰富的艺术判断经验，能够在众多文艺作品的比较权衡中做出准确的估价和评判。

须大力张扬及物的、中的的批评。文艺批评要确立自己的读者对象，区分不同的受众，批评者心中要想着自己的阅读接受者即潜在的读者，力图使自己的批评能触及批评对象的核心或要害，站高望远，切中肯綮。这方面，批评者的艺术经验或创作实践经验显得不仅有必要而且重要。文学史上那些入木三分的批评，其作者大多自身也是重要的文艺创作者，如文艺批评颇富个性且影响深远的鲁迅、茅盾、叶圣陶、李健吾、胡风等，皆是如此。而批评者深厚的哲学、思想、历史、文化等方面的修炼与能力也是必要的，譬如，马克思、恩格斯、列宁以至于萨特、叔本华、尼采等人的文艺批评，皆是成功的前例。近年来，也有一些中的、及物的批评。如李建军对"王蒙自传"的批评，直言"王蒙先生，自传不能这样写"，其批评立论的依据是：在传记写作中主观情绪、个人情感带入太多，会影响写作的客观公正。又如邵燕君对于阿来近年创作的批评，认为"自从以《尘埃落定》获得茅盾文学奖以来，阿来藏族作家的身份就被强调"，但这种刻意以藏文化代言人身份出现的创作，事实上会损害到阿来这位在汉文化语境中成长的作家自身创作的个性。

须充分肯定批评文本的独立性和自足性。文艺批评具备自己独特的思想魅力和艺术品格，是一种有独特价值和意义的艺术创造。从广义上看，文艺批评也是一种文艺创作，它必然需要遵循文艺创作的基本规律，具备文艺创作的基本特征。文艺批评同样需要发挥批评者的想象力和创造力，具备鲜明的个性化的语言风格，讲究叙事技巧，文风活泼、生动、可读而不能刻板僵化、面目可憎。文艺批评同样具备教育、审美和娱乐功能，需要带给人思想的深刻启迪和艺术的审美愉悦。要鼓励多种多样、千姿百态的批评形式和风格、流派，以满足不同受众多方面、多层次、多样化的精神文化消费需求。

须构筑良好的文艺氛围和批评生态。亦即要发扬艺术民主和学术民主，落实"百花齐放""百家争鸣"方针。既要确立批评的标准、边界、底线和红线——如批评应该止于思想艺术范畴而不应展开人身攻击，更要保障批评者的权利，保护批评者的积极性和创造力。同时也要保护被批评者的权利，允许其进行反批评，推动创作和批评、批评和读者、批评和作者形成多向或双向互动，从而造就一种宽松、包容、民主、平等、对话的良性的批评生态。

须借鉴吸纳古今中外优秀批评的经验。要向思想大师、批评大家学习，学习他们直面现实和批评对象的勇气与胆魄，学习他们高深的艺术造诣和思想水平，学习他们客观严谨、求实说理的批评态度，学习他们博览群书海纳百川的胸襟和勇于创造敢于创造的激情热情。

诚如此，文艺批评的面目定会焕然一新，文艺批评的力量定会得到极大增强。

（2013 年 11 月 23 日，谢冕、张炯、孙绍振、童庆炳、程正民、陈晓明、王光明、陈建文、李朝全等几位在北京的闽籍文艺批评家进行了一场非正式对话，话题是"闽派批评"的由来、精神内涵及与福建文化的关系。这次即兴座谈形成了一个共识，认为"闽派批评"是一个有待深入研究的群体和现象。2014 年 9 月 27 日，"2014 闽派文艺理论家批评家高峰论坛"在福州西湖宾馆聚贤厅举行，近 90 位闽籍或闽地的文艺批评家、作家、文学界人士欢聚一堂，共论"文艺批评的变革与创新"。笔者有幸躬与盛会，有感而发，特作此文。）

让想象力充分迸发，让创造力充分涌流

网络时代，批评家何为？

社会正在急剧变动之中。在面对这种巨大的时代变革之际，许多传统的、一直以来我们认为坚不可摧的、稳如泰山的东西开始遭遇到了空前严峻的挑战。譬如，90 后的孩子超喜欢《小时代》，认为是自己看过的最好的电影。他们会更喜欢拿着 IPAD 或是手机，付费阅读那些网络类型文学，因为这些作品更容易引起他们的阅读快感和愉悦。而我们这些出生于 60 年代、70 年代具有理想主义情怀的知识分子恐怕就会忧心忡忡：我们的孩子怎么了？这个社会怎么啦？文学出了什么情况？

批评家不能理性地看待当前的形势，不能正确地自我定位，很可能会在这个新媒体时代丧失自我，遭遇身份危机。我们会发现自己很无能，自己的声音很孱弱，没有几个人愿意听你说话，没有几个人愿意读你的长篇大论。文艺理论和批评都只沦为一个小圈子之内的游戏，沦为换取一顶学位桂冠或者一个奖项的敲门砖。

这，是文艺批评的没落，也是文艺批评的悲哀。

在网络时代，文艺批评不能失语。而要有所作为，首先要树立起批评自信。批评家在面对作家和作品的时候，经常会发憷，知难而退。或者是因为对手——作家既是批评家的同行者、旅伴，也是批评家的对手——过于强大，或者因为作品太过冗长——譬如网络长篇作品，而止步，而怯步。还有的时候，是因为我们的对手作品过于复杂，新颖，在我们的经验和批评话语体系之外，就把我们批评家给吓住了。比如，近年来出现的"非虚构创作潮"。据我了解，非虚构创作就在报告文学创作界引发了一片恐慌式的混乱。归根结底，是我们这些传统的紧紧盯住自己那一亩三分地的报告文学作家批评家过于狭隘，眼光短浅的缘故，也可能是因为我们自己还不够强大，不够自信，像蜗牛一样颤颤巍巍，刚刚探出头去就赶紧又缩回去。于是当非虚构的挑战到来时，传统的一些报告文学研究者开始排斥、拒否。尤其是当非虚构倡导者和实践者出现了某些可能的纰漏时，我们就会更加得意，认为这个巨大的怪物终于物现原形。如，当"非虚构小说"这个概念抛出来，并且有一些作品自我贴上了这样的标签时，我们似乎看到了非虚构的破绽，大呼这个"四不像"的东西实在可恶，罪该万死。然而，非虚构却并没有死亡，反而更加兴盛，不断取得新的创作实绩。

对待网络文学，乃至青春文学，80后、90后的写作者及其作品，我们批评家也不能像上面的批评家那样，拒斥或者片面地否定。既然这些新鲜的鲜活的文学样式出现了，批评家就该正视它，了解它，剖析它，以往的批评经验还不够用，我们就要主动去学习，主动去充电，我们承认自己有短板有不足，对网络文学、年轻一代的写作者乃至阅读者、接受者所知不多，了解很少，那么，我们就应该努力去走进他们，融入他们。只有熟悉了他们以及他们的创作，我们才有权力对其进行批评和发言，我们才能赢得自己的话语权和批评家的合法身份。当然，这是需要我们有着充分的文学自信、文化自信，不做文化的侏儒。同时我们不能刚愎自用，自负高傲，对文艺新人新事物不屑一顾，要像闽派批评家前辈一样，以一种平等的、公正的、参与和合作的态度对待新的文学观念、文学样式、文学内容，不断地对自己的批评体系进行刷新。

要有包容胸怀

批评家要包容，特别是在遇到自己不熟悉、不了解的文艺新事物时。我们要承认这些事物的出现与存在有其合理性，要用理解的态度对待之。

非虚构2010年开始大量涌现，发表了慕容雪村《中国，少了一味药》、萧相国《南方工业报告》、梁鸿《梁庄》《梁庄在中国》、乔叶《拆楼记》《盖楼记》、王小妮《上学记》、孙惠芬《生死十日谈》、郑小琼《女工记》、阿来《瞻对——两百年康巴传奇》等一批优秀作品，引起很大关注和反响。我认为这是对报告文学创作的一次反拨，是一次激发和触动。近年来报告文学名声欠佳，原因在于许多宣传材料、广告都被贴上报告文学的标签，堂而皇之地登堂入室；许多缺乏文学性、可读性和艺术感染力的流水账、表扬稿都被放进报告文学的筐里，与此同时，一些报告文学作家变得更加浮躁，更加急功近利，为利益驱动，被权势或者金钱所绑架，热衷于写一些有偿作品，有的报酬非常高。这就有点像一些优秀的小说家热衷于写影视剧——当然艺术没有高下之分——于是荒废了自己本来的园子一样。报告文学作家忙于赚钱，没有时间和心情打磨自己的作品，自然很难有佳作问世。在这样的一种缺乏生气和敢于作为的锐气——如八十年代的作家那样——的氛围下，近年来报告文学创作的确遇到了一些问题。这时，非虚构的大纛竖起来了，涌现了一批好作品，我们首先应该欢迎，而且要研究和评析这些新作，发现其长处，用以改进和提升报告文学自身的创作。

事实上，我本人是努力这样去做的。我们在选编年度报告文学作品选时，在评选年度报告文学排行榜，也推崇《梁庄》和《瞻对》；我们在评奖时，也把《瞻对》推到了最后的 10 部提名作品，这是从 194 部参评作品中层层遴选出来的一个结果，体现了全体评委比较高的共识度。当然，我们不能一味地褒扬新事物，对新事物中积极的、上进的方面要不吝肯定和赞扬，而对于其中不足和缺陷也要保持清醒的理性，也要敢于指出，参与探讨，共同提高。譬如，对于所谓的非虚构小说，我个人不以为然。我认为这是一个自以为是的自我命名，有哗众取宠之嫌，但是，我并不否认这些作品中有的很精彩，艺术上取得了成功。我们应该宽容地看待今天的文学体裁和题材，文学样式和技巧，不管它是虚构还是非虚构，不管它是玄幻还是穿越，悬疑还是盗墓，不管它贴的是什么样的标签，首先我们欢迎并以欣赏的态度看待这个文艺花园里的百花吐艳，争妍斗奇。花自开放，我独欣赏。但是，我是一个独立的欣赏主体，我的眼光可以很挑剔，可以与众不同，也必须与普通的读者和接受者不同。因为我还有一种评判的职责在。在享受网络文学带来的代入快感、YY 体验、接受多巴胺大量分泌的愉悦的同时，我们不能沉迷其中，空洞叫好，我们要看到并且指出网络文学创作存在的不足，譬如它的艺术性，它语言上的粗糙对优美汉语的损害——当然也有很多网络语言是对汉语的丰富发展，我们也要不惮指出其或媚俗或媚雅的问题，其在资本和利益驱动下创作上的急功近利、讨好迎合。我们要采取的态度是清醒的理性，冷静的客观，既欢迎欣赏，也批评引导，取一种建设性的态度。就像对待我们自己的一个孩子一样，不要去压抑他，但也不能放任他。

做一个有出息的批评家

批评家要有充分的自信。这种自信应该建立在自己丰沛的学养、素养和修养上。批评家要有很好的艺术鉴赏能力，才能对文艺作品做出比较客观、到位的评价。

批评家要保持自己的独立性，不能被其他因素所引诱或左右，尤其不能屈服于金钱或权势。要有自己独立的思考、进行独到的分析和评判，发出独特的批评话语和表达。譬如，早在 2007 年，我就提出应该重估当代文学创作成就，对当代文学优秀作品要逐步进行历史化和经典化的工作。后来，重估当代文学价值逐渐成为了学界的一种共识。2006 年，我较早对当代文学对外译介情况进行了研究，指出中国作家海外译本的多寡可能显示着其在国际上影响力的大小，外文译本最多的作家莫言可能离诺贝尔文学奖最近。2009 年起，中国作协在第十六届北京国际图书博览会、中央电视台和中国国际广播电台等平台，对莫言及其作品进行了较多的推介。2012 年莫言荣获诺奖，令中国文学界欢欣鼓舞，既在我们的意料之外又在意料之中。

批评家是作家艺术家的对手。要与之对话、对抗和角力，批评家在艺术创造能力上也不能逊于创作者，甚至要比他们站得更高看得更远。因此，这些对批评家都是挑战，也是筛选，优秀的批评家同时也可以并且应该是优秀的作家艺术家。最好批评家也要有相当的乃至是丰富的创作体验和经验。纸上得来终觉浅，绝知此事须躬行。自己动手写，方知其中甘苦。

批评家也是作家，那么他的批评就应该是一种文学创作。文而无采，行之不远。没有文采的批评，面目苍白、可憎，很难有好人缘。而没有读者的批评，价值是可疑的。如果文艺批评只有写的人、被写的人和编辑读，那么，这样的批评价值是十分有限的。我们倡导文艺批评要变革和创新，我们首先应该回到起点，回到我们出发的地方。文艺批评的起点就是它是一种文艺样式，它可以且须具备文艺作品全部的功能：认识功能、教育功能，审美功能、娱乐功能等等。如果文艺批评也是思想性、艺术性、可读性、观赏性俱佳，何愁没有读者，何愁没有价值和影响？

激发想象，推动文艺创造

文艺理论及批评的一大目的和功用在于引领作家艺术家，引导指导创作。理论和评论是从文学创作实践中来的，也理应反作用于创作实践，实现理论和批评的价值。如果文艺批评既不能引导读者观众的阅读鉴赏，也不能对作家艺术家的创作发挥引领指导作用，这样的文艺理论批评其价值是很可疑的。

在网络信息铺天盖地、人人皆为创作者和信息发布者的时代，文艺创作的想象力被充分激发出来，文艺创造力也被充分调动起来。文艺批评应该加入到激发和调动人们想象力和创造力的工作中来。要通过批评、评价的方式，更好地推动广大作者的创作活力和激情，同时对这种竞相迸发的活力和创造进行理性的引导和评价。我们躬逢一个文化欣欣向荣的绝好时机，一方面，要用文艺评论去激发更多更飞扬的艺术想象，推动更深入更深刻隽永的艺术创造；另一方面，要以自己的富于艺术价值的文艺评论，加入到这种创造力的充分涌流中去。文艺评论归根结底，其最重要的一个旨归就在于激发想象，推动创造，在于用评论、批评的方式，增加文艺创造的总量，促进文艺生产力的发展。

"闽派文艺理论家批评家"是新时期以来文艺领域出现的一个奇特现象。这种理论家批评家的簇生现象相当罕见。在文学创作领域，当年有著名的京派、海派，后来有山药蛋派、荷花淀派，近年有声势浩大的陕军东征，豫军崛起，苏军突围，鲁军进京，湘军北伐……然而，在文学评论领域，似乎只有陕西的评论家拥有同闽派批评家对抗的实力。闽籍理论家批评家或许并不能构成一个文艺史意义上的流派，但是，这个群体的规模和影响却是举国瞩目，而且，事实上，这个群体之间确实存在着一些共性：

一是福建位处沿海，得海风之先，闽派文化和闽派批评具备比较突出的先进性、新潮性。从林则徐到严复，从林纾到林语堂，都代表着闽派文化和文艺家能够与世界潮流、国际大趋势较快合拍，顺应并追随近代化、现代化的思想文化进程，领国内风气之先。新时期以降，从刘再复的主体论文艺观到谢冕的《在新的崛起面前》，都引领了一代文艺创造新风。二是鲜明的现实性。闽派批评家大多关注当下社会生活，强调批评的中国本土气息与风格，注重指向现实文艺创作，理论与批评常常直接作用于创作乃至指导或影响了创作。三是广阔的开放性与包容性。能够不拘泥于小天地和封闭的空间，而采取理性平和、宽宏包容的态度看待文艺新现象、新观念、新气象，因此具备了很强的持续创新的能力。"闽派批评"正因为具备这种包容，所以能更好地激发文艺的创造活力，也使得批评自身更具生机与活力。众多的闽派文艺论述与批评都被历史证明是有生命力的，是科学的公允之论。

在今天这样一个文艺兴盛的时代，相信后继有人的"闽派批评"定能取得更大的发展。

（本文系作者在"文艺批评的变革与创新·2014 闽派文艺理论家评论家高峰论坛"上的发言）

重估中国当代文学价值

英雄是深厚而强大的精神力量

习近平同志 2015 年 9 月 2 日在颁发中国人民抗日战争胜利 70 周年纪念章仪式上指出："'天地英雄气，千秋尚凛然。'一个有希望的民族不能没有英雄，一个有前途的国家不能没有先锋。包括抗战英雄在内的一切民族英雄，都是中华民族的脊梁，他们的事迹和精神都是激励我们前行的强大力量。"2016 年 11 月 30 日，他在中国文联十大、中国作协九大开幕式上再次提出："祖国是人民最坚实的依靠，英雄是民族最闪亮的坐标。"

英雄是一种深厚的公共精神资源，更是一种强大而持久的精神力量。我们今天探析英雄的文学书写，首先就要研究英雄人物形象、英雄精神所具有的对民族和国家、对广大普通民众的强大感染力、影响力和引导力。

英雄对于民族精神建构的意义

文化是民族的精神标识。文化中的精髓部分是民族精神，民族精神是民族的旗帜和重要标志。一个优秀的民族，依靠的是源远流长、博大精深的文化支撑，依靠的是强悍而顽强、富于生机和活力的民族精神的支撑。失去了强大精神的支撑，一个民族不可能成就其伟大与杰出。而英雄，——胆识、才智过人，为人民利益不顾自己不怕牺牲、不畏艰辛不懈奋斗的俊杰英豪，作为从一个民族人群中脱颖而出、出类拔萃的精神代表者及标志者，集中、深刻而典型地体现了一个民族的精神，因此他们是民族精神的制高点和方向标。

郁达夫当年在纪念鲁迅时说："一个没有英雄的民族是可悲的民族，而一个拥有英雄而不知道爱戴他拥护他的民族则更为可悲。"英雄是一种弥足珍贵的公共精神资源，因为他是一个时代主流价值观、主流精神取向的集中体现者，弘扬英雄精神，弘扬英雄主义，对于强健民族精神筋骨、提升民族思想道德和精神境界有着非同小可的重大意义。

一个时代有一个时代的英雄。每个时代，都在自己的历史实践和创造中诞生并指认出自己的英雄。这些经由时间和历史淘洗推选出来的英雄往往具有长久性和普遍性的精神价值。换言之，英雄们身上所展现的崇高的精神品质、他们远大的理想抱负与追求，往往具备超越时代超越时间的价值。英雄代表了一个时代道德、精神和心灵境界所能到达的高度，是民族精神和时代精神的突出而集中的体现或载体。英雄身上，凝聚着民族的力量，也凝聚着民族的共识，是增强民族和国家认同感、增强文化自信和文化自豪感的重要力量源泉及精神支撑。

伟人是英雄中的英雄。一个世纪或者时代的伟人，更是民族精神的高峰。他们是一个民族和国家永远应该珍视和崇敬、学习效仿的楷模与榜样。

英雄不容亵渎，崇高不容轻侮。英雄既然是民族珍贵的精神资产，当然不容亵渎、歪曲、消解或虚无化。对于那些妄图调侃崇高、消解英雄的错误倾向，我们应该自觉抵制、批评和反对。

文学对英雄的形象塑造与建构至关重要

英雄和英雄的故事能够到处流传，深入人心，传之后世，传之久远，主要的或最重要的是要依靠文学。从远古时期的盘古开天辟地，后羿射日，女娲补天，神农尝百草，借助的是神话、传说等文学样式，口口相传，流传至今。进入书写文明和印刷文明时代，众多的英雄人物是通过史传、历史演义、话本、评书、小说等体裁或样式而得以有口皆碑，永铭于广大百姓心间。譬如屈原、杜甫、陆游、辛弃疾，譬如杨家将、岳家军、戚家军、林则徐。到了当代，到了今日，我们一代又一代的英雄人物也大多需要文学的抒写与表现。比如描写雷锋的《雷锋之歌》，记述吴运铎的《把一切都献给党》，描写陈景润的《哥德巴赫猜想》，反映女排精神的《中国姑娘》，表现为国争光的《扬眉剑出鞘》，都影响深远，深入人心。在塑造和刻画英雄形象方面，报告文学、纪实、传记、诗歌等发挥着重要的作用。譬如，近年来描写袁隆平的有《袁隆平的世界》等十几部传记纪实，记述文艺家楷模阎肃的有《放歌天地间——艺坛将星阎肃》等，《幸福是什么》《国家的儿子》《试飞英雄》《嫦娥揽月》《第四极——中国"蛟龙号"挑战深海》《见证——中国乡村红色群落传奇》《中国机器人》《梦想照亮生活》等等诸多作品，也都致力于塑造各个领域的时代英雄，为我们的时代树立起最闪亮的精神坐标。

英雄是文学不竭的丰厚创作资源。英雄是文学的富矿，刻画英雄、表现英雄、弘扬英雄主义的作品什么时候都不会过时，因为时代呼唤英雄，民族呼唤英雄，人民需要英雄。文学在刻画英雄、表现英雄方面可以大有作为。而且最为重要的是，英雄这种精神资源是纯粹的、精粹的，英雄是文学的金山银山，还是可持续开发利用和发展延伸的绿水青山，是绿色生态优质的精神资源，同时也是民族和时代的最强音，因此也是时代的主旋律乐章。

英雄可以作为文学创作的对象、素材。英雄的生平、事迹大都感人至深催人泪下，对于这些内容的抒写，即便采用最朴实的文字和叙事手法，也能给人以感动和感染。英雄形象是文学人物画廊的重要成员，对英雄生动细致的刻画与塑造，往往能够创造出文学文本中的典型人物。对英雄精神的弘扬实质上也是对时代精神和民族精神的弘扬，是对一个时代思想道德高度、价值观高度的高度、集中的凝聚与弘扬。因此，刻画英雄、描写英雄的作品大都具有崇高、崇真、崇实、向善、向上和向美的魅力与价值。

生活中不乏英雄，缺乏的是发现

数风流人物，还看今朝。英雄安在？谁是英雄？——这是我们广大作家需要不断追问和寻找答案的问题。我们的时代，我们的生活中并不缺乏英雄。我们要善于运用自己的慧眼，从日常的平凡的琐碎的生活中，从芸芸众生平民大众中用心去寻找英雄、发现英雄。

革命岁月，有革命英雄，战争年代，有战斗英雄。今天的和平时代，同样是英雄辈出。在我们的身边，在我们生活的每个领域，无时无刻不在诞生着、涌现出新的英雄。他们是我们时代和民族的脊梁。今天的英雄，可能更多地表现出一种平民化、世俗化、草根化和基层化的特点。他们可能并不高大上，并非尽善尽美，可能也带有凡人的种种不足与缺点，但他们在关键时刻能够冲上去，在生死攸关之际能够豁出去，在人民最需要的时候能够勇敢无畏地做出奉献和牺牲。这种奉献和牺牲有时是性命，有时可能只是时间、精力、财富和聪明才智。于是，我们看到了我们今天的英雄，他们就散布在全国道德模范、"中国好人"、感动中国人物之中，他们就存在于获得"八一奖章"等各种国家功勋、荣誉称号的英模人物中间。《天使在作战》《守望天山》《中国维和英雄》《真爱长歌》等等文学作品，描写的就是这样一批英雄。

时代不乏英雄，缺的是对英雄的用心倾情抒写，缺的是以文学的方式不断礼赞英雄，歌颂崇高。在塑造英雄方面，我们的作家正可有大为。英雄是民族血性中的钙和铁，是流淌在我们每个人血脉之中的一种不可或缺的精神元素。人人皆可致尧舜。通过对英雄的大量文学书写，势必将唤醒每个读者身上都具有的英雄情结、英雄品质，使得人人都崇尚英雄、钦慕英雄，使得每个人都能从英雄身上获得人生启示与感悟，汲取精神力量，从而完善自己的人格与操守。

（2017 年）

发出自己的光和热

◎ 韩进

一

　　一个月前的一个周六，我在合肥南边巢湖的幽静处参加安徽文学奖评奖，几十部作品读下来，脑子里"一锅煮"，不同作品中的人物、情节、场景、事件开始串门儿，它们仿佛约好了一起玩，那会是怎样的一部大戏呢？我在房间里踱着步幻想着，突然接到朝全兄的短信，说他的家乡福建的海峡文艺出版社要出版一套《闽派批评新锐丛书》，他关于文学批评的一些文字有幸结集忝列其中，按照编辑体例的统一要求，问我可有空写点什么放在书的后面。我愉快地答应了。

　　我为朝全兄高兴啊！我写了30年的"读后感"，深知出版一部评论集是批评家多么重大的事件；我对朝全兄家乡的出版社——我的同行肃然起敬，我做出版25年，深知出版理论书一年更比一年难。今年我与朝全兄相知正好10年，他的人品和文品是我敬仰的几位批评家之一。如此好事好人，承蒙朝全兄抬爱，我是恭敬不如从命。

二

　　读作品，这是第一要紧的事。

　　读朝全的作品，发现有三个关键词：重估、担当、信仰。重估是学则须疑的态度自省，担当是义不容辞的使命自觉，信仰是坚定不移的理论自信。

疑是思之始、学之端。重估就是重新评估，对已有结论不盲从、不轻信，既不照单全收，也不全盘否定，而是以质疑的态度，批判的精神，放出自己的眼光，重新评估，得出新结论。这本理论书就是朝全"重估中国当代文学价值"的理论成果。

朝全做学问有一股"于不疑处有疑"（宋张载《经学理窟·义理篇》）的精神。他以审视的眼光，在人们以为没有疑义的地方发现疑义，这让他的文学研究站在前人的肩膀上，比别人看得更远，这也许与他"考古学的眼光"不无关系。

朝全原是学考古的，后来转到文学上，就比别人多了一双"考古学的眼光"看文学。在他眼里一切存在的文学现象都是"作古的"，都可以去重新考证。他的考古学的思想、方法和技术在他的文学研究里有了用武之地。阅读他的作品，你会惊叹他对资料的搜集整理、审定考证、分析研究、去伪存真、推陈出新的功底，这些来自他考古学的训练，也是很多从事文学研究的人们特别需要而缺乏的，因而他比别人更善于在各种纷繁复杂的现象之间找到内在的因果联系，更善于发现隐藏在现象之下的问题本质，发出"重估中国当代文学价值"的声音。

这本书的名字就叫《重估中国当代文学价值》，来自第一辑"当代文学整体观"第一篇《重估中国当代文学创作成就》。还有一篇《重估澳门新文学——从李宇梁、鲁茂、周桐的几部小说看澳门文学创作》，也以"重估"入题。重估是朝全在做的一项重要工作，也是他研究当代文学的一种态度。

为什么要重估呢？朝全清醒地看到有一种文学现象，在国内外文坛蔓延，从普通读者到专家学者，这就是低估甚至否定中国当代文学的价值。有人说"中国现代文学是五粮液、当代文学是二锅头"，有人说"中国当代文学已走向衰落甚至已经死亡"……如果说国外学者因为不了解中国还情有可原，那么国内学者的言论就有可能是立场和方法问题，而且国内外学者之间是可以相互影响的，如果形成内外一致的文学舆论场，就会让人警觉这一唱一和的背后究竟是什么原因。

文艺是民族精神的圣火，文学是一个时代的镜子，否定中国当代文学的价值，就有否定新中国社会主义文艺，特别是否定中国改革开放以来文学成就的嫌疑，这不能不让人警惕。长期以来，意识形态领域的斗争在文艺这条隐秘战线有越来越激烈、越来越明朗化的趋向，在这样复杂的文学情势下，需要有"战斗的批评家"（鲁迅《新秋杂识》）站出来，旗帜鲜明地肯定中国当代文学的成就，针锋相对地卫护中国当代文学的尊严，这不仅仅是学者单纯的学术疑义，更有批评家使命的责任担当。

朝全就是站出来的"战斗的批评家"之一。他一鼓作气写下以《重估中国当代文学创作成就》（2007）、《重估"新三十年文学"创作成就》(2008)、《试论改革开放 30 年文学》(2008)、《新中国 60 年文学发展概况》(2009) 等系列评论文章，分析当代文学长期受到低估的原因，提出对当代文学优秀作品及时进行经典化、历史化的必要性，要求重估中国当代文学的价值。他认为，中国当代文学是一个整体，经过新中国 17 年、"文革" 10 年，特别是改革开放以来的发展，取得了多方面的巨大成就，"可以肯定地说，当代文学不乏世界一流的作家，不乏可与世界文学精品比肩媲美的力作，不乏堪称里程碑式的经典作品，当代文学理应得到更高的评价，理应拥有更大的国际声誉和更强的世界影响力"。

他呼吁，到了必须"重估中国当代文学价值"的时候了！他率先垂范，身体力行，以历史的、美学的、发展的观点来透视，以考古的、考证的、考据的方法来辨析，在现代与当代的对比中，在中国和世界的对比中，摆事实，讲道理，充分肯定新中国 60 年，特别是改革开放以来的文学成就，肯定中国当代文学对世界文学的贡献及其价值。这些"重估"直面中外舆论对中国当代文学的虚无观和否定论，具有针锋相对的战斗力、拨乱反正的正义感、价值重建的开创性，体现了中国文学批评家的勇气、责任与担当。

朝全认为，重估中国当代文学价值，特别需要国内学者拿出令人信服的研究成果，占领国内学术高地，影响并引导国外学者客观公正对待中国当代文学，更要让少数别有用心者在中国当代文学的巨大成就面前哑口无言。因而他特别注意在全球化国际大背景下，在中外文学的比较中，凸显中国当代文学的成就和贡献，认为只要中国当代文学"走出去"的步伐越快、对外译介的优秀作家作品越多，世界对中国当代文学的误解就会越来越少。正是从这个战略高度，朝全将自己的当代文学研究思路向前推进了一大步，深入到当代文学如何"走出去"的前沿观察，写下了《发挥文学提升国家软实力的作用》（2007）、《中国当代文学对外译介情况分析》（2010）、《网络文学"走出去"价值探析》（2014）、《文学"走出去"一定有门道》（2016）、《文学传播中国价值的世界性意义》（2018）等一系列文论，他对中国当代文学价值的研究由此从"重估"走向"重建"，有了内在的逻辑性、完整性和体系感。

三

从"重估"走向"重建"的过程，就是责任担当不断深入的过程。

只有重估没有重建，重估的价值就会大打折扣；没有重估的重建，重建就有可能失去根基和方向。不破不立，"重估"与"重建"就是"破"与"立"的关系，只有"立得起来"，才能"破得彻底"。

既要重估，又要重建，就要担当。在文学批评生态失衡的特殊环境里，讲真话难，讲道理难，真正的文学批评如果没有建立起来，从事文学批评便是一项高风险职业，这样的遭遇可以列举很多。作为批评家的朝全，有一股"明知山有虎偏向虎山行"的精神，敢冒风险敢于担当，因而他的当代文学研究与当代文学问题不可分，从不回避问题，勇敢直面问题，以问题为导向，破解困局和难题。

朝全对于文学问题的关注，集中收录在第二辑"文学现象思潮观察"里，譬如令人遗憾的"曲波现象"、令人回味的"长征文学"、令人振奋的"新抗战文学"、令人思考的"地震文学"、令人担忧的"青年报告文学"、令人警惕的"系列化儿童文学"、令人自省的"女性化都市文学"。在关注问题的同时，更寄希望于令人向往的"生态文学"、令人新奇的"网络文学"、令人惊叹的"新媒体文学"、令人鼓舞的"民族文学"……这些曾是当代文学的热门话题，在朝全眼里都已是"作古的"文学史现象，他选取这些有价值的典型现象，重点解剖，写成观察报告，提出自己的意见，旗帜鲜明，又不咄咄逼人；结论明确，又不强加于人，这是朝全式文学批评所拥有的平易近人的力量。读他的批评，仿佛在游览一处文学古迹幽境，跟随他的讲解去观赏、思考、反思、联想，最终和他一起去担当。

朝全的使命担当，不是停留在关注评论一些文学现象的表面，而是有着更远更深的愿景，希冀重建具有担当品格的当代文学观，其中作家和批评家的担当精神最为关键。他以"担当"二字，高度评价 2016 年的中国文学创作，认为"2016 年的中国文学创作，最突出的一个特点就是具备鲜明的担当品格和担当精神"，体现在"温暖的现实主义倾向"、"书写和表现真实的历史"、"自觉传承博大精深的中华文化"、"文学的阅读与共享"四个方面，朝全将其概括为"时代担当、历史担当、文化担当和社会担当"（《2016 年中国文学的关键词：担当》）。

细读朝全的文学履历，你会发现他的全部文学活动——研究、创作、评论、选编、评奖都集中在当代文学的长篇小说、纪实文学、儿童文学、民族文学四大领域——这正是中宣部设立的"五个一工程"图书奖，中国作协设立的鲁迅文学奖、茅盾文学奖、全国优秀儿童文学奖、全国少数民族文学创作骏马奖，以及中国报告文学学会设立的"徐迟报告文学奖"的体裁范围，朝全曾担任这六大文学奖的评委。一个人能够担任大奖的评委，是一种荣耀和责任，像朝全这样多次出任大奖评委，在这种认可和荣誉的背后，与其说是对他的信任，不如说是彰显了他个人的品质——敢于担当的精神与能够担当的品格。

我对做评委有着切身感受。评委说起来风光，却是苦差事，不是专家就能胜任的。评委要读很多作品，才有发言权，才能做出正确选择；评委要坚持原则，不讲人情，出于公心，没有私心，要完全做到谈何容易？评奖从来就是关注的焦点，议论的热点，有人宁可找种种借口不当这个评委，也不想因此招惹是非，因为评奖最终考验的不是你文学的专业，而是你做人的品格，最后都落到你能不能担当、敢不敢担当上。其实评委的责任就是把真正好的作品评选出来，体现时代要求，经得起历史检验，传承先进文化，承担社会责任，也就是朝全说的"四个担当"。做不到"四个担当"，就不能坚持批评的标准和评奖的原则，也就做不了批评家和评委。

四

担当是一种责任，源自信仰的力量。

朝全收录在第四辑"文化热点批评"里的第一篇就是《重申信仰》。他感慨"近些年来，人们几乎不怎么讲信仰了，似乎也无所谓信仰什么不信仰什么了"。他严肃地指出，"这是一个严重的社会问题，折射出了当今时代的某种精神危机或心灵困境"。

在朝全看来，信仰就是一个人寄居于世追求什么、执著什么，是人穷其终生所秉持的生存理想、梦想、信念和信条；信仰让人明白什么该做什么不该做，明白人为什么活着、活着有什么意义和价值；信仰"是人立身行事的根本、依托和旨归，是人安放灵魂、精神和心灵的地方，是人在庸常生活之外为自己找寻到的一个超越表象的、形而上的、带有本质意义的、永恒的精神家园。有了这样一座丰美的心灵花园，生活就不会是空虚的、虚幻的、虚无的，就不会是无根的、飘萍似的"。为着解决灵魂的安放，他大声疾呼，要"重申信仰"。

重申信仰就是"重申人不能沉湎于物质，而应有超越物质的精神的追求、超越日常生活的形而上的诉求"。朝全的信仰是文学，文学就是他说的那个"超越物质的精神的追求"，因为"文学有益于世道人心，尤其是在一个道德滑坡、人文毁坏的时代，需要文学来重铸道德、重建精神"。他"作为微小的一分子"，"愿意更多地从正面的、建设性的角度切入，在文学领域做一些力所能及的工作，承担起自己的一份责任"（《后记：为什么出发和前往何方？》）。他"重估当代文学的价值"，他钟情现实题材的报告文学，他在面向未来的儿童文学园地耕耘，承担中国作协创研部繁重的工作，在批评同时坚持创作，这些都是在"苦其心智，劳其筋骨"，自觉承担"重铸道德、重建精神"之"大任"。

朝全对于文学的信仰是发自内心的，他盗取文学的圣火，点燃自己的人生，照亮别人的路途。有了文学这个信仰，"就会有向往有敬畏，也会有忏悔和自我检讨、自我救赎"；有了文学这个信仰，"有限的生才能超越死亡的边界，生活才不会迷惘"；有了文学这个信仰，就会"尽力发出自己微

重估中国当代文学价值

弱的一点光和热"，"照亮作家和读者前行的路"。一个人的燃烧，也许只能发出微弱的一点光和热，像夜空中的星星给人一个光明的闪亮，也像冬天里的烛光给人一份温暖的遐想。不要小看这一个人微弱的担当，一旦星火燎原，每个人都能"尽力地发出自己的光和热"，大家一起燃烧，一起担当，就会汇成强大的正能量，照亮人们"前行的路"，明天就一定会一片光明、阳光灿烂。

五

想起鲁迅。鲁迅说，"只要能培一朵花，就不妨做做会朽的腐草"（《〈近代世界短篇小说集〉小引》）。他弃医从文，以文新民，以文救国，从"救救孩子"（《狂人日记》）做起；他坚信在中国共产党人的身上，"寄托着中国与人类的希望"（《为中国工农红军长征胜利致中共中央电》，1935）；为"打掉毒害小儿的药饵，打掉陷没将来的阴谋"，要求"战斗的批评家"负起"人的战士的任务"（《新秋杂识》）；他以身作则，以"横眉冷对千夫指"的斗争精神反对假丑恶，以"俯首甘为孺子牛"的牺牲精神讴歌真善美，成为中国新文艺的旗手。中国当代文学设立鲁迅文学奖，是对鲁迅最好的怀念和纪念，是要弘扬"鲁迅精神"——他的政治远见、斗争精神和牺牲精神。

朝全深受鲁迅的影响。他放弃考古学选择文学，是因为坚信文学"有益于世道人心"的精神力量；他以"战斗的批评家"的斗争精神，"重估当代文学的价值"；他担任鲁迅文学奖等文学奖的评委，以蜡烛燃烧自己照亮别人的牺牲精神，践行着批评家"辨优劣、鉴精粗、存经典"的文学使命。他告诉人们，"他们凭什么获鲁迅文学奖"，就因为在"他们"身上体现了"鲁迅精神"。

什么是当代文学的"鲁迅精神"？朝全多次担任鲁迅文学奖的评委，最有资格回答。他认为，"鲁迅精神是鲁迅文学奖潜在的内核和灵魂"，"鲁迅精神的核心是致力于推动民族、国家和社会的进步"，包含着"求真、认真、讲真话的精神"。朝全的文学批评正是秉承这一精神，敢于"讲真话"，善于"讲道理"，所以特别有说服力。

讲真话、讲道理是朝全做人和为文的品格。有一件事给我留下深刻印象。2014年，朝全应安徽教育出版社邀约，以安徽省定远县蒋集镇全国第一家农家书屋（起初叫"作家书屋"）的发展历程为题材，写一部反映国家农家书屋工程实施十年成就的纪实文学作品，主人公是蒋集书屋创办者、"中国好人"、作家金兴安。金兴安是我任职的安徽出版集团的老员工，小时候成了孤儿，是党和政府及乡亲们把他养大，他自学成才后，感恩家乡，以自己的稿费和积蓄，在家乡创建了"作家书屋"，让农民和农村孩子有书读。2007年，国家实施"农家书屋"工程后，作家书屋纳入政府农家书屋建设，十年来得到更大发展，走出了一条成功之路，被评为"全国示范农家书屋"，有很多经验值得总结，用报告文学的形式来反映最为合适。

这本是一个弘扬主旋律、传递正能量的报告文学题材，但因为在农家书屋实施过程中，全国各地发展不平衡不充分，对农家书屋工程的议论多了起来，其中不乏否定的声音，认为国家花了大钱，农民没有得到实惠。朝全通过调研得出结论，国家政策没有问题，问题出在如何执行上，蒋集镇农家书屋的成功经验，正可以作为正面典型加以宣传和借鉴。不同的声音激发了他"讲真话"的使命担当，创作的风险激发了他"讲道理"的创作激情。为写好这部报告文学，三年间他十下安徽，记录了几十万字的采访笔记，创作了长篇纪实《国家书房》，由于种种原因，这部报告文学尚未得到应有的关注，我为他深感惋惜。面对不公的待遇，他一笑了之。

因为《国家书房》的创作，我作为出版方接待他。第一次见到朝全，那是2014年的秋天，他刚忙完第六届鲁迅文学奖的评奖工作——他是报告文学奖的评委，就风尘仆仆地从北京赶到安徽。第一眼见到他，我脑子里就闪过鲁迅的形象——不高的个子，瘦弱的身材，脸色有些憔悴，眼睛炯炯有神，整个人精神焕发，始终微笑着。我和他开玩笑说，鲁迅文学奖快把你评成鲁迅了，他呵呵地笑着，我们瞬间有了久别重逢的感觉。我向他讲述之前拜读他两部纪实文学的感受——《少年英雄——20名汶川大地震抗震救灾英雄少年的故事》（2008）、《春风化雨——当代青少年践行社会主义核心价值体系纪实》（2012）——这两部纪实文学都是安徽少儿社出版。他谦逊地微笑着，话也多了起来。在对儿童文学的共同爱好里，我们有了

重估中国当代文学价值

很多共同语言，那一刻我们成了兄弟。由10年前拜读他的作品，到4年前相见恨晚，又在《国家书房》创作过程中结下情谊，朝全给我的感觉，他深得鲁迅精神的涵养，在当代文学的园地里，像园丁那样浇花锄草，像蜡烛那样燃烧自己，默默从事着他钟爱的文学，以重估的勇气、担当的责任和信仰的力量，告诉我们他"为什么出发"，又将"前往何方"——不忘文学初心，牢记作家使命。

六

又是一个周六。安徽文学奖终评在合肥西边的大蜀山森林公园进行。我负责报告文学、纪实文学和儿童文学，正巧是朝全专注的文学领域，他的《重估中国当代文学》给了我极大的帮助，我几乎是用他的理论、标准、方法、态度、精神，来完成"辨优劣、鉴精粗、存经典"的评奖过程，这是朝全兄不会料到的。感谢朝全兄，他让我的这个七月特别充实、特别有意义，对整天忙于繁琐事务、难得集中时间认真读一本好书的我，以研究的眼光拜读他的著作，无疑给我补上了一堂当代文学课。

到了该结束这篇文字的时候了。我很喜欢他在《后记》中写的一段话，我抄在下面，向朝全兄表示敬意，也是自勉：

> 生命是短暂的。在短暂的生命里，尽力发出自己微弱的一点光和热，哪怕只是照亮自己身边很小的一个范围，也是有意义和问心无愧的。在文学界，我是一个无足轻重的棋子，但我愿意为这项堪称崇高的事业奉献自己全部的聪明才智，力图用自己所能发出的微光去照亮作家和读者前行的路途。

2018年8月4日于大蜀山

（作者系中国作协儿童文学委员会委员、安徽省作协副主席、安徽省文艺评论家协会副主席）

发出自己的光和热

李朝全学术简表

1970 年

出生于福建省仙游县度尾镇潭边村。

1982 年

入读仙游县度尾中学。

1988 年

入读北京大学考古学系。

1992 年

入读北京大学中文系。

1993 年

在《文学世界》第 9 期发表第一篇研究沈从文《边城》的文章《透明的人性美》。

1994 年

协助导师曹文轩先生主编《现代诗歌名篇导读》,并在《诗探索》发表第一篇论文《一个年轻人在荒街上沉思——卞之琳诗歌智性特征描述》。其间，编著出版《居里夫人的女儿》和《硬汉子作家海明威》，获第四届全国优秀科普作品奖、第九届冰心儿童图书奖。

1995 年

应聘到中国作家协会中华文学基金会工作，兼任编辑。在《考古》发表大学本科毕业论文《口含物习俗研究》，结合考古发现与文献记载，对丧葬文化中的口含物习俗进行系统研究，提出口含物种类与墓主生前地位级别密切相关的观点，是判断墓主身份的一个重要依据及参照标准。

1997 年

在《文汇报》发表《鲁迅＝NOTHING 及其他》，提出，"鲁迅"这一笔名源自于"NOTHING"，含义是"一无所有""什么都不是"。

1999 年

编著出版《世纪知交——冰心与巴金》和冰心先生纪念集《世纪之爱：冰心》。参与研究的课题《他者化：东方文艺创作的误区》获批国家社科基金青年项目。论文《中国当代小说概述》被收入中等师范学校教材《阅读和写作》。论文《利益驱动机制在社会筹资中的运用》提出的筹资策略被基金会等各种非营利组织所广泛借鉴并在实践中推广运用。

2000 年

是年起，每年选编"年度报告文学选本"并撰写年度报告文学综述、整理年度报告文学作品存目。

2001 年

主编《青年必知名家散文精选·中国卷》鉴赏本。

2002 年

调入中国作协创作研究部，主要从事中国当代文学研究及文学理论评论工作。发表《我们不能遗忘——令人遗憾的"曲波现象"》。发表《文化的渐失》，提出春节等传统文化元素正在逐渐流失，亟须引起高度警惕和重视。

2003 年

被评为副研究员。对报告文学审美特质和发展中存在问题的探究，特别是提出"大报告文学"的概念，认为应对报告文学的范畴及内涵进行拓展，得到普遍认同。

2004 年

发表《论邓小平文艺思想中的以人为本精神》，提出，"社会主义文艺创作必须以人（包括创作主体、表现主体和接受主体）为根本，以人为核心，以人为基础"，"邓小平文艺思想以人民为核心，正是对'以人为本'精神的贯彻和体现"。该文获中直机关"邓小平生平和思想"征文优秀论文奖。选编《孙犁作品精编》。

2005 年

由张守仁和周明先生推荐，加入中国作家协会。与谢冕先生合作主编"好看文粹"四卷。研究课题《新世纪报告文学发展态势：成就与危机》被评为中国作协重点扶持项目。发表《农民工不应是城市边缘人》，提出应为"农民工"正名，确立其作为城市生活主体的地位。

2006 年

发现中国已失传的、译介到西方的第一本书《明心宝鉴》，进行整理和点校译注。

2007 年

担任第十届精神文明建设"五个一工程"奖纪实文学审读专家，第四届鲁迅文学奖评委。出版理论批评专著《文艺创作与国家形象》，系国家社科基金项目《他者化：东方文艺创作的误区》的一个主体组成部分。本书从文本内容、主题、样式，作者生平、主体心态、创作风格和受众阅读期待、理解、接受出发，既充分肯定诸多文艺作者为建构中国形象所取得的突出成就，亦尖锐指出某些作者为西方创作的心理及部分作品中存在着受西方视角影响的、"他者化"的创作倾向与内容，探讨了文艺创作和国家形象建构之间的关系，提出建立多样化世界文化生产新秩序的主张。发表论文《中国当代文学对外译介成就概述》，比较全面地梳理了当代文学对外译介情况。发表《重估中国当代文学创作成就》和2008年发表的《重估"新三十年文学"创作成就》，分别分析了当代文学和改革开放以来新三十年文学成就长期受到低估的原因，要求对其进行重估，提出对当代文学优秀作品及时进行经典化、历史化的必要性，获得当代文学研究界普遍赞同。自2007年至今，参与中国社会科学院文学所白烨先生主持的"中国文情报告"课题组，担任《中国文情报告》编委，每年负责撰写其中的"纪实文学"章。发现传统德教书籍《八德须知》并改编成《读史心得》忠信、礼义、孝悌、廉耻四卷读本，负责其中《忠信读本》的译注。

2008 年

担任第三届徐迟报告文学奖、中国改革开放优秀报告文学奖评委。应邀担任《报告文学》杂志编委。研究课题《中国当代文学对外译介研究》被评为2008 年度国家社会科学基金项目。出版《少年英雄——20 名汶川大地震抗震救灾英雄少年的故事》，获第二届中华优秀出版物奖抗震救灾特别奖和安徽省"五个一工程"优秀作品奖。

2009 年

由中国社会科学院代评为研究员。提任中国作协创研部理论研究处处长。担任第十届金盾文学奖、第四届《北京文学》奖、新中国六十年优秀中短篇报告文学奖评委。主编《新中国六十年文学大系·报告文学卷》。发表《报告文学六十年：记录共和国足迹报告新时代风云》《报告文学艺术论》等。《试论改革开放30 年文学》获中直机关"纪念改革开放三十年"理论征文优秀论文奖。因在文学评论方面的成绩，获第十二届"庄重文文学奖"。

2010 年

担任第五届鲁迅文学奖、第四届徐迟报告文学奖评委。参加"汉学家文学翻译国际研讨会"并在大会上发言，本人承担的国家社科基金项目的初步成果《国家图书馆藏中国当代文学外译作品篇目》被印制成册，分发给与会者。

2011 年

担任第五届《北京文学》奖评委。选编《21 世纪中国最佳纪实文学 2000—2011》。论文《试论红色文化与党的建设》获中直机关党的建设研究会课题调研优秀成果奖。

2012 年

担任中国作协报告文学委员会委员、第十届全国少数民族文学创作骏马奖评委、金盾文学奖评委、解放军文艺大奖初评委。创作出版《春风化雨——当代青少年践行社会主义核心价值体系纪实》。论文《纪实文学：历史的积淀与现实的沉思》获第八届中国文联文艺评论奖。自 2012 年起每年主编《中国纪实文学年度佳作》。

2013 年

担任第六届《北京文学》奖评委。发表《非虚构是什么东东》，深入辨析"非虚构"的源流、特质与底线。

2014 年

担任第六届鲁迅文学奖、第五届徐迟报告文学奖、第三届泰山文艺奖及山东文艺精品图书奖、《人民文学》新人奖等评委。创作出版长篇报告文学《梦想照亮生活——盲人穆孟杰和他的特教学校》，中国盲文出版社随后推出盲文版、大字版和有声读物版，获第十三届精神文明建设"五个一工程"奖、中国人口文化奖，被列入国家新闻出版广电总局《践行社会主义核心价值观主题出版重点选题》和《2014 年中央国家机关推荐阅读书目》。2014、2015 年选编《中国儿童文学年度佳作》。

2015 年

担任第九届茅盾文学奖评委。被推选为中国报告文学学会副会长。创作出版《徐光宪的故事》，选编点评《文学百年经典（1917—2015）》和《名家成名作·短篇小说Ⅰ》等。

2016 年

提任中国作协创研部副主任。担任第十一届全国少数民族文学创作骏马奖、第六届徐迟报告文学奖评委。

2017 年

入选中宣部文化名家暨"四个一批"人才。担任第十届全国优秀儿童文学奖评委及评奖办公室主任。被推选为中国当代文学研究会常务理事。出版《非虚构文学论》，被列入闽籍学者文丛。出版长篇报告文学《国家书房》。

2018 年

担任第七届鲁迅文学奖评委。报告文学《孤儿作家与最美"人间天堂"》被评为 2017 年度《北京文学》优秀作品。

李朝全学术简表

后记：为什么出发和前往何方？

　　人生是一个选择的过程，选择了便当无怨无悔。生也有涯而学也无涯，以有限的生命去从事文学，这是我在 1990 年代初做出的一个人生选择。那时的想法很简单，文学距离人的情感和心灵最近，好作品总是能打动人感染人影响人，总归有益于社会人生有益于世道人心。就这样，我放弃了成绩优异的考古学专业的学习，转向文学研究。非常感恩研究生时期的导师佘树森、曹文轩和张颐武先生。他们几乎是手把手地引领我迈进了文学的大门。在导师的推荐下，我发表了自己的第一篇文学评论，主编了第一本文学作品集。记得那是 1993 年，当我拿着参差不齐的复印稿和手写稿送给曹老师时，他拒绝接受并让我拿回去重新整理整齐。这部《现代诗歌名篇导读》的稿子后由山西教育出版社出版，曹老师提携我合署主编。随后，谢冕先生又提携我共同主编"诺贝尔奖获得者的青少年时代丛书"。

　　可以说，正是在研究生三年间的学习历练，让我基本上跨入了文学之门，并开始尝试着写下一些评论。研究生毕业后，我从事了一份与文学研究基本无关的工作，几乎完全疏远和荒废了术业。然而，有幸的是，在工作中，由于作家张锲先生的提携，我接触了大量的报告文学作品，并且开始对这一文体进行比较细致深入的资料积累和研究。需要提及的是，这时我结识了《文汇报》"笔会"主编肖关鸿先生——后来担任文汇出版社总编辑。在他的帮助下，我在《文汇报》发表了第一篇有点影响的文章《鲁迅＝NOTHING 及其他》，给了我很大的鼓舞。后来，又因特殊的因缘，我在《中国文化报》发表了多篇文化评论。1998 年，冰心先生去世后，我编写了《世纪知交——冰心与巴金》和《世纪之爱：冰心》，承蒙北大同学吴戈先生的推荐，得以结识知名出版人彭明哲和唐得阳先生，使这两部书得以顺利出版并在 2005 年巴金先生去世后再版。

在张锲、周明先生的提携下，1999 年我参与选编《中国当代文学作品精选·报告文学卷（1949—1999）》，2000—2005 年，具体负责选编《中国年度最佳报告文学》。从此，我对报告文学情有独钟，花费了较大精力从事这一文体的研究，先后发表了数百篇评论和论文。由于工作的关系，从 2007 年起，我负责每年度的文学盘点和作品选编，并陆续担任了各种国家级文学奖项的评委，因此我对当代文学的当下进展和发展脉络更为熟悉也至为关注。

1999 年，仙游乡亲、北京大学青年学者林丰民先生（现任北大东方学系主任）盛情邀请我参与其负责申报的国家社科基金青年项目《他者化：东方文艺创作的误区》，庆幸的是这个项目获得批准。在他的鼓励下，我完成了"中国文艺创作的误区"部分，后更名为《文艺创作与国家形象》出版。

报告文学是一种社会影响很大的中国特色文体。我从理论研究、作家作品评论入手，每年花费大量时间阅读作品，撰写评论，选编作品，并逐步积累了自己的一些心得体会。2010 年非虚构创作兴起，我始终关注并参与讨论。这方面的研究成果后结集为《非虚构文学论》，被列入"闽籍学者文丛"，由福建人民出版社出版。

与此同时，我应邀主编了各种体裁和形式的作品选本，参与了白烨先生主持的《中国文情报告》的编写。并有幸获得了一些文艺奖项。所有这些，都坚定了我从事文学的信心和决心。

创作和评论相辅相成，相得益彰。2008 年汶川特大地震成为一个潜在的契机，它直接促成了我转向亲临现场的报告文学创作。那一年我采访创作出版的《少年英雄》相继获得中华优秀出版物奖抗震救灾特别奖和安徽省"五个一工程"奖。这激发了我创作报告文学的巨大热忱。从此，我投入更多的精力从事创作，2014 年出版了后获得全国"五个一工程"奖和中国人口文化奖的《梦想照亮生活》。这些奖项进一步巩固了我从事文学的自信。而创作与评论两栖式的生活，对于我抵近文学现场的研究无疑亦起到了诸多助益。

回望初心，回想当初自己之所以选择文学，就是因为我认为它可能确实有益于世道人心。尤其是在一个道德滑坡、人文毁坏的时代，需要文学来重铸道德、重建精神，作为微小的一分子，我愿意更多地从正面的、建设性的角度切入，在文学领域做一些力所能及的工作，承担起自己的一份责任。

生命是短暂的。在短暂的生命里，尽力发出自己微弱的一点光和热，哪怕只是照亮自己身边很小的一个范围，也是有意义和问心无愧的。在文学界，我是一个无足轻重的棋子，但我愿意为这项堪称崇高的事业奉献自己全部的聪明才智，力图用自己所能发出的微光去照亮作家和读者前行的路途。

感谢海峡文艺出版社的编辑林滨先生，感谢他的敬业和热忱。正是因为有了他十几年不断的推动和努力，"闽派批评"丛书才能得以延续，并使本人有幸忝列其中，将自己敝帚自珍的一些文字结集出版。志此感恩所有帮扶提携我的人生朋友。

2018 年盛夏于北京

重估中国当代文学价值

主编简介

　　王　静　法学博士，教授。现任上海外国语大学党委副书记，上海市虹口区法学会副会长，上海市教卫党建研究会高校专委会副主任。主要研究方向：思想政治教育、心理学、国际问题。主持的教学项目获上海市教学成果一等奖。主编《全球视野 中国自觉》《中外社会文化与世博》《高校思想政治教育的载体构建探究》等。完成"信息时代国外传媒对社会主义核心价值体系教育挑战与对策研究""国际化办学视野下高校党建研究""党内政治文化引领大学文化建设"等市级思政德育研究咨询骨干课题和党建研究重点课题。"伊拉克战争与公众参与中东外交政策制定""大学生择业中的心态""跨校区管理内容与秩序之我见"等多篇论文在《阿拉伯世界研究》《思想理论教育》等刊物上发表。

高校校园文化建设成果文库

构建外语院校特色思政工作体系的理论思考与实践探索

王　静　主　编

衣永刚　副主编

光明日报出版社

图书在版编目（CIP）数据

构建外语院校特色思政工作体系的理论思考与实践探
索／王静主编. -- 北京：光明日报出版社，2019.6
（高校校园文化建设成果文库）
ISBN 978-7-5194-5245-2

Ⅰ.①构… Ⅱ.①王… Ⅲ.①上海外国语大学—思想
政治教育—研究 Ⅳ.①G641

中国版本图书馆 CIP 数据核字（2019）第 073163 号

构建外语院校特色思政工作体系的理论思考与实践探索
GOUJIAN WAIYU YUANXIAO TESE SIZHENG GONGZUO TIXI DE
LILUN SIKAO YU SHIJIAN TANSUO

主　　编：王　静

责任编辑：郭思齐　　　　　　　　责任校对：赵鸣鸣
封面设计：中联学林　　　　　　　责任印制：曹　净

出版发行：光明日报出版社
地　　址：北京市西城区永安路 106 号，100050
电　　话：010-63131930（邮购）
传　　真：010-67078227，67078255
网　　址：http：//book. gmw. cn
E - mail：guosiqi@ gmw. cn
法律顾问：北京德恒律师事务所龚柳方律师

印　　刷：三河市华东印刷有限公司
装　　订：三河市华东印刷有限公司
本书如有破损、缺页、装订错误，请与本社联系调换，电话：010-67019571

开　　本：170mm×240mm
字　　数：228 千字　　　　　　　印　　张：15
版　　次：2019 年 6 月第 1 版　　 印　　次：2019 年 6 月第 1 次印刷
书　　号：ISBN 978-7-5194-5245-2
定　　价：78.00 元

诠释世界　成就未来：
构建外语院校特色思政工作体系
（代序）

姜　锋

上海外国语大学在人才培养中以"党建+"引领，构建特色思政工作体系，坚持学校党建与教学科研有机结合，与师生发展有机结合，以"诠释世界·成就未来（Interpret the World & Translate the Future）"理念，建设特色大学文化，以党建的整体性、实践性和特色性提高学校育人的能力和水平。

一、丰富思政内容与形式，在党建引领思政工作中提升育人实效性

语言教育关乎文化认知，文化认知关系国家认同。作为一所以外国语言文学学科为特色的大学，加强理想信念教育，培育和践行社会主义核心价值观，坚定文化自信具有更强的使命意义。

（一）专业教学+思政教育，在专业教学融入理念信念教育

学校对语言院系的专业课堂教学内容和授课模式进行改革，增加了国外报刊媒体舆论对中国问题的报道等时政内容，更重视师生互动。如法语系将核心价值观教育与法语专业高年级核心课"法汉翻译课"相结合；德语系开设《共产党宣言》德文版导读课；西方语系将《习近平谈治国理政》的西语版作为教学重要参考书目；高级翻译学院党支部组织党员师生承接《习近平用典》《大道之行：中国共产党与中国社会主义》《关键在党》等著作的翻译。

（二）思政教学+语言教育，在思政教育中融入语言专业教学

长期以来，学校的思政课和专业课教学一直处于"两张皮"状态，陷入

"孤岛化"困境。由学校外语专业教师和马克思主义学院的思政课教师联袂开讲中外时文选读，从改革前的传统报刊选读课，课堂选取的文章多涵盖经济、科技、文化等领域，到改革后的由英语学院和马克思主义学院的教师联手，集体备课，选取国家领导人讲话和国内外媒体、学者等各领域文章，课程教学重点不只是让学生掌握用词和句法、理解文章的篇章结构，而是用更多时间来引导学生们进入辩证思考——通过认识中西方基本政治制度的不同，加强对中国基本政治制度的认同，对核心价值观的认同。

（三）思政教育＋语言学习，在思政教育活动中融入专业实践

在"三会一课"中开展语言教学。俄罗斯东欧中亚学院党总支每月组织一次"双语学《文本》"系列活动，以《习近平谈治国理政》中文本和俄文本为对照，将思想理论学习与语言专业实践相结合。英语学院、法语系等在党建微信公众号"英华心泽"开设师生互动专栏，研讨时政热词的翻译。

二、拓展思政平台与载体，在中国特色新型智库建设中提升育人针对性

上外以"诠释世界、成就未来"为办学理念，着力培养"多语种＋"卓越国际化人才。学校将"育人"作为新型智库建设的四个目标之一（资政、咨商、启民、育人）。

（一）从中国看世界，在智库建设中培养学生的文明互鉴

上海全球治理与区域国别研究院落户上外，学校通过组织各语种、各专业本科生、研究生积极参与跟踪国际动态，翻译海外媒体和学者文章，参与国别区域研究，形成研究报告，发表国际时评，让学生在观察世界中深入了解不同文明的差异、认识多元；在中外比较中认识中国特色。

（二）从世界看中国，在智库建设中坚定学生的国家立场

上外中国国际舆情研究中心通过各语种学生的共同参与，借助互联网和专门媒体数据库及时挖掘、分析世界各国对中国重大时事的报道，掌握各国对中国的看法和态度，并提出对策和应对建议。

（三）从世界看世界，在中外人文交流中培养学生的天下情怀

上外很多语言专业的学生出国比率达90%以上，借助学生海外党小组开展组织生活。2017年，俄罗斯东欧中亚学院海外师生党员在俄罗斯莫斯科开展了

"莫斯科红色寻访"专题组织生活。西方语系在海外的师生与当地民众分享关于十九大召开的动态。日语专业在日留学的学生开展"中国文化 国际表达"系列活动。上外学生也通过"中俄青年圆桌论坛""中拉青年发展论坛"、世界青年联欢节等活动与来华访问的外国青年积极进行交流，两年内与40多个国家的1000多名外籍青年展开深入交流，在中外人文交流增强对世界的认知，促进世界对中国的认知。

三、扩大思政阵地与渠道，在中外人文交流实践中增强育人主动性

外语专业的学生在"正确认识世界和中国发展大势，正确认识中国特色与国际比较，正确认识时代责任和历史使命，正确认识远大抱负和脚踏实地"具有特别优势。

（一）通过多语种网站讲述中国故事

学校开设了22个语种外文网站，坚持"办网以育人为宗旨，育人以办网为平台"，聚焦中国优秀传统文化（如二十四节气等）、当代中国改革开放故事（如中国高等教育成就）、中外人文交流（如学生国外访学见闻）等三大主题，由学生撰写外语习作，教师指导修改后发布。三年来发表各语种文章超过6000篇。

（二）通过海外社交媒体解答国外网民对中国的提问

2016年，上外学生党员在面向海外受众使用的知乎类网站 Quora 上设立了"中国问题回答小组"，对境外人士感兴趣的涉华问题用英语进行问答。一年多来，累计回答涉及中国的问题（如"南海问题始末""达赖窜访美国""中国政体""中国民众为何反对萨德"）超过300条，浏览量超过120万。

（三）在社会实践中传播中国文化，提升全球话语能力

上外在英国 Futurelearn 上线了国内第一门慕课课程"跨文化交际"，目前已7轮开放，来自190多个国家超过5万学生选修，上外学生实时在线回答选修该课程学生的问题，在互动中提升了基于中国立场的全球沟通和全球话语能力。《中国日报》《环球时报》、上海电视台等报道了由上外学生创办的微信 Melo-dyC2E 的故事，这个公众号将中文歌曲翻译成英文，并录制并演唱，整个过程全部由上外学生完成，两年来共翻译传唱了近百首中文歌曲，其影响力很大，

"在巴黎的出租车都能听到由他们翻译的歌"。德语系党总支在党员和入党积极分子中开展"《中国典籍》读书活动",对《中国典籍》中的经典篇章进行多语种微视频创作。

构建外语院校特色思政工作体系,注重"特色",突出"融合",实现全员、全程、全方位育人,培育"多语种+"卓越人才。

(作者为上海外国语大学党委书记)

目　录
CONTENTS

论外语院校大学生思想政治工作体系及其构建

——上海外国语大学大学生特色思政工作探索与实践

王　静①

摘　要： 加强和改进大学生思想政治工作是一项重大的政治任务和战略工程，具有综合性、复杂性和系统性的特点。体系，泛指一定范围内或同类的事物按照一定的秩序和内部联系组合而成的整体。构建外语院校大学生特色思想政治工作体系，就是将大学生思想政治工作的目标内容、组织管理、方法手段、评估考核等要素依据外语院校的办学定位和特色，按一定秩序组合，形成系统和整体，使之发挥各自功能作用，以提升大学生思想政治工作的亲和力和针对性。

关键词： 外语院校；大学生；思想政治工作；体系

习近平总书记在全国高校思想政治工作会议上指出："高校思想政治工作关系高校培养什么样的人、如何培养人，以及为谁培养人这个根本问题。要坚持把思想政治工作贯穿教育教学全过程，实现全程育人、全方位育人，努力开创我国高等教育事业发展新局面。"② 总书记的讲话从培养什么样的人、如何培养人、为谁培养人的战略高度为高校思想政治工作指明了方向。作为我国高等教育事业的重要组成部分，高等外语院校承担着为国家培养外语人才的重任。外

---

① 作者系上海外国语大学党委副书记、教授。
② 习近平在全国高校思想政治工作会议上强调：把思想政治工作贯穿教育教学全过程 开创我国高等教育事业发展新局面 [N]．人民日报，2016－12－09．

语人才是国家宝贵的人才资源，他们的思想政治状况、道德品质和科学文化素质如何，直接关系到我国的对外形象乃至党和国家的前途命运。加强和改进外语院校大学生思想政治工作具有重要意义。

新中国成立近 70 年来尤其是改革开放 40 年来，我国的外语教育取得了很大成就，培养了一大批外语人才，极大满足了我国社会主义建设对外语人才的需要。然而，由于受传统教育模式、评价机制和社会转型等方面的影响，目前外语院校的人才培养还存在诸多问题，尚未完全处理好外语人才培养过程中知识、技能和综合素质尤其是思想道德素质的关系，大学生思想政治工作与日常教学、科研、管理还存在着某种程度上的割裂，第一课堂、第二课堂和网络课堂之间无论是教育内容抑或是教育形式都亟待加强衔接，等等。加强和改进大学生思想政治工作是一项重大的政治任务和战略工程，具有综合性、复杂性和系统性特点。因此，加强和改进外语院校大学生思想政治工作，首先要准确把握大学生思想政治工作的客观规律，解决好大学生思想政治工作共性与个性、普遍性与特殊性的关系，既要始终不渝地坚持社会主义大学的办学方向，同时也要结合外语院校自身的办学定位、办学目标和独有特色，紧密围绕外语院校大学生思想政治工作的目标内容、组织管理、方法手段、评估考核等，构建起外语院校特色的大学生思想政治工作体系。通过体系的科学构建，形成系统和整体，使各要素充分发挥其功能作用，以解决好当前外语院校大学生思想政治工作视野局促、合力不够的困境，进而提升大学生思想政治工作的亲和力和针对性。

一、构建外语院校大学生特色思想政治工作目标体系

2016 年 12 月，习近平总书记在全国高校思想政治工作会议上强调指出："我国高等教育肩负着培养德智体美全面发展的社会主义事业建设者和接班人的重大任务，必须坚持正确政治方向。高校立身之本在于立德树人"，"我国高等教育发展方向要同我国发展的现实目标和未来方向紧密联系在一起，为人民服务，为中国共产党治国理政服务，为巩固和发展中国特色社会主义制度服务，为改革开放和社会主义现代化建设服务。"① 习近平总书记提出的高等教育发展方向的"四为",确定了中国高等教育发展的历史方位和现实旨向,同时为大学生思想政治工作提出了新的要求,赋予了新的内涵。习近平总书记进一步指出:"思想政治工作从根本上说是做人的工作,必须围绕学生、关照学生、服务学生,不断提高学生思想水平、政治觉悟、道德品质、文化素养,让学生成为德才兼备、全面发展的人才。"② 习近平总书记强调要从四个"正确认识"上加强对学生的思想政治教育,一要正确认识世界和中国发展大势,从我们党探索中国特色社会主义历史发展和伟大实践中,认识和把握人类社会发展的历史必然性,认识和把握中国特色社会主义的历史必然性,不断树立为共产主义远大理想和中国特色社会主义共同理想而奋斗的信念和信心;二要正确认识中国特色和国际比较,全面客观认识当代中国、看待外部世界;三要正确认识时代责任和历史使命,用中国梦激扬青春梦,为学生点亮理想的灯、照亮前行的路,激励学生自觉把个人的理想追求融入国家和民族的事业中,勇做走在时代前列的奋进者、开拓者;四要正确认识远大抱负和脚踏实地,珍惜韶华、脚踏实地,把远大抱负落实到实际行动中,让勤奋学习成为青春飞扬的动力,让增长本领成为青春搏击的能量。四个"正确认识"高度契合了当代大学生成长发展的需求和期待,体现为新时期大学生思想政治工作的目标任务。

党的十九大报告指出:"要全面贯彻党的教育方针,落实立德树人根本任务。"③ 高校的立身之本在于立德树人。对于外语院校而言,尤为如此。随着我国全面融入国际社会、日益走进世界舞台中央并在国际事务中发挥越来越重要影响的大背景下,培养一批批又红又专、德才兼备、全面发展的服务于中国特色社会主义事业建设的外语人才,是时代赋予外语院校的历史重任,也是外语院校人才培养的价值遵循。外语院校独具特色的办学使命和办学定位,决定了

① 习近平在全国高校思想政治工作会议上强调:把思想政治工作贯穿教育教学全过程 开创我国高等教育事业发展新局面 [N]. 人民日报, 2016 – 12 – 09.
② 习近平在全国高校思想政治工作会议上强调:把思想政治工作贯穿教育教学全过程 开创我国高等教育事业发展新局面 [N]. 人民日报, 2016 – 12 – 09.
③ 决胜全面建成小康社会 夺取新时代中国特色社会主义伟大胜利——在中国共产党第十九次全国代表大会上的报告 [M]. 北京:人民出版社, 2017.

外语院校大学生思想政治工作的目标任务不仅要按照习近平总书记的"四为"要求，培养大学生的四个"正确认识"，提升大学生的四个"自信"，还要结合新时期外语人才培养的独特要求和大学生思想政治工作的客观规律，把大学生培养成既具有坚定的理想信念又具备扎实的理论功底，既具有过硬的外语专业水准又具备优良的综合素质，既具有中国情怀又具备国际视野和全球眼光，既能胜任自身所处领域的工作又能适应新时代发展要求、勇于创新、敢于担当的社会主义复合型、国际化、创新型人才。这其中，坚定的理想信念、深厚的爱国情感、优良的道德品质、宽广的国际视野、较强的创新意识等思想政治素质是外语人才最根本也是最为核心的素质。这不仅因为思想政治素质是人在社会生活中最重要的素质，它决定着人的思维方式、价值判断及利益取舍，更因为外语院校作为社会主义大学，培养的人才要服务于中国特色社会主义事业。因此，把提升外语人才思想政治素质摆在新时期外语人才培养的首位应成为外语院校办学方向和人才培养必须坚持的导向和原则。近年来，上海外国语大学积极实践"多语种＋"人才培养模式，加强全球治理人才培养，突出"会语言、通国家、精领域"，致力于培育思想素质过硬、中外人文底蕴深厚、跨文化沟通和专业能力突出、创新创业能力强的"多语种＋"卓越国际化人才。把培养过硬的思想政治素质放在人才培养的首位，体现了上海外国语大学坚持社会主义办学方向的使命担当，也是新时期上海外国语大学学生思想政治工作目标任务的核心内容。

二、构建外语院校大学生特色思想政治工作管理体系

大学生思想政治工作管理体系是大学生思想政治工作管理机构和管理规范的结合体和统一体。大学生思想政治工作目标任务的实现，有赖于建立相应的科学管理体系，有赖于建立党政齐抓共管的管理体制，形成教书育人、科研育人、实践育人、管理育人、服务育人、文化育人、组织育人的长效机制和全过程全方位育人的"大思政"格局。其中，高校党委是大学生思想政治工作的领导核心，承担着把握大学生思想政治工作方向，提出大学生思想政治工作指导思想和目标要求，制定大学生思想政治工作总体规划，把大学生思想政治工作

纳入学校事业发展规划，将大学生思想政治工作与教学、科研、社会服务工作同部署、同检查、同评估，发挥党委职能部门和工会、共青团等群众组织作用的责任。院（系）党委（党总支）是大学生思想政治工作中的政治核心，承担着保证大学生思想政治工作贯彻执行和顺利推进的政治责任。

近年来，围绕建设特色鲜明的一流外国语大学，结合"多语种＋"卓越国际化人才培养定位，上海外国语大学积极构建大学生思想政治工作管理体系，顶层设计和规划具有外语院校特色的大学生思想政治工作管理体制和工作机制。2014年3月，上海外国语大学率先提出建设外语院校特色的大学生思想政治工作体系，成立了学校大学生思想政治工作体系建设工作领导小组，负责体系建设的各项协调工作，党委书记和校长任组长，分管大学生思想政治工作的副书记任副组长，成员包括党办、校办、宣传部、学生处、教务处、社科部、团委等部门负责同志。2014年5月，领导小组制定了具体的工作方案，提出了思想政治教育与外语专业教学相结合的建设思路。2014年11月，学校召开"推进思想政治理论课与外语教学相结合"教学研讨会，明确要从战略层面做好思想政治教育的顶层设计与规划工作，把思想政治教育工作与教学科研中心工作有机结合起来；把外语专业教学与思想政治理论教育有机结合起来；把培育践行社会主义核心价值观与日常教学管理服务有机结合起来。2015年3月，学校党委领导专题调研学校宣传思想文化工作，强调当前宣传思想文化的工作重点是全面落实中央下发的《关于进一步加强和改进新形势下高校宣传思想工作的意见》精神，立德树人，构建外语院校特色的思想政治工作体系。2015年5月，学校成立马克思主义学院，进一步加强马克思主义理论学科建设和学院建设，深入推进思想政治理论课教育教学改革。2016年5月，学校召开"具有外语院校特色的大学生思想政治工作体系建设"推进会，全面梳理了建设外语院校大学生特色思想政治工作体系取得的成绩和面临的短板，具体部署下阶段工作，明确了相关部门的工作任务和工作重点。2016年7月，上海外国语大学第十四次党代会召开，会议明确提出构建有外语院校特色的德育体系，全面深入推进大学生思想政治工作。2016年10月，学校召开全校思想政治工作会议，进一步明确外语院校大学生特色思想政治工作体系建设的目标与重点任务。2017年2月，学校印发《上海外国语大学 2017 年工作要点》，将 2017 年确定为"思想政治工作创新年"，明确提出要全面贯彻落实全国高校思想政治工作会议精神，加强外语院校特色思政体系建设，把思想政治工作贯穿教育教学全过程，推进外语教学与思想政治教育有机融合，实现全员全过程全方位育人。制定颁发了《上海外国语大学贯彻落实高校思想政治工作会议精神实施方案》，进一步提出构建具有外语院校特色"听说读写译"五位一体思想政治工作体系。2017 年 3 月，成立上海外国语大学课程思政教学改革领导小组，统筹推进全校课程思政改革工作，深化思想政治教育与专业学习相结合的教育教学改革。领导小组由党委书记、校长担任双组长，分管思政工作和分管教学工作校领导担任副组长，同时成立学校课程思政指导委员会，负责全校课程思政教学改革指导、咨询、督查、评估工作，下设课程思政教学改革办公室，由教务处牵头，具体负责课程思政教学改革整体试点工作，下设课程思政建设工作室，挂靠马克思主义学院，成员包括课程思政教学的各门课程负责人，协调 13 个语种 25 门课程的课程思政试点工作。

三、构建外语院校大学生特色思想政治工作路径体系

思想政治工作路径是大学生思想政治工作体系的重要组成部分。思想政治工作路径，简单而言，是指思想政治教育主体和认知主体双方共同完成思想政治教育内容、实现思想政治教育目的的具体手段，是教育教学方法与学习方法的统一。思想政治工作路径对思想政治工作效果有着至关重要的影响，合适有效的工作路径是提高思想政治理论教育说服力、感染力的重要手段。多年来，随着多媒体、网络等新技术手段的广泛运用，为提升大学生思想政治工作的针对性和亲和力，广大思想政治工作者积极探索，大胆创新，在大学生思想政治工作路径上形成了一系列成功经验、做法。但万变不离其宗，就大学生思想政治工作而言，所有路径的创新探索都是围绕第一课堂、第二课堂及网络课堂而展开的。因此，构建外语院校大学生特色思想政治工作路径体系，就应该结合外语院校的办学定位和育人目标，适应时代和实践发展的新变化、新要求，把握大学生成长发展需求和期待，坚持育人为本、坚持改革创新，遵循思想政治

工作规律、教书育人规律、青年学生成长规律，围绕第一课堂、第二课堂和网络课堂创新探索具有外语院校特色的方法手段，推进外语院校大学生思想政治工作科学发展、协调发展和持续发展。近年来，上海外国语大学围绕加快建设"大思政"格局，统筹协调、突出重点、系统规划，从"融合""协同""特色"等方面积极推进外语院校大学生特色思想政治工作路径体系建设。

（一）积极发挥第一课堂主渠道作用，深入推进思想政治理论课建设

一是改进课程教学模式，重点推进思想政治理论课课堂教学、网络教学、实践教学"三位一体"、相互支撑的课程教学模式建设。其中课堂教学坚持贴近学生认知和需求实际，以问题为导向，以澄清学生思想困惑为落脚点，在本科"05方案"各门课程中设置若干个专题，以专题教学形式推进，同时运用网络教学平台解决学生思想政治理论课知识性学习问题，运用实践教学加深学生认知，形成课堂（专题）教学、网络教学、实践教学互为补充的教学模式。二是改进课程建设体系。依托上海市示范马克思主义学院、上海市"课程思政"试点高校建设，打造思想政治理论课示范课程、精品课程，改进课程建设体系，形成思想政治理论课精品课程群，提升思想政治理论课的教学质量；建设上海高校"中国系列"课程——世界中国；通过把握教材体系重点、了解学生思想特点、突出教师学术强点、回应社会热点等，努力实现教材体系向教学体系转化。三是改进课程教学方式，实现大学生专业素养和思想政治素质同步提高。一方面，在思想政治理论课教学中引入外语教学，促进思想政治教育与外语学习相结合。2015年，推出面向全校各专业、全英语授课的中外时文选读课程；根据思想政治理论课教学的内容需要和学生的兴趣特点，每学期在"05"方案各门课程中选择性设置1—2个贴近学生实际的专题，采用英语授课；打造多语种跨学科协同育人理念下的"形势与政策"教学体系，由英语专业教师、马克思主义学院英语能力强并具有海外留学经历的教师进行双语授课。全英语或双语讲授思想政治理论课，学习学生理论学习兴趣同时提升英语水平，而专题教学材料紧贴学生实际和国内外形势，针对性强，深受学生欢迎。另一方面，发掘专业课程的隐性育人功能，实现从"思政课程"向"课程思政"育人方式的拓展。上海外国语大学于2014年率先开展"课程思政"试点，2017年5月入选

上海高校"课程思政"教育教学改革整体试点高校，2017年6月选取了13个主要语言类专业中的25门专业课程作为"课程思政"教改课程予以重点建设，初步形成了"多语种课程思政群"。"课程思政"对于构建全员全过程全方位"大思政"育人格局，营造全课程育人的教育环境，形成同向同行、协同育人，落实教书育人主体责任具有积极的推动作用。四是改进课程教学保障机制，以科研和学科发展促进思想政治理论课建设。支持思想政治理论课教师在抓好教学工作的同时，加强科学研究，加强马克思主义理论中国化最新成果的普及教育研究，支持教师在日常教学中将自身的学术研究旨趣与课程教学相结合，做到教学科研相长、科研反哺教学。

（二）积极发挥第二课堂主阵地作用，深入推进实践育人、文化育人

坚持理论学习与社会实践相统一是大学生成长成才的必由之路。新时期，随着中国日益走近世界舞台中央，中国外交工作日渐拓展，外事外交专业人才需求日趋扩大，外交工作的地位作用日益凸显。相比西方发达国家，我国外交外事人才培养渠道相对单一，学生的政治敏感度、外交技能相对薄弱，甚至出现"翻译搞外交"现象。在培养外交外事人才上，外语院校责无旁贷。为此，近年来上海外国语大学重点围绕学习践行社会主义核心价值观、推进青年外交、弘扬中华传统文化等，大力开展与外语专业学习紧密结合的社会实践活动和校园文化活动，帮助大学生培养专业学习兴趣、提高专业素养的同时，了解社会、认识国情、拓宽国际视野、激发中国情怀。其中有如，精心打造的上海外国语大学"青年外交"平台已成为学校实践育人的重要阵地。为进一步引导学生树立奉献祖国的远大理想，锤炼学生良好的外交外事素养，帮助学生感知外交魅力、了解外交工作，为国家培养外交后备人才，2014年，在外交部干部司的大力支持下，上海外国语大学成立"青年外交英才俱乐部"。俱乐部以在校学生为主体，定期组织开展青年外交论坛、模拟新闻发言人大赛、与外交官面对面、时事沙龙、国家有关部委实地走访等系列活动，深受学生欢迎，取得了良好的育人效果。2016年9月，首家全国青联文化研究与传播基地在上海外国语大学成立。基地的成立，丰富了青年大学生参与中国国家形象对外传播的公共渠道，促进了民间友好与公共外交。有如，多语种学生志愿者服务队，则引导学生在

服务祖国、奉献社会中增强历史使命感和社会责任感，提升外语专业能力。近年来上海外国语大学共派出学生志愿者 15 万多人次，开展多语种、高水平的翻译和接待活动，服务国家重大涉外活动，以高效率和高水平赢得了广泛赞誉。还有如，引导学生结合自身外语优势，多语种讲述中国故事、阐释中国实践、传播中国声音、弘扬中华优秀传统文化，"传播中国文化，讲述中国故事——中德大学生文化交流活动"入选上海"大学生社会主义核心价值观和中华优秀传统文化教育"优秀项目。

（三）积极发挥网络课堂支撑辅助作用，深入推进网络育人，弘扬主旋律、宣传正能量

在高等教育国际化大发展背景下，高校外文网站承担着日益重要的使命与任务。上海外国语大学坚持"互联网＋思想政治教育"新思维，将"易班"作为网络思想政治工作重要平台，通过"易班"做好大学生思想政治工作，宣传榜样与正能量。发挥外语院校自身独特的学科优势和专业特色，整合语言教学、专业实践、思想政治教育等课内外、校内外优质教育教学资源，于 2014 年年底正式运行上线了涵盖 21 个语种的上海外国语大学多语种外文门户网站群。上海外国语大学多语种外文网站群是目前国内开设语种最多的高校外文网站。多语种外文网站群除了发布上外教学、科研、招生等信息外，还设有专门栏目，发布了诸如《转型中的中国》（央视专题片、上外译英文版）、《10 分钟看上海》等外文版上海城市形象展示片。多语种网站为学生提供了语言实践和专业学习的平台，在网站所发表的文章都是学生的原创写作，内容包括中国文化介绍、中国社会变化、上海城市人文等。多语种外文门户网站围绕人才培养这一学校核心工作，致力于成为增强中国话语国际传播力的平台，致力于成为弘扬中华优秀传统文化的渠道，致力于成为提高外语专业教学质量的路径，致力于成为提升学校国际知名度和影响力的载体，致力于成为创新高校宣传思想工作的阵地，在语言教学、专业实践、思政教育与外文网站的有机融合上，探索出了一条办网以育人为依托、育人以办网为平台的可持续发展道路，成为上海外国语大学推进外语院校大学生特色思想政治工作体系建设的重要平台。同时，各院（系）推出了一批各具特色的微信公众号，创建网上党建园地、网上党校、网上

论坛、网上社区等大学生思想政治工作平台和"外宣＋思政"特色项目，运用大学生喜欢的表达方式推进网络思想政治工作。

四、构建外语院校大学生特色思想政治工作保障体系

一切教育活动都需要建立在一定的物质基础之上，需要一定的人力支持，需要一定的制度保障。大学生思想政治工作是一项长期、艰巨、复杂的战略工程，为保证大学生思想政治工作有序有效发展，必须建立健全大学生思想政治工作保障体系。近年来，上海外国语大学深入贯彻和全面落实全国和上海高校思想政治工作会议精神及《中共中央、国务院关于加强和改进新形势下高校思想政治工作的意见》（中发〔2016〕31 号）、《中央宣传部、教育部关于高校思想政治理论课建设体系创新计划》（教社科〔2015〕2 号）、《教育部关于高等学校思想政治理论课建设标准》（教社科〔2015〕3 号）、《中共上海市委、上海市人民政府关于加强和改进新形势下高校思想政治工作的意见》（沪委发〔2017〕9 号）、《中共上海市委宣传部、中共上海市教育卫生工作委员会　上海市教育委员会关于加强上海高校马克思主义理论学科与马克思主义学院建设的若干意见》（沪教卫党〔2017〕264 号）等文件精神，从思想、组织、队伍、制度、环境等方面为学生思想政治工作提供保障。围绕外语院校特色的大学生思想政治工作保障体系建设，重点开展了以下三方面工作：一是政策扶持，强化队伍。对开展思想政治教育与外语（专业）教学相结合教学改革工作的教学人员，在课程建设经费、专项课题研究等方面给予政策支持；对思政课教师在外语培训、业务培训、国内外访学研修等方面给予政策倾斜；优化学生辅导员学缘、年龄结构，加强学生辅导员职业能力培训，加大学生思想政治教育教师职务评聘力度；加强二级党组织负责人和宣传员、组织员等思想政治工作者的业务培训和工作指导；设立"思想政治理论课建设专项经费""辅导员队伍建设专项经费"，明确专项经费的使用安排。二是建立健全评价反馈体系，明确大学生思想政治工作的目标任务和责任清单。把开展外语院校大学生特色思想政治工作纳入院（系）、部门的年终测评与考核指标，纳入院（系）、部门党政负责人年终测评与考核指标；推进党政领导干部上讲台，为学生上思政课；建立学校党政

领导深入学生课堂听课、听取学生反馈意见制度，学校党政领导每学期至少两次深入学生课堂听取思想政治理论课教学。三是多向度推进校园文化建设，以特色鲜明的校园文化环境助力、保障人才培养。深入挖掘上海外国语大学近70年办学历程中形成的办学传统和大学精神，挖掘学校的历史文化资源，让大学生在知校史、懂校情中传承学校精神文脉；制定实施《上海外国语大学章程》，完善现代大学管理制度，完善民主管理监督机制，保障大学生对学校管理的知情权、参与权和监督权，让大学生在参与学校治理中提升对学校的认同感和归属感，提升思想道德素质。

五、结语

党的十九大作出了中国特色社会主义进入新时代、我国社会主要矛盾转化为人民日益增长的美好生活需要和不平衡不充分的发展之间的矛盾等重大政治论断，并针对"优先发展教育事业"指出："要全面贯彻党的教育方针，落实立德树人根本任务，发展素质教育，推进教育公平，培养德智体美全面发展的社会主义建设者和接班人"，"加快一流大学和一流学科建设，实现高等教育内涵式发展。"[①] 党的十八大以来，大学生思想政治工作成效显著，大学生思想政治工作持续加强和改进，呈现出良好发展态势。但同时也必须看到，大学生思想政治工作的亲和力和针对性还不强，大学生在思想政治教育中的获得感和满意度还不够，大学生成长发展的需求和期待与思想政治工作发展不平衡不充分之间的矛盾相当程度地影响了大学生思想政治工作的实效。建设外语院校大学生特色思想政治工作体系是一项全新的课题，也是一项系统工程，前提在于明确思想政治工作的意识形态属性和政治属性，把握新时期外语院校大学生成长发展需求和期待，关键在于缕析大学生思想政治工作不平衡不充分状况，增强大学生在思想政治工作中的获得感和满意度，核心在于紧密围绕"立德树人"根本任务，结合学校"双一流"建设和内涵式发展，抓住思想政治理论教育与外

---

① 决胜全面建成小康社会　夺取新时代中国特色社会主义伟大胜利——在中国共产党第十九次全国代表大会上的报告［M］．北京：人民出版社，2017.

语（专业）教学有机融合关键环节，打破第一课堂与第二课堂、网络课堂之间封闭隔离的藩篱，推进课堂教学与课外实践融合、思想政治理论课教师与专业课教师融合、网络思政与网下育人融合、外语学习与校园文化活动融合，明确责任主体，健全体制机制，加强协同攻关，补齐工作短板，切实发挥教书育人、科研育人、实践育人、管理育人、服务育人、文化育人和组织育人的合力，以改革创新的精神推进体系建设持续深入。

新媒体环境下大学校园文化建设的创新路径研究

——以上海外国语大学"Story of SISUers"校园系列微视频为例

刘　健　周源源①

摘　要：通过阐释新媒体及大学校园文化的特征，认为随着新媒体的快速发展，大学在校园文化建设中应该充分把握新媒体带来的机遇，敢于突破创新，探究建设路径，通过合理利用，减少新媒体对校园文化建设冲击和影响。在此基础上，以上海外国语大学"story of SISUers"校园系列微视频为例，提出新媒体环境下大学校园文化建设的应对策略，为外语类院校文化建设提供路径参考。

关键词：新媒体；校园文化；创新路径

一、新媒体及大学校园文化特征

随着我国数字信息化和移动网络的快速发展，新媒体逐渐成为人们生活和工作中不可缺少的信息源。中国人民大学新闻学院教授匡文波认为"新媒体"是一个通俗的说法，严谨的表述是"数字化互动式新媒体"，"数字化""互动性"是新媒体的根本特征。② 多元文化通过新媒体进行交融和交流，以满足大众娱乐和消遣为目的的通俗文化逐渐发展和流行，但是与此同时，因为传播主体的多元和层级的消解，也导致了一些问题甚至出现低级趣味的内容，损害大众的身心健康。新媒体的交互性、开放性和及时性深刻地改变着校园文化建设

---

① 刘健（1988—），男，上海外国语大学德语系，辅导员，助教；周源源（1978—），女，上海外国语大学德语系，党总支副书记，副教授。

② 匡文波.何为新媒体？[J].现代传播，2008（5）：121 – 125.

的传统模式。同时，新媒体的应用，对大学生的思想、生活、学习、交往方式等产生了深远影响。

　　大学校园文化是大学生成长成才的重要环境因素，对大学生世界观、人生观和价值观的形成起着至关重要的作用，营造有利于学生成长成才的校园文化氛围，关乎高校人才培养体系的建立和完善。随着全球化进程的加快，高校文化交流愈加频繁，与外界联系日益增强。外语类院校更是因其专业内容特点和学科发展要求，学生拥有更多接触多元文化的机会。大学校园文化在新时期呈现出多元性、开放性、互动性等特点，因此新媒体的合理利用，对大学校园文化建设起着积极而重要的影响。大学校园文化"包括校园建筑的布局、建筑的风格、建筑的色彩、建筑的式样等，既表现为一种无声语言，又在诠释着高校的一种精神"。① 精神的建立和形成需要良好的传播途径和方式。

　　中共中央、国务院在《关于进一步加强和改进大学生思想政治教育的意见》中指出："面对新形势、新情况，大学生思想政治教育工作还不够适应，存在不少薄弱环节。"必须要"在继承党的思想政治工作优良传统的基础上，积极探索新形势下大学生思想政治教育的新途径、新办法，努力体现时代性，把握规律性，富于创造性，增强实效性"②。大学校园文化建设必须持有一种开放的心态，接纳多元文化，创造宽松的校园环境，最大限度利用其积极因素，减少消极因素的影响，使大学校园文化建设充满活力和生机。

二、新媒体环境下大学校园文化建设面临的机遇和挑战

　　处在网络信息时代的大学生思想政治教育面临着前所未有的发展机遇和挑战，当今时代的大学生已经习惯于将新媒体作为一种新常态的生活方式，网络已经成为随时随地不可或缺的资源。与此同时，一些曾经发挥巨大号召力和组织优势的传统思想政治教育方法渐渐失去其吸引力和感染力。

　　（一）新媒体环境对高校校园文化建设带来的促进和机遇

---

① 薛文治. 对高校校园文化建设的思考［J］. 中国高教研究，2003（5）.
② 教育部：中共中央国务院发出《关于进一步加强和改进大学生思想政治教育的意见》［OL］.（2017－4－30）.

1. 推进高校文化建设创新发展

新媒体形式和内容的快速发展，为大学生提供了丰富的视野和平台，新媒体以其强大的渗透力和辐射力影响着无数人的生活娱乐方式、理想道德信念和行为习惯。[①] 在集文字、声音、图片、视频等信息为一体的传播载体中，互联网能够极大地刺激和激发个体的好奇心和求知欲望，学生可以自发自觉地接受思想政治教育，摆脱了以往传统"填充式"的宣传和教育，使学生更加乐于接受。

网络信息具有传播双向性、互动性的特点，通过新媒体平台，大学生可以发布和了解最新的信息和知识，并对其进行评价和传播，促使大学生成为参与者，为教育内化提供契机。通过新媒体平台利用生动有趣的文字、图片和音频进行伦理价值观点的传播，直观且流畅，能够在潜移默化中提升内容的影响力、吸引力和感染力。

2. 促进高校文化建设开放多元

高校传统的文化建设工作在长期的实践中探索出了自己的方式和手段，如建筑设施、宣传标语、广播展览、校园报纸、理论宣传栏等，这些都对文化建设工作的开展发挥了良好的作用。随着新媒体的出现，微博、微信、易班等成为了高校文化建设有效工具，传播形式也逐渐由文字、图片发展为集文字、图片和视频于一体的综合格局，强化了育人效果且具有时效性。

互联网是一种极具感染力的信息传播工具，具有资源共享性，每个人都可以成为丰富信息的创造者和传播者，可以进行同步的互动和交流；信息的传播具有时效性，新媒体的存在将使传统意义上封闭的校园环境开放，利于校园内外信息的传播和获取；传播的内容具有多元性，新媒体平台将文本、图画、图形、声音信息集于一体，激发创作者的创作热情，文字、图片和视频都可以在屏幕上创造一种轻松、愉悦的受教育情境，使受众在图文并茂、声情融会的语境中感知教育信息。

（二）新媒体环境下高校校园文化建设面临的问题和挑战

---

① 陈小雷. 新媒体环境对大学生思想政治教育的影响及对策［D］. 河北师范大学，2010.

1. 大学主流文化和核心价值受到冲击

高校始终是主流文化和核心价值的聚集地，校园文化对学生世界观、人生观和价值观的养成起着至关重要的作用。然而，随着互联网和新媒体的发展，高校的主流文化和核心价值呈现出行为失范和价值取向多元化的特点。海量信息造成选择的干扰，使得落后、反动和腐化的思想有了传播途径和平台，学生的思想观念和校园舆论受到影响，对大学生思想政治教育，特别是正确的价值选择产生干扰。大学生的价值判断力、情感感化力、交往沟通力逐渐淡化，与此同时，大学生群体呈现出对于网络的过度依赖现象，如出现的"网络迷恋症"和"手机依赖症"等不良现象多有发生，造成学生"线上—线下"生活的失衡、价值取向与道德规范的无标准化情况。

2. 校园文化引领功能受到影响和削弱

高校是先进文化的引领者，在新媒体环境下，大量的信息充斥着高校校园和学生生活，多元的信息使学生面临选择困境，其中不良传媒带来的消极影响，社会或者学生群体中有的为一己私利，为争取更多受众，推销错误理念，庸俗、猎奇和虚假内容的信息，对学生的身心健康造成严重的不良影响。

高校传统的思想引领方式和文化建设理念过于陈旧，宣传内容和形式过于单一和简单，难以得到学生的关注和接受。在与外界文化观念、思想理念进行交锋和碰撞的过程中，高校的文化引领功能被削弱，权威地位受到影响。在"去中心化"思想的影响下，学生的个性和理念得到全面张扬和培养，影响了大学生的价值选择和判断，从而容易使学生在进行明辨是非、真假和评判善恶、美丑的过程中失去正确的认知能力和分辨能力。

三、新媒体环境下大学校园文化建设的应对策略

（一）坚持文化方向，培育大学精神

随着新媒体的快速发展，自媒体逐渐呈现多元化、自主化、平民化特点，而与此同时，大学主流文化受到一定冲击，呈现出"去权威化"和引导力降低的趋势。高校在校园文化建设时必须始终坚持以社会主义核心价值观引领为重要基础，坚持以人为本，贴近生活，贴近实际，贴近学生，坚持解放思想、实

事求是、与时俱进。只有尊重社会发展的客观现实，将传统的构建策略转向生活化、人文化，体现以人为本的发展理念，才能够重塑高校主流话语权。

大学精神是一所大学的灵魂，是大学文化特色的重要标志，是大学不断发展的动力和源泉，也是大学生命力、凝聚力和创造力的根本所在。每个大学需要具有自身的培养理念和大学精神，大学精神的确立能够指导大学的管理部门和学生组织进行文化建设，打造品牌文化项目。上海外国语大学是新中国成立后兴办的第一所高等外语学府，是新中国外语教育的发祥地之一，经过一代代上外人的探索和发展，以"服务国家发展、服务人的全面成长、服务社会进步、服务中外人文交流"为办学使命，致力于建成国别区域全球知识领域特色鲜明的世界一流外国语大学。积极推进"多语种＋"办学战略，加强全球治理人才培养，突出"会语言、通国家、精领域"，致力于培育思想素质过硬、中外人文底蕴深厚、跨文化沟通和专业能力突出、创新创业能力强的"多语种＋"卓越国际化人才。[①] 上外秉承"格高志远、学贯中外"的校训精神和"诠释世界、成就未来"的办学理念，确立了具有外语类高校特色的大学精神。

（二）坚持观念创新，树立先进理念

时代的发展需要观念的创新，大学文化建设同样需要相关建设工作者不断更新工作思路，创新发展理念。新媒体环境下如何以话语时机的精准把握为契机掌控舆论引导的主动权，如何突出思想政治教育话语的感染力，如何挖掘高校思想政治教育话语资源，都是摆在建设者面前艰巨的问题。

大学生思想政治教育信息传播中，可以积极借鉴大众传媒发挥、挖掘受众情感体验的作用影响，增强信息的情绪感染和情感体验。榜样建设也是高校文化建设的重要方式，进行先期议程设置后，选取感动作为教育的切入点，用故事化的影视资料，使学生在不知不觉中体味平时不喜欢的大道理，通过一个个鲜活的、真实的故事，感动人心最柔软的地方，引起共鸣，从现场学生的反应和感言中，可以看出主题班会取得良好的效果。以大学生的现实生活为基础，促使高校思想政治教育话语的生活化回归。高校要结合微时代特征，借助微平

---

① 上海外国语大学简介［OL］. 上海外国语大学官方网站（2017－5－12）.

台，塑造贴近时代精神的典型榜样；发挥微时代优势，创新符合时代发展的榜样教育新机制；吸纳微时代的新方式，建设符合时代主旋律的校园榜样文化。①

（三）发挥媒体优势，挖掘榜样文化

新媒体环境下，在学生之间的自我教育过程中，信息的发出者不再是具有教育权威的教育者，而是学生中的一员，学生会在知觉、判断、信仰乃至行为上受到先进典型的感染和影响，在学生群体中就很容易形成一致的行为倾向，信息传播的"噪音"和阻碍就会减少，信息传播的效率就会大大增强，必然会提高大学生思想政治教育的有效程度。② 所以，在此情况下，发挥媒体优势，通过挖掘榜样文化，创新符合时代发展的文化建设新机制成为一种选择。

上海外国语大学"Story of SISUers"系列校园微视频项目，通过捕捉和挖掘校园中学生们身边"触手可及"和"可信可学"的学习榜样、生活榜样、道德榜样等校园榜样，突出人文情怀及价值导向，侧重人物及事件深处的故事，给人以启迪与鼓舞。将校园中榜样人物的日常生活和心得感悟进行分享，从而弘扬社会主义核心价值观，从认知、情感、意志、信念、行为等方面进行全方位的示范和激励，鼓励学生在生活点滴的进步和坚持中自觉向榜样靠近。

在社会主义核心价值体系四个方面的基本内容中，根本是马克思主义指导思想，主题是中国特色社会主义共同理想，精髓是以爱国主义为核心的民族精神和以改革创新为核心的时代精神，基础是社会主义荣辱观。这四个方面的基本内容之间是相互联系、相互依存、相互贯通、相互作用的有机统一体，共同构成了一个系统科学的价值体系。③ 榜样人物的选取基于社会主义核心价值观和大学精神的指导，在坚持以马克思主义为根本指导思想，以中国特色社会主义共同理想为主题，坚持以民族精神和时代精神为精髓，坚持以大学生社会责任感培养为基本要求的前提下，突出媒体的时效性、内容的多样性和手段的灵

---

① 龚世星. 榜样认同：微时代境遇中大学生社会主义核心价值观教育路径［J］. 郑州轻工业学报（社会科学版），2016（2）.

② 张雷. 传播理论与大学生思想政治教育有效接受研究［M］. 杭州：浙江大学出版社，2015：89.

③ 谢守城，王长华等. 国际化视野下大学生思想政治教育创新发展研究［M］. 北京：人民出版社，2014：42.

活性，贴近实际、贴近生活、贴近学生地挖掘内容和人物。结合外语类院校的特色精神，将学生在外事、外交等领域工作、学习的经历和经验进行分享，培养学生家国情怀，拓展学生国际视野。

（四）结合学生特点，拓展传播阵地

传播学的受众理论指出，传媒的有效性需要尊重受众群体特点。当代大学生具有更强的主体意识，喜欢表达自己的思想和想法，更加乐于接受新鲜事物。近些年，随着新媒体的发展，视频文化以其流畅、直接等特点逐渐在网络流行，短视频也成为了各类网络上的主流形式，视频网站发展迅速而成为学生群体关注的重点。这就需要教育工作者和文化建设者尊重大学生的主体选择，注重教育目标的优化，在工作中要充分考虑学生的心理、兴趣和个人生活、学习状况，同时，使学生成为活动的设计者、参与者。校园微视频贴近生活，符合学生时代特质、群体特征，增强榜样教育的真实性、多样性、自主性和互动性，为加强社会责任感教育、生涯规划教育、人际沟通与朋辈教育提供了有效途径。

项目选取校园典型榜样的一个点进行切入，力求镜头刻画自然细致，思想深刻灵动，体现校园背景下开放多元的状态，捕捉生活中的闪光点。避免"高大全"和学生排斥心理，使学生产生真实之感，更易于接受。微视频内容主要围绕践行社会主义核心价值观方面的校园人物、优秀校友或是传播中华传统文化的事件过程，对学生进行社会责任感教育、生涯规划教育、人际沟通辅导和朋辈教育。

（五）把控校园信息，优化传播环境

互联网的发展打破了校园与外界的限制，为校园文化与外界社会的沟通提供有效途径，但同时也带来了一些不良内容的信息，需要教育工作者及时对信息和内容进行选择，优化传播环境。在榜样教育的榜样形象遴选方面，一些耳熟能详的榜样形象，令大学生产生认同疲劳；在各类信息的交互传播过程中，多种价值观的交互传播，以往"高大全"式的榜样形象在多元价值的冲击下面临被解构的风险。①

短视频具有视频短、传播快、生产流程简单、制作门槛低、参与性强等特点。通过微信公众号、校园宣传媒介、微博、秒拍等新媒体平台进行传播和推广，能够为成果的有效转化提供平台。在传播的过程中，需要实现导向性原则、针对性原则、时效性原则，坚持在与大学生的互动中捕捉最令大学生感兴趣、最能掌握大学生舆论主导权的信息，把握时代发展的脉搏、认真倾听大学生的心声，走近大学生的内心世界。

（六）利用传统媒体，加强媒体融合

传统的报刊、杂志等由于成本高、携带不便、获取信息慢且只有文字和照片等单一表现形式，已经越来越不能满足新媒体时代大学生喜爱立体、动态视频的信息浏览习惯；通过新媒体，大学生不仅可以随时随地发现值得学习和效仿的人和事向外传播，榜样宣传呈现出网状立体化的传播格局，信息的传播更加便捷、快速和有效，有利于营造人人宣传榜样、人人学习榜样、人人争做榜样的良好舆论氛围。② 但是，除新媒体外，校园期刊、报纸、电视台等传统媒体在大学校园中仍然起到了重要的作用，拥有广泛的学生基础，将新媒体与传统媒体融合，是对传统媒体形式上的丰富，也是对新媒体内容上的拓展。

（七）开展线下活动，提高结合能力

新媒体具有强大的宣传优势，利用新媒体对校园榜样人物进行宣传和学习能够取得一定的传播效果，但是，再强大和精良的新媒体形式也无法弥补其距离上的缺陷与不足，在此方面，校园活动能够弥补这样的缺陷。通过开展线下的榜样学习分享会、学长学姐交流活动等线下活动，能够使学生更加直接地与新媒体上所宣传的榜样人物进行交流和学习，最大程度地增进真实感和获得感。活动过程中，榜样人物近距离的分享和交流，为校园文化建设提供了有利的支撑和素材，也取得了不错的效果。

---

① 周鹏. "微时代"背景下大学生榜样教育策略探索 ［J］. 学校党建与思想教育，2015（4）.

② 张海霞. 新媒体时代大学生榜样教育机制探析 ［J］. 信阳师范学院学报（哲学社会科学版），2016（3）.

（八）培育学生团队，培养信息素养

校园文化建设归根结底需要从学生的视角来挖掘内容和思考方式，新闻战线有"走基层、转作风、改文风"实践活动，这样的方法对于高校的文化宣传工作同样具有指导意义。校园媒体的"镜头"要对准师生，沉下去、接地气，说学生身边的事情，让学生在生动、鲜活的"故事"叙事中受教育，教育工作者和校园文化建设者要有体验美、发现美的意识，要贴近生活，贴近学生，用一颗敏感的心去体验，用一双智慧的眼去观察大学校园内的一切，不失时机地捕捉大学校园内的价值因子。切忌使用"假大空"的语言，要注重语言"真短朴"，用细节说话，用学生的语言说话，有情有景有滋味，见人见事见精神，宣传视觉化、故事化和感情化。这样将教育语言从宏大叙事向故事叙事的人性化转变，便会调动学生的情感体验，学生会生动地融入教育的过程中。

此外，要使学生在生动活泼、朴实有味的宣传中不知不觉地受感染、受教育，从而提高校园新闻报道的吸引力、亲和力和感染力，形成强大的舆论引导力，促进大学生思想政治教育接受效果的整体提升，这就需要得到学生团队的支持和参与，所以通过建立和培养学生团队，配备专业的指导教师，细化工作流程和完善运行制度，能够尽可能地激发学生的主观能动性，使校园文化建设更加贴近学生，贴近生活，用学生认可和信服的理论和故事引导学生的思考，引导校园舆论导向。

四、结论

新媒体的快速发展为大学校园文化建设带来了前所未有的机遇和挑战，为传统的大学校园文化的建设模式提出了新的考验。以视频为特色的新媒体形式势必成为未来新媒体发展的趋势，成为大学校园文化建设的一种新形式，使得文化建设和传播更加立体、直观和高效，从而实现通过榜样育人、文化育人和环境育人，帮助学生在大学阶段树立良好的世界观、人生观和价值观。外语类高校学生思想更加开放、更容易接触到网络文化中的新潮流和新思想，只有正视当代新媒体发展潮流和特点，尊重大学生的思想和心理变化规律，才能够真正通过思想舆论对学生加以引导，适应互联网时代大学校园文化建设的新要求。

高校多语种网站建设与海外传播力提升策略研究①

顾忆青②

摘 要：随着"互联网＋"时代的来临，以外文网站为代表的全球传播，已成为高校国际化形象塑造中的重要环节，也是中国高等教育"走出去"战略的关键步骤。本文通过分析中国高校外文网站的建设现状，探讨其中误区与难题，并提出相应操作策略。研究发现，虽然近年来中国高校在外文网站建设方面取得突破，但仍然面临诸多传播困境，这主要体现在境外访客比例仍显不足，且访问路径渠道较为单一。笔者认为，高校可以通过建设多语种、跨终端的外文网络传播平台，融合社交媒体引导境外流量，重视百科词条撰写，并引导师生共同参与传播，全方位构建国际化学府形象，从而提升高校海外传播力。

关键词：高校外文网站；多语种；海外社交媒体；国际传播力；高等教育"走出去"

在高等教育竞争日趋激烈、全球化格局日益显著的今天，如何提高中国大学的国际知名度和海外传播力？面对新时代互联网构筑的海量信息空间，如何

① 本文是上海外国语大学校级一般科研项目"高校外文网站的本地化策略研究"（项目编号：KX18113）和上海学校德育实践研究课题"高校外文网络新媒体平台建设与国际传播育人机制研究"（编号：2017－D－026）的阶段性研究成果。

② 作者系上海外国语大学党委宣传部互联网信息办公室主任，助理研究员。

塑造具有世界影响力的学府形象？如何让这一形象更好地为外籍师生、校友乃至海外公众所获知、理解和认可？这是值得高校管理者和宣传工作者深入思考的问题，也是关乎一所大学国际化水平的关键所在。

高等教育的海外传播力，直接影响中国话语的全球影响力、中国形象的国际显示度。在中国大力实施网络强国战略的背景下，高校可以通过建设多语种、跨终端的外文网络新媒体传播平台，发挥自身独有的专业特色、智力优势和人才强项，"讲好中国故事，传播好中国声音，阐释好中国特色"，在创新对外宣传方式、提高国际传播能力、推动中国高等教育"走出去"方面做出积极的探索和应有的贡献。

一、缘起：高校海外网络传播力水平较低

事实上，中国高校目前的海外传播力仍然处于较低水平①，体现在传播意识薄弱、传播渠道单一、传播内容狭隘、传播方式过时等方面。不少高校虽然已经开设外语（主要是英语）网站来进行国际传播，但语言质量参差、界面设计过时、信息更新滞后等问题依然凸显，未能取得理想的传播效果。至于尝试使用海外社交媒体平台的高校更是寥寥无几，难以真正进入海外公众的主流传播和对话渠道。

上海外国语大学于 2014 年 12 月推出涵盖 21 个语种的上外多语种外文门户网站群（http：//global. shisu. edu. cn），是在"互联网＋"时代，立足自身"多语种＋"办学战略的创新之举。上线近三年来，网站秉持办网与育人相结合的理念，用互联网讲述中国故事，用多语种传播中国声音，在界面交互设计、内容生产、管理机制等方面成效显著，进入常态化运营流程。网站运行至今，已刊发或更新各类多语种稿件文章 4000 余篇，取得一定成果。

不过，现有平台受制于网站的载体因素，互动性和用户黏性仍显不足，因而海外影响力相对局限。根据《光明日报》刊发的《中国高校海外网络传播力

---

① 方增泉等. 中国高校海外网络平台构建与传播现状分析（上）——以中国 211 高校 Google、Facebook、Instagram 传播平台为例［J］. 对外传播，2016（2）：58 - 60.

报告（2015）》的排名情况，上海外国语大学在海外网络传播中的优势并未充分体现。本调研报告基于多语种网站建设，聚焦新媒体平台互补作用，探究如何有效利用海外社交媒体，进一步增强上外多语网的海外传播力，更好地塑造国际化办学形象，推动世界一流外国语大学建设。

二、困境：高校外文网站的传播弱点

美国政治学家哈罗德·拉斯维尔（Harold Lasswell）在《传播在社会中的结构与功能》一文中提出的"5W"传播模型（如图1所示）①，揭示了对外传播的基本过程，对于探究高校多语种网站建设的现状具有一定的观照意义。

图1　拉斯韦尔"5W"传播模型

在拉斯韦尔的模型中，传播过程被明确地划分为5个要素。其中"受众"和"效果"是当前高校外文网站建设中最忽视的环节，由于缺乏对网站真实访问者需求和浏览习惯的了解，使内容生产和渠道选择成为"一厢情愿"的单向输出，继而导致无法针对性地开展海外传播，也无法切实判断信息内容的可达性。

本文以上外多语种外文门户网站群为例，从网站的流量、访客、浏览页数和来源路径等方面，考察高校外文网站的海外传播效果。笔者通过 U – Web 网站统计/CNZZ 对站群主站和部分语种子站点的受众访问情况进行数据跟踪，统计区间自 2017 年 1 月 1 日至 9 月 30 日，共计 273 天（9 个月），初步呈现如下两个基本问题。

---

① Lasswell，H. D. The structure and function of communication in society. In L. Bryson（Ed.），The communication of ideas［M］. New York：Harper and Row，1948：37 – 51.

（一）境外受众比例偏低

在上外多语网站群中，访问量排名前三位分别是英语网（http：//en. shisu. edu. cn）、Global 主站（http：//global. shisu. edu. cn）和俄语网（ht-tp：//ru. shisu. edu. cn）①。

其中 Global 主站作为网站群对外推介和语言选择的首要入口，统计区间内总浏览次数（PV）为 81，163，涵盖 142 个国家和地区，其中境外访客（不包括港澳台地区）浏览次数为 15，182，仅占 18.70%。10 个主要境外访客来源地区依次为美国、法国、俄罗斯、意大利、西班牙、德国、泰国、韩国、日本和英国（表 1）。

表 1　上外多语种外文门户网站群主站（http：//global. shisu. edu. cn）
境外访客来源地区统计（前 10 位）

来源地区	浏览次数	占比	独立访客	IP	新独立访客	访问次数	人均浏览页数
美国	2053	2.53%	830	920	777	2053	2.47
意大利	1124	1.38%	430	430	359	1108	2.61
韩国	1050	1.29%	450	457	399	1046	2.33
俄罗斯	1030	1.27%	404	402	361	1030	2.55
泰国	997	1.23%	390	382	346	972	2.56
法国	700	0.86%	249	250	220	696	2.81
西班牙	665	0.82%	268	273	248	665	2.48
德国	612	0.75%	250	267	221	606	2.45
日本	417	0.51%	153	158	141	417	2.73
英国	408	0.5%	168	171	158	407	2.43

【说明】独立访客：网站访问人数，访问多个页面不重复计算；新独立访客：第一次访问网站的人数。

----

① 由于站群体量较大，该数据仅统计网站首页的点击量，不包括单个栏目页和单篇文章页的访问数据，可能会对评估单个语种子网站境外访客占比造成一定误差，但不影响总体趋势判断。Global 主站仅有一个入口页面，因此不存在误差。

上外英语网的访问量为 245，100 次，涵盖 183 个国家和地区，境外访客（不包括港澳台地区）浏览次数为 139，783，占 57.03%。除中国外，10 个主要访客来源地区依次为美国、俄罗斯、泰国、英国、日本、巴基斯坦、意大利、法国、加拿大和西班牙（表2）。

表2 上外英语网（http：//en. shisu. edu. cn）首页境外访客来源地区统计（前10位）

来源地区	浏览次数	占比	独立访客	IP	新独立访客	访问次数	人均浏览页数
美国	22386	9.13%	6108	6731	5341	14656	3.67
俄罗斯	9022	3.68%	2650	2656	2098	6310	3.4
泰国	6248	2.55%	1402	1448	1101	3952	4.46
英国	5304	2.16%	1418	1451	1237	3630	3.74
日本	5245	2.14%	1383	1411	1066	3705	3.79
巴基斯坦	5018	2.05%	1117	1177	973	3031	4.49
意大利	4919	2.01%	1236	1228	976	2937	3.98
法国	4413	1.80%	1126	1113	949	2791	3.92
加拿大	4254	1.74%	1085	1123	945	2603	3.92
西班牙	4209	1.72%	1013	989	832	2555	4.15

上外俄语网的首页访问量则为 37，658 次，涵盖 67 个国家和地区，境外访客（不包括港澳台地区）浏览次数为 23，933，占 63.55%。10 个主要境外访客来源地区依次为俄罗斯、哈萨克斯坦、乌兹别克斯坦、乌克兰、美国、白俄罗斯、瑞典、吉尔吉斯斯坦、荷兰、韩国和冰岛（表3），其中俄罗斯占比较大，为 35.49%。

表3 上外俄语网（http：//ru. shisu. edu. cn）首页境外访客来源地区统计（前10位）

来源地区	浏览次数	占比	独立访客	IP	新独立访客	访问次数	人均浏览页数
俄罗斯	13365	35. 49%	3374	3429	2822	8556	3. 96
哈萨克斯坦	2484	6. 6%	630	631	555	1785	3. 94
乌兹别克斯坦	1606	4. 26%	821	833	740	1291	1. 96
乌克兰	1296	3. 44%	341	341	265	945	3. 8
美国	1124	2. 98%	389	517	329	869	2. 89
白俄罗斯	790	2. 1%	188	188	162	494	4. 2
瑞典	735	1. 95%	191	432	152	529	3. 85
吉尔吉斯斯坦	531	1. 41%	135	174	126	364	3. 93
荷兰	179	0. 48%	45	47	36	128	3. 98
韩国	134	0. 36%	43	41	24	103	3. 12

通过对上述访问量较大的站点访客数据进行分析，可以发现，上外多语种外文网站群的境外受众分布范围较广，尤其是上外英文网已覆盖180多个国家和地区，但站群的境外访客占比依然偏低，Global主站的占比甚至不及五分之一，说明其海外传播力尚显不足。

虽然单一语种子站的境外访客占比高于主站，外文受众更倾向于直接访问对象国目标语种网站，但也刚过半数。当然，考虑到在境内访问的外国留学生和外籍教师也是网站的重要受众，仅从访客IP来源判断，无法完全甄别其身份属性。

然而，对于旨在向全球传播中国声音的高校外文网站而言，如何切实提高境外受众的访问占比，依然是增强海外传播实效的基本立足点。

（二）访问路径渠道单一

笔者对上外多语种外文门户网站群的访客来路域名（Referrer URL）展开追踪统计，探究访客在访问网站之前停留的页面链接情况，以了解受众是如何获知并访问上外多语网的。来路域名可能包括搜索引擎、社交媒体、网址导航（包括浏览器书签）、邮箱链接等。

以上外英语网为例，通过对来路域名的统计（表4）可见：访客主要通过搜索引擎主动搜索关键词访问该网站，其中境外搜索引擎包括谷歌（Google）必应（Bing）、Yandex（俄罗斯最大搜索引擎）、雅虎（Yahoo）等。

表4 上外英语网访客来路域名排行（前10位）

来路域名	浏览次数	占比	独立访客	IP	新独立访客
shisu. edu. cn	106524	43. 46%	28181	29223	22343
google. com	73811	30. 11%	20019	22179	15921
baidu. com	5709	2. 33%	1900	1988	1697
yandex. com	3369	1. 37%	928	938	629
wikipedia. org	1902	0. 78%	377	417	313
bing. com	1770	0. 72%	496	523	377
yahoo. com	944	0. 39%	237	252	183
facebook. com	410	0. 17%	170	179	144
so. com	268	0. 11%	93	95	85
sogou. com	234	0. 10%	86	89	82

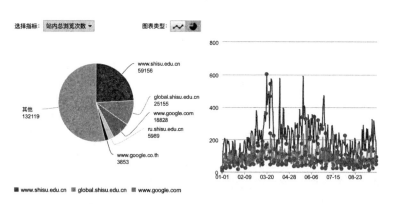

图2 上外英语网访客来路域名日均分布统计

如图2所示，超过40%的访客通过上外多语种外文网站群 Global 主站、上外中文网、其他语种网站和上外域名下的其他子站点内部互访该网站。上外于2016年9月发布新版中文门户网站（www. shisu. edu. cn），对网站语言选择菜单界面进行优化，访客此后多通过中文网来浏览英语网（蓝色折线）。而访客由

Global 主站进入英语网（橙色折线）的比例相对减少一半。这表明访客仍然倾向于通过 www 主域名进行访问或搜索。

还有约三分之一的访客使用谷歌搜索，访问次数为 73811，包括 152 个国家地区不同语言版本的谷歌搜索子站，这是境外受众最主要的访问渠道之一。其中，访客使用频率较高的是谷歌美国站（英语；google. com；占 8.52%）、谷歌泰国站（泰语；google. co. th；占 1.66%）、谷歌英国站（英语；google. co. uk；占 1.54%）和谷歌巴基斯坦站（英语/乌尔都语；google. com. pk；占 1.31%）。这能够反映受众主动了解学校的需求。

但值得注意的是，还有部分访客通过社交媒体进入上外英语网，在来路域名前 10 位中有维基百科（Wikipedia）和脸书（Facebook）两个境外社交媒体在列。其中，使用维基百科的受众占比略高，这与维基百科英语版中 "Shanghai International Studies University（上海外国语大学）" 词条下附有上外英语网的链接有关，继而也较为容易能够被谷歌搜索收录。另有少量受众通过职场关系平台领英（LinkedIn）、社交新闻平台 Reddit、照片分享平台 Pinterest 和书签插件平台 Diigo 等社交媒体访问上外英语网。

总体来看，上外多语种外文门户网站群目前的海外网络传播渠道较为单一，主要呈现被动传播的局面，由谷歌等搜索引擎自动抓取收录，依靠受众凭借主观意愿来搜索网页进行访问浏览，这在一定程度上限制了高校外文网站的海外传播力。向新媒体时代社交网络媒体的交互优势不容小觑，应当引起重视。

三、比较：世界语言类高校海外传播现状与经验

语言类高校作为一类重要的特色型学府，拥有较为丰厚的多语言、跨文化学科资源，在海外网络传播方面具备一定优势。笔者调研国内外知名语言类高校，以外文（非母语）网站、海外新媒体社交平台两个大类为考察维度，密切围绕"互联网＋"和"多语种＋"两个支撑点展开研究，探究其在多语言海外网络传播能力建设方面的现状和经验。

调研样本共有 14 所高校，除上外之外，还包括北京外国语大学、广东外语外贸大学、东京外国语大学、京都外国语大学、韩国外国语大学、釜山外国语

大学、撒马尔罕国立外国语学院、河内国家大学下属外国语大学、莫斯科国立语言大学、圣彼得堡国立大学、巴黎东方语言文化学院、明德大学蒙特雷国际研究学院、伦敦大学亚非学院。①

　　如表 5 所示，语言类高校在门户网站建设中，大多发挥其多语种优势，开设非母语版本的网站平台。从国内高校来看，上海外国语大学率先于 2014 年 12 月开通包含 21 个语言版本的多语种外文门户网站群，开展海外网络传播。北京外国语大学于 2015 年 9 月启动多语种网站建设工作，截至 2016 年 12 月，已开通上线 48 个语种学校外文官方网站，9 个院系英文二级网站，以及 2 个院系对象国语言二级网站。②广东外语外贸大学于 2015 年 6 月建校 50 周年之际改版其英语网站，在新闻资讯基础上增设"大师讲坛""外国人在广外""广外学子看世界"等专栏，推介学校教学科研、中外人文交流等成果。同时，广外还设有包含学校介绍、对外合作交流、联系方式等信息的 13 个非通用语种网页。

　　从境外高校来看，日韩两国的语言类高校比较重视外文网站建设，尤其是韩国两所语言类大学的官方网站，语种设置较为齐全，但并未完全覆盖全部教学语种。如韩国外国语大学现有 45 个语种课程，其官方网站语言版本数量为 10 种。东京外国语大学虽然仅设有日语和英语两个官方网站，但提供 27 个语言版本的学校宣传手册电子版。此外，俄罗斯圣彼得堡国立大学则明确由其留学生办公室维护，专门设有中文网站，用以招生宣传和推广对外俄语教学。美国明德大学蒙特雷国际研究学院设有涵盖 10 个语种的学校介绍和招生信息资源页，为招收国际学生提供信息服务。

---

① 调研样本中的语言类高校选自《世界语言类高校纵览》（杨学义等编，北京：外语教学与研究出版社，2009），并补充乌兹别克斯坦撒马尔罕国立外国语学院、美国明德大学蒙特雷国际研究学院、英国伦敦大学亚非学院三所语言类和以国别区域研究为专长的高校，以兼顾不同地域。

② 谷晨曦. 我校举行多语种网站主编座谈会［OL］. 北京外国语大学新闻网，［2016 - 12 - 29］.

表5　世界语言类高校外文门户网站外文版本建设情况

校名	官方网址		网站（页）语言（数量/详情）
上海外国语大学	global. shisu. edu. cn	22	汉语、英语、俄语、法语、德语、西班牙语、阿拉伯语、日语、希腊语、意大利语、葡萄牙语、韩语—朝鲜语、波斯语、泰语、越南语、印度尼西亚语、瑞典语、荷兰语、希伯来语、乌克兰语、土耳其语、印地语
北京外国语大学	global. bfsu. edu. cn	49	汉语、英语、俄语、法语、德语、日语、西班牙语、葡萄牙语、阿拉伯语、意大利语、瑞典语、越南语、老挝语、缅甸语、柬埔寨语、孟加拉语、泰语、印度尼西亚语、马来语、僧伽罗语、土耳其语、韩语—朝鲜语、普什图语、斯瓦希里语、豪萨语、波兰语、捷克语、斯洛伐克语、匈牙利语、罗马尼亚语、保加利亚语、塞尔维亚语、克罗地亚语、阿尔巴尼亚语、芬兰语、乌克兰语、希伯来语、波斯语、印地语、乌尔都语、菲律宾语、荷兰语、挪威语、丹麦语、斯洛文尼亚语、爱沙尼亚语、拉脱维亚语、立陶宛语、拉丁语
广东外语外贸大学	www. gdufs. edu. cn	15	汉语、英语、法语、俄语、阿拉伯语、西班牙语、德语、日语、印度尼西亚语－马来语、韩语—朝鲜语、意大利语、葡萄牙、印地语、泰语、越南语
东京外国语大学	www. tufs. ac. jp	2 *	日语、英语（＊另有学校介绍页面27种语言版）
京都外国语大学	www. kufs. ac. jp	2 *	日语、英语（提供朝鲜语－韩语、汉语招生信息）
韩国外国语大学	www. hufs. ac. kr	10	韩语—朝鲜语、英语、日语、韩语、土耳其语、波兰语、俄语、葡萄牙语、塞尔维亚语、泰语

校名	官方网址		网站（页）语言（数量/详情）
釜山外国语大学	www. bufs. ac. kr	17	韩语—朝鲜语、阿拉伯语、汉语、英语、法语、德语、印地语、印度尼西亚语、意大利语、日语、俄语、西班牙语、泰语、土耳其语、乌兹别克语、越南语
撒马尔罕国立外国语学院	www. samdchti. uz	3	乌兹别克语、英语、俄语
河内国家大学下属外国语大学	www. ulis. vnu. edu. vn	2	越南语、英语
莫斯科国立语言大学	www. linguanet. ru	2	俄语、英语
圣彼得堡国立大学	www. spbu. ru	3	俄语、英语、汉语
巴黎东方语言文化学院	www. inalco. fr	1	法语
明德大学蒙特雷国际研究学院	www. miis. edu	10	英语、阿拉伯语、汉语、德语、西班牙语、法语、朝鲜语－韩语、日语、葡萄牙语、俄语
伦敦大学亚非学院	www. soas. ac. uk	1	英语

表6　世界语言类高校新媒体平台建设情况（不完全统计）

校名	Facebook	Twitter	YouTube	Instagram	LinkedIn	其他
上海外国语大学	●		●		●	微博/微信/Google +
北京外国语大学	N/A	N/A	N/A	N/A	N/A	微博/微信
广东外语外贸大学	N/A	N/A	N/A	N/A	N/A	微博/微信
东京外国语大学	N/A	N/A	N/A	N/A	N/A	
京都外国语大学	●		●	N/A	N/A	Tumblr
韩国外国语大学	●	N/A	●		N/A	

续表

校名	Facebook	Twitter	YouTube	Instagram	LinkedIn	其他
釜山外国语大学	N/A	N/A	N/A	N/A	N/A	
撒马尔罕国立外国语学院	N/A	N/A	N/A	N/A	N/A	
河内国家大学下属外国语大学	N/A	N/A	N/A	N/A	N/A	
莫斯科国立语言大学	●		●	N/A	N/A	vk. com/periscope. tv
圣彼得堡国立大学	●		●		N/A	微博
巴黎东方语言文化学院	●		N/A	N/A	N/A	
明德大学蒙特雷国际研究学院	●		●		●	Google + /Flickr/微博
伦敦大学亚非学院	●		●		●	Google + /SoundCloud/微博

尽管部分语言类高校没有开设外文网站，但在外文新媒体建设方面却已有所尝试。例如，伦敦大学亚非学院（SOAS）作为国际顶尖的亚非研究重镇，在中国新浪微博开设认证账号@ SOAS_ University_ of_ London（http：//www. weibo. com/SOASLondon），采用以英语为主、汉语为辅的形式，发布学校新闻、活动预告、校友资讯和招生信息等，并附以学校网站的内容外链，与中文受众保持互动。

根据表6的统计，境外的语言类高校大多在海外新媒体平台开设有账号，并优先选择Facebook、Twitter、YouTube和Instagram等四类具有代表性的媒介平台进行社交化传播。不过，他们基本都采用母语进行内容建设，如韩国外国语大学在Facebook上使用韩语—朝鲜语，圣彼得堡国立大学在Twitter上使用俄语，主动使用多语种进行外文传播的较少。

值得一提的是，作为翻译教学与研究的学术重镇，美国明德大学蒙特雷国际研究学院在多语种新媒体平台运营和管理方面表现突出，具有一定的参考价值。

该学院早在 2010 年 8 月便率先在中国新浪微博上开设认证账号（wei-bo. com/miischina），累计有 9100 多位粉丝关注，发布博文 708 条，均为中文内容。不仅如此，该学院还在优酷视频开设频道（http：//i. youku. com/monterey-institute），除了发布招生专业宣传视频之外，还展示各学生的项目作品，介绍翻译和语言学习知识，并推介蒙特雷城市生活等。此外，该学院也在人人网开设公共主页，针对在校学生发布招生信息，共有 1296 位关注者。

蒙特雷国际研究学院不仅在中文新媒体平台建设方面取得进展，也尝试使用其他语种进行网络传播。例如，该学院在日本最大的社交平台 MIXI 上开设账号，发布招生问答和讲座资讯；在 Twitter 上开设韩语—朝鲜语（@ MIISKoeran）和德语（@ MIISGerman）账号。

图 3　美国明德大学蒙特雷国际研究学院日语和韩语博客网站截屏

令人颇觉耳目一新的是，除了以校方为主导开设新媒体账号之外，学校还设有多语种博客网站，完全由学生自主管理，鼓励在校不同语种的国际学生用自己的母语撰写文章（图 3），讲述师生故事，分享学习经验，介绍校园生活等，充分发挥学生能动性，凝聚师生校友情感，构建国际化学府形象。

例如，该学院中文博客 MIISCHINA 设有校园简介、专业介绍、学校新闻、实习工作、生活点滴、迷你课堂、名师风采等 7 个栏目。博客管理员、中国留学生周雯婷（MATLM 2016）在通告中如是写道："我希望这个博客可以成为一个了解蒙村学习生活的窗口，帮助那些想要了解 MIIS 的人。我也希望这里能成为我们蒙村生活的记录，毕业后回来，还能回忆起那些曾经付出的努力。"①

四、对策：重视海外社交媒体的互补融合

进入"互联网＋"时代，网络媒体的日益兴起，网络社区、微博客、社交网络、拍照应用、视频直播等众多"用户生产内容"（User – Generated Content）的平台蓬勃发展，促成了不同媒介形态内容渠道的深度融合。通过对上外多语种外文网站群传播弱点的分析，参照中外语言类高校在海外网络传播方面的实践案例，可以得到以下几点启示。

优化外文社交媒体布局。目前上海外国语大学已在 Facebook、Twitter、You-Tube、Instagram、LinkedIn、Google ＋ 等平台开通账号，下一步应针对不同平台的属性和特点，做好战略规划，积极探索为我所用的方式与路径，拓展受众的覆盖面，引导境外流量。尤其重视图像、音视频等全媒体资讯发布，同时充分发挥多语种优势，打造立体化的国际传播格局。例如，YouTube 上开设影像频道专栏，运用航拍和 VR 等技术，通过多视角的画面和声效，讲述学府故事，展现学者风采，并制作多语言字幕实时嵌入视频，进行转载分享。

值得注意的是，Facebook 于 2016 年 7 月推出一项基于人工智能技术的新功能，允许用户使用多语言发布推文，并根据读者受众的地理位置、语言偏好和最常使用的发帖语言来判定并显示对应语言的内容。② 这无疑将有助于实现基于多语种的社交传播。

重视维基百科词条撰写。作为提供多语言版本的网络百科全书，维基百科凭借其协同编辑的权威性和实时更新的有效性，对于构建海外网络传播的入口具有重要价值。而且，维基百科相关词条信息被谷歌搜索引擎优先收录，对于提升境外网络曝光度意义重大。

通过对上外英语网来路域名的分析可以发现，不少境外受众通过维基百科中的外链进入网站访问。目前，上海外国语大学在维基百科上的词条仅有中文、

---

① 周雯婷. 博客通告［OL］. 蒙特雷国际研究院 | 中文官方博客.
② Allana Akhtar. Your Facebook posts could soon appear in different languages. USA TODAY. (2016 – 07 – 01)［2017 – 09 – 30］.

英语、德语、法语、俄语、日语、挪威语、塞尔维亚语—克罗地亚语等 8 个语言版本，且不少内容较为滞后，远不能满足海外传播的需求，因此亟须补充和修订多语种词条，确保信息充分准确。

不过，由于维基百科对内容中立性要求较高，且允许任何用户修改编辑，因此在撰写内容时不仅需掌握专业编辑能力，还应有效把握话语技巧，避免主观宣传口吻，尽可能通过第三方引用（如媒体报道、志书档案、学术文章等）来客观描述学校信息。

鼓励中外师生共同传播。上外多语种外文网站群建设以育人为宗旨，将语言专业课程与网站内容建设相结合，引导学生用所学语言撰写中国故事，鼓励教师发表外文学术观点文章，已取得一定的成效。在此基础上，除文字作品之外，还应更有效利用外文原创微视频、短音频译配、多语言可视化数据等多种载体，丰富中国故事的书写形式。

从蒙特雷国际研究学院的案例可知，国际学生可以成为海外网络传播的主力军，他们对目标语受众更为了解，更熟悉对象国的社交媒体平台，也能够更灵活地运用新媒体进行跨语际实践，其话语更具有可信度，因而其海外传播也更有效。这也是为何海外高校进行招生宣传时，往往选择通过对象国学生的讲述，来吸引海外优质生源。因此，应加强留学生和外籍教师在海外网络传播中所发挥作用，进一步拓展和丰富校园网络文化建设参与者的外延，从而提升教育全球化背景下中国高校的海外影响力。

外语院校网络支教探索与实践

——以上海外国语大学英语学院为例

曹　原①

摘　要：由于自然、历史、社会等多方面原因，我国基础教育发展不平衡。大学生支教于20世纪90年代起以青年志愿服务的形式向基础教育欠发达地区输送文化知识和教育理念。然而传统支教存在时间、空间局限性及可持续性欠缺等诸多问题。在互联网日益普及的今天，网络支教在各高校悄然兴起。本文拟以上海外国语大学英语学院在传统支教方面的经验及网络支教方面的探索与实践为例，探讨外语院校网络支教的可行性和操作机制。

关键词：大学生支教；网络支教；探索与实践

马丁·路德·金曾说过这样的话："一个国家的繁荣，不取决于它的国库之殷实，不取决于它的城堡之坚固，也不取决于它的公共设施之华丽。而在于它的公民的文明素养，即在于人们所受的教育，人们的远见卓识和品格的高下，这才是真正的利害所在，真正的力量所在。"教育于国于民的重要作用与意义由此可见一斑。改革开放近四十年来，我国的教育事业取得了长足发展，高考录取人数由1977年的27万人增长到2015年的700万人；高考录取比率由1977年的5%提升到2015年的74.3%②。自1999年高校扩招开始，我国高等教育毛入

---

① 作者系上海外国语大学英语学院党总支副书记、助理研究员。
② 百年育才. 知道你高考那年的录取率吗？(1977—2015) [OL]. 搜狐教育，(2017 - 5 - 20).

学率稳步上升。2002年毛入学率达到15%，标志着我国进入国际公认的高等教育大众化阶段。到2015年，我国高等教育毛入学率更是达到了40%，已高于全球高等教育毛入学率的平均水平，根据适龄人口的情况，预计在今后较短时间内，我国高等教育毛入学率将达到50%，快速进入高等教育普及化阶段①。

然而，高等教育快速发展的同时，基础教育发展的不平衡依然突出，主要体现在：教育的区域发展不平衡，中西部教育落后于东部教育；教育的城乡发展不平衡；教育的群体发展不平衡②；以及城乡间师资力量的差距，部分地区农村学校优秀教师缺乏，在经济偏远地区尤为严重③。

党中央、国务院一直高度重视我国教育发展不平衡问题，自20世纪90年代起陆续出台相关文件、政策推动各级教育特别是基础教育的平衡发展。1995年和2001年国家先后组织实施了两期"国家贫困地区义务教育工程"，两个工程中央政府共投入89亿元，其中60.7亿元投向属于"普九"困难较大的少数民族人口集中的九个省、区④。进入21世纪以来，国家通过实施西部地区"两基"攻坚计划、深化农村义务教育经费保障机制改革、农村薄弱学校基本办学条件改善计划、农村教师特岗计划、对口支援、定向招生等重大举措，推动中西部教育迈上了新台阶。2016年5月，国务院办公厅颁布《关于加快中西部教育发展的指导意见》（国办发〔2016〕37号）从"实现县域内义务教育均衡发展"等七个方面提出要求全面提升中西部教育发展水平。

自20世纪90年代起，大学生支教活动也逐步发展起来，成为推动我国基础教育平衡发展的一支重要的民间力量。大学生们利用寒暑假时间前往中西部等基础教育落后地区通过"农村扫盲活动""文化下乡""扶贫支教"等方式进行志愿服务，为身处偏远乡村的孩子了解外面的世界打开了一扇窗，为中西部地区教育的平衡发展贡献着自己的智慧。

---

① 博图教育公司. 我国高等教育发展现状［OL］. 博图教育，(2017-06-01).
② 顾玉林. 中国教育发展不平衡的成因及其对策研究［J］. 农业网络信息，2005（8）.
③ 杨彬如. 中国教育的城乡不平衡发展研究［J］. 中国农学通报，2015（31）.
④ 周满生. 中国百姓蓝皮书：教育发展最快的十年［OL］. 中国教育和科研计算机网，(2017-06-01).

进入 21 世纪以来，随着大学生支教活动的蓬勃发展，传统支教形式也产生了一定的问题并引发了支教参与者及支教活动接受方的思考与探讨。在人类世界已进入第三次工业革命、互联网已走入千家万户、中国的手机普及率超每百人 96 部①（统计至 2016 年）的时候，网络支教的探索与实践也在各高校陆续开展起来。在科技迅猛发展的今天，网络支教是否会成为大学生支教的主要模式代替传统支教方式，或是两种支教方式并存且互为补充，从而在促进我国中西部地区基础教育平衡发展中发挥更重要的作用是本文想要探讨的问题。本文将以上海外国语大学英语学院为例，在分析其传统支教经验和问题的基础上，探讨英语学院在网络支教方面的探索与实践，并对外语院校网络支教的操作机制提出建议。

一、上海外国语大学英语学院大学生传统支教的开展

作为上海外国语大学英语学院创新型人才培养建设的重要抓手、"人文化"教育改革的一个重要环节，自 2007 年以来，在英语学院党总支、学生工作组和师生党员的带动下，大学生暑期公益支教行动蓬勃开展。每年夏天，学院都会组织八支左右、百余人的公益支教队伍赶赴全国多个贫困地区开展暑期支教活动。英华学子的支教队伍曾前往甘肃、黑龙江、重庆、贵州、内蒙古、西藏、云南等地，足迹遍布大半个中国（2016 年、2017 年暑期支教队情况见下表）。

2016 年暑假支教情况统计表

序号	项目名称	实践地点	队伍人数
1	西曙支教队	青海省黄南藏族自治州泽库县	16 人
2	四叶草暑期实践队	甘肃省甘南藏族自治州 合作市阿拉乡	14 人

---

① 2017 年中国智能手机保有量、普及率及行业发展趋势 ［OL］. 中国产业发展研究网，（2017 − 07 − 06）.

续表

序号	项目名称	实践地点	队伍人数
3	一路向北支教队	黑龙江五大连池	14 人
4	蒲公英支教队	重庆涪陵	13 人
5	仙人掌调研队	山东省章丘市普集镇	13 人
6	满天星支教队	湖南省江华县	12 人
7	一个都不能少（龙洞）	云南省赛乡龙洞村	11 人
8	一个都不能少（彩靠）	云南省临沧市镇康县	5 人

2017 年暑假支教情况统计表

序号	项目名称	实践地点	队伍人数
1	西曙支教队	青海省黄南藏族自治州泽库县西卜沙乡	17 人
2	四叶草暑期实践队	甘肃省甘南藏族自治州合作市阿拉乡	14 人
3	蒲公英支教队	重庆涪陵	14 人
4	永恒之火（内蒙古）支教队	内蒙古乌兰察布市四子王旗红塔尔小学	13 人
5	一个都不能少（龙洞）	云南省赛乡龙洞村	13 人
6	一路向北支教队	宁夏银川	9 人
7	仙人掌调研队	贵州黔南布依族苗族自治州三都水族自治县三洞社区三洞小学、三都民族中学	8 人
8	满天星支教队（因当地汛情，临时取消）	湖南省江华县	8 人

（一）英语学院支教队坚守支教理想、收获自我成长

英语学院的支教队伍注重历史传承，历史最悠久的队伍四叶草已连续十一年赴甘南藏区服务，多数队伍有八年左右的历史，见证了一批批孩子的成长、

成才。在英语学院，暑期支教活动不只是半个月到一个月的实地支教，从前期的策划、宣传、培训、义卖、募捐等，到中期的实地教学，再到后期的总结反思、宣讲宣传、下届招新、经验传授，对每一个支教队伍里的成员而言，暑期支教社会实践是一整年延续的责任与关怀。

参与支教活动的大学生们，不仅给贫困地区的孩子们带去了新颖的上课模式、丰富的学习物资、广泛的社会关注，更为服务地的每一个孩子们带去了成长的欢乐、埋下了希望的种子。同时，大学生志愿者们也在奉献他人的过程中寻找探索着自身的价值，通过支教行动，他们提升了社会参与意识、提高了综合素质、培养了社会责任意识；通过支教行动，他们开阔了视野、懂得了责任、走向了成熟。许多英华学子在同一支教地连续服务三年以上，并且毕业后选择赴边远地区短期、长期支教，赴国外学习社会工作等相关专业，专业从事社会公益工作，找到了自己的人生方向。

扎实的付出、多年的坚守、爱心的传承，英华学子在支教过程中的奉献精神也得到了来自社会的肯定，过去多年来，多支队伍荣获"上海市暑期社会实践最佳团队""上海市暑期社会实践优秀团队"荣誉称号，多名支教志愿者荣获"上海市大学生暑期社会实践优秀个人"荣誉称号、多名指导教师荣获"上海市大学生暑期社会实践优秀指导教师"荣誉称号。

（二）英语学院支教队凝聚社会资源、共筑公益梦想

在暑期公益支教活动蓬勃开展的同时，英语学院始终注重整合资源、凝聚共识、凝结力量，以期形成合力、资源贡献，把公益支教事业做得更专业，切实为服务地学生、人民带来物质、精神层面的帮助与改善，让学生们在爱心奉献之路上脚步更扎实、走得更长远。

英语学院连续 11 年与华桥基金会（现更名为"国峯基金会"）深入合作，从无到有，深入打造英语学院精品暑期支教队伍十余支，吸引爱心款项近百万元，并且，英语学院与华桥基金会合作，连续 9 年举办"上海外国语大学暑期社会实践策划大赛"，切实促进上外暑期社会实践工作的专业化、成熟化。9 年来，大赛见证了上海外国语大学暑期社会实践工作的蓬勃展开、日益成熟，见证了各支支教队伍为了给农村地区孩子圆梦而做出的不懈努力与坚持守候，见

证了各个学院、社团的队伍在大赛中交流沟通、互相学习，也见证了一批批的有志青年人选择以此为出发点、将公益作为自己的毕生事业。

此外，英语学院与其他兄弟院校、公益基金、企事业单位、新闻媒体保持友好合作，每年为服务地捐赠数万元爱心物资，每年开展衣物捐赠、书信传递、爱心帮扶等公益活动近十项。并且，英语学院的暑期支教行动也为服务地学校、村镇吸引到了社会媒体的广泛关注，为当地学校、村镇吸引到了翻新校舍、改善硬件、修建道路的机会。

（三）传统支教形式存在的问题

1. 传统支教存在时间、空间局限性

传统支教需要支教大学生奔赴支教地开展教学实践，由于大学生的主业是学习，因此只能在寒假或暑假从事支教活动。大学生可以支教的时间往往中西部中小学校也要放假了，在时间配合上有诸多限制，需要支教大学生与支教学校进行很多沟通与协调方能成行。此外，由于支教的学校一般地处偏远山区或乡村，支教大学生需要换乘多种交通工具，甚至跋山涉水才能到达支教地点，路途中要花费比较多的时间。因此时间和空间局限性是开展传统支教活动需要克服的第一个问题。

2. 传统支教成本高、安全风险大

由于传统支教需要深入支教当地，因此需要大学生支付交通费、住宿费、餐饮费等各种费用。每支支教队的队员在出发前都要提前做好预算，准备好自己支教行程的所需费用方可成行。这对于一些家庭条件不是很宽裕的同学来讲，无疑是一种经济压力。并且，在往返支教地的过程中交通等方面的安全，以及在支教地生活过程中的安全等问题也需要考量。例如，2016 年暑假，英语学院一个都不能少（彩靠）支教队的一名队员在使用热水时不慎被烫伤，因此支教活动只能提前结束。2017 年暑假，英语学院满天星支教队原定要前往湖南江华支教，但出发前，湖南省洪涝灾害比较严重，学院出于安全考虑，不得不在出发前当一天取消了支教安排。高成本和安全风险也是传统实地支教需要克服的困难。

3. 传统支教可持续性欠缺

传统支教还存在的一个问题是可持续性差。一是支教队员的更换比较频繁；二是教学工作在支教结束后即告结束，在学期中没有持续性。由于实地支教需要同学们利用假期前往支教地生活和教学，因此一般每支支教队每年更换一次队员。因此，即便是成立多年的支教队伍，前往同一个支教地，每年队员的构成也都有很大不同，支教教师的更换频率非常高。对支教学校的同学而言，每年都会遇到新老师，教学内容和教学方法的可持续性不高。此外，支教队暑假或寒假支教结束后即将返回自己的学校，支教时间有限，与当地孩子的联系和沟通很难持续下去。支教地的孩子在新学期开学后，遇到了学习问题也很难通过支教的形式来解决。

二、上海外国语大学英语学院网络支教的探索与实践

（一）英语学院与沪江网共同探索网络支教新模式

英语学院多年来在大学生支教实践中不断思索、积累经验，对于前文提及的传统支教中时间、空间局限性；成本高、风险大及缺乏可持续等问题，学院支教学生和指导教师一直在寻求解决办法。沪江网是目前国内领先的互联网学习平台，主要为用户提供网络学习产品与服务。2015 年沪江推出了教育公益项目"互＋计划"，致力于通过互联网学习方式改变传统教育，实现优质网络课程在全国各地的共建共享。沪江教育的"互＋计划"，为我们解决传统支教的难题提供了新思路。

近几年，英语学院学生在支教地区家访和实地调研发现，很多山区学校在当地政府的支持建设下，实现了计算机和网络的覆盖，他们缺的不是硬件，而是老师。因此如果我们的学生可以利用沪江网的"互＋"平台进行网络支教，那么大学生支教就可以跨越时间和空间的障碍、降低支教成本，随时随地能够帮助更多的孩子实现求学梦想，将优质教育资源更深入、更系统地输入教育欠发达地区。

2016 年 3 月 30 日，在与沪江网沟通近半年后，上海外国语大学英语学院与沪江签订了教学实习基地协议，共同探索互联网时代高校教育教学实习和网络支教的新路径，同时为大学生成长、就业搭建了全新的平台。在一定意义上，"互联网＋支教"开启了大学生支教的新模式，也为更多热心公益、有志于服务社会的大学生提供了更为广阔的平台与机遇。

（二）英语学院网络支教实践活动

2016 年 9 月，以学生党员与入党积极分子为主的上海外国语大学英语学院的首支网络支教队"西曙之光支教队"正式成立，目前加入沪江网支教的大学生师资人数累计达到 50 多人，已顺利开始进行定点支教。支教课程包括英语、美术、音乐、科学、健康等多个学科。预计，到 2017 年年末，更多的上外大学生支教志愿者将会在沪江网平台上参与更多学校的定点支教中。

网络支教队员们通过沪江"CCTalk"软件进行授课，通过网络视频教师与学生们可以进行时时互动与信息反馈。他们在备课、讲课、课后总结等各个环节认真投入，不论是教学内容的设置、课堂气氛的调动和师生之间的互动，都进行过精心的准备。参与支教的同学们还根据当地孩子们的特点不断地改进自己的教学方法。在授课前一晚他们还会在指定教室备课、试讲，力争在第二天上课时以最佳状态投入支教工作。上海外国语大学信息技术中心也为网络支教活动提供了技术支持和设备保障，全力支持该项目的稳定运行，有效地保障了参与支教的师生通过校园网连接全国各地的支教对口学校。

（三）英语学院网络支教实践遇到的问题

1. 对口学校的资源对接问题

英语学院有充满热情的高素质的支教队伍，同学们期待着能有更多的支教机会对接中西部等教育欠发达地区的乡村学校的孩子们，为他们输送知识，传递温暖，及时陪伴。但目前学院掌握的拥有相关设备及能够通过 CCtalk 软件进行课程对接的学校资源有限，因此，网络支教队员们可以提供网络支教的学校还不多。我们急需有一个中间机构能够发布需要网络支教的学校信息、课程信息，以便我们的支教队员能够与之对接、联系，并开展支教活动。

2. 网络支教课程的技术性问题

网络支教要依靠网络实施开展，特别是通过专门的软件，如 CCTalk 等实现异地链接，课堂互动与实时反馈。网络支教不同于实地现场教学的最主要的一个特点是，网络支教是通过互联网将身处不同地域的老师和学生联系在一起，通过视频的方式完成远程教学。同学和老师是在同一个时间但是在不同的空间里做着同一件事。因此，网络的速度、授课软件的运行情况将直接影响到教学效果的实现。目前在网络支教过程中，由于支教地的网络不是很稳定，常常出现掉线或卡断等情况，使教学效果受到比较大的影响。网络及授课软件等问题成为目前网络支教最需要解决的技术难题。

3. 网络支教课程的课堂管理问题

网络支教的老师和学生处在不同空间，学生是通过平板电脑或电视屏幕接收到老师上课的信息。接收网络支教的学生多是小学或初级中学的学生，他们年龄比较小，自控能力较差。一节网络支教课的授课时间基本在 30—40 分钟，在这段时间里，同学们能够集中注意力的时间普遍少于 30 分钟。特别是在网络不是很好、上课过程中出现卡断等现象的时候，远程授课的老师很难紧紧抓住同学们的注意力，保证教学效果的实现。

4. 网络支教课程设置和教学计划安排问题

教育欠发达地区缺乏的教师资源和课程资源情况有所不同，在课程设计与安排上也要根据需求地的不同而有所差别。这需要大学生支教队与支教接受学校间进行充分的沟通和探讨，共同设计出适合支教地学生需求的课程，并合理安排教学计划。但目前，大学生支教队伍与支教学校的沟通还不够充分，课程的设计与安排还有很多需要完善和提高的空间。

三、外语院校网络支教操作机制初探

乡村小学一直缺乏英语教师，在过去很长一段时间里，我国乡村尤其是中西部乡村英语教师"跑校上课"的情况非常普遍，即一名英语教师同时负责几所学校的英语教学，一周中每天分别到不同的学校集中授课①。外语院校的大学生支教队员们如果能够通过网络支教在春季、秋季学期，根据与支教地学校

---

① 王庆环. 中西部乡村英语教学困境亟待破解［OL］. 光明网 -《光明日报》, 2017 - 05 - 09.

协调，按照教学计划定期教授英语课程，这对教育欠发达地区英语教师师资力量不足的中小学校将是很有效的支持。然而，在网络支教具体落实过程中，需要政府、相关公司企业、大学生支教队、当地学校等多方协同配合，方能解决网络支教实施中可能遇到的具体问题，保证网络支教工作达到良好的效果。

（一）网络支教的实现需要多方协同配合、各司其职

传统的大学生支教始于 20 世纪 90 年代。1993 年年底，共青团中央决定实施中国青年志愿者行动，12 月 19 日，2 万余名铁路青年率先打出了"青年志愿者"的旗帜，在京广铁路沿线开展了为旅客送温暖志愿服务，标志着我国大规模志愿者服务的开始①。随着我国青年志愿者服务事业大规模发展，我国的教育发展不平衡的情况也开始逐渐受到青年志愿者的关注。1996 年，中宣部、教育部、团中央联合实施开展了大中专学生志愿者暑期文化、科技、卫生"三下乡"活动，可以看作我国大规模大学生志愿者支教的开始②。江泽民同志曾对"中国青年志愿者"工作做出重要批示，他指出："青年志愿者行动，是当代社会主义中国一项十分高尚的事业，体现了中华民族助人为乐和扶贫济困的传统美德，是大有希望的事业。"由此可见，传统支教的顺利开展得到了政府、大学及青年志愿者等各层面的多方配合方取得今天的成绩。

网络支教的开展同样需要社会各方的协同配合，各司其职方能收到良好效果。网络支教的概念最早出现在卢宁 2013 年发表的《网络教育背景下的新型义务支教模式探究》中。该文探究了网络支教模式的实施路径，文中提到的网络支教方式是通过 QQ 和 E-mail 实现大学生支教团队与合作学校学生的沟通与对接，尚未提及进行实时网络教学的情况。2015 年沪江网推出的"互 + 计划"，为实时网络支教的实现提供了可能。在推进网络支教的过程中，"互 + 计划"的主要负责人吴虹女士积极与支教地政府沟通，获得当地政府的支持，从而在支教地学校推动此项目时减少阻力，获得更多地认可和配合。

---

① "中国青年志愿者行动"基本情况［OL］. 中国青年志愿者行动，央视网，（2017 - 07 - 25）.
② 王瑞. 大学生支教的问题与对策——以北京市打工子弟学校为例［D］. 北京：中央民族大学：2009.

网络支教所涉及的社会各方的职责可以通过下表体现：

相关方	相关职责
政府 （政策支持）	向接受支教学校提供网络和计算机设备 向接受支教学校提供相应网络维护
公司企业 或公益组织 （提供支教平台）	提供网络支教平台和技术保障 提供网络支教教师技术培训 提供拥有接受网络支教能力的学校信息
大学 （提供支教方）	与提供网络支教平台的公司企业或公益组织订立合作关系 为大学生网络支教提供制度保障 协调大学生网络支教中可能存在的问题
当地学校 （接受支教方）	学习网络支教相关技术和基本网络维护知识 梳理需要网络支教的课程并协助支教大学生设计课程计划 组织学生参与网络支教 及时总结并与支教团队沟通交流
大学支教队 （提供支教方）	组建支教团队、设计支教计划 与当地学校沟通联系，对接对方支教需求，确定支教方案 组织开展支教活动 及时总结并与当地学校沟通交流

（二）"实地支教与网络支教"相互结合的模式可有效提高大学生支教的可持续性和系统性

近年来，英语学院通过总结"实地支教"和"网络支教"的经验发现，如果在大学生支教过程中采取"实地支教"与"网络支教"相结合的模式，将有效提高支教活动的可持续性和系统性。如前所述，传统实地支教的一个问题是支教时间短，暑假或寒假实地支教结束后，同学们的支教工作便终止了，无法与当地学生新学期的学习对接，而且下一年度又换一批新队员前去支教，人员更替也很频繁。网络支教存在的问题则是，由于学生和老师分处两地，尽管同学和老师通过互联网的沟通和交流比较频繁，但大学生支教队员没有实地去了解过学生们的教学和生活状态，对同学们的学习和生活认识也不够深刻和全面。

综上，如果将实地支教与网络支教相结合，则可弥补两种支教方式中存在的不足。在建立网络支教队后，网络支教队可设立教研组、宣传组、外联组等小组。教研组负责和当地学校对接课程设计和教学安排；宣传组负责发送网络支教情况及报道，扩大社会影响力；外联组负责与当地政府、学校对接，以及外联赞助等协调。在与当地学校沟通时，可以根据当地学校需求，在春季、秋季学期中开设对方需要的课程，定时支教。在暑假和寒假假期中，支教队员可以派代表前往支教地与当地学生和老师见面，一方面可以总结一个学期的教学情况，调研教学中存在的问题，并及时提出解决方案；另一方面可以组织假期的实地支教，在面对面的教学中，更深入地了解当地学生的学生情况，为下学期的教学做好准备。通过实地支教和网络支教相结合的模式，将大大提高大学生支教工作的可持续性和系统性。

（三）学院提供制度保证调动同学们网络支教积极性

英语学院在鼓励和引导大学生参加传统支教方面主要有两项制度：一是参加大学生支教活动算作社会实践学分（必修，两个学分）；二是参加大学生支教活动在出国交流选拔的人文综合素质评分中可以加1—2分：参加过一次支教活动的加1分，超过一次的加1.5分，曾经获得校级或市级"社会实践优秀个人"称号的，在原有分数基础上加0.5分。要调动同学们积极参加网络支教，也要有相应的制度保障。英语学院拟将网络支教与传统实地支教的鼓励制度打通，参加网络支教的同学，只要能够提供网络支教活动的相关证明（主要由沪江、支教地学校老师、网络支教队队长提供），完成一定工作任务，即可获得社会实践学分。参加过网络支教的课程准备或授课，或支教队其他组别的相关活动，只要得到支教地学校老师及支教队队长认可，在出国选拔过程中可以获得相应加分。

四、结语

网络支教使得远距离支教成为可能，开启了长久持续支教模式。此模式有效解决了传统支教模式的短板，对丰富课程设置，提高教学质量，降低支教成本，消除安全隐患起到了积极的作用，这种模式也将为越来越多的大学生志愿者及贫困地区的师生所认可。青年志愿者们能够通过支教志愿活动的开展了解国情、社情、民情；并通过参与公益活动培养尽责、奉献和感恩的可贵品质。

因此，大学生支教活动无论是对国家、社会，还是对大学生个人的成长、成才都是有积极作用的。政府、相关公司企业、大学生支教队、当地学校等多方如能协同配合，必将使网络支教落到实处，使接受支教的教育欠发达地区的孩子们以及实施支教活动的大学生本身都获益。

微时代背景下的外语院校网络文化建设与管理

胡　娟①

　　摘　要：采用文献研究法和问卷调查法，调查我校学生对网络热点问题的关注情况，通过数据分析了解网络热点问题对学生思想行为的积极影响和消极影响。并以此为出发点，探索外语院校网络文化建设手段和管理机制，以最大程度地提高积极影响，降低消极影响，为外语院校的特色校园文化建设献计献策。

　　关键词：网络文化；网络热点问题；外语院校；微时代

　　随着互联网的飞速发展，网络已成为人们日常生活中获取信息及社交必不可少的工具，而大学生群体对网络的使用更加普遍，越来越多的大学生借助网络表达自己对社会的认识与看法，健康安全的校园网络直接影响高校对优秀大学生的培养。所谓"微时代"，"微"并不是小，更不是不足以道，而是一种更加生动、即时、自由乃至碎片化的传播方式，一种更具沟联性、娱乐性及个性化的生活形态，一种更加回归自我但同时也更从众从俗的审美机制。

一、网络热点概述

　　近年来，网络热点事件频发，互联网已经成为各种社会思潮、各种利益诉求相互碰撞的聚集地，而大学生正处于世界观、人生观、价值观形成和确立的

----

　　①　作者系上海外国语大学新闻传播学院辅导员、思政讲师。

重要时期，网络热点问题对大学生思想行为会产生哪些影响？

（一）网络热点问题的定义及特征

网络信息技术不断发展，网络热点这一概念也是随着时代的发展不断蕴含更加丰富的内容。一般认为，网络热点问题是指在网络上被广泛传播并能引起较多网民共同参与事件发生、发展过程的传播与评论，最终成为网民关注的焦点问题。典型的网络热点问题主要有以下四个特点：

1. 群体性。这是网络热点问题的最显著特征，指的是一个特定群体或不特定多数人规模性聚集在某一网络事件上而形成的偶合群体。值得注意的是，网络的群体性往往是社会群体性事件的催化剂。

2. 时效性。时效性是指网络热点问题，一般是当前或最近发生的重大事件，这是网络热点的基本要求。发生在很久以前的事件称不上是网络热点事件。

3. 简洁性。网络热点问题通常能够用概括性的词或短语传播，这些概括性的词或短语即可表达出其中包含的重要信息。这类词语能直接反映一个事件或一类事件，如"我爸是李刚""表哥"等。

4. 承载大量信息。网络热点问题的词语表达虽然简短，但却可以表达巨大的信息，例如"复旦投毒案"五个字不仅仅指该事件本身，同时代指了大量的信息：现在的高学历有知识群体却失去了道德底线，对生命没有最基本的敬畏，反映了我国教育工作的艰巨性。

（二）网络热点问题的形成与发展规律

世间万物都有一个发展变化的过程，网络热点问题亦是如此。网络热点问题在与现实互动的过程中，会以不同的方式经历形成、高潮、波动和终结的发展过程。

1. 网络热点问题的形成

网络热点问题的形成总是始于现实生活中某些事件或问题的发生，也就是说基于一些特定的对象，经过媒体报道或网站发布后，会在不同程度上引起网民的关注和讨论，并借助网络媒体广泛传播开来。

2. 网络热点问题的持续发展

网络热点问题形成后，由于互联网用户越来越多的参与讨论，各种观点陆续出现，网民情绪上升，使热点问题的受关注程度越来越高，影响力越来越大，吸引更多网民的关注。这种上升趋势由于热点问题的公众关注程度和官方的应对政策不同，可能持续时间较短，也可能经历一个漫长的过程。

3. 网络热点问题的波动变化

网络热点问题的发展并不总是直线向上或向下，在一段时间内，它将呈现波浪式的发展轨迹。发展到高潮后，因为当事人或官方态度发生变化等原因会导致一段停滞或沉默，但又可能由于某些方面的变化出现一个新的高潮，波动过程也可能重复多次。

4. 网络热点问题的终结

网络热点问题的发展持续一段时间后，现实生活中会发生新的事件或者性质更加恶劣的事件，大多数网民会自动将注意力转移到新的目标，最初的网络热点问题就会慢慢冷却并最终平静下来。当然，那些对公众影响深远，引发网民激烈讨论的事件只能"阶段性沉寂"，一旦有新的诱因出现，很可能再次成为关注的热点，直到得到最终的解决。

二、调查结果与分析

研究对象为上海外国语大学（以下简称"上外"）学生，包括全校各专业各年级学生。共发放问卷 265 份，有效问卷 265 份，其中男女生比例为 1：4。调查数据显示网络热点问题对上外学生的影响具有以下特点：

（一）影响范围广

在被调查的 265 名学生中，从不关注网络热点问题的学生只有 1 名，99.62% 的学生在一定程度上关注网络热点问题。他们关注各方面的网络热点问题，包括国际大事、财经股票、民生咨询、政治话题、文体娱乐、科技前沿及其他类型的网络热点问题，其中有 86.42% 的学生关注文体娱乐，66.04% 的学生关注国际大事，只有 4.91% 的学生关注财经股票，可见上外由于女生居多且教育国际化，学生对文体娱乐和国际大事的关注度高，由于专业设置多为语言类专业，学生对财经股票关注度低。

关于关注网络热点问题的目的，81.51% 的学生是为了了解社会动态，增长知识；73.96%的学生是为了娱乐、放松心情；只有12.08%的学生是为了学习考试需要。可见学生把关注网络热点问题作为融入社会、了解社会、参与社会的一种方式，他们并不把网络热点问题看作严肃的学习范畴，而是为了娱乐和放松心情，是日常生活的一种补充消遣。

（二）影响深度有限

在被问到是否会跟进网络热点问题的进展时，只有25.66%的学生表示经常会跟进，71.7%的学生表示偶尔会跟进，2.64%的学生从不跟进，可见很多学生对网络热点问题的关注很大程度上是一次性的，是碎片化的，并没有对整个事件的发生、发展做非常全面的了解。在进行深度访谈时，发现对于"复旦投毒案"，学生只是知道复旦大学的一名学生在饮用水里注射有毒化学物质，导致室友饮用后中毒，不治身亡。但对于投毒学生对被害人究竟有怎样的"仇恨"，投毒学生为什么能得到有毒物质，法院对投毒学生的判刑过程等是知之甚少的。学生对类似事件的关注趋于表面，不够全面系统，很难形成自己的观点。

10.57%的学生经常会参与网络热点问题的讨论，66.04%的学生偶尔会参与，23.4%的学生从来不参与讨论，可见大部分学生在网络热点问题面前是个"看客"，并不对网络热点事件的发展产生影响。关于参与网络热点问题讨论的原因，57.36%的学生选择了"有话要说，一吐为快"，29.43%的学生选择了"凑个热闹，无聊说说"，23.77%的学生选择了"国家兴亡，匹夫有责"，14.34%的学生选择了"事关个人利益才发言"，可见学生在参与网络问题的讨论时并不具备很强的国家、集体意识和荣誉感，并不是为了国家的稳定和发展而发言。

（三）立场不坚定

只有31.7%的学生认为自己对网络热点问题的看法不受他人影响，68.3%的学生表示自己对网络热点问题的看法受老师、同学、家人、网络名人或其他因素的影响，可见学生对待网络热点问题的看法是不成熟的、片面的、易变的。大部分学生尚未形成自己看待网络热点问题的成熟想法，属于易受外界影响的群体。

三、网络热点问题对上外学生思想行为的影响

83.77%的学生认为网络热点问题对其本人思想行为的影响既有积极的，又有消极的，9.43%的学生认为只有积极影响，1.89%的学生认为只有消极影响，4.91%的学生认为没有影响，可见网络热点问题是一把双刃剑，对上外学生的影响体现在积极和消极两个方面。

（一）网络热点问题的积极影响

1. 拓宽知识面，更积极关注国情、民情、社情

网络热点问题广泛地存在于网络空间，学生上网便捷，可随时随地获取网络信息，及时了解网络热点问题的发展，一方面能增加知识，同时又能对国情、民情、社情有更多了解。例如，学生通过对"钓鱼岛事件"的关注可以达到比书本教育更强更直接的爱国主义教育。

2. 通过对网络问题的讨论，对自己更有信心

在现实生活中，大学生的很多观点和想法找不到表达的途径，往往就被淹没了，慢慢地学生就不会再主动思考了。但是在网络空间里他们可以随时参与讨论，将自己对网络事件的看法在网络上留下痕迹，通常还会收到其他网民的回应，他们对自己的信心随之得以加强。

3. 养成良好的价值观念和道德情操

大学生尚未完全踏入社会，周围的一切都十分简单，他们接触的也多是校园内的人和事，此时通过对一些网络热点问题的正面引导可以对学生起到警示作用，对形成良好的价值观念和道德情操具有积极正面的作用。如前面提到的"复旦投毒案"，通过正确的舆论引导，学生能从中掌握相关法律知识，增强对类似事件的道德判断。

4. 了解社会问题，形成良好的公民意识

网络俨然已成为大学生日常生活不可或缺的一部分，通过在网络空间的互动交流，大学生自由发表自己的观点和看法，产生思维的碰撞。参与其中使得大学生更加了解社会，具备更强的公民意识，能找到自己的价值。

（二）网络热点问题的消极影响

1. 影响正确的世界观、人生观、价值观的形成

由于大学生正处于三观逐渐稳定的人生阶段，他们充满激情，渴望参与社会表达自我。但他们社会阅历少，心智发育尚未完全成熟，当面对网络热点问题或负面社会问题时，他们很难理性判断，客观对待，进而导致他们的世界观、人生观、价值观产生倾斜。

2. 影响政治信仰，对社会伦理失去信心

网络群休往往更同情弱者和失败者，会让人想到一个国家的法律和社会制度的无情，让人觉得道德丧失。大学生思维活跃，但很容易受不同观点的影响，产生对政府公信力的质疑，形成无政府主义和民族主义思潮蔓延的趋势。

3. 产生模仿网络不良行为的冲动

大学生在思想等各方面尚未成熟时，极易受外界环境的影响，而一些不文明、影响恶劣的网络热点问题会在无形中对大学生产生不良影响。他们看到了社会的恶劣面，但是缺乏对事件的客观对待，自我防御能力弱，易产生模仿网络不良行为的冲动，造成不良后果。

4. 沉迷网络，与现实生活脱节

很多大学生沉迷于网络而无法自拔，他们将网络视为逃避现实生活种种不如意的途径，久而久之对网络产生迷恋。他们将自己封闭起来，与现实生活脱节，仿佛自己可以独立于社会而存在，严重影响他们对待现实生活的态度。

四、外语院校网络文化建设与管理措施

在意识到网络热点问题对学生的积极、消极影响后，应该从哪些方面加强外语院校网络文化建设与管理？

（一）学校层面建立长效控制机制，成立网络工作领导小组

网络给了学生自由的活动空间，它的虚拟性和匿名性使得学生容易产生非理性的不当言语和行为，所以高校需要加强监管，利用好网络平台开展工作。高校要实现对网络舆情的掌握和正确引导，需要建立长效保障机制。制度保障方面，高校应建立一套完整的网络使用规定，如《校园网络管理办法》《学生宿

舍网络管理条例》《大学生网络文明公约》等，并发放给学生，确保学生知晓学校的相关规定。技术方面，高校需成立专门的网络问题监管中心，对不文明、不规范使用网络的行为进行监控。

学校应成立由校领导、职能部门、教学院系组成的网络工作领导小组，建立校园网络文化建设办公室或相关部门，并在其统筹协调下，从管理模式、工作机制、内容生产、队伍建设、课题研究等方面入手，形成规范化、体系化的工作格局。

（二）建立网络舆论管理体系

制定网络舆论监控与处理办法，面对网络事件，学校应做好主流价值的引领，用主流价值引领"微时代"，让学生看到"微时代"的主心骨所在，成为一个核心价值的呈现，否则，一切都成为微小的时候，主流价值也就会消失掉，学生就容易受社会各种思潮的影响。

（三）将网络健康教育融入政治理论课教学之中

网络热点问题是很好的政治理论课教学的素材，以网络热点问题为话题开展专门的实践教学活动，如利用班会课、座谈会、辩论赛、专家讲座等多种形式，对网络热点问题进行交流讨论，增进交流，增强凝聚力，有效地把握学生的思想动态并正确引导学生。

（四）培养网络思想政治教育工作队伍

要实现高校网络舆情的准确把握和正确引导，还需要一支渗透学生思想政治教育工作的队伍，以学生工作队伍为主。他们与学生密切接触，与学生感情深厚，能够第一时间发现学生群体中存在的问题，并及时高效地解决问题。并且他们的言论能够得到学生的采纳，对学生思想政治教育起到至关重要的作用。

（五）加强学生网络自律意识的培养

大学生是参与网络热点问题讨论的主体，加强大学生网络自律意识，发挥其主体作用是解决问题的关键。提高学生的自律水平，帮助学生建立正确的学习理念，实现思想的自我净化。将责任意识渗透到学生的日常生活，责任意识是当前大学生价值体系中的薄弱环节，这也是大学生产生不良行为的根源之一。建立严格的责任制度是加强大学生自律的一种有效方式。

五、结语

外语院校学生接触外来事物和思想更多，学校建立良好的网络文化氛围显得更加重要和迫切。在客观调查的基础上，提炼出网络热点问题对外语院校学生的积极和消极影响，旨在发现网络思政教育新的研究方向和方法，拓展网络思政教育的角度，为正确看待网络热点问题和新形势下高校开展大学生思想政治教育工作提供参考，为外语院校的思想政治教育献言献策。

参考文献：

［1］冯莉，田园. 新媒体环境下的大学校园文化建设［J］. 沈阳大学学报（社会科学版），2014（5）.

［2］江强. 网络热点问题对大学生思想行为影响实证研究［J］. 思想政治教育研究，2014（12）.

［3］夏晓红. 高校网络思想政治教育［M］. 济南：泰山出版社，2008.

［4］张明学. 网络"热点事件"的传播分析与舆论引导研究［J］. 中国青年研究，2010（12）.

［5］张朱博. 新媒体环境下大学校园文化建设面临的机遇、挑战与对策［J］. 北京师范大学学报（社会科学版），2013（1）.

大思政背景下的外语院校网络生态建设刍议

景飞鹏①

　　摘　要： 在大思政背景下，外语院校网络文化建设不仅要为思想政治教育创造良好的生态环境，还有攻克外语院校思政工作特有的难点。对此，本文提出做好外语院校网络思政工作要坚持以网络生态建设为基本思路，以校园网络媒体为中坚力量，以学生专业特长为主要抓手。

　　关键词： 网络思政；网络生态；外语院校；校园网络媒体

　　随着时代的发展变化，高校思想政治教育工作的理念、方法与渠道也在不断更新进步。习近平总书记在全国高校思想政治工作会议上指出，"做好高校思想政治工作，要因事而化、因时而进、因势而新"，思想政治教育是各级党委、专业教师与思政工作队伍的共同使命，需要课堂教学、校园文化与新媒体平台的协调作用。现实表明，全程育人、全员育人、全方位育人的大思政工作模式已逐步成为当下高校推进思想政治教育工作的新共识，是顺应时代发展的大势所趋。

　　而随着网络生活在广大人民，尤其是大学生等年轻人群体日常生活中的比重不断提高，高校网络文化建设作为大思政格局中的重要一环，越来越多地肩负起了大学生思想政治教育的重要使命。然而，网络思政虽然已不再是一个新的概念，却一直是高校思想政治教育工作中的重点和难点。网络环境开放自由、

---

　　①　作者系上海外国语大学西方语系分团委书记，讲师。

难以监控，网络舆情发生迅速、复杂多变，网络平台五花八门、良莠不齐，网络技术发展迅猛、日新月异——受到种种主客观因素影响，多年来，尽管高校积极进行着各类有益的尝试，网络思政的有效性仍有很大的提升空间。而笔者所在的以外语和外语复合型专业为主的外语院校，学生因其专业背景常常身处中外文化交流与思想碰撞的第一线，这使得外语院校网络生态更具独特性，网络思政工作的任务也更为艰巨：只有具备足够的针对性，才能有效引领学生，使其真正成长为中外文化交流的使者，肩负起传播中国声音、讲述中国故事的光荣使命。

一、以网络生态建设为基本思路

（一）网络自身的生态特征

自 1969 年诞生以来，互联网在短短半个世纪的时间里带来了深刻的社会变革，改变着人们的生活习惯与思维方式。如今，网上的虚拟社会已经高度繁荣，自我发展、主体多元、互联互通、彼此影响、交叉融合，具有和现实世界一样的复杂结构和生态系统。换言之，所有的互联网用户，政府与社会、团体和个人，都是整个网络生态体系中的一员；他们的网络行为互相影响，推动着整个网络生态的运转，决定着整个生态系统的属性。

（二）网络思政的理念转变

网络的生态性特征对于高校网络思政工作具有重要的启示作用。首先，网络社会与现实社会的深度重叠与融合体现了高校网络思政工作的重要性与必要性。思政工作要充分利用网络新媒体创新形式与方法，要在高校网络生态中占有一席之地，才能更好地实现其教育目的；而高校网络文化建设也需要坚持思想政治教育的正确导向与核心内涵，才能更好地带动网络生态健康发展。

第二，网络生态体系的开放性决定了网络思政工作的可行性。高校网络生态体系是互联网宏观生态体系下的微观子系统，它具备和宏观系统一样的开放性。正因为如此，学校能够自由探索各种信息介入的模式，不断调整和优化高校网络生态结构，使其产生思想政治教育的功能。值得一提的是，高校微观网络生态体系虽然融合于互联网宏观生态体系，但在一定程度上又具有其独立性：

它的参与主体、影响范围相对有限，这使得高校网络生态体系还具备了更高的可控性。

第三，遵循生态规律是做好网络思政工作的基础和前提。举例来说，过去有不少以在线学习为主要形式的网络思政实践之所以未能取得其预期效果，正是因为没有认识到网络生态系统的整体性，忽视了参与主体的多元性。学校不是网络生态的唯一的主体，学生在其中一样扮演着重要的角色，如果只是单纯地将课堂与书本的内容搬上网络，而没有对接学生群体的特点与需求，便难以融入现有的网络生态体系，就会使网络思政止于形式，缺乏生命力。

由此可见，要使网络思政在网络生态体系中占领坚实阵地，就应该始终坚持以生态学的思维进行引导。高校网络生态体系的参与主体是谁，主体之间的关系是否平衡，是否存在合理的管控机制以维护网络生态的良性运转，都影响着网络思政的实施空间与实际效果。

二、以校园网络媒体为中坚力量

校园网络媒体是高校网络生态的土壤和平台，作为当今高校的主流媒体形式，在师生中具有较高的关注度。同时，校园网络媒体能够准确表达学校立场、及时传递学生心声，有效促进学校与学生的交流互动，应当成为高校网络思政的中坚力量。

（一）校园网络媒体的困境

互联网产业飞速发展，传媒与通讯技术的革新刺激和推动着校园网络媒体的发展创新。然而，管理经验和制度建设难以跟上技术变革的步伐，导致校园网络媒体虽然呈现出蓬勃发展、百花齐放的态势，却也暴露出缺乏统筹规划与有效管控的问题。

首先，校园网络媒体力量过于分散。一方面，校园网络媒体的触角随着网络平台的多样化发展而不断延伸，从官方网站到官方微博，从人人网主页到微信公众号，随着公众网络生活习惯的变化，校园网络媒体在各类网络平台上"开疆拓土"，却难以保障各类平台之间信息的同步更新。另一方面，校园网络媒体的数量泛滥，种类繁复。自媒体时代，创建网络媒体变得轻而易举，仅以微信公众号为例，除学校官方账号外，许多高校职能部门和二级学院还设有单独的微信公众号，针对不同的工作版块还会进行进一步细分，而设立更多的子账号；尽管自行设立的公众号便于管理，信息发布可以更具针对性，但因为缺少统筹与顶层设计，造成了校园网络媒体杂乱无章的现状，导致大量的信息重复与网络资源浪费。同时，有些单位或部门，包括学生社团和学生组织，为了开展工作创新而不断开创建新的网络媒体平台，却又无法负担其运营成本，或者因为缺乏足够的资源来充实校园网络媒体的内容，致使部分校园网络媒体只有躯壳，缺少内涵，陷入瘫痪。此外，数量庞杂的校园网络媒体也使得学校相应的监管工作难度加大。

其次，校园网络媒体的影响力有待提升。在一定程度上，校园网络媒体的影响力受到当下校园网络媒体数量泛滥的制约；学生对各类校园网络媒体关注程度不一，校园网络媒体自身的质量也参差不齐。同时，校园网络媒体的影响力受到社会网络环境的影响；在网络环境高度开放，而法律监管尚不尽完善的今天，不少网络媒体为了个人或商业目的，面向大学生群体以低俗的内容、夸张的言论博人眼球，哗众取宠，甚至不惜传谣造谣，以谋求私利；而学生一旦缺乏警惕，便容易被其吸引，甚至助长此类信息的传播，对高校网络生态体系造成严重冲击。

（二）校园网络媒体的优势

尽管校园网络媒体的发展还有许多亟待突破的困境，但是高校网络生态的特点使得校园网络媒体也拥有得天独厚的优势。尽管校园网络媒体遍地开花，学校官方网站、官方微博账号、官方微信公众号等校园官方媒体仍具有很高的权威性，尤其在专业学习、学生事务、管理制度、党团活动、实习实践、校园生活等与学生密切相关的问题上具有绝对的话语权。也正因为如此，校园官方网络媒体拥有广泛的学生受众，能够校园信息传播的有效渠道，为高校网络思政工作开展提供了可靠的平台基础。

此外，学生创建的校园网络媒体，如学生社团、学生组织创建的主页与公众号，在高校校园网络媒体中也具有较高的比重。它们源于学生，贴近学生，能够更好地掌握学生群体的需求与特点，获得学生的主动关注，对于高校网络

生态建设与网络思政的开展都具有重要的潜在价值

（三）校园网络媒体的发展策略

校园网络媒体的质量决定着高校网络生态的水平，总结经验，扬长避短，对校园网络媒体进行梳理、净化和引导，使其为构建积极健康的高校网络生态体系提供可靠支撑。

第一，一个方向，多种形态。优化校园网络媒体发展的第一步是明确校园网络媒体的根本任务：即促进青年学生健康成长，助力和谐校园文化培育。无论是官方管理还是学生创建的校园网络媒体，都应该遵循这一原则，因为只有明确了指导方向，校园网络媒体才能劲往一块使，有效带动高校网络生态良性发展。而在不违背大方向的前提下，校园网络媒体可以有适应时代特征与师生需求的多种形态。

第二，管控数量，提升质量。校园网络媒体数量的增长本身具有一定的积极意义，因为它不仅体现了自媒体时代的发展需求，也代表着网络生态参与主体的自由权利。但是为了避免功能重叠、资源浪费、内涵缺失的乱象，在无法保证校园网络媒体质量的情况下，就需要对校园网络媒体的数量进行适当管控。高校可以对现有的功能重复的校园网络媒体进行合并，对存在低俗内容、虚假言论及语言暴力等违反国家法律法规和危害高校网络生态的校园网络媒体进行整改，对长期处于"睡眠"状态的校园网络媒体进行清理，同时加强对校园网络媒体运行情况的质量监督，杜绝"为了创新而创新"的形式主义，以保障校园网络媒体内容充实，状态活跃。

第三，分清角色，统筹管理。不同校园网络媒体应当明确各自具体的分工，并建立与之相匹配的话语体系。首先，校园网络媒体的角色定位取决于校园网络媒体的背景与功能。学校官方网站、官方微博账号和官方微信公众号是核心校园网络媒体，代表着高校话语权威与价值导向，需要为其他校园网络媒体做出表率，担任领头羊的角色。因而其发布的信息种类和语言风格都具有更强的规范性、客观性和严肃性。相比之下，其他校园网络媒体，如学生会微信公众号，因为更多地代表了学生的视角和立场，就更适用于学生的话语体系。其次，校园网络媒体的角色定位也取决于网络媒体平台的种类与风格。比如，网站利于信息的储存和查找，能够承载各种形式和不同篇幅的信息，且语言风格相对严谨；而微信推送主要服务于移动网络客户端，一般具有短小直观的特点。清晰的角色定位可以使校园网络媒体的管理更为有序，同时也能够更大程度地挖掘和发挥校园网络媒体在构建良好高校网络生态中的作用。

第四，连通社会，贴近校园。如前文所述，高校网络生态体系是互联网宏观生态体系下的微观子系统，它既融合于互联网，又具有自身的独立性，类似于现实中校园和社会的关系。融合赋予了校园网络媒体生命力，而独立赋予了校园网络媒体影响力，二者缺一不可。因此，对外，校园网络媒体要把握正确方向，关注社会热点，敢于表达立场；对内，校园网络媒体要了解学生兴趣，响应学生需求，贴近学生生活，并为学生与学校的沟通架设渠道；使学生乐于关注校园网络媒体，愿意信赖校园网络媒体。

三、以学生专业特长为主要抓手

大学生是高校网络生态的重要参与主体，因而外语院校学生特殊的专业背景也造就了外语院校网络生态的特殊性，对外语院校网络思政工作提出了更高的要求。

（一）外语专业背景是外语院校网络思政的挑战

外语院校以外语和外语复合型专业为主，学生在大学阶段深入学习外国语言与文化，并在出国交流、海外实践、国际志愿服务等经历中以更为直接的方式接触和了解外国文化与思想。以笔者所在的院系为例，小语种专业学生在大学四年间所修读的外语专业课与英语课的学分占比高达80%，包括听、说、读、写、译等基础与应用技能课程，以及文学史、文学选读、文化概况等文学文化课程，总共超过250个学时。且随着学校国际化办学的深入，过去五年，院系出国学生人数比均超过70%，部分专业达到100%，且呈现出逐年上升的趋势。大量的语料学习与实地体验在潜移默化中影响着外语院校学生的思想认识；不少研究表明，相比于其他高校，外语院校大学生更容易表现出政治方向迷茫、价值取向多元、功利主义与个人主义倾向明显等特点。这些都构成了高校思想政治工作的挑战。

（二）外语专业背景是外语院校网络思政的机遇

世界正处在大发展的时代，信息技术的进步使得全球化的程度不断加深，国家之间的联系变得更加密切，这样的时代背景正需要大量的外语专业人才承担起文化使者的角色，促进人类命运共同体的发展。而随着中国综合国力与国际影响力的进一步提升，能够"用外语讲述中国故事"的外语专业人才更是中国文化走出去的需求。因此，外语专业的学习经历虽然对外语院校学生思想政治教育工作构成了挑战，但是外语专业所拥有的时代机遇与发展前景也可以使其成为外语院校思政工作的抓手。

第一，结合专业学习，推进中国文化的网络传播。认识自己国家的文化是实现畅达沟通、讲好中国故事的第一步，而对外语院校学生而言，大学阶段外国语言与文化课程的学习占据了极高的比重，对中国国情的认知和对传统文化的了解却没有得到足够的重视。针对这一问题，学校可以有意识地鼓励和引导学生通过校园网络媒体用外语讲述中国故事，或者搭建专门的校园网络媒体平台，通过与外语专业学习相结合的方式将中国国情、中国文化，尤其是优秀传统文化融入外语院校网络生态体系。近年，我校在这一方面已经进行了不少探索尝试，如在多语种门户网站建设的过程中积极发动学生用所学语言介绍中国传统节日与民俗风情，通过专题网站发布介绍中华优秀典籍的外语视频，通过院系微信公众号推送《习近平总书记系列重要讲话读本》双语版介绍与导读，都取得了一定的成效，实现了加深文化认同、提升外语技能与推进中国文化网络传播的多重目的。

第二，发挥外语特长，拓展专业实践的网络平台。与外语专业学习相结合的方式丰富了外语院校网络思政的内涵，而网络互联互通的属性则决定了外语院校学生专业实践的网络平台不仅局限于校园。例如，我校曾组织出国交流学生在国内外热点事件发生后，利用在海外留学的便利条件，关注外媒报道，进行比较分析，再借助校园网络媒体进行分享，通过整合互联网资源，充实高校网络生态资源。我校还建立了由各专业学生组成，名为"China Youth（中国青年）"的新媒体外宣团队，在各大境外社交媒体上回答中国问题，发挥外语特长，为全世界网民还原一个真实的中国。通过拓展外语院校学生专业实践的网络平台,不仅能使学生的专业技能得到锻炼,更重要的是,学生在实践过程中能够更深刻地领悟作为外语专业人才的责任与使命。

由此可见,以外语专业学习为抓手,能够变被动为主动,化挑战为机遇,是外语院校网络思政工作的重要路径。

四、结语

掌握网络生态的基本规律,优化网络思政的工作理念,借助校园网络媒体的支撑与引领作用,将外语专业学习实践与网络思政有机结合,使外语院校网络思政的有效性切实得到提升,对于高校大思政工作格局的确立具有重要意义。

参考文献:

[1] 陶鹏. 语—朝论网络生态文明建设 [J]. 生态经济,2013 (10).

[2] 刘建锋,李佳,周晓琳. 语—朝分层探析外语院校90后大学生群体特征及创新思想政治教育模式研究 [J]. 外国语文,2012 (S1).

[3] 贾铮. 语—朝新媒体视角下高校思想政治工作路径探析 [J]. 高教学刊,2017 (7).

[4] 李哲. 语—朝高校外语专业大学生思想政治教育策略 [J]. 文化学刊,2015 (8).

[5] 张庆锋. 语—朝网络生态论 [J]. 情报资料工作,2000 (4).

[6] 赵鸣岐. 语—朝思想政治教育与外语教学相结合的探索与实践——以上海外国语大学为例 [J]. 思想政治课研究,2015 (2).

[7] 周芳. 语—朝新媒体下的高校网络思政教育研究 [J]. 管理观察,2015 (23).

[8] 任忠诚,魏洪斌,郭浩. 校园网络媒体对高校思想政治教育工作的影响及对策研究——以北京林业大学为例 [J]. 中国林业教育,2015 (5).

规范高校校园自媒体 繁荣校园网络文化①

衣永刚②

当下盛行的"自媒体"概念是在 21 世纪初伴随着互联网技术的飞速发展开始出现的。2002 年,美国专栏作家丹·吉尔默将当时兴起的博客称为"自媒体",认为"自媒体"代表着"新闻媒体 3.0",媒体形态从旧媒体 1.0(Old Media)到新媒体 2.0(New Media)再到自媒体(We Media),他把新媒体与自媒体区别开来,把自媒体看成新媒体的升级。③2003 年 7 月,谢因·波曼与克里斯·威利斯两人撰写《WE MEDIA》研究报告出版,报告认为:"WE MEDIA 是一个普通大众经由数字科技与全球知识体系相联,提供并分享他们真实看法、自身新闻的途径。"报告进而指出,WE MEDIA 改变了长期以来的新闻传播模式,也改变了普通公众与新闻传播的关系。随着科技的进步,以往媒体由上而下由传播者向受众提供信息传输的方式("点对面"),已经随着自媒体的兴起和广泛应用而转向新闻传播者与受众角色转变的"点对点"(PEER TO PEER)模式进行传播,称之为"互播"(INTERCAST)。保罗·莱文森在《新新媒介》中提出:"这些硬件设备能把一切新新媒介的内容送达每个人的手掌、眼睛和耳朵。"

本文所论高校校园自媒体是指由高校学生个人或团队(非官方、不由组织运营)自主创设的在互联网平台上运行的社交媒体账号,包括以微信公众号、

---

① 本文为上海学校德育研究课题项目《上海校园新媒体运行管理体系建构研究》的成果。
② 作者就职于上海外国语大学党委宣传部。
③ 国内学界对"新媒体"与"自媒体"两个概念区分不太严格,经常混用。

微博、QQ、抖音、豆瓣等社交媒体上的账号，其最鲜明的特点是任何个体都可以无门槛地提供或分享信息，表达自身观点或诉求，相比新媒体，自媒体的互动性更强。

一、高校校园自媒体现状

2003 年，丹·吉尔默在《下一代的新闻：自媒体来临》提出，"由于网络讨论区、博客等互联网新生事物风起云涌，许多对科技娴熟的受众，已经迫不及待却又自然地参与了新闻对话，而成为整个新闻传播流程中重要且有影响力的一环"，预言"We Media 将是未来的主流媒体"[①]。经历了博客、微博等社交媒体平台形态后，自微信公众平台于 2012 年 8 月上线后，校园自媒体在微信公众号为代表在 2015 年开始大规模增长。

（一）高校校园自媒体内容分类

与社会自媒体的内容繁杂不同，高校校园自媒体的分类相对简单。根据内容可以做如下分类：

兴趣爱好类。基于爱好和兴趣而创建的微信公众号。如微信公众号 Melo-dyC2E 由一群热爱英语和音乐的上外学生创立，主打每周一首英文版中文歌，并附上演唱。坚持一段押一个韵，保留、提升原歌的音韵美，希望全世界的人都能欣赏到中文歌曲的动人故事和动听旋律。不到两年的时间粉丝数已达到 20 万。翻译传唱歌曲近 70 首。2017 年获得第一届讲好中国故事创意传播国际大赛年底特别单项奖。

知识分享类。微信号公众号"不游言说的飞行器"有中南民族大学学生团队运营。团队分工很明确，每个人有自己擅长的领域——音乐电影专栏、穿搭情感专栏、排版和视觉设计，以及好物推荐—摄影专栏，以大学生为目标人群，"我们想到的都会做"。

新闻时事类。华农红满堂是由华南农业大学学生创办，立足于华农校园，

---

① 国内有观点把报纸、门户网站等传统媒体称为主流媒体，而把互联网为代表的社交媒体称为"新媒体"。

内容网罗学校的重要通知、学生生活资讯、校园热点话题，致力于服务华农学生，传达学生心声，引导一种正确的价值观及理性的思考方式。e 先每日资讯是由中山大学学生创办，定位为专业学生校园媒体公众号，希望用专业视野来看待校园时事和社会热点，引发大家思考，自称"经常有料，常常有趣，偶尔逼格"。①

搞笑娱乐类。搞笑类内容永远都不过时，无论是图片、文字还是视频，任何时候都会勾起用户的兴趣，青春活跃的大学生更是搞笑类内容的生产者。搞笑类内容的阅读量非常大，经营这类内容的自媒体往往有商业或营利的目的。

（二）运营校园自媒体的动因

纯粹个人兴趣。"不游言说的飞行器"的运营创始人李自渡说："一开始是新闻写作课的作业，后来课程结束了，但是发现挺好玩的，就坚持做下去了。"他在大二上学期的新闻写作课上，老师让学生们组队创建公众号，以"双十一"为策划点制作推文，角度自选。李自渡便叫上了新闻专业的朋友，甚至朋友的朋友，组建了一支"飞行器驾驶员团队"，自己则担任"总机长"。"因为一开始就是兴趣嘛，所以没想过赚钱，不存在放弃之类的。还有一个原因是有一批真正的忠实粉丝，每一篇都留言，拖更了也会催稿，这就是写下去的动力吧。"有些粉丝通过公众号联系到他，分享自己的故事，他也会对粉丝的烦心事进行开导。

提升能力型。公众号"玉米饼星星"的运营者爱夏觉得在文字给读者带去了正能量的同时，爱夏偶尔也会收到"受宠若惊"的小惊喜。"最开始的时候，我真的不知道排版该怎么排"，刚刚开号时，边距和字间距让爱夏昏了头。"后来通过关注学习其他公众号，学会了排版、摄影、编辑图片等。"

经济驱动型。随着微信公众号开通了"赞赏"和广告功能之后，不少校园自媒体的积极性被调动起来。更注重运营的品质，通过发布高质量的推文、保持频繁的更新率吸引更多的粉丝关注，从而通过广告或赞赏功能取得一定的收入。

---

① 宋金绪、张艳玲. 这些高校自媒体为什么牛［J］. 南方都市报，2015－06－09.

二、高校校园自媒体是建设校园网络文化的生力军

丹·吉尔默在其专著《自媒体：草根新闻，源于大众，为了大众》中提出，"自媒体的出现改变了新闻的传播和处理方式，传统媒体无法控制信息从这些自媒体中传播开来，通过自媒体我们可以第一时间获得和分享到最新信息"，"草根记者的出现改变了传统的新闻传播方式，依靠传播技术的发展，普通民众一改以往单纯的受众角色，转变为集新闻信息的生产者、传播者、接受者等多重角色于一身"。

自媒体丰富了校园网络文化的内容创新与生产。通过运营自媒体，学生的知识学习、管理能力、写作能力、交际能力等都得到提升。"不游言说的飞行器"的运营创始人李自渡开始运营自媒体时所有的基础知识都通过自学。通过自学，他知道了推文的排版知识，进入了一些社群，积累了一些人脉资源，可以经常在一起讨论运营方面的知识。他自己也会置顶一些自己比较喜欢的公众号，每天都会通过看他们的推送学习排版、运营和写作。至于"涨粉"的途径，除了常规的转发之外，李自渡则有他自己的方法。"一开始我是做知乎的，回答一些关于四六级等关注度较高的问题，回答得好、点赞数量多，就会收获粉丝，然后我把公众号写在主页上，其中一部分人就会关注。我在知乎差不多有五六百的粉丝，那是我最早的用户资源。"后来，李自渡还向公众号"杂乱无章"投了简历进行学习。"作者教会了我很多写作方面的知识，也让我知道，专心写作才是硬道理，要注意选题，写出个性，写出共鸣，让人产生想转发的欲望。"在实习之后，他发出"最主要还是要文章好"的感慨。后来，由于有的文章质量比较高，也被像"野生观""口袋青春"等一些大公众号转载，带来了相应的阅读量和粉丝。"印象最深的就是前段时间写了一篇跟《后来的我们》有关的影评《见清的妻子，是个圣人吧》，写得很流畅，一个多小时就完成了。后来被几个在我看来比较大的公众号转发，阅读量达到了四五万的样子。"

自媒体是开展朋辈教育的有效平台。很多运营自媒体的学生都是怀着"乐于分享""记录成长""觉得有趣"的初衷，但愿不会被生活的纷杂所冲散，将"好玩"进行到底。在"井喷"时代，不要套路，不滥营销，依靠内容传播，

难得可贵。真实，也许就是最后的力量，致胜的法宝。① 公众号"玉米饼星星"在一次社会实践中，爱夏接触到了哈尼族音乐的传承人哈莫兄弟，并将采访实录做成了一篇推文。但是发表之后，受访者发现，在回答"对于政府帮助传播哈尼族文化的建议"这一问题上，有些措辞太过直白，容易引起误会，便提出让爱夏删了之后重新发。这让她对自己的"不专业"进行了反思，当晚就在备忘录中进行了总结："……今天我作为一个编辑，也只是想当然地把新闻客观理解为形式客观，对于采访者说的内容我没有再进行核实。虽然这个道理与今晚的事也许没有直接联系，但我在实践中体会到了这个理论……"

三、高校校园自媒体目前存在的问题

消解媒体的权威性，对校园文化建设带来挑战。校园媒体是大学校园文化建构和传播的重要体系，校园媒体除了具备信息传播、宣传组织等功能外，另一个重要的职责是作为大学官方的意识形态和话语体系的传播载体，间接地解释、传播和重新建构大学文化。因此，校园媒体的权威性较强，其内容是以大学官方的名义发布的，不轻易修改；而自媒体可讨论的话题、发布的内容则要广泛得多，传统话语体系中的等级在自媒体平台中完全不存在。在这样的情况下，校园媒体的权威性和严肃性在一定程度上被削弱。校园自媒体带来的海量信息冲击了校园媒体的主导作用，校园媒体发布的信息基本都由学校主管部门"把关""审核"过，真实性和政治性强。但由于自媒体发布者媒介素养参差不齐，目的各异，因此，自媒体中存在鱼龙混杂的海量信息，这些海量信息中的不良信息、虚假信息在传播中极容易引起师生价值观的混乱，甚至给意识形态留下隐患，使得校园媒体中"喉舌""窗口""桥梁""纽带"作用受到削弱，正面教育、舆论引导的作用受到冲击。

给校园的舆论环境带来不确定风险。在自媒体时代，学校不再是一个封闭的空间。老师今天一个不经意的动作，明天可能就会成为自媒体上热传的照片或视频；老师课堂上一句不经意的话语，可能就会成为自媒体上热传的"经典

---

① 傅中行、杨玉洁. 大学校园里的公号自媒体［OL］. 双塔 Daily，（2018 – 05 – 18）.

语录";学校刚刚制定的规章制度,可能立刻成为自媒体上热议的话题或是吐槽的对象。校园里发生的一切都可能会被自媒体"现场直播",校园里的点点滴滴都成为自媒体上"晒"的对象。一些本来不起眼的小事,通过自媒体就会瞬间传至社会的各个角落,其社会影响就会被无限放大,后果无法估量。如果我们对自媒体及自媒体舆情不重视的话,就会给学校管理带来非常大的压力和隐患。尤其当学校发生一些公共危机时,学校就会极其被动,最终会对老师、学生,甚至整个教育系统的形象产生极其严重的负面影响。

自媒体运营的学生或团队面临考验。自媒体的开放性让所有人都可以对某一事件或者问题自由表达自己的观点,而在观点产生冲突的情况下,往往就会引起激烈的争论。高校学生如果在学业方面遇到挫折、在人际交往中遇到障碍,往往都会产生不满情绪,自媒体无疑给他们提供了一个绝佳的"吐槽"平台,在这里不需要顾忌太多别人的感受,只有自我情绪的宣泄,对人和事的抱怨、谩骂等语言攻击就在这个环境下发生。更有甚者,为了吸引粉丝,发布不良内容、博取眼球、哗众取宠。

四、加强高校校园自媒体的规范与引导

加强制度建设,对违反规定的严格处置。对校园自媒体的规范也经历了一个探索的过程。2015 年 12 月,媒体报道北京体育大学要求校内新媒体备案引发争论,当时北京体育大学发通知对学校内正在运营的新媒体平台进行整治,要求校内各单位(院系)或个人开设、运营的微博、微信公众号向学校宣传部进行备案,未备案的信息平台将被"清理"。此举引起了北体大部分同学的不满,认为学校管理校内新媒体的方式"过于粗暴","限制了同学们发表言论"。[1] 2018 年 9 月,厦门大学开除田佳良,[2] 媒体评论"干得漂亮"[3]。

建立校园媒体联盟和矩阵,加强媒介素养教育。大学生往往缺乏自我控制力、信息辨别力和媒介批判能力。不难发现,大学生一方面成为自媒体创新的

---

[1] 大学要求校内自媒体备案,学生:言论自由呢?[J]. 北京青年报,2015 – 12 – 12.

[2] 厦门大学新闻网.

[3] 澎湃新闻等.

活力源泉，一方面也在使用自媒体的过程中暴露出种种问题比如使用自媒体多用于满足娱乐需要而非用于学习；过于依赖自媒体进行人际交往，而现实社会交往能力退化，情绪起伏大，习惯使用自媒体进行自我表达和负面情绪宣泄；深受网络文化影响，极大颠覆传统文化；习惯于"碎片化阅读"，倾向于快节奏、浅显的阅读，依赖于影像阅读，语言读写能力弱化；依赖于通过自媒体搜集信息，并仅仅停留在"复制"层面，而不善于信息处理、思考和再加工，缺少信息的内化能力。围绕自媒体应用的大学生的媒介素养能力可以概括为三个方向：一是利用自媒体收集、处理和传播信息的能力；二是利用自媒体进行社会交往，充分使用公民表达权的能力和社会交流；三是基于现实弊病进行媒介分析、批判的能力。

构建高校网络舆情的预警机制。通过建立高校网络舆情信息收集、研判、处置等机制，防止或减缓舆情的恶性发展，尽量降低其对学校产生的不良影响。舆情处理并不是工作的终点，还需要对舆情进行跟踪调查，准确掌握舆情的动态，如果发现舆情又反弹的迹象，要迅速做出处理，避免舆情的反复。一方面营造良好的自媒体交流空间，增强自媒体网络话语权。教师应积极走近学生，了解其对社会热点新闻的真实想法，结合自己的亲身经历及专业知识，对社会热点进行科学、全面地分析，及时对舆情内容进行引导。另一方面构建准确、客观的消息传播机制，对信息内容进行科学分析，完善信息交流，通过恰当的引导方式，完善自媒体的运行环境。培养高校学生网络舆情的"意见领袖"，敢于且善于从学生群体挖掘出可能成为意见领域的培养对象，通过沟通交流，潜移默化地引导他们利用各类网络平台，传递全面的视角及态度；重视意见领袖的健康成长，为他们持续正确的舆论引导创造有利条件。

"互联网＋"时代思想政治教育的符号化探究

徐瑞雪①

摘 要： 随着互联网技术的发展和新媒体的繁荣，信息传递进入了符号时代，由此带来了思想政治教育的符号化转向。"符号化"为思想政治教育提供了新的文化载体，更新了教育主体之间的关系，促使思想政治教育的话语体系发生质的变化。在新的时代背景下创新思想政治教育的方法与途径，提升思想政治教育的有效性，对符号策略的挖掘应当成为今后思想政治教育工作探索的着力点。

关键词： 符号化；思想政治教育；转向；路径

"互联网＋"时代，在各类媒体的关照下，认知方式、信息传递及话语表达等出现了"符号化"倾向，这一转向进而对高校思想政治教育产生了影响，促使高校思政教育寻求相应的符号策略，推动大学生构建对自我群体和校园文化的认同。从符号学角度探讨高校思想政治教育的新路径，有利于创新校园文化建设的方法、丰富校园文化的内容、提高校园文化建设的有效性。

一、符号学理论与思想政治教育的"符号化"转向

20 世纪初出现的"语言学转向"促使了"符号学"的诞生。语言学家索绪尔认为符号由能指和所指组成，能指（signifier）是"音响形象"，所指（signi-

---

① 作者系上海外国语大学国际教育学院思政助教。

fied）则是这个音响形象所指向的"观念"，两者的关系是任意的。索绪尔强调能指和所指之间没有必然的联系，它们之间的联系是任意的，在特定的语言中，能指和所指之间的关系则是约定俗成的。也就是说，一个符号在人类文化及其创造过程中由于能够得到特定意义的实现并在实现中得到共同体的约定而俗成，这样的形式与内容的连接体，才能称其为符号。在人类的发展过程中，符号呈现的形式多种多样，有声音符号、语言符号、文字符号、视觉符号等。

在符号中，常常可见二元对立，二元对立生成了"结构"，在"结构"中一切都以"关系"为基础。在索绪尔的符号二元中，比如能指与所指、语言与言语、共时与历时、组合与聚合等，莫不如是。从"结构"与"关系"这个角度看，符号便是一个具有解释意义的中介工具，它连接了"形式"与"内容"，表达着某种意义。一个符号诞生之初，其结构间所蕴含的联系是任意的，但一旦定形下来便具有特定的"人类印迹"，我们不妨称之为"文化内涵"。具有文化内涵的符号总是蕴含了特定的意义。

符号所具备的结构联系性赋予了符号相应的功能，主要是认知功能和交际功能。一方面，符号可以令我们超越基础的刺激信号阶段，进行理性的思考，表达抽象的概念，把握事物的本质特征；另一方面，在共同约定的基础上，符号可以传递信息，实现人与人，人与社会，人与自我的思想沟通和情感交流。

综上所述，符号因其自身的结构性和中介性，能够成为特定社会群体沟通交流的工具，基于这一社会功能，符号通过能指对所指的映射，凝聚起共同的情感、认知、信念及意志，此时符号不仅仅是一个简单的中介，更是一个丰富的载体。使用同一套或相近符号系统的社会群体成员之间彼此信赖，交流加深，认同强烈。

基于以上理论背景，在校大学生作为特定社会群体，在年龄、经历及文化环境等多重因素方面具有共同性，往往使用相同或类似的符号进行沟通交流。在思想政治教育中，通过分析和整合符号系统来加强学生的群体认同，是构建身份认同和凝聚核心精神的有效路径。

随着"互联网＋"发展模式的深入和各类新媒体的兴起，信息传递的载体不仅仅局限于线性的文字符号，还出现了视觉符号和听觉符号，语言符号和非语言符号齐聚多元的局面。与传统的语言符号相比，非语言符号以视听感官为接收媒介，实现了认知方式由抽象思维逻辑向具象视听感知的转变，即由"思"转向"视听"，我们将当代信息传播过程中这种组合式的信息传递方式称为"符号化"，即主体的认知由单一的文字语言接收方式转向多元的视听感知与逻辑思考相结合的接收方式，这种"符号化"的认知方式更具直观性、表现力和感染力。延伸至高校思想政治教育领域，"符号化"为思想政治教育创新形式、打造路径提供了新思路和新策略。

传统的思想政治教育模式基于传统的交往行动理论，哈贝马斯对此认为"只有交往行动模式，首先把语言作为直接理解的一种媒体，在这里，发言者与听众，从他们自己所解释的生活世界的视野，同时论及客观世界、社会世界和主观世界中的事物，以研究共同的状况规定"。但在信息传递的"符号化"转向下，则对思想政治教育的具体实践过程提出了新的要求，不能固守传统的单一性文字传输模式。

二、思想政治教育的"符号化"转向的影响

新媒体和互联网技术为信息传递和人际互动带来的"符号化"转向，为思想政治教育提供了新的形态和实践方式。

（一）"符号化"为思想政治教育提供了文化载体

在思想政治教育中，文化是不可或缺的要素，文化为思想政治教育提供养分，营造氛围，承载和传递教育信息，使其脱离空洞与漂浮。随着网络信息技术的发展，微信、微博等传播方式带来的各类符合成为越来越重要的文化载体，与传统的文字传输相比，符号化的文化载体具有直观性与生动性、及时性与互动性。

直观性与生动性。信息传播过程中，非语言符号通常以直观的视觉或听觉形式呈现，比如图像、音乐或者声画结合的视频，以此作为思想政治教育的载体，能够让受教育者在轻松直观的感受中潜移默化地接收其中蕴含的信息和真谛。

及时性与互动性。首先，以声画形式呈现的符号载体将大量的信息压缩整

合，形式简洁而内涵丰富，在传播时效方面也大大增强，缩短了教育信息发出、传递、接收这一系列过程的时间。其次，传统的思想政治教育常常以文字形式予以传输，比如书本或讲座等，此类载体具有单向性，互动性不足，且受到时空的限制，而图片视频等符号的出现，改变了以往的"你说我听""你教我学"的教育方式，呈现出互动共享，交流反馈的互动性特征。

（二）"符号化"更新了思想政治教育主体之间的关系

前面提到，符号是社会互动的中介，为特定群体提供沟通交际的工具，根据米德的符号互动理论，符号是心灵、自我、社会三者形成、变化及相互作用的工具和动力。基于这一道德意识发展的社会心理机制，符号作为载体，在思想政治教育中发挥联通媒介功能。传统的思想政治教育的主体由"教育者"—"教育对象"两极构成，"教育者"发出信息，"教育对象"接收信息，将"符号"中介引入教育过程，打破了原本单向的两极局面，形成了"教育者""符号""教育对象"三者互动联通的三角平衡关系，从这个角度看，思想政治教育则成为"符号"传递与解读、反馈与重构的动态过程：

在教育过程中，教育双方通过"符号"共同参与，"教育者"基于对客观世界和教育对象的基本认知，将信息进行整合编码，以符号的形式传递给"教育对象"，"教育对象"依据既有知识对"符号"进行解码解读。除此之外，对"符号"的呈现方式进行反馈，就"符号"能否被准确解码和认同与"教育者"进行互动，"教育者"针对反馈结果对"符号"进行修改与重构，以期达到最适合的教育效果，体现"符号"教化功能的最大化。在思政教育这种内化无形

的特殊教育领域，丰富多元的符号往往有传统文字教育所达不到的效果，在原有的两极单向交流中插入了动态的解释过程，也凭借其互动性，使"教育者"和"教育对象"互为主体，形成平等动态的教育氛围，使思想政治教育不再是多个单次传输构成的"教授"与"接受"的过程，而是双方平等参与的自我建构与动态建构的生成与发展过程。总而言之，"符号"为思想政治教育的良性主体关系搭建了桥梁，从而增强教育引导的有效性和针对性。

（三）"符号化"重构了思想政治教育的话语体系

思想政治理论教育的话语体系，是指思想政治理论教育为完成教育任务达成教育目标而建构的一整套话语体系，包括话语内容、表达形式、语境等多要素。网络背景下，大学生话语形态的转变意味着思想政治教育话语体系也需适应现实社会语境。信息传递的"符号化"使得思想政治教育话语体系从理论话语转向实践话语，从教材话语转向生活话语，从显性话语转向隐性话语。

传统思想政治教育的话语内容多为对意识形态的传送，远离教育对象的现实世界，"符号化"促使思政教育话语体系向实践话语转换，一是将思想政治教育与时代背景相结合，比如融入当前"全球化""讲述中国故事"等"语境"；二是在教育过程中鼓励教育对象进行实践和创造，增强用马克思主义基本原理分析和解决实际问题的能力。

在过去的长期实践中，思想政治教育话语总体具有严肃、复杂、抽象等特点，且多以理论文本的形式出现。"符号化"为思想政治教育的话语体系开辟了新思路，生活语言和网络语言的高频出现使得思政教育的话语内容及话语形式越来越贴近教育对象的生活实际，承担起引导学生的人生实践和社会化进程的责任。从教育对象角度出发，生活话语为教育主体构建认同营造氛围，一定程度上能够贴近青年一代的精神世界和价值诉求。

一直以来，思想政治的教育方法以显性的理论灌输为主，而当高度整合的"符号"出现在教育过程中，则以其具象性，让教育对象通过感官直接感知思想政治教育中的隐性理念，这种方法迎合了互联网图像符号时代中人们对视听符号的青睐和偏好，提高了思政理念的接受度，增强了思政理念传播的有效性。

三、思想政治教育的"符号化"策略

前文着重分析了符号对思想政治教育在形式、内容及教育主体关系方面带来的影响，在新的时代背景下创新思想政治教育的方法与途径，提升思想政治教育的有效性，对符号策略的挖掘应当成为今后思想政治教育工作探索的着力点。

（一）加强社会主义核心价值观在符号信息中的核心引领作用

伴随着信息的爆炸式增长，各类文化符号也呈现繁杂多样、良莠不齐的态势，大学生群体正处于心智尚未成熟的阶段，面对大量的信息，往往丧失了辨别是非的能力。面对以上形势，高校的思想政治教育就更应当将社会主义核心价值观贯穿在符号信息的传播过程中，充分发挥其引领作用，并将其融入教育过程的方方面面，通过生成具体的符号形式进行表达与展示，反过来也有助于增强社会主义核心价值观在大学生群体中的感染力和影响力。

（二）打造符号系统，构建文化认同

根据尤里·洛特曼的符合圈概念，符号圈与生物圈一样具有生态属性，每个符号圈有属于自己的、复杂的内在组织结构，结构要素之间相互影响、相互作用，形成新的信息。因此，建设统一的符号系统是铸就大学核心精神和价值理念的基石，应充分调动各种载体形式的符号，并将杂乱多样的符号系统化，使其全面承载当代大学生共同的思想情感，凝聚力量，促进认知，增强交流。探讨校园中的符号使用，我们可以从符号与载体的角度对符号进行归类，可分为语言符号和非语言符号，非语言符号主要有听觉符号、图像符号、建筑符号及身势语等。

1. 语言符号

利用语言符号进行言语交际，能够使想象得以产生和延伸，能够进行信息交流，实现信息共享，除此之外还能够传授学习，协调行动。在语言交际过程中，表达者把信息符号化，以符号的形式呈现给理解者，这是编码的过程；理解者把符号形式还原为信息，这就是解码，解码又分为表层解码和深层解码。在校园文化的建设过程中，要重视语言符号的重大作用，主要有以下几种表现

形式：

（1）校训。以上海外国语大学的校训为例，"格高志远　学贯中外"，简短的"能指"蕴含了丰富的"所指"："格高志远　学贯中外"即指上外要培养高素质、复合型、国际化的合格建设者和可靠接班人，要建设高水平多科性国际化研究教学型外国语大学，是上外大学精神的凝练。

（2）特定称谓。特定称谓是指在特定群体中对某一"所指"形成约定俗成的"能指"，因有共同的知识、情感、认知背景等为依托，这类特定称谓往往不需要交际者花长时间去理解，其含义已经过大脑扫描迅速解码。仍以上海外国语大学为例，上外学生这一群体又被称为"西索儿"，音译自"sisuer"这一英文简称，在多次反复的使用中已成为特定称谓。只要交流者属于这一群体，都能简明快速地解码编码。

（3）以语言文字为主导的校园媒体宣传文案。校园媒体宣传文案是最为常见、数量也较多的一类语言符号，这类符号往往形式多样，内容丰富，最大程度地对自身进行加工，解码者和编码者往往会投入大量时间进行信息的传递交流。

2. 非语言符号

非语言符号是相对语言符号而言的，是指主体特意制造和使用的能够独立表达一定信息的而又不属于语言符号的符号。非语言符号的能指具有多样性，载体丰富，可以是视觉的，是听觉的，是图像的，是空间的，是时间的，是线性的，是多维的。非语言符号因为具有直观性，鲜活性及表达的高效性，常常能够替代语言符号。在校园文化的构建过程中，非语言符号在语言符号之外，有其自身重要的地位和不可替代性，以下是非语言符号的几种主要形式：

（1）校徽。校徽是大学形象的标志，上海外国语大学校徽以展开的书本及茁壮的橄榄枝为主体构型，书本象征对学问与真理的求索，橄榄枝象征对和平与友谊的向往。两者衬托并环绕着代表我校的三个文字元素，依次为中文校名简称（上外）、英文校名缩写（SISU）、建校时间（1949 年）。校徽作为一种特别的非语言符号，所传递的信息是，自建校以来，上外就始终致力于服务国家对外交往的发展，外交、外贸、外宣、外语教育等各个领域，都能看到上外学子的身影，这是历史赋予上外矢志不渝的使命，也是学贯中外的上外学子理应肩负的担当。

（2）地标建筑。校园建筑所蕴含的建筑学及美学内涵也是校园文化构建起来的重要符号，这一点在上外松江校区中有显著体现。根据院系专业特色而设计并建造的教学楼，让师生教学期间能够快速进入专业的氛围，并得到对专业对学识的强烈认同。单就一栋建筑这一"能指"就映射出深刻博大的"所指"意义，由此可见非语言符号在形成群体认同中的重要作用。

（3）校园媒体中的图片影音材料。图片影音材料主要有校歌、校园宣传照片和影片等，利用视觉和听觉的直观性，能够高效直接地映射出所指内涵。加强这类非语言符号的建构，能够为校园文化建设带来创新和活力。

可以看出，以上列举的各类符号并不是分散的孤立的个体，他们都处于整体化了的符号系统之内，能从中概括共通的本质特征与核心精神，从而延伸出代表学校理念、激发师生共鸣、推动学校前进的大学精神和行为规范。

（三）鼓励符号创新，注入思想活力

如果说塑造稳定符号系统是构建文化认同和塑造核心精神的关键，那么鼓励符号创新，便为整体价值观注入生机与活力。此时的符号系统是一个不匀质的圈，分为"中心圈"和"外围圈"，"中心"要素处于相对稳定的状态，为符号系统提供稳定性，而"边缘"要素处于活跃状态，为符号系统提供更新的动力。这样看来，高校校园文化的符号系统并不是一个封闭的体系，而是一个开放的"耗散结构"，"即通过与外界交换物质和能量，可以在原理平衡态的区域形成稳定有序的结构"，从这个角度看，文化符号系统在相对稳定中具有流动性，在统一的符号系统外围，随着时代的更新和新兴事物的产生，新的符号带着时代印记应运而生。

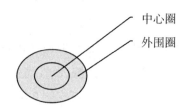

符号作为一个能指与所指构成联系的结构体,在形成绝佳关联前,总是处于不断的调试和互动之中。如何创造出恰当的、能够最大程度实现能指所指关联的符号,这是需要仔细探讨的。

1. 命名

命名问题是符号生成的最基本问题,需要有基础的理据性和正确的导向性。在塑造核心精神、构建校园文化、加强群体认同的符号生成过程中,要充分重视符号的命名,即符号能指的"外部形象"。符号的命名要充分体现当代大学的办学理念和人才培养目标,要契合时代精神,要充满活力与正能量,避免低俗化、颓废化。

2. 修辞

修辞是通过多种手段对群体思想、情感、认知施以影响的能动性行为,其核心目的是加强解码者对编码者的认同。因此在思想政治教育符号创新过程中,需要从更高层次探究符号能指所指关联的创新和高度,要融入情感,贴近实际,凝聚梦想。

3. 叙述

叙述往往是多个符号的排列组合,能够实现长时间地交流与沟通。在思想政治教育符号创新过程中,应力求将简单的符号扩大至信息饱满的复合型符号,让符号蕴含具有深度和广度的信息,传递意蕴深远的价值理念和核心精神。

参考文献:

[1] 费尔迪南·德·索绪尔著. 普通语言学教程 [M]. 高名凯译,北京:商务印书馆,1980.

[2] 陆挺. 大学校园文化的隐性课程认知及建设路径探析 [J]. 思想教育研究,2017 (03).

[3] 马黎. 基于耗散结构论的大学文化认同机理分析 [J]. 沈阳大学学报(社会科学版),2012 (04).

[4] 康澄. 文化生存与发展的空间——关于洛特曼文化符号学中符号圈理

论的研究 [D]. 南京：南京师范大学，2005.

[5] 赵毅衡：《符号学文化研究：现状与未来趋势 [J]. 西南民族大学学报 (人文社科版)，2009 (12).

[6] 齐沪扬. 符号功能的体现和语言运用 [J]. 淮北师范学院社会科学版，1993 (1).

[7] 王铭玉. 语言符号学 [M]. 北京：高等教育出版社，2004.

[8] 王跃平. 试论非语言符号的特性与表达功能 [J]. 徐州师范大学学报 (哲学社会科学版)，2012 (4).

[9] 杨立英. 论网络思想政治教育的主客体关系特性与教育创新 [J]. 思想理论教育导刊，2005 (1).

[10] 郑永廷，朱白薇. 新时期大学生思想政治教育实践的丰富与发展——改革开放 30 年大学生思想政治教育实践发展成果 [J]. 思想教育研究，2008 (11).

以人文教育为理念 探索外语院校特色学术文化建设

——以上海外国语大学英语学院第二课堂为例

陈 婧①

摘 要：校园文化是高校重要的精神财富，承担着文化育人的重要功能，高校校园文化建设是人才培养的重要环节之一。上海外国语大学英语学院第二课堂结合高校教育层次、办学特色和文化定位，以人文教育为理念，通过物质载体、文化载体、活动载体等多方面营造校园学术文化育人氛围，积极探索外语院校特色学术文化建设，努力构建"大思政"的深层内涵支撑和有效途径载体。

关键词：人文教育；外语院校；学术文化建设

文化为国家和民族振兴提供精神支撑，是中华民族伟大复兴"中国梦"实现的重要因素，也是习近平总书记思想体系的重要构成要素。② 党的十八大报告指出，文化建设是全面建设小康社会的关键环节，是建设中国特色社会主义"五位一体"总布局的重要方面。而高等院校作为教育的最高阶段，其所形成的高校校园文化已成为社会文化系统中的重要组成部分，高校校园文化建设则是高校培养适应于社会发展需求的高素质人才的重要环节之一。

---

① 作者系上海外国语大学英语学院团委书记，助教。
② 邹慧. 文化自觉、文化自信、文化自强：习近平文化思维的逻辑理路［J］. 思想理论教育导刊，2017（3）.

一、外语院校特色校园文化的内涵

国内外社会经济环境的迅速变革和发展，向高校教育教学、文化育人的"大思政"模式提出了新的挑战和要求，尤其对外语类高校而言，在十七大"中国文化走出去"和十八大"五位一体"建设的国家战略背景下，外语高校原有的校园文化建设与人才培养模式需要与时俱进，由原有的以语言文学为主体的人才培养模式拓展至依托外语语言文学优势和基础，向区域国别研究转型的学科建设。①

在这种新形势下，外语高校面对新要求、新任务，应开始思考如何在原有校园文化育人模式的基础上，挖掘渠道、拓宽思路，结合高校教育层次、办学特色和文化定位，积极探索"大思政"的深层内涵支撑和有效途径载体，构建具有合乎历史传统、办学思路、学科特点、所处的地域特征等内容的校园文化，破除狭隘的"语言工具观"，将语言专业与人文素养有效结合，为国家培养综合素质高、有国际视野、具备国际竞争力的高端外语专业人才。

"大学校园文化是以学生为主体，以课外活动为载体，整个校园为活动空间，同时以大学精神为引领而形成的特定群体文化。"② 其中，学术文化作为高校校园文化的重要组成部分，知识体系与理论体系并存，对大学高层次人才的培养与科研创新起着极其重要的滋养作用，它展现的是高校的特色，是大学在发展过程中所形成的价值观乃至整体风格。③ 本文将以学术文化为切入口，以上海外国语大学英语学院第二课堂的文化育人实践为案例，探索外语院校特色学术文化建设的丰富内涵和有效途径。

二、上海外国语大学英语学院第二课堂特色学术文化的实践探索

上海外国语大学英语学院始建于 1956 年，"英语语言文学学科"是国家级

---

① 王志强、马磊等. 全球化背景下外语类高校人才培养模式研究——以东京外国语大学为例 [J]. 外语电化教学，2014（9）.
② 田婵媛. 研究型大学研究生学术文化建设研究 [D]. 华南理工大学，2016.
③ 田婵媛. 研究型大学研究生学术文化建设研究 [D]. 华南理工大学，2016.

重点学科，同时也是上海市重点学科。六十余年来，经过几代师生的不懈努力，英语学院现拥有层次分明、专业方向门类齐全的教学科研体系，已成为国内规模最大、教学科研基础最雄厚、师资力量最强的英语学院，在全国高校同类学院中名列前茅，在国内外声誉卓著。本科教育有两个专业：英语语言文学和翻译专业。英语学院的发展定位是：建设国内一流、国际知名的英语学院，在全国同类专业中具有比较优势和领先地位，成为全国重要的英语专业高端人才的培养基地。

（一）以"英华人文教育"为理念，凝聚人心，引领青年

随着英语教育的普及化和社会化，传统的外语教学模式受到了挑战。作为全国少数几个国家级英语重点学科之一的上外英语专业，积极应对挑战，树立英语专业作为人文学科的发展理念，确立英语专业高端人才培养目标。英语专业人才不应是工具型的，而应是英语精通、人文素养深厚的博雅之士，有宏阔的国际视野，有比较专深的专业知识，有可持续发展的潜力和学习能力。因此，自2010年以来，学院对传统的英语专业课程体系和教学模式进行大力改革，推进英语专业人文化教育，提倡"语言技能训练人文化，人文课程语言技能高端化"，既夯实学生的语言技能基础，又在语言技能教学的同时，注重扩大学生人文视野，健全人文知识结构，培养人文情怀和思辨能力。英语专业人文化改革成效显著，深受学生、家长好评，并获得2012年度上海外国语大学教学成果特等奖、2013年高等教育上海市级教学成果奖二等奖等。

英语学院作为国家级英语语言文学重点学科，拥有推动、助力校园文化建设的优良传统，有向社会传播人文教育、人文知识、人文传统、人文关怀的责任义务。自学院"人文化教改"以来，学院第二课堂紧密围绕"人文理念"这一主线开展各项育人工作，以"传承人文传统""传递人文情怀""传扬人文精神"为工作思路，以"莎士比亚英语文化节""方重翻译奖"和"四大人文系列讲座"为工作载体，三位一体，配合第一课堂育人思路，强化人才培养机制，在夯实学生语言技能的同时，注重扩大学生的人文视野，培养人文情怀与思辨能力，培养学生成为具有国际视野和人文情怀的英语专业高端人才。

学院以内涵丰富、形式多样的校园学术文化活动作为第二课堂工作载体，

辅助第一课堂对英华学子的培养锻造，并取得了阶段性成果，学院团委荣获2015 年度"上海市五四红旗团委"荣誉称号。因此，总结和归纳英语学院第二课堂在思政教育工作和校园文化建设中做出的有益举措，对于探索高校尤其是外语院校特色校园文化的实践有着积极意义。

（二）传承人文传统，打造学术文化精品活动

丰富多彩的校园文化活动既是高校文化的载体，也传承并发展着校园文化的精神内涵。将人文传统、学术魅力融入校园活动，打造贴近学生、贴近实际的学术文化精品，对于丰富校园文化的整体内容、帮助学生树立正确的价值观念和道德标准、促进高校多元文化的融合有着重要意义。英语学院以"莎士比亚英语文化节"为工作抓手，通过开展一系列学术文化活动，不断深化"英语文化节"活动内涵，将学术特色与人文素养有效融合，形成学术文化特色品牌，让学生在实践参与的过程中品味经典、传承人文传统。

"莎士比亚英语文化节"是上海外国语大学乃至全上海高校的校园文化优质品牌活动，至今已成功举办 20 年。文化节最初为"莎士比亚戏剧节"，大二年级以班级为单位排演莎士比亚经典剧目，从剧本、台词到语音语调，都由专业课教师进行指导。经过 18 年的积累、沉淀与完善，"戏剧节"在全院乃至全校范围内广受好评。为继续深化以莎翁戏剧表演为形式的活动内涵，深挖莎士比亚经典剧作的现实意义，强化学院第一课堂"莎剧欣赏""西方戏剧精华研究"等课程的教学效果，引领更多的英语专业学生感悟莎翁经典、传承人文传统，自 2015 年，该活动由最初的戏剧表演发展为集学术、文艺、寻访、戏剧等多种形式的"莎士比亚英语文化节"系列活动，参与对象面向整个学院乃至全校热爱英语语言的同学，活动内容包括人文学术系列讲座、英汉双语配音大赛、烛光诗会经典诵读赏析、寻访英伦足迹及集全院师生之力共同打造、面向全校师生的莎士比亚戏剧公演。英语文化节系列活动从筹备到闭幕持续近 3 个月，贯穿整个春季学期。

2016 年是英语学院"莎士比亚英语文化节"20 周年，恰逢莎士比亚逝世400 周年，英语学院组织开展了一系列内容丰富、形式多样的人文活动，使广大同学在英语学习的基础上，感悟西方传统文化之精髓，融汇中外，演绎经典。

通过举办"英华杯"英汉双语影视作品配音大赛，鼓励参赛学生对必选片段的电影文本进行研究与翻译，发挥潜能和创意，展现人文底蕴才华，活动不仅体现了英语专业人文教改的丰硕成果，也为广大同学搭建了提升翻译能力、展现配音表演功底的有利平台。此外，学院举办莎士比亚人文主题系列讲座，如上海戏剧学院刘明厚教授的"莎士比亚及其悲剧"、上海外国语大学史志康教授的"为什么说莎士比亚是超越时空的巨人"、复旦大学张冲教授的"视觉莎士比亚：经典的改编与改编的经典"等主题讲座，精彩的内容和富有感染力的讲述，带领同学们徜徉在莎士比亚的世界里，通过细读原文，共同感悟莎士比亚笔下人物的超凡魅力，深入探索莎士比亚描绘的人生地图。在此基础上，学院还在英语文化节期间举办了"莎士比亚人文主题征文大赛"、英伦足迹寻访、烛光诗会经典诗文诵读赏析、莎士比亚生平及作品大型展览等活动，通过文字、图画、声音展现莎士比亚文学的魅力，并带动每一名参与的同学通过第二课堂的阅读、聆听、寻访再次体味人文主义的浪漫情怀。作为整个英语文化节的闭幕式暨戏剧公演，英语学院师生全新演绎莎翁经典《威尼斯商人》，通过近 3 个月的筹备排练，在大舞台上展现出英华学子的风采。

20 年来，一代代英华人在舞台上诠释经典、展现风华；一批批上外人也经由这个舞台第一次走近莎翁、品味英语之魅。"莎士比亚英语文化节"作为英语学院学术文化活动的品牌项目，在人文教育改革中起到了至关重要的作用，通过一系列内容丰富、形式多样的人文活动，提升专业文化氛围，展现英伦文化魅力，传扬宝贵人文精神，使广大同学在英语学习的基础上，感悟西方传统文化之精髓，融汇中外，演绎经典。

（三）传递人文情怀，营造学术文化浓厚氛围

将专业知识融入课余赛事，是提升学生专业技能、营造学术文化浓厚氛围的主要方式之一，英语学院在此基础上，不仅通过承办 21 世纪英语演讲比赛、"新生杯"中英文辩论赛等方式锻炼学生能力，更是倾全院专业教师和学生工作团队之合力，设立充满人文情怀的"方重翻译奖"口译、笔译大赛，该项赛事在英语口、笔译方向专业水平高、赛事流程规范、评审专业化、学术化，是校园学术文化、人才培养的展示窗口和特色品牌。

　　方重先生是我国著名的乔叟研究专家、翻译家，陶渊明诗文翻译家，中古英语文学专家，比较文学家，英语教育家，他曾长期在上外任教，是上外英语学科奠基人。方重先生以其高拔的精神品格、渊博的人文学识、严谨的治学态度、杰出的翻译成就，成为"格高志远、学贯中外"之典范。为纪念方重先生，铭记上外英语学院的人文传统，2011年11月，英语学院设立"方重翻译奖"口译、笔译大赛，以激励英华学子见贤思齐、发扬蹈厉，努力成为英语专业高端、精英人才。

　　"方重翻译奖"主题活动从启动、投稿、评审到颁奖，持续近两个多月。每届参与比赛人数百余人、每届颁奖典礼暨口译决赛吸引全校师生观众超过三百人。笔译比赛的形式是，选手根据大赛组委会公布的汉译英、英译汉材料，择一翻译；英语学院专业教师、专家教授组成评审团，经过两轮评审，最终评选出获奖作品。口译决赛的形式是现场交替传译，由6名专业教师组成辩论双方，每方3人，针对应届辩题，上半场用中文、下半场双方互换立场后用英文进行辩论；由遴选出参加口译决赛的6位同学，分别跟随一位老师进行交替传译。除了前期笔译和口译大赛阶段，主题活动还包括方重陶诗英译朗诵及师生诗朗诵等。"方重翻译奖"口译决赛形式新颖，观众可以近距离欣赏嘉宾老师的雄辩滔滔，见证参赛同学扎实的语言功底和口译才华；每年辩题的设计，都引领学子进行探索与思辨，从而更深刻地认识大学教育及人文精神的本质与内涵。

　　第五届"方重翻译奖"，组委会邀请到方重先生哲嗣方若柏先生及其夫人作为嘉宾出席观摩颁奖典礼暨口译决赛，方若柏先生为典礼致辞并朗诵方重先生翻译的陶诗——"盛年不重来，一日难再晨。及时当勉励，岁月不待人"，期许上外学子珍惜时间、孜孜求索。第六届"方重翻译奖"，组委会邀请到前中国外交部翻译室主任、原驻外大使徐亚男女士作为嘉宾评委出席典礼，并点评口译比赛，徐亚男女士从大赛的意义、形式等给予高度评价，认为"方重翻译奖"既是方重精神的传承和延续，也是非常优秀的校园学术文化和教学育人实践。

　　"方重翻译奖"的设立是英语学院在人文化教育道路上迈出的重要一步。学院全体师生以"方重翻译奖"为契机，感悟方重之境界，承继方重之精神，将上外老一辈学者为人、为学、为师的人文风范发扬光大。

（四）传扬人文精神，让"中国文化走出去"

英语学院以"英华人文教育"为主线，长期开展常规人文教育培养。目前已形成以四大人文系列讲座为主体的英华人文教育思想阵地，包括"英华人文"系列讲座、"海外名家"系列讲座、"中国文化"英文系列讲座和"中外人文经典导读"系列讲座。通过每月两至三次的学术人文讲座引领学生思潮，强化外语学习的文化意识与人文情怀，带动学生共同学习领会深邃伟岸的人文思想，为同学打开一个精彩纷呈的人文世界之窗。

"英华人文"系列讲座创立时间最早，创办于 2010 年 9 月，目前已成功举办讲座 101 场。旨在通过涉及文学、艺术、历史、文化、哲学等思想领域的系列讲座，引导学生接受人文熏陶，感悟人文魅力，培养人文情怀，树立更高的人生立意，追求更高的人生境界和人文境界，立志成为专业知识结构扎实、人文视野开阔、人文情怀深厚的英语专业卓越人才。如"世界历史研究的现实意义""英国国家认同：历史与现实的考证""从形式到主题：英语格律诗欣赏方法谈""人文视野中的外语教育与外语教育的人文视野"等主题讲座，带给学子从专业知识到人文素养的全面拓宽与提升。

"海外名家"系列讲座于 2013 年 3 月创立，目前已成功举办讲座 51 场。该系列讲座通过邀请来自哈佛大学、牛津大学、剑桥大学等近 20 所海外高校的知名学者走进上外、走上讲台，带来与国际接轨的文学、艺术、文化、社会学、语言学等专业领域的顶尖课程与思想盛宴，带领上外学子领略当代国际知名学者的渊博学识、深邃思想与人文情怀，接触各人文领域国际前沿的思想动态，将上外学子真正塑造成具有国际化视野的一代精英。主题涵盖广泛，如英国牛津大学教授带来的"英国都铎时期的生活模式及其历史寓意"，美国哈佛大学教授带来的"The speech of symbols：Hogarth, Rossetti, Kandinsky, Mondrian. The speech of cinema"，美国斯坦福大学教授带来的"Toward a constructional framework for answering questions about grammaticalization"，美国加州大学教授带来的"From Horace to Li Bo：The 'Carpe Diem' Motif in Chinese & Western Poetry（《从贺拉斯到李白：中西诗歌主题研究举隅》)"等。

"中国文化"英文系列讲座和"中外人文经典导读"系列讲座均为学院于

2015 年新推出的系列讲座，旨在为高端英语专业人才的培养助力，让外语专业学子能够熟知国粹，在立足于自身文化的基础上做到融汇中外，以经典滋润心田，扩大学生人文视野，提升学生人文情怀和人文素养。已举办多场专题讲座，如"《诗经》导读""《科学革命的结构》导读""Confucianism：Its Origin，Changes，Challenges and Chances" "The Flower in the Center"— Understanding Chinese Culture"等。

以四大人文系列讲座为依托的人文精神引领，正是为响应国家"中国文化走出去"战略号召，为广大学子深入理解中外文化、对外传播中华文化提供了平台。

三、英语学院第二课堂特色学术文化实践的主要经验

（一）打造品牌，丰富内涵

英语学院"莎士比亚英语文化节"和"方重翻译奖"两大校园学术文化精品活动，历久弥新，在思想政治教育新形势、新要求下，能够继续发挥育人功能，营造丰富多彩的校园文化，原因在于学院以人文教育理念为着眼点，以活动为载体，深挖活动的内涵和意义，完善活动机制和流程，使其"因时而进、因势而新"，结合专业特色，形成校园文化品牌，不断焕发出新的活力，从而吸引更多优秀学子参与其中，带动品牌活动质量的提升，形成"品牌内涵丰富与优质人才培养的良性互动"。

一方面，主办部门注重结合学生实际需求设计更具吸引力的活动形式，如"莎士比亚英语文化节"从最初单纯的以班级为单位的戏剧表演，到 20 年后形成包括大型戏剧展演、配音大赛、诗会、征文、外景寻访等的系列活动，相较于单向的知识输出，学生对体验式、互动型的活动表现出更加强烈的参与热情和意愿。另一方面，这些品牌活动注重"学生参与的体察和感悟"，强调"学生能收获什么"，而不只是举办一个晚会让同学成为看客；如"方重翻译奖"每年口译决赛的辩题设计，既富于人文内涵，又极具思考性、启发性，比如第五届的辩题是"一所大学的声誉，主要是靠教师奠定还是毕业生奠定"，第六届的辩题是"提升中国国际形象，重在发展人文学科还是重在发展科学技术"，同学在

欣赏师生精彩辩论、过硬语言功底、广博专业知识的同时，更对辩题进行思辨、多面的思考。

（二）线上线下，双管齐下

依托微信、微博等新媒体开展第二课堂育人已成为思想政治教育不断推进探索的工作重点之一。为进一步扩大学院品牌活动和人文系列讲座的影响力，英语学院也根据活动特性，通过文字、图像、声音、视频等多种不同方式进行全媒体传播，从而提高活动效率、降低人员场地等活动成本。如"方重翻译奖"借助学院团委微信公众平台，连载历届比赛题目和优秀获奖作品，既为口译决赛宣传造势，同时也利用全媒体网络，让更多同学一览获奖作品风采，强化自我学习进步。此外，借助"方重翻译奖"的学术热潮，利用新媒体举办"线上"的"译林大会"，每期出一篇经典英文或中文选段，鼓励同学在线提交翻译作品，并通过"在线投票"的方式评选出优秀作品。这一尝试在师生中间广受好评。

（三）制度保障，师生参与

专业教师对校园文化活动的参与指导可以显著提升活动专业化水平，从而吸引优秀学子参与，实现良心互动。以"莎士比亚英语文化节"和"方重翻译奖"为例，专业教师全程参与主题活动，如戏剧表演的剧本修改，对学生演员进行语音指导、表演指导，在配音大赛中指定配音选段与评审，参与诗会并指导学生对经典诗词进行朗读和赏析，在口译、笔译大赛中出题并成立评审委员会对参赛作品进行规范化评阅，作为教师辩手参与口译决赛辩论等。一方面学院鼓励专业教师参与第二课堂育人工作，并作为教师年度考核和评比的重要参考，从制度上提升教师参与校园文化活动的积极性；另一方面师生在活动中相互学习成长，将活动最新成果转化为师生学习的阶梯、学校发展的动力。

学院的文化活动和系列讲座也与学生奖学金评比的德育分挂钩，引导学生积极参与每学期的大型学术文化活动和学术讲座。每次讲座前，学院团委公众号和各年级辅导员会发布讲座信息，并确定是否有德育加分，各班学生到班长处报名，并由班长统计出勤情况，学期末反馈给辅导员，作为本学期奖学金德育评定的重要得分依据。通过这样的措施，一方面促进学生养成自主学习、自我管理的习惯，另一方面也有效解决活动参与面小、受众不多的情况。

四、英语学院以人文教育为理念的特色学术文化育人效应

（一）融合专业特色，营造良好学术文化氛围

"莎士比亚英语文化节""方重翻译奖"和"四大人文系列讲座"以人文教育为理念，注重结合教学实际和专业特色，利用优势特点，积极开拓发展，努力营造校园良好的学术文化氛围。人文系列讲座上大师们的睿智风范和广博学识，在潜移默化中影响了学生们的情操、人格、信仰的树立，促进学生更加全面发展。口笔译翻译大赛中辩手老师的唇枪舌剑和风趣幽默，评委老师的专业细致、切中要害，都展现出上外教师深厚的人文底蕴，形成校园学术文化中最亮丽的一道风景。

（二）培育人文英才，促进就业质量不断提升

英语学院 2015 届毕业生就业率位居学校第一，本科期间拥有海外经历的学生人数比例已超过 50%。高就业率和高素质精英源自学院对人才培养目标的高端定位。无论是精品校园活动，还是人文系列讲座，学院始终坚持以"人文化"教育为第二课堂育人工作重心，在思想引领、凝聚青年、传承品牌、创新服务等方面加强完善，为学生提供全面提升综合素质的有利平台，为其终身发展打下坚实基础。2017 届毕业生中，有多名英华学子申请到牛津大学、哈佛大学、斯坦福大学、伦敦政治经济学院、哥伦比亚大学等世界顶尖高等学府继续深造，这些优秀毕业生绝大多数都曾在本科学习期间参与"英语文化节""方重翻译奖"等学术文化活动，并取得佳绩。这些优秀学子在给母校和师弟师妹的临别赠言也纷纷提到，正是大学丰富多姿、引人深思的文化活动，带给他们对人文、艺术、教育最初的启迪和构想，也成为四年学习生活最珍贵难忘的回忆，引领他们在未来的学习生活中承继传统，不断追寻人文情怀。

（三）扩大品牌影响，发挥社会文化服务功能

为扩大校园学术文化的品牌影响力，发挥高校校园活动的社会文化服务功能，英语学院邀请重点中学的师生代表和优质企业单位代表观摩如"莎士比亚英语文化节"戏剧公演、"方重翻译奖"颁奖典礼暨口译决赛等活动，通过展现大学生英语专业水平和综合素质风采，一方面促进高校与普教的合作共建，助力校园学术盛事与社会接轨，为更广大学子提供与职业市场近距离接触的良好契机，搭建实习实践共建平台；另一方面也是将校园文化的品牌的力量发挥最大效用，不仅在高校内强化人才培养和思政建设途径，也尽量让优质校园文化活动走出高校，辐射校外，进一步发挥社会文化服务功能。

（四）着眼人文教育，构建三全育人思政格局

英语学院始终注重对接服务国家战略和学校发展需求，在校园学术文化的建设中，以人文教育为理念，打造融合专业特色的英语文化活动，寓专业实践于学生活动，鼓励专业教师、行政教辅、学生共同参与，努力构建"全员育人、全过程育人、全方位育人"的思想政治教育新格局。2017年，上海外国语大学提出"教学质量提升年"与"思政工作创新年"的工作重点，在此目标下，英语学院应对学校发展的新要求，作为文化育人重要载体的"方重翻译奖"和"四大人文系列讲座"被赋予新的内涵和使命，为培养学生"全球视野"提供了平台，为中外青年"畅达沟通"搭建桥梁。如"莎士比亚英语文化节"戏剧公演和"方重翻译奖"颁奖典礼现场邀请学校国际合作交流学院的留学生代表参与观摩，带动留学生体味中西方文化的传统魅力。

参考文献：

［1］邹慧. 文化自觉、文化自信、文化自强：习近平文化思维的逻辑理路［J］. 思想理论教育导刊，2017（3）.

［2］王志强、马磊等. 全球化背景下外语类高校人才培养模式研究——以东京外国语大学为例［J］. 外语电化教学，2014（9）.

［3］田婵媛. 研究型大学研究生学术文化建设研究［D］. 广州：华南理工大学，2016.

［4］王德斌. 当前高校校园文化建设存在的问题及对策探析［J］. 思想理论教育导刊, 2009 (6).

［5］周婕. 以学术讲坛为载体打造航天特色校园文化——桂林航天工业学院"桂航大讲坛"的实践与探索［J］. 桂林航天工业学院学报, 2016 (2).

［6］马化祥、霍晓丹. 国际化视野下的高校校园文化建设——以北京大学建设和谐校园文化为例［J］. 思想理论教育导刊, 2011 (3).

［7］董伟. 高校特色校园文化建设的实践与思考——以杭州师范大学为例［J］. 思想教育研究, 2013 (12).

［8］施鹏、程刚. 大学学术文化的育人功能与建设对策研究［J］. 前沿, 2015 (3).

外语院校大学生优秀传统文化教育的价值与实践

刘　洋①

摘　要：优秀传统文化的认同是文化同源同根的归属感，是内在价值和理念的体现。本文通过分析外语院校大学生在面对中外文化的交流、交融和交锋所呈现的特点，阐述了大学生思想政治教育所面临的挑战，强调优秀传统文化教育的突出意义和价值，不仅能促进对本国文化的了解和自我身份的认同，而且能强化民族精神认同，树立民族自信心和坚定政治立场。制度的完善，第一课堂和社会实践的优化，健康校园文化氛围的营造等，是外语院校大学生优秀传统文化教育的重要渠道和有效方式。

关键词：外语院校；大学生；优秀传统文化；价值；实践

一个民族如果没有独立和强大的文化，就不可能成为一个独立强大的民族，如果一个民族对自己的文化都缺乏认同和自信，那这个民族、这个国家就将走向衰败和灭亡。习近平同志指出，一个国家、一个民族的强盛，总是以文化兴盛为支撑的，中华民族伟大复兴需要以中华文化发展繁荣为条件。

当前，社会在不断走向一体化的同时，也在走向多元化，不同民族及其文化间日益频繁的交流与融合是多元文化的重要特征之一。随着经济全球化的发展，各国社会文化也开始走向全球性的融合与碰撞，呈现出多远趋势。而在此大背景下，西方文化占据了世界文化格局的有力位置，西方文化的强势渗透和

---

① 作者系上海外国语大学学生工作部（处）讲师。

入侵,抑制了中国文化在国内和国际上的话语权。作为外语院校的大学生,他们把外语作为自己的专业进行长期的学习,在学习过程中,不仅是学习语言,而且也在不断地了解和接受他国文化。因此,进一步加强外语院校大学生优秀传统文化教育,巩固大学生中华民族优秀传统文化的根基,是外语院校必须清楚意识到的重要工作,也是外语院校必须承担的重任,关系到中华民族的伟大复兴。

一、文化差异给外语院校大学生思想政治教育带来挑战

中国优秀传统文化是中华民族智慧的结晶,也是中华民族屹立于世界民族之林的宝贵精神之源泉。优秀传统文化体现了一种文化同源、文化同根的归属感,在认同的基础上能进一步领会其内在价值理念,能强化大学生的中华民族文化自信和自觉,有利于增强中华民族的凝聚力,巩固我国的文化乃至国家安全。

在当下西方国家企图掌握全球文化话语权的背景下,外语院校学生在语言学习的过程中接受其他语言和文化的熏陶,面对着多元文化和价值观的冲击。外语院校肩负着引导学生积极学习和认同中国优秀传统的重要任务,如何引导学生自觉认同传统文化所蕴含的价值与情感并主动践行,是外语院校思想政治教育必须思考和解决的现实问题。

面对中西文化较大差异,我们应当清楚的了解中国文化的现状。在当前阶段,中国处在现代化进程中,中国文化在国际文化格局中还处于相对较弱的态势。西方的现代化早于我国,而西方的现代化给西方国家的发展提供了强大的支撑,在资本主义主导的国际文化格局中,西方文化具有更多的话语权和影响力。当然,中国文化的现状是因为历史原因造成的,也是这一历史阶段的暂时状况,随着中国社会主义现代化的深入推进,必然带来社会主义文化的大发展和大繁荣,中国的经济实力、国际地位、文化软实力也必将日益提升和增强。

面对这样的现状,文化差异给外语院校大学生思想政治教育带来巨大的挑战。

(一)大部分外语院校大学生的思想观念趋于西化

中国近代史上记载着旧中国饱受帝国主义欺凌、压迫和侵略，归结的结论就是"落后就要挨打"。重新站立的中国，人人不想落后，人人向往进步，而西方的"先进"成了大家学习的方向，于是"向西方学习"一度成为国人对待西方文化的主流态度。近代以来，尤其是改革开放之后，由于"文化大革命"对我国文化教育的破坏和伤害，我国在建构各学科理论体系过程中，引入了大量的西方译著，有的学科课堂教学直接使用西方大学的原版教材，中国从国外引进的书籍出版物数量远多于中国出口的书籍出版物。在一定程度上应该说，大量书籍出版物的进口对于扩展中国学术视野、推动中国学术研究、解决中国问题具有一定的启迪意义。但这样的大量引进也会使得大学生在学习过程中，沉浸在西方话语体系中，掌握的都是西方的概念、理论、逻辑、学说，往往使得他们陷于西方价值观体系中而不能加以反思。而随着现代网络的快速发展，新媒体等网络信息平台更对西方价值观念的扩展起到了推波助澜的作用。有资料显示，目前国际互联网上90%的信息以英文为载体，其中80%的信息由美国提供；中国网站的数量仅占世界独立域名网站综述的0.07%，中国网络信息的输出量仅占全球互联网信息输出总量的0.05%，而美国输出、输入量两项指标均超过85%。如此悬殊的对比数据，充分体现了对于不同文化、信息的需求量及其影响力。

（二）在文化冲击下，部分外语院校大学生的国情认知产生偏差

全面深刻地认清中国的国情，大学生才能形成正确的世界观、人生观和价值观，才能增强民族自豪感和自信心，才能全身心投入中国特色社会主义建设之中。当今的青年大学生往往把目光投向欧美等西方发达国家，希望通过交流活动、交换学习、出国旅游等活动到西方国家去。一方面，这样的经历确实可以培养大学生的独立能力，打开他们的眼界视野，丰富他们的人生经历和体验。另一方面，当代大学生不应当只盲目接收，全盘学习，不加思考地认可西方发达国家。作为中国人更应该迈开双脚、睁开双眼，观察、探寻和认知当代中国的国情。而在西方文化强势的格局中，当代青年学生往往将目光集中于西方，忽视了对自己祖国的了解和思考。更有甚者，有的大学生试图通过西方著作来认识中国，这种舍近求远的做法更是会使其远离中国国情的客观实情。奈斯比

特就曾说:"当越来越多地阅读有关中国的书时,我会时常感到恼怒,因为许多书中讲述的内容并没有如实反映中国的现实,许多人用西方的视角和价值观来挑剔中国的短处,对中国有一套模式化的见解。"

(三)部分外语院校大学生的文化自信受到削弱

"发达""文明""现代化"等一些词常常与西方国家的名字、文化联系在一起。在当代资本主义占据主导地位的国际体系中,西方文化在国际话语权、国家影响力、文化软实力等方面都占据了更多优势。近代中国的现代化表现为不断学习和借鉴西方经验的过程,这是一个全方位、立体化的学习过程,是一个落后国家起步时期的必经阶段。但这也容易使大学生患上对西方的盲目崇拜之病,内心充满对西方发达国家的向往,而对中国传统文化不屑一顾。大学生曾一度为了应对高考填鸭式的完成考试科目的考点学习,忽略了真正应该掌握和了解的传统文化。这个问题不仅存在于大学生,很多人都是功利地学习,近年来这个问题引起了人们的关注,一些娱乐节目、影视作品才重视对广大群众的引导,例如,随着在一些电视台的诗词大会等节目不断热播中可以看到这样的变化。同时,大家对传统文化的重视程度严重缺乏,从目前学龄前儿童、中小学生的课余培训班重点就可见一斑。随着对外开放的推进,大学生对于一些节日如感恩节、圣诞节、情人节等一些西方节日更加青睐,他们了解节日的起源,了解节日的特色活动,而对于中国传统文化节日感到提不起兴趣,以至于有些传统节日的节日氛围寡淡。相比之下,有的大学生用当代西方发达社会发展的状况作为标准来衡量中国社会,认为中国文化缺乏吸引力,认同度下降,并武断地认为中国落后于西方社会,忽视了中国深厚的文化底蕴和优秀的文化传统,削弱甚至丧失了对民族文化的自信心。

二、大学生优秀传统文化教育的重要价值

"中国传统文化博大精深,学习和掌握其中的各种思想精华,对树立正确的世界观、人生观、价值观很有益处。"面对当前外语院校大学生在接受中外文化呈现的特点,以及文化差异带给思想政治教育的各种挑战,加强我国优秀传统文化教育的价值就显得更为突出。

首先，加强优秀传统文化教育能激活大学生对本国文化的了解和自我身份的认同。作为一名中国人，不仅要从生理上、法律上强调自己的中国属性，更应该对自己国家的历史文化、社会变迁与沿革、未来发展的脉络和发展有所了解。如果对自己本国的历史和文化缺乏了解，那么个人就容易失去文化根基和信仰，失去文化自信和身份认同。所以要特别注重大学生的优秀传统文化教育，它为大学生了解中国过去、现在和未来，坚定中国立场、坚持中国价值观、坚信中国道路奠定了坚实的文化基础。

其次，加强优秀传统文化教育能够提升大学生的认知能力，更加深刻全面地认识中国国情。"宣传阐释中国特色，要讲清楚每个国家和民族的历史传统、文化积淀、基本国情不同，其发展道路必然有着自己的特色；讲清楚中华文化积淀着中华民族最深沉的精神追求，是中华民族生生不息、发展壮大的丰厚滋养；讲清楚中华优秀传统文化是中华民族的突出优势，是我们最深厚的文化软实力；讲清楚中国特色社会主义志根于中华文化沃土、反映中国人民意愿、适应中国和时代发展进步需要，有着深厚历史渊源和广泛现实基础。"文化属于社会意识范畴，是对一定社会存在的反映，传统文化则是对中国过去社会存在反映所积淀下来的社会意识。传统文化记录了中国从何而来、介绍了中国维和呈现当前状况、预示了中国未来将走向何方，是中国社会历史性、民族性、思想性的集中体现，而这三个属性也是认知中国国情非常重要的因素，历史感的缺乏使人的认知失去根基，民族魂的缺失使人的认知失去立场，思想力的缺少使人的认知趋于肤浅。优秀传统文化教育是提高大学生认知能力的有效途径，可以促使他们更加深刻全面地认识中国国情。

第三，加强优秀传统文化教育，有利于强化大学生的民族精神认同，树立起坚实的民族自信心。某种角度上来说，民族精神是推动国家前进的动力，国家是民族精神理念内涵的现实载体。习近平总书记也强调："中华民族具有5000多年连绵不断地文明历史，创造了博大精深的中华文化，为人类文明进步做出了不可磨灭的贡献。经过几千年的沧桑岁月，把我国56个民族、13亿多人紧紧凝聚在一起的，是我们共同经历的非凡奋斗，是我们共同创造的美好家园，使我们共同培育的民族精神，而贯穿其中的、最重要的是我们共同坚守的理想信念。"一个失去民族精神认同的国家，将会是一盘散沙而难以实现良好的发展。中国改革开放以来在最短的时间内实现了经济发展阶段的最大跨越，这与我国几年前来的中华民族传统文化蕴含民族精神的浸润滋养密不可分，也是与传统文化结合的中国特色社会主义道路、理论和制度优势的集中体现。因此，优秀传统文化教育可以增强大学生对中华民族精神的认同，坚定道路自信、理论自信、制度自信、文化自信，树立起坚实的民族自豪感、自尊心和自信心。

第四，加强优秀传统文化教育，可以坚定大学生的政治立场，努力成为合格的社会主义建设者和接班人。中华民族"独特的文化传统，独特的历史命运，独特的基本国情，注定了我们必然要走适合自己特点的发展道路"。传统文化作为文化基因在一定程度上决定了一个民族国家的社会制度和发展道路的选择方向。也正是在中国传统文化的影响下，中国才会在革命实践中最终选择了中国共产党的领导，选择了社会主义道路，并形成了中国特色社会主义理论体系。加强大学生优秀传统文化教育可以使他们了解当代中国政治制度历史形成的合理性和必然性，进而坚定政治立场，自觉抵制西方错误观念的干扰，成为合格的社会主义建设者和接班人。

三、开展优秀传统文化教育实践的途径

高校是文化交流、交融、交锋的地方，而外语类院校作为中外文化交流、交融、交锋的集中阵地，其文化碰撞和冲突显得更为激烈。外语院校应重视优秀传统文化教育，多渠道、多层次开展优秀传统文化教育，主动应对文化差异下外语院校大学生思想政治教育所面临的挑战。

第一，重视高校管理制度的提升，为优秀传统文化的传播提供有力的制度保障。任何一所高校要推进优秀传统文化教育，必须受到学校的高度重视，要在校党委的统一领导下，充分调动和发挥党政、各相关部门及社会力量共同安于高校的优秀传统文化教育，齐抓共管，共同参与。这就要求高校在管理制度上进行调整和改进，比如建立有效的评价机制，在科研或工作绩效评价体系中增加优秀传统文化教育的考核评价指标，或者在工作的安排和活动的组织中要求增加传统文化因素等，让学生在高校中能够充分的接触优秀传统文化，增加

了解和认识。

第二，发挥第一课堂的优势，通过高校教学体系，深入阐明中国优秀传统文化博大精深的理论内涵。通过进一步优化课程教学体系，向中华优秀传统文化倾斜，将中华优秀传统文化博大精深的丰富内涵理论化、系统化、科学化地传授给广大学生。这要求高校完善课程设置，在通识课中添加优秀传统文化课程，同时在大学生思想道德修养、中国近现代史纲要等思想政治理论课中增加优秀传统文化教育的因素。此外，在课程教材上要有所选择，要选择高水平的中华优秀传统文化相关教材，教师自身方面也要有所提高，更加注重自身在传统文化方面的修养和提升。

第三，优化高校实践教育活动，实现优秀传统文化由理论知识向内在信仰的转化。高校应善于整合校内外教育资源，积极建构融入优秀传统文化的大学生思想政治教育实践教学平台，通过实践活动引导学生了解中华民族传统文化悠久的历史、广博的内涵和深邃的灵魂。首先，依托相关博物馆、纪念馆、故居旧址、名胜古迹、文化遗产、具有历史文化风貌的街区等建立中国传统文化教育基地，组织大学生定期开展参观学习活动。其次，利用暑假组织大学生开展"三下乡"社会实践活动，引导大学生走出校园，走进中国广大农村，去了解中国不同地域、不同民族的民风、民俗、民情，了解中国传统文化在不同地域的历史传承与发展状况。再次，就传统文化中的某一现象，某一领域、某一主题，开展与传统文化相关的社会调研活动，将传统文化实践、教育与研究结合起来。最后，将传统文化融入大学生志愿者服务活动。通过加强传统文化教育实践活动，促进大学生对传统文化实现从知道信再到行的提升，最终实现从理论知识向内在信仰的转化。

第四，全力改善高校校园文化环境，营造有利优秀传统文化教育的良好氛围。校园文化分为硬件和软件两类，一方面要为校园中传统文化的推广营造充满相关要素的硬环境，比如楼宇的命名可以用一些大家的传统思想来命名，增加孔子、孟子等文化名人的雕像。另一方面，高校应重点营造蕴含校园传统文化要素的软环境。比如开设专题讲座，是大学生拓宽视野、丰富知识的重要渠道，也是整合校内外优秀教师资源、以灵活开放而又主题聚焦的方式开展某一问题讲授和交流的有效方式。或者高校还可以举办论坛、国学经典为主题的经典作品朗诵、书法比赛、包括举行弘扬中华优秀传统文化的各类表演和演出。通过校园硬件和软件的共同作用，在高校中营造良好的优秀传统文化氛围，潜移默化地引导和塑造大学生的传统文化意识和民族精神。

第五，培育健康向上的校园网络文化，发挥优秀传统文化的积极影响。在当代，网络已成为大学生表达思想和倾诉心声的理想选择。网络在提供多元、海量信息的同时，也增加了选择的难度，如不少大学生错误地将西方道德等同于现代道德标准，崇尚西方文化，全盘接收西方价值观点，不加选择和反思。这就要求高校思想政治教育工作者既要有较高的理论水平、熟悉思想政治教育，又了解网络文化特点，能够搭建弘扬中国优秀传统文化的网络平台，针对大学生的特点，建设既有突出思想性、教育性的健康网站，又有积极健康向上的富有趣味性、知识性的学生网站，还有一些学生比较关心的、与他们切身利益息息相关的服务性网站，形成良好的网络文化氛围和网络育人环境，让学生在逐步接触、接受、认同优秀传统文化的同时促进健康三观的形成，增强自身的辨别能力和筛选能力，在多元文化存在的校园网络中打造大学生现实和虚拟的健康家园。

四、结语

中华优秀传统文化凝聚着中华民族共同的价值理念与情感诉求，其蕴含的精神文化内核是中华民族文化自觉、自信的重要基石。作为我国传统文化传承与创新生力军的大学生，其对我国优秀传统文化的认同和践行将直接关系到我国未来的发展方向。外语院校应集全校之力，打造立体式传统文化环境，营造文化宣传和熏陶的良好氛围，有利于增强对优秀传统文化的自豪感；通过第一课堂和第二课堂双管齐下，在坚持以人为本的基础上，运用体验式教育方式，激发大学生的积极情感体验并达成价值认同，从而实现对外语院校大学生进行优秀传统文化教育的价值和目标。

参考文献：

［1］习近平谈治国理政［M］. 北京：外文出版社，2014.

［2］严静疯，杨乐．中西"文化势差"背景下大学生优秀传统文化教育的优化［J］．高校辅导员》，2017（2）．

［3］徐稳．论马克思主义意识形态安全［J］．理论学刊，2013（2）．

［4］［美］约翰·奈斯比特，多丽丝·奈斯比特．中国大趋势［M］．魏平译，北京：中华工商联合出版社，2009.

外语院校研究生学术文化建设的思考与实践

——以上海外国语大学为例

杨雪莲①

摘　要： 外语院校的中心工作是培养外语高层次人才，这类人才需要具有国际视野、通晓国际规则、能够参与国际事务和竞争的应用型、复合型非通用语种和国际区域问题研究人才②，因此，较强的科研和专业实践能力是研究生培养中的应有之意，也凸显了学术文化建设在外语院校研究生培养环节中的重要意义。本文拟就外语院校学术文化的内涵、研究生学术文化建设的途径展开思考，同时结合学校具体实际探讨学术文化建设的现状及实践。

关键词： 外语高层次人才；科研能力；学术文化

人才培养是高校的核心工作，高校人才培养围绕着"培养什么人""如何培养人""为谁培养人"三个问题展开。目前，研究生招生 64.51 万人，其中，博士生招生 7.44 万人，硕士生招生 57.06 万人。在读研究生 191.14 万人，其中，在读博士生 32.67 万人，在读硕士生 158.47 万人。毕业研究生 55.15 万人，其中，毕业博士生 5.38 万人，毕业硕士生 49.77 万人。③ 而从笔者调研的 8 所主要外语院校来看，硕士生的年招生规模共近 5500 人，博士生的年招生规模约

---

① 作者就职于上海外国语大学研究生部，任研究生部党总支书记，助理研究员。
② 2016 年国际区域问题研究及外语高层次人才培养项目选派办法。
③ 2015 年全国教育事业发展统计公报 [1] [OL]. 中华人民共和国教育部，2016 - 07 - 06.

340 人。

近年来，研究生的招生规模和培养质量均有较大的提升，但和招生规模相比，研究生的培养质量无论是从研究生自身的发展水平还是从社会对高端人才的需求角度来看，均存在一定的差距。这主要源于研究生培养需要在知识技能传授的基础上，更加注重科研创新能力的培养。而创新能力培养的关键在高校自身校园文化对学生的熏陶，对研究生而言校园学术文化的建设尤为重要。

一、外语院校学术文化的内涵

美国学者伯顿·R. 克拉克认为："能够维系人们从事高等教育事业的共同价值观、行为规范（科学规范）、利益和信念称为高等教育系统的学术文化。"① 陈莹认为："学术文化是指学术人在发展学术的过程中形成的共同价值观、精神、行为准则及其在规章制度、行为方式和物质设施中的外在表现，是一种求真的文化，学术文化承载着追求真理、批判现实、预测未来和启蒙大众的责任。"② 从以上中外学者对学术文化的定义来看，学术文化既有内在共同的价值引领，又有外在的规范指引；既有宏观的系统性学术文化，又有微观的特色的高校学术文化。因此，外语院校学术文化是指在高等教育共同价值观的引领下，外语类院系师生员工在从事学术活动中自觉维护学术尊严和学者声誉，加强学术自律，恪守学术诚信和学术道德的内心精神和修养的总和。外语院校学术文化具有其独有的特征。

首先，价值观内涵中更注重爱国主义教育。外语院校学科发展一般都具有较强的国际性，因此在学术文化建设与交流过程中始终保有一颗爱国之心是应该恪守的价值观。在国际化空前发达，泥沙俱下的潮流中，真正做到洋为中用，不做外来文化侵略的帮手。一方面对价值观提出了很高的要求，另一方面也对国外文化的驾驭能力提出了更大的挑战。因此，在吸收借鉴国外语言文化过程

---

① 李振玉. 文化视野中的高等教育系统——伯顿·克拉克的学术文化思想及其意义 [J]. 外国教育研究, 2003, 30 (12): 50 - 53.

② 陈莹. 大学学术文化建设与研究生创新科研能力的培养 [J]. 教育教学论坛, 2015, 1 (4).

中，需要了解其背后的价值观，并将之与我们的价值观进行比对，牢牢把握"为谁培养人"的坚定立场，才能切实做到不西化。

其次，学术文化涵养更注重价值观引领。与其他院校的学生相比，外语院校的学生有更多机会接触异域文化，他们也需要更多地了解外国的文化和文明。俗话说，常在河边走，哪有不湿鞋。因此，适度和正面的引领和塑造可一定程度上避免学生"三观不正"。他们在接触吸收西方文化、文明的同时，也可能接触接受了其中的糟粕，这也是高校在意识形态领域受到更大挑战的原因之一。

再次，学术文化的非功利性遭遇更大挑战。学术文化的非功利性是其应有之意，诚如克拉克所言："只问耕耘，不问收获，只知是非，不计利害，应是学术界占主流地位的精神气质与价值取向。"① 但遗憾的是，学术中的功利色彩已经对学术的健康发展产生非常不利的影响。而西方人性本恶为起点的功利主义和个人自由主义价值观泛滥，更对学术文化的非功利性要求造成极大伤害。因此，外语学院对学生进行学术文化涵养过程中，更需要梳理清楚这种逻辑起点和应对策略，才能够取得较好的效果。

第四，学术文化建设更注重学科的交叉融合。外语院校的学科设置相对而言门类不是那么齐全，学生的专业背景相对比较窄，知识面不够宽广深厚。而高层次外语人才的培养需要宽口径，这对跨学科的交叉融合提出了必然要求。因此，学术文化建设中需要打破内部壁垒，加强与其他学科的融合渗透，在打造"专而尖"的同时兼顾"宽而厚"，补足自身的短板才能求得长足的发展。

二、外语院校研究生学术文化的建设途径

研究生教育决定未来高端人才培养质量，为此，国家中长期教育改革和发展规划纲要（2010—2020）对于研究生教育明确提出"充分发挥研究生在科学研究中的作用"。学位与研究生教育发展"十三五"规划也对研究生教育提出"把服务需求、提高质量作为发展主线""加强学术学位研究生创新能力培养"

---

① 伯顿·克拉克. 高等教育新论——多学科的研究［M］. 杭州：浙江教育出版社，2001.

和"加强专业学位研究生实践能力培养"。从国家层面来看，研究生培养的两个主要方面在于科研能力和专业实践，虽然目前研究生培养分类进行，但无论是学术学位研究生还是专业学位研究生，毕业的基本条件都要提交相应的学位论文，因此，可以认为研究生教育工作内容中均包含学术文化建设的内涵。笔者认为，外语院校研究生学术文化建设途径主要有以下两方面：

一是隐性工作。教育部《关于进一步加强和改进研究生思想政治教育的若干意见》（教思政〔2010〕11 号，下称《意见》）中明确"要注意在研究生学术活动中融入思想政治教育内容，促进研究生学术科研能力和思想道德素质同步提高，培养研究生不畏艰难的科学作风、严谨求实的优良学风、求新探异的创新意识、艰苦奋斗的创业品格、合作沟通的团队精神"。而早在 2002 年 2 月，教育部印发《关于加强学术道德建设的若干意见》的通知要求"在学位论文答辩、学术论文发表、学术著作出版、科研项目立项与评审、学术奖项评定等方面要体现正确的政策导向，防止重数量轻质量、形式主义，甚至弄虚作假等不良倾向，建立健全公开、公平、公正的学术评价制度"。由此可见，学术文化建设需要从思想政治工作和学术道德建设两方面来加强。

笔者将之纳入隐性工作，是基于价值观和道德是内隐于人的思想之中，虽然我们可以轻松地认为，任何行为均是内在思想的外在体现。但由于这种体现不具有客观真实性，有时还具有欺骗性。即有时这种行为体现了真实的想法，但有时确实与真实想法背道而驰，用语言表达即为口是心非。但不能因为效果无法衡量就可以不加以重视。《意见》强调："研究生思想政治教育是研究生教育的重要组成部分。育人为本、德育为先，立德树人是教育的根本任务。"隐性工作的重要性不言而喻，虽然隐性工作很难用具体量化指标来体现，但却是工作的重点和难点，是"三观"的总开关，因此，必须加以重视。隐性工作方式上更加注重组织对个体的价值引领，如果措施得当，会起到事半功倍的效果。

二是显性工作。显性工作是能够通过外在的考核进行量化的工作内容。它和隐性工作是有机不可分割的整体，是隐性工作的外显过程的具体化。

首先，要发挥学术文化涵养作用。研究生阶段，在加强知识传授的同时，更应注重文化的涵养作用。"文化传承"已经作为高校的功能之一，这种传承在研究生阶段更加明显，文化既包括传统文化和科学文化，还应包含学术文化，通过学术文化的熏陶，使学生打上不同高校的烙印，这种烙印的内涵不是科学知识，而是文化熏陶。学术文化的熏陶有助于学生树立正确的价值观，这可以通过学校的办学历史进行传承和发扬，通过校训总结提炼并指导践行。

其次，以导师为切入点加强学术道德的教化作用。2013 年 7 月《教育部、国家发展改革委和财政部关于深化研究生教育改革的意见》中明确"提升指导能力，健全以导师为第一责任人的责权机制"和"全面落实教师职业道德规范，提高师德水平，加强师风建设，发挥导师对研究生思想品德、科学伦理的示范和教育作用。研究生发生学术不端行为的，导师应承担相应责任"。外语院校中，导师与学生共同参与的项目建设相对较少，因而师生关系相对松散，这其实对导师如何指导提出了更高的要求。通过以研究生导师师德建设为抓手加强研究生学术道德建设，一方面可以提升教师的职业道德，另一方面共同提升师生的学术道德。

第三，加强制度落实与完善。从国家部委到地方教育行政主管部门均出台了相关文件，明确要求通过加强研究生学术文化建设来提升学生的学术能力和学术道德。制度如果得不到遵守那就是一纸空文。同时，由于我国幅员辽阔，地区经济发展又不平衡，因此各学校可以根据自身的客观实际制定相应的制度，但不可与上位法相冲突。这样，通过制度的完善与执行来促进学术文化建设的有效性。

第四，加强学术能力建设。通过上文分析的价值观引领、学术道德建设和制度建设等途径提升学术文化建设，其最终的落脚点还是提升学术能力。价值引领是方向，道德建设是高线，制度建设是底线，能力建设是根本，只有抓住根本，才能够纲举目张。

三、上外研究生学术文化建设现状

上海外国语大学目前共有一级学科硕士学位授权点 7 个，二级学科硕士学位授权点 39 个；专业硕士学位授权点 5 个。一级学科博士学位授权点 2 个；二级学科博士学位授权点 19 个。博士后科研流动站 2 个。为实现学校的育人目标，我们推出了系列举措来加强和推进研究生的学术文化建设，取得了较好的成绩。

构建多种平台，提高研究生的参与度。一花独放不是春，为了提升研究生的科研参与度，满足多方位的需求，我校为研究生搭建了多元化学术交流与科研平台，例如"外语与文化"系列研究生学术论坛、"爱未来"研究生学术文化节、研究生暑期学校、研究生科研基金项目、博士沙龙、硕博论坛、研究生静湖读书会、学术 DV 展播等，这些平台有效促进了上外研究生的学术交流，展示了上外研究生的学术风采，也为浓厚校园学术氛围做出了积极的贡献。

创建博士沙龙品牌，树立高端学术品牌。2009 年 10 月创立博士沙龙以来，我们秉承研究生院"研精思远，究微践行"的院训理念，做有思想的学术，谈有学术的思想。重深度，重研讨，重风格，为不同领域和学科背景的硕士、博士研究生、青年学者及专家学者们搭建交流学习的平台。至今已成功举办二百余场，博士沙龙由一个中心，发展出两个平台，通过三种媒介，利用四个板块，以多种形式在我校研究生中组织开展学术交流活动。它不仅成为本校研究生及青年学者进行学术交流的重要平台，而且吸引了上海地区乃至长三角地区的高校师生，已成为上海高校沙龙、讲座类活动中较有影响力的品牌活动之一。

加大经费投入，引领研究生潜心学术。研究生教育虽然是国家高端人才培养的重要环节，国家也在加大相关的资金投入，但总体而言，投入比例要远低于本科生。同时，随着研究生规模的不断扩大，研究生中家庭困难学生的比例也在呈现出逐年上升的趋势。为了更好地营造良好的学术氛围，使专心于学术发展的研究生能够从中获得资金支持，我校除国家和上海市相关政策外，还先后出台了《上海外国语大学研究生科研基金项目管理条例》《上海外国语大学研究生创新能力培养专项资金实施办法》《上海外国语大学研究生国际学术会议参会资助实施办法》《上海外国语大学博士研究生国（境）外访学资助实施办法》等系列保障和支撑制度。通过系列制度的出台和完善，为研究生科研经费和学术活动的落实提供了长效机制，有力保障了相关经费及时、到位、有成效。

加强学术交流，拓展学术视野。在精心打造校园学术文化氛围的同时，我校还积极拓展对外交流，鼓励和支持同学们参加国际性、区域性和国内相关学术交流活动，鼓励学生积极参与"国家公派项目""校际合作项目""第二校园项目"和"境外学术会议"等学习交流活动，进一步拓展了研究生国际化视野，为提升研究生的综合实力创造有利的条件。

打造导师学术引领计划，为研究生学术发展导航护航。为提高我校研究生科学研究和学术创新能力，切实加强导师对研究生的学术指导，加大拔尖人才培养力度，学校自 2016 年起设立"导师学术引领计划项目"，对以研究生导师组织指导、研究生为研究主体的研究课题进行资助。由研究生导师遴选、组织并指导研究生进行课题设计，全程指导研究生开展课题研究。鼓励研究生将自己的学位论文与该课题研究相结合，注重课题的学术价值和学术创新性。此项目的推行，旨在鼓励研究生导师加强对研究生进行系统科研训练，培养他们的问题意识和学术研究素养，提升他们的科研水平和学术创新能力。

四、上外研究生学术文化建设新实践

近年来，我校在学科建设过程中取得了较为骄人的成绩。2018 年 1 月，教育部、财政部、国家发展改革委印发《统筹推进世界一流大学和一流学科建设实施办法（暂行）》。在近日公布的"双一流"高校名单中，上海外国语大学被列入一流学科建设高校。这既是对我校过去工作的肯定，更是为上外学科建设注入新的动力。而人才培养是高校的核心工作，在一流学科建设过程中，培养一流素养的学生是应然之意，研究生教育作为高级人才培养阶段，其人才培养质量将对未来学科建设起到至关重要的作用，研究生学术道德和学术能力建设将是研究生人才培养的重要抓手，我们将加大以下几个方面的实践力度。

首先，进一步加大研究生兼任"助教、助研、助管"工作的力度，为研究生导师松绑，也为研究生培养拓宽平台，强化落实导师在研究生培养过程中的责任，强化研究生的专业实践能力和科研意识培养。根据 2013 年《教育部　国家发展改革委　财政部关于深化研究生教育改革的意见》中"研究生发生学术不端行为的，导师应承担相应责任"的规定，进一步发挥导师在研究生培养过程中的作用，切实让导师成为研究生培养的第一责任人。但在落实此项工作过程中，需要特别注意避免刚性有余，柔性不足，避免挫伤导师和研究生的积

极性。

其次，构建学术诚信激励机制，实行学术不端行为终身追责，将学术诚信纳入个人征信体系。在研究生学术道德建设过程中，既要设立学术道德的高线，又要制定学术规范的底线。对于达到高线标准的研究生及其指导导师应该给予表彰和奖励，对研究生中出现的学术不端行为应该进行严肃查处，对于不负责任的导师应同时追责。建议将学术不端行为纳入社会征信系统，进一步增加学术违规行为的成本，有效预防和减少学术不端行为的发生。

再次，加大发展性资助投入，大力提升学术能力建设，培育更多的高端人才。目前，经济困难研究生存在一定的基数，拜金主义和享乐主义也对研究生的价值观造成负面影响，部分研究生难以安心读书，更谈不上做创新性研究和实践。对此，一方面需要进行价值引领，也需要多渠道提供资金保障，破除仅靠困难证明即可享受保障的现象，将有限资金更多地投入研究生发展需求方面。同时，努力培养研究生的学术兴趣，增加研究生科研获得感和成就感，使研究生在科研方面步入良性循环轨道。

最后，以爱国主义教育为切入点，加强学术文化建设，增强研究生的历史使命感和责任感。近日，习近平总书记高度评价"黄大年同志秉持科技报国理想，把为祖国富强、民族振兴、人民幸福贡献力量作为毕生追求，为我国教育科研事业做出了突出贡献"。学校应以此为契机，顺势而为，加强研究生学术文化建设，提升学习研究动力，将个人学习发展和国家的前途命运联系起来，增强研究生的危机感与使命感。

综上，研究生的学术文化建设绝不是一蹴而就的工程，而是潜移默化的过程，需要润物细无声的良性影响，更需要有力的奖惩机制，同时还需要相应资金和制度的支撑保障，这样多维度立体式的体系才能更加有效发挥学术文化的涵养作用，更加有力促进学术文化的建设成效，培养出更多符合国家发展需要的优秀人才。

文化认同视域下外语院校学生的社会主义核心价值观教育

——以上海外国语大学为例

王 蕾①

摘 要：文化认同是凝聚民族共同体的精神纽带，其核心是对一个国家主导意识形态的认同。价值观教育从本质上来讲是一种文化认同的教育。在外语类院系大学生中，由于专业学习的特点，文化认同与文化冲突相生相伴，甚至会产生文化认同危机，给社会主义核心价值观教育带来了困境与挑战。外语院校大学生社会主义核心价值观教育应当从增强学生文化认同的视角，改进教育理念和方法，加强校园文化环境建设，提升大学生自我教育水平。

关键词：文化认同；外语院校；大学生；社会主义核心价值观；教育

党的十八大报告明确指出，"要深入开展社会主义核心价值体系学习教育，用社会主义核心价值体系引领社会思潮，凝聚社会共识"。大学生处在人生的青年时期，这一时期是人性品质和人性特征生成和发展的关键阶段，更是认同性建构的重要阶段。在大学生中积极培育和践行社会主义核心价值观，对于社会主义核心价值体系建设和社会主义文化建设具有重要意义。

文化与价值观教育有着天然的联系，文化的核心就是价值观，价值观教育始终存在于一定的文化之中。文化认同是认同性建构的重要内容和基本支撑，

---

① 作者系上海外国语大学学生工作部（处）讲师。

其对人性生成与发展所具有的价值集中反映在它对人性的引导与提升上，这也是文化认同的巨大魅力之所在。因而，从文化认同的视角思考大学生社会主义核心价值观教育的理念与方法，有利于推进大学生社会主义核心价值观教育。

母语、民族经典文本、共同历史记忆、习俗体制、心理情感方式都是形塑个体文化认同的符码，因此本文的分析重点就放在大学生对中国优秀传统文化（文中传统文化均指优秀传统文化）的认知、情感、态度和行动方面，通过考察学生对优秀传统文化的接受与拒斥、选择与摒弃、持守与创新，分析其问题存在的相关因素，以期明确社会主义核心价值观教育的途径。

一、大学生文化认同现状调查与结果分析

（一）调研情况

本研究采用问卷调查的方式。正式发放问卷之前，经过小范围的试测，根据试测数据对问卷进行信度、效度分析，并根据分析结果对问卷做了部分修改和调整，形成正式施测问卷。问卷主体部分问题设置的维度主要由学生对于优秀传统文化的认知、情感、意识观念、行动等要素所构成。

本次测试以上海外国语大学在籍本科生作为调研对象。正式测试共发出问卷 300 份，回收问卷 296 份，其中有效问卷 296 份，有效回收率 98.7%。其中女生 235 人，占 79.4%，男生 61 人，占 20.6%。生源地或家庭居住地中，城市生源 192 人，占 64.9%，农村生源 104 人，占 35.1%。专业类型中，语言类专业 229 人，占 77.4%，复合类专业 67 人，占 22.6%。各个年级中，大一有 109 人，占 36.8%；大二有 97 人，占 32.8%；大三有 75 人，占 25.3%；大四有 15 人，占 5.1%。

问卷回收后，对有效问卷进行编码，建立统计表格，对数据进行人工录入，并利用 SPSS17.0 软件进行统计分析。

（二）研究结果分析

1. 大学生对优秀传统文化的认知情况

问卷从大学生对优秀传统文化的了解程度、对优秀传统知识的积累广度设置了两道题。调查数据显示，"一些耳熟能详的经典，你能否准确理解并恰当运

用"的问题回答中，有 2.0% 的大学生表示基本上没听过；有 22.3% 的大学生表示很多经典只是耳熟，具体涵义一知半解完全无法自如运用；有 55.1% 的大学生表示了解大概意思，但生活中很少能恰当运用；有 20.6% 的大学生表示完全可以理解和运用。还关于优秀传统文化知识积累方面，在对"习近平总书记在北京大学师生座谈会上的讲话引用了《管子》中的'四维不张，国乃灭亡'，对于'四维'你了解多少?"问题的回答中，32.6% 的大学生不太了解。因此，从整体上看，大学生对传统文化的了解程度和传统知识的积累广度还比较浅窄。

2. 大学生对优秀传统文化的情感与态度

问卷设置了四道相关的问题进行了考察。调查显示，43.6% 的大学生更喜欢中国传统节日，36.7% 的大学生喜欢西方节日，19.7% 的学生都喜欢。在"你更认同西方文化讲究理性和个体的自由、权利，还是中国文化的人伦关系、集体利益"问题的回答中，47.9% 的大学生认同中国文化；6.4% 的大学生较为认同西方文化，45.7% 的学生认为各有特色，视情况而定。对"你对当今的'国学热'有什么看法"问题的回答，26.7% 的大学生认为国学乃我国文化之精髓，国学热是我国文化优越性的体现；38.4% 的大学生认为应该冷静对待国学热，吸取其积极部分，摒弃其商业鼓吹部分；32.9% 的大学生认为当今的国学热很可能是"文化快餐"而非文化繁荣的体现；2.0% 的大学生认为"国学热"只是三分钟热度，不会对国人造成什么大的影响。可见，多数大学生在情感和态度上是认同中国传统文化的，但是也有一部分大学生认为在"国学热"的过程中传统文化可能会"快餐化"、商业化，而且这种短暂的热度不会对传统文化建设、价值重塑、人文精神弘扬、民族文化复兴等产生重大影响。

3. 大学生对优秀传统文化的践行情况

对于传统文化的认同，不仅表现在认知、情感和态度意识上，更重要的是愿不愿意主动去学习接纳并在实际行动中对其持守与创新，将其融入生活方式中去。调查问卷中设置了三道相关问题，从传统文化对大学生的成长与生活产生的实际影响切入，并与大学生对传统文化相关方面的认知做了对比。

（1）表 1 和图 1 的两组数据对比发现（如图所示），大学生虽然在理性认知上认为传统文化最核心的部分是传统的伦理道德观念，然而，在自身成长发展过程中耳濡目染、潜移默化中受影响最深的却是传统的讲人情重面子功夫的人际交往方式，也就是说，大学生在实际生活中对传统人际交往方式的接纳与持守要强于对传统伦理道德观念的遵从。

表1　大学生认为传统文化的核心内容与传统文化对大学生的实际影响对比情况

题目 选项	你觉得传统文化对您自身成长发展影响最大的是什么？	你认为中国传统文化最核心的内容是什么？
伦理道德观念 （如重"义"轻"利"）	23.7%	48.9%
人际交往方式 （重人际关系，讲人情）	39.8%	20.6%
思维方式 （重感情，轻理性分析）	21.3%	18.2%
优秀文学作品、 艺术形式（诗词、戏曲）	15.2%	12.3%

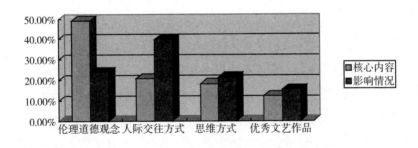

图1　大学生认为传统文化的核心内容与传统文化对大学生的实际影响对比

（2）大学生是否愿意用实际行动践行传统文化。"你是否运用仁义礼信忠孝廉耻这样的传统道德观念约束自己品德和行为"问题的回答，仅有27.5%的大学生选择会严格要求自己，有50.1%的大学生选择会在一些特定环境下用传统道德约束自己，有18.4%的大学生选择偶尔，还有4.0%的学生选择基本不会。

（3）大学生获得传统文化和历史知识的主要途径。图2是通过加权平均数法得出不同方式的主次等级差序。

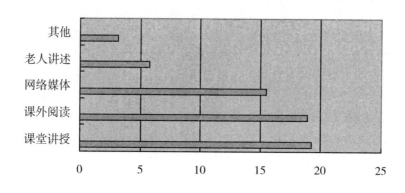

图2　大学生获得传统文化和历史知识的主要途径

由图可知，大学生获得传统文化和历史知识的主要途径依次排序为：课堂上老师的讲授、课外阅读、网络媒体、老人讲故事和其他方式。可见，多数大学生在获得传统文化和历史知识的众多方式中还是以制度化教育中的课堂讲授为主，课外阅读、网络媒体等自主学习方式发挥的作用正日益凸显，但仍未超越课堂上讲授的比例。

4. 不同维度的大学生对优秀传统文化认同情况的比较分析

（1）在性别维度上，调查显示男生和女生除了对传统文化的情感上不存在显著差异，但在对传统文化的认知、态度和行动上都存在显著性差异。男生对传统文化的认知在两极化水平上高于女生，在对待传统文化的态度上男生也是如此，并且女生持中间辩证态度的比例高于男生；在对传统文化的持守与践行活动上，男生的消极应对态度要比女生明显。

（2）在年级维度上，四个年级的大学生在对传统文化的认知和行动上不存在显著性差异，而在对传统文化的情感和态度上存在显著性差异，大四学生对待传统文化的态度相比更加鲜明，持肯定认同态度和否定不认同态度的比例都高于大一到大三的学生。

（3）在专业维度上，不同专业类型的大学生在对传统文化的认知和情感态度存在显著性差异，其中语言类专业学生对传统文化的认知水平要低于复合型专业，对传统文化持完全肯定和认同态度的比例高于复合型专业的学生。

（4）在地域维度上，家庭居住在城镇和农村的大学生在对传统文化的认知、情感态度和行动上都不存在统计学意义上的显著性差异。

二、大学生文化认同存在的问题及原因

（一）大学生文化认同存在的问题

1. 中国优秀传统文化知识掌握比较浅显

对一种文化的认知是领会其精髓的基础，认知程度的高低决定精神层次的高低。大学生文化认知程度既取决于对这种文化掌握的广度，也取决于对其理解的深度。"富贵不能淫，贫贱不能移，威武不能屈"和"四维"等内容，可以说是中国传统文化中最具代表性和与我们接触最为广泛的内容，前文分析中我们可以看到大学生对其了解虽然广泛，但是理解缺乏深度，存在比较普遍的一知半解的现象，未能形成深刻的认识，无法更好运用于生活和学习实践中去。

2. 对待中西文化交流缺乏足够的理性

在全球化的今天，文化的交流成为一种势不可挡的潮流，前文调查结果分析中提到45.7%的学生认为西方文化的"个体的自由、权利"和中国文化中的"集体利益"各有特色。那么，到底怎样对待外来文化，如何在中西文化交流中保持"以我为主，为我所用"的基本原则，既不能盲目崇外，也不能盲目排外，成为影响新时代大学生文化认同的一个重要因素。

3. 践行优秀传统文化的能力不足

文化认同的过程是由"内化"到"外化"的过程，大学生对中国传统文化的认同，既体现在对文化的认知和态度上，更体现在个人的践行上，其中最主要的就是用中国传统思想指导自己的品德行为方面。但从前文调研结果分析可见学生中"知行转化"不够充分是一个普遍性的问题。

（二）产生问题的原因

1. 个人因素

在对"你平时都看哪些类别的书"的问题回答中，有18.3%的同学选择"考证考研类"，34.7%的同学选择"专业知识类"，22.5的同学选择"文学历史类"，24.5%的同学选择"小说杂志类"。部分大学生存在学习功利化的思想误区，用"物化"的标准衡量所学的课程、选择接触的知识。他们不愿意花时间用在对传统文化的学习和研究上面，学习中国传统文化缺少热情。

2. 社会因素

随着社会主义市场经济的深入发展，人们开始注重实效和利益，用金钱、物质利益来衡量一切事物的价值。而且这种功利取向从经济领域不断侵蚀至政治、文化、教育和人际交往等方面的价值观念。

同时，随着全球化进程，世界各国之间的文化交流日益频繁，西方国家将有着资本主义意识形态烙印的大众文化产品输入中国，以迎合青年口味的新鲜的方式呈现出来。大学生在接触这些文化产品的同时，也潜移默化地受到其包含的个人主义、"普世价值"等意识形态的影响，一定范围上消解着大学生已经形成的对本民族文化和价值观念的认同感和归属感。

3. 教育因素

当问到"你认为当前学校传统文化教育中的不足"时，有39.8%的同学选择"传统文化课程比较单一而且效果不好"，29.6%的同学选择"教学途径和方式单一"，24.5%的同学选择"缺乏良好的校园文化环境"，6.1%的同学选择"教师自身传统文化素养较低"。

我国高校在人才培养理念上普遍受功利化的影响，存在重知识和技能的培养、忽视人文素养培养的倾向。很多高校的中国传统文化相关的教材存在陈旧冗杂，仅仅是把中国传统文化进行知识性和概念性的解释，而不是当作一种文化去阐释其内在的意蕴，即使有所阐释，也只是浅尝辄止。在校园文化建设中也仅用传统经典中的只言片语来标榜传统文化，对传统文化时代价值挖掘和阐发不够，缺乏文化品位，出现了脱离生活的空洞化，致使大学生既无法领悟传统文化的魅力，也无法体会传统文化的时代价值，无法调动他们的学习积极性，更不用说认同传统文化了。

三、增强大学生文化认同，促进社会主义核心价值观教育的具体举措

（一）挖掘中国优秀传统文化教育内容

首先，要立足于中国传统文化的精华，以那些兼具文化品位、道德情操和生活美感的文化精粹作为传统文化教育的主体内容，提升传统文化教育的文化品位，增强大学生的传统文化认同。其次，聚焦当代大学生关注的焦点、热点以及难点问题，利用优秀传统文化进行解决，让大学生充分认识到传统文化的价值，在与时代接轨的进程中推进传统文化教育的实际效果。最后，从大学生正在进行着的实际生活出发，解构传统文化的内涵和价值，使文化贴近大学生生活，不断陶冶大学生的情操，提高大学生用中国传统文化约束自己品德行为的能力。

（二）创新中国优秀传统文化教育的形式

大学生的认知能力较初高中阶段有了很大的提高，大学阶段对知识的认识不仅仅满足于概念性认识，而是渴求更深层次的理解和探索。可以将中国传统文化的内容划分成成多个专题，根据不同年级、不同专业学生的特点，同时结合学生的兴趣和需求，开设不同专题的传统文化课程。同时这一教学过程不仅包括课堂讲授，还应当包括学生在课外进行的独立阅读、思考和研讨。学生可以在教师的指导下，自主查阅研讨性的著作和教材，了解名家的解释与分析；在此基础上，联系现实生活和自身实际，进一步思考撰写读书报告；最终再回到课堂，进行小组讨论交流，教师予以点评和补充。在这一过程中，大学生通过潜心阅读与思考，能够主动探索研究优秀传统文化，并逐渐将之内化为自身的文化素养。

（三）提高教师的中国传统文化修养

"国将兴，必贵师而重傅；贵师而重傅，则法度存。"大学教师既是人类知识的传播者，又是人类文化的传承者。大学教师中国传统文化素养的高低将直接影响大学生的传统文化教育的质量，以及大学生对于传统文化的认同度。

"水之积也不厚，则其负大舟也无力。"在国外，经典教育有时候并不设专任教师，而是指定专业上最有深度的教授来讲授通识课程。因此每一位大学教

师都要树立终身学习的理念，不断地丰富自己的人文知识，增强自身的文化底蕴，注重自身审美情趣的培养，注重自身文化品位的培育，提高对社会阅历的总结能力，将自己的经历和经验上升到文化的高度，启迪大学生的人生，帮助他们更好地理解和认识中国传统文化的意义和价值。

俄国著名教育家乌申斯基说过："教师的人格，就是教育工作的一切。"教师应当将中国传统文化的精髓内化为自身的素养，并用之指导自己的道德行为，做到"以身示范"，以自己的行为影响和带动学生，为学生树立高尚的人格形象。

（四）注重校园中国传统文化氛围建设

1. 积极引导创立具有文化传承和思想政治教育双重功效的学生社团组织

传统技艺的修习既可以陶冶学生的情操，又可以使学生感受中国传统文化的独特魅力。但是，这种培养不能止于传统技艺的学习，而应当以此为基础，通过艺术老师的引导，使学生更加全面深刻地体悟传统文化思想的丰富内涵，将之内化为自己的传统文化素养，并外化为道德行为。例如关于书法艺术，扬雄的"书，心画也；心画形，君子小人见矣"，柳公权的"心正则笔正"都是在说书法之美即人格之美。项穆在《书法雅言》中指出："圆而且方，方而复圆，正能含奇，奇不失正，会于中和，斯为美善。中也者，无过不及是也；和也者，无乖无戾是也"即是说高尚的人、好看的字都应该是中和的、美且善的。可见"和谐""友善"的社会主义核心价值观与传统文化的文脉相承。

2. 组织丰富多彩的校园文化活动

例如举办中国优秀传统文化为主题的读书会、交流会；邀请名家名师开办讲座、论坛；围绕社会热点问题开展辩论赛；高雅艺术进校园活动等。这类活动对民族文化艺术的大众化、普及化有着直接的推动作用，同时也可使大学生在欣赏文学艺术作品、享受精神食粮的过程中，积淀人文底蕴，厚植人文素养。

3. 打造特色鲜明的社会实践品牌

社会实践"对于促进大学生了解社会、认识国情、增长才干、奉献社会、锻炼毅力、培养品格、增强社会责任感等具有不可替代的作用"。"我爱我的祖国"暑期社会实践活动，"体验乡情，服务家乡"志愿服务活动等，既能够提高大学生的实践能力和创新能为，又增强了他们的历史使命感和社会责任感。此外，要注重将地域文化资源与教育相结合，在气势恢宏的传统文化中，具有独特历史背景的地域文化往往是对民族精神的生动诠释，通过与其近距离的接触，大学生自然而然地会增进与文化的感情，提升对文化的认同，也为增强大学生社会主义核心价值观教育的实效性提供了保障。

参考文献：

［1］董云川，周宏. 大学的文化使命——文化育人的彷徨与生机［M］. 北京：人民出版社，2012.

［2］［美］塞缪尔·亨廷顿. 文明的冲突与世界秩序的重建［M］. 周琪译，北京：新华出版社，2002.

［3］刘智运. 中国传统文化与大学生教育［J］. 武汉大学学报，1995（2）.

［4］陈岸涛. 当代大学生文化忧患意识的缺失与培养［J］. 河南师范大学学报，2008（4）.

［5］骆郁廷，魏强《文化发展视阈下的大学生思想政治教育［J］. 思想理论研究，2012（3）.

探索全员育人模式下的外语院校特色文化建设

——以上外法语系第二课堂为例

李漪妮①

摘 要：习近平总书记在全国高校思想政治工作会议上指出要把思想政治工作贯穿教育教学全过程，努力开创我国高等教育事业发展新局面。各所高校均积极探索，构建大思政教育体系。本文介绍的是笔者所在的上海外国语大学法语系如何对接学校部署，树立全员育人理念，充分发挥教授博导优势、依托青年教师队伍、利用优质校友资源、开拓校外企业途径，以第二课堂为抓手，建设外语院校特色文化的案例。

关键词：全员育人；外语院校；文化建设；第二课堂

2016年12月，全国高校思想政治工作会议在北京召开，习近平总书记发表重要讲话，强调要把思政工作贯穿教育教学全过程。近年来，如何让思政教育贯穿大学生教育全过程引起了大家的关注。各所高校积极探索，对传统思政教育进行改革与创新，构建起全员、全课程的大思政教育体系。在这方面，上海外国语大学也进行了有益尝试，制定了思政工作与专业教育相结合、党建工作与教学科研相结合、课堂教学与课外生活相结合的目标与原则。本文介绍的是笔者所在的上海外国语大学法语系如何对接学校部署，挖掘专业优势，树立全员育人理念，以第二课堂为抓手，建设外语院校特色文化的案例。

---

① 作者系上海外国语大学法语系辅导员，思政讲师。

一、发挥教授博导优势，打造外语特色学术文化

法语专业拥有一支高职称、高水平的博导教授队伍。学科目前有正教授6人，其中博士生导师4人。他们都在各自专业领域拥有丰富的科研、教学、管理和人才培养经验。法语系启动"博导教授引领"计划，组建队伍，安排分工，充分发挥这支博导教授队伍的积极性和育人功能，为法语本科人才培养助力。

（一）学科带头人为新生引航

大一新生刚入学时，总会对自己的定位和大学四年的学习生活有些迷茫，这时，我系邀请全国外语专业指导委员会副主任委员兼法语组组长曹德明教授为法语系全体新生开设"心怀敬畏之心，求索大学之路"主题讲座。

讲座上曹教授就当前外语类高校学生所面临的新形势进行了宏观分析，强调外语院校学生的崇高使命："将自己的发展和国家民族的发展相结合，用精湛的外语能力，向世界讲好中国故事。"曹校长用大量翔实生动的事例告诉同学们："语言是有价值、有力量的"，精湛的外语能力能让一个国家在国际谈判、商业谈判中夺得先机。曹校长还强调了"了解并深入研究本国文化和语言对象国文化的重要性"。他说，上外人要真正做到"精语言、通文化、跨文化沟通能力强"，"要有致力于在国际舞台上为争取我国的国家利益做出贡献、为向世界传递中国声音不懈努力的胸怀"。他鼓励同学们珍惜时光，认真对待语言学习，做好语言学习者的本职工作，向世界讲好中国故事，争取未来在更大的舞台发声。

通过此次讲座，曹教授为迟疑迷茫的学子指点迷津，带领学生共同探索前进的方向。

（二）资深译员为外语学习指点迷津

作为外语院校的学生来说，成为高级翻译可能是很多学生前进的方向和努力的目标，然而这一职业充满着神秘色彩，学生只知其一不知其二。为了让同学们深入了解译员这个职业，我系请到博士生导师陈伟教授以"夯实法语基础，成就高翻梦想"为题，为学生开设法语口译同传及法语学习讲座。

陈伟教授用很多珍贵的照片和生动的事例向同学们真实全面地讲述了同传

经历，叙述了自己同传生活的"光鲜"一面：为国家领导人担任翻译，见识"大场面"，与法国明星近距离接触……更从翻译这个美妙的职业中，收获了挑战成功后的喜悦，见证上海发展历史并参与其中的幸运，以及探索未知世界、接触最新高端信息的感悟。然而，"光鲜"只是冰山一角，水面下，是日复一日的付出：有时需要在深夜默默准备，有时需要忍受饥饿进行长时间翻译，有时需要在简陋的环境下坚持工作……这种付出和得到的收入在开始时期还很难成正比。因此，陈伟教授指出，想要做一个优秀的翻译，一定要做到"忍辱负重"。具有情商、善于沟通是译员的必备技能；明确译员职责、具有高度责任感且敢于担当是译员的基本素养。除了良好的职业道德和伦理，译员还必须拥有极强的心理素质用来面对翻译环境的不确定性。当然，基础的学习能力也绝不能忽视，例如，卓越的语言能力、广博的知识面、永恒的好奇心与优秀的学习能力等。

此次讲座带领同学们揭开了高翻的神秘面纱，让同学们对这个职业有了客观全面的了解，给予同学们很大的激励，鼓励同学们在今后的法语学习中更勤奋刻苦，精益求精，追求卓越。

（三）名家对话启发学生深入思考

外语习得不仅仅是语言的学习，更是不同语言背后两种文化的交流和碰撞。2016年10月17日肖云上教授带领法语系师生同法国国际关系研究院院长蒂埃里·德蒙布里亚尔（Thierry de Montbrial）围绕"真善美"的主题进行了一场生动的对话。

肖云上教授首先对座谈会的主题表达了自己的看法：中国人民强调"真善美"，而法国人民强调"美真善"，这三个字的不同排列顺序体现了中法人民对这三个标准的不同重视程度，同时也体现了中法文化的差异。蒙布里亚尔先生则兴致勃勃地讲述了36年前他第一次来到上海的心情和体会，他说，他从1973年便开始了世界各地的旅行，正是这些旅行对他的写作起了极大的帮助，也是从那个时候他开始对生活有了更深刻的了解，对真善美有了初步的认识。蒙布里亚尔先生还从哲学、文化、历史等角度对他眼中的"真善美"进行了阐释。他认为追求"真善美"是人类的使命与责任，每个人的努力虽然微小但却是必不可少的，正是有了每一滴水才汇成了浩瀚的大海，切记"勿以善小而不为"。

法语系学生仔细聆听座谈会并积极思考，与主讲人进行探讨并交流提问。他们不但对两种不同的文化有了更深入的理解，也在潜移默化中明确了"真善美"三原则应该为人类的行为指明方向，达到了思政教育润物无声的效果。

二、依托青年教师队伍，全程参与学生文化活动指导

法语系目前 40 岁以下教工共有 20 人，占教工总数的 65%。法语系以青年教师队伍特别是青年党员教师的建设为抓手，将学生党团活动与专业学习紧密结合，每一项专业赛事都由系里指定专人负责选拔预赛及全程专业水平的指导。让学生在参与丰富多彩的第二课堂活动的同时，巩固自己的外语学习。我系将外语特色带入形式多样的文化活动中，且每一个活动在专业学习的不同方面有所侧重，互为补充。

（一）学术类竞赛注重听说读写、考察文化底蕴

我系有三大王牌学术类竞赛，分别是法语听写大赛、法语演讲比赛与法国文化知识竞赛。法语听写大赛的音频由法国教师录制，让同学在大赛中感受到最纯正、最专业的语音，同时考验了他们的听力、单词书写与语法规则掌握情况。法语演讲比赛则是让青年学子发挥自己口语表达水平及语言组织能力的最佳平台，由法语专业教师担任评委；我系还专门为比赛中胜出的佼佼者配备了专门的指导教师，代表我校参与全国法语演讲比赛。法国文化知识竞赛则考察了学生在地理、历史、文学等文化方面的积累，由专业教师命题并担任评委。这些学术类活动使学生们在课堂之余能够相互促进、共同进步，旨在培养语言能力全面发展的特色型人才。

（二）舞台类竞演着眼思维创新、凝聚集体意识

舞台类的法语配音大赛和法兰西短剧节则为我系学子提升创造力、表现力与凝聚力提供舞台。法语配音大赛由大二、大三的同学以班级为单位参与，专业老师对各个环节进行评分。这不仅考验了青年学子对于法语语音、语调的模仿与掌握，更是在改编环节考察了学生的改编创新能力与法语叙述水平；而法兰西短剧节为每个班级配备了指导教师，各班学生在老师的悉心指导下发挥自

己的智慧，选择适合的剧本进行改编，演绎好自己的角色，并且情感准确地运用法语诉说自己的台词；一场好的表演需要每一个班级内部高度的默契和配合，在提升语言能力综合运用的同时也激发了各个班级的凝聚力。

（三）市级活动交流院校情谊、充实校园文化

我系开展两大品牌活动"法语之星风采大赛"与"法式后花园游园会"，搭建良好的平台，将我们的活动推广至全校，乃至全上海。我系主办的"法语之星风采大赛"组建教师团队专门负责筹办工作，邀请全上海法语专业的学子共同参加，复旦、交大、华师大、上师大、上外贸等高校的同学都曾参与其中，互相切磋才艺、语音、文化等方面的才能，展示各自风采。从 2009 年至今，该品牌项目已成功举办八届，在上海市高校法语专业中产生积极影响，并已成为上外校园文化中一颗璀璨的新星。"法式后花园游园会"则以法兰西风情为主题在上外喷泉花园举办，提供法式美食与具有法国特色的游戏，使全校的师生都能够对法语国家、法国文化有更多的了解，充实具有外语特色的校园文化。

三、充分利用优质校友资源，提升校园精神文化内涵

习近平总书记强调高校肩负着培养中国特色社会主义事业建设者和接班人的重大任务。为谁培养人？培养什么人？这是高校办学治校的首要问题，也是办好中国特色社会主义大学的关键所在。校友与在校学生的专业背景相同、教育背景相似，人生经历又更为丰富，更容易和在校学生产生共鸣，达成共识。法语系把握这一特点，充分利用优质校友资源，将学生职业生涯规划列为提升外语人才培养层次、提升校园精神文化建设的重要环节，邀请校友回归做讲座，鼓励学生树立远大理想，立志成为祖国所需的高端卓越法语人才。

（一）外交部高翻成洁校友为学生开设题为"投身外交事业，做卓越上外法语人"的讲座

2016 年 4 月，我系邀请外交部高翻成洁校友回母校开设讲座。成洁校友现任职于外交部翻译司，曾多次为国家领导人及夫人担任翻译和同传。

在讲座中，成洁分享她在巴黎留学的经验，用亲身经历告诉同学们"多学多问、做个有心人、充分利用语言环境、注重积累"的重要性。谈到法语语言

学习的方法时，她说，语言学习除了用脑记、背，"更重要的是学会用身体感知语言"。空闲时间听广播或看电视，是一种语言"输入"的过程，及时跟读适应语音语调，是一种语言"输出"的过程，这样学习，可以提升语感，更好地学习和掌握一门语言。成洁还与学弟学妹分享了在外交部翻译司的工作体验，向同学们介绍了翻译司，一个充满活力与凝聚力、学习氛围浓厚的集体，鼓励有志于投身祖国外交事业的同学们积极报考外交部。

如今的学生站在时代发展的浪潮中，对自己未来的职业有了更多的憧憬与规划，然而，心中为国奉献的崇高理想却不应改变。无论身处什么岗位，内心深处都应坚定"为建设繁荣富强的祖国而奋斗"的信念。

（二）原中国驻塞舌尔大使陈美芬校友担任"学生入党积极分子特邀导师"

陈美芬老师曾在我系任教十多年，后曾担任中国驻马赛总领事和中国驻塞舌尔大使。2016年9月她回到母校与学生座谈。面对陈老师，同学们踊跃提出自己的思考和困惑，或关于学习，或关于外交。陈老师表示身为外交官，站在世界的舞台上，肩负着"为祖国发声"的使命，最重要的便是拥有一颗爱国之心。正是这份情怀，让他们在外交这个没有硝烟的战场上，一次次坚守祖国的尊严；正是这份情怀，让他们在面对其他国家的质疑时掷地有声；也正是这份情怀，让他们充满自豪地将祖国的进步与发展展现在世人面前，使得全世界认识、了解到一个真实的中国。当代大学生，虽有着就业的压力，可同时也拥有着更多自主选择职业的权利，在陈老师看来，今天的大学生们要珍惜这个更加自由的时代，成为一个对国家对社会有用的人。

学生深受启发，认为身为上外学子，每个人都该思考，自己为什么而学。当掌握了与世界直接对话的工具，当务之急便应该是让世界看到中国，打破那些至今仍存在于部分外国人脑海中的"刻板偏见"，让他们看到真实的一个中国。这是外交官的责任，更是每一个外国语学校学子的责任。肩负着这份使命，在未来的学习生活中，自己必将锐意进取，自强不息，艰苦奋斗，顽强拼搏，真正把爱国之志变成报国之行。

法语系党总支书记王岩还为陈美芬老师颁发了聘书，聘请她为法语系学生入党积极分子特邀导师，以帮助提升校园文化精神内涵教育。

（三）特邀党建组织员董伟琴为毕业生开设"树立积极就业观念，成为国家所需人才"党课

2016 年 11 月，请到法语系特邀党建组织员董伟琴专门为四年级学生开展生涯辅导和就业动员。

会上，董伟琴老师对当前法语人才的就业形势做出了独到的分析，并就毕业生在择业问题中可能遇到的问题给予了相应的解决方法。董老师提到，在择业过程中，不要过于受地域、公司规模和专业等问题影响，而是在适合的岗位上发光发热，成为国家所需之才。同时，她也就四年级学生将会面对的问题给同学们指明了方向，教导同学们处理好找工作和学业之间的关系，利用大学时光充实自我，拓宽知识面。并且，她提醒同学们要注意培养自己的沟通能力和团队精神，在将来的工作中保持求知欲，不断提升自我，为国家发展做贡献。最后，董老师告诫同学们要积极谋求职业发展，回报父母，报效祖国。

就业是同学们实现人生理想的重要起点，同时也关乎国家发展，社会稳定。通过这次就业动员会，同学们更加明确了奋斗目标，加强了自身使命感，向着成为国家有用之才而努力。

四、开拓校外企业途径，推动学生实践文化

学校培养的学生，最终是要走上社会的；学校培养学生，其中一个很重要的目的也是为国家、为社会输送栋梁之材。社会实践搭建起学生与社会之间的桥梁，让学生以实践的方式了解社会、了解国情，增长才干、奉献社会，锻炼毅力、培养品格，增强社会责任感。正所谓"读万卷书，行万里路"，社会实践是大学生思想政治教育的重要环节。而外语院校由于其专业特点，对口共建的单位也具有一定的特色。我系结合自身定位和学生需求，努力和一批高质量、高匹配度的单位建立了合作关系。

（一）与上海法语培训中心建立本科学生校外实践基地

2016 年我系与上海法语培训中心成功建立"多语种＋"背景下法语卓越人才培养实践基地，以切实提升学生的实践能力和就业能力。

上海法语培训中心成立于 1992 年，是隶属于全球最权威的法语培训机

构——全球法语联盟的非赢利性中外合作办学机构。官方合作伙伴有法国驻上海领事馆、法国文化中心、法国高等教育署、巴黎工商会、加拿大驻沪总领事馆、瑞士驻沪领事馆、比利时驻沪领事馆等。上海法语培训中心作为法语语言文化传播的桥梁，丰富多彩的活动可以使学生收获法语知识、接受法国文化熏陶；同时与国内多国官方机构保持密切联系，在文化和经贸合作中需要大量外语人才，可为外语专业学生提供一个绝佳的实践平台。

上海法语培训中心为法语系学生提供实习实践机会，大学生校外实习实践基地已初步建立，每年接收一定数量的实习生和活动志愿者，单一的课堂教学的培养模式得到有效延伸。

（二）参与法国工商会举办的首届"法国开放日"活动

我系充分利用各方社会资源，继与上海法语培训中心建立本科学生校外实践基地后，积极为本科生开辟实习就业途径，长期与中国法国工商会保持密切联系。2016 年 11 月 25 日，法语系派教师陪同 2017 届毕业生一起参加了由中国法国工商会主办的首届"法国开放日"活动。

法国驻华大使顾山先生，中国法国工商会主席、圣戈班亚太区总裁孟昊文先生等出席开幕式并致辞。参加本次法国开放日的还有四十多家知名法国跨国公司和企业，涉及咨询服务、人力资源、市场营销等十几个行业。我系毕业生辅导员同法国工商会、迪奥、迪卡侬等多家法国企业的人力资源顾问进行交流，针对当前就业趋势，一起探讨法语专业学生的职业发展路径。法语专业学生也积极与企业沟通，充分发挥自身语言优势与学科素养，展现出上外法语学生的精神风貌，给法国企业留下了良好的印象。有学生通过此次活动及后续的面试收到了公司的录用通知。

法国开放日结束后，我系立即组织师生交流心得体会，通过分析自己在专业学习和综合素养上的优势和不足，使学生对即将面对的就业市场有更全面的分析，对人才需求的标准有更深刻的认识。

（三）与迪奥上海总部联手打造"精英女大学生导师引领计划"

2017 年 3 月，我系经过层层面试和精心培训，共选拔出三名优秀女大学生参与到该项目中。3 月 15 日，迪奥上海总部邀请法语系学生赴恒隆广场迪奥总部开展团队活动。迪奥公司为法语系三名大学生每人配备了颇具经验的员工作为课外实践导师，以培养全球精英女性为目的，为学生们开展职业规划和个别指导。在导师团队带领下，同学们参观了位于上海陆家嘴国金中心的快闪店铺及女装、男装、童装等展示店铺，对 Dior 的品牌理念、店铺布置和产品设计等方面有了直观深入的了解。

项目负责人还精心安排了与高管层的午餐会，在与迪奥上海区高管的直接对话中，我系三名同学用英语和法语积极互动发言，得到了对方高管的高度赞扬，体现了上外法语人扎实的语言功底和较高的综合素质。学生们还与自己的导师就人际交流、职业心理、就业趋势等问题进行了深入探讨，开拓了视野，学到了课堂之外的知识。

我系通过校企联动模式，充分挖掘社会资源，推动学生走向社会，营造实践文化，将是今后很长一段时间的人才培养路径之一，让学生在实践中有所学，有所得，真正为实现卓越法语人才培养的目标不懈努力。

全员育人背景下，如何让思政教育从"专人"转向"人人"，如何让每位教师都承担起育人责任，是每所高校都在思考的问题。上海外国语大学法语系利用第二课堂的活动，充分发挥教授博导优势、依托青年教师队伍、利用优质校友资源、开拓校外企业途径，多方位多角度建设具有外语特色的院校文化，是对大思政教育体系的有益探索和亲身实践，为实现全员育人提供了一个可供借鉴的范本。

中国传统"和合"思想对外语院校
和谐文化构建的启示

张敏①

摘　要：本文通过文献分析法，有针对性地搜集相关资料，对中国传统"和合"思想的内涵和思想渊源进行阐述，并对外语院校文化的现状和特征进行论述，提出运用中国传统"和合"思想，展开对外语院校建设和谐文化的思考和启示。

关键词：和合思想；外语院校；和谐文化

一、中国传统"和合"思想的渊源和代表观点

中国传统和合思想体现了中国文化的精髓，中华民族在源远流长的历史发展进程中，孕育了博大精深的中华文化，形成了伟大包容的中华精神，核心在于和合二字，和合的终极价值目标是和谐，是诸多元素共存平衡发展的理想关系，是中华民族独创的哲学和文化概念，是中国优秀传统文化的精华。英国哲学家罗素在《中国问题》一书中提到："中国人发现了如能被全世界人采用就会使整个世界幸福的人类生活方式，并为此进行了长达几个世纪的实践。"其中提到的就是中国传统和合思想。台湾学者钱穆对中国传统和合文化研究颇有心得，他在《中国文化精神》中提到："中国人常抱着一个天人合一的大理想，觉得外面的一切异样的新鲜的所见所值，都可融会协调，和凝为一。这是中国文化精神最重要的一个特

---

① 作者任上海外国语大学西方语系辅导员。

性。""文化中发生冲突，只是一时之变，要求调和，乃是万世之常。"历史学家汤因比在《展望二十一世纪》中提到，"在漫长的中国历史长河中，中华民族逐步培育起来的民族精神"，"成为世界统一的地理和文化上的主轴"。

"和""合"二字都见于甲骨文和金文，"和"指和谐、和平、祥和；"合"是结合、合作、融合。"和"字基本释义是相安、协调，《说文解字》中"和"字为"千""人""口"组成，千人为千口，若要千人一口，必须调和各种关系达到和谐共存的结果，具体到人事关系中即为和睦、和谐、调和的意思，"和"蕴含着异质共生和扬弃发展的思想。"合"最先出现于甲骨文，最初是人多的意思，多人一口，与"和"的意思相近，《周易》中提到"合"有孕育创生的意思，孟子首先提出了"天人合一"的思想，"合"有联动聚合配合协调的意思。

"和合"连用，最早出现在《国语》中"商契能和合五教，以保于百姓者也"。和合最初的意思是百姓和睦相处，是协调各种关系的方法。和合形成一种价值观，最早于春秋时代出现，先秦思想家管子，是对"和合"思想定义的第一人。儒家学派创始人孔子，把"和合"思想作为人文精神的核心。孔子和而不同思想本质就是和合文化思想本质：体现了矛盾的对立统一。东汉以后，和合思想成为儒家、道家、佛家通用的哲学思想观念。

和合学作为一种理论，最初出现于20世纪90年代，代表人和代表作为张立文先生的《和合学概论——21世纪文化战略的构想》，书中将和合学分为五大原理：和生、和处、和立、和达、和爱，将和合学逻辑架构分为时间和空间两个层面，时间结构为"八维四偶"空间结构为"三界六层"。和合连用，包含了"和"与"合"的全部概念，最大程度上体现了和合的公用和功用。

中国传统文化中贵和持中的和谐意识，表现于三个方面：一是"天人合一"，人与自然关系的和谐；二是指人与社会关系的和谐；三是人际关系，即人与人的和谐。"天人和一"旨在承认人与自然的统一性，反对将它们割裂开来。"中庸"则强调对待事物关系要把握一个度，以避免对立和冲突。提倡"贵和""持中"的和谐意识，有利于处理现代社会各种矛盾，以保持社会的稳定。因此，和合文化的精神内涵有三个：自然界阴阳和合、社会的人际关系和合、人与自然的统一和人身心的统一。和合思想是认识事物的方法，浓缩了中国古代哲学的智慧，和合是中华文化精神极其重要的组成部分。和合的思维不仅包含了冲突的思想，同时还包含了融合的理念，其中的核心问题是新事物、新生命的生成，是社会和文明发展的重要参考，是构建和谐文化的核心价值观。

二、外语院校的校园文化现状和特征

校园文化建设是大学保持创造力的源泉，是大学精神塑造的保障，校园文化建设有利于推动和促进大学的健康发展，是为社会和国家输送高素质人才的前提。校园文化是大学发展的精神动力，从根本上来说，校园文化是对历史的积累，对当今社会需求的呼应，对大学未来发展的引领。从内涵上来说，大学文化由浅及深包括三个层面：精神活动的总和体现的外显文化、构建文化的核心价值观、保持大学思想独特性和创造力的大学精神。费孝通先生曾提到过，先进文化未来的方向应该是"文化自觉，和而不同"。大学必须建立和谐的文化模式，面对纷繁复杂的各种思潮，对内维护精神气质和文化传统，对外协调与社会的价值冲突。校园文化建设最重要的意义在于确保大学的文化地位和独立的批判精神。

大学肩负着教书育人和文化传播的功能，外语院校肩负着中外文化交流和传播的使命，为社会输送高层次精外语擅长国际交往的人才，外语院校最基础是教育功能，在此基础上，还有传承和传播中外优秀知识和文化的功能，科学研究和服务社会是教育功能的拓展和延伸。从这个意义上来说，外语院校的校园文化建设就是对中外优秀文化的吸收和传承传播，是对社会先进文化的引导和建设，是对文化建设核心价值观的选择。大学的主体是大学生，大学生是建设校园文化的主体，也是校园文化建设的载体，外语院校校园文化建设的主体和实施对象是外语专业学生，外语院校文化特征有以下几个方面：

（一）外国文化的影响和价值观的冲击

作为中外文化沟通的桥梁，外语院校在大学文化建设方面必然受到外国文化的影响，受到西方价值观的冲击。对于外语专业学生而言，为了更加熟练运用语言，他们会主动去了解、阅读大量的国外资料，在学习中接触的相关语言素材所包含的内容涉及政治、经济、文化、金融等方方面面，其中文化思想方面的内容比重较大，影响着学生的价值观。这些过程都潜移默化使学生对语言学习所属国的生活环境、文化产生了亲和感，进而对这些国家的思想文化、价值观产生了偏好。除了语言素材的学习，外语院校开拓国际交流渠道较多，学生赴国外交流和学习的比例较高，据不完全统计，以上海外国语大学为例，外语及外语复合型专业学生中有过海外交流经历的学生占18.70%，比非外语类专业高7.25%。这些学生中有一部分人，在学习、生活中不自觉地受西方生活环境和文化氛围影响。

（二）校园文化建设与外语专业紧密结合

校园文化活动的主体是大学生，只有和专业学习紧密结合的校园文化活动才能促进学生学习，提升校园文化氛围。外语院校的学生所学专业无论是外语专业还是外语复合型专业，校园文化建设都与专业学习紧密结合，尤其是和外语相结合，这是外语院校校园文化的特色，也是校园文化建设和外语教学相互促进的要求。学生们在大学期间用第一课堂学到的外语知识，参与到校园文化活动的第二课堂中去，可以有效促进学生们的专业学习积极性，比如用外语讲述中国梦征文比赛，用外语演绎中外经典戏剧，讲故事比赛，外语诗歌大赛，将中国流行歌曲翻译成外语等。

（三）各国文化和中外文化思想并存

根据社会发展需求和国家发展需要，外语院校一般都开设多种外语专业，每一门外语专业的背后都是所属国思想和文化，学习外语的过程就是开启一扇扇新的了解世界的窗户，外语专业是打开异国文化之门的钥匙。外语院校的多种外语专业，代表了各国文化，在各国文化中，尤其以西方思潮为代表，与中国传统文化观念不同的价值观和哲学社会思想，吸引了广大学生，另一个方面，外语专业师生作为中国人，都有中国文化的传承的责任和使命，都烙有中国文化的印记，中国文化思想和各国多元文化并存在大学校园，中国近些年来飞速发展，现代思潮和传统思想并存。因而，外语院校的校园文化呈现百花齐放的现状，多国多元文化、中国传统文化、中国现代思潮并存的现象，外语院校校园文化丰富，内涵充实，学校对待文化具有包容性和现代意识，培育学生以具备中国情怀和世界眼光为目标。

（四）虚拟网络文化的影响

网络作为信息传播的主渠道，促进知识信息的快速传输和文化的迅速传播，我国约2000万在校大学生的80%以上都是网民。网络的便捷很容易让大学生产生依赖，网络虚拟文化的价值观影响着大学生，尤其对大学生的思维方式、心理建设和价值观产生较为深刻的影响。网络的飞速发展，使得外语院校的学生学习外语专业更加方便，借助于网络也使外语专业学生学习外语及和外国人士交流的渠道更加丰富，网络的飞速发展打破了国与国的界限，将世界连成了地球村，外语院校的学生由于掌握了外语知识，借助外语知识作为媒介交流工具，接触国外网络，对国外流行文化的接触更加频繁，了解更加深入，相比较而言，网络文化对外语院校学生的影响比较大。

三、外语院校和谐文化构建的重要性

当今世界全球化高度发展，外语院校的国际交流日益频繁，文化的相互影响和交融日益加深，在世界全球化大格局下，高校尤其是外语院校的育人目标也要符合新时期的时代特征和全球化的需求，培养擅长对外交往的国际型人才，而校园文化建设也要顺应这一需求。正如前文所述，外语院校的文化建设有着受国外价值观影响大、多种文化思想并存等特征，面临各国文化思想及中国现代和传统文化并存的境况，各种文化思想存在不同，如何交融并相互提升，国际著名政治学者塞缪尔·亨廷顿认为"文化共性则促进合作，文化差异则加剧冲突"，如何让文化存在差异却能互相促进，那就必须用中国古代"和而不同"的哲学智慧，首先必须做到"和"，构建和谐的外语院校校园文化。外语院校和谐文化构建必须实现中外文化背景下理念的和合。

习总书记曾说："文明，特别是思想文化，是一个国家、一个民族的灵魂。无论哪一个国家、哪一个民族，如果不珍惜自己的思想文化，丢掉了思想文化这个灵魂，这个国家、这个民族是立不起来的。本民族要珍惜和维护自己的思想文化，也要承认和尊重别国别民族的思想文化。"① 思想文化建设，对于高校来说，就是高校发展的持续内动力，外语院校中外文化思想并存，更要坚守社会主义高校的价值观念和中国传统文化的思辨智慧，在这个"根"和"本"的基础上，吸收外来文化的精华，首先就要构建和谐、兼容并蓄的校园文化。

中国最早提出和合思想，西方文化思想中也存在与中国传统和合思想相似之处，中西方理论奠定了外语院校和谐文化构建的理论基础。黑格尔"世界历史"理论，将世界历史的行程分为三个阶段：精神孕育自然之中，精神冲破自然获得自由，精神放弃对立提升到精神性本质的自我意识和自我感觉。这三个阶段的变化体现了统一性的辩证思维，与中国和合思想的辩证观有相似之处。马克思批判继承了黑格尔的理论，扬弃了黑格尔辩证法的形而上部分，提出世界历史的模式为：世界各民族融合形成世界历史，资本主义推动历史的世界化，非西方国家开始世界历史进程，西方与非西方国家共同创建世界历史最高形式——共产主义。马克思的理论进一步印证了中国和合思想的智慧：国家、民族、地区相互联系、相互影响和相互作用的发展过程，在和合思想作用下，各种因素不断扬弃发展、和而不同，异者并存共生的过程中达到全面发展的终极目标。外语院校在多种文化并存的前提下，树立以人为本的教育哲学理念，构建以和谐个性为目的的和谐教育体系，人的精神世界的构建和人的全面发展是外语院校文化建设的根本出发点和终极价值目标。

四、和合思想对建设外语院校和谐文化的启示

中国传统文化博大精深，"和合"思想是中国传统文化的典型思想和精华代表，为社会主义和谐文化的建设提供了理论支撑。外语院校的和谐文化建设，应该将和合思想作为根本的指导思想，构建和谐、有序、公正、包容的和谐校园文化，从而培养胸怀天下、有国际视野、德才兼备的合格的社会主义建设者和接班人。中国传统和合思想如何具体运用到外语院校自身建设和校园文化建

---

① 习近平：不同国家、民族的思想文化有姹紫嫣红之别，无高低优劣之分［EB/OL］．新华网，（2014.09.24）．

设中去，值得思考和探索，着重处理好三个方面的关系：外语院校师生的个体发展、外语院校内部的中外思想文化的关系、外语院校与外界社会的关系。

（一）以人为本的理念：师生个体的和谐发展

以人为本的理念是外语院校和谐校园建设的根本理念，贯穿到外语院校文化建设的各个方面。学生是大学校园的主体，学生的成长需求和发展需求就是学校努力实现的目标，学生个体的全面发展，最重要的考量是学生身心和个性的健康、和谐发展。所有的校园文化活动，应该从学生实际需要出发，围绕学生发展的轴心进行，校园文化活动可以创新，但创新并不等于制造需求，要打造对学生成长真正有益的校园文化，比如开展与外语专业紧密结合的外语文化活动，对接社会需求，有效延伸学生的第二课堂。另外，老师也是校园的主体，是校园文化的建设者们，老师的职业幸福感决定了校园文化建设的质量和效度，为老师创造和谐的校园环境和人际关系、营造有向心力的校园文化，有利于促进老师个性的协调和谐发展。师生个体的和谐发展前提下，达到教学相长。《礼记·学记》中提到"学然后知不足，教然后知困，知不足，然后能自反也，知困，然后能自强也。故曰：教学相长也"。老师的"教"和学生的"学"体现了矛盾对立统一的辩证关系，教因学得益，学因教长进，教可以促进学，学反过来可以提升教。在教学相长中，从某种意义上说，师生平等并达到有益的平衡。

（二）和而不同的观念：外语院校中中外文化思想的共存

"和实生物，同则不继"对于差异和不同的接纳，体现了中国文化思想中的豁达和包容意识，兼容并蓄，是和合思想的表现形式，也是和合思想的存在前提。在中国传统和合思想中，"和"与"不同"都是事物发展必须包含的要素，关键在于协调好二者的关系，使之相互促进协调发展。"万物并育而不相害，道并行而不相悖"，在外语院校校园文化建设中，只有坚持和而不同的传统思想，才能为外语院校校园文化建设注入的持久活力。具体说来，主要处理好三个方面的关系：外语院校中多国文化的关系、外语院校中外文化的关系、外语院校中国传统文化和中国现代思潮的关系。和谐是不同因素的有机结合，特征是相互兼容、稳定有序、共存发展。外语院校校园文化这三个方面的关系处理过程中，要在承认差异和控制差异的前提下，存在不同是"和合"的正常状态，承认和尊重不同，允许和鼓励各种思想意识和学术观点、管理方式和育人模式，在继承优秀历史传统思想的基础上，借鉴国内外优秀文化思想，取其精华，扬弃不足，结合学校师生的个性发展和学校的个性化特征，发挥文化育人的作用，培育多样化人才，营造和谐文化氛围，探寻最适合本校发展的校园文化建设模式，达到多种文化思想和谐共存的目标。

（三）互补平衡的原则：外语院校与外界社会的互融互通

大学作为传授知识引领社会先进文化的场所，保持着独创性和创新性，有独立性但并不意味着孤立存在，学校的发展离不开社会各种资源的支持，大学校园文化建设更脱离不了社会各种思想的影响。顺应国家和社会发展需求，为社会培养和输送合格的建设者和外语人才，从社会吸纳和接受高水平的教学科研人士，从而进一步引领社会的先进文化，这是外语院校和外界社会的互相依存共同发展的交融关系。"以他平他为之和，故能丰长而物归之；若以同裨同，则尽弃矣。"承认差异，提倡包容，最终是为了实现平衡，这对于建设和谐校园提供了理论支撑。张弛互补，交融互通，是和合思想的要求，是外语院校建设和谐校园文化的基本途径。中国传统和合思想中所推崇的包容性，提倡事物不孤立存在，各因素共存并达到互补互融共同发展，对于外语院校广泛调动和吸收校外积极因素，有着重要的启示作用。

中国传统和合思想包含了中国古代哲学的深刻思考和智慧，是中华优秀文化的经典代表和核心价值观念，阐述了人类自身、人与人之间、人与自然、人与社会等多种关系如何和谐相处并共存发展，是新时期下构建和谐社会的重要参考。在外语院校社会中多种文化思想并存，如何处理好矛盾的对立统一并实现共存发展，和合思想的博大思想体系，为外语院校建设和谐校园提供了理论支撑和哲学基础。

参考文献：

［1］张立文.和合学（上下卷）［M］.北京：中国人民大学出版社，2006.

［2］梁漱溟.东西文化及其哲学［M］.上海：上海世纪出版集团，2006.

［3］冯友兰. 英汉中国哲学简史［M］. 江苏：江苏文艺出版社，2012.

［4］黑格尔. 历史哲学［M］. 上海：上海书店出版社，1999.

［5］王有平，吴志杰. 中国传统"和合"文化探源［J］. 南京理工大学学报，2009.

［6］焦勇. 大学校园文化建设的问题及对策［J］. 教育与职业，2016（2）.

［7］石丽敏. 多元文化背景下高校校园文化建设探析［J］. 教育探索，2010.

外语院校大学文化创新困境与建设路径

蒙象飞①

摘　要：大学文化不仅是国家文化软实力的重要支撑，也是一所大学可持续发展的动力和源泉。全球化时代，没有一流的文化就没有一流的大学，而文化创新则是激发文化活力的内在需要，是大学职能的应有之义。外语院校处于中外文化互动的前沿，与一般高校相比，其文化建设面临更多困境。外语院校应增强文化自觉与文化包容意识，注重大学文化的价值理性，以文化创新推动文化建设，引领发展。

关键词：外语院校；大学文化；困境；创新路径

一、大学文化创新的现实性和必要性

"大学之道，在明明德，在亲民，在止于至善。"大学之根本，就在于以文化人。就其本质属性或社会功能而言，大学是一个传承、传播和创新人类文化的专门机构。文化的传承、传播和创新是大学的应有之义。换言之，文化不仅仅是一所大学的责任担当，也是一所大学具有力量的决定性因素。"大学是研究和传授科学的殿堂，是教育新人成长的世界，是个体之间富有生命的交往，是学术勃发的世界。"② 在世界大学漫长的发展史中，虽然大学在类型、层次、形

---

① 作者系上海外国语大学马克思主义学院副院长，副教授，法学博士。
② ［德］卡尔·雅斯贝尔斯. 什么是教育［M］. 邹进译，北京：生活·读书·新知三联书店，1991：150.

式、组织结构及学科体系等方面都有较大变化，但在这些变化背后，有一条主线始终贯穿其中，这就是大学文化。作为承担着特殊历史使命和社会责任的社会组织，大学本身就是一种文化存在。

"'文化'是一个具有根本性意义的概念：它包容着一个民族的传统和社会遗产，他们的习俗和业绩，他们世代相传的知识、信仰、法规及伦理道德，他们用于交流的语言符号及其共同的涵义。"① 文化有诸多类型，在诸多文化中，大学文化是具有独特的内涵和价值的社会文化。一般而言，大学文化有广义和狭义之分。从广义上讲，大学文化扎根于民族文化之中，包括大学精神、大学环境、大学制度等方方面面的整个大学教育；从狭义上讲，大学文化专指大学精神，强调大学师生的科学素养和人文精神，表现为一种全体师生共同的行为准则、价值追求和道德规范。其中，大学精神是大学文化的核心内容，是大学文化的决定性因素。从价值功能上讲，大学文化就是"化人""育人"、教化人、塑造人、熏陶人。大学文化是大学实现科学发展、持续发展、健康发展的统帅和灵魂，是大学的灵魂与精髓。作为一种价值追求，大学文化是关于大学"应当怎样"的智慧与愿景的表达，设定了大学的基本价值取向和理想目标，引导大学发展方向。也就是说，有什么样的大学文化，将造就出什么样的大学，成就出什么样的教师，培育出什么样的学生。

文化是学校之根，之魂，是学校尤其是一所大学薪火相传的基础，是学校独特"基因"之所在。然而，随着我国改革开放和经济社会发展的不断深入，多元文化思潮与社会主义核心价值观的冲撞与角力在大学校园里异常激烈与复杂。大学作为民族国家文化、精神的象征，作为坚守民族国家文化、精神的堡垒，其文化建设状况直接影响国家文化建设的成效。在新的历史时期，如何有效地规制多元文化思潮的冲击，如何与时俱进地创新大学文化，是当前大学文化建设面临的重大课题，也是国家文化建设的重要命题。1998 年，联合国教科文组织发表的《21 世纪的高等教育：展望与行动》就曾指出，"高等教育本身

---

① ［美］伯顿·克拉克. 高等教育新论——多学科的研究［M］. 王承绪等译，杭州：浙江教育出版社，2001：172.

正面临着巨大的挑战",大学"必须进行从未要求它实行过的最彻底的变革和革新,以使我们目前这个正在经历一场深刻价值危机的社会可以超越一味的经济考虑,而注重深层次道德和精神问题"。① 这种最彻底的变革和革新,首当其冲的就是大学文化的创新。创新是一个民族发展的灵魂,是一个民族进步的不竭动力。文化创新则是推动大学文化持续进步与发展、促进大学保持旺盛生命力、不断向前发展的内在动力和本质要求。创新大学文化,培养德智体美全面发展的中国特色社会主义事业建设者和接班人,提高全民族的科学文化素质,是时代赋予我国大学的社会责任和历史使命。

二、外语院校大学文化创新面临的困境

大学文化建设既是一项长期的艰巨任务,又是一项复杂的系统工程。大学文化创新更是如此。近年来,全国各大学基于各自的职责和使命,就如何推进大学文化建设、推进大学文化创新开展了诸多工作,取得了一定的成绩。但从整体上看,这些成绩与国家的要求、社会的期望相比还是存在较大差距,大学文化创新仍然面临不少问题和诸多困境。就外语院校而言,由于所处中外文化交流交融交锋的前沿阵地,大学文化创新更是步履艰难,问题不少。问题突出体现在以下几个方面:

(一)大学文化创新缺乏文化自觉意识

文化具有价值理性与工具理性的双重属性。然而,受西方资本主义文化全球扩张的影响,中国大学尤其是中西文化沟通交流较为频繁的外语类高校的大学文化,在文化选择上往往容易偏重于对国家层面的"用",大学日益注重服务社会与适应社会,文化的工具理性作用加以泛化。大学精神是大学文化的核心内容,体现了大学的本质性。大学文化的工具理性的泛化,表明以学术自由精神、以人为本的人文精神、求真务实的科学精神等为重要内容的大学精神创新的缺乏。具体表现为:注重专业知识的学术传承,缺乏基于文化传承的人文素

---

① 胡显章. 不忘本来吸收外来创造未来自觉持续推进大学文化建设 [J]. 清华大学教育研究, 2011 (3).

养教育体系。这里涉及两个方面问题：一是大学教育中重专业轻人文、重知识轻精神的倾向仍然比较明显，过于强调专业化的课程体系设置往往使得人文素养和专业教育出现"两张皮"现象，不能做到良好结合。二是作为德育主渠道的思想政治理论课教育与作为德育主阵地的第二课堂、社会实践各自独立、缺乏贯通，以及专业课教育教学与思想政治理论教育相互割裂、"各自为政"的现象依然突出。此外，外语院校大学文化还突出表现在"国际化"有余、"本土化"不足，对本土文化、民族文化的追从、认同，以本土文化为"砧木"融合外来文化的文化自觉意识不强。

（二）在文化建设中，缺乏师生层面的自主创新意识，欠缺内生动力

比如在大学文化建设与创新实践中，常常出现职能上的认知偏差，对于办学理念、制度文化、物质文化等方面的研究探索，或认为是个别部门的事情，与学术组织和师生个人无关，或认为管理部门的职责只是负责落实改革方案，从而造成大学文化建设与创新中的"单打独斗"的"孤岛化"困境。事实上，学校也往往只注重以自上而下的方式开展文化建设工作，教师和学生均缺乏作为文化建设主体的自觉意识，积极性、主动性和创造性均没有被调动起来。文化建设保障机制相应地也以传统的自上而下的单向指导模式为主，缺乏互动和反馈机制。虽然目前多数大学都成立了文化建设工作领导小组，但管理上仍然存在体制不顺、权责不清、手段单一等问题。

（三）大学建设注重物态环境建设，欠缺文化融合情境下的人文环境建设

大学文化要素不仅包括生活在其中的人，也包括散落于校园四周的器物与环境，还包括弥漫于学校处处的具有人文关怀的校园文化。"藏于行，文物亦化人"，指的是大学的物态文化也要具有人文关怀，而具有"学府韵味"的大学校园文化则是大学文化教育的重要载体。充满人文情怀的校园文化，可以使师生净化心灵、升华人格、完善自我，激发师生文化创新的内在动力。但必须看到，近年来，虽然大学校园建设速度在加快，规模在扩大，但是在项目建设中，文化产品服务项目和公益性文化活动发育不良，且缺乏制度安排和资金保障；同时大学建设更多投入的是校园公共设施、景观等硬件建设，对人文环境建设重视不足；最为重要的是，文化建设专业从业人员比较缺乏，大学文化建设的智

力支持和安全保障不能得到满足。

（四）大学文化活动的国际化视野和平台狭窄，缺乏具有国际影响力的大学文化品牌

"大学的根本特征可以概括为两个字：学术……须知世界一流大学的主要标志是具有世界一流的学术水平。"① 大学文化的内核是学术文化，学术性是大学文化的根基和血脉。而体现一所大学学术水平的重要标志之一就是其拥有的学术文化品牌。文化品牌是提升大学形象及其文化影响力的重要途径，但是，外语类院校目前大多缺乏有突出社会影响力的校园特色文化品牌和富于国际影响力的学术文化品牌。校园文化活动如道德实践活动、主题文化活动和社会实践活动等在形式上固守陈规，在内容上则缺乏创新性和吸引力。学术文化活动固然层出不穷，热火朝天，但具有国际影响力的学术品牌活动少之又少，甚至难觅其影。这使得文化活动内容和形式难以与国际接轨，国内外大学文化团体间的交流与学习机制难以形成。

三、外语院校大学文化创新的选择路径

外语院校处于中西文化交流互动的前沿，相比一般高校，其文化建设与创新具有自身的独特性、艰巨性。外语院校大学文化创新应基于以下三个立足点，一是要具有高度的文化自觉意识和文化包容意识，这是外语院校大学文化创新的根本要求；二是要构建体现社会主义核心价值观内容、反映时代精神的大学文化"内核"；三是探索符合师生审美情趣、体现文化创新规律的文化外在表现形式。具体而言，包括以下几方面：

（一）增强全球化视野下的文化自觉意识和文化包容意识

当今时代，国家间交往纵深发展，各种文化在交流、碰撞、融合中不断更新和发展。在全球化时代，文化的多样性和多元化发展成为时代发展不可阻挡的历史潮流。在此背景下，中国的大学尤其是外语类高校，应当树立全球化视野，站在一个新的高度来审视和探讨大学文化的建设与创新。人是具有国家、

---

① 朱九思. 大学生命的真谛 [J]. 高等教育研究，2000（5）.

民族归属的，大学也同样如此。在各国文化交流互动频繁、密切的今天，对于一个国家乃至一所大学而言，树立文化自觉意识、坚定文化自信显得格外重要。所谓文化自觉，就是指其对中华文化的地位、作用、发展历程和未来趋势的自知之明，以及对于历史责任的主动担当。习近平总书记曾意味深长地指出，"抛弃传统、丢掉根本，就等于割断了自己的精神命脉"。因此，当前外语类高校创新大学文化建设，首要之举就是要具备和增强文化自觉意识，即依托五千多年中华文明发展中孕育的中华优秀传统文化、党和人民伟大斗争中孕育的革命文化和社会主义先进文化，遵循大学文化建设与创新的基本规律，超越大学文化的"普遍性"与"特殊性"悖论，以大学文化的价值理性为基础，创造具有中国特色、外语类高校特征的大学文化。当然，外语院校大学文化建设与创新要实现的文化自觉，应该是一种开放的、科学的、包容的、海纳百川的文化自觉，不忘本来，吸收外来，面向未来。只有这样，外语院校大学文化的创新才能具备一个宽松的环境，大学文化创新才既有中国特色又有世界品位，既有民族特性又有时代气息，既有先进性又有创造性，也只有这样，大学文化创新之船才不会偏离轨道、偏离方向，才能行稳致远。

（二）创新办学理念，践行社会主义核心价值观，引领大学文化创新方向

大学的办学理念是大学的办学思想、办学定位、办学方式的总和，是引领大学文化建设和大学发展的"方向标"。大学的办学理念关乎"大学是什么、如何办学、如何培养人"的总体看法和基本观念，是大学的思想核心和灵魂，是大学的立校之基。大学理念的创新，是大学文化创新的"内核"。以大学理念的创新引领大学文化的创新，是大学文化建设最重要的途径，也是必由之路。外语院校大学文化建设要走向新的高度、新的境界、新的水平，并向未来展现新的传统，就必须"高站位"，站在思想理性的高峰，在守成与超越中去熔铸现代意义上的大学理念。一般来说，创新大学理念，不仅包括要树立和突出"以人为本"的教育观，包括建立多元标准的"人才观"，建立多层次、多模式、多规格、多类型的教育教学模式，但更为重要的是，要坚持社会主义大学的核心价值体系，将大学的核心价值体系凝练、融入和贯穿于大学理念之中。社会主义大学的核心价值体系，最为核心的内容就是以马克思主义为指导、以中国特色

社会主义理论为基础的社会主义核心价值体系。其文化外在表现形式就是社会主义核心价值观。培养并形成文化自觉意识进而引领文化建设方向，大学文化建设工作者特别是大学的管理者首先需要深刻领会社会主义核心价值观的精神内涵，以社会主义核心价值观为指导，准确定位自己所从事的事业，坚定文化建设的立场观点，有针对性地思考、实践、反思文化建设的工作实际，使自己不仅政治素质过硬、文化涵养高尚，而且具备化解矛盾、抵御风险、解决实际问题的能力。马克斯·韦伯曾强调。"任何一项事业背后，必然存在着一种无形的精神力量"①。也就是说，无论是国家发展、民族复兴抑或个人成长，在它们背后都需要相应的精神动力、力量源泉、信仰支撑，而社会主义核心价值观恰恰是形成这种精神、力量和信仰的根基和源泉。全球化境遇为大学文化建设及大学发展带来的不仅是机遇，一定程度上也伴随着文化侵略和攻击。在这种环境下，大学文化创新需要发挥社会主义核心价值观在引领、统摄、包容多元文化价值观念中的作用，保持文化建设与发展定力，如此，创新大学文化、建设现代大学、培养合格人才的目标才能实现。而一旦离开社会主义核心价值观的引领，大学文化建设必定会在复杂多变的环境中迷失方向。

（三）虚实并举，创新大学文化建设新载体

大学文化建设是有虚有实，需要虚实结合的。之所以有"虚"，在于大学文化作为思想意识和价值观念，是师生群体精神和心理状态的外化，只可意会难以言传，更不易量化；之所以有"实"，在于大学文化植根于大学教学、科研、管理和服务的方方面面。因此，大学文化建设必须坚持"虚实并举、虚功实做"的建设思路。一方面，既要充分认识到精神文化是大学文化的实质和灵魂，是校园文化的真正体现，从而把精神文化建设作为大学校园文化建设的总体目标；另一方面，又要深刻认识到任何精神文化的建设均离不开载体而单独存在，从而不断创新大学文化建设新载体。具体来说，外语院校创新大学文化建设新载体，要重点从以下几个方面入手：一是激发制度文化活力，形成良性运行机制。

---

① ［德］马克斯·韦伯. 新教伦理与资本主义精神［M］. 黄晓京、彭强译，成都：四川人民出版社，1986：3.

建立健全符合时代要求的现代大学制度、大学章程、民主管理模式和人本高效的日常管理制度，形成学校自我发展、自我约束、充满活力、欣欣向荣的运行机制，提升全体师生的认同感、获得感、幸福感和参与感。二是加强形象识别系统建设，打造特色鲜明的大学形象文化。良好的学校形象识别系统可以优化和拓展学校生存的内外部发展空间。外语院校要顺应建设现代大学的要求，借鉴现代企业管理的有效模式，打造和固化自身的理念识别系统、行为识别系统和视觉识别系统，通过形象识别系统进一步明确治校方略，明晰办学思想、理念、宗旨和特色，形成具有外语院校特色的鲜明、统一的学校形象。三是创新"道"与"器"融合、科学与人文渗透的大学文化教育范式。主要包括改革课程建设体系，加强思想政治理论课和通识教育课程，将思想政治教育、通识教育与外语专业教学相结合，在课程教育中培养人文精神，提升思想政治素养和人文情怀；广泛而深入开展对外文化交流，参与世界文明对话，打造具有外语院校特色、有一定影响力的学术文化活动品牌和对外人文交流平台，形成全方位的文化交流格局，讲好中国故事，传播中国声音；打造外语院校特色鲜明的校园文化活动品牌项目，拓展实践育人形式，在实践中巩固大学文化创新成效。四是提升物化文化品位，营造浓郁的校园文化氛围。校园文化无处不在，一景一物皆育人。在物化环境的建设上，要整体规划，精心设计，巧妙构思，合理布局，寓大学理念、大学精神、培养目标、价值追求、文化教育等精神文化于环境建设之中，使大学校园中的每一件以物质形态出现的设备、设施、设置都会说话，都蕴藏着育人的价值功能和价值导向，具有文化属性。

对研究生精准资助育人工作的思考

王卫萍①

　　摘　要："精准资助"是新形势下教育公平的具体要求，是高校落实精准扶贫的具体体现，为高校资助工作提出新标准，开辟新路径。本文立足于上海外国语大学研究生资助工作实际，对照国家关于高等学校资助工作最新政策及规章制度，从治理政策、执行政策、规范管理等方面进行梳理和探究，以期为进一步理顺研究生资助工作体制机制、建立健全研究生资助政策体系提供合理化建议，让资助育人工作真真切切成为研究生的"惠民工程"。

　　关键词：精准资助；规范管理；资助育人

　　近年来，国家高度重视教育公平，密切关注家庭经济困难学生的就学问题。2015 年全国教育工作会议上，教育部部长袁贵仁提出："要提高国家资助政策的精准度，依托国家教育管理信息系统建立平台，通过学籍信息和资助信息的比对，精准确定资助对象，确保国家资助、奖补等优惠政策真正落实到每一个需要帮扶的学生身上。"2017 年，教育部、财政部推动、指导各地各部门各校开展"全国学生资助规范管理年"活动，进一步提高资助工作规范化、精准化，确保党的惠民政策不折不扣地落到实处。

　　"精准资助"成为高校资助工作所面临的重要课题，是新形势下教育公平的具体要求，是高校落实精准扶贫的具体体现，为高校资助工作提出新标准，开

---

　　①　作者系上海外国语大学思政助教，任职于高级翻译学院。

辟新路径。上海外国语大学研究生部坚持服务与育人相结，立足研究生资助工作实际，对照国家有关工作规章制度及最新政策，从治理政策、执行政策、规范管理等方面进行梳理，补缺纠错，在规范化、精准化资助育人工作道路上不断探索。

一、上海外国语大学研究生资助工作基本情况

上海外国语大学研究生教育始于 1954 年。自 1998 年成立研究生院（筹）以来，研究生教育得到进一步发展，形成招生、培养、学籍、学位、学生管理和就业等全方位服务体系。学校现有硕士研究生、博士研究生等 3000 余名，研究生规模的扩大给研究生资助工作带来了诸多挑战。多年来，上海外国语大学研究生部根据国家的重大决策部署，紧跟学校资助政策体系建设的步伐，通过进一步建立健全研究生资助政策体系为资助工作规范化、精准化落实提供有力保障，旨在让资助育人工作真真切切成为研究生的"惠民工程"。

（一）管理制度方面

制度建设是资助工作规范化开展的前提和保障。长期以来，国家高度重视高等教育学生资助工作。近些年，中央有关部门为进一步加强和规范高等教育学生资助工作密集出台相关资助政策措施，已建立起覆盖学前教育至研究生教育的学生资助政策体系，从制度上保障了不让一个学生因家庭经济困难而失学。上海外国语大学研究生部在国家、学校资助工作的整体"顶层设计"下也针对研究生群体制定了相关具体实施办法和细则。

1. 国家层面学生奖助相关政策

2007 年，国务院、教育部、财政部等中央部委先后出台了《关于建立健全普通本科高校高等职业学校和中等职业学校家庭经济困难学生资助政策体系的意见》（国发〔2007〕13 号）、《关于认真做好高等学校家庭经济困难学生认定工作的指导意见》（教财〔2007〕8 号）等多个文件，强调建立健全家庭经济困难学生资助政策体系的重大意义，确立"加大财政投入、经费合理分担、政策导向明确、多元混合资助、各方责任清晰"的基本资助原则，为公平、公正、合理地分配资助资源和切实保证国家制定的各项高等学校资助政策和措施真正

落实到家庭经济困难学生身上提出指导性意见，拉开资助政策体系建设的序幕，而后国家逐步在高等教育阶段建立起国家奖学金、国家励志奖学金、国家助学金、国家助学贷款、师范生免费教育、勤工助学、学费减免等多种形式并存的高校家庭经济困难学生资助政策体系。

2009 年，《财政部　教育部关于印发〈高等学校毕业生学费和国家助学贷款代偿暂行办法〉的通知》（财教〔2009〕15 号）、《应征入伍服义务兵役高等学校毕业生学费补偿国家助学贷款代偿暂行办法》（财教〔2009〕35 号）等文件出台，吸引大批高校毕业生面向中西部地区和艰苦边远地区基层单位就业，同时鼓励大批高校学生积极应征入伍。

2012 年至 2014 年，财政部、教育部先后出台《研究生国家奖学金管理暂行办法》《研究生学业奖学金管理暂行办法》《研究生国家助学金管理暂行办法》《普通高等学校研究生国家奖学金评审办法》等一系列规章制度，与此前、后出台的其他资助政策共同形成了研究生资助政策体系，我校研究生资助政策体系的建设也就此拉开序幕。

2016 年，教育部办公厅印发《关于进一步加强和规范高校家庭经济困难学生认定工作的通知》（教财厅〔2016〕6 号），强调要高度重视家庭经济困难学生认定工作，统一部署，科学认定，规范管理，进一步完善认定办法、改进认定方式，进一步加强政策宣传和教育引导，将"精准认定"作为"精准资助"的基础性工作抓细抓实。

2017 年 2 月，教育部最新出台的《普通高等学校学生管理规定》（中华人民共和国教育部令第 41 号）中明确指出，学生在校期间依法享有勤工助学、申请奖学金、助学金及助学贷款等权利。3 月，财政部、教育部、中国人民银行、银监会颁布《关于进一步落实高等教育学生资助政策的通知》（财科教〔2017〕21 号），强调"研究生培养单位要按照《财政部　国家发展改革委　教育部关于完善研究生教育投入机制的意见》（财教〔2013〕19 号）等要求，全面落实研究生奖助政策，确保符合条件的研究生都能享受到相应的资助，做到不留死角"。

2. 现行上海外国语大学研究生资助办法及规定

为确保国家资助政策落实到位，上海外国语大学研究生部立足研究生资助工作实际，根据教育部、上海市教委要求，在学校各项资助管理政策的直接指导下制定了各类研究生资助办法及规定（见表1）。

表1　各类研究生资助办法及规定

类别	规定或细则名称	实施时间	说明
指导性意见	研究生奖助方案	2014 年 9 月	2015 年修订
奖学金	研究生国家奖学金评选工作办法	2012 年 6 月	2013、2014 年修订
	研究生学业奖学金评选工作试行办法	2014 年 9 月	2015、2016 年修订
	学术学位硕士研究生第二次和第三次学业奖学金评定智育测评实施办法	2014 年 9 月	2015、2016 年修订
	专业学位硕士研究生第二次和第三次学业奖学金评定智育测评实施办法	2014 年 9 月	2015、2016 年修订
	硕士研究生第二次和第三次学业奖学金评定德育测评实施办法	2014 年 9 月	2015、2016 年修订
助学金	研究生国家助学金管理试行办法	2014 年 9 月	
助学贷款	研究生国家助学贷款实施细则	2014 年 9 月	
困难补助	研究生困难补助金实施细则	2010 年 6 月	2012 年修订
学费缓缴及减免	关于研究生学费缓缴及减免的相关规定	2009 年 11 月	

3. 建立健全资助政策体系，完善研究生资助管理"顶层设计"

研究生资助政策体系的建立健全与我国对研究生培养、教育机制和规划的重大改革密切相关。对照国家资助政策制度，研究生在资助管理的制度建设方面还不够成熟，相关资助政策体系仍需进一步完善。

在学业奖学金管理方面，我校于 2014 年 9 月起正式设立研究生学业奖学金，面向符合条件的硕士、博士研究生。自研究生招生采取收费制以来，家庭经济困难的研究生人数出现较大幅度增长，学业奖学金的设立为减轻研究生的经济负担、支持其顺利完成学业起发挥了积极作用，也为研究生资助管理工作积累了实践经验，基于此，研究生部制定了针对硕士研究生学业奖学金等级评定的实施细则，而博士研究生学业奖学金的等级评定制度还要待进一步完善落实。

在家庭经济困难研究生认定方面，还不够细化明确，在执行上以《上海外国语大学经济困难学生认定办法（试行）》为指导，暂无细化、量化的家庭经济困难研究生认定办法，在一定程度上影响了精准认定工作的实施。

（二）监管责任方面

根据现行研究生资助管理工作的实际情况，上海外国语大学研究生部建立了部门负责人、经管人、经办人三级管理责任体系，研究生部主任作为第一责任人，办公室主任作为经管人，学生管理、招生、培养、学籍等各科室负责人作为经办人，分层承担研究生奖助评审、资金审核发放、数据上报、档案管理等管理责任。为确保责任落实到位，严格规范资金的发放工作，研究生部党政联席会议讨论通过，超过5万元的大额奖助资金使用须经党政班子通过，做到守土有责、守土尽责，层层传导责任。研究生部党总支高度重视廉洁自律教育，围绕权责梳理了资助工作所涉及的人、财、物管理办事流程，做好内控建设和风险点把控，出现问题严格追究责任，绝不姑息。

（三）资助程序方面

1. 资助政策和工作流程的宣传

为确保符合条件的家庭困难研究生申请资助的权利，研究生部将现行研究生资助管理规定编入《学位与研究生教育工作简明手册》并于每年8月新生入学前根据最新国家资助政策进行修订。每位研究生新生在收到录取通知书的同时，也会收到关于国家及学校层面相关资助政策的重要提示，方便新生在入学前按照提示快速了解相关政策和操作指南。另外，在每年9月新生入学教育中设专场资助政策宣讲会，讲解申请资助的要求及流程。所有资助相关信息资源均通过研究生部主页、研究生信息管理系统、QQ群、微信群、微信公众号等予以公布，多渠道宣传，进一步扩大辐射面，提高知晓度。

2. 受助研究生资格审查

研究生部严格按照相关文件要求加强对各类奖助学金受助研究生资格审查，规范操作，动态把控，针对每个具体奖助类别制定明确的资格认定标准，同时定期抽取一定比例家庭困难研究生，通过信件、电话等方式进行资格复查，依据有关规定对弄虚作假现象严肃处理，坚决杜绝把明显不符合国家奖助条件的学生纳入资助范围，确保国家资助资金的有效使用。

3. 奖助类别和评定流程

近年来，研究生部已经运作了国家奖学金、国家助学金、国家助学贷款、学费缓缴及减免、基层就业学费补偿和国家助学贷款代偿、勤工助学、其他资助（社会来源的各类奖助学金如各类年度荣誉和教育奖励基金等、校内各类困难补助如冬令困难补助和临时困难补助等）等经济类资助项目。根据面向群体、具体操作、日常管理等细节方面存有的差异，制定了不同的评定流程（见图1–图8）。

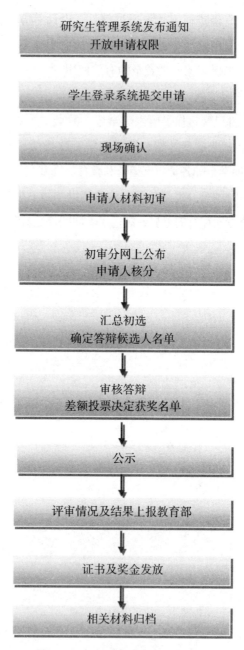

图1　研究生国家奖学金评定流程

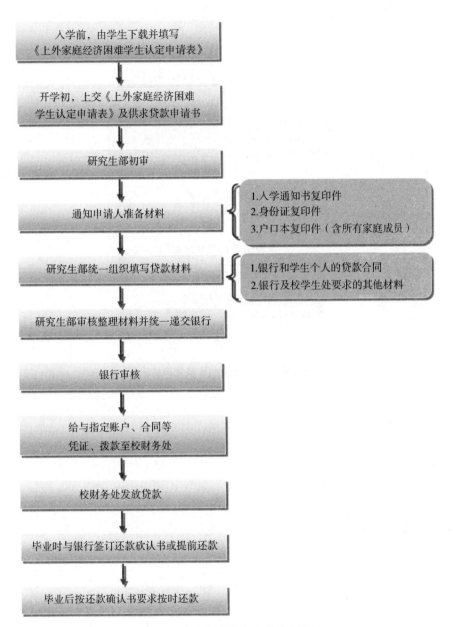

图2　研究生申请国家助学贷款流程

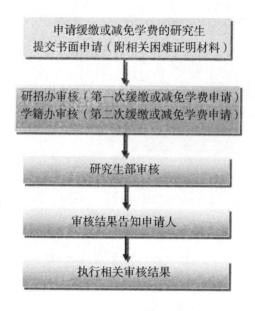

图3 研究生学费缓缴及减免申请流程

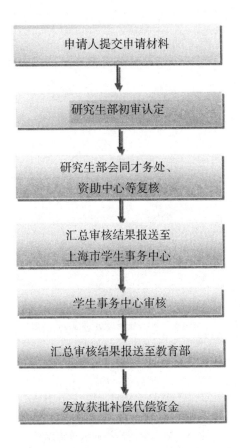

图4　基层就业学费补偿和国家助学贷款代偿申请流程

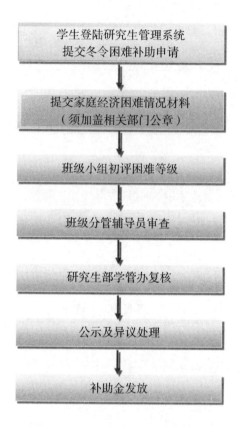

图5 研究生困难补助金申请流程

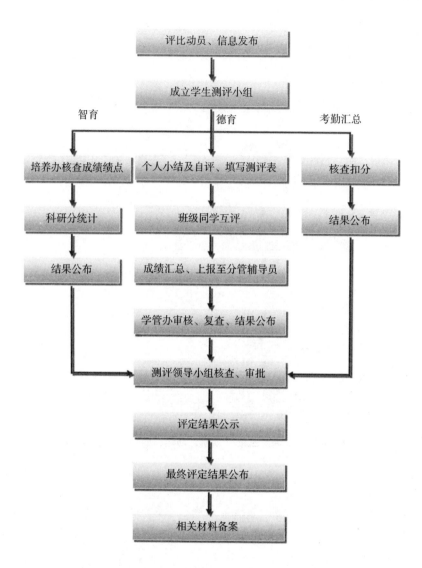

图6 研究生第二次和第三次学业奖学金评定流程

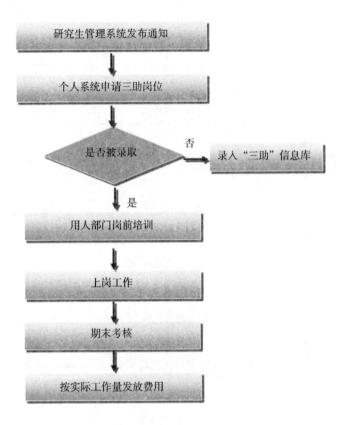

图7　研究生申请"三助（助研、助教、助管）"岗位流程

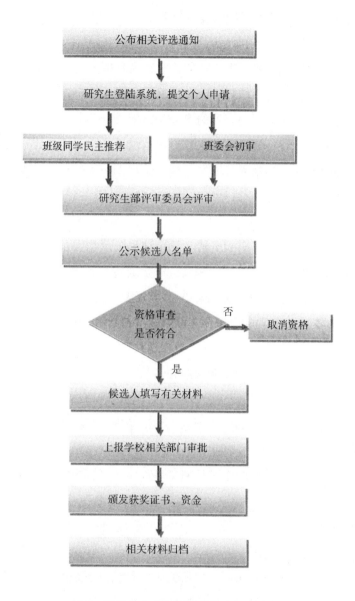

图8　研究生年度荣誉及奖学金评定流程

　　研究生在校期间年度评奖评优所涉及的荣誉与奖学金可分为三块：一是教育奖励基金下的各类奖学金与助学金；二是校团委组织评选的优秀学生、优秀团员、优秀学生干部、优秀团干部和先进集体荣誉称号；三是由研究生部组织评选的优秀研究生荣誉称号，同属校级荣誉。

4. 家庭经济困难研究生的认定

目前，家庭经济困难研究生资格的认定很大程度上还依赖于学生个人所提交的申报材料上。由学生系统提交家庭情况信息及个人诉求，并提交加盖家庭所在地乡、镇或街道民政部门公章的家庭经济困难证明材料，班级通过民主选举的方式成立初评小组，通过系统审核对申请受助学生做出初评，而后由辅导员综合班级初评意见及申请人家庭实际情况给出困难等级评定意见，最后报由研究生部审核和认定。

5. 公示方式和内容

研究生各类奖助项目的个人申请和评定结果公示均通过研究生信息管理系统进行。系统内设有"奖助管理"模块，学生通过个人账号登录提交申请和查看评定结果，在公示过程中，通过系统设定权限，注意区别和筛选受助学生敏感信息，既保护了家庭经济困难研究生的尊严，又保证资助工作的透明化和规范化。

6. 各类奖助学金的发放时限和标准方式

研究生部严格按照国家各类奖助学金标准和比例评选，坚决杜绝擅自提高或降低标准额度、调减资助名额等现象。奖助学金严格按审批名单及时、足额发放，例如，覆盖较广的研究生助学金做到每月足额发放，国家奖学金、学业奖学金、各类年度荣誉奖助学金等按照年度评定并足额发放，助管补贴按照每学期发放等。

（四）信息管理方面

1. 研究生学籍信息系统的应用与管理

研究生部设立学籍办，主要负责研究生学籍信息系统的应用与管理，做好学籍注册、转学、休学、退学等信息的日常维护，建成以学生学籍为基础的资助管理模式，对接家庭经济困难研究生信息库的动态更新，以提高资助工作的精准度。

2. 研究生资助管理系统的建设与完善

研究生部现行没有独立的研究生资助信息管理系统，依托挂靠在研究生信息管理系统下的"奖助模块"进行信息管理与日常维护，由分管资助工作的辅导员主要负责。

3. 信息数据报送、安全把控、档案留存

研究生部将及时更新的家庭经济困难研究生信息和年度资助数据根据要求上报给学校大学生资助中心，并进一步向上海市、国家大学生资助中心报送，及时审核、严格把关，确保各类资助信息的精准、完整。分管负责的老师特别注重资助信息安全管理，做好对各类奖助信息的保密及归档，建立健全家庭困难研究生动态数据库及电子档案。

（五）机构队伍建设方面

随着我校研究生招生规模的不断扩大，研究生又实行一级管理体系，研究生部行政管理工作的任务愈发繁重，人手严重不足。现行研究生部还没有设置研究生资助中心，主要资助工作由学生管理、招生、培养、学籍等各科室分头负责，最后进行集中统筹，且具体操作的老师受专业培训的机会相对较少，大量的研究生资助数据均由研究生辅导员进行整理，并上报学校大学生资助中心。当前研究生奖助工作要求更加全面和精准，研究生部在缺乏专业科室和人员配备的情况下，仍然保质保量地完成了相关任务实属不易。

二、当前上海外国语大学研究生资助工作中存在的问题

严格参照国家出台的有关资助管理政策，通过"照镜子"，纵观上海外国语大学研究生资助工作全貌，审视从决策到执行的各个环节，发现当前研究生资助工作中还存在一些亟需解决的问题。

（一）家庭经济困难研究生认定办法需进一步细化

目前，家庭经济困难研究生的认定主要通过学生个人提交家庭情况调查表、班级民主小组投票、辅导员审核、研究生部复核等进行。考虑到部分学生提交材料缺乏准确性和可信性、学生所在生源地民政部门出具证明的随意性，加之研究生部暂未制定细化、量化的家庭经济困难研究生认定办法，一定程度上影响精准认定工作的顺利开展。

另外，在困难等级的认定上界限还不够清晰，容易出现随意性等问题。目

前就研究生困难补助而言，虽设定了分档资助等级（例如，研究生冬令困难补助困难等级分为三等，研究生临时困难补助分为特殊困难和重大困难两个等级），但在实际操作中，各困难等级的划分上有较大弹性，在评定上可能还不够全面客观，这在一定程度上影响着资助资源的精准、有效利用。

（二）奖助学生档案管理制度和系统有待进一步完善

随着研究生规模的不断扩大及家庭困难研究生数量的增加，资助工作中产生的具有保存价值的文件材料也随之增多。而研究生部家庭经济困难研究生档案管理制度有待完善，奖助管理系统的滞后性和电子数据库的局限性、单一性导致现存受助学生档案很难全面、直观地反映研究生家庭经济状况、在读期间学习生活状况、个性特征和心理健康状况等，增大了有针对性地教育、管理和服务家庭经济困难研究生的难度。

（三）资助工作队伍配备不足，亟待加强

面对当前研究生资助工作的新形势、新任务和新要求，研究生部资助工作队伍愈发乏力，难以适应发展需要。根据国家相关要求，须设立专门的工作机构，并配备相应的专职工作人员，负责资助工作。但在实际操作中，由于受管理体制等影响，研究生部暂未设立专门的资助管理中心，资助工作专职人员配备不到位，资助队伍建设方面还存在"缺位"现象，当前研究生资助工作还主要由分管辅导员负责，在统筹受助学生日常管理、配合校资助管理中心完成相关数据的报送等方面往往"力不从心"，面临较大压力和挑战。另外，资助育人工作政策性较强，对相关工作人员工作素养、业务能力等要求较高，分管该块面工作的辅导员还承担大量事务性工作，投入资助工作的时间和精力有限，参与专业性资助工作能力培训的机会较少，职业素养和创新能力均有待提升。

三、相关对策与建议

（一）做好精准资助，细化家庭困难研究生认定办法

严格依照《教育部办公厅关于进一步加强和规范高校家庭经济困难学生认定工作的通知》（教财厅〔2016〕6号）的要求，扎实推进家庭经济困难研究生精准认定这一基础性工作，展开充分调研，在《上海外国语大学家庭经济困难

学生认定办法（试行）》指导下细化家庭困难研究生认定办法，建立健全家庭困难研究生精准化、清晰化、可量化认定指标体系，避免认定界限模糊、人情指标等因素的干扰。在认定程序上，做到精细、规范，师生联动，及时跟进，多听取不同声音，多渠道了解资助研究生家庭实际情况，通过电话、信件、实地调研等方式逐步实现与学生生源地扶贫部门信息的对接和资源共享，使家庭困难研究生认定工作做到有理有据，把基础性工作做好做实，进一步落实"实事求是、因人而异、分类指导、精准资助"。①

（二）建档立卡，做到奖助不留死角

建立规范、完备的受助研究生档案并制定行之有效的档案管理制度和资助管理网络系统，进一步推动研究生精准资助育人工作的落实。拓宽受助研究生档案内容的涉及面，建立涵盖研究生在读期间基本情况记录、受助情况记录、受助学生在学习、生活、心理等方面变化成长情况记录等在内的受助研究生档案，并实行动态管理、精准管理，适时增补、更新受助研究生个人信息，提高对其个人发展需求分析的精准度，进而实现精准帮扶。加强研究生资助负责老师对受助研究生档案的规范化管理和使用，定期组织档案管理业务能力培训，提高工作效率，更好地服务于研究生资助工作。

（三）强化研究生资助工作机构和队伍建设

当前，我校研究生资助的很多具体工作依赖于学生处下设的大学生资助中心来完成，根据国家对于研究生资助工作的相关要求，以两级管理改革为契机，设立专门的研究生资助工作科室，并配备相应的专职资助工作人员，做到人力、物力到位。制定规范、可行的资助工作人员的聘任方案及考核机制，引导资助工作走上职业化发展道路。加强对整个资助工作队伍业务能力的培训力度，促使其对国家最新资助政策有较为精准的理解和把握，制定并实施资助工作人员提升计划，培养资助工作相关方面的理论素养和实践技能，打造一支专业化研究生资助工作队伍，作为精准资助育人工作的主力军。

---

① 原文为习近平主席在 2013 年 11 月到湖南湘西考察时提出的"精准扶贫"的重要思想，即"实事求是、因地制宜、分类指导、精准扶贫"。

（四）精准资助，育人为先

要将精准资助工作与"大思政"格局紧密联系起来，即进一步将德育工作与资助工作相结合，在资助服务工作中加强思想教育和引领。以学生的全面发展为出发点，着眼于家庭经济困难研究生的贫困全貌，注重物质和精神双线精准扶贫。加强研究生理想信念教育，培养感恩意识和自强意识，在经济帮困助力其顺利完成学业的同时，通过加强人文关怀和心理疏导促进其身心和人格健康发展。进一步拓宽勤工助学实习、实践渠道，为家庭经济困难研究生综合素质的提升搭建良好平台。提供就业择业服务和引导，照亮家庭困难研究生成才成长之路，实现资助"助人"和"育人"的双赢目标。

浅论研究生求学全程中思政教育机制建设

宋　亮①

摘　要：研究生求学全程包括招生入学、在读培养与管理、毕业就业，每个环节都离不开思想政治教育工作对其人文精神、科学研究素养、道德品质的塑造。习近平总书记进一步对全国思政工作提出了全员、全程、全方位育人的要求。笔者结合研究生各项工作内容，深入挖掘思政显性和隐性资源，从机制层面提出针对性建议，以期将"立德树人"的根本任务贯穿研究生求学生始终，最终培养服务于中国特色社会主义建设的人才。

关键词：研究生；全程育人；思政教育

2016 年 12 月 7 日至 8 日召开的全国高校思想政治工作会议上，习近平总书记在重要讲话中强调，要坚持把立德树人作为中心环节，把思想政治工作贯穿教育教学全过程，实现全员育人、全程育人、全方位育人，努力开创我国高等教育事业发展新局面。

研究生教育涉及从招生到在校培养、学生管理，以及学位、就业等不同板块、不同阶段的丰富内容。要实现习总书记所说的"全程育人"，就必须将育人贯穿研究生学习、成长的全过程，要认真研究从入学到毕业的每个阶段的特点及学生身心发展规律，以及每个阶段所面临的实际问题，有针对性地规划不同

---

① 作者系上海外国语大学英语学院辅导员，助理研究员。

阶段思想政治教育的工作重点和方法，促进研究生思想政治教育的发展。① 笔者主要从研究生学习发展的全程探讨思政教育机制建立，但"全程育人"与"全员育人""全方位育人"无法完全分开论述。所有与研究生管理和服务相关的人员，都应将显性与隐性的思政教育资源相结合，通过有形、无形的手段把思政教育渗入学生学习和生活的各个环节，渗透到教学、管理和服务的各个方面，使学生形成良好的思想品质和人格修养，促进学生全面发展。

一、把握招生录取政审，建立纠错和预警机制

根据我国教育主管部门的规定和要求，招生单位必须严格遵循实事求是的原则认真做好思想政治素质和品德考核工作，这是保证入学新生质量的重要工作环节。国家也赋予了招生单位对于思想品德考核不合格者不予录取的权利。②

由于研究生招生面对的群体是有志继续学术深造、从事科学研究工作的考生，他们将在未来我国知识领域做出重要贡献，进而影响国家的发展，以及社会创新和进步。因此，我们必须从政治态度、思想表现、道德品质、遵纪守法、诚实守信等各个方面严格考察。研究生在复试的同时，要接受思想政治工作部门、招生工作部门、导师与考生的面谈，或者采取"函调"或"派人外调"的方式，直接、全面地了解考生思想政治情况。

（一）以政审为抓手，及时纠正错误倾向，建立预警机制

我们应该抓住政审环节思想政治教育工作的机会，对未来国家培养的高层次人才负责。一方面，我们应该充分建立纠错机制，对于考生表达出的政治态度不正确的言论及时予以纠正，依靠专业知识和生动的案例，使其建立正确价值观。另一方面，对于表面配合政审工作，但其表达中透露出极端思想苗头的考生，要及时记录在政审档案内并做好预警机制，一旦该生进校学习后，要作为思想政治教育工作的重点对象。

---

① 范小凤. 论新时期高校"三全育人"德育模式及其运作机制［D］. 上海：华东师范大学，2011.
② 2018 年全国硕士研究生招生工作管理规定［OL］. 第65 条规定，中华人民共和国教育部，2016 - 07 - 06.

（二）规范政审流程，做好人员培训和特色展示

组织考生政审工作是树立学校思想政治教育工作权威性、规范性的重要机会。政审工作的操作程序、政审人员的专业素质、学校政治教育工作的情况介绍，这些都对未来的在校生留下深刻的印象。因此，学校应该建立规范化、具有自身特色的政审程序，注重政审工作人员的选拔和培训，为今后学校思想政治工作的开展做好铺垫。

（三）以大局为重，高校之间建立反馈机制

据笔者观察，政审工作所考察和反映出的结果，大部分主要用于录取考试和本校后续思政工作，但考生中有大部分是外校应届生，其中推免生还要接受大约 1 年、统考生约 1 学期的在校教育，如果对于这部分考生有充分的学校间反馈机制，不仅有利于本校思想政治工作水平的再提高，也可明确毕业生思政工作重点关注对象，在学生走向社会最后阶段，把握高校最后教育机会。

二、关注培养各个环节，建立多元和多员机制

研究生在学期间，从课上和课下汲取知识，不断加强对自我和世界的认知，充分思考和批判，努力实践和探索。在研究生培养的诸多环节中，必须在多元的思政教育机制下，思政教师、辅导员、导师、学生自己多员参与，不同角色的人在共同的人才培养目标下，充分发挥自己的作用。

（一）转化思政课堂为课堂思政，支持改革和创新，建立课堂思政化机制

在校生课程教育中，不仅有显性的传统思想政治课程，而且有隐性地、深埋于通识课、专业课中的思政育人资源。因此，各大高校应充分推行"课程思政"改革，按照思想政治理论课、综合素养课（即通识课）及专业课三类课程功能定位，从内容建设、教学方法、师资团队乃至互联网手段载体运用等途径推进改革，着力实现全课程育人。①

事实上，每个大学生都有一颗"中国心"，一旦激发了他们这种浓厚的"家国情怀"便会外化于心、内化于行，主动地进行思政学习，从而提高思政教育

---

① 董少校. 从"思政课程"到"课程思政"［N］. 中国教育报，2016 – 12 – 02.

的时效性。① 笔者认为，一方面，需要加强师资队伍建设，保证教学团队和辅导员队伍都可以专心教学、用心传道和真心服务，让全员教师和职工都参与进来，将思政教育工作贯穿教学的始终。另一方面，学校应支持课程思政的改革和相关项目地实施与探索，利用翻转课堂、"互联网＋"、慕课等新形式，充分调动学生学习热情和提高学习效率。

（二）扩展思政实践课堂，注重理论与实际互补机制建设

思政教育内容除了课堂教学和改革外，还应紧密结合时代主题，引入具有时代性的教育内容，紧贴学生生活实际，更多地组织学生走出校园、走进社会，开展参观学习、田野调查、志愿服务等。因此，各高校应统筹设计思政教育内容，建立课内课外、校内校外互补的实践教育机制。

实践环节是践行社会主义核心价值观的主渠道②，学生通过走向社会了解国情、社情、民意，能够直观感受中国当代经济社会的发展变化和社会政治、道德状况；在丰富的服务社会活动中，能够进一步巩固思想道德信念，从而逐步养成自觉的思想政治行为；通过社会实践，课堂教学成果得到升华，学生也能将理论和实际相结合，更深入地理解中国特色社会主义理论体系。

（三）利用导师做好价值观引领，明确思政责任和绩效考核机制

导师是研究生教育的第一责任人。不同于本科生的学习过程，研究生在整个学习阶段都将接受导师的全程指导，导师无论是在学术研究还是做人做事方面，都对研究生及其未来产生深刻的影响。因此，高校应该重视导师队伍建设，提升导师"立德树人"的指导能力，不断加强导师对学生三观的影响因子，使思政教育实现"教、知、行"相统一，明确导师在思政工作方面的工作量、权利责任、绩效考核和监督程序等。

三、注重研究生管理与服务，深入挖掘日常思政教育资源

研究生在学期间，除了自我管理外，还可以与辅导员的深入交流和影响，

---

① 代苑林. 医学类高等院校从"思政课堂"到"课堂思政"的路径探索［J］. 德育研究，2017（2）.

② 张丽红. 高校立德树人工作的路径及内容论析［J］. 思想理论教育导刊，2017（8）.

积极参与科学研究和理论探索，利用助管、助教、助研（以下简称"三助"）岗位参与到学校管理、人才培养、社会服务的各项工作中，这些都蕴含着丰富的日常思政教育资源。

（一）提高辅导员整体素质，树立思政导师典范

日常思想政治教育直接影响学生理想信念的确立、爱国情怀的培养、道德规范的养成及综合素质的协调发展。辅导员是大学日常思政教育的实施者、组织者，辅导员的整体素质和业务水平直接关系到思政教育的针对性和实效性。辅导员一定程度上充当着学生的"思政导师"的角色，他们的职业动机、知识结构、业务水平、反思能力等，直接影响着学生。因此，学校应注重辅导员团队的培训与发展，将其列为学生管理工作的重要环节。

作为研究生辅导员，需要有机整合思想政治教育资源，积极学理论、用理论，增强其职业认同感和使命感，创造性地设计、规划和评估思政教育各类工作内容和方案。因此，辅导员应具有政治判断能力、调查分析能力、自主学习能力、创新能力及评估论证能力等。① 学校应该建立多元化的培训机制，鼓励辅导员参与思政教育的科学研究和学术交流，同时建立科学合理的绩效考评机制，从制度上鼓励和促进高校辅导员的发展。

（二）发挥大学生自主能动性，组建大学生理论社团

大学生社团是青年大学生以相同或相近的兴趣、爱好、特长、信念、观点或自身需要为基础而自发组成的自愿型团体，是高校校园文化建设的重要载体，也是高校学生思政教育的重要渠道。大学生理论社团具有坚定的政治性、鲜明的时代性、科学的实践性。②

组建大学生理论社团，有助于将思政教育者与受众群体有机连接起来，有效激发大学生学习马克思主义、中国特色社会主义理论的主观能动性。以大学生理论社团为平台，研究生在共同信念的指引下，在平等、友爱的氛围中，在经过一定的学术训练、掌握良好的科学研究方法后，能够有效实现由"被动灌

① 何天雄. 高校辅导员思政教育策划能力的内涵及培养对策 [J]. 社科纵横，2017（8）.
② 纪亚光. 思政课全方位育人需要师生互动 [N]. 中国教育报，2017-03-30，(5).

输"到"主动学习"的转变，既锻炼了研究和学术能力，又使学习运用理论、以理论指导自身的成长成为学生的自觉行动。

（三）完善奖助体制，在助教、助管、助研过程中提升思政影响力

研究生"三助"体系的建立是以解决研究生经济困难为实际着手点，既通过经济报酬关系帮助学生，也通过日常工作教育和引导学生。"三助"平台是开展德育工作的有效路径，但现实中很多学生认为"三助"是"劳动取酬"这样简单的雇佣或帮工关系，对"三助"岗位的内涵理解不到位。作为提供岗位的教师和管理人员也缺乏相应的指导，疏忽了研究生工作责任心、团队合作意识、自我管理能力、诚信和奉献精神的培养。

学校应建立有效的考核机制，优化"三助"岗位的选聘机制，优先照顾家庭经济困难的学生的前提下，实现公平竞争；建立工作能力反馈机制，辅导员与设岗部门或带教老师实时跟踪学生工作业绩及反映出的问题，及时提醒到位，切实提高学生求职就业的能力；完善工作考评机制，不仅要根据工作量核定津贴等，还需要根据工作表现联动下一学期续聘、考核优秀等工作。"三助"工作是研究生思政工作的重要突破口，在为研究生成长创造条件的同时，应该坚持"解决思想问题与解决实际问题相结合"的原则，不断强化育人理念。①

四、严格把控学位关，利用论文监督机制做好思政教育

科学道德和学风建设工作是研究生获得学位的重要环节，学校应将其真正融入教职工和学生的日常工作与学习生活中。引导和引领研究生提高在科学道德与学风建设方面的自觉、自律意识，这些都需要加强学生科学道德和优良学风的培养。因此，研究生在个人科研成果申报、科研项目申请、课程论文和毕业论文撰写、学术交流和评奖评优等研究生日常生活等方面等应不断提高自身道德修养，学校加强监督和管理，做好思想政治教育工作。"做有道德的学术"是对研究生学风的最根本要求，学位论文更是需要严格贯彻执行这一原则。事

---

① 上海科技教育系统思想政治工作研究会. 做大学生全面发展的人生导师　第四届上海高校辅导员论坛优秀论文选 [M]. 上海：上海教育出版社，2008.

前需要通过严格的论文盲审、抽查机制，做好防患于未然；事后做好论文抽检和对举报学术不端行为的认真核查，对于学术组织和专家最终认定存在学术不端行为的学位论文，依法依规严肃处理有关学生和导师，树立学术权威。

五、建立毕业生思政教育机制，引导与考察并重

毕业生的综合素质水平、责任心、敬业精神和诚信友善的品质等是用人单位的首选条件。毕业生将作为社会最有活力的生力军参与到国家建设中，这就突出了毕业生的思想政治教育的地位和作用。

（一）重抓社会责任感和职业道德，实现学生自身价值和国家需要的结合

学校应该搭建毕业生思政平台，充分利用就业制度和政策宣讲、学生职业服务社团等资源，以社会需要为导向，帮助学生树立正确的职业观、择业观、创业观、成才观，快速适应社会、融入社会。毕业生思政工作人员，要积极引导毕业生正确处理国家需要与个人利益的关系，树立正确的择业观，以社会的需要作为实现自身价值的出发点和归宿，带着强烈的社会和历史责任感，勇于进取、投身改革。

学校应该在教育毕业生以准社会工作者的要求规范自己的言行的同时，加强职业道德教育。毕业生的组织纪律性，刻苦钻研业务的精神，对行业规则的深刻理解和尊重，将会直接影响学生进入各行各业的精神风貌和职业道德。学校应在毕业生离校之前，按照专业的不同特点，有针对性地进行职业道德教育，还应该特别加强对毕业生的廉政和法制教育，大力倡导爱岗敬业、诚实守信、办事公道、服务群众、奉献社会的职业道德，使大学生坚定建设有中国特色社会主义的信念，为社会主义精神文明建设做出贡献。①

（二）引导学生就业选择，做好典型宣传，助力中西部经济发展

在国家全面建设小康社会的大背景下，中西部还有很多经济不发达地区，需要更多的人才投身到这些地区的社会主义建设事业中。然而，在当今社会中，功利主义思想却影响着很多学生的毕业择业。不少毕业生在就业选择时，只讲

---

① 杜扬. 浅论加强高校毕业生思想政治教育 [J]. 思想政治教育研究，2005（1）.

挣钱，不讲事业，愿去基层和艰苦地区的同学更是数量少。高校思政工作者需要帮助毕业生树立正确的就业观念，引导毕业生到基层、到西部、到祖国最需要的地方建功立业。除此之外，对于支援中西部地区的就业典型，要落实国家各项大学生就业扶持政策，打通毕业生到基层、西部及自主创业、灵活就业的渠道，建立扶助和奖励机制。同时，也要做好宣传和教育，影响更多的学生，让大家在改革开放和社会主义现代化建设的伟大实践中实现自己的人生价值。

高校思想政治教育工作深刻地影响着社会主义人才的培养和塑造，思政工作的成果最终将内化为学生的价值和观念，外化为行为和习惯，进而形成稳定的品质。研究生求学全程对思政教育机制的关注，将通过全程跟进和把控，并且抓住研究生成长的关键点进行针对性的教育，可以充分提高思政育人的效率，促使学生身心健康发展。

来华留学研究生学生管理工作探析

——以上海外国语大学为例

刘旭婷①

摘　要：本文主要通过对来华留学研究生的发展背景、现行管理模式、管理过程中面临的困难及展望四个方面展开论述。文章以上海外国语大学留学研究生管理模式为参考，为研究生两级管理的模式下提出的来华留学研究生管理提供借鉴，为来华留学生管理开拓新思路。

关键词：来华留学研究生；留学生管理制度；趋同化管理

一、背景综述

随着经济全球化进程的不断推进，国际化也成为高等教育发展的必然趋势。早在 1995 年，Wit 教授就曾表明了三种观点：第一，高等教育国际化是一个发展趋势和过程；第二，高等教育国际化是在各个国家和地区之间开展高等教育的交流与合作活动；第三，着重形成国际化的气氛、内涵和精神气质。② 联合国教科文组织（United Nations Educational, Scientific and Cultural Organization）所属的国际大学联合会 IAU（International Association of Universities）对高等教育国际化给予了以下定义："高等教育国际化是把跨国界和跨文化的观点和氛围与大学的教学、科研和社会服务等主要功能相结合的过程，这是一个包罗万象的

---

① 作者系上海外国语大学国际文化交流学院研究生专职辅导员、助教。
② 张安富，靳敏. 我国高水平研究型大学国际化发展之路［J］. 高教发展与评估，2006（6）：15 – 19.

变化过程，既有学校内部的变化，又有学校外部的变化；既有自下而上的，又有自上而下的；还有学校自身的政策导向变化。"① 高等教育的国际化，当前普遍的看法是指跨越国界，在不同民族和文化之间进行的高等教育交流与合作。高等教育国际化的主要表现形式是联合办学、联合科研、人员交流、学分互认、学者互访、参加国际学术会议等。其中的留学生跨国交流，是高等教育国际化的主要标志之一。

（一）来华留学研究生生源特点

1. 来华留学生研究生规模较小

近年来，随着我国的高度发展，来华留学生规模增长较快，但是从招生规模和总人数来看，我国高等院校接受的留学研究生的数量远远低于国外院校。此外，我国高校接收的留学生，数量和在本年级所占中外学生的比例均较低。

2. 与欧美等发达国家相比，来华留学研究生数量较少

据了解，欧美发达国家的留学生教育已经发展到以研究生为主，本科生、进修生为辅的培养模式，然而我国的留学生教育主要是以进修生、本科生为主，研究生为辅的培养招收模式。因此，进入我国攻读研究生学历的留学生在高层次研究领域的数量和比例较小，人员增长速度较低。

3. 来华留学生生源状况分配不均衡

从全球地区分布的范围来看，来华攻读研究生学历的留学生主要来自亚洲国家，特别是临近的韩国、日本、东南亚等汉语言文字圈国家，还有部分非洲国家。近几年由于国家政策的鼓励和支持，在我国"一带一路"沿线国家的招生人数有所提高，但在分布范围上仍然比较局限。同时，来华留学研究生的语言基础和学术基础参差不齐，不同国家和地区的学生组成的综合国籍班级导致来华留学研究生在教育经历、生活习惯、知识能力、意识形态等各个方面都存在着很多不同。再者，来华留学研究生对中国文化的了解不是很深刻。虽然我国高等学校全英文授课正逐步推开，但现行的留学研究生教育仍以中文教学为

---

① 陈学飞. 高等教育国际化——从历史到理论到策略 [J]. 上海高教研究，1997（11）：58－60.

主。除了对于中文的语言障碍外，了解中国的现当代国情和中国传统文化及社会生活习惯也是来华留学研究生必须要克服的困难。

（二）上海外国语大学来华留学研究生情况

上海外国语大学是新中国最初开始进行高等外语教育的院校之一，是教育部直属重点大学，也是教育部"211"工程重点建设的大学。学校是全国最早接收外国留学生的高校之一，从 1981 年开始招收外国留学生。1984 年经教育部批准设立对外汉语专业，成为全国最早培养对外汉语师资的四所高校之一。1994年，在对外汉语系和外国留学生部（简称"留办"）的基础上组建了国际文化交流学院，负责统筹全校来华留学生教学和管理工作。

从 1981 年招收留学生至今，上海外国语大学来华留学工作已有 37 年。以2016 年为例，学校共有来自 104 个国家的留学生 4545 人次就读各类专业和课程。截至 2016 年 9 月，学校与全球 56 个国家和地区的 370 多所大学、机构和国际组织建立了合作交流关系。合作对象基本涵盖了学校现有语种主要对象国家和地区。

自 2002 年起，上海外国语大学开始招收留学研究生。学校在研究生部的主导下，各教学院系积极配合，共同推动硕、博士学位研究生专业的建设工作，确立了留学研究生培养质量标准和保障体系，部分研究生专业还专门针对留学生制定了个性化的培养方案或课程体系。截至目前，学校 19 个二级学科博士学位授权点、39 个二级学科硕士学位授权点、5 个专业硕士学位授权点均对留学生开放。

近年来，留学研究生人数逐步扩大，从 2002 年学校留学生中 2 名硕士、3 名博士研究生，到 2016 年，全校硕士研究生中有留学生 244 人次，博士研究生中有留学生 56 人次。留学研究生的生源地最初只有日、韩等少数东亚和东南亚国家，至今留学研究生的生源包括全世界共计 104 个国家和地区。留学研究生数量和生源范围的增长与扩大对留学研究生的管理提出了更加艰巨和细致的要求。

二、留学研究生管理现行管理模式

（一）专人专管，建立留学研究生日常管理体系

针对初入学的留学研究生，方便留学研究生在入学后尽快了解中国研究生

教学、管理、培养等方面的情况，快速适应校园环境，更好地完成学业，校研究生部特制定了《留学研究生入学指南》，向新入学的留学生介绍入学日程安排、报到周事宜、关于修读课程需要了解的信息、研究生部职能、学习作息时间、在学期间重大时间节点流程图、研究生部职能介绍、常见问题解答、学校部分管理服务部门及院系的常用电话、研究生部各办公室联系方式等信息。

在本校攻读学位的留学研究生按照所修专业情况分配至相应专业班级，由研究生辅导员具体负责班级留学生研究生的管理事务。同时，研究生部学生管理办公室专设一名辅导员对接留学生办公室，负责留学研究生通讯录的制作与更新、研究生部与其他科室的沟通协调及留学研究生的日常管理工作等。针对留学研究生人数较多的班级，设置留学研究生分管班委，负责协助辅导员、学科点教学秘书和专业课教师开展日常工作。

（二）有效互动，建立留学研究生突发事件应急预案

研究生部党总支针对留学生学习生活特点有针对性地为每一位在读留学研究生选择一批有责任心、高素质、语言沟通能力强、支持学校工作的中国学生作为留学研究生的中国学生联系人，联系人一般选择与相应留学研究生同一导师的中国学生。中国学生联系人在帮助留学生克服学习、生活方面的困难的同时，定期与自己对接的留学研究生交流谈心。

留学研究生的中国学生联系人的设置，实现"生生""师生"间有效互动。党总支利用学生间"易走近，便沟通"的交流特点，要求中国学生联系人要结合国内外形势随时了解留学研究生的思想动态，特别是对有敏感背景（家庭背景及个人背景）的留学研究生，表现差、学习差的留学研究生，经常违反校规（包括违反住宿管理规定）的留学研究生，入学后发现精神异常、身患疾病的留学研究生进行重点观察和沟通协调，辅导员老师会认真仔细了解学生状况，与学生经常性交流，必要时借助校内外相关负责人员力量共同解决留学研究生学习、生活上的困难。

研究生部建立了完善的留学研究生突发事件处理应急预案，在出现突发状况时，学生管理办公室及校保卫处等相关部门能够及时、有效地按照突发事件应急处理办法进行危机干预，必要时移送当地公安机关。

（三）兼容并包，鼓励留学研究生参与学校各类活动

以研究生会为基础，研究生部党总支为留学研究生积极搭建活动平台，鼓励留学研究生融入学生团队，参加文体活动，实现自我管理。在研究生会举办的各类大型活动中，留学研究生充分发挥自身特长和创意，积极参与节目的设计、编排和表演，颇具亮点。

通过积极鼓励引导留学研究生参与各类活动，提高了留学研究生在学校各项活动中的参与度，丰富了留学研究生的学习生活，加深了留学研究生对研究生群体的归属感，提升了留学研究生对"上外研究生"的身份认同感，也为我校研究生的各类活动增添了更多的国际化元素，凸显了我校治校理念和办学目标。

（四）畅所欲言，举办丰富多样的留学研究生座谈会

为进一步关心和了解留学研究生学习、生活情况，解决留学研究生就学过程中面临的困难，畅通学校与留学研究生的交流互动渠道，更好地促进留学研究生的培养和管理工作完成，每年元旦前研究生部党总支为留学研究生开展了形式多样的新年座谈会。留学研究生座谈会由研究生部学生管理办公室负责留学生事务的老师和研究生会干部主持，邀请研部其他相关部门负责人参加。座谈会会邀请来自不同国家、不同专业、两校区共50余名留学研究生代表参加。座谈会上留学生们畅谈他们在上外学习生活的切身体会，既有真挚情感的流露，也有对烦心事的吐槽；既有对学习培养环节的肯定，也有对课程设置的期许；既有对管理服务的认可，也有对生活环境改善的建议。座谈期间，研究生部老师和研会学生干部会对留学研究生提出的问题进行现场解答，为留学研究生提供同学校更直接有效的沟通方式。

除此之外，研究生部党总支为方便留学研究生与学校、同学间的沟通，在每年新生报到时在松江、虹口两校区成立留学研究生微信群。该群由研究生部负责留学生事务辅导员专门管理并邀请负责留学生课程设置的老师和学科点教学秘书入群，便于随时随地解答、收集留学研究生在读期间有关学习、生活方面的困惑和建议。微信群中留学研究生提出的关于学校各方面的有益建议都将由专人定期收集并反馈相应职能部门和教学科研单位。

通过多角度、全方位座谈的开展，使留学研究生与研究生部的老师彼此增进交流，为良好的沟通架起一座桥梁。

三、留学研究生管理不足与展望

（一）留学研究生跨文化适应问题显著

美国人类学家罗伯特·雷德菲尔德（Robert Redfield）等人 1936 年发表了《文化适应研究备忘录》（Memorandum on the Study of Acculturation），最早提出了文化适应的概念，"文化适应是指两种不同文化的群体在连续接触的过程中所导致的文化模式的变化"。

文化的激烈碰撞给留学研究生们带来的不仅是新奇的经历和开阔的视野，还有在学习生活中产生的各种压力和挑战。在跨文化交际适应的过程当中，需要有具备跨文化交际专业素养者给予适当的引导和指导，如果处理不当，他们在跨文化适应过程中容易受挫，特别是当对于留学研究生的群体，论文压力加之跨文化适应性不足，将影响到他们学业的完成，甚至会引发心理问题和突发事件。

留学生所承受的心理和社会压力相对来讲，同其他同龄人相比大得多。由于语言、生活习惯、学习方式、思维方式、所处环境等的不同，留学生群体容易对新的生活方式从最初的感到不理解和不满意转为和自己预期的目的和理想在现实中受挫，导致文化差异越大，困惑和焦虑越多。有些个体甚至会对不同文化产生敌视和抵触情绪，进而引发群体性攻击和师生攻击。来华留学的研究生在中国的居留时间取决于他们在中国高校的学习时间，根据我国高等学校研究生学制，一般是两年到五年。留学研究生在中国的生活状态与长期移民者相比，他们在中国的时间较短，无法做到和居民一样融入当地的社会生活，但是留学研究生与短期语言进修生相比，在华的时间较长、语言能力较强，他们所经历的跨文化适应阶段多。除此之外，留学研究生的年龄层次普遍集中在 22—35 岁之间，具有较大的学业、就业压力，内心充满希望与迷茫。正是由于留学研究生的情况，且也正因为他们融入中国文化的可能性低，留学研究生在中国学习期间的调整和适应过程显得格外重要，不仅关系到这些学生的生活和学习是否顺利，心理状态是否健康，同时也影响着中国国家形象的传播。

（二）留学研究生在校管理不足与展望

在留学研究生的管理过程当中，还存在着很多的问题和不足。

1. 学校对于来华留学研究生的管理在制度化和规范化上做得还不够

留学研究生的管理是从招生到培养到毕业的意向复杂的系统性工作，中间牵扯部门很多，涉及工作块面繁杂。来华留学生从入学起的招生、日常管理、培养、生活管理等大多是由不同的部门配合完成的，在"趋同化"管理的过程中，留学研究生和中国学生实行共同管理。但由于留学研究生的管理实际工作有着"多部门、多线头"的管理特点，在实际工作过程中会出现管理过程中的"真空地带"。导致留学研究生在学习和生活中遇到问题没有及时得到最有效的帮助和支持，从而影响留学研究生情绪进而影响正常教学情况的开展。

2. 业余活动不够丰富

丰富的业余活动是让来华留学研究生尽快摆脱跨文化适应阶段逐渐融入中国学生学习生活环境的一个重要渠道，更是留学生教育的重要有机组成部分。根据目前情况来看，来华留学研究生学业压力繁重加之语言沟通和作息时间的差异导致缺少丰富的在校业余活动。加之存在本科、研究生校区差异，很难通过业余文化活动使留学生真正走入中国学生的实际学习生活中来。

3. 趋同化管理"异而不同"

在来华留学研究生管理过程中，我们追求的目标是"去异求同"，即在对来华留学研究生的教育阶段使之与中国籍研究生具有相当的学术水平和教育质量。在日常学生管理过程中，让留学研究生和中国籍研究生共同参与文化交流活动、志愿服务工作、心理健康教育和职业发展教育等。通过趋同化管理的模式使留学研究生和中国同学一起体悟生活、认识自我、走近生活。

然而，趋同化的管理模式面临着不少"异而不同"的挑战。由于来华留学研究生具有各国的文化背景、宗教信仰、生活风俗、思维模式，甚至在语言水平和学术水平常都存在着较大的差距。在留学研究生管理人员人数有限的前提下，高校如何在管理过程当中要做到"合作"的同时兼顾留学研究生各自的特点，趋同化管理的真正实现还需要较长时间的探索和积累，如何鼓励留学研生以包容和接纳的心态去了解中国、了解他人、了解自我。

4. 工作展望

学校拥有一支经验丰富的留学生专职管理队伍，成员分布在国际文化交流学院、教务处、研究生部、对外合作交流处及各教学院系。学校外国留学生辅导员工作由学校部分专职留学生管理干部及各院系中国学生辅导员兼任，辅导员负责留学生日常管理、课业指导、文体活动、心理辅导、职业规划等工作。但是留学研究生的管理在研究生两级管理的模式下，按照留学研究生下放院系趋同化管理模式的思路，仍需要加强留学研究生的制度化管理，提供更具有专业指导意义的留学研究生管理模式。这需要基于国外高校留学生教育的先进经验及国内部分兄弟院校的好的做法，结合当前来华留学教育飞速发展的现实需求，建立一支专职留学生辅导员队伍确有其必要性和可行性。学校应加强顶层设计，建立合理的制度框架，明确工作规范，制定保障措施。在人事管理、岗位设置、职业发展和队伍建设等方面做好中外学生辅导员趋同化建设工作，在工作职责、职业角色、操作程序、形象设计等方面做好特殊性培养工作。

学校应该加快步伐，及早探索一条职能部门与教学院系联动、专兼职队伍分工协作、中外学生趋同管理和集中管理相结合的外国留学生管理服务模式。推动完善辅导员管理体系建设，切实提升外国留学生管理服务工作水平。

外语类院校留学生教育与国际化
校园文化建设：挑战与对策①

李　杉②

摘　要：现阶段，我国外语类院校留学生教育呈现出留学生数量占比高、留学生教育集中、留学生管理体制机制尚未理顺等三大特点，因此造成了留学生在国际化校园文化建设中的"边缘化"和"区别化"现象，本文认为，留学生已经成为国际化校园文化建设的重要主体，促进中外学生和谐共处乃是国际化校园文化的重要功能和任务。因此，外语类院校应从理顺留学生管理体制机制，推行留学生两级管理和趋同化管理，建立校园文化国际化建设的协同机制，进一步深入推进校内中外学生的沟通交流等方面入手，更好地建设国际化的校园文化。

关键词：校园文化；国际化；留学生；外语类院校

近年来，随着我国高校国际化办学能力和办学水平的不断提升，来华留学生数量迅速增长，国际化的校园文化建设逐渐成为中国高校大学文化建设研究和实践的重点。

从现有的研究来看，西方学者对这一课题的研究较为充分，但是研究对象和案例主要是西方高校，考虑到国情校情、管理体制和发展水平的差距，其理

①　本文受上海外国语大学 2017 年青年干部调研课题立项资助。

②　作者系上海外国语大学党委宣传部，助理研究员。

论的启发意义往往大于实践的指导意义。

国内学者和高校管理者已经关注到了留学生教育迅速发展对高校校园文化建设带来的挑战，但是现有研究的深度和广度仍较为有限，研究路径较为单一，主要从"跨文化沟通"的角度来解释和应对这一挑战，而较少涉及高校管理体制机制、发展水平、留学生来源结构等深层次问题。

本课题主要研究外语类院校留学生教育对国际化校园文化建设带来的挑战及其对策。本课题认为，我国高校留学生教育的发展仍然不充分不均衡，不同类型院校由于学校实力、专业设置等因素影响，开展留学生教育的情况差别明显，也就对校园文化建设提出了不同的要求。因此，有必要针对不同类型院校进行分类研究。

一、现阶段外语院校开展来华留学生教育的特点

（一）留学生规模普遍位于本地区高校前列

外语类院校依托学校学科特色，一直走在中国改革开放的前列，总体来说，外语类院校开展留学生教育的历史较早，发展到现阶段留学生的规模也较大，普遍位于本地区高校的前列。

从北京来看，按照 2015 年数字统计，北京语言大学、对外经济贸易大学和北京外国语大学的来华留学生数量分别为 9478 人次、8514 人次和 2758 人次，在北京 74 所开展留学生教育的高校当中分别位列第 1、第 2 和第 5 位。北京第二外国语学院也达到了 1827 人次，位列第 11 位。[①]

从上海来看，上外留学生规模常年保持在上海 38 所高校中的第 4 至 5 位。

另外，广东外语外贸大学 2015 年留学生规模位列广东地区第 3 位，大连外国语大学位列辽宁地区第 3 位等。[②]

（二）留学生人数占学校学生总人数比例较高

外语院校由于专业设置有限，故中国学生招生规模普遍较小，较大的留学

---

① 教育部国际合作与交流司. 2015 来华留学生简明统计［2］. 内部资料：153－156.
② 教育部国际合作与交流司. 2015 来华留学生简明统计［2］. 内部资料：176－178, 161－163.

生规模与较小的中国学生招生规模，导致学生中留学生人数占比高。

2015 年，北京语言大学的学历留学生人数约占全部学历生的比例为 25.3%。① 北京外国语大学的学历留学生人数比例为 10.8%。② 同期，北京地区留学生规模排名前列的北京大学，其留学生人数比例为 6%。清华大学 2017 年的数据为 5.9%。③

2016 年，复旦大学学历留学生人数占比约为 6.1%，④ 上海交通大学约为 6%，⑤ 而上外约为 11.5%。

实际上，外语类院校由于学科优势，招收了大量参加汉语培训的外国留学生，其规模往往超过学历留学生数量，如果将这类留学生数量计入，那么外语类高校与其他高校的数字会进一步拉大。

（三）留学生教育多集中于留学生学院，非学历留学生人数占比高

由于外语类院校留学生教育多从汉语教学起步，在发展过程中，借助于学校多语言、跨文化的优势，汉语教学蓬勃开展，由此基础上进一步开设了汉语言的本科、研究生专业，以及汉语与其他专业相结合的复合型专业，这样的历史发展脉络形成了两大特点。

一是非学历的、参加汉语培训的留学生比例高。根据 2015 年的数据，全国非学历来华留学生占留学生总数的 53.5%，但是外语类院校占比远远高于这个数字，例如北京语言大学为 66.6%，上外为 75.4%，广东外语外贸大学为 78.4%，大连外国语大学为 79.3%，北京外国语大学的比例较低，为 54.1%，但是也高于全国水平的 53.5% 和北京平均水平的 51.4%。⑥

二是留学生教育多集中于学校的某个二级学院。根据调研，外语类院校留学生多集中于学校从事汉语教学的二级学院，如汉学院、留学生教育学院或者国际文化交流学院等，尽管名称各有不同，但是这些学院往往是学校留学生教

---

① 数字来源于北京语言大学网站［OL］.［2018 – 01 – 10］.

② 中国学生数据来源于北京外国语大学网站［OL］.［2018 – 01 – 10］.

③ 数据来源北京大学网站［OL］.［2018 – 01 – 10］.

④ 数据来源复旦大学网站［OL］.［2018 – 01 – 10］.

⑤ 数据来源，上海交通大学网站［OL］.［2018 – 01 – 10］.

⑥ 教育部国际合作与交流司. 2015 来华留学生简明统计［2］. 内部资料：153 – 156.

育的发源地，提供非学历汉语培训、汉语本科、"汉语＋专业"本科、汉语国际教育研究生等教育形式，故吸收了学校主要的留学生群体。

（四）留学生统筹管理部门多为留学生学院

在留学生管理的体制机制方面，由于上述第三点 原因，多数外语类院校的留学生统筹管理部门放在了二级学院，如汉学院、留学生教育学院或国际文化交流学院等，由二级学院统筹协调全校的留学生招生、管理等工作。如对外经济贸易大学放在了国际学院，上外放在了国际文化交流学院，广东外语外贸大学则是留学生教育学院、西安外国语大学的汉学院，四川外国语大学的留学生部等。

（五）留学生来源国较为多样

现阶段，不少中国高校留学生来源仍相对单一，如石油化工类高校留学生往往以几个重要的产油国为主；医科的一些学校，印度留学生占据了相当大比例；巴基斯坦留学生则更青睐理工科。某些地域性大学，如广西的高校，主要以越南学生为主；黑龙江高校，俄罗斯学生占据多数。

相对来说，外语类院校由于学校语言专业设置需要，对外交流的国家和地区更为多样化，且很多国家留学生将外语类院校作为接受学历教育之前的语言预科，故留学生的来源国更为多样和分散化。以上外为例，2016 年上外留学生来源国有 90 多个。

二、留学生教育发展对外语院校校园文化建设的挑战

（一）校园文化主体发生变化

短短几年时间，中国高校的校园环境，从中国学生占据绝大多数，逐渐进入中国学生与外国留学生混合而成、且外国留学生比例逐年增加的环境。而外语类院校留学生比例更高，挑战更大，从上外来看，学历留学生比例已经超过10%，如果算上长期在校的培训生，这一比例将超过 15%。预计到 2020 年，全国来华留学生数量仍将持续快速增长到 50 万。①

由此改变而来，高校的校园文化主体，已经从单一的中国学生过渡到多元化的中外学生主体。

因此，校园文化的"国际化"，已经不仅仅是校园文化中的"国际化因素"，不仅仅是针对中国学生的"国际化"。留学生不但成为了校园文化建设的对象，也成为了校园文化的主体，并由此带来校园文化建设体制机制、目标任务等一系列变化。

（二）校园文化建设的目的和任务发生变化

首先，促进中外学生和谐共处成为校园文化的重要功能和任务。校园文化的"国际化"，一方面中外学生彼此尊重了解各自的文化属性，保存自己的文化特色，另一方面要促进"跨文化"的沟通交流和学习借鉴，为中外学生和谐共处创造平台和氛围。

其次，校园文化建设日益成为中国软实力的重要组成部分。校园文化要保留"中国特色"，发扬传承、育人的功能，成为弘扬中国文化、讲述中国故事的重要载体，培养留学生认同感、亲切感的重要场所。

最后，校园文化建设成为学校国际竞争力的重要组成部分。目前，一所大学的留学生教育水平，已经成为衡量这所大学实力的重要指标。而大学要吸引到优质留学生，除了学校学科实力和管理水平，校园文化也成为吸引留学生的重要因素。国际化、人性化的校园文化更受留学生的青睐。

因此，校园文化建设的目的和任务，逐渐进入建设"中国特色""国际化""跨文化"和促进中外学生和谐共处的校园文化新时代。

三、外语院校校园文化建设的问题和原因

（一）"国际化"与"边缘化"共存

总体来说，外语院校是世界各国语言文化的汇聚、交流之地，校园文化基

---

① 2016 年度我国来华留学生情况统计［OL］．中华人民共和国教育部，（2017 - 03 - 01）［2017 - 10 - 06］．

因中天生存在"国际化"的因素，师生由于对异国语言文化的了解和体悟较多，从事"跨文化"沟通的能力和水平也较强。因此，外语院校建设国际化校园文化具有得天独厚的条件。

但是，如前所述，外语院校由于留学生教育较为集中在某个学院，因此，容易造成留学生在校园存在中事实上的"边缘化"，这种"边缘化"存在由于多校区办学的现状进一步恶化。好多学校，留学生学院放在市区，中国学生教学放在郊区，中国学生和留学生的交流少之又少，留学生难以融入校园主流文化，留学生文化成为校园中小圈子内的自娱自乐，也就难以产生对学校的归属感，也不利于培养留学生对中国国情的了解和中国文化的认同。

（二）"趋同化"与"区别化"共存

从留学生管理机制角度来看，为了加强对留学生的教育和管理，增强留学生融入感，教育部一直在推动留学生与中国学生的趋同化管理工作，但是留学生在所在院系又往往遭遇到"区别化"对待，这一情况在外语类院校较为明显。一方面外语院校去中国学生院系学习的留学生数量比较少，由于语言水平有限，跟老师沟通少，容易受到忽视；另一方面，由于外语类院校留学生管理部门多为留学生学院，而非学校职能部门，在制定相关制度和推进相关工作过程中难度较大。造成的结果是，留学生在院系当中的边缘化和疏离感。

从学校校园文化的规划和制定来看，留学生院由于非学校职能部门，较难参与到政策的制定过程当中。

四、外语院校加强国际化校园文化建设的建议

（一）理顺留学生管理的体制机制，推行留学生两级管理改革

留学生两级管理改革不仅是进一步提高留学生教育规模和层次的需要，也是推进留学生与中国学生趋同化管理的必然要求。随着学历留学生数量的增加，单单依靠留学生学院对全校留学生进行管理难度越来越大，必须将留学生与中国学生一起，纳入各学院日常管理当中，只有这样，留学生才能真正融入校园文化中，并作为校园文化的能动性主体参与校园文化的生成。

（二）建立校园文化国际化建设的协同机制，加强国际化校园文化的顶层

设计

校园文化建设是个系统工程，需要加强顶层设计，做好部门协同，可以将外事部门、留学生管理部门和留学生教育的主要学院纳入协同机制，参与到校园文化的规划和落实的全过程中去。

（三）加强校内中外学生交流的制度性设计

受多校区办学和留学生教学相对集中特点的影响，中外学生交流仍十分有限。有必要从制度设计上加强校内中外学生全面的交流交往，尤其是留学生较为集中的留学生学院与其他学院的接触和联系，以专业实践、社会实践、志愿者服务和学生社团等为抓手，让留学生真正成为校园文化建设的主体和目的。

立足特色，加强专业学位研究生教育国际化发展

周　莉①

摘　要：在经济、信息、文化全球化飞速发展的 21 世纪，研究生教育国际化已成为高等教育发展的重要特征和明显趋势。本文拟从专业学位研究生教育层面，着重阐述上海外国语大学现有五个专业学位类别立足多语种特色，开展国际化办学的情况及发展规划。

关键词：专业学位；国际化；特色

专业学位是现代高等教育发展的产物，以培养特定职业高层专业人才为宗旨，以满足社会专业技术领域的人才需求为目标，培养专业能力强和职业素养高、创新意识突出的专业技术人才。这种学位类型在我国虽起步较晚，但已经在学位与研究生教育工作中得以高度重视并取得了显著成绩。随着"创新驱动发展战略""一带一路""中国制造 2025"等一系列国家重大战略的实施，我国对高层次应用型人才的需求更加突出、更加迫切，对人才培养的质量要求也更高，不仅要具有较强的创新能力、合作意识，同时还应具有参与国际竞争的能力。面对日益频繁的国际交流合作，激烈的国际竞争环境，教育国际化已成为专业学位研究生教育发展的重要特征和明显趋势。

上海外国语大学（以下简称"上外"），作为一所地处上海国际大都市的外国语大学，更应该突出"international"特色，更要求走国际化办学路线，广泛

---

① 作者系上海外国语大学法学院党总支副书记。

吸收借鉴国外先进教育方法与教育理念，引进国外优质教育资源，加强与国外高校间的合作交流，以此促进学校专业学位研究生教育与世界接轨、提高整体培养质量与专业水平。

一、国内外背景

21 世纪以来，各国广泛开展国际化教育以提升高等教育实力，美国为维持对人才的吸引力，其中之一便是开展双学位硕士项目以满足国际学生需求。美国教育协会的报告指出，2011 年，93% 的博士学位授予机构，84% 及 78% 的硕士、学士学位授予机构，与 50% 的高等教育相关机构在过去 3 年里加快了国际化进程；27% 的机构开办双学位或与他国合作认证项目。过去 5 年国际化资助增加了 47% 或维持在 27% 的稳定水平。专业硕士双学位项目促使大学或二级学院（系）须在不同的研究领域、机构间进行深入协作。① 类似的情况也发生在其他发达国家。

经过 20 多年的发展，我国专业学位研究生教育逐渐形成了具有我国特色的专业学位研究生教育。为全面推进专业学位研究生教育综合改革，提高专业学位研究生培养质量，2015 年，教育部批准了 12 所部属高校、4 个地方省（市）教育主管部门和 3 个全国专业学位研究生教育指导委员会，开展深化专业学位研究生教育综合改革试点工作。上海市教委作为其中一家试点单位，对上海市专业学位研究生教育进行了顶层设计和战略部署，系统谋划专业学位研究生教育改革发展各重点领域，统筹兼顾专业学位研究生教育各关键环节，以创新专业学位研究生培养模式为核心，着力推进 6 个方面的改革举措②，其中之一就是人才培养国际化，采取多种手段，推动上海高校开展专业学位中外合作办学。根据 2015 年 1 月的数据显示，上海的专业学位中外合作办学机构及项目已达 22 项，占全国的比重超过 10%。③

---

① 范冬青. 美国专业硕士培养现状、特征及争议 [J]. 比较教育研究，2016（10）.
② 另外 5 个方面的改革举措为：培养规格行业化、知识能力复合化、实习实践制度化、导师队伍双师化、考核评价系统化。
③ 全面深化专业学位研究生教育改革 [OL]. 人民网，2015 – 01 – 15.

二、现状与成绩

上外秉承"格高志远、学贯中外"的校训精神和"诠释世界、成就未来"的办学理念，以"服务国家发展、服务人的全面成长、服务社会进步、服务中外人文交流"为办学使命，致力于建成国别区域全球知识领域特色鲜明的世界一流外国语大学。学校现有5个硕士专业学位授权点：翻译硕士（MTI）、汉语国际教育硕士（MTCSOL）、工商管理硕士（MBA）、金融硕士（MF）、法律硕士（JM）。学校紧紧抓住国家专业学位研究生教育发展和上海市深化专业学位研究生教育综合改革的重大机遇，坚持以科学发展观统领全局，整合并合理配置全校教育资源，不断深化专业学位教育改革，创新培养模式，凝练专业学位办学特色，创立专业学位教育品牌。

（一）探索"多语种＋"培养模式

学校主动服务国家"一带一路"倡议和文化"走出去"重大战略，率先提出"多语种＋"卓越国际化人才培养战略，创新育人模式，以内涵建设提升办学水平，全力造就能够参与全球事务的通才和通晓国别区域与领域的专才，推动卓越外语人才、多语种高端翻译人才、汉语国际教育人才、无国界工商管理创新人才、国际金融创新人才、涉外法律人才的培养。下面以翻译硕士和法律硕士为例。

翻译硕士是学校最早设立的专业学位授权点之一，该授权点所在高级翻译学院以国家专业硕士综合改革试点为契机，引入翻译专业国际人才培养体系，对师资构成、培养目标、招生选拔、课程设置、授课形式、考试机制、实习要求、论文要求、专业评价体系等进行整体改革，建立起翻译专业国际人才培养的整套模式。学院整合国际和国内、学界和业界的各种资源，建立了专业翻译人才培养体系。以该体系为核心的"国际化专业翻译人才培养模式与体系建设"项目荣获上海外国语大学2011—2012学年度校级教学成果特等奖、上海市高等教育市级教学成果一等奖，高等教育国家级教学成果奖二等奖。截至目前，翻译硕士授权点已开设英语笔译、英语口译、俄语口译、日语口译、法语口译、朝鲜语口译、西班牙语口译和阿拉伯语口译8个专业方向，涵盖联合国全部6

种官方语言，真正体现了多语种特色。

法律硕士自 2015 年正式开始招生，时间虽然不长，但从一开始便以多语种＋专业学位模式吸引小语种生源。围绕多语种法律硕士培养的需求，以国际法、外国法和比较法为特色，以国际化、复合型、实践性为特征，通过内部培养与外部引进两个渠道，不断凝聚方向，提升师资水平与法律实践经验，建立适应法律硕士专业学位特点的多样化教学模式，不断改革教材体系，逐步引入外文原版专业教材，增大外籍专家教师授课比重。坚持实行"三导师制"（专业＋外语＋实践导师），加强法学、外语和实践的紧密结合，逐渐探索出多语种法律人才培养的规律。

（二）发展中外合作办学

正如前文所说，上海市教委在深化专业学位综合改革试点任务书中明确提到"采取多种手段，推动上海高校开展专业学位中外合作办学"。上外是新中国最早开展对外交流的高校之一，建校之初就有外国专家在校工作。上外将国际化办学视为核心发展战略，已先后与 56 个国家和地区的 370 多所大学、文教科研机构和国际组织建立了合作关系，是全球首批与联合国总部及各分支机构、欧盟委员会、欧洲议会签署合作框架协议的高校。

本着"无国界管理"的培养理念，工商管理硕士授权点一直致力于开展国际交往和建立国际联系，已与法国、瑞典、西班牙、韩国等多所知名大学和商学院建立了长期友好国际合作关系，并进行广泛而深入的合作。项目鼓励学生通过多种途径获得国际经验。学生可以通过参加国际交换项目，海外商业学习之旅、双学位项目和参加各类国际活动等丰富自己的商业知识和国际经验，体验不同的文化环境。目前，MBA 已与瑞典乌普萨拉大学、法国里尔管理学院、西班牙 ESIC 商学院、德国莱比锡商学院四所海外院校建立了双学位项目的合作关系。申请该项目的学生将分别在上外和对方院校学习一年或一年半时间，并接受双方院校的论文考核，获得两所院校颁发的双学位证书。2016 年，上外与西班牙 ESIC 商学院合作的"SISU – ESIC International MBA（IMBA）项目"还通过了欧洲管理发展基金会（EFMD）的 EPAS 国际认证，标志着上外 MBA 教育与国际商科教育全面接轨。

与工商管理硕士情况类似，金融硕士授权点虽然建立才短短 2 年，但在中外合作办学方面已有显著成绩，先后与西班牙巴塞罗那商学院和意大利特伦托大学合作开设硕士双学位项目。此外，汉语国际教育硕士授权点与美国卡内梅隆基大学也建立了双学位项目。

（三）开拓海外实践基地

专业学位一个明显的特征就是实践性。专业实践是重要的教学环节，充分的、高质量的专业实践是专业学位教育质量的重要保证。实践基地是专业学位研究生教育的第二课堂，相比起零散的、个体的社会实践，实践基地作为一个固定的场所，可以更加长期有效地组织开展教学实践活动，有力提升实践的广度和深度。为鼓励行业、企事业单位等社会力量积极参与专业学位研究生培养，上海市学位委员会办公室自 2012 年起积极开展上海市专业学位研究生实践基地的建设。至今，上外已先后有 11 个专业学位实践基地获得市级基地立项，涵盖学校全部 5 个专业学位类别。其中，翻译硕士联合国实践基地和汉语国际教育硕士日本大阪产业大学孔子学院实践基地因设在海外而备受瞩目。

联合国实践基地的建设，探索了一种翻译硕士学生在国际组织实地实习与远程实习相结合的模式，推动了国际化专业翻译人才的培养。截至 2015 年年底，联合国实践基地的建设使得 14 名学生赴联合国实习，108 名学生承担联合国文件的翻译任务。基地的运行进一步推动了双导师制的建设。学院聘用了联合国专业译员担任学院兼职教授，联合国还定期或不定期指派专家前来授课或讲座。因突出的建设成效及海外实践基地的特色，2015 年，翻译硕士联合国实践基地被评为上海市示范级专业学位实践基地。

（四）吸引来华留学生

近年来，外籍学生来华留学规模发展迅速。留学生来华学习取得学位是中国高校学位在国际上被认可的一个突破，同时引进国外语言文化，增加语言学习氛围，对于学校专业学位研究生教育国际化起到了一定程度上的促进作用。因此，学校通过开设形式多样的汉语课程、中国传统文化学习交流项目以及全英文项目，大力吸引更多来华留学生。从 2015—2017 年数据来看，授予留学生硕士学位的数量逐年增加，特别是 2017 年，由于双学位项目的支持，数量有大幅提升。具体请见下表。

上海外国语大学 2015—2017 年来华留学生硕士学位授予情况表

授予时间	授予硕士总数	专业硕士	专业硕士占比
2015 年 3 月	10	6	60%
2015 年 6 月	12	11	92%
2016 年 3 月	4	3	75%
2016 年 6 月	20	10	50%
2017 年 3 月	6	6	100%
2017 年 6 月	77	51	66%

从表格中还可以看出，在被授予硕士学位的留学生中大部分是专业学位的学生，这说明这几年专业学位在吸引来华留学生方面成绩斐然，这其中又属较早建立的翻译硕士、汉语国际教育硕士及工商管理硕士最为突出。截至目前，授予专业硕士学位的留学生全部来自这三个专业类别。

三、规划与展望

上外立足多语种、跨学科、跨文化综合优势，将继续积极推进"多语种＋"办学战略，加强全球治理人才培养，突出"会语言、通国家、精领域"，致力于培育思想素质过硬、中外人文底蕴深厚、跨文化沟通和专业能力突出、创新创业能力强的"多语种＋"卓越国际化人才。在专业学位研究生教育"十三五"规划中，学校各个专业学位类别均将推进国际化办学作为一项重要任务，并部署了一系列各具特色、适合本类别的重点发展举措。

（一）加强翻译硕士与国际组织的合作

翻译硕士将继续加强发展与联合国、欧盟、国际会议口译员协会、国际大学翻译学院联合会等国际组织及国际行业专门组织的合作，实行"请进来、走出去、再带回来"的战略，着重在现有基础上利用海外高端翻译人才培训基地项目平台框架，大力加强在国际各类平台上的招生力度，增加在本授权点就读的海外学生的数额，为国家培养一批知华、友华的海外留学生，推动中国文化在世界范围内的传播，并为同时就读的中国籍学生提供更为良好的成长环境。2018 年将增设德语口译方向。

（二）发展汉语国际教育海外实践平台

汉语国际教育硕士将依托国家汉办志愿者中心的支持，利用学校孔子学院搭建的国际化平台，进一步开拓海外渠道，为汉语国际教育硕士专业学位研究生创造尽可能多的海外教学实习机会。十三五期间将重点发展新西兰、澳大利亚、泰国等地的海外实践基地。争取充分利用海内外实践基地平台，提高汉语国际教育专业硕士海外实习的外派率，使外派率达到 80% 以上。

（三）争取 MBA 国际认证新突破

工商管理硕士将深度学习国际先进 MBA 管理模式，在培养方案创新中学习国际先进院校的经验，进一步优化培养体系，按照国际顶尖商学院和 MBA 项目的发展模式，争取积极加入相关商科国际认证组织，在"十三五"期间实现国际认证的新突破。通过与欧美地区排名居前的具有三大国际认证的商学院合作，共同开设 IMBA 项目，合作项目争取早日获得国际排名。

（四）拓展金融特色化课程设置

金融硕士将逐渐引入多语种金融选修课，建立起学院间合作课程学习模块，为本科是多语种的学生提供金融课程的系统化训练，为本科是金融学的学生插上语言的翅膀，最终将其培养为既能熟练驾驭全球经济金融管理工具，又具有卓越国际沟通能力且善于表达中国主张的战略性金融人才。在现有"金融 + 英语"的课程基础上，尝试开设"金融 + 法语""金融 + 西班牙语""金融 + 德语"课程，积极筹备"金融 + 阿拉伯语""金融 + 朝鲜语"的课程选项。

（五）培养涉外法务创新能力

法律硕士为实现培养方案的"上外特色、法律特征、实践特长"，在不断提高学生国别外语能力水平的基础上，着力培养学生的涉外法务实践创新能力，并将根据培养方案系统设计法律硕士培养各个环节，实现法律理论教学、法律制度教学（法教义学、法律解释学及法律语言学）与法律实践教学（涉外法律文书、涉外法律谈判、涉外模拟法庭与仲裁等）的有机统一。围绕区域与国别研究的定位，将增加世界各主要国家和地区近年法律实践与法学研究动态等专题内容，不断提升学生专业学习的国际视野。

在现有 5 个专业学位授权点基础上，"十三五"期间学校还将根据国家和上海市经济和社会发展的需要，依托学校专业特色和优势，积极新增其他专业学位类别，并将现有专业学位类别的国际化办学经验进行推广和创新，使新专业从开设之初就具有国际化理念。

通过上述发展举措，学校希望将专业学位研究生教育的改革与发展置于全球背景中，在广泛吸取借鉴国外先进教育经验的同时，加强与国际间同行合作与交流，注重对外传播本国教育和文化的精华，真正培养能够在国际交流与国际竞争中发挥积极作用的应用型人才。

参考文献：

[1] 范冬青. 美国专业硕士培养现状、特征及争议 [J]. 比较教育研究，2016（10）.

[2] 马慧等. 我国高校外语专业学位研究生教育国际化策略探析 [J]. 课程教育研究，2015（8）.

[3] 潘大仁等. 我国专业硕士学位教育国际化发展探析. 学位与研究生教育，214.

[4] 宋锦萍等. 基于国际竞争力导向的中外研究生培养模式与实践途径比较研究——以英美研究生教育体制为例 [J]. 现代教育管理，2016（3）.

[5] 乌云娜等. 关于民族院校专业硕士研究生国际化培养的建议 [J]. 教育教学论坛，2015（45）.

高校辅导员对外语院校学生职业规划引导的对策探析

刘 飞①

摘 要：本文先从背景入手，分析了外语院校学生的特点和就业现状，随后指出目前我国外语院校学生就业存在的问题：心理预期过高、外语"工具化"、知识结构与市场需求脱节、就业环境受外部影响和就业空间被竞争者压缩等。辅导员在大学生就业指导中的作用不可或缺，本文也给出了相应的对策。辅导员应当提升素质、创新方式，在具体指导时，应当结合思想政治教育，培养学生们正确的职业观，也可以有针对性地培养女性领导力，并建立起长期的、个性化的辅导机制。

关键词：辅导员；外语院校；职业规划

一、外语院校学生就业的背景分析

本章将以外语院校学生的特点，包括思想特点、行为特点和构成特点等，以及外语院校学生目前的就业情况这两个角度分析当前外语院校学生就业的背景。

（一）外语院校学生的特点分析

从思想行为的角度来讲，外语院校大学生具有以下显著特点：

---

① 作者系上海外国语大学国际金融贸易学院思政辅导员。

首先，思想开放，容易接受新鲜事物，也容易受到外国文化的影响。以上海外国语大学为例，语言专业学生的基础专业课程及专业选修课程可占到其总课程的三分之二以上，复合型专业的学生（如经济、管理等专业）辅修语言类专业的比例也相当高，因此从课程设置的角度来讲，外语院校的大学生有相当多的机会接触外国文化，有时由于课程的需要，甚至对外国的政治经济文化更加了解。同时，外语院校拥有丰富的外国学习与交流的机会及外籍教师资源，处于这样的环境中，学生难免会受到潜移默化的影响。

其次，善于表达，具有较强的批判精神。外语类学生的教育培养多采取小班教学的模式，课堂互动广泛，口头表达频繁。外语院校的学生通常具有良好的表达能力和较强的自信心，加之受到多元文化和价值观的影响，极富批判精神。

最后，行为多样，自我中心意识明显。外语院校的学生，特别是语言专业的学生，语言表达方式和生活行为习惯等方面受到专业语言文化的影响较大，呈现明显的多样化的特点；长期受到西方主流思想的浸染，对自由平等的理念较为认可，形成了个性突出、自我意识较强的思想倾向。

从学生构成的角度来讲，外语院校的女性学生占有很高的比重，根据2016年11月的统计数据，上海外国语大学的女性学生占比约为78%，北京外国语大学约68%，北京语言大学约76%，四川外国语大学甚至高达81%。普遍来讲，女性较男性在语言方面更有天赋，对语言学习的兴趣也更加浓厚。

（二）外语院校学生的就业现状

改革开放四十年来，我国对外语人才的需求与日俱增，总体来讲，外语院校学生的就业前景是比较乐观的。但由于外语院校和外语类专业招生过热、外语人才市场逐渐趋于饱和，外语院校毕业生正在走向供过于求的局面。"一带一路"是我国中长期重要的战略决策，随着该经济政策的推进，我国与周边国家的联系日益紧密，政治、经济、文化和宗教等方面的交流更加频繁，国家和社会对外语人才，特别是小语种专业及高级复合型人才的需求又出现可喜的变化。下一章会从学生自身和社会因素等内外两个方面具体分析外语院校学生就业存在的问题。

二、外语院校学生就业存在的问题

本章将具体指出外语院校学生就业存在的问题，从学生自身来讲，外语院校的学生普遍对就业的心理预期很高，而他们引以为傲的专业外语正在被"工具化"，自身又缺乏语言之外的其他素质和技能，从外部角度来讲，外语院校学生的就业机会非常依赖"时机"，环境因素对他们就业的影响巨大，而又通常不可控，再加上竞争者们（非外语院校的学生）外语水平不断提高，他们本不太稳定的就业空间又被进一步压缩了。

（一）外语院校学生对就业的心理预期偏高

我国改革开放逐渐形成了外向型的经济格局，外语院校的学生一向比较受人才市场的欢迎，就其自身来说，外语院校的学生大多高考分数比较高，学校也大多处于经济较为发达的地区，加之实习和实践的单位开放程度较大，薪酬相对较高，这些因素直接或间接地影响着外语院校学生对于未来就业的心理预期。也有不少学生在高中时代就开始憧憬着未来考入外语院校，并在外资或中外合资的大型企业工作，跻身"白领"阶层。而现实的情况则是，外语院校的大学毕业生的确在此类单位拥有更多的就业机会和更好的发展潜力，然而就整个群体而言，频繁出国或者进入大型外企工作也并非常态。

（二）外语院校学生变成"翻译机器"，不利于长期发展

在经济社会价值观念的影响下，我国部分外语院校的教育目标也开始追求"实用"，这导致我国的外语教育存在"工具化"的倾向，学生们只注重语法学习和词汇积累，而忽视了对文化环境和人文素养的关注，或者过分关注外国文化，而缺失了对中华传统文化的理解。部分外语院校的学生正在逐渐沦为低层次的"翻译机器"，这对他们长期的职业发展是非常不利的。

（三）外语院校学生的知识结构与市场需求脱节

我国经济和科技的发展日新月异，更多时候语言只是被当作一种交流的工具，目前外语人才越来越能感受到职业瓶颈的存在。虽然我国教育部早在1998年就提出要把外语人才的培养目标定位于"技能型人才"，稍后又在2000年明确了"复合型英语人才"的培养目标，然而个别外语院校反应滞后，未能在教

学内容和教育方法上跟紧时代的脚步，导致培养出来的学生在一定程度上难以适应当今市场的要求。当然，有部分思想超前的外语高校已经在教学规划中加入对学生专业知识和技能的培养，但相较于把全部精力放在主攻专业的其他专业院校的学生，外语院校培养的"复合型人才"有时难免会"博而不精"，因此培养优秀的"外语复合型人才"任重道远。

（四）外语院校学生的就业机会受外部条件影响较大

社会对于外语人才的需求往往会受到很多外部因素的干扰，如国际关系、国际政治经济环境、我国的对外政策、国内外法律环境等。这些不可控的因素加剧了外语院校学生求职和就业的不确定性。另外，这些外部条件对人才需求的影响也具有滞后性，这种特性对小语种专业尤其明显。当外语院校意识到国家和社会的需求并且开始着手为这些需求培养某个语种或某个领域的专业人才时，社会和院校都会释放出这个专业或领域非常有前景的信号，世界瞬息万变，而学生们已经蜂拥而至，此时，外语的专业性又可能反过来阻碍学生们的发展。

（五）外语院校学生就业空间受到压缩

当前，由于社会对大学毕业生的语言能力水平提出了更高的要求，学校对学生的培养也更加重视语言教育，加之各类外语培训课程的普及，我国普通院校大学生的外语水平正在不断提高，而外语院校的学生也正在逐渐失去他们原有的专业优势，就业的空间正在逐渐缩小。更糟糕的是，纯外语专业的学生在求职时一般只能被专业性要求相对较低，而兼容性相对较高的岗位接收，如行政、销售、市场、商务等。入职之后，他们还必须快速地补充相应的专业知识和软技能，尽快填补好专业与工作之间的"沟壑"。

三、辅导员在高校学生就业指导工作中的作用及问题分析

辅导员是高校学生学习和生活的重要参与者和指引者，在开展学生就业指导工作中的意义不言而喻，而其自身又存在着不少局限性。

（一）辅导员开展学生就业指导工作的意义

辅导员是开展大学生思想政治教育的骨干力量，是大学生日常思想政治教育和管理工作的组织者、实施者和指导者。辅导员常年处于学生教育工作的第

一线，工作内容涵盖学生学习生活的各个方面，了解学生的想法和特点，与学生关系密切。"全面的了解"能够使辅导员充分结合学生的实际情况，引导其对职业规划的准确定位，而"亲密的关系"可以使辅导员赢得学生的信任，比较容易对学生形成直接的影响。由此可见，将辅导员引入高校职业规划指导工作，对于构建学生的思想政治观念和就业观念、完善高校就业创业指导体系具有深远的意义和巨大的作用。

（二）辅导员开展学生就业指导工作存在的问题

1. 辅导员对学生专业和社会需求的了解不够充分

由于部分院校工作强度较大、薪酬待遇参差不齐、晋升空间相对有限、职业认可度普遍较低等原因，辅导员岗位的人员流动性比较大。另外，辅导员的专业分布往往比较分散，而职业交流的机会又相对较少，这使得部分辅导员不能全面透彻地了解学生的专业特点。长期处理校内工作，有时也未能对社会上人才需求的快速变化做出及时的反应。

2. 辅导员工作繁杂，无法面面俱到

除了学生的日常事务，高校辅导员还要承担"奖、勤、助、贷、减、险"的相关工作，同时还具体落实着学院和学校安排的诸多任务。随着近年来高等教育的改革和扩招，高校学生的数量快速扩大，生源结构更加复杂，这些因素无疑又增加了辅导员的工作难度。在处理完大量繁琐复杂的事务性工作之后，很多辅导员很难再有充分的时间和精力投入学生的思想政治教育和职业规划指导工作。教育部明确规定，高校辅导员的配置比例不得低于1：200，但这个比例对于每个学生都能够得到个性化职业辅导的期望来说，显得力不从心。

3. 部分辅导员对学生就业工作的重要性认识不足

一方面，部分辅导员对职责划分还存在一定的误区，认为就业指导和职业规划应当完全由就业部门和就业指导老师承担，因此未能对学生的就业工作及就业部门和学院组织的就业相关的活动形成足够的重视。另一方面，部分辅导员缺乏就业指导的相关专业知识，对自身就业工作的认知仅仅停留在发布招聘信息、讲解就业手续流程等基础层面上，而忽略了对大学生进行全面的、深入的职业生涯规划指导。

四、辅导员开展外语院校学生就业指导的对策

针对上文所述的各种局限性，包括外语院校学生自身、外语人才的就业前景以及辅导员开展就业指导工作等方面的局限性，本文提出以下建议：

（一）提高自身素质，规范教学管理

高校辅导员是推动学生思想政治教育工作的中坚力量，提高辅导员自身的能力和素质势在必行。一方面，辅导员要加强学习，开阔视野，掌握社会前沿资讯，积极参与到相关的课程和培训中去，提升自身的专业素质和业务能力，培养工作的积极性和创造性。另一方面，高校也要充分重视辅导员在学生就业辅导中的作用，规范辅导员队伍管理，优化人员结构，建立科学合理的就业监督考核机制，从多个维度、不同角度制定专门的就业指导工作要求，明确辅导员在学生职业生涯指导工作中的责任和义务。

（二）巧用"微"手段，开拓多元途径

在当今的时代背景下，网络已经成为大学生们交流思想、共享信息的重要平台，辅导员也可以开拓新的教育渠道，充分利用微信、微博等网络平台获取学生的生活近况和思想动态。这些平台具有私密性和个性化的特点，能够帮助辅导员及时发现问题和处理问题。当面对面的状况下学生无法开诚布公地表达自己的想法观点时，这些"微"手段就可以有效地避免尴尬，拉近师生间的距离，从而形成友好且高效的师生互动关系。

（三）开展思政教育，引导正确就业观

思想政治教育是高等教育的主要内容之一，在对学生进行职业规划辅导的同时，辅导员应当与思想政治教育结合，重视学生的心理健康，引导正确的人生观和职业观。针对部分外语院校大学生在实习和求职过程中出现的好高骛远、频繁跳槽等现象，辅导员应加强"敬业"精神和责任心教育，鼓励学生们向业界精英、劳动模范们学习。同时应深入大学生就业的整个过程，努力探索，在不断的实践和尝试中完善大学生就业指导的思想政治教育体系。

（四）注重学生特点，培养女性领导力

由于外语院校中，女性学生占绝大多数，因此辅导员也可以针对女性学生

的受众群体开展关于女性领导力的教育，鼓励女性学生在思想上真正树立男女平等的性别观念，打破传统的、固有的行业和岗位的性别壁垒，勇敢面对自己的内心，坚持自己的兴趣爱好，追求自己的理想信念。在遇到就业歧视及用工制度和劳动待遇上的不公平现象时，要勇于运用法律维护自身权益。

（五）建立长期机制，进行个性化辅导

任何教育活动都不可能一蹴而就，学生对职业及职业规划形成认知是一个较为长期的过程，辅导员是学生大学期间重要陪伴者和引导者，建立起分阶段的、个性化的、长期的辅导员咨询机制非常重要。

辅导员应当熟悉不同年级学生的普遍需求，如大二的学生需要夯实专业基础、锻炼实践技能，大三学生需要对行业岗位等形成认知并开始在实习工作中体验实践，大四学生则需要总结实践经验、考量自身各方面素质能力。辅导员可以通过规划制作、职场讲座等活动分阶段地、有针对性地对目标年级的学生进行指导。

当然，每个学生都是独特的，其兴趣爱好、能力特点、价值观念等会存在极大差异，因此，在对目标群体进行综合辅导之余，辅导员也可以通过主题班会、团建活动、社会实践等多种载体引导学生逐渐形成对自我的认知，让学生从被动学习向主动规划转变，从盲目从众向独立思考转变。

同时，为了巩固以上两项工作的成果，辅导员可以持续关注，建立学生个人的职业规划档案，对学生制定的职业生涯规划方案的执行情况进行跟踪，定期检查执行状态，以此形成有效的督促机制。对学生取得的成果给予肯定，在发现问题时，及时找学生约谈，用其最适应的方式进行疏通和引导，帮助挖掘深层次的问题和缺陷，引导学生提高专业知识和职业技能，并对规划进行合理调整。在辅导过程中多引导，少指导，力求"授人以渔"。

五、结语

大学生的发展关系着国家的未来，让每一位大学生体现其价值是我们不懈追求的目标。随着我国"一带一路"倡议的不断推进，有外语专长的人才成为社会迫切的需要，因此关注外语院校学生的就业问题就显得非常必要。

本文首先从外语院校学生就业的背景入手，分析了目标群体学生的特点和就业现状，随后指出目前我国外语院校学生就业存在的一些问题，这些问题涵盖内部外部各个方面，从学生自身来讲，外语院校的学生普遍对就业的心理预期很高，而他们引以为傲的专业外语正在被"工具化"，自身又缺乏语言之外的其他素质和技能，从外部角度来讲，外语院校学生的就业机会非常依赖"时机"，环境因素对他们就业的影响巨大，而又通常不可控，再加上竞争者们（非外语院校的学生）外语水平不断提高，他们本不太稳定的就业空间又被进一步压缩了。

辅导员是开展大学生思想政治教育的骨干力量，在大学生职业生涯规划和就业指导中的作用不可或缺。尽管辅导员可能自身专业与外语相距甚远，繁琐的日常工作也使他们抽不开身，甚至有些辅导员目前还无法意识到对学生进行职业生涯规划辅导的重要性，但一直奋斗在第一线，作为大学生日常思想政治教育和管理工作最重要的组织者、实施者和指导者的辅导员们是学生最信赖、最可靠的老师和伙伴。对于辅导员自身存在的不足，本文在最后也给出了相应的对策，首先辅导员应提升自己的能力和素质，加强职业指导方面专业知识的学习；同时创新辅导的方式和手段，利用微信和微博等网络平台，使交流的途径多元化。当然，学校也应当配合制定新理念下的辅导员考核制度。其次，在对学生进行具体指导时，应当结合思想政治教育，让学生们树立起正确的人生观和职业观，培养敬业爱岗的精神；另外，要注意到学生的特点，由于外语院校的女性学生比例非常大，可以有针对性地开设女性领导力的相关辅导。最后，辅导员对学生的职业指导应当是长期的、个性化的，以此巩固实践的具体成果。

参考文献

［1］白雪祺. 浅谈大学生职业规划中如何发挥高校辅导员的积极作用［J］.科技教育，2015.

［2］陈铭. 高校外语专业学生思想政治教育独特性研究［J］. 黑龙江生态工程职业学院学报，2016.

［3］高晓妍. 高职院校辅导员指导学生职业规划的现状与对策［J］. 高教

高职研究, 2016.

[4] 高志婕. 辅导员开展大学生职业生涯辅导工作的路径 [J]. 科教导刊, 2015.

[5] 黎明艳、杜彬. 高校辅导员对学生职业生涯规划的引导 [J]. 黑龙江高教研究, 2016.

[6] 李泽飞、孙亚兰. 高校辅导员在大学生职业生涯规划培育中的职能定位 [J]. 社科研究, 2017.

[7] 李哲. 高校外语专业大学生思想政治教育策略 [J]. 文化学刊, 2015.

[8] 彭林权. 试论外语专业毕业生就业竞争力的提升 [J]. 黑龙江高教研究, 2011.

[9] 商应美、马成龙、王香丹. 外语专业大学生的特点及教育对策 [J]. 高校辅导员学刊, 2013.

[10] 史宁、马成. 国际化背景下外语院校学生思想特点及思政工作创新研究 [J]. 青年科学, 2014.

[11] 王文轩. "一带一路"引领下加强外语人才培养的意义和措施初探 [J]. 内蒙古科技与经济, 2015.

"多语种+"人才培养背景下做好辅导员工作的几点思考

——以上海外国语大学为例

蒋文家①

摘　要: 上海外国语大学正在推进构建"多语种+"卓越国际化人才培养机制,习近平总书记对高校思想政治工作的新要求为高校辅导员工作指明了新方向。做好"多语种+"人才培养与辅导员工作融合,要以统一师生认知、整合品牌活动、依托生涯规划、处理好高校辅导员"越位"与"归位"作为着力点,多渠道形成"多语种+"人才培养共识,多形式浸润"多语种+"人才培养特色,为"多语种+"理念落地发芽增加保障。

关键词: "多语种+";人才培养;思想政治工作;"辅导员+"

一、"多语种+"人才培养的提出背景与培养方向

随着"一带一路"战略的实施与提速,国家亟需外语非通用语种人才、国际组织人才、国别区域问题研究人才、拔尖创新人才、来华青年杰出人才等五类人才。这五类人才往往聚焦在高端小语种人才的培养,而现实的情况经常是高等学校花费巨大的人才培养成本培养出的相关小语种人才,由于主客观的各种原因"中途改道"或者流失。上海外国语大学(以下简称"上外")是新中国成立后兴办的第一所高等外语学府,是新中国外语教育的发祥地之一,正致

---

① 作者系上海外国语大学国际教育学院辅导员,思政助教。

力于建成国别区域全球知识领域特色鲜明的世界一流外国语大学，在培养新时期国家亟须的五类人才过程中需要有所担当。

为了应对人才流失的尴尬局面，适应时代发展与国家战略需求，特别是国家"一带一路"倡议和文化"走出去"重大战略，上外于 2015 年启动"多语种＋"卓越国际化人才培养机制。"多语种＋"致力于培养具有全球视野、人文情怀、创新精神、实践能力，并能够畅达进行跨文化沟通交流的卓越国际化人才。其中，"多语种"指的是学生除了英语以外，要至少精通两门以上第二语言，具有出色的跨文化沟通能力；"＋"意味着互通互联，要求学生在多语种的基础上，打破专业学科壁垒，成为在某一领域的专精人才。

二、高校思想政治工作新要求为辅导员工作指明新方向

习近平总书记在全国高校思想政治工作会议上强调："高校思想政治工作关系高校培养什么样的人、如何培养人及为谁培养人这个根本问题。要坚持把立德树人作为中心环节，把思想政治工作贯穿教育教学全过程，实现全程育人、全方位育人，努力开创我国高等教育事业发展新局面"。① 这为新时期高校思想政治工作提出了新要求，也为辅导员工作指明了新方向。

要满足这些新要求，高校辅导员一是要增强阵地意识，明确高校作为意识形态工作前沿、各种思潮和文化碰撞汇聚地的战略定位；二是要创新方式方法，推进校园文化建设、思想政治理论课、网络思政教育建设改革创新；三是要健全平台机制，夯实原有思政工作平台，构建大思政工作机制，完善配套保障机制。在落实有关新要求的过程中，需要坚定政治意识，明确问题意识，突出对象意识；要把牢建设社会主义现代化大学的政治方向，抓住并解决当前思想政治工作中面临意识形态渗透、不健康思想渗透、高校思想政治工作方式方法亟须创新等主要问题，在深入调查研究的基础上找准高校教师和青年学生的真实需求。

---

① 习近平在全国高校思想政治工作会议上强调：把思想政治工作贯穿教育教学全过程 开创我国高等教育事业发展新局面［EB/OL］. 中国共产党新闻网，（2016.12.09）.

三、"多语种＋"人才培养机制下对高校辅导员工作的新要求

上外从国际人才培养新形式和国家战略对于新型人才的需求出发，提出的"多语种＋"人才培养机制，从概念酝酿到实际操作，时间跨度不长，面临新旧人才培养理念、模式、支撑体系（教学、管理、后勤等方面）的磨合问题。辅导员工作是高校思想政治教育工作的前沿阵地，是人才培养的前置环节，贯穿学生成长、成才的全过程，在"多语种＋"人才培养背景下，辅导员工作面对的磨合问题会明显增多，之前的许多常规工作理念和思路会出现水土不服。"多语种＋"要求辅导员工作也要做加法，即"辅导员＋"。

（一）辅导员＋一专多能语言素质

对应"多语种＋"，辅导员群体需要多语种复合。上外的辅导员队伍普遍是语言专业背景，一般除了英语以外都会兼修一门第二外语，且语言能力比较过硬，这使得新的人才培养机制下，"辅导员＋一专多能语言素质"这一工作新要求有可能实现，或者说实现的成本相对较低。学校也应当为辅导员海外学习、交流研修创造更多机会；学生处可与语言类专业的二级学院联动，为辅导员提供学习与提升语言能力的平台；辅导员也应当在工作和业余时间有意识地学习、运用外语。

（二）辅导员＋专业教师

对应"多语种＋"，辅导员工作需要与专业教师授课计划协同，这样才能顺应新的人才培养机制关于打破专业学科壁垒，培养某一领域专精人才的新要求。高校普遍存在专业教学、行政管理、思政工作各自为政、各管一摊的问题。在新的人才培养机制背景下，需要打通辅导员与专业教师的原有沟通渠道，并创新思政工作与专业教学的沟通方式，通过将教务处、学生处、团委、研究生院、科研处等部门主要领导纳入"多语种＋"协同工作组等形式，畅通政策制定环节的沟通渠道，使得顶层设计就可以助力辅导员＋专业教师协同。

（三）辅导员＋跨文化沟通素养

对应"多语种＋"，辅导员培训需要纳入跨文化沟通能力培养。多语种意味着多文化、多视角，牵涉到不同的民族、文化、宗教、历史、人文等各种问题，

需要系统的跨文化沟通能力培训。截至 2017 年 6 月，上外的授课语种数量已达 27 个，在校外国专家达 200 余人，学生出国（境）访学比例逐年增高，本身就是一个跨文化沟通的平台，有着良好的跨文化教育体系与氛围，这对于"辅导员＋跨文化沟通素养"形成天然的支撑。

（四）辅导员＋灵活考评体系

对应"多语种＋"，辅导员工作需要更加灵活的考评体系，以进一步激发辅导员工作积极性。除了在辅导员的选拔、任用过程中将"多语种＋"的要求纳入考量范畴，努力提升辅导员相关素养，加强相关培训外，学校应当围绕"多语种＋"人才培养的需求设计相关考评和奖励机制。

四、"多语种＋"背景下做好高校辅导员工作的着力点

"多语种＋"人才培养新模式对辅导员工作提出了许多新要求，这些新要求的突破口集中表现为"辅导员＋一专多能语言素质""辅导员＋专业教师""辅导员＋跨文化沟通素养""辅导员＋灵活考评体系"等四个方面。要完成这四个方面的突破，可以从以下几个着力点入手：

（一）统一师生认知，多渠道形成"多语种＋"人才培养共识

要使"多语种＋"这个新理念落到实处、取得实效，首先需要统一师生认知。认知的统一需要跨部门协同，需要辅导员运用好日常工作中与学生群体接触广泛、影响力较大等特点，加强理念引导与信息服务，多层次、多渠道地宣传"多语种＋"理念，重点与专业教师协同配合，逐步凝聚全校师生对于"多语种＋"人才培养的共识。多层次，主要是指学校、学院、学生社区三个层面。学校层面，可以通过学生处这个辅导员工作领导部门牵头，与团委等与学生接触广泛的群团组织开展"多语种＋"学生论坛、主题团日活动等，辅导员在这个过程中积极扮演宣传员和示范员；通过学生处会同宣传部等职能部门统筹、编印学习手册，如《"多语种＋"人才培养问答》；通过学生处会同教务处等职能部门将"多语种＋"写入培养规划，并在课程设计与开发中融入培养理念；通过学生处会同对外合作与交流处等职能部门整合资源，形成"多语种＋"学生交流专项计划。通过学生处牵头的部门间协同，逐步摸排"多语种＋"人才

培养中需要常规协调的单位和部门，最终成立校级层面的"多语种＋"协同工作组，作为"多语种＋"人才培养的常规工作机制，统筹协调师生互动，共同将"多语种＋"有关要求落细、落小、落实。学院层面，可以通过各专业归口辅导员相互协作，引导组建跨语种学习社团，可以组织"多语种＋"达人见面会，可以联合校友会设立"多语种＋"人才专项奖学金。学生社区层面，可以辅导员指导下的各二级学院分团委为抓手，组织跨语种的外语角；可以将辅导员掌握的学生生活信息反馈后勤处等部门，实行跨语种混编宿舍。多渠道，主要是指结合"大思政"的教育理念与工作格局，整合专业教师、思政教师、辅导员、党团组织、学生社团、校友会、学生家长等资源，通过各自领域的特有渠道，将"多语种＋"人才培养理念宣传出去。

（二）整合品牌活动，多形式浸润"多语种＋"人才培养特色

以上外为例，各大语言专业院系都拥有具有专业特色的品牌活动，如英语学院的"莎士比亚戏剧节"、西方语系的"塞万提斯节"、德语系的"日耳曼文化节"等都是"多语种＋"人才培养的现成活动载体，通过整合不同文化背景的品牌活动，实现语言融通、文化贯通，在活动中潜移默化地激发某一专业语种学生对于其他语种的学习兴趣。

暑期社会实践活动也是体现"多语种＋"人才培养特色的平台。例如，上外德语系开展的以"手写青春梦，心记长征情"为主题的暑期社会实践暨"我的长征日记"中德双语纪实活动由辅导员带队与指导，学生们在重走长征路的过程中发挥语言专业优势，用中、英、德、瑞四种语言讲述长征故事，撰写报道，录制专题纪录片，以实际行动讲述中国故事。这些纪录片和专题报道还发布在上外的德文网站上——上外多语种外文门户网站群于 2014 年年底正式上线，目前已经有 21 个语种版本，定期发布教学、科研、招生等信息，此外还有教育、文化等专栏内容，是"多语种＋"实践的绝佳平台，也是拓展国际交流渠道，推进高等教育国际化的重要举措。辅导员可与专业课教师共同牵头，鼓励学生参与到多语种网站的选题、撰稿、编辑工作中。

（三）依托生涯规划，使"多语种＋"理念落地发芽

在辅导员工作过程中，生涯发展教育是贯穿大学四年的重要议题，涵盖新

生适应性教育、职业兴趣与职业能力探索、创新创业能力培养、择业与就业指导等多个方面。"多语种+"为生涯规划提供了新指向。辅导员要紧抓政策解读和过程激励这两个关键点，在大学四年中帮助学生循序渐进地理解、认同、践行"多语种+"人才培养。可以借助"多语种+"人才有向联合国等高端国际组织输出的机会，激发学生的奋斗欲望；可以依托生涯规划，完善职业测评系统和就业单位特别是知名国际组织招录政策和信息宣介体系，使"多语种+"理念经过大学四年的生涯规划落实为上外毕业生成为国际欢迎、祖国亟须的精英人才。

（四）处理好辅导员"越位"与"归位"问题，为"多语种+"增加保障

辅导员作为保证新形势下高校做好立德树人工作的"前哨兵"和骨干力量，应该自觉以有关讲话精神为指导，剥离实习基地建设、学位论文催缴、各类竞赛督导等"越位"事务，归位思想引领、三观教育、思政理论研究等本职工作。

1. 高校辅导员需要剥离"越位"事务

工作"越位"，是当前高校辅导员普遍遭遇的难题。考虑到辅导员与学生走得最近、互动时间最长等因素，高校各条块的事务，只要和学生沾边，往往在第一时间就会联想到辅导员，"找辅导员解决"甚至成为职能部门的口头禅。现实中，辅导员的工作"越位"往往是被动的，常见的情形主要包括：

一是，职责本不归属辅导员的其他职能部门的常规工作，因为工作的全过程都涉及和学生密切打交道，辅导员从"帮忙"变成"理所应当"。如学位论文催缴、准考证发放等工作。

二是，职责与辅导员本职工作存在交互的工作事项，因为过程中出现了学生矛盾冲突、学生参与度不及预期等突发情况，辅导员作为"救火队员"紧急介入并妥善处理。未来再次启动相关工作时，根据之前案例，有关工作逐渐变为辅导员的职责。如运动赛事秩序维护、各类竞赛督导等工作。

三是，新出现的工作事项，由于总是会与高校主体，即学生挂钩，往往会直接把有关工作交由辅导员探索，最终不断增加辅导员的常规工作。如上级部门新增统计、迎评促建综合协调等工作。

分析以上三类"越位"事务，结合习近平同志相关讲话精神，主要是由于

学校各部门没有统一认识，即新形势下高校思政工作应该贯穿教育教学全过程，实现全程育人、全方位育人。不少部门还是保持着"和学生相关的事务应该首先找辅导员"的惯性思维，而没有意识到思政工作是每个部门都要积极参与并需跨部门协调才能完成的。遇到棘手问题或是新问题，部门首先思考的问题不是"我能做什么"，而是"应该给谁做"，缺少担当精神和责任意识。

2. 高校辅导员需要"归位"本职工作

高校辅导员的本职工作，是以思想政治教育为主要内容的学生德育工作，完成好立德树人使命；具体包括思想引领、三观教育、心态调适、党员发展、综合测评、日常管理、生涯规划、思政理论研究等工作。

中国特色社会主义高校须坚持以马克思主义为指导，全面贯彻党的教育方针，坚持弘扬社会主义核心价值观。当今中国改革进入攻坚期，利益关系深刻调整，各种价值体系在社会中碰撞，而大学生思维成熟度不够、战略定力不强，思想和三观很容易被左右甚至利用，这就需要辅导员花更多精力在思想引领、三观教育等核心本职工作上，需要下大力气研究新形势下的思政工作，以新的理论武装头脑，指导实践。但遗憾的是，现实中的辅导员群体往往陷入日常琐事而无暇思考和践行更为重要的本职工作，而且许多琐事还是被动接受的"越位"事务。精力的有限性与工作的无限延展性是一对固有矛盾，这就要求做事需有主次，核心本职工作才是真正创造岗位价值的关键。

3. 高校辅导员剥离"越位"事务，"归位"本职工作的路径

高校辅导员剥离"越位"事务，"归位"本职工作的路径分为学校、部门、个体三个层面。三个层面的路径协调统一，才能做好相关剥离与回归工作。

学校层面，需要高校党委对学校思想政治工作实行全面领导，承担管党治党、办学治校主体责任，把方向、管大局、做决策、保落实。可以学校党委书记为组长，分管学生工作和教学工作的校领导同为副组长，组织部、学生处、教务处等部门一把手为组员，成立思想政治工作领导小组，重点做好学校思政工作方向把控，与党和国家对于高校立德树人的最新要求相契合，与学校的中心工作相呼应，做好相关规章的梳理与完善，清理新时期思政工作的体制和机制障碍，形成统一认识。

部门层面，需要落实学生处、教务处、团委等部门负责人会商与专题研讨机制；开创相关部门与学院资深辅导员工作碰头会机制。通过相关机制，使部门之间能够当面交流职责分工的必要性、合理性、可行性、持续性，剥离辅导员"越位"事项，补全"缺位"事项。

个人层面，重点是做好日常琐事与科学研究的平衡，加强对党和国家相关新理论的学习，做好新形势下思政工作的案例分析，开展理论研讨，形成理论研究与具体工作的良性互动。

"多语种+"人才培养与高校思想政治工作的融合，是一项长期的系统工程，需要"咬定青山不放松"的定力，需要久久为功的韧劲。认清校情、国情、世情，放眼全球、胸怀天下，是高校辅导员做好"多语种+"人才培养背景下高校思想政治工作应该追求的境界。以"辅导员+"理念做好能力素质的加法，以剥离"越位"事务、"归位"本职工作做好精力调配，将为多渠道形成"多语种+"人才培养共识、多形式浸润"多语种+"人才培养特色、多角度促成"多语种+"理念落地发芽提供有力保障，最终为"多语种+"人才培养与新时期高校思想政治工作的融合形成关键支撑。

参考文献

［1］习近平在全国高校思想政治工作会议上的讲话［R］. 2016 - 12.

［2］中共中央、国务院关于进一步加强和改进大学生思想政治教育的意见［Z］.（中发〔2004〕16号）

［3］樊丽萍."一带一路"战略凸显我国非通用语种人才匮乏，"多语种+"人才培养需辟新途径［J］. 文汇报，2016 - 03 - 02.

［4］胡文仲. 建国60年来我国外语教育的成就与缺失［J］. 外语界，2009（5）.

［5］赵鸣歧. 思想政治教育与外语教学相结合的探索与实践——以上海外国语大学为例［J］. 思想政治课研究，2015（2）.

［6］刘鑫，史琳. 外语专业大学生就业指导过程中的思想政治教育：方法与对策［J］. 中国大学生就业，2015（23）.

刍议研究生志愿服务在校园文化建设中的作用

——以上海外国语大学为例

夏卡莉①

摘　要：研究生是校园文化建设的重要主体之一，作为校园中高层次的学生群体，他们在校园文化建设中发挥着重要的作用。研究生志愿服务是校园文化活动的重要组成部分，它凸现了校园文化建设的内涵，强化了校园文化建设的实践功能，拓展了校园文化建设的范围。

关键词：研究生；志愿服务；校园文化建设

校园文化是以学生为主体，以校园为主要空间，以育人为主要导向，以精神文化、环境文化、行为文化和制度文化建设等为主要内容，以校园精神文明为主要特征的一种群体文化。它渗透在大学校园生活的方方面面，是学校生活的重要组成部分。校园文化活动是高校进行校园文化建设的重要内容，也是高校开展思想政治教育、发挥育人功能的重要平台。研究生作为校园中高层次的学生群体，积极活跃在校园文化的各项活动中。

2010 年教育部颁发了《关于进一步加强和改进研究生思想政治教育的若干意见》（教思政〔2010〕11 号），重点强调研究生培养要重视思想政治教育，促进研究生学术科研能力和思想道德素质同步提高。《意见》同时强调要重视研究生实践教育环节，将社会实践纳入研究生培养方案，作为研究生培养的必要

---

① 作者系上海外国语大学研究生部学管办主任。

环节。

社会实践是提高研究生素质的重要途径，是校园文化活动的重要组成部分。研究生志愿服务属于社会实践的内容之一，研究生通过这一实践载体，奉献社会，锻炼自我，符合思想道德教育的内化性和实践性特征，强化了研究生思想道德教育功能，同时在促进校园文化建设方面起到了重要作用。

一、志愿服务的内涵

"志愿服务"是指任何人志愿贡献个人的时间及精力，在不为任何物质报酬的情况下，为改善社会，促进社会进步而提供的服务。19世纪初西方国家宗教性的慈善服务是志愿服务的起源。

（一）志愿服务是一种由内在精神动力所支持的活动，其核心就是志愿精神。志愿服务是志愿者们在无私奉献的精神驱动下，主动、自发地开展各项服务工作，是出于自愿动机，不受外力强迫所开展的活动。志愿者们参与志愿服务的动机和初衷虽各不相同，但在参与的现实过程中，志愿者并不是被动地、强迫地开展工作，而是发自内心地、积极主动地参与活动。非强制性，是志愿服务区别于其他职业活动的特点。它是个体出于奉献社会的意愿开展的社会服务，以个体的自愿参与作为基本前提。

（二）志愿服务是一种非营利性的活动。志愿者在志愿服务活动中不收取任何经济上的回报，以不计报酬作为自己服务社会的出发点。虽然志愿服务不追求经济报酬，但并不意味着组织的运转不需要资金支持。事实上，现代志愿服务组织和机构要实现发展和维持运转，离不开充足的经费支撑。但志愿服务组织和机构不能违背志愿精神的本质，不能以营利为目的，更不能从自己的服务对象中获得经济方面的回报。

（三）志愿服务是一种社会公益服务。志愿者和受助对象之间不是出于友谊或其他私人关系而开展相互帮扶。志愿服务的领域是社会公益活动，但它不仅仅是一种做好事和助人为乐的简单活动，而是一种系统的有组织、自愿开展的活动，它是社会建设和社会管理的重要组成部分；它弥补了社会和个人力量的不足之处，起到了加强社会和个人相互联系的桥梁作用。

二、研究生志愿服务的内容

志愿服务是校园文化建设的载体之一，研究生通过志愿服务为社会提供帮助，成为广大研究生了解社会、认识国情的重要途径和高校研究生思想教育的重要载体，上海外国语大学研究生志愿者服务的内容一般由以下几种：

（一）大型活动志愿服务

研究生所参与的大型活动，大致可以分为重要会议和大型活动的志愿服务，多年来，上海外国语大学的研究生志愿者们凭借个人扎实的专业基础和出色的综合素质，活跃在各种大型志愿者服务中。比如亚洲相互协作与信任措施会议、上海世界特殊奥林匹克运动会、北京奥运会上海赛区、上海世博会、中国杯世界花样滑冰大奖赛、国际泳联世界游泳锦标赛、射击世界杯上海赛、上海市国际电影、电视节、上海市国际艺术节、上海市残障青少儿书画手工艺品大赛，等等。他们用实际行动弘扬了"奉献、友爱、互助、进步"的志愿精神。

（二）义务支教

青年志愿者扶贫接力计划、大学生志愿服务西部计划和文化、科技、卫生"三下乡"活动是目前国内志愿服务中比较规范的品牌项目，很多高校的大学生、研究生志愿者们都广泛参与到其中，用专业知识和技能为我国西部地区的建设做出了一定的贡献。上海外国语大学的研究生志愿者也积极响应号召，投身到其中。根据团中央和教育部相关要求，我校自 2007 年起参加中国青年志愿者扶贫接力计划研究生支教团工作，每年招募推荐免试研究生赴内蒙古自治区鄂尔多斯市东胜区和湖北恩施从事支教工作。优秀的在读研究生经过选拔，派到新疆喀什支教，帮助当地教育。曾选派优秀志愿者到云南巍山团县委挂职，到上海市区郊县团区委挂职。自 2009 年起，每年定期选派志愿者到云南墨江哈尼族自治县，支援当地教育事业。

（三）社会公益活动

"公益活动"是组织从长远着手，出人、出物或出钱赞助和支持某项社会公益事业的公共关系实务活动。公益活动是研究生思想政治教育的重要实践途径，它锻炼了学生的社会技能，提升了社会的文明风气，促进了社会的进步和发展，有助于社会主义和谐社会的建设。

上海外国语大学研究生部党总支与上海市虹口区广中街道合作开展的"爱心助学"活动，自2000年起累计有1200余名同学直接参与到其中，为广中街道需要帮助的学生义务辅导，上门支教达到29 000余次；约4000多名同学参与了"爱心捐款"，为142名广中社区贫困家庭的学生献出了爱心。2011年起，研究生志愿者成立"零公益"学生公益组织，通过街头主题宣传，捐赠二手书籍，成立"爱心衣柜"，资助乡村图书，义务助教等形式奉献爱心。研究生会依托松江区辅读学校，开展用微笑传递温暖活动，每学期派出志愿者前往辅读学校开展三期活动。自2013年5月开始，研究生志愿者们深入上海市长宁区初级职业技术学校的"湛蓝工作室"，通过义工、义卖、深度访谈等方式，关怀、帮助智障儿童。

（四）校内服务

志愿者除了向社区、向贫困地区等校外范围提供服务外，校内服务也是志愿服务的一个主要阵地。在高校内部，各种活动、会议都需要大量的志愿者做服务工作，上海外国语大学研究生志愿者们活跃在校园的每一个角落。例如学校大型会议、学生活动、外语教学等，这类志愿者服务涉及内容广泛，志愿者参与人数众多，为推进和谐校园的建设做出了不可磨灭的贡献。

（五）海外志愿者

2004年开始我国在世界各地设立孔子学院，给世界各地的汉语学习者提供规范、权威的现代汉语教材，提供最正规、最主要的汉语教学渠道。我校研究生凭借扎实的专业技能和出色的语言能力，先后被派往意大利那不勒斯东方大学孔子学院、日本大阪产业大学孔子学院、秘鲁天主教大学孔子学院、匈牙利赛格得孔子学院、摩洛哥卡萨布拉卡哈桑二世大学孔子学院、西班牙瓦伦西亚孔子学院和当地中小学、美国阿肯色州大学、新西兰奥克兰孔子学院、墨西哥哈里克州教育厅、墨西哥蒙特雷科技大学、智利各孔子学院等，他们在世界各地的汉语教学和中华文化传播的舞台上发挥着自己的专业特长，将所学的理论知识应用于课堂教学实践，得到了更大的锻炼和提高，同时也受到海外服务对象的认可。

三、研究生志愿服务在校园文化建设中的作用

校园文化是在校园环境中，师生创造的以精神文明为主要内容和特征的群体文化，其核心是提高人文氛围和主体素质。作为志愿服务主体之一的研究生，在校园文化建设中发挥着重要的作用。

（一）志愿服务凸现了校园文化建设的内涵

校园文化是反映师生共同信念追求和独特价值观念的综合体系，其内涵非常丰富，由物质文化、制度文化和精神文明三方面构成，其中精神文化是校园文化的主要内容和核心文化。研究生志愿服务正是集中作用于校园精神文化层面的一种文化行为，它所体现的"奉献、友爱、互助、进步"的志愿精神，正是将中华民族传统美德与时代精神相结合，对研究生的思想观念、价值取向都有着明显的正向作用，是促进研究生健康发展的主要途径。在服务过程中，研究生通过帮助他人，奉献社会，体会社会责任感，这种潜移默化的引导正是志愿服务的思想政治教育功能之一，符合校园文化建设的精神内涵。比如2010年上海世博会，我校诸多研究生参与志愿服务工作，在世界各国面前展示了中国青年学生阳光、自信、乐于奉献的一面，其志愿服务深受好评。志愿者们纷纷表示，世博志愿经历大大提升了他们的责任感和使命感，坚定了民族自信心和自豪感。

（二）志愿服务强化了校园文化建设的功能

研究生是校园文化建设的重要主体之一，其素质高低直接影响校园文化建设的水平。研究生的培养过程强调"自我教育、自我管理、自我服务"，这就要求研究生能根据社会和自我发展的要求，有意识地把"自我"作为教育的对象，为提高和完善自我素质进行努力。在这个过程，实践途径就显得很重要，而志愿服务正是一种主体实践、是自愿、主动的。志愿者行动的自主性、多样性和灵活性，符合研究生的成长需求，他们由平时的受教育对象变为活动主体，这很好地尊重了他们的主体地位。志愿者们在服务社会的同时，在精神上得到满足和认可，进一步将自我价值和社会价值相融合，从而自觉从内心督促自身不断提升，实现奋斗目标。同时服务中人与人的交流与协作，促使研究生的交往

能力和社会适应能力得到增强，为走向社会打下坚实的基础。从这个意义上来说，研究生志愿服务强化了的校园文化建设的实践功能。

（三）志愿服务拓展了校园文化建设的范围

志愿服务的主要方式是与社会实践相结合，发挥志愿者自身优势，开展服务活动，它将校园文化建设的范围由校园内扩大到校园外，延伸至社会，是高校与社会建立联系，加强互动的重要方式。在志愿服务中，志愿者搭建起高校与政府、企事业单位、社会团体沟通交流的平台，志愿者的行为直接代表了学校形象，更加有利于高校与社会间的深层次合作，扩展合作空间，树立良好的学校形象。

比如上海外国语大学的研究生志愿者 17 年来与上海虹口区广中街道合作，受到了当地居民的一致好评。2017 年，上海外国语大学研究生部党总支与松江区广富林街道上林居民区党支部联合共建"益助学"项目，旨在通过地校党建共享资源，深入开展教育实践活动，使社区居民中小学生受益，为研究生志愿者提供展示外语教育水平的机会，达到地校党总支联创、联心、联谊的建设效果。

研究生志愿活动对于加强校园文化建设、促进研究生全方面发展等方面都起了重要作用。志愿服务凸现了校园文化建设的内涵，强化了校园文化建设的实践功能，拓展了校园文化建设的范围，以实践教育的独特方式在研究生思想政治教育过程发挥着重要的作用。我们要创新思想，实践中不断摸索和改善，使之成为高校人才培养的优质载体，更成为促进校园文化建设的重要力量。

参考文献：

[1] 成龙、陈国凤. 志愿精神在大学校园文化建设中的作用 [J]. 管理观察，2014（11）.

[2] 于潜驰. 志愿服务视角下的校园文化建设研究 [J]. 管理观察，2015（3）.

[3] 崔建国. 加强研究生校园文化建设探析 [J]. 中国林业教育，2010（9）.

外语院校职业服务类社团在校园文化建设中的
作用研究

苏婧宇①

摘　要：大学生职业服务类社团是大学社团的一种类型，其目的是提升学生职业意识，提高学生自我规划能力，从而增强学生适应社会的能力。本文通过对国内主要外语院校职业服务类社团成员的实证调查，阐明了外语院校职业服务类社团在校园文化建设中的积极作用，分析了制约社团长效发展的几个因素，并从强化高层次引领、提高国际化意识和加强制度建设等方面给出了相关建议。

关键词：外语院校；职业服务类社团；校园文化；作用研究

一、外语院校职业服务类社团现状与特征

（一）外语院校职业服务类社团成立的起因与现状

2003 年，清华大学成立了清华大学职业发展协会，成为国内最早一批职业服务类社团。2004 年，中共中央国务院发出《关于进一步加强和改进大学生思想政治教育的意见》，强调高校要加强对大学生社团的领导和管理，发挥大学生自身的积极性和主动性，深入开展大学生社会实践与择业就业相结合的活动，加强大学生的劳动观念和职业道德。不久，中国青年网刊登了题为"南开大学就业服务让学生帮助学生"的报道，国内各大媒体纷纷转载，拉开了国内各高

---

① 作者系上海外国语大学研究生部就业办公室主任，助理研究员。

校职业服务类社团大发展的序幕。

多年来，我国外语院校为国家的改革开放步入国际舞台，向世界传播中国声音培养了大批优秀人才。20 世纪 80 年代末，教育分配制度发生了重大变化，从分配制变为双向选择制就业，自此毕业生可以根据个人情况自由地选择职业发展道路。从"有"什么到"选"什么的转变，给大学生带来了对于职业选择的更多思考。2009 年国际金融危机爆发，世界经济遭遇严重打击，外向型经济体最先受此牵连遭遇经济滑坡。而其后的复苏乏力全面影响到整体经济，宏观经济局势不佳缩减了企业人才招聘需求。随着大学毕业生人数的逐年攀升，就业形势日趋严峻，一时间大学毕业生的就业问题成为社会关注的热点。随着时间的推移，国际金融危机的影响虽逐渐消退，但世界经济疲软，国内经济动力不足的困境仍然存在。李克理总理提出"大众创业，万众创新"口号，全社会涌起了蓬勃的创新创业潮。教育部推出的一系列鼓励大学生创业政策与办法，进一步渲染了大学生创新创业的宏观环境氛围。为了主动迎接挑战，将危机化为机遇，各大外语院校纷纷涌现出一个个职业服务类学生社团，其中一般包括以生涯规划与发展为宗旨的职业发展协会、以行业深度研究为核心的行业研究社团及以创新创业为主旨的创业服务社团等。

（二）外语院校职业服务类社团特征

大学生社团是由学生自发组成的学生群众组织，具备一般组织所有的特点。组织理论认为，组织必须具备为完成特定任务而专门建构起来的特定目标、运转的组织机构体系和为保证结构及领导管理体系的相对稳定性与有效性而形成的价值、规范、章程这三种要素。这些要素又使学生社团具有很多鲜明的特点，如组织形式的自发性，群体目标的一致性，活动的灵活性，体制结构的松散性①等。职业服务类社团作为学生社团的类型之一，除具备普通学生社团的一般特征外，还有其独特之处。

1. 享有较高知名度。大学教育的本质是培养人，向社会输送人才。就业是每一位大学生关心的头等大事。因此，职业服务类社团往往在校园中具有广泛

---

① 王志峰. 大学生社团组织在校园文化建设中的作用研究［D］. 南京：河海大学，2006.

的知名度。从笔者日前所做的问卷调查结果中显示，共有73%的学生认为所在的职业服务类社团在本专业同学中的知晓度高于70%。职业服务类社团所举办的活动普遍反映学生的需求受到大学生关注。调查问卷结果显示，校园中最受欢迎的活动类型依次为文化体育类活动（51.74%）、生涯发展类活动（47.67%）和竞赛类活动（30.23%）。

2. 更能发挥桥梁作用。职业服务类社团所举办的活动往往将社会资源引入和学校资源输出相结合。职业服务类社团在社会与学校中搭建信息传导和沟通交流的桥梁。如大部分职业服务类社团定期邀请社会人士举办职业发展讲座，分享职业心得与体会，将社会信息引入校园内。职业服务类社团还开展用人单位走访、座谈、参观活动，学生通过走进用人单位，感受工作环境，了解企业文化，从而加深了对职业、职场的理解与认识。在座谈与交流过程中，用人单位也对一所大学学生身上的普遍气质和共同点有了进一步的了解。在调查中，有95.9%的受访学生认为其所在的职业服务类社团发挥了连接学生与社团的桥梁作用。职业服务类社团沟通了学生与社会、学校与社会的联系，减少了信息流通的中间环节，提高了效率，形成了具有开放功能的反馈系统。

3. 社会化程度更高。职业服务类社团的活动嘉宾通常来源于社会各行业资深人士、用人单位人力资源从业者、校友等社会资源。这些社会资源成为职业服务类社团成立与发展中不可或缺的一部分，也是职业服务类社团区别于其他社团最显著的特征之一。职业服务类社团社会化的程度比一般社团更为深入，体现在社会人士参与职业服务类社团的活动时，往往自带"解剖"属性。比如在交流生涯发展与职业选择问题时，分享人通常会遵循描述现状、剖析原因、总结归纳或提出建议的步骤，在交流行业信息时，分享人会从宏观、中观、微观，过去、现在和未来等多维角度来分析问题。无论是职业生涯发展议题的内容和形式，或是内涵和外延都具有高度的社会性。

4. 理论与实践充分融合。近年来，根据教育部的相关文件要求，职业生涯规划课成为大学生选修课之一。该课程使学生掌握职业生涯规划的基础知识和常用方法，树立正确的职业理想和职业观、择业观、创业观及成才观，形成职业生涯规划的能力，增强提高职业素质的职业能力的自觉性，做好适应社会、

223

融入社会和就业、创业的准备。大学生通过学习生涯规划课，了解并掌握了生涯发展的理论与一般规律，为明辨自身生涯发展道路打下了理论基础。职业服务类社团举办的活动则能将实践性、生动性加入其中。职业服务类社团举办的递进式的活动，从生涯规划到具体行动，从职业概览到职业选择，系统地将生涯发展的理论性与实践性较好结合，效果卓然。

5. 管理与发展更趋成熟完善。绝大多数职业服务类社团都配有指导老师，同时设立章程和工作手册，制度建设较为完备。调查结果显示，有87.21%的受访学生所在职业服务类社团配有指导老师。其中82%的指导老师为就业（创业）工作负责教师。共有89.3%的指导教师经常给予指导，甚至每项工作都指导。共有92%的学生认为指导老师对社团的可持续发展有较大贡献。由此可见，配有专业的指导教师、指导老师对社团工作的关心对于提升社团活动的水平和层次起着非常重要的作用。部分职业服务类社团在选拔新成员时模仿用人单位人才招聘的整套程序，包括电话面试、单独面试、小组面试、实习考察及最终面谈等，从而获得了更为优质的新生资源，大力促进了社团的后续发展。

二、外语院校校园文化中职业服务类社团的作用表现

（一）外语院校校园文化综述

教育是国家富强、民族繁荣、人民幸福之本。高校校园文化是高校师生根据经济社会发展需要在长期教育教学实践过程中通过学校各层面所创造、积累并共享的，以反映师生共同信念和追求的校园精神为核心，具有高校校园特色的一切物质形态、精神财富及其创造形成过程。① 我国外语类高等院校对大学校园文化的内涵聚合为："积极弘扬中国优秀传统文化，大力引介世界先进文化，努力培育海纳百川、胸怀天下的大学文化"；校园内"通过富有代表性的节庆活动和系列校园文化活动，形成了高潮迭起、多彩斑斓的文化盛宴"。关于外语院校校园文化的意义则为：校园文化"对于陶铸大学风骨、培育理想人格发挥着核心作用，外语院校学子游走于东西文化之间，有其独特的魅力，体现出

---

① 白同平. 高校校园文化论［M］北京：中国林业出版社，2000：7.

敢于担当、勇于开拓、勤于学习的精神气质";校园文化"使得学生在交流探讨、砥砺求索中逐渐形成独立的思考,获得智慧的启迪";校园文化活动"彰显了大学特色,高扬了人文情怀,实践了'全人教育'的大学本质"①。

(二)调研数据分析

为了更好地掌握职业服务类社团成员对于社团活动及校园文化的看法,笔者近日面向上海外国语大学、北京外国语大学、大连外国语大学、西安外国语大学、广东外语外贸大学、北京语言大学、天津外国语大学等国内主要外语院校中职业服务类社团的新老成员开展问卷调查。此次调查共回收问卷 179 份。其中有 48.6% 的受访学生在职业服务类社团工作一学年,30.23% 的受访学生工作一学年到两学年,15.7% 的受访学生工作两学年及以上。55.23% 的受访学生属于社团干事;27.91% 属于部门管理人员;9.88% 属于社团最高管理层。当问及对所在大学校园文化氛围的总体感觉时,有 51.74% 的受访学生认为所在大学的校园文化总体氛围良好;27.33% 的受访学生认为非常好;18.6% 的受访学生认为一般;其余 2.33% 的受访学生认为氛围较差。当问及所在职业服务类社团策划活动时是否具有国际化意识时,59.3% 的受访学生认为国际化意识一般;29.65% 的学生认为有强烈的国际化意识;11.05% 的受访学生认为活动无国际化意识。当问及职业服务类社团是否发挥了连接学生与社会的桥梁纽带作用时,63.37% 的受访学生认为很好地发挥了作用;32.56% 的受访学生认为作用一般;只有 4.07% 的受访学生认为没太大发挥作用。当问及是否同意当前大学校园文化有速食主义和功利化倾向时,61.05% 的受访学生比较同意;19.19% 的学生表示完全同意;16.28% 的学生表示不太同意;仅 3.49% 的学生表示不同意。当问及所在职业服务类社团的理念时,57.56% 的受访学生认为是将短期就业能力提高与长期生涯发展相结合;18.6% 的学生认为是侧重人的长期生涯发展;13.37% 的学生认为是偏向短期就业能力的提高。在问及受访学生通过参加职业服务类社团哪些方面得以明显发展时,沟通能力(57.56%)、解决问题的能力(54.65%)、团队意识(54.07%)和人际关系(54.07%)更为显著。当问及

---

① 上海外国语大学校园网主页 [OL]. 上海外国语大学,[2017 - 06 - 08].

参加职业服务类社团在哪些方面感受较大限制或存在困扰时，时间管理（30.81%）、专业学习（22.09%）和项目管理能力（21.51%）更为突出。

（三）职业服务类社团对校园文化建设的积极作用表现

根据教育始终以人为本，评估校园文化的建设成果主要看学生的素质提高程度，看学生的实践能力通过步入社会后的检验效果。职业服务类社团对校园文化的建设起到了积极作用，主要表现为：

1. 有利于加强养成教育。所谓"养成"，不仅是指在课堂上接受教育，而且是在生活中、社会实践中自觉培养自己的德行，使德行成为自觉的意识、自身的习惯、自主的要求，成为道德自律，修养高尚的人。广义上说，"养成教育"是指人的基本心理素质、思想素质，包括思维方式、道德品质、行为习惯、健康体魄和生存能力的培养和教育。养成教育是一种使自然人成为社会人的教育①。大学阶段的养成教育能使大学生具备适应社会的能力。参与职业服务类社团的管理与活动，为学龄期的社会化过程创造了条件。

2. 有利于培养创新精神。职业服务类社团是大学生创新园地、试错基地。对于加强大学生创新意识，培养创新精神有重要作用。传统的灌输式教育使得大学生学习力有余而创新力不足。创新能力是国家发展的内在动力，是民族进步的原动力。职业服务类社团加强校园文化中创新精神的引领，在于通过参与管理或活动体验，树立大学生的问题意识、责任意识、社会意识，加强大学生认识现在、未来的关系，优化能力结构，促进个人成才。

3. 有利于开展朋辈教育。孔子说，三人行必有我师焉。大学生朋辈教育是利用朋辈之间的相互影响，对大学生整体进行教育，实现"助人者自助"。校园职业活动的开展，加大了显性教育，鼓励大学生尽早认识自身，及早谋划未来，为巩固校园文化，促进校园文化健康长久发展发挥巨大作用。校友是职业发展活动的常客，尤其是毕业不久的年轻校友的体会与收获更能给在校大学生带来影响。作为具有相似教育背景和知识结构的观察者，大学生从年轻校友身上看

---

① 邢国忠. 把大学生养成教育作为高校育人的重要途径［J］. 思想政治教育研究，2008（6）.

到了产生问题的共性和事在人为的特性，促使大学生进行自我反思、自我提高。同一年级的大学生也可以通过职业活动交流各自的想法，帮助对方全面认识自己，鼓励身边的同学发挥潜力，扬长避短。

三、外语院校职业服务类社团存在的问题及相关建议

（一）需要注意的几个问题

大学生职业服务类社团组织活动的目的是提升学生职业意识，提高学生自我规划能力，丰富学生课余生活，畅通社会行业信息，加快学生适应社会需要。在组织与举办的活动中交流信息、启迪思考。职业服务类社团沟通了学生与社会、学校与社会的联系，减少了信息流通的中间环节，提高了效率，形成了开放功能的反馈系统。从长远来看，职业服务类社团的发展需要注意几个问题：

1. 国际化意识需要增强。国内的大部分外语类院校纷纷提出"国际化"办学思路与大力推进教育国际化战略。如广东外语外贸大学的发展愿景是"力争实现学生国际化、人才国际化、教学国际化、科研国际化和管理国际化，将学校建设成为国际化特色鲜明的高水平大学"。西安外国语大学是"坚持走开放式、国际化办学道路"；大连外国语大学是坚持"复合型、国际型、应用型人才的培养目标，坚持国际化的特色办学之路"。在此次问卷调研中，仅有29.65%的受访学生认为所在职业服务类社团有强烈的国际化意识，59.3%认为国际化意识一般，11.05%认为无国际化意识。与学校的办学理念相比，职业服务类社团的国际化意识较为薄弱。

2. 避免重经济回报轻社会责任的职业导向。职业世界百花齐放，各行各业都能建功立业。近年来随着行业收入差距的不断拉大，部分高收入行业成为毕业生重点关注并趋之若鹜的职业去向。外语院校学生因专业的外向性与兼容性，毕业生在就业行业决策时可面临更多选择。部分职业服务类社团为满足大学生猎奇心理，将资源与精力全部投入开展与高收入行业有关的职业发展活动，以达到"求关注、求参与、求点赞"的目的。大学校园中充斥着"金融、互联网、奢侈品"等高薪行业的活动广告，忽视了对涉及民生的基层岗位和事关国家发展的传统行业的宣传与引导。

3. 避免本末倒置发生价值导向偏差。学习是学生的天职，大学阶段的学习尤其重视自我规划与自我管理。没有家人和老师的约束，业余时间如何利用需要大学生做出自主决策。有些职业活动嘉宾一味强调实习实践的重要性，以耸人听闻之例呼吁大家多拿几张实习证明、多体验不同行业，以便有利于加强求职简历的可读性。有的大学生过早开始实习工作，上完课就去兼职，甚至为了实习实践请假逃课，将大学中丰富的自我学习时间变成了实习时间。表面看是获得了校园里缺乏的实践经验，但实际上是错失了成长中最佳的学习思考时间，错失了形成系统思维的机会，丧失了深度学习能力，最终导致在职业生涯长跑中后劲不足。

（二）促进外语院校职业服务类社团健康发展的建议

1. 强化学校高层次引领。职业服务类社团的发展不仅关系到学生个人前途，也影响着一所大学的气质与对外形象。学校有关部门首先要更加重视职业服务类社团的发展，将扶持鼓励与指导监督相结合，科学合理规划，平衡长效发展，避免拜金主义、享乐主义等不正之风在校园内蔓延，树立正确的职业观、择业观，在行业引导的关键点上，发出大学应有之声。同时要借助经济发展大势，扩大和深化学生职业规划意识，与更多国家重点领域，急需高端外语人才的工作领域单位签署合作，推动职业服务类社团可持续发展。

2. 提高国际化意识导向。随着世界经济的发展，教育国际化是必然趋势，人力资源全球化也将成为必然。当代大学生要树立国际意识，未来要参与全球性人才市场和智力资本市场的竞争。职业服务类社团在制订规划工作中，要突出国际化内涵，引入国际化工作经验，拓展国际化职业发展路径。广泛利用校级层面资源，加强与外交部、国际组织和 NGO 等的合作，开拓大学生国际视野，树立国际比较意识。

3. 加强组织制度建设。科学管理是社团发展的根本。建立规范系统的管理章程与规章制度，有利于减少社团运转摩擦，增强团队凝聚力，提高社团公信力，打造强力型社团品质。部分职业服务类社团还兼有学校就业部门助理的工作，因此更应该有严格规范的制度指导学生开展工作。职业服务类社团的管理制度除应涵盖社团宗旨、活动目的、发展愿景，管理架构、财务制度等内容外，还要特别加强诸如新入社成员选拔与培训、社团管理层选拔与培训等人力资源相关活动制度的制订与明确。既能有利于科学选拔出社团管理干部，又是对职业服务类社团精神最深刻的理解，有利于增强社团凝聚力，稳固社团发展基础。

参考文献：

1. 王志峰. 大学生社团组织在校园文化建设中的作用研究［D］. 南京：河海大学，2006.

2. 王凡. 高校学生社团在校园文化建设中的作用研究［D］. 上海：华东师范大学，2013.

3. 李叶青. 职业类社团在大学生发展中作用的实证研究——基于安徽9所高校的调查［J］. 高校辅导员学刊，2016（4）.

4. 邢国忠. 把大学生养成教育作为高校育人的重要途径［J］. 思想政治教育研究，2008（6）.

5. 吴薇. 职业服务类社团在大学生就业指导中的作用［J］. 思想理论教育，2008（7）.

6. 江浩. 论大学生的养成教育［D］. 合肥：合肥工业大学，2005.

7. 韩尚峰，朱义清，吴海英. 大学生职业类社团发展现状研究——以北京地区高校为例［J］. 思想教育研究，2011（11）.

8. 许公正. 大学生朋辈教育研究［D］. 沈阳：辽宁大学，2015.

9. 白同平. 高校校园文化论［M］. 北京：中国林业出版社，2000.